[俄罗斯] 瓦·费·布尔加科夫◎著　陈伉◎译

垂暮之年

托尔斯泰晚年生活纪事

内蒙古出版集团
远方出版社

图书在版编目(CIP)数据

垂暮之年：托尔斯泰晚年生活纪事/（俄罗斯）瓦·费·布尔加科夫著；陈伉译.—呼和浩特：远方出版社，2014.1

ISBN 978-7-5555-0080-3

Ⅰ.①垂… Ⅱ.①瓦… ②陈… Ⅲ.①托尔斯泰，L.N.（1828～1910）—生平事迹 Ⅳ.①K835.125.6

中国版本图书馆CIP数据核字(2013)第294970号

垂暮之年——托尔斯泰晚年生活纪事

作　　者	[俄罗斯]瓦·费·布尔加科夫
翻　　译	陈　伉
责任编辑	云高娃　刘洪洋
封面设计	阿　荣
版式设计	韩　芳
出版发行	内蒙古出版集团　远方出版社
社　　址	呼和浩特市乌兰察布东路666号
	（电话 0471—2236466　邮编 010010）
经　　销	新华书店
印　　刷	内蒙古爱信达教育印务有限责任公司
开　　本	710×1000　1/16
字　　数	400千
印　　张	26
版　　次	2014年2月 第1版
印　　次	2014年2月 第1次印刷
印　　数	1—5 000册
标准书号	ISBN 978-7-5555-0080-3
定　　价	36.00元

如发现印装质量问题，请与出版社联系调换

托尔斯泰画像(伊·列宾 作)

托尔斯泰在写作

在书房的托尔斯泰(伊·列宾 作)

骑马的托尔斯泰

托尔斯泰墓

73岁的托尔斯泰在家中读书

《复活》插图

《战争与和平》插图

《安娜·卡列尼娜》插图

《哥萨克》插图

托尔斯泰和高尔基(上)、契科夫在一起

托尔斯泰与高尔基

契诃夫与托尔斯泰

托尔斯泰和他的传记作者爱尔梅·毛德的儿子下棋

列夫·托尔斯泰和索菲亚·安德列耶芙娜在雅斯纳雅·波良纳庄园的合影

托尔斯泰与他的爱马

弹琴的托翁

晚年托尔斯泰和他的妹妹从波良纳庄园的教堂出来

托尔斯泰故居

目 录

前言
1—3

绪论
1—34

作者前言
1—4

垂暮之年
1—310

注释
311—361

译后
362—365

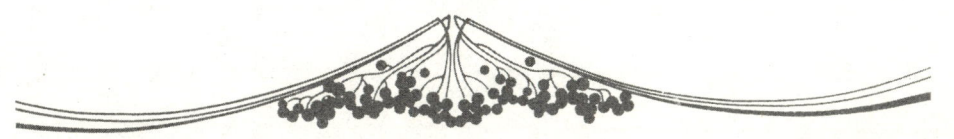

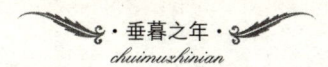

　　首先,对远方出版社出版《垂暮之年——托尔斯泰晚年生活纪事》致以诚挚的感谢。之所以感谢,完全没有功利方面的考虑,而是因为远方出版社为我和读者提供了一个机会,让我们能再次礼敬20世纪的这位文化巨人——列夫·尼古拉耶维奇·托尔斯泰。

　　早在上一世纪,读书人不知道托尔斯泰,会被当作是一件很没面子的事。1999年底,教育部为落实提高学生综合素质的教学方针,指定过一批中学生课外文学名著必读书目,其中有法国作家罗曼·罗兰的《名人传》。这本名著记述的是三位对人类文明做出过巨大贡献的艺术家:贝多芬、米开朗琪罗和托尔斯泰。因此,现在有一定文化素养的中青年对托尔斯泰想必也不陌生。

　　关于托尔斯泰的身世及其文学创作,专家学者们该讲的几乎都已经讲过了,我无须再来饶舌。借此机会我想说的只有一点,那就是托尔斯泰的"匆以暴力抗恶"。当他在19世纪末提出这一观点时,俄国正处在革命暴风雨的前夜,武装夺取政权的工人起义正在酝酿之中。他的这一理念遭到无产阶级革命家的猛烈批判,势所必然。列宁在肯定托尔斯泰的文学遗产是全人类的精神财富的同时,曾无情地、毫无保留地嘲笑过他。新中国成立后,我们亦步亦趋照搬苏联的全部社会学

说,在这种形势下,"匆以暴力抗恶"自然也在口诛笔伐之列。有人甚至用黑格尔的"恶是历史发展的动力"来批判托尔斯泰。然而,今天回过头来反思对托尔斯泰的批判时,我们不禁要问:"以暴易暴"难道是对的吗?自古以来,似乎被当作天经地义的"血债血还"的伦理道德法则,不是正在把人类一步步引向更黑暗的深渊吗?现在不也正在极力主张用谈判、对话的外交方式解决国际争端吗?然而,当在理论上触及这一关系到人类命运的重大问题时,我们依然是讳莫如深。

其实,托尔斯泰的"匆以暴力抗恶"的思想来源于他的宗教观。那个时代的大多数俄罗斯人,一出生接受教会的洗礼后,就是东正教(俄国国教,与天主教、基督新教并立,是基督教三大派别之一)的信徒了。可是后来,他逐渐发现了教会的伪善,特别是在他的世界观发生激变之后,更加自觉地发表了一系列政论文,如《我的信仰是什么?》、《那么我们该怎么办?》、《我不能沉默》等,其中一个重要内容就是对披着宗教外衣、实为沙皇政权帮凶的东正教会给予无情揭露和猛烈批判,结果被教会革除教籍。沙皇和教会的迫害没有堵住他的口,他反而对旧世界进行了全面批判。他呼吁正义,呼吁和平;他反对镇压革命者,反对殖民政策、种族歧视和帝国主义发动的所有侵略战争;他企图回归真正的基督教义,提出"上帝就在我心中",主张道德的"自我完善",以及"匆以暴力抗恶"等。他的影响越来越大,信徒越来越多,不但遍布俄罗斯,而且遍布世界各国。他的这种理论体系被尊为"托尔斯泰主义"。

在托尔斯泰晚年,俄国有位作家说:"在我国有两个沙皇:尼古拉二世和列夫·托尔斯泰。他们俩谁更强大呢?尼古拉二世拿托尔斯泰没办法,不能动摇他的宝座;而托尔斯泰却毫无疑义正在动摇着尼古拉的宝座和他的皇朝。他们诅咒他,宗教院用裁决反对他。托尔斯泰做出回答,他的回答通过手稿,通过外国报纸到处传播着。谁胆敢碰碰托尔斯泰试试看,全世界都会吼起来。这样一来,我们的政府机关只好夹起尾巴。"由此不难看出,托尔斯泰在俄国乃至全世界的威望和影响是多么巨大。然而悲剧也恰恰发生在这里。

有位智者曾经说过:"走在时代前面的伟人都是不幸的。"托尔斯泰就是一位走在时代前面的伟人,所以他的结局也是悲剧性的。从《垂暮之年》一书我们不难体会到这种说法的正确性。作者费·布尔加科夫是托尔斯泰生命中最后一年的秘书,他逐日忠实地记述了1909—1910年间托尔斯泰生活的方方面面。其中最

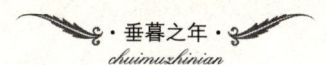

重要有两点:一是因著作权的继承问题引发的家庭矛盾;二是他与夫人在信仰上发生的冲突。这是导致这位82岁高龄的世界伟人最后毅然决然离家出走的主要原因。虽然离家出走是他的夙愿,他在54岁时就曾有过这种念头,因为他一直认为地主庄园式的生活方式是不道德的、虚伪的,是与他的信仰背道而驰的。到了晚年,这种内心世界的矛盾和痛苦,在与俄罗斯宗法制社会的对抗中越来越使他倍受挤压,与妻子的龃龉只不过是最后爆发的导火索罢了。在他的理论体系与现实生活无法调和的情况下,这位已是垂暮之年的老人,终于迈出了惊世骇俗的一步——在1910年11月10日夜里,秘密离开了他的庄园雅斯纳雅·波良纳,10天后客死在偏远的一个小站阿斯塔波沃,终年82岁。

　　这位曾经震惊世界的伟人离开我们已经百年有余了,但他的文化遗产是属于全人类的。托尔斯泰在讲到他进行文学创作的艰辛时曾经说:"我每一次蘸笔都要在墨水瓶里留下一块肉。"面对一位内心具有如此崇高的使命感和责任感的作家,我们能不肃然起敬吗?对他所创作的那些文学名著,诸如《战争与和平》、《安娜·卡列尼娜》、《复活》、《哈吉·穆拉特》、《哥萨克》等,你不想一睹为快吗?潜下心来,好好读一读这些精品力作吧,这不但会给予我们无比的艺术享受,而且会让我们终生受益。

译者草于2013年秋

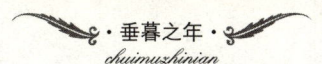

绪 论

有关托尔斯泰的文学回忆录卷帙浩繁。作家的同时代人留下的每一页记载差不多都可以使我们对这位"十九世纪所有伟大人物中最复杂的人"[①]的认识更加丰富。在这些浩瀚的著作中，托尔斯泰的秘书瓦·费·布尔加科夫的日记占有一个重要的地位。

布尔加科夫伴同托尔斯泰度过了他生命的最后一年——充满令人痛苦的经历和紧张事变的一年。当多年来折磨作家的矛盾聚集到一个难以解开的纽结上的时候，终于导致了一场悲剧性的结局。这就无疑赋予了布尔加科夫的日记以特殊的意义，使其具有了自己的特点和价值。托尔斯泰本人在他的日记中对自己，对他的探索、思考和痛苦谈得很多，但那只是托尔斯泰为自己写的，而且他还特别强调了"只为自己一个人"这一点，所以在他的日记中就自然丧失了叙述的完整性，忽略了对他外部生活的注意，——这是只有旁观者鲜明生动的描述才能做到的。索菲亚·安德列耶芙娜·托尔斯泰娅对这一年的记述之详细是众所周知的，但是由于她的病态，她所注意的仅仅是与个人命运以及被她的病痛意识所左右的猜疑妒

---

① 《高尔基文集》，第14卷，第307页，国家文学出版社，1951年。

忌有直接关系的那些事情。关于作家这一时期的生活,著名音乐家亚·鲍·戈尔登威泽尔(亦可译作戈利坚维伊泽尔,以下同。——译者)教授的著作《在托尔斯泰身边》一书保存了大量资料。然而与布尔加科夫不同,戈尔登威泽尔仅仅拜访过雅斯纳雅·波良纳,在此做过客,因此他只能在他的书中尽其所知地做一些描述。在国立列·尼·托尔斯泰展览馆手稿部收藏着托尔斯泰的朋友、信徒和医生屠申·玛柯维茨基的未出版的笔记,他曾速记了从托尔斯泰那儿听到的一切;还收藏着托尔斯泰的女儿亚历山得拉·列沃芙娜的女友、打字员瓦·米·费奥克利托娃的日记,——整个1910年她都是在雅斯纳雅·波良纳度过的。所有这一切没有出版或准备出版的资料,对于读者和专家们都是很有价值的。因为只有从各种不同观点的对比中,从对许多事实的比较中,才能更真切地做到对这位伟大作家的个性及其生活悲剧的真正理解。

现在发表的这部日记的作者瓦·费·布尔加科夫,在他替代被沙皇政府流放的托尔斯泰的秘书尼·尼·古谢夫的职位时,还很年轻。出于处在托尔斯泰的有力影响下,由于折服于托尔斯泰的声望,布尔加科夫力求最完整、最准确地把他所看到和所听到的一切都写进他的日记里。日记忠实地记述了伟大作家的思想见解,雅斯纳雅·波良纳的环境气氛和日常生活;提到了许多来访者、客人和友人。布尔加科夫的记载使我们站在50年之后的今天还能清楚地想象到作家所生活的那个世界,理解他的精神状态,探讨他许多作品的酝酿过程,并且同他一起经历他生命中这段最痛苦的时刻。

阅读布尔加科夫的日记可以十分具体地感觉到托尔斯泰的"伟大人格",——呈现在我们面前的是一个尽管到了晚年,工作紧张繁重,内心充满痛苦,但强大的生命力和创造力依然没有枯竭的形象。布尔加科夫证明,托尔斯泰就是在他的垂暮之年,仍然是一个不知疲倦的工作者。他把许多精力、时间、注意力和每日不辍的劳作都献给了他的文集《每日必读》和《生活的道路》。他不停地思索着材料的选择、分类的原则。他数十遍地改写阐述他的人生观基础的《生活的道路》的序言。在这临终前的一年里,也像在以往的岁月中那样,作家体验到了真正的创作激情,一口气勾勒出短篇小说《无意之间》的草稿,一天之内创作了体现托尔斯泰高度现实主义精神的小说《霍登卡》。政论文章、宗教哲学著作汇编、剧本、风俗剧、中篇小说,这就是托尔斯泰在他的八十诞辰纪念时的创作范围。

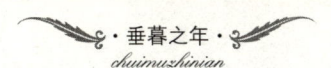

布尔加科夫的日记帮助我们看到了托尔斯泰智慧和性格的多面性和广泛性。我们将在他的工作和休息中、书桌和棋盘旁、成人和儿童中、平民和贵族客人中看到他。在逐日记述雅斯纳雅·波良纳的生活时，布尔加科夫引用了大量令人信服的材料，证明托尔斯泰和人民有着怎样的联系，证明他以不倦的关怀和同情，密切注视着国家复杂而苦难的生活怎样闯进偏僻的雅斯纳雅·波良纳。这一切使布尔加科夫的日记成了研究托尔斯泰晚期生活时有益而必要的珍贵资料来源。

布尔加科夫的日记于1911年首次付印时的标题是《在托尔斯泰生命的最后一年里》。作家逝世后不久，日记引起人们极大的兴趣，俄国首都的所有报刊几乎都对这本书的出版给予了充分的肯定。

1918年和1920年，布尔加科夫的日记两次再版。从再版的日记中仍然可以明显地感觉到作者的"托尔斯泰主义"——他对伟大艺术家世界观中软弱、反动一面的迷恋，对导师、宗教鼓吹者托尔斯泰的崇敬。作为托尔斯泰忠实虔诚的弟子，作为用全部余暇来撰写阐述托尔斯泰宗教观的《基督教伦理学》一书的布尔加科夫，本人在日记中占了很大篇幅。在再版日记中，还有一个严重的缺点。对此，作者自己也已经指出来了。在第3版序言中，布尔加科夫承认由于日记发表的时候，所有与作家晚年生活的悲剧性事件有关的人差不多都还活着，因此他认为对许多事情避而不谈是必要的。"涉及到列夫·尼古拉耶维奇生活和家庭的事情，"作者在序言中说，"过早地披露可能要引起某些参与者的难禁的痛苦，触及他们尚未愈合的伤疤，——正像第1版的读者所知道的那样，所以我当时有意识地克制自己，没有公开这些情况。纵然7年前不能说的许多事，诸如列夫·尼古拉耶维奇出走的经过、遗嘱的签订、关于手稿的争吵、出走时的情景、给妻子的最后一封信等等，今天已经不但不再是俄罗斯，而且已经不再是全世界出版物的秘密了，然而我现在仍然不认为有责任宣扬别人家庭生活的种种隐私。自然，在不违背现在还健在的人们所提出的完全可以理解的、我在初版时也不得不遵从的委婉要求的前提下，这些事件和情况将会尽可能地予以叙述。读者一定会理解那些迫不得已的删节和避讳，也不会怪罪这样做的动机。"①这些被删减的部分，只是到了

---

① 瓦·布尔加科夫：《列夫·托尔斯泰晚年生活纪事》，第111页，"大家族"出版社，莫斯科，1920年。

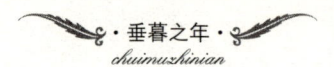

1924年,住在布拉格的布尔加科夫对他的日记做了大量的补充,出版了《在异乡》(第4册)之后,才得以公开。这套书于1928年在莫斯科以单行本形式出版,题名为《列夫·托尔斯泰的悲剧》。这次出版本书时,在日记正文中把许多新的补充加了进来,做了某些删节和润色,作者删去与托尔斯泰没有直接关系的地方和过多描写作者本人心理活动及其"托尔斯泰主义"的段落。但是作为托尔斯泰的"学生"、追随者所写的一部回忆录所固有的那些缺陷,在日记中还是有的,这就是既有对伟大艺术家思想之宏廓的欣赏和关注,也同样有对这一思想之软弱、迷惘和错误的迷恋。

总的来说,读者手中的这本日记对托尔斯泰生命中的最后几个月还是做了生动、真实的叙述,对于彻底弄清作家的社会立场、美学思想以及那出导致他离开雅斯纳雅·波良纳的悲剧,还是提供了许多珍贵而可信的资料。

一

和所有伟大的艺术家一样,托尔斯泰从来没有把自己的生活和人民的命运分开。为千百万俄国农民悲惨、可怕的命运而痛苦,对怎样帮助他们脱离受贫困、受奴役的境地而不停地忧虑,——作家的整个精神追求都由此而来。这就是为什么不管托尔斯泰的哲学思想和社会立场有多么复杂矛盾,但是贯穿他自觉的一生的"只有一个主导思想"的原因之所在。这个思想永远主宰着他,不管他是在自己的书房里安静地工作,还是同贵族客人们谈话的时候;是在雅斯纳雅·波良纳郊外散步,还是在人群中倾听人们议论的时候;就是在晚年,托尔斯泰仍旧那样全神贯注地思索着这个恼人的问题,——这个思想在青春时代就潜入了他的脑海,迫使他离开大学回到自己的庄园,度过了给他带来那么多失望的"一个地主的早晨"。

这个思想,就是对俄国当时社会制度的极端不合理的思索。在这种制度下,一小撮寄生虫占有全部土地,过着花天酒地、挥霍无度的生活,而无数农民却在饥饿和赤贫的枷锁下,挣扎在一小块土地上,同时还得用不堪忍受的劳动来喂养那些奴役、压迫他们的人。托尔斯泰在他发表的论文、部分书信和私人日记中,向这一"极大的罪恶"提出了抗议。这个思想以各种方式渗透到了他的一切艺术作

品中。在布尔加科夫所描述的托尔斯泰生命的最后一年里,这个思想完全控制了他,给他带来了真正的痛苦。

弗·伊·列宁说过一句准确而深刻地反映托尔斯泰创作本质和人格本质的话:"在这位伯爵之前的文学中还从未有过真正的农民。"①从布尔加科夫的日记对托尔斯泰日常生活的描写中也可以看到,虽然托尔斯泰是属于贵族特权阶层的人,但是就其喜好、观点和对所有事件的理解来看,所反映出来的却是俄国农民的观点。他注视着世界,注视着国家的社会生活和政治生活,以农民的名义谴责统治阶级的社会秩序;在他的身上同时寄寓着农民的力量和怯懦,农民的反抗、进取的伟大精神和温良恭让的狭隘的宗法制思想。

托尔斯泰的新任秘书在雅斯纳雅·波良纳总共没住几天,就已经感觉到了把托尔斯泰与家庭其他成员分隔开来的那个界线,注意到了他们之间争论的主题和他与周围所有人的深刻分歧。布尔加科夫写道:"一坐下来就开始了活跃的谈话,爱国主义啦,外国对俄国的优势啦,最后是关于土地啦,地主和农民啦……我发现,在雅斯纳雅·波良纳的这所白色住宅的大餐厅里的谈话,总要归结到这个题目上来。"可是如果这所住宅的主人不在场,这个圈子里一旦有谁想到并提起那些无权坐在这里说出自己想法的人们的贫穷来,谈话就自然而然变成了类似当时贵族庄园里流行的那类海阔天空的闲聊。"苏哈金、他的妻子和谢尔盖英科指出农民们对地主和所有老爷们的反抗极其凶狠。"托尔斯泰的儿子安德列·列沃维奇断言:"俄罗斯农夫都是胆小鬼!"他说他亲眼看见"5个龙骑兵挨个儿鞭打有400户人家的一个农庄里的人"。"农民都是酒鬼。"索菲亚·安德列耶芙娜说,"他们受穷完全不是由于土地少。"然而一旦托尔斯泰走进雅斯纳雅·波良纳大厅,一个真诚勇敢的声音就会响起来,——这是摆脱了他周围的偏见包围的那个人的声音,是亲眼看到了穷得毫无保障、惨遭掠夺、备受愚弄的活生生的农民形象的那个人的声音。他用"平静而坚定的声调"说道:"如果农民有了土地,那就不会有摆在这儿的这些荒唐可笑的花盆……不会有……这些每月只付给仆人10卢布工资的愚蠢的人们了。"——这就是隐藏在他心中的那个伟大而深刻的思想。这种思想意味着,土地一旦回到土地耕作者的手中,地主阶级随同它的寄生生活,毫无意

---

① 《高尔基文集》,第17卷,第39页,国家文学出版社,1952年。

义而又空虚无聊的豪奢就不复存在了。

布尔加科夫的日记生动地反映出托尔斯泰是多么迫切地要求与农民保持经常不断的交往。他常常走到他们中间，同他们交谈，倾听他们的意见，吸取他们的思想和感情，然后他得出一个坚定的信念：土地不应该是哪个人的私有财产，而应当属于全体人民，应当把面包和自由交给人民。在和布尔加科夫的一次关于"农民生活令人发指的贫穷和人民的狂怒"的谈话中，托尔斯泰直接援引了他从雅斯纳雅·波良纳的一个农民口中听来的话作为论据，他说："昨天我又碰见了那个农夫，和他谈到早先就谈过的那个问题。他渴望有土地，靠着土地他就会成为一个自由的人。他们根本不想给地主干活，因为一切都不是他们自己的。因此，他们才干得很少，才酗酒。"

托尔斯泰久久地、紧张地思索着怎样满足俄国农民的这个要求，思索着怎样废除现存的不合理的土地占有制，怎样把土地转交给人民使用。

托尔斯泰在美国经济学家亨利·乔治的理论中找到了不通过革命和农业骚乱而实现土地国有化的道路。他追随乔治，断言只要颁布"统一的土地税"法令，就一定会使土地逐渐变成农民的"财产"；那时，土地奴役制、"富人对穷人的统治"就会消失。读者在布尔加科夫的日记中将会看到，托尔斯泰不单只是完全赞同乔治的观点，他还把乔治当作反对农奴制的不倦的战士。在他的眼里，乔治还是解决土地问题的最彻底、最现实的纲领的制定者。

托尔斯泰所坚持的宗法制农民的观点形成了他的世界观既有力又软弱的两面性。在这种世界观中，真正的民主主义思想与幼稚的乌托邦幻想合而为一。在捍卫俄国农民最迫切的需求的同时，托尔斯泰没有意识到，他如此卖力地宣传的亨利·乔治实际上是一个"激进的资产阶级思想家"，而他的纲领只不过是"企图挽救资本家的统治，实际上是在比现在更广泛的基础上来巩固资本家的统治"[①]。但是，同样是这种农民的观点，决定了托尔斯泰对沙皇政府的土地政策，对臭名昭著的斯托雷平改革的坚决否定。根据布尔加科夫的日记可以看出，托尔斯泰对号召改变俄国农村的整个发展方向的1906年11月9日的土地法很有意见。经历了1905年革命的尼古拉二世的政府，想用这个形式上允许所有农民有权自由脱离村社的

---

① 《马克思恩格斯〈资本论〉书信集》，中文版，第384页。——译者

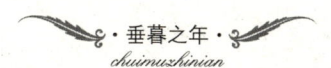

彻底反民主主义的法令，企图在农村中建立巩固的富农阶层，以避免新的革命动荡。"斯托雷平政府打算怎样改造古老的村社制呢？"列宁写道，"它想加速农民的彻底破产，保存地主的土地，帮助一小撮富农超出农庄的界限，吞并尽可能多的村社的土地。"①

　　托尔斯泰不能不看到，斯托雷平的改革是与千百万农民相敌对的，它带有赤裸裸的资产阶级性质，是对私有者的支持。托尔斯泰敏锐而正确地看穿了斯托雷平的法令在民主词句背后隐藏着一个"狡猾的策略"：把一小撮农民变成富裕的土地私有者，为其余大多数农民丧失土地、一贫如洗寻找辩白的根据。1910年，托尔斯泰在他写的短篇小说《梦》的一个手稿异文中就曾严厉地谴责过斯托雷平的这套把戏："我们怎么也不会想到，11月9日的法令是破坏古老的俄国村社制度的，是竭力摧毁人民意识中关于土地是全体人民共同所有这个信念的。这个法令只有一个目的：使人民彻底破产，用奇特的土地私有的诱惑力操纵人民。这一切都只是为了使有1万俄亩的伯爵能对只有5俄亩的农夫说：'你有5亩，我有1万亩，咱们都是私有者。'"②每当谈到沙皇政府新的土地政策的时候，托尔斯泰所坚持的就是这种观点。他对阿·瓦·佩舍霍诺夫的著作《旧的和新的分地占有制》表示赞许，因为在这本书里他找到了自己观点的证据和证明斯托雷平改革对俄罗斯农村的毁灭性影响的材料。

　　托尔斯泰在梅赛斯克村契尔特科夫家做客期间，在和农民的一次谈话中，警告他们不要从村社中被分割出去。"这要吃许多苦头的。"他对他们说。在与自己的同宗奥巴林斯基邂逅相遇时，"列夫·尼古拉耶维奇谈起了11月9日法令。奥巴林斯基既然处在引人注目的地方长官的位置上，这话题就非常使人敏感。奥巴林斯基说，他做过多次调查，看到从农庄里分离出来的农民对他们的新处境很满意；他还说，不久前农民们曾向来访问他的一个英国人、利物浦大学的教授表示……列夫·尼古拉耶维奇打断了他的话：'从物质利益方面来说，想必这对分割者是蛮好的。但是对所有的人却坏透了。被破坏的这个原则，即土地的原则，是上帝也不能把它作为私有财产的……那个英国人喜欢这样做，可我是个俄国人，我

---

　　①　《列宁全集》，第16卷，第330页。
　　②　《托尔斯泰全集》，第38卷，第451页。

不喜欢这一套。'"

布尔加科夫的日记中,有不少其他一些有说服力的展示托尔斯泰世界观有力方面的事实。在过去曾一度围绕在托尔斯泰身边的那些人当中,可以看到国务委员会的成员们和国家杜马的代表们。米·亚·斯达霍维奇、瓦·亚·玛克拉科夫和米·谢·苏哈金把杜马的激烈的辩论、议会的残酷斗争带到了托尔斯泰家。他们讲述了暴风雨般的杜马会议的种种详情。但是托尔斯泰不赞成他们的意见,不相信杜马会给人民什么好处,对它抱有一种怀疑的嘲讽态度。布尔加科夫引述了一次能表现出托尔斯泰的洞察力和他在自己的亲人们中间的孤独感的有趣谈话:

"列夫·尼古拉耶维奇,该怎么对您说呢?普里什凯维奇的丑闻一定会造成很严重的后果吧?今天早晨,米·谢·苏哈金遇见列夫·尼古拉耶维奇的时候说:'霍麦柯夫辞职了!'

'这难道就是严重的后果?'列夫·尼古拉耶维奇说。

'怎么不是!杜马的主席……'

'还不是半斤八两?霍麦柯夫下台了,还会有一个叫托尔伯柯夫的上台。反正他们都是一丘之貉。'"

托尔斯泰对杜马的态度表现了他的思想——一个总是维护被压迫者利益的人的思想——的政治敏感性。"我提起国家杜马来,"布尔加科夫说,"列夫·尼古拉耶维奇坚信不移地表示了这样的意见:杜马带来了极大的危害,它是为了转移人民的视线。但是同时他承认,杜马促进了人民的觉醒,使他们认识到自己处境的不合理。"他看到由于建立公开的议会讲坛而产生的幻想是不会长久的,人民有可能再次证实:期待统治阶级保护自己的切身利益是枉然的。

尽管布尔加科夫的笔记部分地而不是系统地提供了托尔斯泰的论断和意见,但作家思想立场的矛盾性和不彻底性已经完全清楚地表现出来了。托尔斯泰异常痛切地感到了现代社会制度的荒谬,把人分作不平等的两部分的怪诞:其中少数人占有全部财富,享受着科学和文明的全部成果,而大多数人注定过非人的生活,精神和肉体备受奴役。在托尔斯泰看来,整个世界都是荒唐可笑、颠倒反常的。关于现代社会不合理的思想越来越有力地控制着他。一大群7岁的女孩子从早到晚

结着断了的线头,纺出的纱"被运到东方去牟取暴利",而女孩子们却只得到少得可怜的报酬;同时,工厂的主人,"一个满脸络腮胡子的先生",享有着巨大的资本,这种现状难道是合乎道德的吗?在这个世界上,人们把成千上万法郎耗费在举办豪华而无聊的演出上,比如说上演《桑丹克列尔》,同时却有那么多饥寒交迫、无家可归的人流浪街头,这样的世界难道是合乎道德的吗?在土地和全部文化财富分配得极不平等、极不合理的情况下,怎么能谈得上合理的和平建设?还有,如果不明白为什么人们老是要挑起内战的大屠杀,要人们抛下和平劳动,去为和他们毫无意义的毁灭性的争斗而牺牲生命,还谈什么正常的社会秩序呢?根据布尔加科夫的日记可以看到,决心揭露现代社会秩序的"疯狂"和罪行的意图,是怎样逐渐控制了托尔斯泰的,他的《论疯狂》一文是怎样产生的。在这篇文章中,他证实,"人类的大多数处在一种也许是暂时的、但却是十足的疯狂状态中"①。

但是,托尔斯泰企图用幼稚的方法来揭露这个"病态"的疯狂世界。他是地主资产阶级制度的不共戴天的敌人,俄罗斯帝国整个秩序的愤怒而勇敢的揭露者;他同时又是革命斗争方法的死硬反对者,反动宗教哲学的创建者。在布尔加科夫的日记中,我们不只一次看到,与生活的苦难和社会的不幸消极调和,对革命者就像对犯了错误、误入歧途的人一样不予信任,是托尔斯泰一贯的宗教宣传。他用"勿以暴力抗恶"的学说来对抗革命运动,按照基督教"己所不欲,勿施于人"的原则培养新人,来对抗政治活动,用新的宗教观来对抗社会主义思想。布尔加科夫记载了托尔斯泰的一个很有代表性的想法:"真正的进步是很缓慢的,因为这取决于人们世界观的转变。这是几代人才能完成的事业。现在的一代人,首先是由老爷们——你跟他们在这儿吃饭都觉得于心有愧——和仇视这些老爷并想用暴力消灭他们的革命者组成的。必须等这一代人死绝了,由新的一代来代替他们。"

从托尔斯泰的角度来看,无论是"老爷",即统治阶级,还是"革命者",即把通过革命斗争消灭现代社会制度作为自己的目标的人们,同样阻碍着在地球上实现他的基督教社会的理想。拯救他们的唯一的方法就是一些人走道德"复活"之路,另一些人走"意识革命"之路,不断地用基督教精神进行自我教育,自我完善;这样就会使私有者自愿放弃他们的权利和特权,剥削就会消灭,国家机关和

---

① 《托尔斯泰全集》,第38卷,第404页。

它的暴力压迫组织就将失去其存在的必要性，武装冲突的危险也将消失。在托尔斯泰的观念里，社会改造的问题变成了一个纯粹的伦理道德问题。

1905年的革命风暴宣告了作为历史现象的"托尔斯泰主义"的破产，布尔加科夫向我们介绍的是破产之后的《复活》的作者。俄国仍旧处在革命的躁动之中，民众的不满和愤怒依然在增长，但是托尔斯泰并没有停止他那宗教学说的宣传。他十分紧张地全力投入文集《生活的道路》的编写工作之中，这从布尔加科夫的记述中也可以看出来。他赋予这一文集以很大的意义，因为这一文集之材料选择是为了证明革命的毫无意义和徒劳无益，是为了确立托尔斯泰宗教教义的正确合理。也就是在这个时期，托尔斯泰在日记中写下了凄楚的几行："说出来是可怕的，不过事情一旦是这样，即只是为了灵魂，为了上帝满怀欲望地活着，可是对许许多多问题仍旧狐疑不决，这也无可奈何。"[①]托尔斯泰的思想矛盾扩大加深了，而且变得更加惹人注目、不可调和了。

托尔斯泰一方面号召禁欲主义似地弃绝尘世间的利益，否定革命的斗争方法，同时又不断注意倾听着人民大众日益响亮的不满的呼声，欢迎人民所表现出的社会觉悟。当玛·亚·施米特告诉托尔斯泰，说她认识的一个农民抗议老爷们恣意挥霍农民的劳动成果——"用血汗挣来的"钱财时，托尔斯泰真心快意地说："大自然是多么神奇，冬天刚刚过去，春天就在这么两三天内到来了，——人民也是这样神奇。不久前，还没有一个像您所讲的说这种话的农夫，而现在所有的农民都在这样动脑子了。"

托尔斯泰高兴的是，俄罗斯在觉醒，农民们对奴役他们的人的仇恨越来越深，他们在开始要求坚决地变革现代社会制度的整个基础。

托尔斯泰本来就是一个充满叛逆精神的战士，在广大人民群众的意识已经完成了变革的影响下，这种叛逆精神更加增强了。无论是他的温情的说教，还是"勿以暴力抗恶"的学说，都不能摧毁和扑灭这一精神。托尔斯泰奋起揭露社会制度的不公正、社会关系的不合理，猛烈反对沙皇政府所犯下的残暴罪行。托尔斯泰收到他的在流放中的秘书尼·尼·古谢夫的一封信，信中说他读了柯罗连科的《司空见惯的现象》，"他感觉到，如果这种可怕的情况还要不断重复，就不值得再活

---

① 《托尔斯泰全集》，第58卷，第65页。

下去"。托尔斯泰请求布尔加科夫给他写信,反对他的这种想法。"您写信告诉他,"列夫·尼古拉耶维奇说,"我不理解这些话,依我看,正好相反,如果你知道了这些可怕的事情,那就更要希望活下去,因为你将看到那个你为它能够活下来的东西是什么。"这不是偶然的。我们在这里听到了《我不能沉默》的作者的声音;他没有逃避生活,没有和邪恶妥协,而是与之进行了坚决的、不调和的斗争。对专制暴政和私有制社会的仇恨,在他身上有时比他的宗教说教、哲学思想表现得更强有力。这就是为什么托尔斯泰听到葡萄牙民主革命胜利的消息时会那么欢欣鼓舞的原因。"在现代世界各国,"他宣称,"革命是不可避免的。正像在葡萄牙一样。这是怎样的大火啊,火光越来越猛烈……是时候了,他们这些国王,统统要被打进地牢里……葡萄牙的这场大变革,不过是明显的第一步……再不会有奴颜婢膝,再不会有个人独裁了。"对在"政治斗争中前进"的伟大的法国革命,托尔斯泰所表示出来的崇高敬意和伟大的激情,同样被布尔加科夫记录了下来。

在一个基本居民是由农民组成的国家里,农民政治觉悟的逐渐成熟,宗法制的局限性、软弱性和不彻底性的逐渐克服,这一革命发展过程的复杂性、艰巨性,均折射在托尔斯泰的世界观里,使民主主义的、先进的和落后反动的东西奇特地纠结交错在一起。布尔加科夫的日记证明,托尔斯泰在垂暮之年,也没有禁锢抗议的、叛逆的精神;与他所确立的哲学思想相反,他的同情依然是在奋起反对君主制和地主阶级的劳动人民一边。

二

托尔斯泰和以往的所有现实主义艺术家一样,对艺术的理论问题表现了极大的兴趣。众所周知,这位誉满全球的长篇小说的作者,同样发表过大量关于美学问题的专著和批评俄国和外国许多作家的论文。在晚年,托尔斯泰尽管对文学越来越兴致衰退,对艺术轻率否定,看不到艺术创作的意义和益处,但他仍旧关注着文学艺术,思索着人民精神生活的发展变化。布尔加科夫的日记对此也为我们提供了许多材料。

托尔斯泰对个人创作、对作家这一职业的态度是复杂、矛盾的,虽然他把自

己的一生整个地献给了这一事业。在他坦率拒绝从事艺术创作的时期，他却对促进现实生活和社会意识的更积极、更实际的其他艺术形式多次进行探索。天才的艺术家，整个世界文学中无与论比的杰作的创造者，有时竟以一个艺术否定者的身份讲话。他因为意识到自己为之贡献了全部智慧和天才的那个事业毫无现实效益而感到真正的痛苦。对把艺术创作当作与人民毫不相干的上层社会老爷们的文化欣赏加以怀疑，是托尔斯泰世界观的一种特殊表现，它反映了农民自发形成的带有全部偏见和局限性的人生观。

　　但是托尔斯泰永远是一个真正的艺术家，艺术也永远是他热情关注、深感兴趣的对象，是他生活的必需。从布尔加科夫的日记中看得出，托尔斯泰是多么喜爱音乐，多么需要音乐。当戈尔登威泽尔演奏肖邦、贝多芬、李斯特、斯克里亚宾和其他音乐家的乐曲时，托尔斯泰在这样的家庭音乐会上得到了多大的快乐啊！在这种时候，他体会到了精神上的昂扬和激动，得到了真正的休息，使自己摆脱了种种压抑和窒息。托尔斯泰在一次欣赏完戈尔登威泽尔的演奏后，说过这样一句值得注意的话："我要说，所有这种文明，都让它见鬼去吧！只是音乐叫人可惜。"被布尔加科夫记下的、而为戈尔登威泽尔的日记所证实的这句话是很出名的。

　　托尔斯泰看不起诗歌，他认为诗是贵族文化，是绝大多数俄国人民不能理解的、异己的东西。可是当他听了自己所喜欢的诗人普希金、丘特切夫和费特的诗之后，是多么兴奋啊！"列夫·尼古拉耶维奇要是引用诗句或谈到诗歌，"布尔加科夫写道，"那总是普希金和丘特切夫，还有费特。"托尔斯泰密切注视着当代俄罗斯文学，阅读库普林与魏列萨耶夫以及高尔基与安德列耶夫的作品，了解贝雷依和巴尔蒙特，留心翻阅《俄罗斯财富》和《知识》文选。托尔斯泰，作为伟大的现实主义作家和俄罗斯文学中骄傲和光荣的俄国作家的代表，尽管他有许多论断是矛盾的、不彻底的，但他对发展和继承了伟大现实主义传统的作家仍然表现出始终不渝的钦佩和向往之情。"果戈理、陀思妥耶夫斯基（无论这个人多么古怪）、普希金，都是我特别珍贵的作家。"布尔加科夫引述托尔斯泰的话说。

　　托尔斯泰焦急不安地观察着现代文学中颓废派的、反现实主义的思潮的加强，忧心如焚地注视着艺术水准的下降、思想意义的低落及崇高的道德激情的丧失。颓废、腐朽的诗遭到了他毁灭性的批判，这种诗被他称为"作家的鸦噪"。通过这种诗，他看到了当时社会状况与俄国专制社会制度之特征——"疯狂"。安德列·贝雷依的胡诌，巴尔蒙特和梅列茹柯夫斯基的诗歌的抽象象征主义的内容，阿尔采巴塞夫的色情散文，在托尔斯泰看来，都是这种"疯狂"的产物，都是寄生的统治阶级的低级趣味。

  1910年，托尔斯泰先后会见了列奥尼德·安德列耶夫和弗·葛·柯罗连科。两次会晤布尔加科夫都做了详细描述，为了解托尔斯泰对同时代人、对俄国文学的新思潮的态度提供了许多情况。1910年4月，列奥尼德·安德列耶夫第一次拜访雅斯纳雅·波良纳，两位作家的相识也从此开始了。托尔斯泰对安德列耶夫的创作从来不是漠不关心的，他以极大的兴趣注视着安德列耶夫的文学创作的发展，为他创作中现实主义因素的衰弱而深为惋惜。据尼·尼·古谢夫证明，托尔斯泰对任何一个同时代的文学家都没有像对列奥尼德·安德列耶夫那样感兴趣。实际上，当1901年安德列耶夫把知识出版社发行的他的第一部小说集寄给托尔斯泰时，托尔斯泰当即回信告诉他，这些小说他早已读过了。现存的安德列耶夫和托尔斯泰的通信证明，年轻的作家对这位俄国文学界的元老景仰之至，渴望能向他学到许多东西。他把自己的小说《巧笑》献给托尔斯泰。他立意掌握托尔斯泰现实主义的原则，于是他写了他最优秀的作品之一——小说《基督教徒们》。托尔斯泰同样看出年轻的安德列耶夫才华横溢。"他会出成果的，他是有些玩意儿。"他对古谢夫说。托尔斯泰目光敏锐地发现安德列耶夫早期创作中的两种倾向——现实主义和反现实主义——的时候，就努力通过自己的书信指导年轻的作家走上具体描写生活真实的道路，帮助他克服矫揉造作、违反自然的缺点。当收到他的中篇《巧笑》时，托尔斯泰坦率地写信告诉他："小说中有许多了不起的画面和细节描写。它的缺点是有大量人工痕迹和模棱两可的东西。"[①]在另一封致安德列耶夫的信中，托尔斯泰向他阐述了完整的现实主义美学纲领："第二，常常遇到的，而且我觉得特别罪过的是现代作家们（颓废派都站在这一边）都想成为特殊的、标新立异的人物，想一鸣惊人……这就失去了纯朴，而纯朴是美的必要条件。"在这封信的结尾，他提出忠告："对此（指写作。——编者）要花大气力，在写作时要使自己的思想最大限度地准确、清晰地融合在作品之中。"[②]

---

① 《托尔斯泰全集》，第75卷，第181页。
② 《列·尼·托尔斯泰论文学》，第596—597页，国家文学出版社，1955年。

但是，托尔斯泰的忠告对安德列耶夫没有起作用，没有改变他所遵循的文学发展方向。在安德列耶夫的创作中，对生活的有意识的自然主义描写越来越严重。他相信神秘力量对人的威摄，愚昧可怕的本能对人的统治。这就引起了托尔斯泰的谴责。还在1903年，安德列耶夫表现黑暗的兽性本能压倒人的光明、理智的本性的小说《深渊》发表以后，《新时代报》刊登了一篇署名索·安·托尔斯泰娅的文章，非常尖锐地批评了这篇小说。文章说，安德列耶夫"喜欢欣赏人生的丑恶、卑污。这种对恶习的喜爱毒害着不成熟的、道德修养不纯洁（像布列宁伯爵所表现的那样）的读者和不善于分析生活的青年"。①

这篇文章的正确评价，所反映的不单是索菲亚·安德列耶芙娜的意见，而且也是托尔斯泰本人的意见。亚·鲍·戈尔登威泽尔也证实了这一点，他说，托尔斯泰对《深渊》很厌恶。1909年，托尔斯泰对安德列耶夫的创作已经有了十分明确的看法，并在他的日记中写下了这种看法："晚间读安德列耶夫，印象很明确。早期创作好，晚期比任何评论文章所指出的都恶劣。"②但是托尔斯泰仍然不放弃使年轻的天才作家免遭毁灭的想法，——他的文学创作正沿着这条毁灭的道路发展着。1909年，托尔斯泰打算和他会晤，会晤没有实现。从给弗·葛·契尔特科夫的信中可以看出，托尔斯泰原想同安德列耶夫做一次认真的、也许甚至是严峻的谈话。他告诉契尔特科夫说："我还在等安德列耶夫，我一边等他，一边开始阅读他的作品。倘若他听话，我知道我该对他说什么。"托尔斯泰的这一希望看来没有实现，而且正如布尔加科夫所讲的，托尔斯泰非常不喜欢安德列耶夫在1910年发表的新作《粗心大意》。他读后指出："这篇东西写得有点莫名其妙，不是俄罗斯语言。"剧本《安代玛》同样给了他不好的印象，他甚至不忍卒读。

这样看来，两位作者在第一次会见时，实际上彼此早已很熟悉了。在托尔斯泰，对安德列耶夫创作个性的意见已经形成；在安德列耶夫，对两人之间——两位属于不同的文学流派的作家之间——的鸿沟已经有所意识。

从布尔加科夫详细描述的这两个作家的会见中可以清楚地感觉到，前来拜访雅斯纳雅·波良纳庄园的这个人是属于另一个文化界的人，生活方式是别样的，

---

① 《新时代报》，1903年，第9666期。
② 《托尔斯泰全集》，第57卷，第150页。

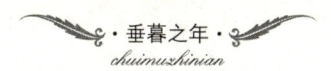

世界观也是别样的。这次会晤的见证人、日记的作者指出,谈话是空泛的。大家谈到了安德列耶夫对绘画、彩色照相的迷恋。"总之,"布尔加科夫最后说,"没有进行特别有意义的交谈……"

诚然,在托尔斯泰和安德列耶夫之间曾经有过一次重要的谈话。关于这次谈话,托尔斯泰暗暗写进了他的日记:"后来与安德列耶夫谈了一会儿话。他玩世不恭,而且总是蜻蜓点水。"[①]显而易见,布尔加科夫为我们引用的一句话,是托尔斯泰针对这次谈话脱口说出的。托尔斯泰在回答他的秘书的问题"他(指安德列耶夫。——编者)认为他的个人生活有意义呢,还是只满足他的作家荣誉"的时候,说道:"啊,不!我跟他谈过……相反,他说他现在什么也不写,他在考虑道德问题。"

可以猜想,托尔斯泰向安德列耶夫谈到了对他,即对一个作家的意见,谈到了由于他"写得太多",而且写的又都是抽象的、杜撰的颓废作品而引起的忧虑;当然,他想激起对方对严肃的生活问题的兴趣,想把自己心中的那种不安也灌输到对方的心灵深处。

托尔斯泰和柯罗连科的会晤就全然不同了。布尔加科夫描写的是两位作家的第三次会见。第一次是在1886年,当时柯罗连科刚刚从流放中回来,和尼·尼·扎拉托夫拉斯基一起去莫斯科托尔斯泰的府邸看望他,为的是建议他参加《俄罗斯思想》杂志的文学集会;第二次是1902年,在克里木。

柯罗连科不只是感到了托尔斯泰个性的魅力,他的完美的艺术魅力,他还想竭力参透托尔斯泰和"托尔斯泰主义"的本质。关于托尔斯泰,他写过许多论文、回忆录,写得尖锐、聪明、有见地。可以有把握地说,他所写的一切有关托尔斯泰的文章,就其分析之深刻、论断之精准、观点之中肯和精辟来说,是对托尔斯泰研究的一大贡献。托尔斯泰和柯罗连科相互关系的历史还有待于专门研究。不过有一点可以肯定的是,民主主义作家柯罗连科被托尔斯泰作品的"不可企及的精美"、"扣人心弦的真实"完全征服了。他看到了这些作品所蕴藏着的旨在反对地主专制的俄罗斯的爆炸性的力量。在他对"托尔斯泰主义"持完全否定态度的同时,明确意识到托尔斯泰的说教产生于这位"农民"作家的真诚的探索和对

[①] 《托尔斯泰全集》,第58卷,第41页。

社会不合理性的热烈抗议。所以当柯罗连科因在《俄罗斯财富》上发表猛烈反对托尔斯泰主义的长篇小说而收到列夫·尼古拉耶维奇的信后,他不仅拒绝发表这封信,而且认为有必要向作家的儿子讲明应该怎样理解"托尔斯泰主义":"您知道,我们不是'托尔斯泰主义者'。但是,第一,我们仍然不能不承认,这种学说有不少比您划为'愚昧者'更真诚、更正直、更聪明的信徒;第二,——说实在的,问题的关键就在这里——我们非常钦佩列夫·尼古拉耶维奇的所有呼声中的那种饱满情绪,钦佩他的坚贞、敏感的善良心地,——对整个生活骇人的不合理、对个人心灵和全人类制度之罪恶的揭露。"①对柯罗连科来说,托尔斯泰尽管有种种谬误,但他永远是一个捍卫人民利益的艺术家、思想家,是一个"真诚探求真理的人"。因此,他对托尔斯泰真心地、大胆地倾心相与,要求与之保持私人交往。

　　柯罗连科在文学界一出现,马上就引起了托尔斯泰的注意。青年作家的高度人道主义精神博得了他生动的评论。那是在1887年,当他读了柯罗连科的小说《海》之后,写信给弗·葛·契尔特科夫说:"这篇小说好极了。对囚徒的同情,对残暴的狱吏的恐惧,有如一切富有诗意的真正创作那样扣人心弦。"②大家知道,托尔斯泰是《俄罗斯财富》的读者,他在某种程度上对这一杂志很有好感。他不只一次向柯罗连科提出各种要求,主要是要他相对刊登一些初学写作者的作品,但不宜太多。应当把柯罗连科获得最广泛声誉的论文《司空见惯的现象》的发表看作他们关系的转折点,——这是俄国进步的政论文中的一篇杰作。阅读《司空见惯的现象》对《我不能沉默》的作者产生了极其强烈的影响。他感到自己和这个有着"坚贞、敏感的善良心地"及对劳动人民的要求、利益积极关注的勇敢、正直的人十分亲近,因此,在朗读过这篇文章后就立即写信向柯罗连科讲述了自己的感受:"我刚刚听完朗读您的那篇论死刑的文章,在朗读的时候我虽然竭力克制自己,但是仍然不能自持,——不是眼泪,而是放声大哭。为了这篇无论是从表述与思想,还是从情感上来说都卓越无比的论文,我要向您表示我无以言喻的感激和爱戴之情。"③托尔斯泰看出文章表现了"善和真的理想",认为"应该

---

① 《柯罗连科全集》,第10卷,第321页。
② 《托尔斯泰全集》,第86卷,第23页。
③ 《托尔斯泰全集》,第81卷,第187页。

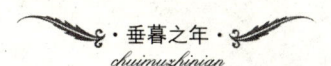

反复阅读它,并且上万份地散发"。这封信当即就被发表,促进了文章的普及,扩大了社会影响。柯罗连科赠送给托尔斯泰的《司空见惯的现象》单行本第一版扉页上的题词是:"赠列夫·尼古拉耶维奇·托尔斯泰。无限感激他在道义上的巨大支持。弗·柯罗连科。"这决不是偶然的。

这两位彼此感到是战友的作家之间发生的这种精神上的接近,在他们刚一见面就表现出来了。布尔加科夫说,他们俩立刻谈到国家社会生活和文化生活的许多严肃、重大的问题。谈话非常生动,毫不拘束,涉及到了《司空见惯的现象》一文、斯托雷平的农业改革、文学中的颓废主义现象等。虽然布尔加科夫也强调了柯罗连科的独立不倚的立场、论断之成熟独到、整个内心历程的富于特点等,但是在他的表述中,对柯罗连科思想有某些不透彻、不充分的地方,这就可能会对这位杰出的俄国作家的观点产生误解。例如,布尔加科夫引用了托尔斯泰对"颓废派"艺术所说的一些话,这些话表明,他把现代派看作是歪曲生活的"矫揉造作,标新立异",认为它起源于"为富人阶级服务的欲望"。可柯罗连科对颓废主义几乎不置可否。然而,众所周知,柯罗连科是一个坚决否定颓废主义艺术思潮不亚于托尔斯泰的人,他不只一次地反对这种思潮,并在俄国本身的现实生活中去寻求解释。

布尔加科夫说,柯罗连科不知为什么对11月9日法令的看法很谨慎。实际上,这很可能是由于什么原因,他这一次没打算表示自己的意见,但是不应该因此认为,这位民主主义的作家可能对沙皇这一极端反动的土地改革政策有好感。这只要看一看由他主编的杂志《俄罗斯财富》,就足以证明柯罗连科对斯托雷平改革使农民的命运受到了毁灭性的影响是给予过彻底清算的。

布尔加科夫描写了两位作家的一次特别值得注意的交谈。通常,总是托尔斯泰成功地把交谈者吸引到他自己感兴趣的话题上,引起对方注意他所关心的宗教、道德、生活意义、对上帝的认识等问题。这一次情况却全然不同。这一天,客人吸引雅斯纳雅·波良纳餐厅里参加谈话的人们对艺术、典型化原则进行了长时间的富有内容的议论。东道主对这些问题也积极发表意见,尽管他对议题持有一种轻视的态度。柯罗连科当时对托尔斯泰创作中的典型化问题发表了有趣而中肯的意见。他指出,托尔斯泰的人物性格不是某种凝固的、堆砌的东西,而是处在不断的有机发展和变化之中,真正反映着作家创作方法的特点和谙熟"心灵的辩证

法"的天才。另一方面他坚信托尔斯泰的美学思想是富有代表性的,艺术家应该从现实生活中捕捉自己的形象和性格。"在生活中,"托尔斯泰说,"有着多么丰富多彩的性格啊!存在着多少形形色色的变动和组合啊……而某些性格特点的组合就是典型化的性格,其余的一切则接近于典型。"

为后代保留下来的描写俄罗斯两位大作家的最后一次会晤情景,是如此感人而又详细;它证明他们在对俄国压迫人民的官僚专制体制的仇恨中,在捍卫真正的现实主义艺术中,彼此是多么亲近。

读者谈到布尔加科夫日记中托尔斯泰对农民作家谢·迪·谢苗诺夫(他的名字现在差不多已被遗忘了)一再大加赞赏的那些话,一定会感到惊讶的。布尔加科夫说,托尔斯泰把库普林、魏列萨耶夫、安德列耶夫的书放到一边,单只是为了充分欣赏谢·迪·谢苗诺夫那简单明快的故事。还是在1894年为谢苗诺夫的《农民的故事》写的序言中,他就说明,之所以对谢苗诺夫的创作感兴趣,乃是因为"它的内容总是那么重大,重大的原因是它关系到了俄国最重要的阶层——农民。谢苗诺夫了解农民,这是只有本人过着沉重的农村生活的农民才能了解的"[①]。布尔加科夫在日记中引证了托尔斯泰的话,表明托尔斯泰对谢苗诺夫的观点和态度仍然没有改变:"……整个农民的生活将会崛起,您知道,就这样从下面崛起。我们老是从上面看它,可是这时候它将自下而起。"

托尔斯泰抱着"只为亚辛卡、杰略京基、雅斯纳雅·波良纳"写作的夙愿,完全转到亚辛卡农夫的立场上,对文学和艺术中的这类作品表现出特别明显的喜好,只要这些作品描写的不仅是俄罗斯农民,而且是农民的观点占主导地位就行;只要这些作品肯定落后农民的宗法制理想,肯定农民的意识及其所固有的全部才能就行。

托尔斯泰对待谢苗诺夫,对待画家奥尔洛夫的态度,正像对科学、文明、进步的态度一样,反映了作家世界观的矛盾。从千百万农业生产者的立场出发,"来自下面的观点"本身就不仅带有狂热地反抗"暴力和不合理"制度的性质,而且带有为浅陋的农民民主主义、古老的宗法制俄国辩护的性质,从而导致了对高级艺术、技术成就和人类知识进步的否定。

---

① 《托尔斯泰全集》,第29卷,第214页。

通过布尔加科夫所引述的托尔斯泰的一些言论，可以清楚地看到，托尔斯泰对科学，对现代文明的理解是多么艰难，多么复杂。十分清楚，这种理解根本不是要绝对否定人类智慧的伟大成就。托尔斯泰观察了劳动人民备受折磨、贫苦交加的生活，看到在资本主义社会制度下，科学成就与技术成就只不过是剥削、压迫人民的新手段而已。"首先使人注目的是，这些飞机和炸弹的引进，是加给人民的新捐税。这就是实际例证，说明在一定的社会状况下，任何物质的改善都不能带来益处，而只能带来危害。"这就是托尔斯泰在看了俄国政府预算统计表后得出的结论。他看到科学技术的进步在资产阶级私有制的社会里总是伴随着人民处境的极其恶化、税务负担的加重、贫穷和苦难的增长。但是他从自已正确的观察中却得出了复杂的结论。托尔斯泰不是号召对现实进行革命的改造，以使与创造者人民异化了的科学、艺术财富重新还给人民，而是怀疑这些财富本身的合理性和有益性，对它们抱着怀疑主义、不信任的态度，幻想回到原始的、宗法制的社会生活中去。有几句充满痛苦的沉思的话就反映了他的这一思想："他们将来会飞上天的，但我却希望他们最好还是种庄稼、洗衣服。"他对伊·伊·戈尔布诺夫—波沙朵夫的孩子们说。

托尔斯泰的民主主义思想决定了他在当时社会政治斗争中的地位，形成了他与俄国资产阶级自由主义思潮之间的不可逾越的障碍。布尔加科夫的叙述证明了这一点，托尔斯泰本人"参加"第二次全俄作家代表大会的文件也证实了这一点。

1908年，召开了全俄定期刊物活动家代表大会之后一年，在俄国杂志家中间产生了举行第二次全俄作家代表大会的想法。原拟在第二次代表大会上将提出和解决刊物的法律章程问题，民族的（异民族的）报刊章程和书报检查制度问题。但是政府竭力想使这次自由主义者的会议带上没有政治危害的色彩，像第一次代表大会一样，从会议大纲中取消倘若展开讨论就势必要提出政治性问题的所有议题，因为这样一来，就很可能引起反政府的游行示威。围绕着这次即将召开的会议展开了激烈的斗争。马克思主义的报刊主张召开会议，甚至提出一个不很完整的纲领，认为这样做有利于借用这一合法的讲坛公开讨论社会生活和思想领域中的迫切问题。一方面，极右党派担心大会可能要采取不合他们心愿的方向，因而反对大会；而俄国知识界的某些反对派团体和不满政府对大会事务与大会纲领

干涉的人们也反对大会。筹备委员会中为首的是一些不会引起当局任何怀疑和担忧的人。而且资产阶级自由主义温和派的典型代表、杂志家格·康·格拉朵夫斯基和官衔显赫的国家杜马代表米·亚·斯达霍维奇把大会完全搞成了沙皇的官僚机构。会议的组织者们妄图让大会采取纯粹官方的设施,但是为了掩饰它的真面目,他们认为重要的是争取俄国著名作家柯罗连科、库普林参加大会,并用托尔斯泰的伟大的名字为它"涂脂抹粉"。格拉朵夫斯基给索·安·托尔斯泰娅写信,请求她向那个作为俄国文化的荣耀和良心的人委婉相告,希望收到他给大会的贺信。但是对种种社会伪善异常敏感的作家一眼就看穿了这次文学家和官方杂志家的会议的主导思想是什么。布尔加科夫提供了一些详细情况,强调托尔斯泰致大会的贺信是在他的家庭成员的影响下写的。"那朗读的口气(指读格拉朵夫斯基的信。——编者)表明,列夫·尼古拉耶维奇似乎不愿意'祝贺'大会……'我该怎样回答格拉朵夫斯基呢?'索菲亚·安德列耶芙娜不安起来。列夫·尼古拉耶维奇叫她去请教当时正在这里的米·谢·苏哈金:'他什么都知道!'苏哈金主张'祝贺'。'须知他们是作家,您也是作家,你们之间毕竟有共同的东西吧?'他对列夫·尼古拉耶维奇说。'当然有啊!'他严肃地深有同感地回答。"托尔斯泰寄给大会的贺信完全不合会议组织者们和索菲亚·安德列耶芙娜、米·谢·苏哈金的意愿。在贺信中托尔斯泰表达了他对专制制度的无比仇恨,与执政阶级的政策绝不妥协的决心。他写道:"而且我认为,在我们的时代,任何有自尊心的人,更不用说作家,都不应该心甘情愿地同那帮误入迷途、淫荡腐化的恶棍——我们称之为政府工作人员——狼狈为奸。而用这些人的命令指导自己的行动,这就与人的尊严更不相容了。"[①]大会的组织者们情愿装作没有注意到这记耳光,也要违背托尔斯泰的意愿,只宣读他贺信中说他赞同把作家团结起来的思想那一部分,完全回避了具有尖锐的揭发性的那一部分。而且他们想显示出一切都无所谓的样子,即使见不到托尔斯泰本人,但他毕竟参加了这次会议,并同他们是团结一致的。根据米·亚·斯达霍维奇的建议,通过了致托尔斯泰书:"听取了您的宝贵的贺信和米·亚·斯达霍维奇关于建立以您的名字命名的博物馆的报告,作家代表大会一致致意俄罗斯大地的尊贵作家,并祝愿他为今后富有成果的创作而贵体安

---

① 《托尔斯泰全集》,第81卷,第211页。

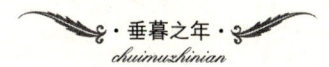

康。大会重申了1908年代表大会的愿望，让俄国人民有可能和整个文明人类同样自由地享有您的全部创作。"但是这幕喜剧没有得逞，契尔特科夫受托尔斯泰委托，发文抗议断章取义地宣读他的信，歪曲他的信，致使人们对这位伟大的俄国作家对待大会的真实态度产生错觉。

代表大会虽然召开了，但是被邀请的大作家谁也没有到会，许多报刊杂志、出版社，特别是省一级的代表缺席。在会议上讨论的主要不是具有特别重大意义的问题，而且在格拉朵夫斯基的主要报告《谈刊物同人对法庭所负之责任》中，公开为迫害思想进步的作家和杂志家的司法系统开脱罪责。

在与这次代表大会有关的整个事件中，托尔斯泰始终表现了他平生最突出的特点——高度的正义感、原则性和英勇无畏的精神。

布尔加科夫为我们保存了托尔斯泰关于艺术创作本质、艺术使命的许多极有价值的论述，这些见解和托尔斯泰的全部美学遗产都是学习高度现实主义技巧的真正学校。

阅读布尔加科夫日记的这一部分，我们明显地看到这位大智大慧的现实主义艺术家是怎样战胜他的偏见的。我们看到，托尔斯泰在他所从事的面向世界的创作中，在和朋友们的倾心交谈中，在同敌人的论战中，永远是独一无二的。

三

迫使托尔斯泰离开雅斯纳雅·波良纳，最后死在一个偏僻荒凉的小站上的那出生活悲剧，一直没有停止拨动人们的心弦，激动人们的思绪，尽管自从演出那场悲剧以来几十年过去了。理解、同情托尔斯泰之伟大的人们都清楚，充斥1910年那个难忘之秋的各家报纸的种种毫无价值、耸人听闻的胡说八道，与迫使托尔斯泰在垂暮之年弃家出走的真实原因风马牛不相及。

从那时以来，研究托尔斯泰生平创作的专家们掌握了大量新资料：托尔斯泰本人的日记、书信；他的亲人们的笔记；同时代人的回忆。这些资料使理解作家在他生命的最后几个月内所处的那个复杂环境有了可能。

在布尔加科夫的日记里有许多描述托尔斯泰痛苦难熬的晚年事件的详细材

料。布尔加科夫是在1910年1月到的雅斯纳雅·波良纳，当时他几乎只认识托尔斯泰，同其他家眷、朋友和这个家里的常客是生疏的。他在这所住宅里实际上是个外人，但是他对那个招他来这里的人无限热爱，无限忠诚。这有助于他客观公平地叙述他在将近一年的时间里所观察到的一切。

托尔斯泰的两个同时代人——马克西姆·高尔基和罗曼·罗兰——高度评价布尔加科夫的日记，这并不是偶然的，因为它真实可信，也因为日记描写了那些因其对作家晚年生活的干涉而使之变得阴暗的人们。高尔基看过国外发表的这本日记的新的几章后，写信给罗曼·罗兰说："我在旅途中给您写信。感谢您美好的来信，并请您注意布尔加科夫描写托尔斯泰残年的那本书，它使契尔特科夫所起的可悲作用大白于世。"[①]就在这封信里，高尔基让罗兰参阅他的特写《索·安·托尔斯泰娅》。在这篇特写里，他发表了与弗·葛·契尔特科夫的《托尔斯泰的出走》一书迥然不同的意见，对索菲亚·安德列耶芙娜在托尔斯泰生活中的作用和地位表示了自己的看法；对雅斯纳雅·波良纳庄园里所发生的那些事件做了有价值的、在许多方面是公正的说明。

在关于托尔斯泰的文献资料中，有一种不正确的观点，认为"列夫·托尔斯泰的妻子是他的恶魔，她的真名叫冉底匹"[②]。马·高尔基坚决反对这种说法，因为从这种观点只能得出一个结论：迫使托尔斯泰在临终前离开自己的家庭、亲人的唯一原因只是他妻子的那种不堪忍受的性格。

从布尔加科夫的日记，而且从托尔斯泰本人的日记、书信和同时代人的回忆录，都可以看出这个问题相当复杂，况且只用家庭关系或契尔特科夫的干涉来解释这一巨大的、严肃的精神悲剧，对缅怀这位"极其伟大的长者"是一种亵渎。

布尔加科夫的日记表明，在这悲惨的一年之前就早已形成的、人事关系盘根错节的事件，使托尔斯泰的晚年笼罩上了阴影，导致了"绝望的爆发"，使得"烈火般的风暴在临终时骤然旋起"，结果"把他从家中抛到了亡命的路上"[③]。

布尔加科夫的日记使我们相信，并不是因为索菲亚·安德列耶芙娜的精神状

---

① 《高尔基全集》，第29卷，第421—422页，国家文学出版社，1953年。
② 《高尔基全集》，第14卷，第301页，国家文学出版社，1953年。
③ 罗曼·罗兰：《英雄传略》，"时代"出版社，第311页。

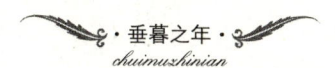

态,歇斯底里大发作和她的喜怒无常,才使托尔斯泰在自己的家中难以容身,使他在一个漆黑的秋夜去面对新的命运。对于这件事,布尔加科夫绝没有隐瞒索菲亚·安德列耶芙娜的真实情况,即她当时已频于疯狂,她自己也为自己残忍之至的嫉妒行为所苦恼,可又用歇斯底里的争吵把年迈的托尔斯泰搞得精疲力尽。他没有隐瞒她是怎样使伟大作家对生活感到忧郁的。然而,在索菲亚·安德列耶芙娜健康的时候,在家庭生活关系平静、正常的时候,托尔斯泰不也有过出走的念头吗?

那还是在1884年,托尔斯泰就试图从家出走,但是因为可怜就要分娩的索菲亚·安德列耶芙娜,他中道返回。离家出走的念头折磨、苦恼了托尔斯泰许多许多年,这次出走意味着他与那个"被疯狂包围"的世界的彻底决裂,——那是一个以谎言、以广大民众的痛苦和赤贫为基础的世界;是与已经成了他的"心灵的牢狱"的家庭,与上流社会穷奢极侈的生活方式、仆人、马车等的决裂。一边是自己的享有特权的情景,一边是由于饥饿、劳苦和贫穷而精疲力尽、愚昧蠢钝的农民,由此而生的痛心的耻辱感,使得作家心如火焚,几成灰烬。

1905年革命之后,——用托尔斯泰的话说,这次革命使"我们俄国人民突然看到了自己处境的不合理"①,——广大农民仇恨、抗议现存社会制度,反对地主把他们耕作的土地掠夺过去的斗争尖锐到了极点。这种矛盾在托尔斯泰身上同样变得尖锐起来。他的晚年的日记充满了作家由于自己的贵族生活,由于待在地主老爷的庄园里而感到极其痛苦的倾诉。"不愉快的一面越来越严重,叫我耻辱,令我肠断,——这就是我生活于其中的环境、条件,特别是土地问题,即借助土地私有制奴役人民的问题。虽然生活在这种环境中是直接违反我的意愿的、痛苦的,但我又不得不这样。我从来没有像现在这样痛苦地感觉到农奴制的滔天罪孽,从前所感到的连现在的百分之一也没有。"1909月5月25日,托尔斯泰在给契尔特科夫的信中这样写道(国立托尔斯泰展览馆)。在一年后所做的笔记里,谈到这种日益加强的痛苦时又说:"没吃午饭。想到自己生活在那些挣扎于饥寒交迫的死亡线上、为了挽救自己和家人而劳作的人们中间有多么卑鄙而痛苦忧郁。昨天15个人吃煎饼,五六个家人奔忙,才勉强来得及准备、传送食物。叫人心痛的羞愧,真可

---

① 《托尔斯泰全集》,第58卷,第24页。

怕。昨天从几个石匠身边走过，就好像赶着我受夹队鞭刑一样。是的，穷苦、嫉恨和对富人的憎恶是沉重的、痛心的，但我不知道，自己生活之可耻是不是也叫人痛心。"①

这种深沉、尖锐的感觉一刻也没有离开过托尔斯泰，它毒害了他的生活，消耗了他的精力，可怕的悲痛摄住了他的整个身心，夺去了他的快乐和安宁。布尔加科夫讲到托尔斯泰被这强烈的感受压迫着，依稀生活在与雅斯纳雅·波良纳的日常生活的忧乐完全隔绝的空空四壁之间。漫长的冬日过去了，春天来了，索菲亚·安德列耶芙娜吩咐不在餐厅里吃饭，把饭桌摆在阳台上。"怎么样，好吗？"她问托尔斯泰。"啊，不，不好。干吗要摆到耻辱的地位上呢？人来人往的，全都看得清清楚楚。"

想到他的学生和信徒们在坐狱，在流放中颠沛流离，而他，新宗教学说的鼓吹者，被禁止的、反政府的、猛烈的揭发性著作的作者，却被沙皇政府置于一种安然无恙、虚伪可笑的境地里，这同样使托尔斯泰痛苦不堪。托尔斯泰收到的许多书信也加剧了他的这种痛苦，因为他所过的生活与他所宣传的学说和他认为唯一正确合理的道德原则是格格不入的，譬如，E.别杜霍娃的信就是这样，她问托尔斯泰："怎样使您的生活和您的学说协调一致呢？您的生活和您的学说是矛盾的，这至少明显地反映在您对私有财产的态度上。在这里包含着任什么都不能开脱的、严重的矛盾……假如我是个革命者，我就应该蹲监狱或上绞架；假如我否定私有制，我就应该光着脚，——这话即使不全符合它的原意，也是十分接近其原意。"②这样的信还有很多。

布尔加科夫提到基辅大学生鲍里斯·曼卓斯的信，他向托尔斯泰呼吁，要他"放弃伯爵地位，把财产分给自己的亲人和穷人，不留分文，做一个从这个城市流浪到那个城市的乞丐"。这封幼稚而狂热的信使托尔斯泰十分不安，读过信后，他说："……要不是因为女儿，我早就走了。"

布尔加科夫讲到，托尔斯泰带着极为痛苦的心情不只一次自言自语说，他似乎觉得所有的人都在谈论他："这个该死的老东西，说的是一套，做的是另一套，

---

① 《托尔斯泰全集》，第58卷，第37页。
② 《托尔斯泰全集》，第58卷，第316页。

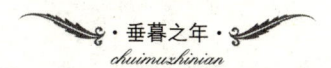

生活的又是一套：到你咽气的时候，你也是个伪君子！"所以他感到曼卓斯的信十分合他的心思，而他的回信也写得非常坦率、诚恳："您的信深深打动了我。您劝我做的那件事，是我梦寐以求的夙愿，但是直到现在我还不能那样做……做这件事，只能也只应该在这样的时候——那时，这样做已经势不可免，但不是为了假想的外在目的，而是为了满足内心的要求；那时，继续留在原来的状态中从精神上已不再是可能的了，正像从肉体上来说只要不休息，就不能不咳嗽一样。我离这种局面已经很接近了，一天比一天接近了……我和妻子女儿生活在一个家里，在满目贫穷的环境中过着可怕而可耻的豪奢生活，这一情况不断地、也越来越残酷地折磨着我，我没有一天不在思考着完成您的忠告。"①

应该从这一团混乱中得出什么结论呢？这就是托尔斯泰不断思索的问题，这种思索从19世纪80年代他的世界观转变完成以后就开始了。1885年，他写信给弗·葛·契尔特科夫："我陷入了困境，想一死了之，或者计划逃走，利用自己的地位彻底改变整个生活。"这封信是用几行反映托尔斯泰悲剧的全部深度、他的全部痛苦的凄惨的话结束的："难道我必须这样去死？在这个疯狂的、不道德的家里再连一年也不能住了吗？这个家每时每刻都逼得我痛苦不堪，使我哪怕连一年合乎人性、合乎情理的生活都不能过，——也就是说生活在农村里，而不是在贵族庄园里；生活在茅舍里，在劳动人民中间……"②渴望改变自己的生活方式，离开这个"老爷们的王国"，消除把他和庶民百姓划分开来的鸿沟，在他的晚年以日益强大的力量控制了他。

但是为什么托尔斯泰没有实现那个萦绕心头、折磨了他有10年之久的夙愿呢？问题当然不在于托尔斯泰的个性，——他是一个诚实的、原则性很强的、不会昧着良心做事的人。答案应当在托尔斯泰的哲学中、不抗恶的学说中、用道德的自我完善改造现实的理论中和他对为了"外在的目的"而行动的蔑视中去寻找。在对整个"吃人"的制度嫉恶如仇的同时，托尔斯泰的哲学注定了他与自己的苦难的和解。由于被教条主义和狭隘的宗教伦理学说所束缚，使托尔斯泰不能采取任何步骤舍弃他的贵族生活和他的家室，于是只好用爱、用经常不断的精神自我折

---

① 《托尔斯泰全集》，第81卷，第104页。
② 《托尔斯泰全集》，第85卷，第223—224页。

磨来和"恶"作斗争。

囿于自己天真、空幻的信念,在自己跟自己做着残忍斗争的同时,他企图"天天"都温顺地肩负起"自己的十字架"。托尔斯泰本人由于被亿万俄罗斯农民情绪的反映——宗法制幻想所左右,像农民一样害怕革命的暴风骤雨,所以他注定要遭到深刻的无法解脱的悲剧。但是1905年的革命在人民的生活和思想中打下了深深的烙印,同样也带来了"托尔斯泰主义的历史终结"。广大农民开始热情地根除自己的政治不成熟性,自己的软弱,对上帝的期望和对"大规模的暴风雨"的恐惧。这不能不在托尔斯泰身上也反映出来,因为人民生活最深处所完成的一切都要在他身上敏锐地反映、集中起来。他反叛剥削阶级社会的行为越有力,与家庭的分歧越尖锐,对自己的说教之可怜无补的念头越益频繁地闪过脑海。"对未知、灵魂、上帝和未来生活等问题解决得越明确、彻底,对道德问题、生命问题的态度就越模糊、犹豫。"[①]——托尔斯泰在日记中写道。宣扬宗教的文集的发奋写作伴随着怀疑情绪的增长。"越热衷于这一工作,我对这一切就越反感。应该赶紧摆脱,承认这一切都是愚蠢的。"[②]这就是他在紧张工作的时候写下的话。他在另一本笔记中对自己的著作痛心地批评说:"这是迂腐、教条。"在布尔加科夫所记述的这一年里,与作家具体生活条件有关的状况,与他周围的亲人、朋友们的脾性人格有关的事情,在加深着他内心逐渐明确起来的这一主要的、基本的思想冲突。所有这一切都使托尔斯泰"继续停留在原来的状态中从精神上已不再是可能的了",于是,悲剧性的结局终于完成了。

布尔加科夫的日记有助于说明1910年雅斯纳雅·波良纳事件的所有自觉不自觉的参与者所起的作用。

在托尔斯泰与妻子之间,在他的世界观发生了根本变化、站在"底层"劳动人民一边之后,出现了内心的隔阂,筑起了一道互不相通的冷漠的高墙。索菲亚·安德列耶芙娜不同情丈夫的追求,不赞同他的结论,不理解他对当时社会现实的批判。还在1883年她就曾写信给她的妹妹塔·安·库兹明斯卡娅开诚布公地说:"我承认这是光明,但是我不能走得再快了,人们、环境和我的习惯压迫着我。"[①]托

---

① 《托尔斯泰全集》,第58卷,第10页。
② 《托尔斯泰全集》,第58卷,第11页。

尔斯泰对农民、对庄稼汉们的命运表现出来的强烈兴趣和不倦关怀使索菲亚·安德列耶芙娜不理解，也不愉快。托尔斯泰从雅斯纳雅·波良纳写给妻子的信是有趣的，他说："农村生活这个大浴场对我是必不可少的。"②而就在这时，索菲亚·安德列耶芙娜从莫斯科家中写了一封信，仿佛是给他的回答："我是个城里人，我无论如何不能去判断并想着去喜欢农村和老百姓；用自己的一生去爱，这我不能，而且永远不会……我现在不理解农民，将来也不理解。"③这种对实际上决定了托尔斯泰社会立场和一生命运的那个问题的两种断然不同的态度，造成了夫妻之间的深刻分歧。索菲亚·安德列耶芙娜没有追随托尔斯泰，不接受他的学说，她直到临死都是一个地主私有者，享有她应得的特权地位、贵族生活，认为社会不平等、剥削和压迫制度是天经地义的。这归根到底是由她的品行、欲望决定的，亦即由保护老爷们的土地和庄园，防止庄稼汉们抢去；不放弃托尔斯泰的著作权，保护贵族权利和伟大作家的遗产收入并传给子孙后代决定的。然而，因此认为只是由于身为一个大家庭的当家人、做母亲的自私心理和感情才妨碍了她与托尔斯泰站在同一条战线上，追随他走"精神运动"的道路，那就太轻率简单了。对生活和实际事务的操心，解决正在成长中的孩子们的命运的必要性，使她在思想上和托尔斯泰学说之不合逻辑性发生了冲突，使她感到了这一学说的抽象无力。许多人责备索菲亚·安德列耶芙娜对托尔斯泰思想发展所遵循的民主主义的基本路线不同情，没有好好地关心他，不知分寸。但是不应该怪怨她不能改变自己和全家的生活以迎合托尔斯泰的信仰。尽管思想上存在着严重分歧，她仍然是托尔斯泰的亲爱者；他也需要她，也决不愿意因自己的出走而使她难过。1904年，当托尔斯泰听爱尔梅·毛德——他的传记的英国作者、追随者说，国外流传着有关他妻子的各种污秽卑劣的谣言时，他当即辟谣说："我和妻子的关系，我对她的尊重和爱，我们四十年来和睦的家庭生活，在我们的所有熟人中无人不晓，我妻子名满天下，以至使得任何一个记者的文章都可能对她的声望产生某些影响。"④在出走的前夜

---

① 引自B.A.日丹诺夫《列夫·托尔斯泰生活中的爱》一书第2册，第26页，由沙巴什尼科夫兄弟社（M.和C.）出版，1928年，莫斯科。

②③ 《托尔斯泰全集》，第83卷，第453页、458页。

④ 《托尔斯泰全集》，第75卷，第125页。

写下的告别信中，他充分肯定了自己对她的感激和尊重，——她差不多有半个世纪一直是她最亲近的人和忠实的侣伴。所以，托尔斯泰在妻子严重妒忌的日子里，总是对她百般温存、谦让、爱抚，避免一切可能刺激她、引起她嫉妒的事情。从布尔加科夫的日记中可以看出，托尔斯泰实际上很孤独，他的朋友和追随者毫不怜悯地把他拖到斗争中去，唐突、粗鲁地干预他的生活，把内讧、盲目固执、庸俗的原则性、无聊的屈辱和许多别的与托尔斯泰本人毫不相干的事情带进他的生活中。风烛残年的列夫·尼古拉耶维奇突然发现自己处在剑拔弩张、势不两立的内讧中心。托尔斯泰的传记作者、朋友巴·伊·比留柯夫在他的传记中指出："来到这里（指雅斯纳雅·波良纳。——编者）的人都得到一种两个党派斗争的印象：一派以契尔特科夫为首，他在雅斯纳雅·波良纳的支持者是亚历山得拉·列沃芙娜和瓦尔瓦拉·米哈依洛芙娜；另一派是索菲亚·安德列耶芙娜和她的儿子们。"[①] "雅斯纳雅·波良纳成了一座要塞。"布尔加科夫也说。他的日记对了解契尔特科夫的行为及其对雅斯纳雅·波良纳事件发展的影响提供了许多情况。

　　契尔特科夫在托尔斯泰的生活中起了很大的作用。托尔斯泰是在因精神上的孤独、因和家人失去心灵上的接近而备受苦痛的艰难时期，遇见弗·葛·契尔特科夫的。作为属于贵族上流社会一个显赫的军官，契尔特科夫这时候同样经历着一场思想危机，这一危机就其主要倾向来说，与托尔斯泰所思索、感受的正相吻合。契尔特科夫抛下服役，牺牲了光辉前程，回到自己的庄园里齐诺夫卡，以便像德米特里·聂赫留朵夫那样为农民效劳，把他本人和他显贵的祖先们从农民手里夺去的那部分——即使是很少的一部分——财产归还给他们。也和托尔斯泰一样，他像得了病似地想到自己的家产，认识到一边是自己的特殊地位，一边是饥饿的、在乌烟瘴气的农舍里被骇人的生活所摆布的农夫们，这是不合法的。"他和我一样，被同一个要害问题惊呆了。"托尔斯泰认识契尔特科夫后当即在日记中写下了这句话。从1883年开始的这一友谊一直保持到作家逝世。在这一友谊中，契尔特科夫所扮演的角色是：托尔斯泰思想的热情宣传者；扩大揭露者托尔斯泰在全世界的影响的国外自由刊物的组办者；托尔斯泰的被沙皇政府禁止的作品的出版人；托尔斯泰手稿的收集者和保存者。契尔特科夫功劳之大是无可估量的，他

[①] 巴·伊·比留柯夫：《列·尼·托尔斯泰传》，第4卷，第208页，国家出版社，1923年。

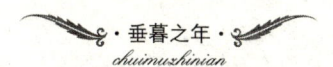

为后世保存了托尔斯泰的大量手稿、日记、书信。这一切都是最珍贵的遗产，依靠这笔遗产，我们才有可能详尽地了解作家许多作品的创作经过，深入地研究这位最伟大的语言艺术家所走过的文学创作道路。托尔斯泰屡次打算证明契尔特科夫是一个忠实可靠的朋友，热情的崇敬者，不倦的活动家；为了构成托尔斯泰生命的最后10年间的全部思想和内容的那个事业，他不遗余力，不惜资金。所以布尔加科夫所引述的托尔斯泰的那句玩笑——如果他必须为自己想出一个朋友来，那么他不会想到有比契尔特科夫更好的了——本身含有重要的真理成分。托尔斯泰对契尔特科夫的眷恋是真心实意的，他需要契尔特科夫，需要他的友谊，也需要和他来往。

索菲亚·安德列耶芙娜对契尔特科夫一向怀有妒忌，对他从来没有特殊好感。但是在那些年里，总的来说她的行为举止是安分的、有礼貌的。当契尔特科夫被驱逐出图拉省时，她甚至还发表文章表示抗议。然而她憎恶他，对他在托尔斯泰的生活中占有那么大的位子非常忌恨，这也是显而易见的。契尔特科夫插手于家务事，对托尔斯泰的特殊亲近伤害了她，加深了她的妒忌。长时间折磨着她的屈辱感变成了暴躁的嫉妒，在严重的家务纷争和病态发作中表现了出来。正像布尔加科夫描写的，有病的索菲业·安德列耶芙娜失去了忍耐性和自制力，但契尔特科夫也显得太缺乏善良心肠了，虽然这是出于对想用退让迁就来缓和雅斯纳雅局势的托尔斯泰的同情。布尔加科夫向契尔特科夫转达了索菲亚·安德列耶芙娜的请求，把他保存的托尔斯泰的日记退还给她，因为只有她才是托尔斯泰全部日记的保管人。契尔特科夫拒绝了她的要求，因此雅斯纳雅·波良纳的局势更加复杂化了。

布尔加科夫的日记提供了许多证据，证明契尔特科夫由于他的宗教狂热病，无论在什么事情上都执意要使托尔斯泰的生活与他所宣扬的学说相符合。尽管他对托尔斯泰真心爱戴、无限崇敬，但是对他表现得残酷鲁莽，不愿意承认他面前的是一个风烛残年的老人。契尔特科夫对年迈的作家的监护并不总是很有分寸的。他派布尔加科夫去雅斯纳雅·波良纳担任秘书和助手时，让他带着复写本，要求他把他的日记副本寄给他，以取得托尔斯泰家里的所有情报。布尔加科夫的话证实了保存在国立托尔斯泰展览馆手稿部里的同类文献。契尔特科夫应托尔斯泰的要求，为安慰索菲亚．安德列耶芙娜，停止了造访雅斯纳雅·波良纳。他被托尔斯泰身体欠安的消息所激动，于7月15日发出一信，寄给托尔斯泰的女儿亚历山得拉和达吉亚娜。信的内容是这样的:"我坚决要求布尔加科夫——如有可能——留在雅斯纳雅,直到列夫·尼古拉耶维奇病好为止,并不间断地简要记下那里所发生的一切,以便在我向他询问不论什么事情的时侯,都能立即得到他的答复,并把那些随时记录下来的不断给我带来……如果布尔加科夫不能满足我的请求,——不仅报告关于治疗方面的,而且报告那里所发生的一切——那么,我请求这个家庭里的另一位经常在家的人把这事办一下。"

我们不知道契尔特科夫收到这样的报告没有,但不管怎样,托尔斯泰的健康刚一恢复,就在契尔特科夫的直接影响下,终于跨出了那致命的一步——秘密签订了合乎法律程序的遗嘱。这一步使整个冲突变得异常尖锐起来。

"1910年雅斯纳雅·波良纳的生活、谈话、书信,当时的日记,最后是父亲离开雅斯纳雅·波良纳——所有这一切也许只有和父亲的遗嘱联系起来理解才是正确的。"①——谢·列·托尔斯泰在他的回忆录中正确地指出。布尔加科夫也同样向我们证明了这一点。他指出全家生活的转折点是7月22日。那天,托尔斯泰在克鲁蒙特森林里签署了一个文件,剥夺了他的妻子和儿子们对他的文学遗产的继承权。托尔斯泰宣布女儿亚历山得拉·列沃芙娜是他的继承人;她死后是达吉亚娜·列沃芙娜·苏哈金娜。托尔斯泰在遗嘱中让女儿们享有文学遗产的私有权,纯粹是一种形式,这是由于俄国存在着遗产继承法引起的。托尔斯泰确信女儿们不会享有这一权利,但她们会完成他的凤愿,即"预防出现把它们(著作。——编者)变成什么人的私有财产的可能性"。遗嘱中还有一个附录,由契尔特科夫根据托尔斯泰的委托起草,托尔斯泰签名,说明为什么必须签订这一遗嘱。其中讲到,写下这一遗嘱的唯一目的"在于防止家里的任何人提出要求享有这些著作的法律权利,假如家庭成员无视列夫·尼古拉耶维奇对待他的著作的凤愿,想把它们变成自己的私有财产的话"。②在这份附录中还谈到,契尔特科夫是托尔斯泰全部手稿遗产的唯一占有者,托尔斯泰授予他死后清理全部文稿并可擅自决定公布的全权。这一遗嘱在内容方面完全符合托尔斯泰的意愿。很明显,作家念念不忘的就是想把自己的创作变成人民的财产,防止私有权的蔓延。要知道,还在1891年,他

---

① 谢·列·托尔斯泰:《往事随笔》,第234页,莫斯科,国家文学出版社,1956年。
② 《托尔斯泰全集》,第82卷,第228页。

就把他于1881年以后所写的全部作品都赠送给了全体人民。他在自己的日记中屡次表示希望在他死后,所有渴望无偿享受他的文学著作的人都能如愿以偿。

然而是否必须签定这个具有法律效力的遗嘱呢?是否必须得在对全家保密的情况下去签署呢?它会直接触犯谁的利益吗?诚然,托尔斯泰的家庭不是统一的。儿子安德列、列夫,妻子索菲亚·安德列耶芙娜都不愿意放弃他们的文学遗产享有权,放弃他们曾经得到过的那种收入。索菲亚·安德列耶芙娜主要是为了子孙们的利益而考虑,儿子们却主要是出于自私。但是在托尔斯泰的家里也还有这样的人:对于他们来说,父亲的意志是神圣的。我们不能不同意谢·列·托尔斯泰,他在自己的《往事随笔》中说,如果以为他们能破坏父亲的遗嘱,那是毫无道理的,不管这一遗嘱是以什么形式表述的。

有一些人,即使是站在托尔斯泰一边的密友,都公正地认为:这种秘密活动是不必要的。比留柯夫就曾坦率地对托尔斯泰讲过这一点。根据托尔斯泰当时就同意了比留柯夫的意见来判断,他本人也不相信必须搞这种秘密活动。秘密签定遗嘱的主要发起人契尔特科夫事后也把遗嘱当作徒有其名的东西,尽力打消托尔斯泰的疑虑,为自己的行为开脱,并暗示他存在着一系列反对他的阴谋。"其目的过去是,将来也是让我离开您,"他写道,"如果可能,让夏沙也离开您,方法就是……一起施加压力……或者从您的日记、文稿中窥测您写了什么剥夺家眷们继承您的文学遗产权的遗嘱没有,如果没写,那么就用决不让步的办法监视您,防止您这样做,直到您去世为止;如果写了,那就不放您到任何地方去,直到成功地串通医生逼您承认这是在处于年老胡涂的状态下写的,以便使您的遗嘱不起作用。"①托尔斯泰不相信有这事。他在给契尔特科夫的信中公正地指出:"您把在激动时所说的话当成了是深思熟虑的阴谋。"而在与布尔加科夫谈话时,他读了这封信后说:"这全是夸大其词。"

诚然,托尔斯泰的家属们,主要是索菲亚·安得列耶芙娜和儿子安德列、列夫,猜测到了这遗嘱的秘密。他们千方百计想猜出其中的内容。遗嘱签定之后,雅斯纳雅·波良纳的生活变得更加复杂,更加不能忍受了。想方设法缓和家庭气氛的达吉亚娜·列沃芙娜徒然地想使父亲晚年过得轻松些,她给安德列·列沃维

---

① 《托尔斯泰全集》,第58卷,第472页。

奇写了一封愤慨的信,竭力想唤起他对父亲的怜悯。"这真是闻所未闻,"她劝说他,"包围着这位82岁高龄老人的竟是一种仇恨、恶毒、谎言和进行间谍活动的气氛,而且甚至不让他避开这一切喘一口气。到底要他干什么?他在财产方面给予我们的比他本人所得到的还多得多。他所有的一切都已献给全家了。你现在对他不但不脸红,反而恨他,计算他的遗嘱"。(国立托尔斯泰展览馆)

托尔斯泰身心交瘁,失去了起码的安宁,不能安静地创作,只好设法在个人的谦逊、平和中寻找快乐。布尔加科夫指出,托尔斯泰在这种形势下所表现出来的道德之高尚和精神之自持是那么伟大,那么刚毅。但是那些最亲近、最珍爱他的人却对他的安宁和健康那么不重视。布尔特科夫说,托尔斯泰的小女儿亚历山得拉·列沃芙娜的行为让人不能容忍。她像其他人一样,已经不考虑托尔斯泰有精神独立的权利,而唆使他去反对索菲亚·安德列耶芙娜。她在布尔加科夫引用的给他的信中阐述了她所奉行的原则性路线:"家父暂时还坚持着执行自己的路线不让步的意愿。让上帝给他力量坚持到底吧!这是决定父母亲能生活在一起的唯一方法。"当布尔加科夫肯定地说,他对"亚历山得拉·列沃芙娜桀骜不驯的性格深有领教,她立意要把父亲推上与妻子斗争的道路,使他进退维谷,自己也似乎不知如何是好"的时候,我们不能不同意他的话。托尔斯泰不但不愿意,而且竭力要避免这条毫无意义的斗争道路。推他走上这条道路的不只是亚历山得拉·列沃芙娜一个人,托尔斯泰从杰略京基——当时契尔特科夫正住在那里——收到的那类充满教训意味的信件也起了这样的作用。"我担心您想在安慰索菲亚·安德列耶芙娜时走得太远,失去自由——渴望如愿(不是您自己的,而是寄信人的)的那个人应该永远为您坚持的自由。"契尔特科夫开导他说,"不应该把属于自己的自由在这样或那样的关系上和另一个翻云覆雨的人联系在一起……"他继续说,"况且用自己的谦让,用息事宁人来求内心的满足,只会使一个人一让再让……"①

托尔斯泰坚决不同意这种意见,这是违背他的一贯行为总则的全部要义的。他试图向契尔特科夫解释,使他相信索菲亚·安德列耶芙娜确实是病了,而不是"装模作样"。"她现在完全丧失了自制力,"他在给契尔特科夫的复信中写道,

---

① 《托尔斯泰全集》,第58卷,第471页。

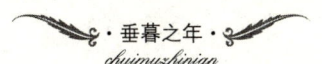

"除了怜悯,不应该使她有别的感觉。不能,至少在我是根本不能(着重号是托尔斯泰加的。——编者)反对①她,因为这样做显然会增加她的痛苦。我不相信坚持我的决定,违反她的意愿能对她有益;就是相信,我也不能那样做。"②

围绕托尔斯泰形成的斗争局势,把越来越多的人卷了进来,虽然他们往往没有任何权利、也不想成为伟大作家私生活的参与者。布尔加科夫告诉我们,柯罗连科是为什么来看望托尔斯泰的;他们进行了多么有趣而活跃的谈话;在这一次会晤中他们两人的心灵又是多么接近。但是就在那时候,幕后的阴谋和谎言也没有停止。契尔特科夫的妻子安娜·康士坦丁诺芙娜在信中要求托尔斯泰利用柯罗连科来访的机会,把雅斯纳雅·波良纳生活中的家庭秘密告诉他,这显然带有某种干预的目的。托尔斯泰认为不能这样,——布尔加科夫说——契尔特科夫却利用柯罗连科到杰略京基的机会,和戈尔登威泽尔一起把托尔斯泰家发生的一切隐秘的细节都告诉了他。戈尔登威泽尔在自己的回忆录中也说到了这件事:"后来我们三个人——柯罗连科、契尔特科夫和我——到楼上的一间单独的屋子里,向柯罗连科讲了雅斯纳雅最近所发生的一切,以便让他知道这一事件的真相。柯罗连科被他所听到的惊呆了。"③

布尔加科夫还讲到了索非业·安德列耶芙娜和杰略京基的居民们给"托尔斯泰主义者"克列奇科夫斯基造成的那种难堪的局面,他们每个人都各按自己的方式向他描述了那场没有平息的斗争围绕还活着的托尔斯泰怎样激烈地展开。对俄国人民所珍重、崇拜的那个生命这样不爱惜,使克列奇科夫斯基震惊不已。

托尔斯泰被这一切弄得疲惫不堪。他企图用他素有的顾全大局的方法来开导这个完全被斗争的狂热控制住了的朋友。他写信给他说:"……我觉得这一切比我最亲密的朋友——像您这样的朋友——所想象的要复杂得多、棘手得多。应该让我一个人,以我的灵魂,面对着上帝,来解决这件事,——我也正在试着这样做;可任何干预只会使这一工作变得更加困难。我对那封信感到痛心,我觉得,我被撕成了两半,因为说真的,在您的信中——不管是不是——我感到有一种自

---

① "反对"一词原为法文"contrecarrer"。——译者
② 《托尔斯泰全集》,第58卷,第489页。
③ 亚·鲍·戈尔登威泽尔:《在托尔斯泰身边》,第2卷,第214页,合作出版社,1923年。

私的腔调。"①真正矢忠于托尔斯泰的大女儿达吉亚娜·列沃芙娜企图缓和局势，她清醒地认识到，假如在什么时候能把托尔斯泰和契尔特科夫分开，那么这种紧张气氛无疑会缓和下来。她写信给契尔特科夫，小心翼翼地暗示道："我在想，爸爸要是不讨厌我的这种想法的话，我觉得您离开杰略京基，哪怕是暂时离开，不是更好一些吗？……也许那就可以使父亲稍稍喘息一下。"（国立托尔斯泰展览馆）可是托尔斯泰没有得到这样的休息。乌云越来越浓重了。托尔斯泰的反抗也加强了。他更加尖锐而痛苦地"感觉到他被撕得粉碎"。"在列夫·尼古拉耶维奇的亲人们中间越来越固执地谈到可能在不久的将来他要离开雅斯纳雅·波良纳。"——布尔加科夫在日记中说。

托尔斯泰终于离开了雅斯纳雅·波良纳。他离开了那些"把他当作卢布来估价的人们"，那些菌集在他周围大搞有愧于他的猥琐的阴谋勾当的人们；最后，他离开了那个他仇恨的"老爷们的王国"，离开了他的那个宽容和仁爱的哲学牢笼。他走了，带着迁居到农村去、到庄稼汉的茅舍中去、到劳动人民中去的幻想；他渴望分享他们的劳苦和辛酸。

那还是在1884年，托尔斯泰就曾把这样几行充满痛苦和绝望的话写进他的日记里："我在泥淖中越陷越深，我徒然地颤栗。我所以被拖进去，仅仅是因为我要抗议。"②托尔斯泰的愿望实现了。残暴卑鄙的私有制社会的泥潭没有把他吞没。他的不安的、反叛的力量，他对剥削制度的仇视，他对下层人民的热烈的爱获得了胜利，而且战胜了麻痹他的意志的宗教教义，战胜了那个他在漫长的岁月里成了它的俘虏的环境。但是这一反抗是用高昂的代价——他的生命换来的。正因为此，马克西姆·高尔基的这几句坚信不移的话里包含着伟大的真理："总的来说，列夫·尼古拉耶维奇什么时候也不应该出走。那些在这件事上帮助过他的人们，如能阻止他这样做，那将是一种更明智的行为。托尔斯泰的'出走'缩短了他的寿命，这一生命在它的最后一分钟都是有价值的……"③

C·罗扎诺娃

---

① 《托尔斯泰全集》，第58卷，第599页。
② 《托尔斯泰全集》，第49卷，第81页。
③ 《高尔基文集》，第14卷，第314页，国家文学出版社，1955年。

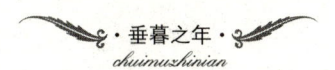

作者前言

  我认识列·尼·托尔斯泰是在1907年8月23日,当时我还是莫斯科大学历史哲学系的学生,正要升二年级。后来,在1908年和1909年,我又两次拜访列夫·尼古拉耶维奇。最后一次是在1909年12月23日,我把我写的系统阐述托尔斯泰世界观的手稿带到雅斯纳雅·波良纳。列夫·托尔斯泰本人对他的世界观中的一些个别问题,在他的一系列专著中已经有过论述,比如在《那么我们到底怎么办?》一书中谈到了社会不平等问题;在《什么是艺术?》一书中谈到了艺术问题;在《当代奴隶制》中谈到了工人问题;关于国家问题主要是在《天国就在你们心中》论述的;关于教育问题是在《教条神学批判》一书中讲的,等等。列夫·尼古拉耶维奇并未将自己的世界观综合为能在一本主要著作中阐明的"体系",而且他拒绝这样做。他说:"如果这是人们所需要的,那就让他们自己去完成这个任务吧!"

  作为历史哲学系"哲学小组"的大学生,这个任务正好引起了我的兴趣,于是我就在《基督教伦理学——列·尼·托尔斯泰世界观概论》一书中完成了这个任务①。

  在我工作过程中,列夫·尼古拉耶维奇帮助了我。正当我需要论述托尔斯泰的科学观和教育观而找不到足够的资料时,他用书信的形式写了一篇洋洋万言的

论文《论教育》[②]寄给我；我用了这份材料。

1909年12月，列夫·尼古拉耶维奇读过我的著作后，表示赞许，随后附上一篇短序。我的著作和他的序言在莫斯科出版过两次（1917年和1919年），同时被译成保加利亚文和法文。

1909年，列夫·尼古拉耶维奇在雅斯纳雅·波良纳接见我的时候，建议把我的著作给从事出版活动的弗·葛·契尔特科夫看。我带着列夫·尼古拉耶维奇介绍我和我的著作的信，到莫斯科近郊的克辽克什诺庄园拜访了契尔特科夫。他看过托尔斯泰的信和我的著作后，竟认为可以把我推荐给托尔斯泰当私人秘书。

原来，在这之前不久，即1909年8月，托尔斯泰的秘书尼·尼·古谢夫在雅斯纳雅·波良纳被捕，并被流放到别尔姆斯克省，为期两年。他是因往各地投寄被书报检查机关禁止的托尔斯泰的著作而获罪的。列夫·尼古拉耶维奇没有了"助手"（他对自己的秘书这样称呼），某种程度上得靠他的小女儿亚历山得拉·列沃芙娜帮忙。但是这种帮助只限于手稿的誊写，这是不够的。必须有一个了解托尔斯泰世界观，能独立处理有关宗教、哲学问题的信件的人。此外，在托尔斯泰晚年热心从事的工作——编撰阐述他的人生观的文集时，他常常需要更多的帮助。为此，他希望有一个比较有经验的工作人员。显然我的书启发了契尔特科夫，他觉得我会乐意接受这一协作的。

经过与托尔斯泰函商，几天之后，契尔特科夫转告我，托尔斯泰同意我去雅斯纳雅·波良纳。

"您同意吗？"他问。

那还用说，我岂止同意，有机会能和这位只能对之满怀崇高敬意和爱戴的伟大人物经常在一起，我觉得太幸福了。

"可是开始您不能住在雅斯纳雅·波良纳，只能住在离那儿3里远的杰略京基庄子里。眼下我的管家正住在那儿，他是一个农奴出身的青年；还有两三个别的人。从杰略京基您可以每天去雅斯纳雅·波良纳，并从列夫·尼古拉耶维奇那儿接受工作任务。"契尔特科夫补充说。

阻碍我一开始就住在雅斯纳雅·波良纳的是这样一个棘手的问题：托尔斯泰的小女儿对出现在他们家的任何一个生人，特别是她父亲的新"助手"，都抱有一种妒恨。由于这种妒嫉心肠，亚历山得拉·列沃芙娜过去在与古谢夫的关系上似

乎闹得很僵。因为我没有任何"野心勃勃"的计划，只是幻想着对列夫·尼古拉耶维奇有所帮助，所以我一点儿也不反对住在条件简陋的杰略京基。

当时契尔特科夫请求，只要我写的日记完全合他的意，就把日记副本寄给他。这我不奇怪。被政府逐出图拉省的契尔特科夫，在不能与托尔斯泰保持私人联系的情况下，自然特别珍视来自雅斯纳雅·波良纳的任何文字消息。

契尔特科夫的秘书阿·彼·谢尔盖英科还把几本式样精致、附有特别结实的衬页的英国笔记本交给我，要我用化学"复写"铅笔把日记复写下来，然后顺裁线把副页裁下来寄到克辽克什诺。我答应了，起初也认真履行了自己的诺言。但是自从1910年下半年，当契尔特科夫出现在雅斯纳雅·波良纳的时候，当托尔斯泰的家庭发生了悲剧性的事变后，我明白了来自弗拉基米尔·葛里高利耶维奇方面的"书报检查"开始威胁到我了，于是我用各种托辞停止了给他提供日记副本，虽然他们还要求我这样做。

引起我警觉的还有列·尼·托尔斯泰的妻子索菲亚·安德列耶芙娜。就其性格和思想来说，是一个即便说与托尔斯泰不是敌对的，但也是全然两样的人。这对我是一个新情况，何况在和索菲亚·安德列耶芙娜初次相识时，她曾给我留下过非常好的、甚至是相当深刻的印象。我喜欢她那亮晶晶的褐色眼睛坦率有神地望着人，喜欢她的朴实、和蔼、有教养。她对人热情好客，使人与她初次相见就为之感动。谁与托尔斯泰在思想上接近，她知道得很清楚。当然，作为托尔斯泰的妻子，不管他们夫妻间关系如何，我只能高度尊重她。

后来，我把一切都收拾停当，处理完莫斯科的事务，就迁居到了图拉省。

在充满贵族气派的雅斯纳雅·波良纳，我受到的热情接待并不亚于富有民主作风的杰略京基。顺便说一下，当时托尔斯泰的大女儿，迷人聪慧的达吉亚娜·列沃芙娜与她的丈夫米·谢·苏哈金及5岁的小女儿达尼亚也都住在雅斯纳雅·波良纳。且不说托尔斯泰本人，就连索菲亚·安德列耶芙娜都待我依然殷勤周到，而且显然对我十分信赖。虽然我是"从契尔特科夫那里"来的，但我只不过是"莫斯科的一个大学生"，为此，就得到了诸多谅解。只有亚历山得拉·列沃芙娜一个人神色凛然，在问好和道别的时候，只是礼节性地握握我的手，可当时她目光冷峻，面色苍白，薄薄的双唇闭得紧绷绷的。

1910年1月17日，我开始工作。起初住在杰略京基，后来时而住在雅斯纳

雅·波良纳,时而住在杰略京基,直到托尔斯泰逝世的那一天——1910年11月7日(俄历20日)——为止。

一开始接触托尔斯泰,我就写日记,这本书就是由这些日记中的记载组成的。

垂暮之年

——托尔斯泰晚年生活纪事

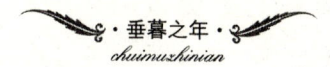

1月17日

  今天是我来到杰略京基的第一天。吃过午饭,我把房间收拾了一下,就与这个田庄的管理人——一个和我同岁的青年,出发到雅斯纳雅·波良纳——那个伟大人物的住地去。命运就这样意外地把我带到了他的身边。我随身带着一封写给列夫·尼古拉耶维奇的信和他与孙子们的合影,照片是送给他、孩子们的母亲奥·康·托尔斯泰娅(安德列·列沃维奇的妻子)和祖母索菲亚·安德列耶芙娜的——这些都是从契尔特科夫那里带来的。

  列夫·尼古拉耶维奇不在家,他和家眷们散步去了,——这是我后来在餐厅里从谈话中才知道的。我只好在客厅里久久地等候他。可爱的老爷爷终于回来了,他穿着一双毡靴(用西伯利亚的话说,叫"比莫哈"),精神抖擞,容光焕发,从严寒中刚刚归来。

  "我很高兴。"他说,"您来了我很高兴。可不是嘛,弗拉基米尔·葛里高利耶维奇已经写信告诉我了。我需要您的帮助,因为《每日必读》①有许多工作要做……"

  "唔,您的著作②怎么样了?"他问我。

  我告诉他,暂时还没有修改,但是我希望很快完成它。晚间他又一次问起我的著作。契尔特科夫的那篇文章《对托尔斯泰作品的双重审查》也使他很感兴趣;列夫·尼古拉耶维奇的《论伪科学》③一文在付印的时候,遭到了《俄罗斯新闻》的肆意篡改,契尔特科夫的文章就是为此而写的。

  后来列夫·尼古拉耶维奇久久地欣赏着契尔特科夫捎来的照片。这是他与孙子索尼亚和伊留莎的合影。照片上，列夫·尼古拉耶维奇正在给孩子们讲关于黄瓜的故事。"有一个小男孩走着，看见一条小黄瓜搁在那里，是这样的一条……"等等；孩子们笑着，聚精会神地好奇地瞅着爷爷，热切地等待着他的下文……

"好极了，好极了！"他说，"就是这样……真传神！……我给孩子们还讲什么来着？我忘了……可这镜头抢得多好！我要把这照片拿给索尼亚和其他人看，管叫他们惊喜不已。"

列夫·尼古拉耶维奇要去休息，让我稍候片刻。

"您的嘴唇为什么那么干燥？不舒服吗？"他走出房间的时候问我。

我回答说，大概是累了，因为夜里在火车上没睡好。

"唔，那您就躺下吧，"他指着沙发对我说，"休息一下就好了。我也要去睡一会儿。"

"不，谢谢，我想看书。"

实际上我是有一些有趣的料材要看：各种人写给列夫·尼古拉耶维奇的书信，最有趣的是瑞明顿打字机打出来的和契尔特科夫让我给他带来的那些文件。

晚上，吃过饭后，——顺便说一下，吃饭时苏哈金④一家也在座——我和列夫·尼古拉耶维奇来到他的书房。

"弗拉基米尔·葛里高利耶维奇投其所好，"他说，"又派您来帮助我。*我想，我也需要您的帮助。是的，我需要。"

然后，我们就开始工作起来。我把元月份出的他的《每日必读》语录选集的清样给他带来了，他第一次交给我的工作就是要我把这本书的内容与选集的新提纲加以比较。提纲是他在把元月份出版的文稿送去付印后拟就的。当时他就向我讲明了这一工作的性质。可是他又犹豫起来：以后要出的是按新提纲付印呢，还是仍旧按已经编写出版了4次的旧提纲付印呢？关于这件事他要我和契尔特科夫函商。根据新提纲，他打算出更通俗、更普及的新版本。

他要我明天12点钟来。他把我送出前厅，有他陪送我使我感到快乐，也许是为了加强这种快感吧，我虽然看出他很精神、很健康，可是在扣衣领的时候，仍然要问他身体怎么样。

----

* 古谢夫也是由契尔特科夫推荐给列夫·尼古拉耶维奇当秘书的。

"就我的岁数说，好极了！"托尔斯泰说。

我开始对他说，我自己觉得也很好；这一周在契尔特科夫那儿过得也不坏。

"我真高兴，真高兴啊！"他说。

这些话出自他的口，显得特别动人，因为可以明显地感觉到他说的是真心话，而不单只是礼节性的应酬。他的确"很高兴"。他和他所说的一切，而且说得那么真诚，——这我从他的著作中就已经知道了，在他本人身上我也早已注意到了这一点。

"这里的气氛多么好啊！"我又说。

"好——好啊！"托尔斯泰用深信不疑的口气说。

当我谈到，我虽然在这里刚刚住下，但我感到和这里的一切不知为什么这样亲近的时候，他说："使我们大家接近起来的是那个'一'，那个存在于我们之中，也普遍地存在于一切之中的'一'。就像一条条线都趋向于一个中心一样，我们大家也都将汇总到这个'一'里来。"

他一边说，一边把两只手的手指合拢在一起。

"好，明天见！"他高高地举起手，然后把它放在我的手掌上。

我满怀爱戴之情握住了这只手。

1月18日

早饭后与列夫·尼古拉耶维奇闲谈，因为他已经工作了4个小时，多少有些累了。

这都是由于昨天晚上列夫·尼古拉耶维奇交给我的那些工作造成的：他叫我从他的著作中把论不平等的段落选择出来，逐日加进《每日必读》里，而不要搞成提纲所要求的那样；审查元月出版的清样，修改文字上欠妥的地方，亦即删繁就简，突出重点，等等。

"大胆些！"他当时还补充说。

我还应该把契尔特科夫的嘱托转告他，可是看到他累了，我就试探地问道："您累了，列夫·尼古拉耶维奇。最好下次谈吧？"

"不，不，请讲吧。"他反对道，仰靠在安乐椅上，开始听起来。

之后我们告别。他向自己的房间走去，旋即转过身来。

"您没有看出我是多么阴郁吗？我今天累得要命！"他说这话的时揆，特别强调"要命"两个字。

"看出"是什么意思？我很不高兴，听了他的话，我愣了好半天。

1月20日

为了能在托尔斯泰工作之前和他谈谈，我特意一大早赶到雅斯纳雅·波良纳。可是他已经到书屋里去了，要我等一等。在我把收集到的论不平等的材料交给他的时候，我说明，有一个观点，即献身于科学事业和艺术事业的才能完全不能表明这就可以有益于人类，是我从当代哲学家列夫·舍斯托夫①那儿借用来的。

"这个见解很好，"他说。

"列夫·舍斯托夫写文章反对您，可是，对您来说这大概无所谓吧？"

"那当然！要知道我也常常在自己的著作中引用尼采②的思想。"

我给他读了舍斯托夫的语录，他同意把这条语录加进《每日必读》里*。

我顺便指出，目前有一种意见正好非常流行，即认为从事科学和艺术的人是特殊的，与众不同的。

"是啊，是啊……比方说，对契诃夫的态度就是这样……您看报了吗？我说的是那些纪念文章③。契诃夫不理解也没有找到人生的意义，这种情况被看成是一种特殊现象，他们在这里竟然看到了某种诗情画意的东西……"

依然是为了舍斯托夫的那个观点，我谈到舍斯托夫评论列夫·尼古拉耶维奇的那本书是不能令人满意的，作者对托尔斯泰的无知首先应该受到谴责。

托尔斯泰承认，他常常不得不和这样一些批评他的思想的人打交道，但他仍旧对舍斯托夫感兴趣。我手头正有舍斯托夫的书，可惜没带来。

谈到工作，列夫·尼古拉耶维奇要我继续为今年的其余几个月收集论不平等的材料；可我只收集了元月份的，而每个月的内容要按同一提纲编撰，这至少得选出60多种观点来。

---

* 后来列夫·尼古拉耶维奇在审查《每日必读》时，删去了这段语录。

"我很讨厌亲自去挑选。"他一面说,一面皱着眉头笑起来,"我觉得,这种机械的工作对思想自由是一种窒息。"

此外,他还答应给我一本"缩写的"《每日必读》的手稿④,其中附有新的增补和修改。

"您再批判地审查一遍,"他说,"彻底研究一下,看其中哪些对初稿的正文适用,哪些不适用,然后请选留一种,删弃其余。"

今天列夫·尼古拉耶维奇不等契尔特科夫的回信了,他决定把已经付印的《每日必读》照旧印成目前这种样子。按新提纲,这部著作是要写成普及读物的。

我们约定明晚7点我再来。

1月21日

"列夫·尼古拉耶维奇瘸了,正躺着。"晚上我来到雅斯纳雅·波良纳的时候,老仆人伊里亚·瓦西里耶维奇·西道尔科夫在前厅对我说。

原来,列夫·尼古拉耶维奇从早晨起就不舒服,所以我只想看看他,在他那里周旋一下就走。可我却脱了外衣留了下来,因为我知道布雷金父子俩今晚要在这里过夜,我想和他们好好认识一下。

米哈依尔·瓦西里耶维奇·布雷金是枢密官,1861年农奴制改革时的一位活动家的儿子,内务部前任部长的堂兄弟。他在贵族军官学校受过教育,当过军官,后来进了莫斯科彼得罗夫学院,但是没有毕业。在列夫·托尔斯泰著作的影响下,他改变了生活方式,拒绝任何公务,现在带着他的家室住在离雅斯纳雅·波良纳15俄里的一个小庄园里。他特意迁居到这里来,为的是接近列夫·尼古拉耶维奇。

布雷金的两个已经成人的儿子完全赞同父亲的观点。两个人过着地道的工人式的、靠苦力吃饭的生活。今天来到雅斯纳雅的是老大谢尔盖。

我上了楼。那里除托尔斯泰的小女儿亚历山得拉·列沃芙娜、奥·康·托尔斯泰娅和她的孩子们、苏哈金一家和布雷金父子外,还有列夫·尼古拉耶维奇的一个朋友巴·亚·布朗热①·索菲亚·安德烈耶芙娜来晚了。

人家都认为列夫·尼古拉耶维奇过分劳累了。原来他昨天几乎一整天都在编写《每日必读》,今天早晨他一反常规,睡了很久。这已经是不祥之兆。后来他在

餐厅里见到自己的孙子们——住在雅斯纳雅·波良纳的安德列·列沃维奇·托尔斯泰的孩子的时候,他已经认不出那个小男孩了。

"留利亚?谁是留利亚?"

"留利亚,你的孙子,安德留莎的儿子。"

"啊……他怎么变样了,怎么变样了?我全忘了,全忘了。"

后来他就去睡了。

布雷金老头大概是听到了列夫·尼古拉耶维奇的召唤,走进屋里去看他。当他返出来后,索菲亚·安德列耶芙娜问道:"唔,怎么样?你们说了些什么?"

"一切都说到了:上帝、死亡、尘世生活的无常、灵魂的不死……"布雷金激动地说。

后来,在苏哈金和布朗热之间开始了大声的谈话。米·谢·苏哈金是第一届国家杜马的议员,一个非常机敏的人。他讲述了自己对杜马会议的印象,穆罗姆策夫、阿拉蒂诺*和其他议员们的轶闻。我和达吉亚娜·列沃芙娜聊天。谢尔盖·布雷金出去喂他的马。

刚出去的亚历山得拉·列沃芙娜突然返回来说,列夫·尼古拉耶维奇叫我去一下。

我去看他,走进远处拐角上做卧室用的一间屋子,是巴·阿·布朗热给我指的路。

托尔斯泰躺在床上,身穿白衬衣,盖着被子;枕头垫得高高的,床头小桌上亮着灯。

"您好,请坐吧!"他说,指指旁边一张椅子。

"身体怎么样,列夫·尼古拉耶维奇?"

"没什么。"

"您大概是太累了,列夫·尼古拉耶维奇。您工作得太多。"

"不,这不干劳累,——很简单,我已经老了……您昨天来过我这儿吧?没

---

* 谢尔盖·安德列耶维奇·穆罗姆策夫(1850—1910),立宪民主党领导人之一,第一届国家杜马代表。阿列克赛·费多罗维奇·阿拉蒂诺(1873年生),第一届国家杜马的成员,后来成了逃亡国外的反革命分子。——译者注

有?好像是来过……是来过,可不是,可不是嘛!看到您很高兴,看到您我总是很高兴。我的朋友们的名字都以 Б 打头:布尔加科夫,布雷金,布朗热……"

"比留柯夫②。"我提示说。

"对,对……"

"契尔特科夫……"

"是的,就是契尔特科夫也应该以 Б 打头,"他笑着说。

我谈到在最近的一张报纸上看到一篇讽刺一位契诃夫评论家的戏作:这位评论家断言,在契诃夫的一生中,字母 K 起了很大的作用。可是在证明论点时,引证中却没有一个带 K 的单词。

当提到契诃夫的时候,他又重复了昨天对我说过的那些话。

"昨晚我跟您谈的不正是这件事吗?"他回忆道。

我做了肯定的答复。

"我想跟您说什么来着?"他开始思索起来。

我提醒他大概是关于修改《每日必读》的事。看来我说对了。他招呼进来的亚历山得拉·列沃芙娜把修改稿给我,同时再次说明这工作应当怎样做。

"您在这儿不觉得寂寞吧?"他问我。

"不!"

"您和大伙儿处得好吗?"

"是的,那当然。"我一边回答,一边站了起来,我怕他太疲倦了。

他很和蔼地和我道别。

"祝您早日恢复健康,列夫·尼古拉耶维奇!"我向他说。

"尽力而为吧!"他说。

我走进餐厅,心情很激动。我们虽然并没有讲什么,但是列夫·尼古拉耶维奇的善良是多么令人感动啊!

1月23日

晚上我和谢·布雷金一起去雅斯纳雅·波良纳,他今天在杰略京基待了一整天,并打算留下过夜。

昨天列夫·尼古拉耶维奇一早起身，但觉得浑身无力，重又躺下。今天他已经完全康复了。他叫自己的医生屠申·玛柯维茨基①告诉我，让我去他那儿一下。他在自己的书房里浏览放在一张活动小桌上的《每日必读》简写本的异文大样。样稿上又满是修改的笔迹。当他知道我还没有看过这个样本的草稿时，就说这也好，因为草稿写得很潦草，现在他要把誊清的稿本给我。为了熟悉我的工作性质，他头一次就给了我大约在10天内才能看完的印张；其余的资料他还要审阅一过。

"这里的一些格言将完全不同于清样中的，而要有两种不同的异文。您应该选择其中的一种，按您的观点，选择那些您认为对您的同伴、对知识分子更适宜的，然后加进校样中去……有时要有一些新的增补，您同样可以从中选择一些适宜的加进去。大胆干吧，放开手！……看到您完成的工作我会很高兴的。可我对《每日必读》的工作烦透了，只想在今年内快些结束它②。"

我告诉列夫·尼古拉耶维奇，契尔特科夫打算办一份报道自由宗教运动情况的杂志，上面刊登一些写给托尔斯泰的最有价值的信件等等③。

"他怎么能想出这种事来？"托尔斯泰大声说。可是他突然又想起了什么，马上改口道："不过，从我的观点来看，我的事情这样多，因此我总是尽力摆脱一切无谓的纠缠，好做一些更重要的工作。"

到后来他开始注意地、赞许地倾听起我对拟议中的出版物的目的和意义的解释了。

"我眼下正忙于合作制运动的信件，我已经收到不少这样的信了。"他说，"我的回答是这样，合作制运动不是一个人活动的全部内容，它只是宗教运动的一部分；不过参加运动与人的尊严并行不悖，因为这跟暴力没有关系④……可是如今以暴力为根据的一切都是被肯定的，甚至于像教育工作这样崇高的事业在暴力面前也得退避三舍。……不久前一位教师给我来信，说他简直不知道他该怎么办了，他不知道该给自己的学生教些什么……"

1月25日

我和一位不期而遇的同伴一起乘车到列夫·尼古拉耶维奇那儿。他叫米哈依尔·斯季彼得罗夫①，是托尔斯泰的信徒、老相识，从前彼得堡大学的学生。

斯季彼得罗夫是从他认识的谢尔盖·布雷金那儿来找我的。他掏出托尔斯泰给他的一封写得极其亲切动人的信给我看……这个人拼命地咳嗽着,看样子12俄里的旅途劳顿使他又疲乏,又虚弱。当我问他身体怎样时,他坦率地回答说不好,有肺结核。连续交谈都使他吃不消,他微微喘息着,即使躺着也要不停地咳嗽。

后来他讲起自己与列夫·尼古拉耶维奇会晤的情景来。会面看样子共有两次。第一次两个老人的情绪都异常激奋。据斯季彼得罗夫讲,他们两人坐在花园里的凳子上,失声痛哭,哽咽难语……正如俗话所说,斯季彼得罗夫是一个注重"精神生活"的人。他向列夫·尼古拉耶维奇叙述了家父去世的经过;尽管身患重病,他还讲到生存之欢乐、大自然之美……于是列夫·尼古拉耶维奇哭了。

当我们来到雅斯纳雅·波良纳的时候,我告诉列夫·尼古拉耶维奇"您曾给写过信的那个人"——斯季彼得罗夫来了,想见见他。列夫·尼古拉耶维奇马上想起了他。

"是的,可不是嘛!"他大声说,"我们在花园里的谈话使我想起了他……好,请他来吧!"

我首先把自己的工作交给列夫·尼古拉耶维奇,他惊讶不已:我为他选出的论不平等的观点有60种!

"我没想到有这么多!我从《阅读园地》中才选出两条来……您这是从哪儿选的?"

我告诉他,大部分选自契尔特科夫和费·斯特拉霍夫②编的他的思想《汇编》,其次选自海尔齐茨基③,特别是卡本特④的著作。此外,有一些观点是列·舍斯托夫和尼·尼·斯特拉霍夫⑤的。

列夫·尼古拉耶维奇再次重复说,他希望尽快结束这件工作。

"我正热心致力于'通俗的'《每日必读》的编著。"他说,"可是那一本(大概是指'为我的同伴、知识分子们'编的那种。——作者)我已经厌倦了,想赶紧把它放一边儿去。"

接着,进来的斯季彼得罗夫向列夫·尼古拉耶维奇谈起了他去年秋天的经历。那时,他完成了自由宗教世界观的转变。顺便提一下,斯季彼得罗夫还说,部分地是由于结核病的影响,他有时感到一种精神上的痛苦。因为他这些话一开始

就都对我讲过,所以我没有回避。

"我要告诉您的也正是这事,"托尔斯泰开始说,"这跟我现在,也就是82岁时的感受一样,从前我也有过……我有肝病,因此在正常情况下不易发现的许多东西无形中妨碍着我……所以我想这种情况您也有过,就是说您精神上的痛苦是以您的严重的病痛为转移的。总之,一个人的肉体常常对精神产生很大的影响。"

"不久前,"他继续说,"我收到坐牢的卡拉切夫⑥的一封长信,整个信中漾溢着一种欢乐、昂扬的情绪……这封信给人一种身临其境的感觉。这是可以理解的。在监狱里,四面高墙,无所事事,百无聊赖,于是内心意识就会愈益强烈地觉醒、增长……卡拉切夫写到流放犯们,其中一个流放犯说:'杀死一只乌鸦比杀死一个人更可悲,你从乌鸦身上一无可取,而一个人身上的哪怕是一件破衣衫还能换一个卢布。'你看,这就是苦役犯、无赖汉!尽管他们满身虱子,可他们的精神境界简直令人景仰!"

斯季彼得罗夫发现,他的宗教观念之坚定、对上帝信仰之虔诚,依然差得很远,还没有达到大彻大悟的程度。

"我的亲爱的,"列夫·尼古拉耶维奇突发般地热烈喊道,"整个生命就在于此啊!"

随后,斯季彼得罗夫问托尔斯泰,他是否承认在科学上有纯粹的理论问题,而不管其有无实用价值,譬如天文学方面的发现等等。托尔斯泰回答说:"我永远不否认这些理论。我只是说,在当代这是没有意义的。知识应当均衡发展。然而在我们这个时代,其中有些知识被特别的引申发展了,而另一些还停留在萌芽状态中。这是畸形的,反常的……但是在别的时代,我不否认所有这一切,以及天文视差和格林彗星都将会有意义。我和德国无政府主义者施米特关于这一问题的通讯集很快就要出版。他是一个好人,遗憾的是很有学问。我对他的反驳做了答辩⑦。"

后来列夫·尼古拉耶维奇把自己关于必须编写一套自修课本的想法讲给我们听。他说,这是真正的自修课本,而不是教科书;要按学科分门别类地编写,为了那些渴求知识教育的人们,这应该是他们无论从哪里,譬如说从那些只能把人引入斜路的学校里都得不到的。列夫·尼古拉耶维奇每天都接到这些人们的来信,他们多半是青年农民,刚刚识字,或者刚从小学毕业。托尔斯泰认为,首先需要的是语文和数学（算术和几何）方面的自修课本，但同时又是按全新的主题——"人类道德发展史"编写的。他相信"媒介"⑧可以印刷这种自修课本，并能得到进款，这对他们是必要的。无论多么奇怪，我以前所想到的也正是这样的自修课本。现在我对他的这种想法表示衷心赞许。他和布朗热也谈到过这事，后者眼下正在雅斯纳雅·波良纳。列夫·尼古拉耶维奇想把他叫来，于是用拳头使劲敲了几下小书桌旁边的墙壁，亚历山得拉·列沃芙娜就出现了。他让她去叫布朗热。

"巴威尔·亚历山得罗维奇，"当布朗热进来的时候，他说，"这几位先生——即便不是先生，也是弟兄、朋友——将是自修课本的工作人员，而您就是主编了……"⑨

他再次发挥了自己关于自修课本的思想。

然后，布朗热开始当着我们的面给列夫·尼古拉耶维奇读他的关于佛的生平与学说的通俗论著⑩。列夫·尼古拉耶维奇提了一些意见，做了若干修改。后来他要去洗澡，才停止了朗读。我们大家与他告别后也散去了。

1月26日

傍晚，两辆雪橇几乎同时驶进雅斯纳雅·波良纳花园的林荫道，我的一辆；另一辆套着两匹带铃铛的马，看样子是从亚辛卡来的作家彼·亚·谢尔盖英科。在列夫·尼古拉耶维奇的房间的楼梯旁，我们相遇了。我同他的儿子阿历克赛和列夫是在克辽克什诺契尔特科夫家认识的，而且还交了朋友。谢尔盖英科带来了留声机和不久前录制的托尔斯泰的讲话①。

在楼上的餐厅里，列夫·尼古拉耶维奇可能是和苏哈金下棋。他的儿子安德列夫妻俩也在那儿。问过好后，托尔斯泰让我等一会儿。我下楼到了屠申·彼得罗维奇·玛柯维茨基的屋里。

过了一会儿，列夫·尼古拉耶维奇来了，他向我口授修改一封他给西伯利亚的复信；来信是询问"阴间生活"的②。

因为屠申的桌子上没有纸，我就写在从笔记本撕下的纸上。托尔斯泰看我又撕第二张，就说："啊呀！您撕了多少纸呀！我送您一个笔记本好了，我有富余的——索菲亚·安德列耶芙娜奖给我的。"

他答应明天早上审查我的工作,同时让达吉亚娜·列沃美娜把"通俗的"《每日必读》的最后几页印张给我,并建议我留下听唱机。

列夫·尼古拉耶维奇亲自和大家一道听了唱片。留声机先是播放他的讲话,继而播放库别利克、巴蒂和特罗亚诺夫斯基*的音乐。他一直沉默着。

在听唱片的时候发生了一件有趣的事。起先唱机放在客厅里,扬声筒对着大厅,这想必是为了效果更好。听众坐在大厅(餐厅)里,在客厅门旁围成一个半圆。后来唱机不知何故被搬进了大厅,放在正对入口靠墙的一张大桌子上,把扬声筒转向了墙角,在那里围着灯光明亮的圆桌,坐满了托尔斯泰家和苏哈金家的人。

在换片期间,列夫·尼古拉耶维奇说:"应该把扬声筒对着门,这样他们就都能听到了。"

"他们"是指仆人们:一个男孩、一个妇女和别的一个什么人,总之是一个仆人。他们簇拥在前厅台阶上,透过栏杆望着大厅,捕捉着"伯爵讲话"的片言只语,——正像他们所说:"我是路过台阶时闻声而来的。"

一阵出奇的静寂。

"没关系,爸爸,"一直在唱机旁忙乎着的安德列·列沃维奇急匆匆地说,"要知道全家人都能听到,甚至下面……"

"甚至下面我的房间里也都听见了……"索菲亚·安德列耶芙娜添了一句。

托尔斯泰默然了。过了约摸5分钟,安德列·列沃维奇才遵命把扬声筒转过去。

"怎么,爸爸,你厌烦啦?"达吉亚娜·列沃芙娜笑着说。

列夫·尼古拉耶维奇一声不吭,只是在安乐椅里蜷缩着身子。

"也许,你有点儿不舒服吧?"她又一次笑着说。

大伙也笑了起来。

又过了10分钟。托尔斯泰站起身来,出去了。

---

* 扬·库别利克(1880—1940),捷克提琴家。阿德丽娜·巴蒂(1843—1919),意大利女歌唱家。巴里斯·谢尔盖耶维奇·特罗亚诺夫斯基(1883—1951),三弦琴手,天才音乐家、作曲家。——译者

格林卡的二重奏《请不要诱惑吧》放完了。正如达吉亚娜·列沃芙娜所说，开始了菲格涅尔夫妻俩的"二重唱"。

这个节目刚完，列夫·尼古拉耶维奇走了回来，说了声："太美了！"他还特别欣赏巴蒂斯蒂妮*演唱的《唐璜》中的小夜曲。显然他一向很喜欢这支曲子。后来他坐在客厅门边的伏尔泰安乐椅上，和谢尔盖英科久久地谈论着唱机的机械结构。

仆人端上茶来。我应索菲亚·安德列耶芙娜的邀请留下来。大家坐好后就开始吃茶。列夫·尼古拉耶维奇又出去了。桌子上开始了活跃的谈话：爱国主义啦，外国对俄国的优势啦，最后是关于土地啦，地主和农民啦……正像我发现的，在雅斯纳雅·波良纳这所白色住宅的大餐厅里的谈话，总要归结到这个题目上来。人们谈得很多、很久，争辩得热烈而顽强。苏哈金、他的妻子和谢尔盖英科指出，农民们对地主，总之是对老爷们的反抗总是极其凶狠的。

"俄罗斯农民都是胆小鬼！"安德列·列沃维奇反驳道，"我亲眼看见，5个龙骑兵当着我的面挨个儿鞭打有400户人家的一个农庄里的人……"

"农民都是酒鬼！"索菲亚·安德列耶芙娜说，"消耗在酗酒上的钱，抵得上军费开支，这已是为统计学所证明了的。他们受穷，完全不是由于他们土地少。"

托尔斯泰走了进来。谈话停止了，可是不到半分钟又争论起来。

他阴沉地皱着眉头，坐在饭桌旁听着；他的衬衫外披着一件黄色针织坎肩。

"农民们要是有了土地，"他用平静然而非常坚定的声音说道，"那么就再不会有这儿这些荒唐的花盆。"他用轻蔑的手势指指装饰餐桌的美丽芳香的风信子盆景。

所有的人一言不发。

"不会有这些荒唐的东西，"他继续说，"也不会有这些每月只付给仆人10卢布工资的愚蠢的人们了。"

"15卢布！"索菲亚·安德列耶芙娜纠正他说。

"唔，15卢布……"

---

* 美狄亚·伊万诺芙娜·菲格涅尔（1859—1952），女歌唱家，歌剧歌唱家尼古拉·尼古拉耶维奇·菲格涅尔（1857—1918）的妻子。玛佳·巴蒂斯蒂妮（1856—1928），意大利歌唱家。——译者

"地主是最倒霉的人!"她继续反驳说,"难道这些唱机和其他东西只是可怜的地主们买?完全不是!还有商人、资本家、强盗……"

"你到底想说什么?"托尔斯泰说,"是想说我们是仅次于他们的坏蛋吗?"接着他放声大笑起来。

大家也都笑了。列夫·尼古拉耶维奇叫屠申·彼得罗维奇取来一封信,是一个被流放的革命者写给他的;他给大家读了这封信③。

信的内容大致是这样:

不,列夫·尼古拉耶维奇,我无论如何不同意您只用一个"爱"字来改善人类关系。只有那些受过上流社会教育的,永远不知饥饿为何物的人才会说这种话;但是对从小饥寒交迫,终生在暴君的枷锁下受尽折磨的人,能这样说吗?他将与暴君们战斗,争取从奴役下获得解放。就是这样,列夫·尼古拉耶维奇,在您临终之前,我告诉您,世界依然要在血泊中呻吟,屠杀将一再发生;不仅要杀老爷们,不管他是男是女,而且要杀他们的崽子,因为不能等着让他们坏事。我希望您不要活到那个时候,以免亲眼证实自己的错误。我希望您幸福地离开这个人间。

这封信对所有的人都产生了强烈的印象。安德列·列沃维奇脑袋耷拉在茶杯上,一声不响。索菲亚·安德列耶芙娜认为,这信假使是从西伯利亚来的,那么肯定是流放犯写的;而如果是流放犯,那肯定是个强盗。

"这种人不流放行吗?"这就是她的结论。

人们试图说服她,可是枉费心机。

这幅景象给我留下了深刻的印象。我第一次这样鲜明地感觉到了列夫·尼古拉耶维奇所经受着的那种由于根本信念和志向与周围环境的不协调而产生的分歧。

我和我的同伴坐着雪橇走在回杰略京基的寂寞的路上。道路在大风中依稀可辨。他今天陪我去雅斯纳雅·波良纳,对我耽搁得这么晚有些烦恼。我赶紧向他讲起餐厅里的谈话和列夫·尼古拉耶维奇关于风信子盆景的议论。我觉得他的那些话和整个谈话具有异常重大的意义。

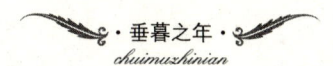

我的内心产生了一个奇怪的信念：列夫·尼古拉耶维奇尽管已到垂暮之年，但是在他本人的生活中，一切尚未结束，他一定还在琢磨着什么事，眼下谁也不知道，也难以预料；可我觉得，像列夫·尼古拉耶维奇这样真诚、有力的人，是绝不会痛苦地意识到自己处境的不合情理、虚伪尴尬而不设法摆脱的。

我的同伴在昏睡中打着呼噜，几乎没听我说话。我为托尔斯泰的处境和家庭所吸引，害得车夫在"仆人的下房"里久等，自己也觉得抱歉。可是我已经无法挽回自己对他犯下的过错了。

1月28日

早晨乘车去雅斯纳雅·波良纳。每天晚上道路都要被大雪覆盖。因为正赶上暴风雪的季节，很容易迷路。早上列夫·尼古拉耶维奇觉得身体欠佳，结果他虽然想马上坐下来工作，却还是请求到晨空中散步去。本来约定好他在凌晨前先把一切必办的事准备停当，然后商谈要我处理的一些当要事务，可我感到这不大合适，我怎么能叫列夫·尼古拉耶维奇受约束呢？然而看来似乎没有别的办法。假如这对他的确不妥，这个程序自然应该变动变动。

他审阅了这10天来我修改的元月份出版的《每日必读》的清样。这是按"通俗的"（或曰"大众化的"）原则编写的，而且"一部分他已经同意，其余的还没有通过"。我给他的正是元月份剩余几天的那一部分。

当他散步归来，我也正好来到雅斯纳雅·波良纳，他和我一起走进书房，劈头就说："我正想着您。请告诉我，生活的这种变化不使您觉得害怕吧？"

我十分真诚地告诉他，虽然从前有过某种类似害怕的感觉，但是现在没有了。我还详细地向他讲了我目前的精神状态。

"愿上帝保佑您！"他说。接着他给了我一些有关生活方面的劝告，对此我就不在这里转述了，因为这些话与他过去在谈话和作品中所说的是完全一致的。

需要补充的是他谈到他认为思想的"自我修养"有重大意义，也就是说一个人要留心自己的意念，一发现自己对别人心怀不善，总之是一切不良的念头，就要马上尽力控制、扑灭它。

"这对正确地指导行动很有帮助。"他说，"我要说，这条实用的法则是智慧的一剂有益的良药，所以我认为这是很重要的。"

今天他赠送了我在三天前答应过的一个笔记本，当时他善意地笑着。要是可以这么说的话，今天他很慈祥。

1月29日

他很忙，早晨我们只有过一次事务性的简短谈话。关于修改《每日必读》，他说自己要在工作期间逐渐把它搞完。这样做不单是为元月份出版的需要，也是为全年出版的需要。他还给了我两封信①，让我决定一下是否需要回复。有一封信需要转交给谢尔盖·布雷金；还有一封是坐狱的斯米尔诺夫寄来的，让我读一读。②上一次他也曾给过我一封卡拉切夫的信让我看。我不能不珍重列夫·尼古拉耶维奇对我的这种友善和关怀的表示。他当然理解，我需要阅读这些信件，正像干我这一行的人们所希望做的那样。

列夫·尼古拉耶维奇挽留我在雅斯纳雅·波良纳呆到一点半左右，为的是让我把他对草稿新做的修改加进元月份出的《每日必读》的清样中去，以便他复查。我告诉他，从契尔特科夫处来了两个人——费·赫·格拉乌别尔格和亚·阿·托卡列夫③。他俩想见见他，请他指定个时间。

"什么时候都行，"他说，"不过最好是晚上。要不今天下午3点骑马散步时我亲自去找你们吧。"

回到杰略京基后，我把这个好消息告诉我的客人们，说列夫·尼古拉耶维奇要亲自到这里来。我们开始盼起他来。

托卡列夫和格拉乌别尔格是两个可爱有趣的人。他俩早已是托尔斯泰的崇拜者和追随者了。托卡列夫是伏尔加河一个大市镇里的商人，谦虚，客气，不爱说话，可是别人谈话时他总是聚精会神地听着。格拉乌别尔格是一个园艺家、农庄主，从前是国民教员。与托卡列夫相反，他是一个热烈好辩的人，在家乡他举办辩论会，与东正教徒们进行争辩，还举办各种集会。一句话，他是一个真正的"托尔斯泰主义的传教士"。

3点差5分，我在自己的房间里对一位客人说："列夫·尼古拉耶维奇没有别的事，是的，不过，他说也许会顺路……"

就在这时,我从窗户里望见有人朝我们这边走过来。我赶忙跑出去。刚打开屋门走进过道,对面的门也正好开了,——列夫·尼古拉耶维奇下了雪橇走了进来。他戴着一顶黄色小帽,穿长筒毡靴,蓝色外套,手拎马鞭,被我们屋里的人围在中间。

"你们好!"他对玛莎·古策维奇(住在契尔特科夫家教农村儿童识字的一位姑娘。——作者)和农家孩子们说。

他们也一齐向他问好。

我把列夫·尼古拉耶维奇带到自己的房间,接过他的马鞭和腰带放在桌上,小心地替他解开长耳风帽,脱掉外衣,挂在钉子上。他坐在桌旁的椅子上。在屋里除我之外还有5个人:叶·巴·古策维奇(田庄管理人)、托卡列夫、格拉乌别尔格和又来找我的斯季彼得罗夫;独臂工人费多尔也来了,他对列夫·尼古拉耶维奇说:"您好,列夫·尼古拉耶维奇!"

"您好!"列夫·尼古拉耶维奇一边回话,一边站起身来把手伸给对方。

我绕到椅子背后,他向托卡列夫和格拉乌别尔格问长问短。格拉乌别尔格把从莫斯科带来的伊·伊·戈尔布诺夫—波沙朵夫的信交给他。

"对不起。"列夫·尼古拉耶维奇一面拆信一面说。他起先默诵,后来大声朗读起来。

戈尔布诺夫在信中谈到"媒介"已经出版和将要出版的新书;谈到因为出版斯宾塞和雨果的作品对他的审讯;谈到他尽管精疲力尽,但毕竟没有丧失工作的信心[④]。

"这就好!"列夫·尼古拉耶维奇说,"您给我带来的信很好!"

他与格拉乌别尔格谈到自己的孩子们的时候,又提起教育问题,谈了他对自修课本的想法,发挥了他向布朗热详细解释过的对于这一事业的设想。

"您大概累了吧,列夫·尼古拉耶维奇?"我问道。我知道他根本不是坐雪橇,而是由仆人陪着骑马来的。

"不,一点儿也不!"他大声说。

过了一会儿,他站起身来。我又小心地帮他穿上衣服,一种愉快的感觉在我心间油然而生。

"好,再见!"他说,——握着人们伸给他的手。

当他邀请格拉乌别尔格与托卡列夫明天去见他的时候,顺便说道:"请在午间1点来,也就是说当按我们这些蠢人的习惯进早餐,而善良的人们吃午饭的时候来。"

他走进过道的房间里,课桌后面坐着玛莎·古策维奇的男女学生——农家的孩子们。

"您看,列夫·尼古拉耶维奇,我们这儿农家的孩子倒不少。"我对他说。

"多么可爱的孩子啊!"他大声说,同时向坐在桌旁的一个女孩子弯下了身子,"唔,把你的书给我瞧瞧。"说着,他翻起课本来。

课本是普通儿童教科书,用大号字体印在厚纸上,带有插图;书被弄得又脏又皱。

"好,请你读一段。我想看看他们成绩如何。"

"这孩子还不会读,她前几天才上学,几乎什么也不懂。"玛莎·古策维奇嘟嘟哝哝地说。

"不,不,让她随便读一段!"他反驳道。

"喂,你读呀!"他指着书上的一个单词。

"我、觉、得、很、高、兴……"

"很好!"列夫·尼古拉耶维奇说着又走到另一个孩子身旁。

"你读一下好吗。"

这个小姑娘读了几个单词,读得流利多了。

"很好,好极了!这个已经能够理解了……"

然后他走到台阶上,3个客人和4个没穿外衣也没戴帽子的本村农民聚拢上来。

正像常有的那样,连日来乌云蔽空,突然,柔和的夕阳冲出云海,光芒四射,仿佛是特意要为这里所发生的种种快事增添无限的欢乐。

"喂,您把我的马牵到这雪堆边上来,抓住缰绳,让我上去。"列夫·尼古拉耶维奇对我说。

"也许您应该踏个凳子吧,列夫·尼古拉耶维奇?"大家都慌乱起来。

"不,不,不需要!"

我穿着一双高勒皮鞋跳进积雪中,把列夫·尼古拉耶维奇那匹机灵的小马拉

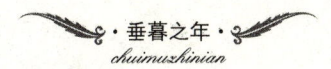

到雪堆旁。

"还需要些什么,列夫·尼吉拉耶维奇?"

"什么也不要了,这就行了。请您把缰绳放开吧!"他一面说,一面抓住了马鞍鞒。

可我还在犹豫不决:列夫·尼古拉耶维奇站在雪堆上,他把雪踩了下去,几乎是和地面站的一般高,这样只要马稍微一动,他就可能掉下来。

我还紧紧地抓着缰绳,警觉地注视着他的一举一动。他把左脚伸进马镫里,靠它支撑,缓缓地提起穿着灰色长筒毡靴的右腿来……落座了。

他得意洋洋地四下环顾,拉拉缰绳,我松开手。他打马起步了。

当他从我的身边经过的时候,望了我一眼。他的整个面孔开心地微笑着,挺直脖子,目光炯炯,仿佛在说:"怎么样,看到了吧?我还不那么老吧!瓦林廷·费多罗维奇,这下您一定满意了吧?"

"谢谢,列夫·尼古拉耶维奇,谢谢您绕道来看我们。"我说。

"见见朋友们我也很高兴。"他回答着,大步上路了。

1月30日

同格拉乌别尔格和托卡列夫去雅斯纳雅。达吉亚娜·列沃芙娜在前厅热情迎接了我们。

"请到楼上来吧。"她说。

我,穿着简朴的灰色衬衫的格拉乌别尔格和穿着西装、丝绸坎肩的托卡列夫一同走进宽敞明亮的餐厅。

列夫·尼古拉耶维奇、米·谢·苏哈金、奥·康·托尔斯泰娅和她的孩子们也都同样热情地迎接了我们。他们非要我们吃早饭,可是因为我们刚刚在杰略京基吃过,因此谢绝了。后来开始了活跃、坦率的交谈。

"索菲亚·安得列耶芙娜在家吗?"我问坐在身边的屠申·彼得罗维奇。

"不在,她去莫斯科已有5天了。"

这时我才明白,格拉乌别尔格和托卡列夫为什么会被在早餐前邀请到楼上来,气氛为什么会这样无拘无束,真城坦率……

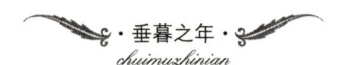

"文明所创造的一切,"列夫·尼古拉耶维奇说,"一开始还叫人感到舒适、有趣,可是到后来就要叫人厌烦了。譬如说这个玩意儿吧,"他指指留声机说,"简直可怕!"

话题又转到农民生活令人发指的贫苦和民众的愤怒上来。

"昨天我又碰见了那个农夫,和他谈了早先就谈过的那个问题。他渴望能有土地——靠着土地他就会成为一个自由的人。他们根本不想给地主干活,因为一切都不是他们自己的。因此,他们才干得很少,才酗酒。在这种情况下你都不知道该说些什么,因为自己生活得这么豪奢。你又摆脱不开这种生活,这种盘根错节地纠缠在一起的生活。感觉到这一点是很痛苦的!"

大家谈起了英国,——桑克斯小姐①就住在那里,她曾在俄国客居过。

"在英国,工人以能为主人做工为幸福,而且觉得这是应该的。在我国不是这样,在这一点上俄国比英国先进……顺便说一句,我收到一本英国喜剧剧本,装帧华美,有插图,可是内容很蠢。剧本中的'老爷们'全然不理解,工人怎么能和他们坐在一张桌子上吃饭。他们觉得受了侮辱,起身走了……但是主教却把一个打扫厕所的人认作自己曾经失散了的兄弟,等等。自信处处高人一等,这正是富人们的一大特点。"

我提醒列夫·尼古拉耶维奇,他的小说《琉森》所描写的正好是这样一件事。

"是吗?说真的,我忘了……"

"小说中写到,当作者,即讲故事的人,把一个衣衫褴褛的流浪歌手带到旅馆,并把他安排在一张饭桌上的时候,一个英国人和妻子站起来走开了。"

"是这样,是这样!这是我本人领着他……这完全是一件真事。"

客人格拉乌别尔格的话题是人们都是孩童,还处在童年时期,所以对人最好什么也别追究,对他们要像对待孩子一样。

列夫·尼古拉耶维奇起初很注意地听着,并一再附和道:"对,对!"可是后来他说:"这是对的,只是一点我不赞成,即对人的不尊重。不应该指责别人。对于一整代人还可以这样想,但是具体到玛丽亚、伊万、彼得就不能这样说。"

就是在后来他也一直坚持着自己的这种观点。

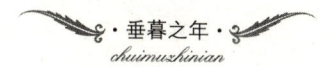

1月31日

我决定今后不在早晨、而在中午12点以后再去雅斯纳雅·波良纳,以便不打扰列夫·尼古拉耶维奇,中断他的工作。

来到雅斯纳雅·波良纳,在餐厅里正碰上莫斯科的社会活动家、巴威尔·道格鲁科夫公爵①和托尔斯泰的传记作者巴·伊·比留柯夫。他们是为莫斯科扫盲协会纪念托尔斯泰八十诞辰(1908年8月28日)、在雅斯纳雅·波良纳开办图书室等事而来的。

列夫·尼古拉耶维奇和我走进书房。

他对我受他委托写好的信件,特别是给一个被艰辛的生活弄得疲惫的士兵的一封复信感到非常满意。他在这封信上加注道:"我的朋友布尔加科夫给您的回信与我的观点完全一致,所以我只能补充几句以表示我对您的由衷同情,并祝愿和希望您找到正在追求的、真正的精神幸福。"②

我问他看没看根据他的指示完成的那份加注的《每日必读》的清样,他说还没有。可是他又突然想起,这件事必须赶快搞完,答应就在今天晚间审查清样(以便马上寄去付印)。

假如不把早先要逐日整理的有关论不平等的材料算上的话,他当时再没有交给我什么任务。后来,托尔斯泰一家和全体客人随同列夫·尼古拉耶维奇和道格鲁科夫一起步行去新开办的图书室。

由于我骑着马,又不能让马停下来,所以我沿着结冰的池塘提前到了图书室。图书室安置在从庄园到村里左侧的头一间大房子里。

几个农民——列夫·尼古拉耶维奇旧日的学生,和许多小伙子已经会集在了那里。

列夫·尼古拉耶维奇走进这暗寒碜的图书室,四下打量起来。他从书架上一本本地抽读着书名。藏书好像是仓促收集起来的,这使他不满意。在一面墙上固定着两块画有大量装饰性的历史、地理图画的厚纸板。列夫·尼古拉耶维奇仔细看着那些图画,对在图书室里配置它们表示赞许。农民们可以在这里看到这些图画。

接着道格鲁科夫向坐在窗前凳上的列夫·尼古拉耶维奇讲了一些在类似场合

下要讲的客套话。谈话间他代表扫盲协会向列夫·尼古拉耶维奇表示致敬。后者道谢，并希望"我的所有亲人们（指农民）都分享到对我的敬意"。农民们证实了他的话，说"他们读书的兴致很浓"。列夫·尼古拉耶维奇亲自给他们讲解图片，介绍书籍。《俄罗斯言论》杂志的摄影记者给大家合影留念。之后，列夫·尼古拉耶维奇就和屠申骑马转悠去了。

顺便说一说，老农民谢明·列祖诺夫站在台阶旁，讲起了（当时列夫·尼古拉耶维奇还在屋里向农民们介绍图书）他是怎样向列夫·尼古拉耶维奇学习的。

"学习挺不错！早晨到学校，玩一玩，然后吃薄饼。多好的薄饼啊！黑板上写着：'尽情吃喝玩乐吧，小伙子们，谢肉节到啦！'"*

周围的人都笑开了。

而谢明却带着艺术剧院的演员阿尔杰姆式的表情继续讲着薄饼、诵经士和一些别的故事。

列夫·尼古拉耶维奇闻声走来。

"啊，是你呀，谢明，你现在变得比从前在校时机灵多了。"他说。

2月1日

达吉亚娜·列沃芙娜在餐厅里朗读《俄罗斯言论》上报道巴黎上演罗思丹的戏剧《桑丹克列尔》的一则消息。当她读到为了表现公鸡参加母鸡的舞会，剧院花了好几千法朗；读到一个公鸡发表了爱国主义的演说①的时候，列夫·尼古拉耶维奇说："格拉乌别尔格说得对，这些人都是孩童，下流龌龊的孩童！正像那个莫斯科商人，给了丑角社罗夫几千卢布，买下了他的一口能表演的猪，然后把它宰了，烤好，吃掉……"

走过书房时，列夫·尼古拉耶维奇把已经审查过的元月份出版的《每日必读》的清样交给我，要我把改样誊清一份寄给出版人。我按月收集整理的论不平等的语录他在元月份也已审阅过了，很满意，要我加进校样中去。

---

* 后来我问过雅斯纳雅·波良纳旧学校的另一个学生瓦·斯·莫洛佐夫，谢明·列祖诺夫的话真实程度如何，他证明确有其事。

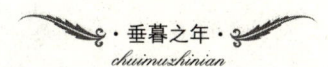

"这就是说,要按新提纲搞了?"我再次试探他。

"是的。"

"好极了!"

随后他给了我一份从全年的《每日必读》中摘出的论宗教的语录,打算让"媒介"印成售价1戈比的单行本。他要求我看后把意见告诉他:为了避免雷同,使读者一目了然,把这些摘录按每戈比两本印刷是否更合适;而如果把所有的观点都放在一本书里,就会增加读者的负担。

2月2日

"喂,您有什么新闻和文件没有?"列夫·尼古拉耶维奇带我走进书房的时候问道。

"只收到母亲的一封信。"

"啊,她生活的怎样?"

"她骂我抛下莫斯科到克辽克什诺。她怎么也不容忍我离开莫斯科和大学。"

他对我表示同情:"要尽量感动她,让她明白您自己也不好受。"

"我多次做过努力,列夫·尼古拉耶维奇。目前的困难是,人们反正不愿意理解你。"

"我也知道这是困难的。但要努力再努力!"

"她责备我轻率,说我做事有始无终:抛弃大学去唱歌,又抛弃唱歌……"

"啊?您会唱歌,嗓子好吗?"

"是的,我会唱。但我总不能为进歌剧院抛弃一切!"

"干吗不呢?"托尔斯泰善意地微笑着,狡猾地低下头看自己的脚,问道。

"是啊,那是一种豪华快乐的生活,列夫·尼古拉耶维奇。但是在城里我到底是为谁歌唱呢?您自己也说过,艺术为富人们提供了继续过花天酒地的生活的可能性。我最好是将来到乡下去为农民们歌唱……"

"我明白,我明白。"他点点头说,"我只是要证实自己的想法。我想,是不是只有我一个人持有这种观点呢?"

谈到工作的时候，我把我的意见告诉了他：关于信仰的论述最好印成两本小册子。但是他决定印成一本；只是要我把同一性质的材料或者删掉，或者编写到一块儿；此外，分类要更恰当一些。

"就个别问题的论点来说，这几册使我很感兴趣。"他说，"只是这太给您添麻烦了。"他用一种负罪的声调补充道。

列夫·尼古拉耶维奇的这种负罪感在以前我就注意到了。每当他请求我完成某一工作，或者接受并夸奖我所完成的工作时，我都有这种感觉。

从他那儿出来，和亚历山得拉·列沃芙娜商量好给几个人邮寄托尔斯泰的书之后，我在楼梯上又碰上了他。

"不灰心丧气吧？"他问。

"不！"

"要当心，别丧气！'坚持到底，方可得救。'谁半途而废，谁才能得救——这话只有对大学和曾在大学呆过的人才能这么说。"

他要骑马出去蹓跶；我也乘坐雪橇准备回去。

"再见，列夫·尼古拉耶维奇！"

"再见！"他在马上应声喊道，"静候您的恩典！"

什么意思？我琢磨着这句话。"您等什么，列夫·尼古拉耶维奇？"

噢，想起来了！他说的是今天给我的《论信仰》[①]一书的那件工作，对此他在前厅里曾向我再次提起过，他认为这是一件很有意义的工作。

2月4日

当我到来之时，列夫·尼古拉耶维奇正在餐厅用早餐。

"你们杰略京基发生了伤寒，"索菲亚·安德列耶芙娜对我说，"当心不要传染给列夫·尼古拉耶维奇！传染我可以，传染他不行。"

我安慰她说，我住的那个庄子与村里居民的一切来往都断绝了。

就在这时，列夫·尼古拉耶维奇要求我把昨晚接受的工作成果给他看。我解释说，我已把论信仰的观点按内容分成了几个独立的章节，并给他读了各章的标题：

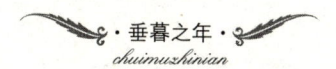

1.真正的信仰何在？2.真正信仰的法则很明确、很简单。3.上帝的真言是爱一切生物。4.信仰指导人生。5.虚假的信仰。6.外在的宗教仪式不等于真正的信仰。7.为善的生活而赏赐的概念不符合真正的信仰。8.理智验证信仰。9.人们的宗教意识在不断前进。①

"很有意思！"列夫·尼古拉耶维奇说，"好的，可是语录选出来了吗？"

"没有，一个也没选。"

"可我还以为您已经选出不少了呢。"

列夫·尼古拉耶维奇允许我和其他家人一样自由评价他的作品，这使我十分惊奇。我怎么也不习惯享有这种自由。啊，我怎么可以从他编纂的文集中"删弃"托尔斯泰的某一段语录呢？缀合、整理这些语录我还勉强可以做到，但是"删弃"？

我不敢效法米·谢·苏哈金，他批评列夫·尼古拉耶维奇时异常大胆。他有时猛烈地抨击托尔斯泰作品中的某些章法或段落。使我同样吃惊的是无论他大胆也罢，宽容也罢，托尔斯泰在这种情况下总是用心听着他女婿的意见，并且无疑地认为这是他的一个优点。

在餐厅里，列夫·尼古拉耶维奇听了我就《论信仰》一书的观点整理出的提纲后，邀我去他的书房，让我看他自己从一本日后要出版的小册子中整理出来的观点，然后就回餐厅去了。过了几分钟他又回来，坐下审查我的提纲，同时要我到打字室取几封信，他想委托我回复这些信件。

当我返回书房的时候，列夫·尼古拉耶维奇说，他"已经审阅过了提纲，很好"，同时又给了我第二本小册子——《论灵魂》②，让我用同样的方法系统整理书中的语录。

"我很希望您在这篇文稿中更大胆、更自由地做一些改动！总之是想要您进行批判，有力的批判！"

得到了他的允许，我鼓起勇气就他今天给我看的这本小册子里的语录之分类法作了尖锐批评。

"您的组编，如果可以这样说的话，"我对他说，"是形式主义的。您把各种观点划分为正面的、反面的、寓意的等等，可我要按内容梳理它们，这样我认为更好一些。"

"是的,这是正确的。"他表示同意我的意见,并且再次请求就这样整理第二本书的语录。*

然后我告诉列夫·尼古拉耶维奇,我的《基督教论理学》按照他的指示做了修改,现已结束。他劝我写信给彼得堡《大众生活》杂志的编辑弗·亚·波塞出版这本书。他还补充说,是他,托尔斯泰,赞同出版的,而且他打算给波塞随稿寄一"附函"去。

后来我去餐厅看报,列夫·尼古拉耶维奇从客厅走了出来。

"您要散步去吗,列夫·尼古拉耶维奇?"我问。

"不,出去透透风⋯⋯"

他在走道时突然猛烈地摇晃了几下,仿佛遭到了暴风的袭击,脸色也显得非常憔悴,这使我大为惊恐。

我想起在书房告别时,当我问他"您今天累了吧"的时候,他回答说:"是的,老是一个劲儿地工作!"

我开始为这个亲爱的人害怕起来,但是我不想对他说什么必须多多休息之类的话,因为我知道,对这类劝告他是向来不予理采的。

2月5日

列夫·尼古拉耶维奇在楼梯上碰见了我。

"我一直在等着,"他一面笑着和我打招呼,一面说,"等着您对我说,您要离开我了,您讨厌和我一起工作!⋯⋯"

我说服他,使他担心的那种情况是根本不存在的。

他对我的工作很满意,可是又用一种负罪的声调说到这一点。

---

* 当时列夫·尼古拉耶维奇正在按专题组编许多小册子的语录(主要是组织调整《每日必读》所提供的那些资料),我自己在帮助他的时候,还没有意识到自己已经超出了这一工作的要求。而到年末,《生活的道路》一书——托尔斯泰最后的最重大的一部著作——即脱胎于此。在以后的日记中读者将看到列夫·尼古拉耶维奇编写《生活的道路》的最后进行情况,但是最初这部著作不叫《生活的道路》,而叫《论生活》。已经提到的小册子《论信仰》和《论灵魂》被编为《生活的道路》的头几篇。

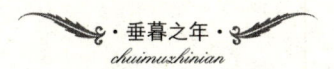

"真高兴,我真高兴,"他说,"这一切搞得都很好!……"

随后他给了我2本小册子——《圣灵活在每个人的心中》和《上帝》①,要我整理;还有5封信要我回复,不过其中3封如果我认为不需要回信也可以,因为其中有一封,用他的话说,纯粹是"为了卖弄词藻"而写的。②

2月7日

今天有一个叫 B.斯麦尔柯夫的人从雅斯纳雅·波良纳来找我,带着列夫·尼古拉耶维奇的便条:"亲爱的瓦·费,请接待我们的这位新朋友,和他聊聊,再一起来找我。列·托尔斯泰。"

中午1点后,我同斯麦尔柯夫去雅斯纳雅,晚了——列夫·尼古拉耶维奇已经骑马散步去了。我们决定,斯麦尔柯夫和布雷金(他和我们一起来)在傍晚之前等候列夫·尼古拉耶维奇(那时他会回来休息、吃饭),我先回去。可是我刚穿好衣服,准备上路的时候,列夫·尼古拉耶维奇回来了。他不顾不要因为下午和客人谈话而打扰他的请求,命令我脱掉衣服,说要检查我的工作,然后就找斯麦尔柯夫和布雷金去了。

斯麦尔柯夫是火车司炉,他赞同列夫·尼古拉耶维奇的观点,认为自己的工作徒劳无益,因之打算弃职务农,虽然他一无土地,二无钱财。他有妻子和3个孩子。

列夫·尼古拉耶维奇劝他生活下去,干好原来的工作。同时向他指出,在铁路上服务对一个基督教徒终归还是一件比较能接受的工作。

当斯麦尔柯夫说到他的妻子和他的思想观点十分投合的时候,列夫·尼古拉耶维奇当着他的面对布雷金说:"他真是一个有福气的人哪!"

话题转到了儿童教育和所谓"教养"是否需要上。

"他们不需要任何教养,"列夫·尼古拉耶维奇说,"这并非奇谈怪论,就像人们在说我的时候所讲的那样。我的真诚信念是:一个人越有学问,他就越蠢。我读过и的文章,他也是一个有学问的人,可他简直是一个十足的傻瓜,真正的蠢才。无论哪一个有学问的人,都是傻瓜。对于我来说,'有学问'和'愚蠢'是两个同义词。и算什么东西!像他这种人能算是名人吗?"

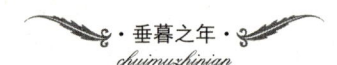

"是麦奇尼柯夫吗?"

"是,是!……道格鲁科夫邀请我参加'和平协会'的会议,法国的客人们、丹斯杜涅尔和其他人也将出席这次会议……①他是一个军国主义的拥护者。他说科学在使军事装备日益完善,百发百中的鱼雷正在发明。这将使战争不再发生,那时军队将被取消。我想对他说,要是这样,那就无异于说,为了不撑破肚皮,就需要服用催吐剂;为了防范人们犯奸淫罪,就必须叫他与患有性病的女人发生关系?"

我补充一下,这些话列夫·尼古拉耶维奇是用平静的、有点厌倦的音调说出来的,可是非常坚定,又不凶狠。后来他讲到他的工作,他从我带来的他的那些小册子中拣出一本来,让客人们看。他还叫布雷金重读书中的一些段落。后来又叫我去办公室取他当天收到的一封信,并大声读给我们三个人听。这封信是他的一个熟人尼·叶·费尔丁寄来的,信中描述了在彼得堡坐牢的文学家亚·莫·赫里亚科夫的艰难处境。②

关于这封信,我一到这儿的时候就听奥·康·托尔斯泰娅说过。她说这信使列夫·尼古拉耶维奇特别激动,索菲亚·安德列耶芙娜对费尔丁把赫里亚科夫的信转交给列夫·尼古拉耶维奇一事十分不满,大发脾气,甚至破口大骂。

当我拿着信走进大厅之际,看见索菲亚·安德列耶芙娜在地上正同孙子塔涅奇卡和伊留什卡游戏。我们打过招呼后,她开始埋怨起费尔丁的冒失来,而且我发现她的眼中似乎含着泪水。

"费尔丁这样做,或许是想让列夫·尼古拉耶维奇为赫里亚科夫写一封信,"她说,"以便改善他的处境。但是费尔丁想用花言巧语达到目的,结果害得列夫·尼古拉耶维奇从一大早茫然若失,不能自已。"

当我返下来时,列夫·尼古拉耶维奇建议我同他上楼去向我交待工作。他给了我两本书——《爱》和《罪孽,诱惑,迷信》,③让我分类整理;还有两封信需要回复。

我同他道别,但他留住了我,向我表示他的惊讶:斯麦尔柯夫(他和我一样,很喜欢这个人)满怀崇高的意向,却生活在与这种意向完全不相宜的人们和环境中(正像斯麦尔柯夫自己说的);别人又完全不理解,正是在他身上体现着最高的道德准则。

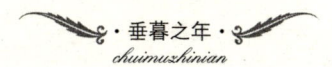

"这不由让人想起印度的一句谚语：'汤匙不解味，精华在汤中。'"他补充说。

2月9日

来到雅斯纳雅（每逢好天就步行）后，得知昨天列夫·尼古拉耶维奇身体欠安，很虚弱，不过今天他自觉好多了。他看过上次托付给我、现在已经写好的那些封复信，表示赞许，于是一齐寄了出去。他交待了今天的工作：两本小册子——《贪欲的罪恶》和《寄生的罪恶》①，要我审阅，还有一封需要回复的信。信是一个反驳列夫·尼古拉耶维奇的观点，可对自己的思想又有所怀疑的革命者写来的②。他当着我的面请求女儿给某一学校的女校长写封回信。这个学校要组织上演《黑暗的势力》，女校长问他，是发"Taë"还是"Tae"③。

"请你这样写：按我的意见，要读作'Tae'。"他笑着说。

连日来有3家俄国报纸发表了列夫·尼古拉耶维奇的《我生命的晚期》。一年之前，这篇文章在《俄罗斯言论》上曾以《我的心灵的历程》为题登载过。后来它被译成法文，现在又从法文译成俄文，自然已经面目全非了。列夫·尼古拉耶维奇对此很不满，他对武断地强加给这篇文章的标题也很反感。

"我还没有到晚期呢！"他嘲弄地说道。

主要是他奇怪这篇文章（或许是信，他也不记得了）怎么落到了报社记者手里。他写信向契尔特科夫询问这件事。④

列夫·尼古拉耶维奇请我留下吃午饭，饭前审查我整理的那4篇小册子。他虽然已经看过，并作了若干删改，但现在要再看一遍，以便与他原先对正文提出的要求再核对一下，好在下次出版时与他的修改相吻合。

他坐下来，开始审核我今天带来的作业，可他又站了起来。

"不，我累了。现在应该注意的是……我有这样一个习惯——一蹴而就。可这个我以后再看吧。"

6点钟我去吃饭。

列夫·尼古拉耶维奇散步回来休息过后，有点晚了。吃饭时他与家人、邻村奥夫夏尼科沃的一位来客及布朗热聊天。他们谈到农民，谈到从法文译过来的那篇糟糕的文章,等等。插一句,他同小外孙达吉亚娜·达吉亚诺芙娜(苏哈金娜)谈妥,两人合用一个甜食盘,用索菲亚·安德列耶芙娜的话说,"一老一少"合吃一盘;可是塔涅奇卡怕吃亏,拼命用小勺吃起来。列夫·尼古拉耶维奇开始抗议了,开玩笑地要求分成均匀的两半儿。当他吃光自己的一份时,达吉亚娜·达吉亚诺芙娜像一个哲学家似地说:"老的倒是比小的完得快!"

饭后,列夫·尼古拉耶维奇向孙子们宣布,全家的老朋友索菲亚·亚历山得罗芙娜·斯达霍维奇给他寄来一件礼物——电笔,他要向孙子们表演一下电笔怎样写字。

"好,谁没见过电笔的妙用吗?请吧!"他煞有介事地说,扶桌边站起身来。

3个孙子、布朗热、我、奥·康·托尔斯泰娅、达吉亚娜·列沃芙娜和苏哈金一齐跟他走进一间黑乎乎的房间——他的卧室。他站在中间,把一张纸弄得簌簌作响。

"这是怎么啦?"听见他这样说。

电笔失灵了。人们打开向光的屋门,开始修理电笔,还是什么也写不出来。

"让孩子们受委屈了!"列夫·尼古拉耶维奇用闷闷不乐的声调说。

大部分观众走开了。他走进打字室。

"我这就给你们两个看一样有趣的东西。"他一边对我和布朗热说,一边在桌边坐下,拿起一支笔,"我要让你们看看,婆罗门早在毕达哥拉斯前100多年就证明了勾股定理,——这是我从不久前给我寄来的一本小册子上知道的。"

他画出图并很快就完成了婆罗门的证明,而且比毕达哥拉斯简单得多。

"因此我要说,知识的领域是非常广阔的,对同样一个问题的解决有着无穷的方法哩!所以靠人的智力怎么能穷尽一切知识呢?……"

遵照他的请求,我从楼下拿来了那4篇书稿,他的修改和删节我都看过了。有若干原定删略的语录(近10条)我建议他保留,他几乎都同意了。其中有几条他想去掉,仅仅是因为编辑不满意。

"谢谢您!"整理完手稿后他说。

布朗热提醒列夫·尼古拉耶维奇,他曾答应过为《论佛教》一文写序言。列夫·尼古拉耶维奇再次表示一定写,不过他补充说,现在他很忙,工作很多。[⑤]

"我的寿命只剩下两年半了,可我的事情还有二百五十万。"他感伤地说。

这时候大家想起彼得堡一个杂志发行人叫波克沃兹，列夫·尼古拉耶维奇曾经含糊其词地答应过参加他的出版工作，于是人家来信说，没有他的文章，第一期杂志就不出⑥。这封信引起了众人的议论。

"是的，这不大好。"列夫·尼古拉耶维奇说。

就便，他谈到了另一个通信人苏列普尼科夫，他是科斯特罗马省的首席贵族代表，立宪民主党人，曾加入过本省的第一届国家杜马贵族成员团，因在《维堡宣言》上鉴名而被贵族界开除。他告诉列夫·尼古拉耶维奇，政府对他们不满，因此请教他是应该继续本着昔日的精神活动呢，还是屈服？抑或是另想出路⑦？可怜的托尔斯泰！

"你看，"他说，"我还想得起那些首席贵族代表们，在他们面前我简直就是一个'列沃奇卡（狮子的意思。——译者）·托尔斯泰'……这头狮子妄自尊大，穿着白裤子……是啊，是啊……（他大声笑了起来。）我对所有的头面人物、作家等等都是这种态度……可是须知这个首席贵族代表想必比我年轻，在他们面前，我是一个受人敬重的老者啊！"

"喂，我们下棋去吧！"他转身对苏哈金说，于是同他一起到大厅去了。

列夫·尼古拉耶维奇让我把断了的电笔带给以善于修理东西出名的谢尔盖·布雷金修一下，他明天要来看我。

还有一封农民诗人的来信也要我回复。他嘱咐我要对其富有揭发性的诗表示赞扬，但须附上这样的意见：他不喜欢诗中带有恶毒的情感，这是必须力求避免的⑧。

2月10日

关于《我生命的晚期》一文的真像终于弄清了。这篇文章原系列夫·尼古拉耶维奇日记中的一页，是20年前写的，契尔特科夫曾在英国出版的《自由言论》①上刊登过，各家报纸又抄自《自由言论》。现在人们却把它当成了新闻！

对文集*一事，列夫·尼古拉耶维奇今天说："有时它们使我很感兴趣，可有

---

* 《生活的道路》。

时又觉得很乏味。您是怎么想的？"

我说，因为这些小册子原是为了普通老百姓编写的，在没有其他普及性哲学读物的情况下，依我看，它们是很需要的。对此，他再没有说什么。

后来他宣称，他打算在《每日必读》里选用陀思妥耶夫斯基著作中的观点。他在《俄罗斯古风》上曾读过一篇论陀思妥耶夫斯基的文章。这与他一惯的想法有矛盾：在陀思妥耶夫斯基的作品里虽然有不少有价值的材料，可他以前极少采用其中的观点②。

列夫·尼古拉耶维奇想委托我来做这一工作，为此他明天要给我准备一套陀思妥耶夫斯基文集③。

"果戈理、陀思妥耶夫斯基（无论这个人多么古怪）和普希金，都是我特别珍重的作家。"他说，"普希金还是一个年轻人，刚刚开始成熟，还没有经历什么……不像契诃夫。……可是他竟写出那么好的诗，譬如《当喧嚣的白天为死者而沉寂的时候》……"

关于契诃夫，我指出，我反倒觉得他似乎很接近托尔斯泰。我甚至试图在他们之间划一条平行线；即便是在剧作里，也表现出他对知识分子的观点是有价值的。列夫·尼古拉耶维奇不同意。

"这一切完全是由于对嘲弄的某种偏爱。这不是讽刺。讽刺来源于明确的要求。这仅仅是嘲弄，而嘲弄却没有什么充足的来由。"

列夫·尼古拉耶维奇留下我阅读上面提到的关于陀思妥耶夫斯基的文章，他自己出外散步去了。

2月11日

今天，我来到雅斯纳雅后得知协助抄写的亚历山得拉·列沃芙娜出麻疹躺倒了。所以托尔斯泰著作和索菲亚·安德列耶芙娜的回忆录的誊写员瓦·米·费奥克利托娃请求我在雅斯纳雅住几天，因为她一个人无力胜任工作。

"我们一早晨都在念叨您，甚至想派人去叫您来。"她说。

我当然表示非常同意她的建议。去列夫·尼古拉耶维奇那儿的时候，我顺便把那几本小册子交给他，他又给了我一个新任务。他还对我说，如果我搬到这里住，

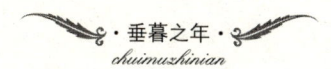

他是很高兴的。鉴于此,我决定留下。他交给我今天收到的20多封信让我回复。一整天我什么也没干成,因为需要回一趟家、派一匹马、取一些零碎东西等等。

从图拉来了一个医生,他向列夫·尼古拉耶维奇讲到他的一个患者的"英勇行为",——他是在与一个袭击他的庄园的强盗搏斗时被打伤的。列夫·尼古拉耶维奇一言不发,他想勾起医生的话题,然后询问一下图拉被判死刑的那四个人的情况。但是对方显然对这个问题不那么感兴趣。

医生为了赶图拉的火车,没吃饭就走了。列夫·尼古拉耶维奇就便议论起来:"我对那些因杀人越货而被判处死刑的人很感兴趣。我无论如何不理解,怎么能为100或1000卢布去杀死一个素昧平生的人呢?不过我明白发生这种情况的原因,那就是暂时的愚昧。有些人只是怀疑天堂,怀疑奇迹;可这些人却深信这一切都毫无意义,他们暂时还不需要什么信仰。他们一无所有。"

我同他谈起彼得堡的一个文学家索科洛夫。前不久他来信问列夫·尼古拉耶维奇:"绵羊能温顺地强迫狼吃草吗?"我受托告诉他,关于这个问题可以在托尔斯泰的著作中找到答案①。现在索科洛夫又写来一封信抱怨说这是我个人的意见。

对于这个人,列夫·尼古拉耶维奇说:"他像那些在孤芳自赏的人们中间成长起来的人一样,习惯于摆出一副鹤立鸡群的架式对待别人。"

晚上,索菲亚·安德列耶芙娜告诉我在哪儿安息、那儿洗漱等等。她顺便让我参观了另外半间我不知道的房间,那是她的寝室;她还把她的绘画习作及诸如此类的东西让我看。总之,一句话,她显得很热情。她说她之所以请我住在这儿,是因为在她去莫斯科(要走4天)期间,担心列夫·尼古拉耶维奇遇有什么意外,得不到及时帮助。

我要在紧挨列夫·尼古拉耶维奇卧室的这间屋子里休息了。从他的卧室到这个房间安有门铃。

吃茶的时候,索菲亚·安德列耶芙娜对列夫·尼古拉耶维奇说:"我让布尔加科夫来关照你。"

"谁的关照我都不需要。"他说。

我工作得很久。深夜他走进来:"算啦,以后再干吧!睡吧!"

我在打字室的沙发上躺下来,——从前古谢夫有时也睡在这里。列夫·尼古拉耶维奇就睡在隔壁,我得踮起脚尖走路,免得惊醒他。时时听到他在咳嗽。

2月12日

  昨晚午夜时分,我已经入睡了,依稀听见有人在呻吟。不远处有一房间,苏哈金的一个患病的孩子多利克睡在那里。昨天夜间,我曾经告诉达吉亚娜·列沃芙娜和米哈依尔·谢尔盖耶维奇去看看维多利亚,是否有必要把保姆找来帮忙:孩子可能折腾起来,说胡话什么的。我当时以为是这个孩子在呻吟。保姆没有来,我依旧躺着。可是后来决定去看看病人。我赶忙穿上衣服,走到走廊的屋门前,拉开门一听,全然出乎我的意料,呻吟、叫喊声不是从多利克的屋里传出的,而是从列夫·尼古拉耶维奇的卧室里传来的。

  "不会有什么不测吧?"我私下想道,不知为什么一下想起左拉来,他和妻子就是在睡梦中因煤气中毒而双双死去的。

  我急速地旋开门把手,走到列夫·尼古拉耶维奇身边。

  他大声呻吟。屋里一片漆黑。

  "谁?谁在那儿?"这是他的声音。

  "是我,列夫·尼古拉耶维奇,我是瓦林廷·费多罗维奇。您觉得不舒服吗?"

  "啊……有点不舒服……腋下疼痛,又咳嗽。我吵醒您了吧?"

  "不。没关系。我去叫屠申好吗?"

  "不,不,不需要……您走吧,睡去吧!"

  "也许应该把他叫来,列夫·尼古拉耶维奇。"

  "不不,没必要!他什么也不能……"

  我继续请求着,一时没有省悟:我应该干脆马上把屠申找来。

  "不,不需要!我一个人更安静些……请您去睡觉吧。"

  我走出来,去找屠申·彼得罗维奇。他没有即刻去看列夫·尼古拉耶维奇,而是躺在与他的卧室隔着一个房间的客厅的沙发上。开始,间或传来呻吟声,后来完全停止了。静谧的夜过去了。

  屠申说,这是常有的事,他夜里常常呻吟(我不知道这一情况),不过今天"另当别论",他正在发病,并说我来找他,做得很对。

  清早,列夫·尼古拉耶维奇醒后很不舒服,按屠申的意见,他的肝病又犯了。

列夫·尼古拉耶维奇穿着罩衣，早晨时出外面走了一会儿。他提议给我开支，可我拒绝了，我说我眼下有钱。午间，当我试探地问，需要我写的是否快完了，可是就在得到一个肯定答复的同时，他又向我口授了为布朗热论佛教一文写的序①，然后让我修改其中文笔生涩的地方。

坐下来清理列夫·尼古拉耶维奇的信件，我奇怪他留着这些信都没有回复；原来这些信大多辞藻华丽，委婉动人，文笔舒展，一句话说穿了，写信人是否出于真情实感，不能不叫人怀疑。

这一天就在忙碌中度过了。

吃午饭时，列夫·尼古拉耶维奇精神焕发，十分愉快。

"当一个老头子咂吧着嘴巴吃东西的时候，是怪讨厌的。"他一边嚼着饭，一边说，"我现在就是这样。我想，别人看着我一定很讨厌。"

"老头子一般来说处处都叫人讨厌。"苏哈金说道。

"不，我不同意这种意见！"列夫·尼古拉耶维奇笑了起来。

"唔，至少我自己就讨厌自己。"苏哈金继续说。

"好啊，你是老头子！"列夫·尼古拉耶维奇反驳道，"可我不是老头子！"

"爷爷，你看见我的小辫了了吗？"他的外孙女，有名的达吉亚娜·达吉亚诺芙娜坐在他身边，嘟嘟嚷嚷。她一边说，一边扭过头让爷爷看她的辫子。

"什么？小画片？"

"小辫儿！"

"辫子？啊，多好的辫子！是的，小巧的辫子，比教堂诵经员的还小……"

爷爷又和孙女同吃一个甜食盘了。

"这多开心！"他装模作样地教育起她来，"这有好处，不必洗两个盘子，只洗一个就行了。"

末了，他又补充道："将来，在1975年的某个时候，达吉亚娜·米哈依罗芙娜将会说：'您记得从前有个托尔斯泰吧？我和他还在同一个盘子里吃过饭呢！'"

列夫·尼古拉耶维奇讲起了他昨晚做的一个梦。他梦见自己在某处拣到一根铁棒，带着它到一个什么地方。这时，他发觉有一个人藏在他的身后，向周围的人们诬陷他："你们看，托尔斯泰要溜！他给大家带来了多少祸患啊，这个异教徒！"当时他转过身来，一铁棒把那个人打死了。可是没过片刻，那人似乎复活了，双唇微动，不知说些什么。

　　午饭后聊天，话题很严肃。对于各国宪法及其虚假的福利谈得特别多。

　　晚间，亲爱的爷爷来了，和我并排坐在桌边的沙发上。为了我今后能更好地整理书信，他给我读了几份简短的复信的草稿。正像人们常说的那样，我们肩并肩地贴着身子坐在一起，我从侧面端详着他那蓬松整洁的银须和严峻的面庞。银须在灯光下闪闪发亮。

　　有人说，每个人都有他特别的气味。尽管这是一句笑话，可我觉得，托尔斯泰身上的确有一种类似教堂的气味，一种非常森严冷峻的气息——有似柏树，又像法衣、圣饼那样的一种气息。

　　去吃茶的时候，他大声说道："鬼知道我今天做了多少事啊！"

　　接着，他开始数算起他今天所完成的工作来。

　　吃茶时人们久久地谈论着文学，谈到了易卜生、剧院、莫斯科大剧院。列夫·尼古拉耶维奇说，他在那儿以极大的满足看了《钦差大臣》。后来又谈到丹斯杜涅尔②。

　　"法兰西人毕竟是很讨人喜欢的。"列夫·尼古拉耶维奇说，"他们在政治斗争中前进，用革命进行了首次冲击。他们的思想家同样非常卓绝：卢梭③、帕斯卡尔④——这都是杰出、辉煌、襟怀坦荡的人……不管我对康德⑤怎样珍重，但他是那么——我不说不深刻，可太艰深了。"

　　晚上，我告诉他，在回复给他的那些来信时，我感觉到一种快乐，因为大多数信件写得严肃、充实，而且写信的人都是工人和农民。

　　"是啊！凭良心说，这些信必须回答。"他说。

　　他喉咙发痛，身子有点发烧。

　　"夜里我大概又要叫喊了。"

　　他为我昨晚去看他向我道谢，并说我做得很对。

2月13日

　　列夫·尼古拉耶维奇夜里睡得很安稳。早上他给我和屠申送来了苹果。

　　因为这几天他自己感觉身体不太好，苏哈金就同他开玩笑："留神索菲亚·安

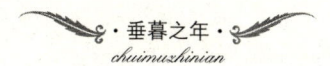

德列耶芙娜不在您又病倒！那她一回来就要说：'真是的，我一不在，列夫·尼古拉耶维奇就缠绵病榻……'这可是她的口头禅哪！"

"是的，我尽力而为吧！"列夫·尼古拉耶维奇说。

鉴于围绕丹斯杜涅尔为首的法兰西客人掀起的无休止的喧嚣，他当时就指出："身为军国主义的帮凶却要高谈什么和平，这真是丑恶之至的伪善！……战争只对某些人才是需要的。实际上，整个当代制度就是靠战争维持的。老百姓都看清了这一点，可学识渊博的教授却没有。"

他今天对我的书法表示惊奇："您写得多好！真不错，清晰，流畅，看着就舒服！我真希望也能写成这样。"

晚上，他去睡觉的时候说："今晚我尽力不惊动您。"

显然，他渴望不要引起别人的反感。

我昨天和今天的工作：按照列夫·尼古拉耶维奇所做的记号，把从《每日必读》中选出的语录集中剪贴在单张纸上，以便编写《恶之罪》一书时供选择、缀合；按章梳理本书和另一书——《性之罪》；寄发受托写好的十几封信、他的几封私人信件以及几包书。

对列夫·尼古拉耶维奇收到的书信做两句评论，——我发现请求签名题字的大部分信件来自外国。

今天，他的一个通信人、一个普通的士兵来信说："我们这儿天气开始暖和了，到了零上2度。没有下雪。"另一个人的信是这样开头的："圣父、圣子和圣灵在上，阿门！我冒昧诉诸慈悲的上帝，上帝赐我这罪人以灵性，致此函于俄罗斯大地众生之至尊至敬且驰名海内之阁下，我一有罪之人，草芥之末，唯愿此函上达列夫·尼古拉耶维奇·托尔斯泰伯爵阁下。"

这是两封堪称"出色的信"——严肃、真诚又有点标新立异。列夫·尼古拉耶维奇还收到一类"求告"信（要求资助），这类信他都未予回答。还有一类是要求他"悬崖勒马"的，写这些信的人都企图要他信仰东正教或其他正统思想。

2月14日

应该指出的是列夫·尼古拉耶维奇常常想起契尔特科夫。今天吃午饭的时候，由于收到了契尔特科夫寄来的信和报上以《我生命的晚期》为题发表的确切的原文，列夫·尼古拉耶维奇又说起了他。列夫·尼古拉耶维奇常常问我收到克辽克什诺来的信没有，并让我给他转述信的内容。

这是他的一个富有代表性的特点。

吃饭时上了甜食。

"穷奢极侈在这甜蛋糕上也表现出来了。我们随时都可以吃到各色各样的果子羹、甜点心、油炸饼，可这样的食品只有在盛大的'命名节'才有啊！"

今天午饭后，关于拒绝服役，在我、列夫·尼古拉耶维奇和苏哈金之间发生了热烈的争论。我和苏哈金早就开始讨论这个问题了。前不久的一天，在花园里散步的时候，我们争论过这样一个问题：我究竟应该利用我享有的在校延期权尽可能地拖延服役呢，还是立即离开那应名在校的大学，去响应服役的号召呢？可是这样一来，就等于前功尽弃。我坚持最后的决定应合乎道德要求，可苏哈金劝我"不要着急"，"慢慢来"，"不能毁了自己，因为法律本身可能会改变"。

我们决定请教列夫·尼古拉耶维奇：我们的争论孰是孰非？

谈了很久，他拒绝表态或提供什么意见。他说这样的问题应该由本人解决。他不认为拒绝服役的后果有什么了不起（仿佛对什么有影响似的）。"我不能"——这就是拒绝者的全部理由。

顺便提一下，他说过："我怎么也不能想象，像您或谢辽沙·布雷金那样，会抱着这样一种感情去拒绝服役。我，一个老头子，只能活几个月、一年了，对此尚且不怕，可你们青年人来日方长啊！"

他还讲到，对他来说，只有监狱才能使他摆脱目前所处的这种沉重的生活环境。整个谈话是难以描述的，那些话使我异常激动。我的几个交谈者显然都有些情绪激昂，甚至当我走进打字室时，还能听到他们的谈话声从大厅里传出来。到列夫·尼古拉耶维奇和苏哈金坐下来下棋的时候，他们才像平日一样安静下来。

吃茶时议论纷纷。有一阵子，列夫·尼古拉耶维奇坐着，望着某一个角落沉思。后来他突然说道："这唱机和这喇叭真讨厌！"

大家都随声附和，于是话题自然又转到了"文明创造"上。

睡觉之前，他来找我，在邮局的挂号通知单上签了名，看过了我写好的几封信。

"您觉得怎么样？"他问。

"很好！"

"在我们这儿，您是一个朝气蓬勃的人哪！屠申也是。好，再见！"

2月15日

早晨，列夫·尼古拉耶维奇没穿好衣服，手里拿着一张纸，就走进我的屋里来。

"给赫里亚科夫写了一封信[①]，本想写得好一些，可老是打卡儿，到底还是写坏了。"

信是在一张从大拍纸簿撕下的纸上写的，结尾处的确不大整齐，可信写得罕见的清晰。是不是因为谈到他的书法潦草而引起的呢？

来了一位客人——一个年轻人，从前是工人。他想种地，而且要把两个失业的流浪汉招来做帮工。他的主要想法是逐渐扩大失业人数，把他们吸引到农业劳动上来。

"他叫人扫兴！"列夫·尼古拉耶维奇说。

不过总的来说他对客人很有好感。他不止一次说起他[②]。

因为马克西莫夫在彼得堡的"雅斯纳雅·波良纳"[③]出版社的杂志一事，列夫·尼古拉耶维奇接连不断收到来信。出版社和杂志的名称引起了轻信的群众的误会，他们慷慨地把钱寄给马克西莫夫，因为他曾许诺出版《列·尼·托尔斯泰在俄国被禁作品全集》。事后他们才明白钱都落到了奸商手里。群众向列夫·尼古拉耶维奇告发马克西莫夫不守信用，甚至责备列夫·尼古拉耶维奇。例如，今天有人就在一封充满责难的来信中，以这样激愤的呼吁结尾说："我在期待着您的信誉，伯爵！"

为了结束给列夫·尼古拉耶维奇带来的这种令人烦恼的误会，我受他的委托，经他编审，当天就给发行量最大的一家报纸写了一封信：

列夫·尼古拉耶维奇·托尔斯泰近一个时期收到许多涉及"雅斯纳雅·波良纳"出版社的信件。这些信件的作者多数是该出版社所发行的杂志的订户。他们询问它的品德，抱怨没有把书寄给或准时寄给订户，满腹牢骚，要求迅速把杂志寄给他们，或者退回订款，等等。对此，列夫·尼古拉耶维奇已经做过书面声明，现委托我再次声明如下：他与"雅斯纳雅·波良纳"出版社没有任何关系；该出版社是否要出版他的著作，怎样出版，以何名义以及在什么情况下出版，他一概不知。倘若出版，而又事先未经他同意，只是根据他的一般性允许，无所顾忌地印刷和出版他于1881年以后写的著作，那么，列夫·尼古拉耶维奇认为，自己对该出版社之行为概不负责。

在把从《每日必读》中选出的语录编成一些独立的小册子的时候，列夫·尼古拉耶维奇告诉我，这一工作使他快乐、感兴趣，他已经不怀疑这一工作的必要性了。

早晨，我因种种原因在他工作期间好几次走进他的房间，因而向他道歉。但是他以素有的客气说："您说哪儿去了！我担心的是给您添麻烦，而您不必担心给我添麻烦。"

午饭前，列夫·尼古拉耶维奇又有客，是一位年轻的先生，有一个异常响亮的复姓。他请列夫·尼古拉耶维奇读他的诗，并向他证明诗中没有"不健康的倾向"。当然，他只能使列夫·尼古拉耶维奇感到厌倦。道别的时候，他也不想再提自己的事了。④

吃饭时，列夫·尼古拉耶维奇谈起了列奥尼德·安德列耶夫在《俄罗斯早晨》上发表的一篇小说⑤。

"这篇东西写得有点莫名其妙，不是俄罗斯语言，大概是西班牙语。整个故事写的是一个牧师爬上一艘轮船，把一根杠杆转动了一下就走了……我认为当代作家中最有才华的是库普林，因为在他的创作倾向中荒谬的东西比较少。"

人们谈到伊兹玛依洛夫⑥对当代作家的讽刺性的拟作。他说："伊兹玛依洛夫写得不错。"

饭后，他给苏哈金和我读了一篇登在一张通俗小报上的斯特拉霍夫的新作⑦。之后又谈到目前的工作，这一工作忙坏了他，但使他感到快乐。

晚间他签署了打字机打出的信件，审阅了我写的东西。

"好好休息吧!"他走的时候说。

夜里12点,我还没有睡下,他打开门走出自己的房间来看我。

"您怎么还不睡?"

当时他让我给他准备好2月份要送交印刷厂的《每日必读》,按新提纲整理出来,以便明天修改。

他走后我又工作了一会儿,1点多钟的时候我下楼去寄发邮件,突然听到电铃声,接着又是第二响。

我想起这是从列夫·尼古拉耶维奇的卧室接到我的房间的电铃,也就是那个他"在任何情况下"都可以利用的铃子。我有点担心起来,因为他哪一次叫我都不拉铃,甚至在病的时候也没拉过铃。

我奔跑回去。他在床上躺着,小桌上的蜡烛亮着光。

"为我找一下屠申·彼得罗维奇。"他说。

"您不舒服吗,列夫·尼古拉耶维奇?"

"不……好,那就请您办一下吧,墙角里的耗子弄得吱吱响,您去书房里把蜡烛拿来,点着放在那个角落里。"

我把这一切都做好了,向他道安后走出来,心里感到很满意,因为这令人不安的铃声并不是表示什么不好的事情。

2月16日

早晨,列夫·尼古拉耶维奇说:"我今天讨厌极了,感到浑身沉重……因此您得对我迁就些。"

过一会儿,我又听他说:"身上不舒服,不过还可以工作。"

说真的,他像往常一样一直工作到2点。晚间也照样丝毫没有打乱一天惯常的工作程序。

也就在早晨,他读了《大众生活》刚刚寄来的契尔特科夫的论文《对托尔斯泰作品的双重审查》。他很喜欢这篇文章[①]。

他为亚历山得拉·列沃芙娜的持久不愈的病深感不安。他常常去看望她,并亲自为她下楼去拿咖啡和其他食物。

有人猜测，亚历山得拉·列沃芙娜得的是重感冒或某种同一类型的病。列夫·尼古拉耶维奇笑了，他说："萨沙得的不是麻疹，也不是感冒，她只是病了。一些人得病是坏事，对另一些人却是好事，对她也是这样——是好事。医生们可就众说纷纭了。"

应该说明，在托尔斯泰身边曾经先后换过3个医生。

下午，列夫·尼古拉耶维奇签署积存下的名片和托尔斯泰的笔迹爱好者们寄来的照片。

"工作在沸腾着！"我不停地从他的手里把已经签过字的照片接过来，把待签的递上去；他一边一张接一张地签署，一边开着玩笑。

当时苏哈金和布朗热也在场，他俩嘲笑说，托尔斯泰的笔迹在书市上将会廉价出售，因为出售这种东西的人太多了；他们还嘲笑托尔斯泰的语法错误，等等。他跟大家一同大声说笑着。

吃茶的时候，索菲亚·安德列耶芙娜、达吉亚娜·列沃芙娜和列夫·尼古拉耶维奇想起了诗人阿·阿·费特。他们都很了解他，他也常来雅斯纳雅·波良纳②。列夫·尼古拉耶维奇说："画家、作家和音乐家，以其对生活现象的独特态度而显得宝贵、有价值。可贵就可贵在他绝不重复……费特就是这样。我甚至能理解这首描写他的分头比世间万物都宝贵的诗（达吉亚娜·列沃芙娜刚刚朗读过这首诗——作者），因为他在自己的想象中把这分头与某种个性统一起来了*……屠格涅夫说费特有点儿蠢，可他自己比费特更蠢！"

接着他朗诵了费特的诗《絮语，胆怯的呼吸……》。

"要知道，这首诗不久前曾引起了多大的喧嚣，受到了多少非难啊！……但是

---

* 我把这次谈话提到的费特的诗引述在此：
  只是在世界上才有
   宁静如梦的槭树绿荫如盖，
  只是在世界上才有
   心地光明的儿童目光深沉！
  只是在世界上才有
   芬芳温馨的头饰如此可爱！
  只是在世界上才有
   清洁光亮的分头向左偏开！

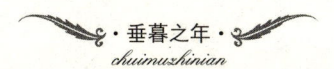

诗中只有一处不好，我也不喜欢，就是'玫瑰花紫红紫红'这一句。"

苏哈金说，列夫·尼古拉耶维奇当着费特的面也讲过同样的意见，费特当时就和他吵了起来。

"真的？"列夫·尼古拉耶维奇大声说，他已经把这事忘了。

早晨，有一个法国人来找列夫·尼古拉耶维奇，他是一家电影公司的代表，还有一个青年人——革命者。前者要为他拍摄一张迎春照，后者给他留下不愉快的、令人不赞赏的回忆便走了。

由于列夫·尼古拉耶维奇喉头发疼，屠申警告全家人，让大家不要招引他谈话。

到餐厅吃饭的时候，列夫·尼古拉耶维奇说他和苏哈金的儿子米哈依尔一起读了整整一小时的果戈理的《死魂灵》。

关于果戈理，他说："很明显，当他描写的时候，他写得不好。可是只要主人公一开始说话，他就写得非常出色。我们现在读读对梭巴开维支的描写吧。请听！（列夫·尼古拉耶维奇愉快地笑起来。——作者）'这个检查官是一个好人，可是那一个……猪！……省长么？是强盗！'"

接着他又满脸善意地笑开来。

后来大家开始谈起一个商人——列夫·尼古拉耶维奇的崇拜者，他总是把自己工厂生产的印花布寄到雅斯纳雅·波良纳来；还谈起列夫·尼古拉耶维奇收到的那封来自日本的出色的信，以及西欧天主教和俄国东正教情况的比较，等等。

大家说起梦来。列夫·尼古拉耶维奇说他有一次白天睡觉，梦见在一个大厅里和一位太太跳华尔兹舞。大家都跳新式舞，他仍跳旧式舞，弄得大伙儿很尴尬。

"梦，这是一种奇特的现象。"他说，"帕斯卡尔的格言完全正确。他说梦如果有逻辑性地一幕幕出现，那么我们就不知道什么是梦境，什么是真实[3]。"

今天，列夫·尼古拉耶维奇收到了基辅大学学生鲍里斯·曼卓斯的一封激烈的长信，呼吁他走出雅斯纳雅·波良纳，摆脱他生活于其中的这种反常的环境。

"亲爱的列夫·尼古拉耶维奇，"这个基辅大学生写道，"请您把生命献给民众和人类，成就您在这人世间应该完成的最后的事业，即完成使您在人类的圣哲中永垂不朽的那个事业吧！……放弃伯爵地位，把财产分给自己的亲人和穷人，不

留分文，做一个从这个城市流浪到那个城市的乞丐吧！……您如果不能弃绝自己家里的亲人，那就放弃自己的存在吧！④"

列夫·尼古拉耶维奇给曼卓斯写了回信，他请求我不要把这封信告诉任何人：

> 您的信深深地打动了我。您劝我做的那件事，是我梦寐以求的夙愿，但是直到现在我还不能那样做。这有许多原因（但都决非我所情愿的）；主要的是，这样做决不应该是为着影响他人。我们无权这样做，也不应该以此指导我们的行动。做这件事，只能也只应该在这样的时候——那时，这样做已经势不可免，但不是为了假想的外在目的，而是为了满足内心的要求；那时，继续留在原来的状态中从精神上已不再是可能的了，正像从肉体上来说，只要不休息，就不能不咳嗽一样。我离这种局面已经很接近了，一天比一天接近了。
>
> 您劝我做的那件事，即放弃自己的社会地位，把财产分给在我死后自认有权得到它的人，这我早在25年前就做了。只是有一点，我和妻子女儿生活在一个家里，在满目贫穷的环境中过着可怕而可耻的豪奢生活，这一情况不断地、也越来越残酷地折磨着我，我没有一天不在思考着完成您的忠告。
>
> 我非常非常感谢您的来信。我的这封信在我这里只有一个人知道，请您也同样不要把它给任何人看。
>
> 爱您的列·托尔斯泰

暮色降临了。我为一件事走进列夫·尼古拉耶维奇的书房。不知因为什么，我们又谈起了基辅大学生的那封信。他把手臂插在腰带里，站在一扇大窗户前，微微仰起头，望着暮色迷茫的花园沉思。

"要不是女儿，不是萨沙，我早就走了！早就走了！"

我忍不住向他讲了我对这种不停地要求他离开雅斯纳雅·波良纳的感想。我觉得，向他提出这种要求的人对他不信任。可是，应该学会信任他，起码当我彻底

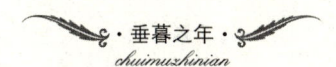

了解了他的晚期创作后,我不能有别的想法,因为我觉得他无论做什么,都恰到好处,十分必要,就是说,只应这样做。他留在雅斯纳雅·波良纳,我相信这是应该的;一旦他离开,我相信,也是应该的……

列夫·尼古拉耶维奇凝神静气、满怀同情地倾听着我的慷慨陈词。要不是他屡屡不由自主地发出很有特点、表示惊奇和同情的"啊哈!啊哈!"的慨叹声的话,表面上根本看不出他对我的议论有何反应。

他一反常规,给曼卓斯的信没用打字机打出,而是由我把他的手稿亲手抄下来。他签发了抄好的一份,让我保存了他的手稿。

2月18日

今天是"圣徒列夫,罗马教皇"的节日,也是列夫·尼古拉耶维奇的"命名节"。不过,在这个被革除教籍的人的家中,对把他们和别人划分开的这一天的期待自然是可怕的。但是,午饭时他们还是准备了甜制大馅饼,照索菲亚·安德列耶芙娜的说法,这叫"命名节馅饼"。这想必是全家人难以忘怀的一种旧时习俗的遗风吧。

当列夫·尼古拉耶维奇走到饭桌旁,劈头就问苏哈金:"喂,乞乞科夫的事业进行得怎么样了?"

于是又谈到了果戈理。小苏哈金正在读他的作品。

列夫·尼古拉耶维奇想起并讲到他今天收到的一封骂人的信。这信我也看了。写信人用了6张纸大骂托尔斯泰,末了,署名时还附了一笔:"不过您依然是个好老头。"

总而言之,这有似梭巴开维支对检查官的那句议论,只不过在这里是反义罢了。

使列夫·尼古拉耶维奇感兴趣的是:写信人为什么对他如此怀恨?(看来,这远不是此人的第一封信。)

达吉亚娜·列沃芙娜提醒列夫·尼古拉耶维奇,此人是从前来过他们家的一个记者、诗人。

"啊!这下我想起来了。"他喊道,"这句拉丁语格言算是说对了:irritabilis

gens poetarums*。"

饭后,列夫·尼古拉耶维奇朗读了伊兹玛依洛夫讽刺列奥尼德·安德列耶夫作品的一篇妙趣横生的文章①。

晚上,他签署挂号通知单的时候,伤心地摇着头说:"何其多的通知单!多么无聊的书信!"

顺便说一下,现在我又得到一个任务:把钱和书施舍给过路人和乞丐。

2月19日

早晨,列夫·尼古拉耶维奇接待了3个来访者:一个年轻人——他虽然试图说明他的来意,可怎么也说不清;一个报社工作人员——请求给他去彼得堡的路费;被行政处分驱逐出境的一个教师——也是要求资助的。

托尔斯泰家的老熟人、健谈厚道的老人德·德·奥巴林斯基公爵来得较晚。列夫·尼古拉耶维奇叫他约伯**,因为他遭受过命运的一系列毁灭性的打击:失去了一大宗财产,几个孩子相继夭亡,等等。现在奥巴林斯基是新闻记者,而且在《俄罗斯言论》上发表过访问雅斯纳雅·波良纳的文章。这才使他聊以为生①。

他们谈起了列夫·尼古拉耶维奇关心的几件诉讼案,说到处理这些事的律师鲍·欧·戈尔登布拉特已经离开图拉。奥巴林斯基朗读了立宪民主党人格拉乌洛夫在杜马反对东正教事务总局预算案的演说。这一演说是有力的、真诚的,受到了列夫·尼古拉耶维奇和众人的赞赏②。

今天,有一个通信者写信给列夫·尼古拉耶维奇:"请给我再寄两本书:《实验化学》和《有机化学》。"

在另一封信中,我读到这样的话:"我向您坦白我差不多保守了3年的一个秘密:我渴望、极其渴望当一个女作家。"

---

* 拉丁文,意即"愤怒出诗人"。

** 《圣经》中的乌斯人,极富。神为了试他,夺去了他的全部财产、女儿,他都能忍受。最后,神加倍偿还了他。转义指极能忍耐的人。——译者

2日20月

早晨,列夫·尼古拉耶维奇向我诉苦,说他觉得为布朗热论佛教一文写的那篇序没写好。

"我现在感兴趣的工作是《每日必读》中的那几本小册子,可这篇序使我分心,严重干扰着我。"

需要指出的是他把这篇序文改写过六七次了。

"我这个老倔头已经就这样了,"吃午饭时他说,"倘若不想写,没兴致,就写得比乡文书还糟糕。"

"就是说,需要灵感,需要缪斯光临,对吗?"苏哈金问道。

"是的,必须有写作的欲望,不能摆脱这种欲望,正像不能摆脱咳嗽……"

他和挪威新闻记者、一个从前的俄国籍人列文①一起早晨散步归来。

"他就是比约逊*的朋友。"介绍列文的时候,他这样说。

这时,他绘声绘色地讲了散步时发生的一个小插曲:列夫·尼古拉耶维奇当时想记录些东西,支开他的折叠手杖凳,坐了下来。这时几只狗在他附近打起架来,一只差点被撕碎。他喊开了它们,狗都跑了,而被他救出来的那只大黑狗茹里卡出于感激,向他扑来,把两只爪子搭在他身上。他还没有醒悟过来,就"咕哚"一声,仰面朝天倒在了雪地里。

列夫·尼古拉耶维奇要和列文谈谈,留他晚间再走,而自己却像往常一样工作去了。

他因什么事走进我们办公室,当时我正和沙·莫·别林奇聊天,——他是契尔特科夫派到杰略京基帮助列夫·尼古拉耶维奇,每天要来雅斯纳雅·波良纳的打字员。我们说起列夫·尼古拉耶维奇从什么时候开始写得似乎比以前清楚多了。他一进来,别林奇就请求他以后不必写得那么清楚。

"你们真的发觉我写得清晰些啦?我要总是写得一塌胡涂,那可很不好!我老是忘记:开头写得还好,可往后就不知不觉又写坏了……"

"这完全是因为您想节约纸张,列夫·尼古拉耶维奇。"这时站在一旁的苏哈

---

* 比约逊(1832—1910),挪威作家、社会活动家。——译者

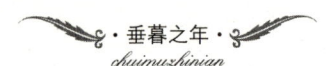

金说道,"完全是这样,这样写为的是少占些地方……"

"好吧,现在只要抛弃这种节约的习惯,"他笑着说,"一切都会好的。"

这是真的,由于列夫·尼古拉耶维奇珍惜人类劳动产品,他总是尽力节省纸张,把每一片碎纸都要利用起来。比如,他从收到的信上撕下空白的半张,或者用来写回信,或者打草稿。如果我没有记错,达尔文也有这种节约纸张的特点。

除挪威人外,傍晚又来了图拉的律师戈尔登布拉特②和他的两个小孩。他们谈起列夫·尼古拉耶维奇感兴趣的几桩讼案,还说到安排他访问一个囚犯的事儿。饭后,戈尔登布拉特走了。

晚上,列夫·尼古拉耶维奇和挪威记者进行了长时间的有趣谈话。

"你们挪威简直是天堂!"他说,"真的,我一定去你们那儿。好在你们那儿气候差劲儿,您知道,这就阻止了形形色色的寄生虫们一齐涌到挪威。你们那儿游览者很少,对吧?所以那些寄生虫不去。"

列文大谈特谈挪威法律的高尚,说在挪威没有贫穷,贫穷是为法律所禁止的。

"唔,这已经不那么吸引我了。"列夫·尼古拉耶维奇说,"正像您所说的,你们那儿完全看不到人民的宗教运动,一切都靠法律维持,也就是说,靠警察,即暴力的终审机构维持。而警察,我认为,是什么好事也搞不出来的。不,我不去挪威!"

列文同意挪威是靠警察——暴力的终审机构——维持的,但他坚持说,挪威的警察都是彬彬有礼的好人。

"您可要知道,我国的警察是怎样对待儿童的!儿童们不但不怕他们,还很喜欢他们呢。比方说吧,警察要是碰上迷路的孩子,就给他买糖果,哄他。我亲眼看见一个警察把一个小家伙带到段*里去,而那个孩子跳着拐拐跟在他后面。"

"那我就一定去你们那儿!"列夫·尼古拉耶维奇又说。

"可我要是说出一件事来,列夫·尼古拉耶维奇,您一听,就未必想去啦。"苏哈金插话说。"比方说吧,一个小偷正在逃跑,"他转向列文说,"警察要是穷追不放,把他扭送到段里去呢?"

---

* 段(участок):帝俄时代都市警察所管辖区域。——译者

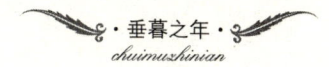

"穷追不放,扭送到段里?"惊慌失措的挪威人有些窘迫地说。

"对,就这样。您现在还想去挪威吗?"苏哈金又对列夫·尼古拉耶维奇说。

"不,不,我不去!……您老爱夸夸其谈。我要去上海,那儿的居民或许比你们全国的居民还要多。中国有一半城市的居民生活得很好,没有一个警察。"他对列文说。

11点钟的光景,客人走了,他对大伙儿很满意,很感激。列夫·尼古拉耶维奇还在餐厅里和苏哈金谈论着1896年在霍登卡举行加冕礼时发生的那场可怕的大惨剧。

"我想把这个题材写一写,它使我很感兴趣③。这场惨剧中人们的心理是非常复杂的。惊慌失措的人群,拥到脑袋和肩膀上幸存的儿童……商人莫罗佐夫拼命叫喊,谁要是能救他的命,他情愿出18000卢布。为什么正好是18000?主要的是这是一个转折,起初所有的人都很快乐,一派欢度节日的气象,然后突然发生了惨祸,那些被挤压的躯体……真可怕!"

大家都沉默了。

他坐在墙边的一张椅子上,向后仰着头,陷入了沉思。

"真奇怪,"过了片刻,他站起身要去睡觉的时候说,"农民们对我好像不那么友好了。今天就有3个农民碰见我没行礼,我自己却行了礼。可从前他们一向是毕恭毕敬的。您知道,米哈依尔·谢尔盖耶维奇,"在告别的时候,他说,"不是常言道:'向谁问好,谁不要脱帽吗?'不是吗?人们告诉他:'不要脱帽,不要脱,否则虱子到处爬。'这是图报复。"他笑了起来,回自已寝室去了。

大概他很疲乏。毕竟各种各样客人使他精疲力尽了。

2月21日

早晨,一个旧教派的老头子和一个青年农民为私人事务来找列夫·尼古拉耶维奇。晚7点,莫洛斯达沃夫夫妻俩也乘快车赶来了。丈夫是喀山省捷丘什县的首席贵族代表,妻子是俄国教派运动的研究者①。他们每个人都向列夫·尼古拉耶维奇谈了各自感兴趣的问题。他们对11月9日法令②谈得特别久(列夫·尼古拉耶维奇当然是这一法令的反对者,莫洛斯达沃夫也作为他的支持者发表了意见)。

后来又都谈起了霍登卡事件。后面的这个话题显得特别有收获,因为莫洛斯达沃娃就是该事件的目击者之一,当时她和她叔叔——管理整个庆况活动的贝尔将军——就在皇家售货亭附近。

吃茶前,列夫·尼古拉耶维奇脸色阴沉,我不记得他为了什么事说起活在这个世界上很痛苦。

"你倒是为什么痛苦呀?"索菲亚·安德列耶芙娜问道,"大家都爱你嘛!"

"那也还是痛苦!"他反驳道,"我怎么能不痛苦?难道就因为吃得好不成?"

"不是的。我是说,大家都爱你。"

"可我觉得,"他再次反驳道,"所有的人都在想:这个该死的老东西,说的是一套,做的是另一套,生活的又是一套;到你咽气的时候,你也是个伪君子!这是完全公正的。我常常收到这样的来信,写这种信的人都是我的好朋友,只有朋友才对我这样讲。他们是对的。我每天走到街上,四五个衣衫褴褛的乞丐站着,可我却骑在马上,游来荡去,后面还跟着马夫。"

莫洛斯达沃夫(一个非常朴素、善良的人)开始安慰他。可是当他分明感到安慰无济于事时,就再不吱声了。

晚上,列夫·尼古拉耶维奇在读过我写的一封涉及政府、宗教迷信等问题的措词多少有点尖刻而率直的家信后,说道:"啊呀,您会为此出乱子的!您怎么不害怕呢?而且这会使您母亲不高兴的。"

我指出,信是保密的。

列夫·尼古拉耶维奇今天结束了《每日必读》的30本小册子的大纲撰写工作*。我为他准备好了一册《虚荣心的诱惑》③,同时寄出许多信件,还有共60卢布的5个汇款。这些钱是他寄给狱中他的追随者们的。他每月寄给他们每人5卢布,现在寄的是6个人两个月的总数。他还资助其中几个人的亲属。这些钱都是皇家剧院上演他的剧本《黑暗的势力》和《教育的果实》付给他的稿酬。起初他想拒绝,可是人家事先通知他说,如果拒绝,这笔钱就要用以扩大发展官办芭蕾舞事业,因此他决定不拒绝收剧院的钱了。稿酬一年共得两三千卢布,全部用来援助了囚犯、

---

* 即构成《生活的道路》一书的篇章。

遭火灾的农民和其他贫苦人。

2月22日

早上,列夫·尼古拉耶维奇又向别林奇和莫洛斯达沃夫演习了勾股定理的婆罗门证明法。午餐时说起了特列弗小狗的功勋(莫斯科一些报刊对此大吹大擂);达尔诺芙斯卡娅轰动一时的案件[①];不知为何谈到了社会保险。列夫·尼古拉耶维奇同平素进行这类谈话时一样,沉默不语。当一听到在一定年龄上才能取得人寿保险时,他发言了:"老弟,这就是说,全然无用!"

"我现在想,"他出来用茶时又说,"一切都要留下来。我对这一点想象得多么清楚啊!这对所有的人都一视同仁。达尼亚所做的一切事情都要留下来,因为这不仅在塔涅奇卡身上要被反映出来,而且要在维罗奇卡、伊里尼什娜的身上反映出来……"

维罗奇卡是达吉亚娜·列沃芙娜的清洁女工,她是列夫·尼古拉耶维奇的仆人伊·瓦·西道尔科夫的女儿,是在雅斯纳雅·波良纳长大的。

后来他谈到一个教师的来信:"他讲了在他的活动中宗教界对他进行的干涉。我在想,教师的事业非常需要,这是任何其他事业都不能取代的。应该保证教师顺利工作,即便是与宗教相抵触。"

他再次提起为布朗热写的序文,他觉得很糟糕,可是文章的题材是重要的,因此序文需要很好地修改加工。

打开了留声机,是米哈依洛夫和瓦丽亚·巴尼娜的演唱,还有特罗亚诺夫斯基的三弦琴演奏。

"真想跳跳舞哪!"听到特罗亚诺夫斯基演奏的果拍克舞曲时,列夫·尼古拉耶维奇大声说。

巴尼娜的歌声使所有人都入迷了。这使我想起列夫·尼古拉耶维奇前不久关于茨冈歌曲说过的、但我没有记下的一句话:"茨冈人的风格是十分令人惊叹的,也是无法评价的!"

后来放了巴尼娜的一些其他歌曲。抒情歌曲一首接一首,她唱得高亢、雄壮,几乎像是男高音。听众都情不自禁地为之陶醉了。

我独自坐在桌子的尽头,听着,没有参与谈话。我想,列夫·尼古拉耶维奇已经觉察到我有点被歌唱感动了,或者说是凭他的敏感猜到了。他突然站起来,悄悄走到我跟前,友好地微笑着,问道:"您不为自己没有成为一个歌唱家而后悔吧?"

我望望他,说:"不,列夫·尼古拉耶维奇。"

有什么歌曲能代替和托尔斯泰的交往给予我的这种快乐呢?这一交往给了我所能享受到的一切。对于我来说,他的这一问话本身就是最美的音乐,它使我如此感动,使得我勉强噙住了夺眶而出的眼泪。

音乐停止了。开始议论起留声机和一般的机械乐器的优缺点。列夫·尼古拉耶维奇称赞起了"维利特—密依"牌自动演奏琴,它是靠机械作用转播钢琴演奏曲的。他在莫斯科听到过这种钢琴演奏。

"它的缺点是单调,不过演奏短歌总是单调的,而一个活人总是以多种多样的风格演奏的。"

为此他还说道:"艺术家应该在自己的创作中比摄影机描绘得更丰富。"

他准备去睡觉的时候,我去办公室把挂号信带给他签字。

"我收到巴黎格尔别林—卡明斯基的信。"他说,"眼下我等着我的邮包,剧本《街垒》(波尔·布尔热著)及对剧本的评论文章。剧本宣扬了暴力的必要性②。其中还谈到你们的一个最温顺的仆人。是的,他们还远没有领悟'勿抗恶'的思想。事情就是这样:他们只要能理解'勿以暴力抗恶',就一定会……"

"克服障碍?"我抢先说。

"是的,克服障碍!"他赞同道。

2月23日

从萨马拉来了一个商人,一头黑发,块头很大,非常严肃,可又孩童般地天真。他对阴间的奖惩很感兴趣。列夫·尼古拉耶维奇和他谈了不大一会儿,就让我招待他。

"这是我的事务管理人。我能告诉您的一切他都知道。书也让他给您吧。"

商人拿着列夫·尼古拉耶维奇的馈赠和亲笔题词走了。看样子他在同列

夫·尼古拉耶维奇谈过话后颇感宽慰（阴间苦难的恐怖折磨着他）。这个商人一再坚持，要列夫·尼古拉耶维奇在照片上写上"赠送某人"的字样，他特别希望在照片上有这种"赠送"的题词。列夫·尼古拉耶维奇也照办了。

早饭后，我陪列夫·尼古拉耶维奇骑马散步。他到离雅斯纳雅6里远的奥夫夏尼科沃去看望病人玛·亚·施米特①。开始他骑马缓步而行，我以为我们要以这种速度一直走下去。可是不知怎么回事，在半道，尤其是在归途中，他不时地让他那匹出色的坐骑代列尔疾步奔驰，以致使我不得不纵马直追才能赶得上他。他的骑姿极其漂亮，全身笔直，左手提缰，右手叉腰。当他策马飞奔时，那是非常好看的：马蹄下腾雪如雾，迎风前进，银须在阳光下闪闪发亮。

晚间，当列夫·尼古拉耶维奇还在自己房间里休息的时候，苏哈金和索菲亚·安德列耶芙娜嘲笑说，他爱眩耀他的骑马技能和速度，大概是想让我惊讶。可是今天他显然跑得太累了，觉得不大舒服，右膝不知何故痛得厉害。屠申怕这是折磨他的那种静脉栓塞病突发的征兆。

吃罢茶，他同苏哈金阅读今天到的布尔热的《街垒*》的法文评论文章。

同时，他今天收到一封来自帕杰戈尔斯克一位姑娘写的信。不久前她曾写信给他，说她想服毒自杀，已经买好了石碳酸。列夫·尼古拉耶维奇给她写了回信，还寄书给她。现在这个姑娘告诉他，接到他的信三天后她动摇了，不知该怎么办了，但是最终还是扔掉了毒药。现在她已相信，人生并非全是恶，人还是能得到他所追求的幸福的。信写得非常诚恳，没有任何理由设想信里说的是假话。

2月24日

列夫·尼古拉耶维奇不太舒服。早晨他还想散步去，可是没有出院就不能走了，甚至连早饭也没吃。

从彼得堡来了个女装裁缝——服装教本的作者。他在雅斯纳雅消磨了一整天，弄得大家都很疲劳。他住在楼下一间屋子里，好像住在他自己家一样。晚上吃过饭，他向所有的熟人寄出发自雅斯纳雅·波良纳的致意的明信片。大家都劝索

---

* 原文是法文"La Barricade"。——译者

菲亚·安德列耶芙娜接受他的礼物——他缝制的丝暖手筒。可是她断然拒绝，她个人认为，只有用皮暖手筒更合她的意。裁缝还打算教达吉亚娜·列沃芙娜学锁边……

我们始终不明白这个人要干什么，他怎么不理解他已经过分地滥用了主人的款待呢？

末了，列夫·尼古拉耶维奇把他叫到小客厅，进行了一场简短的谈话。后来列夫·尼古拉耶维奇这样讲到他们的谈话：他告诉裁缝，每个人都有自己的事，他——列夫·尼古拉耶维奇也有自己的事；你裁缝也有自己的事。所以没有什么特别必要，最好不要互相干扰。于是裁缝的高高的身影从客厅一跃而出，立即溜出了雅斯纳雅·波良纳。

《俄罗斯思想》的编辑玛拉赫耶娃从莫斯科寄来一封信，她请列夫·尼古拉耶维奇允许哲学家列夫·舍斯托夫到雅斯纳雅·波良纳来，哪怕是短期也好。列夫·尼古拉耶维奇经过与苏哈金商谈之后，向我查询，我对作为作家的舍斯托夫可知道些什么。他让我写信告诉玛拉赫耶娃，他同意接待舍斯托夫。应当说，列夫·尼古拉耶维奇知道舍斯托夫写文章反对他一事，这对这次同意接待有特殊影响。

在餐厅里，正好淡起农业机械的事来。我想起日列兹诺夫教授在《政治经济学概论》一书中否定过列夫·尼古拉耶维奇对劳动分工的观点，同时他写道："托尔斯泰好像在鼓吹必须回到用原始工具耕作的观点[②]。"于是我问列夫·尼古拉耶维奇是否赞同在生产中推广农业机械并以此进行耕作。

"当然，"他回答道，"怎么能不赞同呢？我只是说，应当逐步达到这一目的。"

他的意思我明白了。他想说，在发明更高级的农业机器之前，应当考虑满足农民更迫切的需求——主要是把土地分给他们。

2月25日

他又能在早晨出去散步了。可是他今天没有吃早饭，两点钟后也没有照常出去溜达，全部时间一直坐在书房里工作，努力工作，工作量比往常还要多得多。

吃茶时,索菲亚·安德列耶芙娜朗诵丘特切夫的诗,列夫·尼古拉耶维奇帮着她,给她提示,自己也跟着朗诵。

"如果诗是好诗,那么诗中的每一句都恰到好处。"他说。大家回忆起这个除他们夫妻俩,苏哈金也认识的丘特切夫来①。

"今天我从头到尾读了报,"他说,"得出这样一个结论:目前世界上最重要的事就是柯米沙日芙斯卡娅②之死和莎维娜的纪念会③。这是两个伟大的人……可怕啊!应该用来表达思想的语言被歪曲到这等地步!"

寄给列夫·尼古拉耶维奇的那些所谓的"求告"信使人吃惊。今天有个姑娘为办婚礼请他帮100卢布,因为"她是军官的女儿,而按军官的传统,就需要这呀那呀的";接着是另一个青年人为准备志愿入伍考试要100卢布,等等。

邮件不多。列夫·尼古拉耶维奇完成了布朗热论文的序言,我把它寄给了波塞。

2月26日

列夫·尼古拉耶维奇身体欠安,没吃早饭,没散步,可是又和昨天一样,工作得特别多。

早晨来了3个人看他,可是在台阶上白等了一顿,走了。

下午组织家庭演出,索菲亚·安德列耶芙娜为她的孙子们演木偶戏。在大厅里搭了一个临时舞台,用瑞明顿打字机打了一张海报,用留声机代替乐队伴奏……剧本是索菲亚·安德列耶芙娜自己编的,叫《失踪的小姑娘》。她躲在幕后,牵动木偶并配音。为几个男角配音的是苏哈金。

留声机开始伴奏前,列夫·尼古拉耶维奇正要走开,一放音乐,他又留下来,想看看观众——孩子们——怎样有秩序地在庄严的乐队进行曲中走进来,围坐在小舞台前。幕拉开了,剧开场了。"爸爸"和"妈妈"嘱咐他们的"爱女丽多奇卡"不要到森林里去,那里的"强盗"会欺负她的。列夫·尼古拉耶维奇走到舞台的紧边上,眯起眼睛端详着剧中人的身段如何动作,后来又回到自己的房间。可是,他很快又回来,手里拿着一个大盒子,坐在远一点儿的一张桌子旁,不慌不忙地打开盒子,从中取出一个很大的航海望远镜,瞄准舞台。过了1分钟我看他,他手拍膝盖，喜笑颜开。

他坐了不到10分钟，就又拿着望远镜走了。

索菲亚·安德列耶芙娜因为演出弄得很疲乏，吃茶的时候就在大厅的躺椅上躺下了。

"唔，我现在开始钦佩起柯米沙日芙斯卡娅了。"列夫·尼古拉耶维奇指着妻子说。

大家都笑了，议论起演剧的事来，回忆剧中人为了进入舞台，是怎样跳过幕障的（这是不能弄成别样的，因为所有木偶人都从脑后被固定在了牵线上）。

"是的，即使在艺术剧院也是全靠布景和道具，"列夫·尼古拉耶维奇开玩笑地说，"而我们这儿剧本内容如此充实，以至主人公从幕后跳出来，大家依然全神贯注地盯着，都没有影响效果。"

他收到尼·尼·古谢夫的一封信，附有农民卡拉切夫的书信摘要。这个摘要中关于人生和上帝的议论，使他非常感兴趣[①]。他要我把信拿来读给大家听。

"是啊，庄稼汉们现在都这样说！可不仅主教们，教授们也不会这样说。"

谈起教育问题，他说："教育所给予人的一切，同人性相比微不足道，只占千分之一。就拿我来说吧……人对一切的感受从来都是主观的。"

第14本小册子——《对不平等的迷信》[②]准备好了，交给了列夫·尼古拉耶维奇。

2月27日

从高加索来了两个库班哥萨克，请教列夫·尼古拉耶维奇，应该怎样对待服兵役[①]。他们都是好人，他也很喜欢他们。其中有一个很有才能的传教士，列夫·尼古拉耶维奇后来对我谈到他时说："在他的身上，宗教感情、人的荣誉感和迷信能安排别人的生活这三者兼而有之。"

装帧精美的《列·尼·托尔斯泰传》通过邮局，从彼得堡寄来了，是谢尔盖芙科和莫洛斯达沃夫编写的，附有配合内容的拙劣的插图，谬误百出；好像封面上还画了一幅托尔斯泰在莫斯科庄园的漂亮的素描，题辞是"雅斯纳雅波良纳花园外景"（岂有此理！），等等。在叙述托尔斯泰青年时代的那一章，搞了一幅题图,画的是一个裸体女人降临在20岁的托尔斯泰头顶上的一片云彩里②。

把这本书拿给列夫·尼古拉耶维奇看,他对它的这些缺点漠然置之。

"没什么,随他们的便吧。"他说,"美,这是多数人的需要。"

后来,他比较详细地翻看过后说:"哈,糟透了!精神性的东西全被抛弃了,光剩下些物质性的东西,粗制滥造。"

午饭时,达吉亚娜·达吉亚诺芙娜也在场,她和往常一样,小鸟般地叽叽喳喳,喃喃私语。

"爷爷,你吃了多少薄饼啦?"

"5张不足,4张有余。"他回答说。

这几天,列夫·尼古拉耶维奇有一个客人,过去是个水兵、革命者、南方一次起义的参加者。他需要50卢布的路费,想永远离开俄国到罗马或保加利亚。依我看,这个人没有一点特殊的地方,可是列夫·尼古拉耶维奇同他在花园里散步的时候,不知为什么突然被他迷住了,对他表示深切的同情,把他送到契尔特科夫的田庄上去休息,还亲自在全家人中为他收集所需钱款,——明天这个水兵就要拿着这些钱上路了③。

我指出这个事实是想证明,在托尔斯泰身上没有那种教条主义的东西。

晚上,谈起亚罗茨基教授的著作《唯心主义是一种生理因素》④。列夫·尼古拉耶维奇对这本书根本不感兴趣。同时还谈到青年们对粗劣的侦探小说的热衷(现在这种迷恋已经下去了)。

我记得列夫·尼古拉耶维奇仿佛对亚罗茨基的著作说过这样的话:"精神生活是一种比物质生活更复杂的现象。谈到一个人的时候,简单地说他好或坏,聪明或愚蠢,都是极其错误的。"

大家逼着我唱歌,我唱了几支俄罗斯作曲家的抒情歌曲;达吉亚娜·列沃芙娜和从图拉来的娜·巴·伊万诺娃伴奏。列夫·尼古拉耶维奇从书房里走出来听我们演唱。他来后说他不喜欢格林卡的《云雀》,可是他说我唱格林卡的《我想起那美妙的瞬间》仿佛唱得很好(达吉亚娜·列沃芙娜伴奏)。

当我把信拿到他的书房让他过目时,已经很晚了。他说:"我担心您会为选择这条道路而后悔……您这么年轻,在您的生活前面还有许多事情要做。"

2月28日

早晨,那几个哥萨克又来告别。那个革命者对列夫·尼古拉耶维奇的帮助感到非常高兴。此外,有夫妻俩想见见他,他们是小俄罗斯草原上的地主,两个可爱的人。他们衣冠楚楚地来了,非常激动。列夫·尼古拉耶维奇在客厅里接见了他们。我完全能判断出这次谈话对夫妻俩是多么严肃和需要,两人从客厅里出来时,激动万分,热泪盈眶①……

列夫·尼古拉耶维奇的身体今天稍有好转,早饭后他乘雪橇出去闲游。这是一个好兆头。

今天收到从托波尔斯克寄来的几首诗,他看出这是由苦役犯看守人寄来的,于是想回信告诉那个人,他不从事诗的出版和审查工作。可信显然是坐狱的苦役犯们写的,处在那种境况中,他们很需要钱,因此他决定把诗转寄哪家杂志。依从我的建议,他把诗寄给了《俄罗斯财富》的亚库波维奇·梅尔森②。

附带说一下,列夫·尼古拉耶维奇需要邮寄3个装有复兴出版社③被禁书籍的包裹。他让我把书收集起来,而地扯由他亲自签署,以免牵连我。不过我还是没有劳累他。

"谢肉节"的气氛在列夫·尼古拉耶维奇收到的信中也反映出来了。今天有一个通信人写道:"值此普天同庆的'谢肉节',我恭喜您并祝愿您精神愉快,贵体安康。一定请您多吃油饼和小鱼,以增进健康。"

另一封信非常令人感动:"我,一个贫困的孤儿,恳切地请求您,列夫·尼古拉耶维奇,因为我身无分文,所以我求您,列夫·尼古拉耶维奇,您不愿意把我收作您的学生吗?我从别人那里听到您的英明的学说和高尚的仁德。我求您,列夫·尼古拉耶维奇,您为什么不能摘掉我的愁帽呢?因为我目前如坠地狱,难见光明。"

我回复这个人说,列夫·尼古拉耶维奇不收学生。那些赞同他的观点的人们,都是从他的著作中了解他的观点的。所以现将这些著作寄上。

列夫·尼古拉耶维奇对我的回信表示赞许。

顺便说一说,他把信交给我的时候,现在甚至常常连应该怎么回答的简短意见也不写了,只是简单地在信封上写上"瓦·费"或"瓦·费,请回复"。当然,对我的回信他最后还是要全部审阅的。

3月1日

"我收到一封附有诗的信。"早晨,列夫·尼古拉耶维奇在打开当天的邮件时对我说,"我想不回信,可良心上过不去。他是一个18岁的青年农民。只好请您给他写点什么了。"

今天还收到一些诗,结果他还是亲自写了一封谈"当前诗歌创作中的不良倾向"的长信①。

晚上,好像是因为亚罗茨基的著作,他说:"大多数人在生活中要是落入一条非常难以脱出的轨道,他也就不想脱出了,——虽然这是应该的——于是他就照旧走下去。这在宗教界和科学界都一样。屠申·彼得罗维奇在对待犹太人的态度上就陷入了这样一条轨道。我今天还同他谈过这个问题。"他微笑着补充说。

关于屠申的这个可悲的缺点——反犹太主义的思想,我还没有谈到过。在这个思想和私人生活都堪称我们每个人的卓越楷模的人身上,却深藏着一种对整个人民的莫名其妙的仇视。人们说,这是由于在匈牙利犹太居民区度过儿童时代所留下的印象的结果。反正我永远不理解屠申的这个奇怪的弱点。就是列夫·尼古拉耶维奇和周围的任何人也都不理解。列夫·尼古拉耶维奇不止一次对屠申说,他不爱犹太人,这正是上帝给他的一个加强修养、克服自身缺点的机会。"假使没有这个缺点,屠申就成圣人了。"他谈到自己的朋友时这样说。

为答复他的关于"轨道"的议论,屠申说了几句什么,这就引起了一次关于犹太人的长谈。屠申与他争辩得十分顽强。

"怎么能仇视所有的人、不爱所有的人呢?"列夫·尼古拉耶维奇说,"我理解,对犹太人的一些缺点可能会本能地抱有反感,但是不能因此就对他们一概否定。相反,必须努力克服这种本身就是一种缺点的丑恶情感。否则就是同情和支持仇视人类的集团,譬如迫害犹太人的'俄罗斯人同盟'以及诸如此类的集团。犹太人是受排挤的,他们处在这种特殊境遇中,就不该责怪他们参加革命,参加反政府的活动。如果我自己在俄国人中只看到俄罗斯人的优点,把俄国农夫当作具有特殊魅力的人而另眼看待,那我就要后悔,后悔并会否定这种做法。每个民族都有它的长处。在犹太人身上也有出众的地方，比如他们的音乐才能。您说犹太人有许多短处，他们比别的民族更不道德，还说这是为统计学所证明了的。可我认为这种统计学是不能相信的；统计学在某种程度上把道德和宗教感情对立起来了。'犹太人'这个词是什么意思？我根本不理解。我只知道人是什么。我知道地图，知道犹太人住在哪里，德意志人、法兰西人住在哪里。但是把人划分为不同的民族，我觉得这很离奇，正像我不理解几何学上的四度空间一样，我也不理解这种做法。恶感只能是对单个人的。如果您不喜欢犹太人，那么唯一的办法就是应该使他们变得更好。反对他们的唯一办法就是给他们平等权利，使他们向各民族看齐。我再重复一遍：他们正处在一种特殊境遇中。问题甚至不在于结果，而在于宗教世界观的要求。要我同意您，这无异于放弃我的整个信仰，即放弃我的这一根本信念——所有的人都是平等的。我也不能理解，从您的观点、从您的生活来说，您怎么能对整个人类抱有这种态度。我觉得，您必须要像渴望克服缺点那样克服这种感情。"

屠申一个劲儿地争辩，他不同意列夫·尼古拉耶维奇的观点。显然他是固持己见。

3月2日

今天的邮件中有一张从美洲寄来的好像是给列夫·尼古拉耶维奇的贺信，上面写有几行花体英文。当我拿给他看时，他翻译出标题是"赠送"，于是他漠然地说："转交达尼亚吧。"

我接到弗·亚·波塞的信，说《知识通报》的编辑比特涅准备出版我的《基督教论理学》。我把信读给列夫·尼古拉耶维奇听。他建议我把著作在这几天赶出来，寄给比特涅[①]。

他今天身体虚弱，早饭后就睡下了。因为感到冷得厉害，穿了一件黑呢子外衣。

下午，哲学家列夫·舍斯托夫从莫斯科来，一直待到晚10点钟。他和列夫·尼古拉耶维奇在书房里单独谈了很久，足有1个半小时。

"俗话说：'只能两个人谈的，第三者在就是多余的。'"事后他引用一句英

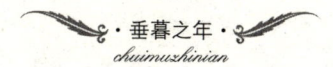

国谚语说。但是看来客人没给他留下特殊印象。后来他谈到舍斯托夫时说:"他不是一个哲学家,而是一个文学家。"

我也发现舍斯托夫在和列夫·尼古拉耶维奇谈过话后并不显得特别愉快或兴奋。当我问及他对列夫·尼古拉耶维奇有何印象时,他说:"哪能这么短的时间就把一切都谈清呢?"

总而言之,此即谓"话不投机"了。

3月3日

早晨散步的时候,列夫·尼古拉耶维奇和一个农民谈话,把手套脱下放在凉亭的栏杆上忘带了。两个过路的乞丐发现后把手套送到家来。

《俄罗斯言论》的两个记者从图拉来,在雅斯纳雅·波良纳坐了好久,但是可惜,没有得到任何素材,因为列夫·尼古拉耶维奇没有和他们谈到身体不好的事。而且我想,这也是一个避讳的话题。

列夫·尼古拉耶维奇来到打字室,说到舍斯托夫:"一些人思想是为自己,另一些人思想是为别人。他就是个为别人思想的人。"

我觉得,这一看法是异常中肯的。

吃早饭的时候,他讲起一个农民来找他,抱怨兽医装模作样给他医治病牛,在把松节油往牛身上涂的时候,牛已经咽气了。因此这个农民想让兽医赔偿损失。

"我对他说,"列夫·尼古拉耶维奇讲道,"你为什么要请那个兽医呢?……后来我跟他谈妥了,他也同意我的意见,找兽医要钱不值得。"

饭后,我陪他骑马外出散步。这一次他纵马急驰,只是在返回的路上,快到家的时候,才放慢速度。可是后果很可悲:他又病了。"又受诱惑啦!"事后他说。

这一天天气非常好,蔚蓝色的天空飘浮着浪花般的白云,田野里白雪皑皑,我们走过的地方到处风景如画。

"这天气多么美好,这地方多么美丽啊!"当时列夫·尼古拉耶维奇慨叹道。他掉转马头,迎着我,从走过的那条路上转过身来,想插到另一条路上。

我们走了很久。碰上几个乘雪橇的农民。越过一条铁路路基,从一间大概是

守林人的小茅屋旁走过。他劲头十足地在大道小路上纵横穿越。

出现了一处农庄。

他向一个碰上的农民打听去雅斯纳雅·波良纳怎么走,这使我很惊讶。问过路后,他就拨转马头跃上那条指明的大道;可是他立刻又转过身来。

"不,不!他骗了我们!"他一面说,一面从我身旁越过,转到另一条路上。

我们傍着几堆木柴和煤炭走着。我看见他又突然转身向后。

"再往下走就没路了。"他解释说。

又走在一个十字路口。那儿有一间小农舍。他再次打听去雅斯纳雅·波良纳有无捷径。终于得到了一个满意的答复。看来,我们早已正好走上了归途——这正是他第一次转身向我赞美天气时的那条路。

"真没少走路,列夫·尼古拉耶维奇。"我对他说,"您或许该在这儿下马休息休息吧?"

"不,不,咱们走吧!"

就这样,我们到了家。

"累了吧,列夫·尼古拉耶维奇?"我在前室问他,我自己也觉得疲惫得很。

"是的,是有点儿累。"他说,"今天我们走了足有20俄里……只是您别告诉索菲亚·安德列耶芙娜。"

他步履艰难地走上楼梯,回到自己的卧室休息去了。

"今天我和瓦林廷·费多罗维奇都很难受,"晚间,列夫·尼古拉耶维奇说,"我们迷路了!……我没能认出这条路,是因为我和屠申从前走的时候,这条路还是一条荒径。"

吃饭时添了一个人——谢尔盖·列沃维奇,他昨天从莫斯科来[①]。

晚上,列夫·尼古拉耶维奇同他两个女儿一块儿玩纸牌。

吃茶时,对革命者切可夫斯基的诉讼案谈得相当多[②],在场的一些人都认识他。

3月4日

钢琴家亚·鲍·戈尔登威泽尔[①]来了。有个叫安德列·达拉索夫的信教的农民从唐波夫省来看列夫·尼古拉耶维奇。他特别喜欢这个农民,把他送到杰略京基住了一个时期②。

早班邮差送来了保加利亚人索波夫的一封信。他因宗教信仰拒绝服役,被关在"保加利亚最卑鄙的监狱里"。列夫·尼古拉耶维奇立即给他写了回信。

"我很想参加到这些人中去。"当我向唐波夫的农民讲过索波夫的事后,他对列夫·尼古拉耶维奇说。

"我也想。"列夫·尼古拉耶维奇回答他说,"可是您知道,我们做不到!"

早晨,当我第一次去看列夫·尼古拉耶维奇的时候,他正仰靠在客厅的躺椅上拆信。我问他觉得身体怎么样。他回答说:"糟透了!两腿酸痛,浑身无力。都是因为昨天骑马的结果。您记得,在我们回家的路上,我在山上是怎样纵马急驰的。这是因为……我当时就感到累了,因为必须一直蹬紧马镫,挺直身上……"

他对戈尔登威泽尔也是这样说的;他还补充说(类似的话他过去也说过),疾病对情绪产生很不好的影响。

他笑了起来。

"假如我的胃不好,那么我散步时在路上到处发现狗屎,以致散步都要受到影响;相反,假如我身心舒畅,那么我看到的就是流云、森林、美景……"

他在向戈尔登威泽尔讲述舍斯托夫的来访时,再次谈到了他昨天晚上对我说过的为别人和为自己思想的哲学议论。插一句,他所说的第一种哲学家是指弗拉基米尔·索洛维耶夫③、霍麦柯夫④;第二种哲学家是叔本华⑤、康德⑥。

早饭前,列夫·尼古拉耶维奇来找我。我正坐在书桌后沙发上工作。"俄罗斯大地的伟大作家"的外孙女、可爱的小妞儿达吉娜亚·达吉亚诺芙娜,或者她父母称作的"宝贝儿",站在我身后的沙发上搔我的脖子。

当列夫·尼古拉耶维奇走进来的时候,她用尖细的声调狡黠地邀请他:"爷爷,请坐在沙发上来吧!坐上来吧,爷爷!"

显然,她非常想把小手也放进爷爷的衣领里搔痒他的脖子。可是爷爷借口他还没有用早点,匆匆躲走了。

用过早餐,他不顾身体欠安,同戈尔登威泽尔一同出去了,而且在上雪橇之前,他还用手杖在雪地上划着图形,给戈尔登威泽尔证明勾股定理(按婆罗门的证法)。

"现在这成了我的嗜好!"他说。

晚上他来到打字室。

"我要马上看您带来的斯特拉霍夫(费多尔)的著作。"他说,然后转向戈尔登威泽尔,"我只读过《精神和物质》⑦……真是一本好书!它将成为最优秀的著作之一。人们还不能马上理解它。这才是一个真正的哲学家,只为自己思想和写作的哲学家。他触及到了最深刻的哲学问题……啊,多么好的书!温厚、谦逊而又严肃——这正是斯特拉霍夫与众不同的特点。"

收到作家纳日文的一封信⑧,请求列夫·尼古拉耶维奇为他的一本书给他寄一张最近的肖像去。当列夫·尼古拉耶维奇坐下来整理今天要寄发的信件时(其中大部分是他亲自写的),他要我去他的书房把放他的肖像的文件夹取来,好从中选一张寄给纳日文。

我取来了文件夹,开始同戈尔登威泽尔挑选起来。

列夫·尼古拉耶维奇突然大声笑起来。

"我看着这些像,特别是今天读斯特拉霍夫的文章的时候,我想,我这不是在装腔作势吗!我想,我的整个名声全是吹出来的!……斯特拉霍夫和像他那样的人们的活动才是严肃的;可我的,我和列奥尼德·安德列耶夫、安德列·贝雷依的活动,没有一个人需要,定将烟消云散。围绕着我们和这些肖像的这种喧嚣不会有别的结果的。"

吃罢茶,听戈尔登威泽尔弹钢琴。弹奏过一支短曲,他又各弹了斯克里亚宾、阿林斯基和李斯特的两支,接着演了肖邦的卓越的钢琴协奏曲。他弹得非常出色。

"好极了,美极了!"列夫·尼古拉耶维奇听了斯克里亚宾的一首前奏曲后赞叹道。

阿林斯基也很使他喜欢。从前这位作曲家来过雅斯纳雅·波良纳,列夫·尼古拉耶维奇现在回想起他来都把他当作一个非常可爱的人⑨。

"胡说八道!胡说八道!"听了李斯特的乐曲后,他说,"这里没有一点灵感。这种东西,"他用手和手指做着在钢琴上演奏的动作,"和您在这之前演奏的那朴素、典雅的乐章相比,根本不值得去弹它。"

阿林斯基的曲子也弹过了

"您觉得怎么样,米哈依尔·谢尔盖耶维奇?"他问他的女婿,"您喜欢阿林

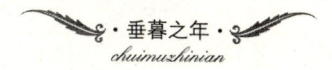

斯基吗？"

"对我来说，列夫·尼古拉耶维奇，"苏哈金回答说，"斯克里亚宾也好，阿林斯基也好，和文学中的安德列·贝雷依、维亚切斯拉夫·伊万诺夫完全一样。我不理解也区别不出他们之间有何不同。"

"您是个什么人呀！"感到有点难为情的托尔斯泰拖长声音说。

他久久地听着肖邦："我要说，这整个文明，——都让它见鬼去吧！只是音乐叫人可惜！"

大家议论起肖邦和乔治·桑的关系⑩。

"对这种肮脏事你怎么说？"一直沉默着的列夫·尼古拉耶维奇插了进来，转向达吉亚娜·列沃芙娜笑着说，"哪儿一有你们的姐妹们搅进去，哪儿就要有肮脏事！"

"我要报复你的，先生！"达吉亚娜·列沃芙娜用手指威胁着父亲。

"人们往往把风流丑事同创作混为一谈。"他继续说，"创作，这是精神的、神圣的事业，而性爱——是动物的行为。可人们却从性爱推演出创作！……肖邦要创作并不是因为他会调情（他笑了一下），而是因为他有创作的冲动和欲望。"

"为什么绘画、诗歌人人都能理解，就像大家能理解宗教那样，"他接着说，"而音乐却例外呢？为什么音乐就不能被未受过训练的、纯朴的农民所理解，甚至一般崇尚美'感'*的人也不能理解呢？……一个农夫能体会到我们现在所体会到的这种快感吗？这使我特别感兴趣！我想农民不会理解这种音乐，所以我希望音乐更简单、更大众化一些。"

附带说一说，列夫·尼古拉耶维奇今天在给纳日文的信中写道："我生活得很好，我做一些轻微的活动，这对舒展身体、松懈精神总是有益的。"

《迷信国家》⑪一书已经为他准备好了。差不多已经完全恢复健康的亚历山得拉·列沃芙娜在工作中帮助了我：在"没有回复"的信件上标号，包扎邮包，收拾书籍，等等。虽然嫉妒虫（有时这条小虫是要蠕动的）依然在她的心头乱爬，但是在她比较了解了我之后，她好像终于相信我不是一个对她那么有危险的怪物了，对我的态度也比较宽容了。她向我本人公开承认了她的嫉妒，这难道不就是嫉妒

---

* 托尔斯泰特别不喜欢"переживание"（感受）这个词。

心减弱的坦率表露吗?

> 我憎恶那个古谢夫,
> 我也不爱这个布尔加科夫!

她有时坐在打字机旁,这样唱着。这时候,我就俨然是一个"秘书长"(她这样称呼我)端坐在写字台后,整理重要文件和校样。当然,"秘书长"只不过是说着玩儿罢了。

3月5日

今天,列夫·尼古拉耶维奇身体很弱,可是当我问他身体怎样时,得到的回答却是:"很好,非常好,不能指望再好了!"

晚上,他来找我。

"事务都结束了吗?"他问,一脸善意的微笑,"喂,请把您修好的笔给我几支。"

不知何故,他总认为打字室用的笔特别好,在他的记忆中还没用过这样好的笔。大概索菲亚·安德列耶芙娜很少替换它们。

他签署信件——今天收到的信特别多。全部来信他差不多都亲自写了回信[①]。

"列夫·尼古拉耶维奇,我向您提一个与工作没有关系的问题,行吗?"我对他说。

"问吧,问吧!我很高兴。在工作的时候,这种思想上的交流仿佛停止了。在这种情况下,如果您问我什么,我能够回答您,我是很高兴的。"

我问他,是不是只有体力劳动才是完全道德的,非体力劳动就不道德。可是,像学校里一个摆脱各方面有害影响的优秀教师的工作,或者像屠申这种被他称作"圣徒式的"医生们的工作,勿庸置疑,不也是有益的、需要的吗?

他讲了这样一个观点:"合乎道德的劳动可以不是体力劳动。"

"如果一个人能呼吸新鲜空气,那么他的呼吸能说不好吗?体力劳动就是这样。人应该永远力求完美,纵使他不能达到这一点。而在目前的情况下,让一个人当狱吏也许更好、更需要……也许，正是这样……是的。人们说，一个女人在戏院里当演员，可她挣来的钱花费在饲养残废的病狗身上，这是最大的堕落。就是说，她犯了不道德的罪，因为她把挣来的钱用在了狗身上。这是怎样的堕落啊！……在这种情况下，从红尘的诱惑中解放出来，不去想人们告诉你的那些蠢事，比什么都必要。同这种风气做斗争比同自己的情欲——尤其是你们年轻人，我们老年人也一样——做斗争更困难……我本人在中年的时候就曾努力从这种诱惑下拯救自己，当有所成效的时候我就非常快乐。"

白天，列夫·尼古拉耶维奇和前来看他的唐波夫的农民安德列·达拉索夫一起乘车去杰略京基。他对这个人依然很感兴趣。今天他谈到这个人时说："整个道德问题摆在他的面前：他成了家，有两个孩子。现在他想，跟妻子像兄妹似地生活不更好吗？他积攒了500卢布，问我现在拿这些钱该做什么，有这些钱好不好？"

今天给列夫·尼古拉耶维奇整理《虚假信仰的欺骗》[②]一书中的语录，就是说，像前几本小册子那样，把这些观点分成若干章，加上标题，再清楚地、有条理地把语录组织好。

3月6日

今天，各家报纸都喜气洋洋，一派过节的样子，纷纷报道了霍麦柯夫辞去杜马主席的职务。连日来这成了头版头条新闻。

"列夫·尼古拉耶维奇，该怎么对您说呢？普里什凯维奇的丑闻一定会造成严重的后果吧？"早晨苏哈金遇见列夫·尼古拉耶维奇的时候说，"霍麦柯夫辞职了！"[①]

"这难道就是严重的后果？"列夫·尼古拉耶维奇说。

"怎么不是？杜马的主席……"

"还不是半斤八两？霍麦柯夫下台了，还会有一个叫托尔伯柯夫的上台[②]，反正他们都是一丘之貉。人人心中有圣灵，人人心中也有杂念。"他笑了一下，"也就是说，有恶魔。"

早班邮差送来一封谈两性问题的非常有趣的信（"请不要给萨沙看，信写得很污秽")。信中的意见给列夫·尼古拉耶维奇的印象不错,他很激动,亲自写了回信,但是那封信没写地址——笔者故意不写,显然是不想麻烦列夫·尼古拉耶维奇回信,因此他的信也无法投寄。

我准备今天去一趟莫斯科——处理大学的一些事务。我想继续保留我的学籍。早饭后,我在打字室收拾自己的东西,刚收拾完,列夫·尼古拉耶维奇走了进来。

"您愿意出去走走吗?这次我们一定要明智些。"他对我说。

"骑马去吗,列夫·尼古拉耶维奇?"

"是的。"

"可您不怕吗?"

"不,没关系。"

他去换了一双鞋,穿毡靴出去已经不可能了——太潮湿了。他穿着自己的一双贵重的皮鞋;前两天我把自己的鞋送去修理时曾穿过这双鞋。现在出去我穿什么呢?我穿了一双高勒子皮鞋——伊里亚·瓦西里耶维奇,托尔斯泰的一个老仆人,在待客用的房间里,从抽屉柜中给我找出的一双破旧的、光面的大皮鞋,鞋底又宽又长。我只好就穿这双了。有什么办法呢?这双鞋显然不是别人,而是反正教仪式运动的领袖彼得·维里根[③]。它们是怎样跑到雅斯纳雅·波良纳的,伊里亚·瓦西里耶维奇也不知道。为这双鞋我一路倒了大霉:鞋底如此之宽,以致连马镫都伸不进去。

大地消融,沿路尽是很深的泥坑,根本就别想快走,否则马腿都可能折断。雾很大,浓重、苍白的大雾笼罩着四周的森林、村庄。我们顺着黑黝泥泞的大路慢慢走出村子。除了前前后后被大雾遮盖着的路面和我们两人黑乎乎的身影外,四下里什么也看不见。

我们兜了一个大圆圈:走到得沃里柯夫村,又从那里顺着另一条路往回走。

"我走得多聪明。"列夫·尼古拉耶维奇微笑着,策马从公路走上了回雅斯纳雅的大路。

说实在的,一路上我们走得很慢,只是上了道路尽头的小山丘后他才放快了马步(大概是又受"诱惑"了)。

晚间,吃过饭后,国家议会议员、宫廷高级侍从米·亚·斯达霍维奇从莫斯科来雅斯纳雅。他是托尔斯泰一家的老朋友[④]。他带来了各种各样的水果以及一些贵重的玩纸牌时的用具,作为他和米佳(德·阿·奥苏非耶夫伯爵、议会议员)送给主人的礼物。吃完茶后他和列夫·尼古拉耶维奇及其女儿们玩纸牌。

"米哈依尔·亚历山得罗维奇。"当列夫·尼古拉耶维奇不在的时候,索菲亚·安德列耶芙娜说道。她坐在茶几旁,习惯地摇晃着二郎腿。"这话我也和瓦西里·阿历克赛耶维奇·玛克拉科夫[5]说过。你们俩都是活动家、演说家,为什么不搞搞改革,成就一番事业呢?"

"没有权力,伯爵夫人,没有权力啊!"斯达霍维奇叹息着说。他在自己的言谈中加进了许多法语字眼:"您知道,夫人,权力是驭手,而我们是缰绳、驭手手中的鞭子。何苦呢?是的,这是残酷的,但这也是必然的。这是必然的,夫人。在战争中没有仁慈,在外交上不能坦率,而在政治里是没有清白的。"

"讲得好!"伯爵夫人客气地微笑着说。

11点钟,我出发到车站。吻别了列夫·尼古拉耶维奇,为索菲亚·安德列耶芙娜对我在雅斯纳雅·波良纳留居期间的厚遇感谢过她,然后就和苏哈金一家去扎辛卡——他们也有事要上莫斯科。

3月10日

到莫斯科和克辽克什诺的契尔特科夫处走了一趟,今天返回雅斯纳雅。

在车站就听到一个令人高兴的消息:列夫·尼古拉耶维奇很健康。我看望过他后,还在雅斯纳雅工作了一会儿,整理完了《从罪恶、诱惑、迷信和欺骗中解放出来在于努力节欲》一书的语录。

早饭后,列夫·尼古拉耶维奇和屠申骑马出去溜达;我和别林奇去杰略京基看我的老朋友们,——我有整整一个月没有和他们在一起了。

当我不在雅斯纳雅的时候,戈尔布诺夫—波沙朵夫[1]来过。他准备出版列夫·尼古拉耶维奇编写的那些小册子(共31本)。

3月12日

早晨来到雅斯纳雅,令人惊讶的是列夫·尼古拉耶维奇没去散步,甚至还没起床，虽然已经9点多了。全家人焦虑不安。他在11点才起床，全然无恙。他本人也奇怪怎么睡了这么久。肯定是因为昨晚睡得迟了，而睡得迟是因为晚上他读远亲亚·安·托尔斯泰娅的旧信读得太久了。据说这些信写得很有趣。他出神地听着，末了非常激动。我记得，就在我外出前听他有一次提起这些信时说过："我不去想它们，只有当我用它们调剂大脑的时候才想它们①。"

画家瓦·尼·麦什科夫②从莫斯科来给列夫·尼古拉耶维奇画像。

早饭后他去散步。走在台阶上时，他对他的女婿说："你想想，死是多么令人愉快，可是因为自己的死却又将弄出多少不愉快的事啊！"

"是的，是的，会弄出许多不愉快，列夫·尼古拉耶维奇。"苏哈金附和着。

他今天对我非常和善，他的整个面孔和目光闪着慈祥的光彩。我这样写，是因为这不能不使我感动。

3月13日

托尔斯泰给古谢夫的信中关于格林彗星的片断被《言论报》公布了。他写道：

> 关于彗星可能撞击地球、毁灭地球的想法使我觉得很愉快。为什么不可以设想这种可能性呢？可是一旦这样设想，事情就变得十分明显了：全部物质成果——我们在此物质世界中活动的实实在在的成果——都将化为乌有。精神生活大概也将像世界的生命一样，因地球的毁灭而所存了了——有似苍蝇死灭那样，甚至比这更严重。我们不相信这件事，因为这与物质生命的本质意义是背道而驰的。①

有人说，把托尔斯泰随便写的一切都登出来是不恰当的。

"是的，这件事真叫人为难。"他说，"你越是写得愚蠢，人们越是偏要全部登出来。"

今天我把《在思想中努力戒欲》②一书和受托写好的三封信带给他，他当时就让我读了这些信。对其中一封，他注明同意我的观点③；对另一封，他说④："这封信很好。我想说的也正是这些。不论当村长、税收人，还是去教堂结婚，都应该由本人去决定、去完成，只要他有能力去做。我非常清楚，必须根据自己的力量去追求理想的实现，但是不应该降低理想。娶妻生子、和妻子发生关系是允许的，但应把这件事提到更高的意义上，对待妻子要像对待姊妹一样。占有和保护私有财产是允许的，但一个人能够也完全应该放弃私有财产。我的意思是做到这一点是容易的，但是驳倒对立的观点就不那么容易了。"

"您在我们这儿再待一会儿，"当我告别的时候，他说，"留下来同我们一起吃午饭吧。您是徒步来的吗？唔，景色真美！清辉流洒的月夜啊！"

有一个小伙子来找列夫·尼古拉耶维奇，他犹豫不定，打发我去见见来人。原来小伙子是帽店的店员，读过托尔斯泰的作品，不想再当店员了，因为卖货就得骗人。他从很远的地方——叶卡捷琳堡来，想请教他该从事一种什么劳动——更自由、更诚实的劳动。

我让他带着一张便条去杰略京基过夜。吃饭时和列夫·尼古拉耶维奇谈起这个人。他为这个年轻人原来是这样一个"相当可爱"的人而高兴。达吉亚娜·列沃芙娜想起早晨时分，还有一个"相貌丑陋"的男孩在台阶旁停留过。

"比你还丑？"列夫·尼古拉耶维奇问。

"比我还丑！"达吉亚娜·列沃芙娜笑着说。

应该说明一下，列夫·尼古拉耶维奇有个习惯，如果家里有谁评论别人愚蠢、丑陋，他总要问："比你还蠢？""比你还丑？"结果使说人的那个人下不了台。他现在又照此办理了。

"他的相貌不单是不好看，"达吉亚娜·列沃芙娜继续说那个男孩，"简直是丑陋，就像喝酒、抽烟的人常有的那样……"

"还有挨饿的人。"列夫·尼古拉耶维奇补充道。

当他和苏哈金坐下来下棋的时候，麦什科夫就和达吉亚娜·列沃芙娜张罗着给他们画像。达吉亚娜·达吉亚诺芙娜向我要了支铅笔，也坐到桌边儿上开始画爷爷；她的大哥、中学生多利克临摹一张明信片上的插图；我也坐到角落里画起工作中的麦什科夫、列夫·尼古拉耶维奇和苏哈金来。

突然，列夫·尼古拉耶维奇站起身走到我面前（他的棋友有事被叫到楼下去了），我虽然慌慌张张把画稿推到一边，他还是看见了。他弯腰望了一眼，笑起来。草图才刚刚画下麦什科夫（或者说与他相似的一个人）和他那头发蓬乱的脑袋。

9点钟吃茶前我回家了。一点不错,这是一个清光漾溢、美好无比的月夜。

3月14日

列夫·尼古拉耶维奇在屠申的陪同下来杰略京基看望我们。他没有下马,跟我们一伙拥在院子里的人谈了一阵就回去了。

别林奇说,他要通过奥苏非耶夫伯爵为莫洛奇尼科夫①的事奔走。这个人在诺夫哥罗德刚被逮捕,作为好朋友的别林奇对他的种种遭遇非常同情。

3月15日

把《从罪恶中解放出来在于放弃私利》①一书和受托写的一封信送交列夫·尼古拉耶维奇。他把一封需要对一个特殊的哲学理论问题做出回答的信给我,可我读过此信后,觉得未必需要回复来信的那个哲学家(此人的思维非常混乱)。列夫·尼古拉耶维奇也是这么想的。

收到维·维·比特涅从彼得堡的来信,说他同意出版我的书。我告诉列夫·尼古拉耶维奇的时候,他为我的著作而高兴。

"我要是把它再通身看一遍就好了。其中对罪孽的划分有失琐碎……但是,我对您的敏感是相信的。"

谢尔盖英科给他寄来作家列斯柯夫论宗教和人生的语录。其中的观点同他有许多一致的地方②。他被这些语录深深地感动了。"你们听听吧!"他说。他拿着几页列斯柯夫的语录来到打字室。除了我,达吉亚娜·列沃芙娜也在场。

　　　　宁可什么也不做,胜似什么也做不好。
　　假如基督活到现在,把福音书刊印出来后,太太们请他亲笔题词,那么,一切问题就都解决了。

列夫·尼古拉耶维奇还读了一段,突然转过身走了。他好像哭了。

"他总是眼泪汪汪的。"达吉亚娜·列沃芙娜开玩笑说,"小时候,大家都叫他'涟夫—泪夫'。在这点上我很像他……"

过了片刻,他又走来,手里依然拿着那些语录。他读道:

假如没有复活的虚构,宗教就不是由基督创造的了;而杜撰大师就是保罗。

"这写得多么正确,多么深刻啊!"

在大厅里,他向家人和刚到雅斯纳雅的斯达霍维奇兄妹(亚历山大·亚历山得罗维奇和索菲亚·亚历山得罗芙娜——宫廷侍从女官)再次朗读了列斯柯夫的语录。大家回忆起列夫·尼古拉耶维奇在精神方面对列斯柯夫曾有过很大的影响。

"列斯柯夫自己说过,"达吉亚娜说,"'我是拿着蜡烛、望着前方那个高擎火炬的人前进的。我要赶上他,和他并肩而行。'而这个高擎火炬的人,他认为就是扎尔斯泰。"

3月16日

收到一份《大众生活》杂志,上面有布朗热的文章和列夫·尼古拉耶维奇的序文[1]。他很不安,好像为的是编辑因他在序中对教会的尖锐指责而未付稿酬一事。

"这也好。"后来他说,"波塞告诉我,文章在付印时他连一个字也没动。"

他还收到诺夫哥罗德的钳工弗·阿·莫洛奇尼科夫从监狱里给他寄来的一封信。莫洛奇尼科夫是个有家室的人,全家人的生计全靠他劳动维持。列夫·尼古拉耶维奇非常同情他。

"坐狱这种事对你我倒还不错。"他对我说,"您是个没有家口的人,我与这个家也已经失去了……"

有两封信要我回复。一封是西伯利亚的那个革命者寄来的,他的第一封信列夫·尼古拉耶维奇很早以前就朗读过。那还是在元月份,安德列·列沃维奇和谢尔盖英科等人当时也在场。这一封信是这个革命者仍然在对关于"爱和不抗恶"的学说难以和解的心境下写的。

"这显然是出于冥顽不化，出于不想听别人的意见。"他说，"不过，我还是想给他写封信。您看一下这信，可能的话，给他写封回信。②"

后来在清理书信时，他偶然发现一封"劝告"信。

"奇怪！"他说，"我总是发现，一个人的信仰要是很坚定，他就从来不强加于人；而如果信仰不坚定、动摇，他就一定要所有的人改信他的信仰。亚历山得拉·安得列耶芙娜·托尔斯泰娅就是这样一种人（她和他的通信不久前曾在雅斯纳雅朗读过）。"

从克辽克什诺回来的可爱的小伙子费多尔·别列沃兹尼科夫同我一起从杰略京基来。在前厅（我们都已穿好衣服，列夫·尼古拉耶维奇要出去散步），他告诉列夫·尼古拉耶维奇，契尔特科夫打算夏天搬到莫斯科和图拉省交界处的赛普霍夫村——人家禁止他进入图拉省境内。

"为了让我走起来更就近些吗？"列夫·尼古拉耶维奇笑着说。

"是这样，可为什么您要笑呢？"

"我笑的是一个人可以住在赛普霍夫，住得再近些就不行。这一切都是由于有些人想出划定假设的界线，设置了省份的缘故。这是多么愚蠢啊！"

3月19日

从列夫·尼古拉耶维奇那儿得知古谢夫在流放地遭到搜查，翻出托尔斯泰的几篇文章，威胁他要追究责任，严加惩处①。莫洛奇尼科夫又从监狱寄来一信，正如列夫·尼古拉耶维奇说的，"他垂头丧气"，——自然是因为家庭。麦什科夫和斯达霍维奇兄妹走了。戈尔布诺夫寄来了前5本小册子的校样②，而且还通知说他后天要与芬兰作家阿尔维特·叶尔涅方特一起来③。叶尔涅方特与他的女儿们不准备住雅斯纳雅，而要住在我们杰略京基。我们从昨天就等上他了。今天，列夫·尼古拉耶维奇身体欠佳，他感冒了，说起话来鼻音很重。

我把《生活的道路》第27册《从邪说中解放在予思想自由》和第21册《真正的生活在今世》④送交他，还有一封受托写好的信。附带说一下，信中谈的是科学与

艺术问题。他对这封信很赞成⑤。

"关于科学的问题,我昨晚正好想到了,而且还记在了日记里⑥。"他说,"也是这样记的。我们假定有一个生物——一个从火星上来到地球而对地球上的生活一无所知的人,人们告诉他,这里有1%的人建立了自己的宗教、艺术和科学,其余99%的人对此一无所有……那么我想,他由此即可明白,地球上的生活并不美好,这些宗教、艺术和科学也不可能是好的、真正的东西。"

他笑着让我看最近一期《新罗斯》⑦,上面只刊登了《每日必读》的1/10,其余的都被检查官用省略号给代替了,只剩下一些目次和作者姓名。

我有时在日记中写下列夫·尼古拉耶维奇引用的诗句和对它们的评论。他谈到的诗人总是普希金、丘特切夫,还有费特。为此我现在引用一段非常有意思的记录,是从他今天的一封信(致奥泽罗娃)中摘下的:

> 一般说来我不喜欢诗。只有普希金和丘特功夫的那些最完美的诗才能打动我。我想这主要是因为这些诗触动了我对青春时代的感想的回忆。

3月21日

叶尔涅方特一行——父亲、儿子和女儿——来到杰略京基。我与杰玛·契尔特科夫陪他们一起去雅斯纳雅。列夫·尼古拉耶维奇病了,穿着睡衣,说话声音沙哑。但他仍然出来会见了叶尔涅方特,然后又回到自己的房间。

我把致那个"什么也不想听的"革命者的信交给他。但是看来列夫·尼古拉耶维奇收到了他的新的来信①,而且写了回信,只是还没有寄出。我建议我写的那封就别寄了,可他不同意。

"大概他们有一个小组,他们在小组里彼此交换意见。"他说,"如果对他产生不了影响,也可以对别人产生影响。再说,对事情的后果一般不需要过多顾虑。我们做这件事是为了自我满意。他对此毫无所知,甚至连我的书也不愿意看。不过也许会有变化,谁知道呢?只要我们全心全意去做这件事,我深信,我们做的事总有一天会显出它的必要性来的。就在今天,我看了一张大学生的性生活调查表。可以看出来,现在童男的比例增加了:从前是20%,现在是27%。主要原因是

节欲成了道德的内容。很明显,伦理学对他们产生了作用。就拿这几天收到的一个年轻人的信来说吧,他说他犹疑不定,不知道他该怎样对待性生活问题,可是读了《克莱采奏鸣曲》后,决定保持童贞。所以,这个事业永远不会徒劳无益,它是永存的。这不像建筑700座庭院,安置亿万人去住一样。这个事业像是一条奔腾不息的河流,但又看不见水流。"

他读了我的信,表示同意。

"是的,"他说,"是这个意思,他不理解这些观点,而且同他争论是困难的。他不会改变他的基本世界观的。"

补充一句,这个革命者写道:"社会主义就是我的信仰、我的上帝。"

"但是如果能使其他人理解,总是一种慰藉。"他补充道。我要离开书房的时候,他说:"您让叶尔涅方特和他的孩子们来这里吧。我深感抱歉,想同他谈谈,可是在那里不能说话。"

他这是指那喧闹不休的大厅。每当他讲话的时候,不是像今天那样被肆无忌惮地打断,就是用一般性的闲谈把话引到令人不快的无聊话题上去。

同列夫·尼古拉耶维奇在他的书房里座谈了一会儿后,叶尔涅方特父子动身去参观雅斯纳雅花园和四郊。如画的美景受到了他们的同声赞美。

他们不在的时候,列夫·尼古拉耶维奇走到大厅里,坐在伏尔泰式的安乐椅上,听杰玛·契尔特科夫讲述克辽克什诺农民淫佚放荡的风俗习惯。

"宗教是需要的!"他说,"我要永远不厌其烦地唱这个调,否则永远是放荡、摆阔、伏特加。"

顺便说说,索菲亚·安德列耶芙娜建议我朗读新近登载在《俄罗斯言论》上的青年诗人列曼诺夫的诗[②]。

"真无聊!"列夫·尼古拉耶维奇表示反对。他拿起报纸,读了开头几行后说:"这是多么糟糕的诗啊!"的确,这些诗从艺术角度上看,是很不高明的。

结果,诗没有朗读成。

午饭后,列夫·尼古拉耶维奇和老叶尔涅方特下棋,两人输赢各一盘。下棋结束后,他继续坐在棋枰旁闲谈。大伙逐渐在他俩周围聚成一个圆圈:达吉亚娜、奥尔加·康士坦丁诺芙娜、屠申、叶尔涅方特的女儿们,还有我和杰玛。

谈的最多的是亨利·乔治[③]。大伙儿都说,无论在哪里,芬兰也罢(根据叶尔

涅方特的证明），俄国也罢（根据列夫·尼古拉耶维奇的证明），人们都不承认他，不理解他，更不用说欧洲各国的政府了。

"真奇怪，"列夫·尼古拉耶维奇说，"人们想问题不是按照精神的要求，而是按照他们所处地位的要求。从大多数特权阶级来说就是这样。在解放农奴之前，农奴的权利问题也像现在的土地问题一样。我老爱这样比较。当时先进的人们也像现在对土地私有制的态度一样，都感觉到不合理。但是，由于种种原因，还不能把它消灭，虽然他们试图这样做过，例如民主主义者们。农奴制的保护者们是这样，现在的土地私有制的保护者们也是这样。"

然后，他开始向叶尔涅方特询问起芬兰的情况。根据叶尔涅方特对大多数芬兰爱国主义者的介绍，他说："真正的正义应该不止向一个民族宣传，而要向全人类宣传。"

"你们那儿的普及教育怎么样？"他问。

"很有成效。"

列夫·尼古拉耶维奇宣布了他为人民编写袖珍词典的计划。

"要是我们的书架上有一本百科辞典，我们就能随时使用它。要知道，老百姓什么书也没有。人民当然需要一本完备的手册。我们的词典必须起到举一反三的作用。我们说，对任何一个无知作家，这显然是不需要的。可是比方说遇到'荷兰'或'电气化'这样的词，这就当然显得需要了，——不过应该说明，我这里指的只是那些幸好只进过识字学校的人。我想过这件事。碰巧收到哈里科夫④的一封信，他在信中告诉我，一个不很知名的人愿意捐献15000卢布做一件好事，并请求我指出这样一件好事来。所以我想不妨利用这笔钱来编纂这样一本词典。为这事我已经写了信，暂时还没有回音。"

后来，只剩下他一个人的时候，我趁机——尽管我很不好意思——提醒他（工作已都准备妥当，在最近5至7天内还不能决定做什么事），他想为我的著作出版一事写一"附函"，现在我要把手稿寄给比特涅，所以需要他的信。

"怎么，莫非我还没写？"他吃惊地问。

"没有。"

"这真是，这真是，我一定写。"

告辞时，过了片刻，他问我他在信中该写些什么。我说，只要说明我对他的思想的理解是否忠实就行了。

"好，我就这样写。"他说，"我就说您对我的思想阐述得完全正确，我读过您的著作后很高兴，我认为它是需要的……啊，今天我胡涂得很，"他突然微笑了一下，"明天我再好好全面思索一下。"⑤

说着，他走近我，紧紧握住我的手。他同客人们都已告别过了。客人们都去了杰略京基，以便明天直接动身回故乡，不再打扰列夫·尼古拉耶维奇。

3月22日

白天与叶尔涅方特在杰略京基。他是一个非常有趣的人，纯朴、真诚、沉静、谦逊。他的孩子们也和他一样。

晚上，大家聚集在一起谈论起了死亡和对死亡的恐惧，好几个人都发表了意见。

"人们对这个问题总是各有各的看法，永远不会得出一个完全统一的意见。"叶尔涅方特说。

我们的交谈被托尔斯泰家的马车夫的到来打断了。他乘着两辆连在一起的大雪橇，带来列夫·尼古拉耶维奇的一封信。信上请叶尔涅方特去他那儿一趟，哪怕是待一小时也好，而且为他白天没去表示难过。

无论杰略京基人多么惋惜，叶尔涅方特还是应当去雅斯纳雅，好从那儿及时动身到车站。

他们父子给我们大家留下了非常好的印象。他们虽然在杰略京基只住了两天，可是他们一走，突然使人感到寂寞、空虚。这不由使我想起列夫·尼古拉耶维奇的话来，那是在我谈起我和契尔特科夫那么快就交上了朋友的时候，他对我说的："存在于我们大家之中的那个'一'，把我们联合起来了。"

3月23日

来到雅斯纳雅后，看到同一个芬兰人一块来的杰玛给我留下的一封信。他告诉我，列夫·尼古拉耶维奇同意为农民写一部供家庭演出用的剧本，我们想在杰

略京基组织一次演出①。列夫·尼古拉耶维奇也向我证实了这件事。

今天他给我读了他写的一封谈自杀的信②。信中他论证了宗教必然性的思想。开头他写的机敏、有趣，形式上接近艺术创作。听了开头，我禁不住笑起来，列夫·尼古拉耶维奇也笑了，然后说道："我正好读了报上一个教授谈自杀的文章。他例举了自杀的种种原因——生理的和形形色色的，可是对缺乏宗教却不置一词。"

为了听涅仁来的一个年轻人沃依季琴科给列夫·尼古拉耶维奇演奏铙钹，我在雅斯纳雅一直待到晚上。他演奏得很好。列夫·尼古拉耶维奇应他的请求，把自己的签名肖像赠送给他，还向他指出，他的演奏节奏感不强，在钢琴与音鼓之间的过渡上有失生硬。

"我觉得我有责任告诉您，"他补充道，"因为我看出您有真正的才华。"

演奏者表示完全同意他的意见。后来索菲亚·安德列耶芙娜吩咐放留声机，想让"铙钹演奏家"听听特罗亚诺夫斯基的三弦琴。

"再来一遍，再来一遍！*"当听了特罗亚诺夫斯基演奏的所谓《Scène de ballet》（《芭蕾舞曲》。——译者）时，列夫·尼古拉耶维奇要求道。昨天也放过这支舞曲，他同样要求过重放。

响起戈巴克舞曲时，他同苏哈金坐在棋枰旁下棋，可他仍然不停地留神着演奏，并且开始用脚大声敲击着地板，用手掌打着拍子，闹得大厅里一片轰响。

3月24日

把最后一册（第31册）《生命即幸福》①给列夫·尼古拉耶维奇带来了，他接下后，说："您知道吗？我把您定的标题删去了。您不生我的气吧？它们帮了我的大忙，只是读着这些标题会与正文搅混。"

"您不委屈吧？"他再次问道。我当然回答说我不会那样，因为主要是他会把一切都做得更妥当，只要他认为这是需要的。今天他收到莫洛奇尼科夫一封"骇人"的信，是描写监狱的②。

---

* 原文为法文："Bis, bis！" ——译者

他已经不穿长衫,只穿普通礼服了。他对于衣着和健康之类的问题的回答总是:"很好。"

我现在有个新任务,把最近要出版的(3月份以来的)《每日必读》准备好,以便寄给印刷厂③。元月份和2月份的我都已经寄走了。

3月27日

把附有列夫·尼古拉耶维奇修改的3月份的《每日必读》的稿本带到雅斯纳雅·波良纳,以便邮寄。可是他还要把它放一放,想重新增补和润色。顺便说一下,按照新提纲,《不平等对人的诱惑》一册不单独论述了。而关于不平等的观点,我早已按全年每月15日的界线整理好了。现在列夫·尼古拉耶维奇按每月不同的日期重新组编。我把一封受托写好的信交给他①,当时他没有看,又给了我两封需要回复的信。

得知杰玛又来了,他说:"需要为你们写个剧本。我有两个题材。啊,关于您的著作一事的信写了没有?"

"还没有。"

"哈哈,我的老弟,您没有想到这是怎么回事吧?"

说着他向我口授了一封致比特涅的信。信中说,在我的著作里可以看到对他的世界观的"忠实出色的表述"。

他走回自己的房间,过了一会儿拉开门又说:"请在信里加上:甚至'很'出色。"

3月28日

刚过6点,我就和契尔特科夫的18岁的儿子杰玛出发去雅斯纳雅。到处是难以通行的泥泞和深陷的雪坑。在一个村庄附近我们碰见一辆三套马车陷进了水坑里。穿着长筒皮靴的杰玛跑去帮助车夫。一位先生和一位太太从马车里走出来站在雪地里。我们起先把他当成托尔斯泰家今天等着的捷克教授马沙里克,实际上原来是米哈依尔·亚历山得罗维奇·斯达霍维奇和他的妹妹。

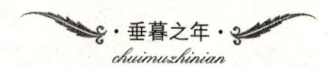

马好不容易把车从泥坑里拖出来了,斯达霍维奇兄妹也走了。雅斯纳雅·波良纳热闹非凡。马沙里克没有来,他明天才来。

诗人亚库波维奇·梅尔森从《俄罗斯财富》用我的名字寄来一封信。他通知,我受列夫·尼古拉耶维奇之托寄给他的托波尔斯克流放者的6首诗,有4首将在《俄罗斯财富》上刊用。我把此事告诉了列夫·尼古拉耶维奇①。

"这就好了!"他说。

我在打字室整理他近来的文章和书信,突然从他的书房传来铃声。亚历山得拉·列沃芙娜从大厅跑向那里,可是她立刻返了回来。

"'秘书长'先生,叫您呢!"她喊道。

我赶忙走到列夫·尼古拉耶维奇的书房,杰玛正在那儿坐着。

"我们在闲聊,没有什么秘密。不过,正如英国谚语所说:'Two is company, three is none.——两人成双,三人不欢。'"他说,"噢,我把'通行证'给您寄走了。"

他所说的"通行证",是指他给准备出版我的《基督教伦理学》的比特涅写的信。这是苏哈金的吉庆话,用来表示列夫·尼古拉耶维奇给形形色色的作者的创作写的大量序言和推荐信。最初这句话被用在为布朗热给《大众生活》所写文章的序言上。列夫·尼古拉耶维奇为那篇序苦恼了好长时间,那也是因为需要他写而没有及时写的。

听说今天收到一封满是露骨下流的骂人话的信。这使他很难过。还收到一个神父的信,请求列夫·尼古拉耶维奇告诉他,要是没有任何哲学和文学,——像列夫·尼古拉耶维奇所想象的——那么基督的肉体能不能复活②。

"一封非常好的信。"他说,"像这样的信不会使我不愉快的。我应当给他回信。信要这样写:假若基督知道了关于复活的虚构,他会非常伤心的。"

然后他谈到他"甚至可怜"一个当乞丐的农村老太婆,她欺骗众人,使得从前那些经常帮助她的人也不理她了。

"她要去找你们,你们不理她;来找我们——也照样。"他说。

和杰玛谈到英国的一本好书。他深有感慨地指出,据统计,犯罪总数在增长。杰玛讲述了克辽克什诺四周农民的悲苦生活。

"就是这样,"谈话中他大声说,"和斯达霍维奇在一起使我那么乏味,可是和你们在一起我听到多少新闻、多少有趣的事情啊!"

"我本想告诉你们一件事,"他又说,"一下给忘了。什么来着?……唔,你们可别张扬出去。是的,我们这儿来过一个年轻人,是一个铙钹演奏家……哈,您知道吗?"他转身向我说,"您好像很喜欢他吧?可是依我看,不好。音乐才能嘛,他当然有点儿……当时我做得很笨,他演奏完我就让放特罗亚诺夫斯基的唱片,还说'这才是音乐呢'等等……这下可活跃了……"

"我听说,放戈巴克舞曲时您几乎要跳起舞来。"杰玛说。

"是啊,是啊!实在忍不住了!现在还应该放他的乐曲……"

列夫·尼古拉耶维奇站起身来。我为了结束我的工作,走进打字室。大厅里立刻响起了特罗亚诺夫斯基的豪迈的乐曲声。

过了一会儿,他来到打字室,顺便谈起为杰略京基演出写的剧本一事。在此之前,他已经告诉杰玛,说他正构思一个剧本,是话剧,已经完全成熟了,只要一坐下来就可以动笔。另外他还有一个题材——喜剧题材。

"可是必须用心写。"他对杰玛说,"您的那些观众倒好说,要是登在报纸上,那可出名了……可我只想为亚辛卡、杰略京基和雅斯纳雅·波良纳写剧本。"

亚历山得拉·列沃芙娜也想参加杰略京基的演出。

"让我扮演老太婆。"她对父亲说。

"不想扮演老头儿吗?"列夫·尼古拉耶维奇笑着提议道。

"不!"她害怕起来。

我们走过大厅,大厅里一片欢腾。大家坐下吃茶。之后,列夫·尼古拉耶维奇读了我的信,建议其中一封不要发,因为信里谈到兵役中的犯罪现象。他担心信会被拆阅,那我就得为自己的指责做出"回答",而我给写回信的那个通信人就要怀疑是受了他的指使。

"为我要写的剧本祝福吧!"告别时他对我们说。

3月29日

当我来到的时候,列夫·尼古拉耶维奇已经骑马溜达去了。

在庄园里结识了从莫斯科来的哲学家费·亚·斯特拉霍夫,列夫·尼古拉耶维奇在《阅读园地》中采纳了他的许多观点,前不久还对他的《追求真理》一书

给予了很高的评价。除斯达霍维奇兄妹,还有客人马沙里克①。可惜我来后他休息了,我只在屠申的屋子里的床上看见了他的身影。他用被子蒙头躺着。

列夫·尼古拉耶维奇散步回来,替换下湿袜子,没穿鞋,手里提着,走进大厅。人们正吃茶。他摊开双手,开玩笑地微微一鞠躬,然后坐在桌旁。

把拍给他的一份电报递给他——彼得堡林学院的一个学生请求在求学期间"通过电讯得到支持"。

"新花样。"苏哈金说。

斯达霍维奇认为,这个学生拍电报大约要花1个半卢布。苏哈金从列夫·尼古拉耶维奇手里接过电报,他要到彼得堡查明这个学生的情况,可能的话,帮助他。

3月30日

列夫·尼古拉耶维奇来到杰略京基。

"我正拼命干着。"问过好后,他笑着说。这是暗示写剧本一事。

他说得赶紧回家,因为马沙留克要走,得和他告别。

他在马背上和玛沙·古策维奇单独说了些什么,大概是关于剧本的事。

"这是秘密!"他警告她和我们。

下雨了,列夫·尼古拉耶维奇来时就淋湿了,但他还是踏上了归途。

3月31日

别林奇拿来两封要我回复的信。一封是那个被流放的革命者从西伯利亚寄来的,很有意思。他曾在那么不能和解的心境中给列夫·尼古拉耶维奇写过一信,不久前我给他写了回信(我的信他还没收到)。如今他说,他正站在十字路口。托尔斯泰的信显然迫使他认真思考了,给他影响特别大的是列夫·尼古拉耶维奇寄给他的那本小册子——弗·葛·契尔特科夫的《我们的革命》①。他说:"我一读完它,我就全垮了。"他不能容忍的只是"有点像稻草人"的上帝的存在。列夫·尼古拉耶维奇在信封上亲笔做了批注,叫我向他讲讲关于"上帝"的事情②。

别林奇转告我,列夫·尼古拉耶维奇又决定采用我给每本小册子选定的标

题;他对论《伪科学》一册论点的分类很满意。

我对这册各章的排列是这样的:

1. 伪科学的迷信是什么?2. 伪科学是为了替当代社会生活制度辩护。3. 伪科学欺骗性之危害。4. 研究对象之无限与人的认识能力之有限。5. 因知识之无限,人只应力求掌握于自己的生活特别需要、特别重要的知识。6. 真正的科学之本质和意义何在?7. 关于读书。8. 关于独立思考③。

别林奇把今年第3期《俄罗斯财富》也给我带来了,上面载有柯罗连科论死刑的文章(《司空见惯的现象》第1章)。列夫·尼古拉耶维奇读了这篇文章后哭了,他还给作者写信谈了自己的感想。我们在这里朗读了它④。

4月1日

把列夫·尼古拉耶维奇所给的写好的回信带到雅斯纳雅来。他对这些信谈了些意见(比如,他发现一封信"过于坦率了",担心会委屈了收信人),可是有两封还是让寄出了。

他肯定了要恢复《生活的道路》各册的标题,付印时用小号字。

他谈到今天收到的信很有意思。

"例如,有个士兵听说假如有哪个女人要被判处死刑,而她只要嫁给一个士兵就能活命,那么他这个大兵就准备娶这样一个女人。我回答说,我无法给他打听到这样一个女人……"

"我听说您现在已经写了许多,是吗?"我问他。我指的是他为杰略京基写剧一事。据说他对这事很上劲。

"是的,我正在写。我构思了一些东西。"他说,"就是没精力啊!"

屠申说,列夫·尼古拉耶维奇自觉身体"比昨天好"。但是这个"比昨天好"只是一个相对的概念。总的来说,根据我的观察,他在这两三个月以来,健康状况远不是很好,差不多总是三天两头的闹病,虽然康复得很快,可是常常虚弱无力。有些人,譬如不常见他的杰略京基的居民,碰见他都觉得他老多了。

4月3日

列夫·尼古拉耶维奇今天又很虚弱,既没有散步,也没有工作。

"难以言喻的衰弱,我对您说不上有多软弱!"他对我说。

"彼得堡对契尔特科夫的事现正研究解决。"我告诉他,"费多尔·别列沃兹尼科夫从克辽克什诺来,他说到了这件事。"①

"啊,真叫人高兴!"列夫·尼古拉耶雅奇说,随即加上一句,"本来这是(自然是指流放)很愚蠢的!"

当着我的面他穿好衣服。没过半小时,他出去散步了,因为天气非常好。

回来以后,他顺便去屠申的屋里询问今天早晨来的一个年轻人。由于身体欠安,他没有接见这个人。

"我很对不起他。"

用屠申的话说,这是一个普通的"求援者"。他已经满足了此人的要求。

列夫·尼古拉耶维奇上楼去了。他让我把这几天里按新计划整理的10月份要出的《每日必读》的清样目录带去。我刚从契尔特科夫处收到的2月份的校样不必再寄给契尔特科夫重新校阅了,可以直接付印(契尔特科夫问过这事)。他还对我说,我为《每日必读》收集的陀思妥耶夫斯基的语录不适用,不过他对那些语录很感兴趣,需要带来。

他给了我1个卢布让给他破开,把其中的20戈比送一个乞丐——他得到的施舍最多,是一个爱发火的难对付的人。

"他要骂我的。"列夫·尼古拉耶维奇说。

"这就是那个伯爵给的?"乞丐一边把20戈比紧紧地攥在手心里,一边问我。

"是的。"

牢骚开始了。他半天不离开台阶。20分钟后我再次出来,他不在了。达尼亚·苏哈金娜和保姆正在庄园前的空地上散步。她们俩领我去看爬出来晒太阳的赤练蛇。

后来我出了村庄,越过灌木丛上了大路。

"这儿的树丛里还有两条蛇。"我的身后传来了沙哑的声音。我环顾四下,原来是那个爱发火的乞丐。

"您不行行好吗?"接着他对我说。

"我没有钱。"

他跟在我屁股后面,不知嘟哝些什么。

"复活节时契尔特科夫会来吗?"我听见他又问道。

"我真的不知道,说不定会来。"

他不再发问了,可是仍然跟着我,让我听他那沉着的、无穷的唠叨。

4月5日

列夫·尼古拉耶维奇恢复了健康。昨天他就觉得好多了。

亚历山得拉·列沃芙娜和瓦尔瓦拉·米哈依洛夫娜·费奥克利托娃说,昨天早饭后,列夫·尼古拉耶维奇骑马出去散步,一个人悄悄地走了——不是从门阶前,而是直接从牲畜棚。当时下起滂沱大雨,直到傍晚都没停。她们俩乘车去图拉,在回来的路上,离城很远的地方,碰上列夫·尼古拉耶维奇正向图拉走去。他穿着单薄的夏衣,披一件雨衣,浑身都淋得湿漉漉的。他的手,用亚历山得拉·列沃芙娜的话说,"红得像鹅掌"。她们俩邀请他下马上车,让他的马独自跟着跑。聪明而驯顺的代列尔像一只小牛犊似的,乖乖地跟着马车快步前进。直到门口,离庄园不远的时候,他才重新骑上马。

这次散步对他的健康并没有产生丝毫影响。

他的情绪按照健康状况奇怪地变化着。假如他病了,就闷闷不乐,一声不响,在日记中写上即使在这种时刻,他也在同"恶"做着斗争。虽然我从未见他流露出这种"恶"来。反之,假如他健康,就非常活跃,说话愉快,行动迅速,工作劲头很高。

今天他就是这样。从他的表情、声调都可以看出来,他身体很好。他交给我两封信要我回复。我只回了一封,另一封没有地址。①

同列夫·尼古拉耶维奇整理了很长时间10月份出版的《每日必读》的校样。对每天的资料的编排都不十分准确。有几天的我们试图重新调整,同另外几个月的——还没有搞出来——加以比较。

"我本来觉得很好。可现在,"他笑了起来,"直发呆!"

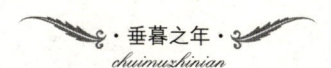

他因为我被纠缠住而抱歉,这使我很不安。末了他委托我清理校样,而他自己同屠申骑马散步去了。在此之前,他本来打算晚间自己审阅校样,可是当我要告辞时,他表示反对:"是的,我很少能看到您,真遗憾!您今天就这儿吃午饭吧。"

于是我就留下了。可是傍晚滞留得太久了,下起雨来。大家劝我在这儿过夜,因此今天晚上我是在托尔斯泰家度过的,而且过得非常快活。

列夫·尼古拉耶维奇穿衣服准备出去,我跟着他下了楼。

"列夫·尼古拉耶维奇,剧本写得怎么样了,有进展吗?"我问。

"没有,还没搞出来呢。"他说,"我这几天尽闹病……离死不远了,这是多么好的念头啊!……虽然这不影响写剧本——这是一件好事——我会把它写完的,只不过写的不是那件事。"

我不打算继续详细询问了。

校对时,我感到有必要把其中两天的内容合并到一天之中,而其中有一天的应分成两天。可这就需要挑选、增补语录,哪怕是利用旧本《阅读园地》也好。我把这一切都做完了,在修改格言正文时,列夫·尼古拉耶维奇把校样给我,要我把更正稿另外誊写一份寄出印刷。

吃午饭时,他朗读一份芬兰报上的电文。该报的记者前几天正好来过雅斯纳雅。编辑部为报社的代表受到热情接待向"俄罗斯大地的伟大作家"表示感谢。

"有意思,他们发表这种东西。"列夫·尼古拉耶维奇说,"我与他说话很坦率,可他们的爱国主义是如此风行。"②

他沉默了一会儿,又补充说:"如果我没有记错,以赛亚好像也说过:'一群牲畜一个牧人。'"

有人提到商人布雷林寄来几匹印花布。

"对,对,现在正是复活节,需要把这些布在节日前分发下去。"他想起这事时说道。

顺便说一下,从莫斯科回来的索菲亚·安德列耶芙娜谈起了对米·亚·斯达霍维奇的关于托尔斯泰的演讲的印象,为此当即选读了费·斯特拉霍夫谈这次演讲的一封来信。写信人说,整个演讲是面向"有教养的人们的",而不是面向"愚昧无知的人们"。③

列夫·尼古拉耶维奇对斯特拉霍夫的报道感到很开心。他有两次带着狡黠的讥笑提起这次为"有教养的人们"所作的演讲。

"有教养的人"（最初的说法是"上流社会的人"）和"愚昧无知的人"（最初是"庶民百姓"）在雅斯纳雅·波良纳是用来区分是不是"托尔斯泰主义者"的特定术语。"托尔斯泰主义者"就是"愚昧无知的人"。这些术语起先是索菲亚·安德列耶芙娜使用的。无论在莫斯科还是在雅斯纳雅·波良纳，她都不满地注视着那些来自莫斯科"上流社会"的、衣着普通的、早已成了老熟人的拜访者川流不息地闯到家里来。这些人都是无名之辈，后来都成了"托尔斯泰主义者"。就这样，"托尔斯泰主义者"在雅斯纳雅·波良纳被叫成了"愚昧无知的人"。

据说有一次人们问列夫·尼古拉耶维奇的密友之一、老太婆玛·亚·施米特她是不是一个"愚昧无知的人"？她回答说："不，我的亲爱的，我不是'愚昧无知的人'，我是'蒙蒙盹盹的人'！蒙蒙盹盹！"

吃茶前，索菲亚·安德列耶芙娜吩咐放留声机——丹查的过时的浪漫曲*。

列夫·尼古拉耶维奇坐在圆桌后听着。留声机停止了。

"我一听到这些歌曲或看到驴尾巴的时候，"他一边说，一边向我望着，"就总要想起那个从火星上来的人……"于是他又把我不久前听他说的，并已记在日记里的话复述了一遍④。

"这种科学和艺术难道真的是好的吗？"他再次提出这一疑问。

应该说明一下"驴尾巴"是怎么回事。今天有人给列夫·尼古拉耶维奇看《新时代》上的一幅画，那是法国的一个艺术小团体把画笔绑在驴尾巴上画出来的。吃了饼干的驴子用尾巴上的画笔在画布上扫来扫去，如此这般就算是在"画画儿"了。这幅画在美展上受到狂热的欢迎，许多人为它的"美"而欣喜若狂。据说画面上画出来的似乎是一个太阳。

"家里有什么消息？"他问我。

"有，接到母亲的一封信。"

"唔，怎么样？"

---

* 原文注④位置有错，似应标于此处，而不应放在"于是他又把……话复述了一遍"一句后。看注④内容便知。——译者

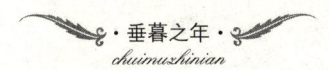

"现在信写得很'慈爱'。"

"谢天谢地!"

他浏览了一下自己一篇被肆意肢解后收进文学基金纪念文集中的文章——《唯一的戒律》⑤。他读了其中一章的歌德的篇首引文后说:"歌德的这些格言、片断真好,可是他的整篇作品却是那么含混、冗长。"⑥

就在这部文集中还收入了列·舍斯托夫的好些语录⑦。我把它指给他看,他让我朗读。我共读了7段。

他对这些语录的评价是这样的:"混乱不堪,没意思,颓废派哲学家,废话连篇。"

我还给他读了作家格·康·格拉朵夫斯基致索菲亚·安德列耶芙娜的信。信中讲到本月文学家代表大会,并表示希望能收到列夫·尼古拉耶维奇给大会的贺信⑧。

从托尔斯泰的观点来看,这封信写得很幼稚。他一面听,一面不断地笑。根据朗读时的表情,他似乎不愿意祝贺大会。

"我该怎样回答格拉朵夫斯基呢?"索菲亚·安德列耶芙娜不安起来。

列夫·尼古拉耶维奇叫她去请教当时正在这里的苏哈金。"他什么都知道!"

苏哈金主张"祝贺"。

"须知他们是作家,您也是作家,你们之间毕竟有共同的东西吧?"他对列夫·尼古拉耶维奇说。

"当然有啊!"他严肃地深有同感地回答道。

"好啊,如此说来,你们之间不就有了一致的东西吗?"

"可能一致。"他依然用原先的那种音调说。

"那不就有了他们受迫害,您也受迫害的共同基础吗?"苏哈金继续说。

"当然。"列夫·尼古拉耶维奇再次表示同意,"我不否认有一致的东西。"

但是一谈到致电大会,问题就暴露出来了。

列夫·尼古拉耶维奇要去睡觉,但又停下来,对一直在听着谈话的屠申说:"屠申·彼得罗维奇,这个犹太名字沙洛姆—阿列依赫姆(一个寄书给列夫·尼古拉耶维奇的作家的名字)⑨从何而来?要知道这与阿拉伯的名字赛列姆·阿列依古姆很相似啊!"

屠申说，这两种语言作为闪族语系，有许多共同之处。

"我对阿拉伯语所知甚少。"列夫·尼古拉耶维奇说，"在大学时代，我对这种语言比对其他语言更感兴趣。须知这是东方古典语言啊！"

4月6日

清晨离开雅斯纳雅·波良纳。这是一个美妙的早晨。这里的春天令人陶醉。今天春回大地，在雅斯纳雅这样一个风景如画的一方胜地，春光更是妩媚。

晚上，我不得不与列夫·谢尔盖英科和杰玛再去一趟托尔斯泰家。

遵照列夫·尼古拉耶维奇的请求，我给他从杰略京基带了几本关于酗酒的书，为的是给一个工厂寄去，在工人中散发。

今天，列夫·尼古拉耶维奇有一个叫伊巴托夫的客人，是叶卡捷琳娜时代的农民，旧教徒。他很喜欢这个人。客人是为个人事情来的，但这个人本身是一个富有宗教气质的人。

"这些旧教徒永远这样坚定。"列夫·尼古拉耶维奇谈到他的时候说。

今天，列夫·尼古拉耶维奇给格拉朵夫斯基写了回信。大意是说，他很赞同把作家联合起来，然而这次大会即使他身体健康也不能参加，因为为此他就得同政府进行交涉。

他同小谢尔盖英科单独谈了半小时。后来在大厅里议论起诗与诗人来。有人发表意见，说对颓废主义的迷恋很快就会过去。

"我不这样想。"列夫·尼古拉耶维奇说，"现在有一种玩世不恭的倾向，不愿意承认任何传统的形式。"

杰玛问他是否可以用牲畜——例如马来帮助干活。他对此表示了肯定的意见："如果一个人意外地落到一个荒无人烟的孤岛上，像鲁宾逊似的，这时他就需要捉一匹野马，把它驯服。要知道它们现在就正帮助人们干活呢。"

他还坚决表示，任何法则，任何原理，都对自由发展有妨碍。他声明自己是一切教条主义的敌人。

后来，他朗读了莫洛奇尼科夫最近的一封来信[①]，给了我3封需要回复的信。

有一件怪事。今天从我们车站（亚辛卡）给列夫·尼古拉耶维奇来了一封信，地址是这样写的："寄圣彼得堡。他的 B.A.H.致托尔斯泰先生。于克拉斯那亚·波良纳，本庄园。"信是寄给列夫·尼古拉耶维奇的，地址却写反了。

4月7日

晚上，列夫·尼古拉耶维奇看过了我写好的回信，对其中的一封（给鲁巴的，谈的是关于客观生活条件的改变）做了大量补充，扩展了我在信中表述的思想①。

这件事发生在书房里。他伏案而书，几乎忘记了我的存在。我站在旁边，一片寂静。在写字台一块伸出来的木板上，小玻璃煤油灯在白色灯罩下柔和地放着光，照着列夫·尼古拉耶维奇。他双眉紧皱，不停地写着。写好一页，也不用吸墨纸吸干，就直接翻过去——未干的墨水印在桌面上。他接着写另一页。突然，他头也不抬，"啊"地惊呼一声——什么地方写坏了，于是修改、增补、再次重写（下棋的时候他也常常这样叫喊）。

"这都是些空洞无谓的话，不必复写了，就这样寄出去吧。"写完后他说。

然而，不复写是很可惜的，以后当紧遇忙又要抓瞎。

他拿出记事簿，像往常一样，把平时想起记下的，能委托我办的事情读了一遍。

"对！"他又想起一件事，"您去达尼亚那儿把列斯柯夫的语录拿来，我想委托您把他谈游手好闲的那些特别鲜明、新颖的观点挑出来，加进我的小册子里。其他我没有看过的也选择一下，放到另外几册里去。"②

我从达吉亚娜·列沃芙娜处取上了列斯柯夫的语录。

吃茶的时候，列夫·尼古拉耶维奇问起列夫·谢尔盖英科的情况来。

"他还在开地吗？"

"是的。"

于是他们开始谈起这个孩子。父母想把他送到伊尔库斯克亲戚那里去，在那儿让他上中学。而他却要像契尔将科夫所建议的那样，想留在我们杰略京基，什么学校也不上。

索菲亚·安德列耶芙娜和达吉亚娜·列沃芙娜问，他现在靠什么生活？以后怎么办呢？将来他能做什么呢？我谈了不同的意见，认为一个人总会找到工作的，万不得已，就随便做些事情，不过那就得节衣缩食了③。

列夫·尼古拉耶维奇听了，点点头说："是的，当然，当然，怎么会找不到呢？"

接着，他讲起要在离铁路几里远的一个偏僻的地方，为年老的文学家及其家属建立普希金养老院的事来④。受过教育的、真正有知识的人都要到那里去。一位筹建者对列夫·尼古拉耶维奇讲，那些哪儿也用不着的人正好可以去那个地方。

这样说来，这是一个只为"哪儿也用不着的人"设置的地方喽！可是要知道，谢尔盖英科是一个习惯于体力劳动的人呀！

结束了为文学家建立普希金养老院的谈话后，列夫·尼古拉耶维奇转述了谢·迪·谢苗诺夫的一篇小说《美好的生活》⑤。小说描写了一个建立了瑞士式富裕家庭的农夫，一旦脱离了那些沉重的农活，也就失去了立足之地，逐渐开始酗酒，最后死去。

列夫·尼古拉耶维奇把这个故事讲得非常出色。他的叙述从容不迫，有条不紊，自然流畅，突出了一些性格化的艺术细节，甚至富有表情地传达出了各种人物的对话。

我不明白，他为什么突然想起了一个今天来拜访他的不知名的小姐。

"这位小姐那么年轻、快活，衣着漂亮，脖子上、手上都是细链，看样子很贵重的。她说她想帮助人民，开办新学校，全新的、按新的教学大纲办的学校。但是她缺乏知识和钱。因此她想得到知识。至于钱嘛，当然她是向我要。我对她说：'您的大纲是怎样的？'她开始到处翻找，掏出了一个笔记本，一大堆各色各样的纸片散落了一地！她把纸片收拾到一起，开始读起来。我想，她要读好久呢。好吧，我想，我一定得听完。可她让我看——我一看，上面用蓝铅笔写着：'神学，历史，地理，等等，等等（他笑了笑。——作者）。'我说：'我无能为力。'她并不很苦恼，只是回答道：'那么把您的头发给我一绺吧！'"

"什么？什么？头发？"当时大伙儿打断了他的话。

"是的，是的！是头发，我的头发！"他同大家一齐笑开了。

"唔，我对她说，"他继续讲道，"我不愿意把我的头发给她……"

今天还有一个客人，是和平协会彼得堡分部副总长⑥，正如列夫·尼古拉耶维奇所说，这个人说的话比起上面提到的那位小姐来，更加不能让人理解。

"今儿个晚上过得多好哟!"当大伙儿走开以后,屠申一边用他那重音位置全然不对的声调说着,一边走了出去。

4月9日

昨天开始审查"列斯柯夫的语录",我得到的结果出乎意外:这些使列夫·尼古拉耶维奇那么感动的语录根据种种不容置疑的迹象看,并不是列斯柯夫的,而是托尔斯泰的。很明显,这些摘自列斯柯夫笔记的语录,是他所喜爱的托尔斯泰的观点的直接抄录。至少我能指出这些观点来自托尔斯泰的哪些著作。

我今天向列夫·尼古拉耶维奇讲了这件事。他听了我的话后泰然置之,仍旧要我将列斯柯夫笔记中的这些语录加进《论生活》的各卷中去,——只要书中还没有这些观点。

只是到后来,当他整个检查过笔记后,他才指出:"我真高兴,我现在才知道了自己的思想。"

今天尽管下雨,早饭后他还是骑马出去了。

午饭间,他问起我西伯利亚的情况来,问我托木斯克的大学是否"正规"(我告诉他,不是正规的,因为统共不满两个系)。还问我西伯利亚的主要城市是什么样的、气候如何等等。

据说收到84岁的老文学家阿赫沙鲁莫夫的一封信。他写道他把自己的一本诗集寄给列夫·尼古拉耶维奇。很久前,在德鲁日宁的公寓里,当屠格涅夫、涅克拉索夫和列·托尔斯泰也在场的时候,他曾朗读过这些诗,而且还受到过他们的赞扬①。

"等书寄到时,我一定满怀敬意地把它读完。"列夫·尼古拉耶维奇说。

索菲亚·安德列耶芙娜想起明天是复活节"插柳日"前夕。

"我想起从前在这一天,我们全家在住所里通宵达旦地忙乎着。"列夫·尼古拉耶维奇说,"大家把坐垫从椅子上拿掉,把柳枝插上去。"

我离开时已经很晚了,在书房里同他告别时,他问我:"您要回家?"

不知为什么,他盯着我的眼睛,笑了,并且紧紧地握住我的手。

他的每一次仁慈的微笑都使我非常快乐。

4月10日

我把为补充论死亡而选出的两条陀思妥耶夫斯基的语录,和从列斯柯夫笔记中摘出来以便加进《论生活》各章中去的关于游手好闲的语录,带来交给了列夫·尼古拉耶维奇。

他再次说道:"我想选陀思妥耶夫斯基的(各分册中都有列夫·尼古拉耶维奇的语录。——作者)。"

他审查了陀思妥耶夫斯基的观点,并不特别喜欢。

"没有力量,含糊不清。"他说,"总之,有一种神秘主义的味道……基督啊,基督!"

后来他又说:"陀思妥耶夫斯基攻击革命者,这很不好。他只是根据一些表面现象谴责他们,而没有深入到他们的内心。"

我给他选出来的陀思妥耶夫斯基的64条语录,他决定采纳的还不到34条[①]。

交给我的那些没有收入《论生活》任何一章中去的语录,在组编它们的时候,他要求我按各章的内容整理,分成3类:对各章都适用的、不太适用的和根本不适用的。无论我的任务多么棘手,我都必须问心无愧地努力完成。今天我需完成的工作就是这样。列夫·尼古拉耶维奇甚至看都不看,只让我把选好的语录按章分开。

今天在雅斯纳雅发生了一件不幸的事:亚历山得拉·列沃芙娜得了——实际上刚得——肺结核。两天后她要与费奥克利托娃一起到克里木去。

列夫·尼古拉耶维奇今天沉默寡言。人们说他哭了好几次。他既不问询亚历山得拉·列沃芙娜,也不和她交谈。

"当诊断过我的病后,我们彼此连望都不望一眼。"亚历山得拉谈到她父亲时说。

她本人显得很镇静。

晚上吃罢茶,列夫·尼古拉耶维奇说他读了谢苗诺夫的《神父》和其他几个短篇。关于谢苗诺夫,他说:"这是一个还没有引起重视的作家,完全没有。从前我对他很严格。实际上他最后是迫于生计才热心地搞起文学创作来,于是他的写作就开始出现了杜撰的特点……"

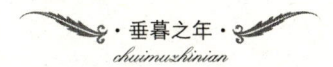

顺便说一下,今天偶然弄清《阅读园地》的标题及其总的设想是他从我国现存的一本东正教的文集《阅读园地》套用来的[2]。

由于许多家眷要去克里木,我又从杰略京基迁到雅斯纳雅。今天我就在这儿过夜了。

4月11日

列夫·尼古拉耶维奇早晨散步回来,手里和大衣钮扣上满是翠绿多叶的柳树枝。他把柳枝都给了外孙塔涅奇卡。

早晨,我回杰略京基处理自己的一些事,午饭前返了回来。出了一件倒霉的事儿:一个农民的来信和给他的回信装在一个信封里,一齐丢失了。信是列夫·尼古拉耶维奇给我的,可是我……突然不知去向了。弄得我一整天委实不快。自然对列夫·尼古拉耶维奇来说,也不会是愉快的,因为他对这封信很感兴趣。信放到哪去了?我好歹想不起来。吃饭时,达吉亚娜·列沃芙娜等人拿我开玩笑,列夫·尼古拉耶维奇也是——他坐着坐着,望了我一眼,突然笑了。

"怎么啦,快别想那封信啦!去就去了。我今天又写了一封长信,要给您,您好再把它丢掉。这是回信的最简便的办法。"

怎么办呢?

杰玛·契尔特科夫来了,叫我去杰略京基排练。我要拒绝,可是列夫·尼古拉耶维奇要我去,于是我就去了。在排练中,我既是导演,又是主角"小鬼"——列夫·尼古拉耶维奇的剧本《第一个造酒者》中的人物[1]。

吃晚茶前我返了回来。

列夫·尼古拉耶维奇拿着一封写在展平的信皮上的致索菲亚·亚历山得罗芙娜·斯达霍维奇的信[2]走进打字室。

"我是一个花花公子。"他笑着说。这话是指这封大谈穿着的信而说的。"大家把华美的东西赠送我,可我不能把它们转送给别人,这是为了不使赠送者受委屈。"

打字室里有好几个人,其中也有杰玛。列夫·尼古拉耶维奇想起他的没写完的剧本。

"这正像有两个农民,"他说,"一个招呼另一个洗澡,而另一个回答说:'我已经洗过了。'我也是这样,已经洗过了。所有的人都把衣服脱掉直往水里钻,可我不能!"

4月12日

惊人的巧合!列夫·尼古拉耶维奇昨天收到知心朋友彼得拉日茨基一封从高加索寄来的信,信中写道:"我预感到死亡在迫近,请您给我一封回信。"列夫·尼古拉耶维奇正准备回信,今天又收到彼得拉日茨基的朋友赫列斯托·道席夫的信,说彼得拉日茨基已死。托尔斯泰谈到这件事时说:"我不相信什么预感,可是我相信死的预感。"

早饭后,我和他一起骑马出去。这次选择了一个新方向:先沿图拉公路走,然后顺曲径小道从林中返回。天气很好。

走上公路后,碰上一个行人。列夫·尼古拉耶维奇同他打过了招呼。

我远远落在后面。当我赶上那个行人后,他问我:"这是谁家的林子?"

"不知道,反正不是我们的。"

"当然,当然。可我想折一根小木棍,这样就不会那么累了。您从哪个庄子来,去哪儿?"

"从雅斯纳雅·波良纳。"

"前面走的这人是谁呀,伯爵大人吗?"

"是的,是托尔斯泰伯爵。"

"啊!我整整想了7年,可总是见不上他。今天可看见了。这里的人们都在议论他,说他是……是啊,是啊!"

我们遇见几个从图拉来的赶着车的马车夫。他们都是城里人,穿着皮鞋和西服。他们在列夫·尼古拉耶维奇面前恭敬地摘下了帽子。当我们走过去的时候,我观察他们:他们在路旁站作一堆,紧紧地盯着我们。

列夫·尼古拉耶维奇的坐骑代列尔今天一见灌木丛就害怕。他吃力地驾驭着它,认为这是由于马的视力差。其实,用他的话说,这匹马向来是个小性子。

"我要驯服它。"他说。

驯服！在82岁的高龄！

在森林中常常是碰运气乱走一通。列夫·尼古拉耶维奇说："我来试一试。"于是就沿一条小路打马向前，发现有难以逾越的沟壑，我们就掉转马头；碰上密林，就竭力钻过去。在最恶劣的情况下，他也决不退却，用手拔开枝条，连连俯身而行。他无所畏惧地走在前面。总而言之，在骑马散步的时候，他似乎很喜欢排除不大的障碍：假如小路逶延曲折，他就一定要从茂密的丛林、灌木中笔直地穿过，抄近路往前闯；假如是丘峦，他就纵马翻越；要是碰上横跨沟壑的小桥，他也不从桥上走，而是沿着峭壁越过去；只要林中的道路比较平坦，树木比较稀疏，他就策马急驰。这时候，我就在后面紧紧地跟上他。

在途中，他指给我看了紧挨那个已经倒闭、现在只剩下一大堆废弃的铁矿石的铸铁厂附近的铁路支线。快到家的时候，他转身对我说："干燥的时候，我建议您走这条路。"

也许是因为心绪好，所以他感谢我今天与他同游。他从来没有这样做过。

伊里亚·列沃维奇的两个小儿子米哈依尔和伊里亚来了，随后米·瓦·布雷金也来了。

索菲亚·安德列耶芙娜读了《童年》中在付印时被删掉的写打猎的那一章。这一章描写了狩猎的美妙[①]。

"被删掉也好。"列夫·尼古拉耶维奇说。接着他谈起了他记忆中社会舆论的变化，这从对打猎的态度上也可以看出来。从前人们认为不受它吸引是不可能的；现在许多人认为打猎是凶残的。这同样表现在农民对偷盗的看法上。从前没有一个农民想到他们穷人是受富人掠夺才常常追不得已去偷盗；现在他们全明白了。

因为谈到了《童年》，使我想起从前在一次访问雅斯纳雅·波良纳的时候，他谈到他创作这篇小说时曾经向我讲过的一些话。

"我从来不否定艺术，恰恰相反，我是把它当作人类理性生活的必要条件而提出来的。但是它只在人们之间的交往中才发生一些作用……您也搞艺术吗？您最感兴趣的是什么，诗歌还是小说？小说……您看到没有，现在的作家真叫多，每一个想当作家的就都是作家！……我相信，就在刚才送来的邮件中一定有不少信是那些初学写作的人寄来的。他们希望别人阅读、出版这些东西……但是在文

学创作中必须保持童贞一样的纯洁性,只在写作成为不写就不能自持的时候才去写。按我的理解,作家应当选取在他之前还没有被描写或提到过的东西。每个人都会写'阳光灿烂,绿草如茵……'之类的废话,可这算什么!您问我是怎样开始写起小说来的,也没什么奇怪的……这是《童年》……就是在我写《童年》的时候,我觉得在我之前还从未有人感觉和表现过童年时代的美好迷人和诗情画意。我重复一遍,在文学事业中需要的是童贞……我现在正编纂自己的思想言论集,同一个问题甚至要改写12遍。作家对自己的作品就应当抱有这样一种慎重、纯贞的态度……当然,这大概是我最后的工作了。"列夫·尼古拉耶维奇最后补充说。

4月13日

早晨,列夫·尼古拉耶维奇把我叫到书房帮他拆阅书信。这样的事还是头一回。

"这种事叫人很分心。"他抱怨道,显然他希望能更快地从事自己的工作。

今天,雅斯纳雅的客人有亚·鲍·戈尔登威泽尔夫妻俩、伊·伊·戈尔布诺夫—波沙朵夫和玛·亚·施米特。

施米特吃饭时谈到她认识的一个农民抗议老爷们恣意挥霍农民的劳动成果——"用血汗挣来的"(农民们说)钱财时,列夫·尼古拉耶维奇说:"大自然是多么神奇,冬天刚刚过去,春天在两三天之内就到来了。人民也是这样神奇,不久前您所讲的说这种话的农民一个也没有,可现在所有的农民都在这样动脑子了。"

他谈到他读过了阿赫沙鲁莫夫的那本诗集。

"我决心尽一切力量寻找这样值得赞美的诗,终于找到了。这些诗里没有什么新的东西,但是确实比颓废派的诗要好得多。"

他写信给阿赫沙鲁莫夫,谈了对他的诗的意见①。

大家说起为广大群众创办的杂志《大众生活》和《大众杂志》。戈尔登威泽尔指出,后者之所以吸引群众,在于它刊登了轻松读物。

"难道轻松读物就能吸引人?"列夫·尼古拉耶维奇惊讶地问,"在这垂暮之

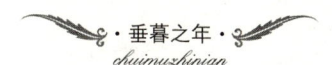

年,我怎么也不能理解这一点。"

列夫·尼古拉耶维奇自己说,"在村里"(雅斯纳雅)没有比他更老的了。其他人插话说,农民比"我们"老得更快。

我看见列夫·尼古拉耶维奇皱起了眉头。

"当然啦,"他平静地说(我觉得,他在自言自语时比和别人交谈时更好斟酌词句),"在我们,这是因为声色犬马;在他们,却永远是因为饥寒交迫……"

戈尔登威泽尔钢琴弹得很好,可惜他只弹了几下。大家请求他——首先是列夫·尼古拉耶维奇——不必客气。音乐对他再一次产生了强烈的影响。

"看来只有那些真正抒发自己感情的乐曲才是令人喜悦的好作品。"演奏完肖邦的e小调作品第十号的练习曲*后他说。

戈尔登威泽尔介绍说,肖邦本人认为这段练习曲的旋律之和谐是他所有练习曲中最好的一章。

"美极了,美极了!"演奏结束后,列夫·尼古拉耶维奇慨叹道。音乐勾起了他对自己为之心动的往事的回忆。

"假若火星上的人来了,说这种音乐毫无用处,那我就要和他争辩了。只是有一点,人民不理解这种音乐。我在这方面中毒很深,无论在哪方面都不像在音乐上这样中毒深。我爱音乐胜于其他一切艺术。让我同音乐断绝关系,比同其他艺术断绝关系更使我痛苦。只有音乐才能唤起我的美好情感。"

后来他说:"我根本不听颓废派的音乐。我不懂文学中的颓废主义。这是我心理上的第三错觉(谁也没想到问他另外两个错觉是什么。——作者)。巴尔蒙特、勃留索夫、贝雷依之流,他们的脑袋里能有什么好货色!"

戈尔登威泽尔答应复活节再来,想让列夫·尼古拉耶维奇了解一下颓废派的音乐。他表示欢迎。

在大厅里同大家告别时,他说:"我的工作精力与愿望成反比。从前不想工作,现在却不得不克制工作的欲望。"

他在我的房间里签署了信件,临别时问我:"信就这样丢了?完全想不起来了?这有点神秘莫测,简直像降神术似的!"他笑了。

---

* 原为拉丁文"e-dur, opus 10"。——译者

"好，再见！"

于是，像往常一样，他迅速举起手来，把手掌放在我的手上。

列夫·尼古拉耶维奇今天写了一封我想是他所写书信中最短的信："罗斯托夫。列·尼·"这就是信的全部内容。信是为回答"三年级学生费多洛夫"而写的。这个学生问《战争与和平》一书中，"罗斯托夫"这个姓该怎么读，是"龙斯达夫"，还是"罗斯托夫"？

4月14日

早晨来了一个叫鲍丁斯卡娅的女人。她的丈夫因参加1905年革命被批处死刑，后又改为6年苦役。她说，他是无辜的①。她拿着列夫·尼古拉耶维奇的朋友尤什柯的信来找他，请他帮助安排她与王后或斯托雷平见见面。列夫·尼古拉耶维奇和达吉亚娜给了她一封致奥苏非耶夫伯爵和索·亚·斯达霍维奇的信。

除鲍丁斯卡娅外，还来了几个被索菲亚·安德列耶芙娜称作"塞列和那布戈尔茨"的莫斯科照相馆的摄影师。他们是特意为托尔斯泰20卷本的全集来给他拍卷首照的。相片是在阳台上拍摄的，列夫·尼古拉耶维奇非常勉强地摆着姿势。

收到英国人伊思丹姆的一封信。他是某"和平协会"——对和平事业有特殊关系的"和平协会"之一——的秘书。伊思丹姆先生邀请列夫·尼古拉耶维奇参加该协会。他把我叫去口授了回信②，强烈谴责了这个自称为"和平的"协会，同时否认所谓"反军国主义"。

上午，他骑马出去散步，我陪着他。

走出庄园，我们碰见一个年轻人。他自我介绍说他是一个海员，正要去找列夫·尼古拉耶维奇，要求给他物质援助。

列夫·尼古拉耶维奇谢绝了。

"请原谅，您不要对我有意见。"他补充说。

"对不起！"海员说，"对不起！"他又说了一遍，彬彬有礼地把他那顶小帽子举过头顶。

我们来到奥夫夏尼科沃村。列夫·尼古拉耶维奇在戈尔布诺夫家的阳台上小憩片刻。戈尔布诺夫、他的妻子、儿女、布朗热和施米特都聚到阳台上来陪这位贵

客聊天。

从闲谈中我记下了他的这样几句话:"基督是远古时代的人了。他的学说与现行观念存在着不少矛盾,所以必须修正,以便在其中添加……(他没有说完。——作者)只有这样,才能沙里淘金,阐明真义。"

在奥夫夏尼科沃看了戈尔布诺夫从莫斯科带来的《论生活》的几份小样。

晚上,谢·德·尼古拉耶夫来,他携家迁居雅斯纳雅·波良纳来消夏。话题自然是亨利·乔治——尼古拉耶夫是亨利·乔治的热心翻译者和宣传者。

列夫·尼古拉耶维奇回忆起遥远的往事来。有人提起"雅斯纳雅·波良纳的马福沙依尔"——瓦西里·瓦西里耶维奇·苏沃洛夫,家奴之一。他说:"原先谁也不知道他为什么姓苏沃洛夫,只有我一个人知道。他的祖父是个大酒鬼,一喝醉酒就拍着自己的胸脯说:'我是苏沃洛夫*!'于是人们就叫他苏沃洛夫。这个姓就这样传给了他的儿孙们。"

他又回忆道:"我还记得今天我们走过的那条小道(从扎辛卡到雅斯纳雅·波良纳沿一条大沟的林中小路。——作者)。有一次父亲的仆人伏洛杰卡的马车掉进沟里,摔了个粉碎。"

不知为什么又谈起了神智学。

"除了通灵者所说的轮回转生外,神智学一切都不错。"

在门口,他对我说:"我不知道我的书名叫什么好,《无节制的罪孽》,《感官享受的罪孽》,还是《好色的罪孽》?都不好!"

这里所指的是《论生活》中一本小册子的标题。

我建议用《纵欲的罪孽》。

"这个很好!"他表示同意[3]。

我摘抄了列夫·尼古拉耶维奇今天写给一个和他志趣相投的农民的信:

你问我对目前我的生活是否喜欢。不,我不喜欢。我之所以不喜欢,就因为我同我的亲人们过着豪奢的生活,而我的四周却到处是不幸和贫穷。可是我既不能避开这种豪奢,又不能拯救孤苦无告的人们。我的生活

---

* 亚历山大·瓦西里耶维奇·苏沃洛夫(1730—1800),俄国大元帅。——译者

不能令我喜欢，其原因就在于此。我热爱生活是由于在我的势力范围内我能尽力做些什么，正在做些什么。正是遵照上帝的遗训，我才爱上帝、爱邻人。爱上帝，就是爱至善，尽可能地接近至善。爱邻人，就是一视同仁地爱所有的人，就像爱自己的同胞兄妹一样。我所力求达到的正是这一点，也仅仅是这一点。虽然我做得不好，但是因为我正逐渐地接近着这一点，所以我不但不悲哀，而且觉得很快乐。

你还问：假如我快乐，那么是什么使我快乐？我希望的又是什么样的快乐？我快乐，是因为我能够根据自己的力量执行主向我提出的任务：为建立上帝的王国而工作。我们大家都应为这一目标而努力。

4月15日

列夫·尼古拉耶维奇收到英国著名剧作家肖伯纳的来信。他在信封上批注道："既聪睿又愚蠢。"肖伯纳在信中讥讽了对上帝、灵魂等问题的讨论。在关系到如此重大的问题时，列夫·尼古拉耶维奇对这种轻佻的态度不能不表示反对。他在回信中向这个英国作家尖锐而坦率地陈述了自己的意见。回信是在早晨阳台上向我口授的[①]。

有一封来信很幼稚，但写得很好，笔者要求给他些钱购买照相器材。列夫·尼古拉耶维奇还没有写回信，我请求他允许我在回信上附几句话。

"您在做一件好事。"他说，"这封信写得不错，但是钱和这类事都使我扫兴，我洗手不干了。"

晚上，在饭桌上人们提起一个人，好像是伊·伊·戈尔布诺夫[②]，说他因政治问题受到了审判。

"现在任何正派的人都会受到审判。"列夫·尼古拉耶维奇说，"这正像赫里亚科夫说的：'我不配享受这份光荣，但我准备用预支的办法接受这份光荣。'"

4月16日

同情列夫·尼古拉耶维奇思想的乡村教师瓦西里·彼得罗维奇·马祖林[①]来

了。他很喜欢这个教师。

"全部道德问题是教育儿童的问题,是贞洁问题。"列夫·尼古拉耶维奇谈到马祖林的时候说,"一件坏事一旦产生,其他坏事也接踵而来,就像围绕着一个半径……"

今天他身体不好,没有吃早饭,也不想骑马出去。可是后来他把我叫去,说:"我这是装的,我好像觉得想做一件让您满意的事。"他微笑着,看来是在暗示我是否乐意同他一起出去。

在这之前,人们劝他吃药,可是他装出他的病(肝病、胃病)仿佛到了不可救药的地步,一般药物已经不起作用了似的。

"无所谓,离死更近了。"他说,"你看,一切辅助的方法都不起作用了。"

我们向杰略京基走去。出了雅斯纳雅,他在路口的一所小茅屋旁停了下来。

"库诺辛科夫一家住在哪儿?"

"这就是,恩人。"一个村妇回答道。

"亚历山得拉·列沃芙娜要资助的就是你吗?"

"正是。"

"这就是了,拿去吧,她让交给你的。"他说着把钱递给老太婆。她鞠躬表示感谢。

"怎么,丈夫还在害病?"

"是啊。"

"好,再见!"

"再见,伯爵大人!我们太感谢您啦!"

又走到一间小茅屋前。一个闷闷不乐地坐在门槛旁的老太婆站起身来,走到马头前,也要求帮助。

"你是谁?"

"库诺辛科娃。"

"怎么又是库诺辛科娃?我刚刚把钱给她。"

"不,那不是库诺辛科娃,她是……"老太婆说出了另一个姓。

列夫·尼古拉耶维奇掠转马返回头一间茅屋。拿到钱的那个老太婆仍旧坚持她也是库诺辛科娃,但是她意识到了亚历山得拉帮助的不是她,而是她的邻居。

列夫·尼古拉耶维奇要她退钱,她乐意照办,愉快地笑着,显然是在笑自己。钱交给了"真正的"库诺辛科娃。

列夫·尼古拉耶维奇继续往前走,这件事以及不得不让老太婆退钱使他很伤感。

身后走着两个村妇,正议论我们刚才碰上的事情。

"老太太,你们说什么?"列夫·尼古拉耶维奇调过马头问她们。

这两个村妇开始骂起真假库诺辛科娃来。后来两人向柯切卡村走去,那里有一座教堂,她们是去做戒斋祈祷的。

"真坏!"没走多远,他说,"这都是出于嫉妒。那一个想骗人,这是显然的。一方面是因为穷,另一方面是因为堕落,是教会的毒害。"

说着,他用手指指柯切卡那面,那里有一座小教堂。我指出,人民中应该肯定的终归比可否定的多。我引用他收到的那些普通老百姓的信件做为证据。由于这些信我才第一次清楚地懂得了人民,其中也包括俄罗斯人民,懂得了他们是什么样的人,在人民中蕴藏着多么大的精神力量。

"当然,那还用说!"他表示同意,想起了今天来的那个出身于劳动人民的教师。"要知道力量就是从这里来!"他说。

"正如您说的,"他接着又说,"有的人独立地摆脱了教会的欺骗。但是他们中间也有一些否定一切的人,可他们的根据仍然是教会的那套东西。我今天收到一封信,就是这样的一个唯物主义者寄来的……肖伯纳也属于这类人。他否认上帝的存在,可是又同上帝本人、同造物主进行辩论。他们是这样推论的:假如上帝创造了一切,那么恶也是他创造的,诸如此类。这种提出问题的方式本身是教会式的。宗教的影响是无可争议的。要知道,在佛教和儒家的教义中,是没有造物主、天堂、彼岸的乐园这些概念的。对他们来说,不存在这些问题。然而对我们来说却是存在的。"

在杰略京基,列夫·尼古拉耶维奇顺便到契尔特科夫家与朋友们小坐片刻。返回来的时候,我们想穿过林后的那片美丽的云杉树林,可是我们越不过谷壑和柯切卡,也越不过庄园的居民在这里挖下的一条深沟,于是只好再顺着大路走。

在马背上,我读了在杰略京基收到的大学生米·斯季彼得罗夫的长信,此人我在日记中曾提到过,是列夫·尼古拉耶维奇的老熟人。信中提及两个使我感兴趣的问题：人的精神本原和肉体本原的相互关系以及两种本原在人的生命与活动中和谐一致的可能性的问题。我从未想直接跟列夫·尼古拉耶维奇谈这个问题，虽然我希望听听他的意见——这自然是我所感兴趣的。现在借故提起此事，正是个好机会。

我策马赶上他，告诉他收到斯季彼得罗夫一封信，并请他允许我把这封信的内容转告他。

"他们仅仅为了上帝而活着，"斯季彼得罗夫写道（他们指的是谢尔盖·布雷金和我们的另外一个朋友），"对此我不羡慕也不追求……我的生命应当是动物和神灵的融合……人应当是一个美妙无比的和谐体。"

"这正是我一向所说的，"列夫·尼古拉耶维奇听完我的朗读后说，"我现在也要这样讲，人生的主要目的、动机，就是追求幸福。为肉体而生活得不到幸福，只能得到痛苦。只有为了精神而生活才会得到幸福。"

我顺便提到斯季彼得罗夫在信中总是竭力用"理性"一词代替"上帝"这个词。

"这是学识使然。"他回答说，"但是那些还没有从学问的影响下解放出来的人，在其获得解放时，是可以站到正常的道路上来的。我觉得，他现在正在正道上。"

"我在什么地方看到一篇文章，"他继续说道，"认为否认有个性的上帝就难以相信没有个性的上帝。这是真的。假如上帝赏赐，他就向上帝祈祷、请求；而为了相信上帝是没有个性的，就需要把自己变成上帝的一个便当的容器……人们所追求的东西总是好东西。可悲的是那些无所希求或自以为达到目的的人。"

来到一个苹果园，他讲起怎样区别果树上的叶芽和花苞。

"列夫·尼古拉耶维奇，肖伯纳为什么要给您写信？"我问。

"他给我寄来一个剧本。"

"剧本好吗？"

"不好。他说他被我的一篇作品，大概是《黑暗的势力》感动了。在《黑暗的势力》中描写了一个农夫、酒鬼，但他本质上比别人更好……好像是这样，我不记得了……我对自己从前的作品全忘了。肖的剧本也写了一个农民，他偷了一匹马，因此受到审判。可是他拉别人的马是为给病人请医生。然而这里有一个问题：他给这个农民硬加上的感情很不确切。这个农民去请医生，医生能不能帮忙呢？假如他是去救火，那就是另一回事了。这种情况下，为了救别人而牺牲自己就真实了。"

晚上，大家在闲谈时，他就科学理论讲到万物之起源、造物主之不可能、对时空之认识，部分地重复了早晨同我谈过的那些内容。

"列夫·尼古拉耶维奇，你真够罗唆的！"他一面自嘲，一面从桌旁站起身，"不，不，我是在说笑话，"他又立即说道，像是在和谁争论，"好，跟你们聊天我很愉快。"

"不谈国事——这就是我锻炼自制的方法。我过去忍不住想议论政府，可现在我要克制自己。"

谈起了俄国的国家预算。达吉亚娜·列沃芙娜说她有一张奥泽罗夫教授的很出名的统计表，是关于国家预算收支等方面的资料的②。

"拿来，快拿来，我爱看这些数字。"当她犹豫不决地从椅子上站起来的时候，他催促着她说。

图表在众人手中传来传去。

"首先，最醒目的是这些飞机、炸弹的引进，"列夫·尼古拉耶维奇说，"这都是出自向人民征收的苛捐杂税。在某种社会风尚下，无论怎样改善物质条件，都不会带来好处，只能带来危害。这就是一个证据。"

人们停住传阅。他仰靠在椅背上，陷入了沉思。

"是啊，"他说，"一想到如此明白、如此应该了解的事实，可有些人就是不理解也不想理解，就真不想再活下去。"

沉默了一阵，达吉亚娜小心翼翼地笑着说："啊，为这一点就去死，我可不愿意。"

"你不愿意，可我愿意，"列夫·尼古拉耶维奇反驳道，"后果不必去考虑。当你为外在目的生活的时候，生活中就有许多失望和痛苦，当你为内心的完善而生活的时候，你就能得到幸福。可是一有考虑后果这种念头，就……"

顺便说一下，为"诗神的仆人们"*想出一个书面通知的办法：用胶版油印机

---

*　原文为"gens poetarum"。——译者

在明信片上印上"列夫·尼古拉耶维奇读过了您的诗,认为写得很不好。总之他不希望您从事这一事业",然后分寄出去,作为对所有寄来的诗的答复。

4月17日

"今天我很郁闷,衰弱不堪。"他说。

早班邮差送来一封有趣的信,是一个叫谢列文的人从叶里沙沃特市写来的。他请求告诉他一些适于在学生练习本上印的福音书上的语录。我受列夫·尼古拉耶维奇的委托,翻阅了东正教事务总局出版的福音书,把凡是符合基督教信仰的原文都摘抄了出来。

他看过信后,让我给他读了我选好的语录,表示赞许,还加了几句附言,其中又指出《约翰福音》的第一段,然后吩咐我把信寄出去①。插一句,他说他更喜欢《马太福音》(尤其是详细叙述登山训众的那一章)和《约翰福音》。

在今天的邮件中还收到一个进步青年小组办的一本英语杂志②。列夫·尼古拉耶维奇对这本杂志很感兴趣,甚至说假如他还年轻,就一定要到中国去。

"我对有着4亿人口、想矫正西方文明的中国人很感兴趣!"他说。

两点钟,也就是列夫·尼古拉耶维奇用早餐的时候,来了一个穿着中学生制服的漂亮的波兰小伙子。他向我声明,他有一个重要问题希望能同列夫·尼古拉耶维奇本人当面交谈。我问他能否说一说是什么问题,年轻人说不可以。我有点儿莫名其妙,他问我列夫·尼古拉耶维奇对革命者的态度如何。我断定站在我面前的是一个革命者,于是简略地解释说,托尔斯泰对偶然来访的年轻人都尽力不用任何尖锐的语言伤害他,虽然托尔斯泰对政府的行径完全持否定态度,但是他对革命活动也并不予以肯定。年轻人对这一回答似乎非常满意,可他表示还要见托尔斯泰。

我把他的话转告列夫·尼古拉耶维奇,他走到阳台上,在那里等候小伙子。

这是怎么回事?列夫·尼古拉耶维奇回来以后,神色惊恐,他说这个青年人向他坦白自己是政府的密探,政府和间谍机关给他的任务是报告托尔斯泰所接近的革命小组的活动情况。更荒唐的是年轻人希望托尔斯泰赞助他的活动,以后能常来找他。列夫·尼古拉耶维奇回答这个不寻常的来访者说,他认为刺探自己的同伴是可怕、卑鄙的勾当。

晚上,在客厅的圆桌上,列夫·尼古拉耶维奇看见一个由古典画家的画组成的、可以折叠的图片玩具。他坐下看起这套折叠图片来。许多老人肖像很使他喜欢。翻到拉斐尔的圣母像时,他说:"我不明白人们为什么喜欢《西斯丁圣母像》,它并没有什么出色之处。我记得,有过一个时候我也赞美过它,但那只是因为屠格涅夫和波特金赞美它,我也随声附和,装作喜欢。然而我不善于巧妙地伪饰自己。"

他更喜欢拉斐尔的《安西德圣母》*。他也喜欢提香的《拉维尼的女儿》(他说:"这幅画不美,可是显然很逼真。")和《忏悔的玛丽亚·玛格达林娜》("好极了!我不是说它美,而是真实性和拉斐尔的精妙的对比法。");缪利罗的《数钱的姑娘》("这真迷人!多传神,多真实!这不是颓废派的画。");鲁本斯的《法兰西人》("这画很有个性。");列奥那多·达·芬奇的《佐贡多的蒙娜丽莎》。

关于给列夫·尼古拉耶维奇的来信再说两句。这些信几乎都是以一种固定的格式开头的:"亲爱的列夫·尼古拉耶维奇,因为许多人都在打搅您,您收到许多信,所以……我也要打搅您,给您写信。"(开头与下文正好相反,应该说:"因为许多人打搅您,我本该克制自己,不再打搅您……")假如相信这些信,那列夫·尼古拉耶维奇的学生太多了,因为这些信往往是许多人联合签名寄来的,而且这些"学生"有时不过是要得到百八十卢布罢了。写得最好的大量信件是农民们写的,而且常常是庶民百姓们寄来的。

4月18日

复活节。列夫·尼古拉耶维奇像往常一样度过了这一天:2点钟前工作,散步,晚间又是工作。

早晨我问他:"列夫·尼古拉耶维奇,今天这样的节日没有引起你什么特别的感受吗?"

---

* 原为拉丁文"Madonna della Sedia"。——译者

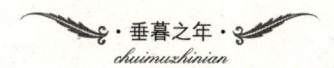

"没有,一点儿也没有!……遗憾的只是有一种迷信:人们认为这一天有特殊意义,钟声争鸣……"

索菲亚·安德列耶芙娜和家人张罗着过节,打扮起来,桌子上摆着鲜花、复活节奶渣、甜面包。

一个气派不凡的客人来拜访列夫·尼古拉耶维奇,是一个旧军官,服饰华美,佩戴勋章,身挂宝刀。他在书房里坐了很久,与列夫·尼古拉耶维奇争论"不抗恶"的观点,指责它不合逻辑。他是一个退伍军人,在一个识字班靠讲课为生。人很天真。家里的人都很吃惊,可列夫·尼古拉耶维奇并不为之觉得特别难堪。这老头同他谈过话后,喝着咖啡,又与达吉亚娜·列沃芙娜单独聊起来,很受感动,徒步返回车站①。

"工作得不错。"两点钟,列夫·尼古拉耶维奇走进餐厅说。除我之外,餐厅里没有别人。"从《信仰》、《灵魂》、《团结》(《论生活》中的几章)中把有关上帝的内容都划去了。在没有界定上帝的概念时,我怎么能谈论他呢(《上帝》一篇将在后面按秩序谈到)?这对你们知识分子很重要,他们起手就看见的是这个词——'上帝',因此就觉得无聊、乏味。我想这就好像我对斯柯沃罗德②的态度,年轻时读他的作品,总觉得枯燥无味。我不明白为什么。那些问题简直叫人心烦。这种情况发生在耽于艺术、美学活动的时候。"

我向他讲述了早先在青少年时期,天真幼稚的信念丧失之后,关于上帝的存在和灵魂的不死的问题使我好生烦恼。他兴致盎然地听我讲完后,也向我倾诉了对他早年精神生活的回忆。

"在青少年时代,上帝和灵魂不死的问题使我昂扬振奋,然而我最感兴趣的是意识问题和时空问题。比如现在,我正这么站着,在同布尔加科夫谈话,这一切我都能意识到,可是这种意识活动是什么东西?你所意识到的东西它也在意识着吗?你所意识到的意识又是什么?如此等等,直至无穷。正是这种无止境的推进在这里特别清楚、明确地导致了对上帝、对灵魂本原的认识。关于时空问题也同样在很久以前就使我感兴趣了,可是那时我已不再信仰东正教。我依稀记得,我读了康德、叔本华的著作,从他们那里我才明白了时空是一种感知形式。但是您知道,只有当你在心灵里意识到它的时候,当你在阅读时感到它是你的、这一切你都懂得的时候,并且当你能准确地回忆它的时候,思想才能变得格外亲切。我

在读福音书的时候,就是这样。在福音书中,我发现了一个新大陆,没想到它有那么多深奥的思想。我感到奇怪,以至这一切使得奇迹、教会和这复活节也变得可以容忍了。一切都显得那么明白,好像这一切我原先就知道,只是把它们给忘了似的。"

他走到外面,看孩子们与祖母索菲亚·安德列耶芙娜、母亲奥·康斯坦丁诺芙娜和达吉亚娜在铺了地毯的阳台上做滚球游戏。

晚上吃茶,他讲起了自己与德国皇帝威廉一世相遇的事来。

"那是在巴登—巴登,当时我年轻,风流倜傥。一天,我去赌博,赌运亨通,赢了整整一袋黄金。我在路上走着,快活、高兴,碰上了奥苏非耶夫伯爵——他如今也是做爷爷的人了。我们并肩而行,所有碰上他的人都毕恭毕敬地向他鞠躬。能和他在一起走,这也使我感到甚是惬意。突然,我看见,一位穿着笔挺礼服的先生走过来,我的奥苏非耶夫在他面前也是那么恭敬地弯腰鞠躬。我们彼此问好,说了几句话就走开了。我问他这是谁?原来是就要继位的亲王③。"

谈到爱情,他说:"对于精神生活来说,爱情是一种堕落。对一切人的爱包括这种特殊的情爱。这种特殊的爱开始是下意识的,但是后来可能各有不同。问题在于思想:可能是自我克制的,也可能是骚动不安的。屠格涅夫、丘特切夫的所有作品所描写的就是这种骚乱的爱情。他们把爱情写成某种高尚的、充满诗意的感情。就是在丘特切夫成了一个行将就木的老朽的时候,他还在放荡、恋爱、写情诗……这真是丑恶不堪!这就像今天我的一个来客,他谈宗教、上帝,可我发现他只是想喝伏特加。"

索菲亚·安德列耶芙娜不同意他的意见。后来她说,她知道他没有体验过真正的爱情。

已经深夜了,列夫·尼古拉耶维奇回到自己的屋里。随后他又返身出来,把大家召唤到凉台上,观赏这温暖的群星灿烂的春夜。黑黝黝的丛树已经繁叶满枝,芳香远播,一簇簇的星星在闪烁、闪烁……

我们久久地欣赏着,以至想去睡觉的列夫·尼古拉耶维奇开玩笑地连连鞠躬说:"失陪了,先生们!"

大家散去,再次和他一一告别。

4月19日

"您好,我的亲爱的!"当我早晨走进他的书房时,列夫·尼古拉耶维奇拉着我的手快活地说,"哎,您生活得怎么样?"

"很好。"

"真的很好吗?"他笑了笑。

索菲亚·安德列耶芙娜走出她的房间,来到打字室,当着我的面,对奥·康·托尔斯泰娅和施米特说:"列夫·尼古拉耶维奇现在漂亮多了。从前他的鼻子像翘鞋掌,现在舒展笔直。从前他神情热烈、不安、暴躁,现在变得善良、可爱、温柔了……他从来没有像我爱他那样爱过我。每当我碰见他或是他找我的时候,我总觉得:啊,我多快乐!……他说爱情就是堕落。他没有感觉到爱情的诗意。他说,特殊的爱情是要不得的,但是在我50岁的时候,他自己却又吃我的醋。……假如我以这种排他性的爱喜欢上另一个人,那他会怎样呢?我想,他会开枪自杀的。他在日记中两次写道:如果我背弃了他,他就要自杀……话说回来,当然我也没有去找别人寻求慰藉……"

上午11点,我们认识的一个叫考尼西的日本人的两个同乡持函从莫斯科来找我和列夫·尼古拉耶维奇,一个叫和屋赖田——京都高等学校校长;一个叫华子·明柱大奇,交通部的官员,他是被派遣到俄国来学俄语的。

列夫·尼古拉耶维奇马上接见了他们,同他们谈了很久。总之,今天大部分时间都被他们占去了。这两个日本人深夜才走。

和屋赖田年岁较大,持重自信;明柱大奇完全是个年轻小伙子,笑容满面,天真幼稚。和屋赖田是个基督教徒;明柱大奇是个佛教徒,但是与基督教也颇接近。不过他们的基督教有些特别,都是唯理论者,同时又是国家主义者。

同列夫·尼古拉耶维奇谈得最多的是和屋赖田,用的是英语。明柱大奇俄语讲得不坏,但他恭敬地听别人的时候居多。列夫·尼古拉耶维奇问了有关日本的许多事情,表示了他对日本追求欧洲式的文明和日本人的军国主义狂热的不赞同,阐述了他的"不抗恶"和"消极抗争"的思想。

用早餐的时候,戈尔布诺夫对日本人拼命效法西欧国家表示遗憾,和屋赖田以一种自尊的口气反驳说,他们的天皇决心博采各国之长。

前来拜访的还有从彼得堡来的工程师、大学生和他们的妻子，他们是来看望列夫·尼古拉耶维奇并想得到他的亲笔题字的；神学院的学生和一个革命者，前者来是要指责托尔斯泰不该把1881年前的著作权转让给亲属们，后者来是为了开导托尔斯泰"要手持手枪宣传真理"（这是后来他亲口告诉我的）。列夫·尼古拉耶维奇对这两位的教诲表示感谢，"没有他们我也活到了现在这样的高龄"。工程师、大学生和他们的太太都得到了托尔斯泰的亲笔题词。

上午，我和戈尔布诺夫、奥·康·托尔斯泰娅陪两个日本人参观花园。我看见神学院学生和那个革命者正坐在一条长凳上。我挨着他们坐下来。他们很乐意给我让出一个位子。我们谈了很久。结果他们临走时不但与列夫·尼古拉耶维奇和解了，而且几乎和我交上了朋友。他们也拿到了列夫·尼古拉耶维奇的书。今天我很快乐。"与敌和好，其利两倍——失去敌人，有了朋友"，我想起了这句谚语。

吃午饭了。列夫·尼古拉耶维奇走到阳台上——头一次准备在这里用餐。

"怎么样，好吗？"索菲亚·安德列耶芙娜问他。

"啊不，不好。干吗要摆到耻辱的位置上呢？人来人往的，全都看得清清楚楚。"

我看到索菲亚·安德列耶芙娜很不痛快。

"我还以为你会说：啊，多么好啊！多么美的景色……"吃饭时她低声对他说。

在此之前，我一坐下来就向列夫·尼古拉耶维奇叙述了与他的那两个来访者的谈话经过。他说他既为对他们的劝告给了讽刺性的答谢而懊悔，也为我能与他们成功地交谈而高兴，然而他只是怀疑，这会不会对他们有作用。"愿上帝保佑！"他说。

"真正的进步是很缓慢的，"他就这件事对我说，"因为这取决于人们世界观的转变。这是几代人才能完成的事业。现在的一代人，首先是老爷们——你跟他们在这儿吃饭都觉得于心有愧——和仇视这些老爷并想用暴力消灭他们的革命者组成的。必须等这一代人死绝了，由新的一代来代替他们。因此关键在孩子们身上，一切将取决于怎样教育儿童。"

饭后，大家都到村里去给农民们放留声机。这是列夫·尼古拉耶维奇早就想做的一件事。我抱着机匣，戈尔布诺夫拿着喇叭，列夫·尼古拉耶维奇与和屋赖田各抱一盘唱片。我们把留声机放在做图书馆用的农舍旁的平地上，然后把雅斯纳雅·波良纳村的居民召集来，开始放音。

放了进行曲、歌曲和三弦琴独奏。人们特别喜欢三弦琴。在戈巴克舞曲声中大家跳起舞来。列夫·尼古拉耶维奇一直兴致盎然地欣赏着舞蹈。一般来说，他是一个非常活泼好动、平易随和的人。他在人群中走来走去，同农民们交谈，向他们介绍那两个日本人，给双方充当翻译，向庄稼汉们解释留声机的结构，给他们讲述歌剧的歌词，给跳舞的人鼓劲。人们还问起他关于格林彗星的事来。

"它真的要撞上地球吗？"

"胡说八道！什么事都不会发生！"他回答说，"有那么一些无所事事的人，就是他们才计算出什么彗星将于何时经过，多少年运转一周。假如真是那样，也没什么可怕的，我们大家照样会在上帝的庇护下生活。"

"真是这样，真是这样！"老年人和青年人都齐声赞同说。

回到家里后，列夫·尼古拉耶维奇同他从前的一个学生塔拉斯·法卡诺夫谈起了他的往事和农民的贫苦。

明柱大奇因托尔斯泰同平民百姓这样亲近而惊讶不止，他说他无论如何没有料到这一点。

顺便说一下，因复活节，列夫·尼古拉耶维奇收到许多贺信和明信片。

4月20日

还在列夫·尼古拉耶维奇散步的时候，复活节来过的那个老军官又来了。他固执地要等列夫·尼古拉耶维奇；后者说自己很忙，3点前才有空。军官就一直等到3点。

"谁也打发不走他吗？"早饭后列夫·尼古拉耶维奇对我说，"困难吗？主要的是您要问清他找我有什么事、什么问题。要是有，我就去同他谈一谈；没有，您就告诉他我很忙，脱不开身。"

原来老军官并没有什么事，他只是拗执地反复说伯爵答应在3点钟接见他。列夫·尼古拉耶维奇又同他谈了很久。正像他本人所说，——这也是完全可以猜想到的——谈话是乏味的、沉闷的、毫无价值的。来客又揭发了列夫·尼古拉耶维

奇,并且竭力证明自己的热心是有益的、必要的。列夫·尼古拉耶维奇说:"正像昨天达尼亚讲的,他想开脱自己,就断言'我以人格担保,我相信她'。"

达吉亚娜·列沃芙娜的这句话是在谈到画家维克多·瓦斯涅佐夫的时候说的。她说瓦斯涅佐夫画完圣母像后,端详着它,连声嚷道:"我以人格担保,我相信她!"

"很清楚,他根本不信她。"当时列夫·尼古拉耶维奇就笑着说。

他今天想骑马到公路上去。为什么?因为莫斯科和奥尔良今天要举行汽车竞赛。早晨家里的人就告诉他,同时不让他到公路上。可他到底还是为之心动,决定去看看汽车竞技者们。

幸好在路上人们告诉我们,竞赛改在5月1日了。

"那我们去哪儿好呢?"他当下思量着说。

我们向森林里走去,直奔铁路那边。他说这座森林他还没有去过,或者说是很久以前去过。

"试试看。"这是他在这种情况时的口头禅。

我们向一条生路走去。

"这条路通往何处呢?"他一再问道,"啊,我知道了。"接着他说出一个村庄的名字。

可是我们到的地方并不是村庄,而是铁路路基。沿着铁路,傍着高峻的峭壁,他催马向前。一列货车飞驰而过。我们及时离开铁道,靠近灌木丛,怕的是代列尔被火车惊了。一切还算顺利。

后来,路基附近的一大堆旧铁轨挡住了我们的去路,正好堆在森林与陡坡之间,我们只好返回森林。走到一条深沟边上,坡很陡,下面是一条小河。列夫·尼古拉耶维奇试着往下走,代列尔怯步不前,我们又返回来,再顺路基前进。他想跳过对面,那里有几座美丽的山岗,一条幽径蜿蜒其间。但是铁路在沟底,沟太深了。在护路工的小屋旁有一台阶通到下面,还有一座小桥横跨沟谷和路堤。可是台阶的栏杆从侧面围住了小桥的进口,加之坐在小屋窗下的一个女人说,小桥经不住一匹马的重量。要是没有栏杆,列夫·尼古拉耶维奇还是会往过走的。我们已经下了坡,但是只好返上来。马顺着陡坡连蹦带跳把我们带了上来。有什么办法呢?再朝原路往回走吧!列夫·尼古拉耶维奇看看表,说:"也该是回家的时候

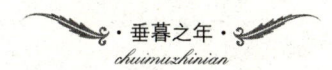

了,再过半小时就是4点半。我有个在这时候睡一会儿的习惯。"

我们又回到了那座森林里,穿过林子离开铁路。走了很久,可是突然发现还在路基旁。我们又回转马头,这次好像上了正路。

"这儿有我们的踪迹。"他指着地面说。

可是,痕迹又看不见了。我们仍旧在兜圈子。照他的意见,我们本该很快走上扎辛卡的大路。我们疲惫不堪地走了好久。路开始显得宽敞了,好像到了森林的尽头。

"这就是去扎辛卡的路了。"列夫·尼古拉耶维奇说。

不过我提醒他注意那条从大路向左延伸开去的深沟,我仿佛觉得应该穿过大路。

"好,您去看一看那里怎么样。"他对我说。

我正等着这句话,于是纵马急驰。我知道,由于长途跋涉,他大概已经不胜疲乏了,我想马上完成侦探任务,免得他再白白往前走。

我走向前去,顺小路往下的确是一道深沟。我开始往下走,想看看能不能从下面越过去,可是马却止步不前,——坡太陡了。真叫人沮丧,走了这么久,结果进了死胡同。我返身向列夫·尼古拉耶维奇走去,他正迎面走上前来,我把情况告诉他,可他坚持要走这条深沟。他观察了一下说:"好,这没什么!这很好!"

于是我们向下走去。我跟着他,顺利地跨过去了。我们想,这下该走平路了吧!可是没走几步,又碰上了同头道沟一样深的壕沟。

我绝望了,觉得他能通过头一条沟固然难能可贵,现在又是一沟,往回返,就得重过前一条。我们真是落入了进退维谷的境地,仿佛站在了两堆烈火之间,前后不得,茫然不知所措。

临近沟沿,列夫·尼古拉耶维奇停马片刻,我趁此机会,先行一步,他也随后而来。代列尔耍起了脾气,不肯往下走。他只好下马,我抓住缰绳把它牵了过去,列夫·尼古拉耶维奇重新上马,走出深沟。

小路逶迤向前,我们加快步伐。

走了100多米,又是沟,更深更陡,他径直走了下去。我提醒他,路旁树木很密,山坡陡峭难行,小心伤脚。

列夫·尼古拉耶维奇向几乎是笔直的斜坡那面侧转过去。我看见代列尔半坐

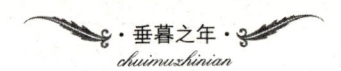

在坡上,用后腿滑行,带得树叶沙沙响……后来终于挣扎出来了。

我们意外地碰上一伙女士及其男伴。他们是扎辛卡别墅的客人。我们这才找到去扎辛卡的路,只是离雅斯纳雅还很远,足有两俄里。

在路上遇见一群衣着华丽的人。他们说是去雅斯纳雅看望托尔斯泰的。

"我们是特意去看望您的,列夫·尼古拉耶维奇!"他们一边说,一边向他深深鞠躬,说这话完全是想恭维他。他们请求允许给他照相,说着就迅速支好了照相机的三脚架,七嘴八舌说了好多道歉话。

列夫·尼古拉耶维奇打马飞驰,当好奇的人群消失后,我们静静地走在公路旁。

"列夫·尼古拉耶维奇,您是怎样看待这些人的?"我问。

"有什么办法?他们来了,就得忍耐;自然最好是不要来……"

"可我总觉得他们对您有好感才来找您。"

"不,他们所以来,只是因为人们都在谈论我,使我名声在外。对我本人他们其实并不关心。我今天要把这些过着动物生活、寻求自私的肉体需要——性欲——的淫荡的人们记下来。他们生活的全部目的尽在于此。在人类关系中,左右他们的只是舆论。他们根本没有独立思考的能力。"

我们默默地走了一会儿。

"也不能责怪这些人。"他又讲起来,"他们不理解也不可能理解真正的生活在哪里,真正的幸福是什么。我想以《世上无罪人》为题把这些人描写一下,从刽子手开始,到革命者为止……也写这个革命……我对这个题目很感兴趣,它很值得研究一番。"

"是一篇艺术作品?"

"是的。"

他沉默了片刻。

"主题也是艺术性的。"他补充道。

"您还没有开始构思吧?"

"还没有,没开始。"①

晚上,我们想起今天在旅途中碰上的一件十分有趣的事。

"不,使我特别惊奇的是当我们走进那片密林的时候,"他笑着说,"突然从

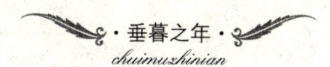

林中走出来的不是别的,而是一群戴宽边小帽的女士,有那么多!这就是全部文明!"

索菲亚·安德列耶芙娜弹了贝多芬的乐曲。列夫·尼古拉耶维奇走出来喝茶,说听到她演奏很快乐。

她竟然满面绯红。

"你真能开玩笑。"她满腹狐疑地说。

"不,一点儿也不是。《月光奏鸣曲》中的第一乐章*弹得多么轻快……"

她是多么高兴啊!

"只要是他听我演奏,我弹不好也永不遗憾。"过后她说。

午前他跟我谈起自己的健康状况,说他觉得衰败无力。我猜想他是被昨天的喧闹扰累了(被日本人和留声机),可他不同意我的看法。

"不,一点儿也不是。昨天是喧闹的,然而是愉快的!"

尼·亚·莫罗佐夫——什里谢尔堡要塞的一个囚徒——给他寄来几本书。②

"他的学识令人惊讶!"列夫·尼古拉耶维奇说。

他劝我以后再不要把他被禁止的著作向过路人散发了:"您要小心,别弄出古谢夫的事来③。我很担心哪!"

4月21日

列夫·尼古拉耶维奇的幼子米哈依尔·列沃维奇一大早就来了。两点左右又有客来访。我有事下楼,奥·康斯坦丁诺芙娜顺楼梯走上来,她通知说:"安德列耶夫来了!"

"哪个安德列耶夫?是作家列奥尼德吗?"

"是的。"

托尔斯泰早就盼望着与安德列耶夫会面了;安德列耶夫早想拜访雅斯纳雅,可好久不能如愿。

我向门口奔去,安德列耶夫刚从一辆马车上下来,漂亮的紫赭色面庞有些激

---

* 原为拉丁文"adajio B *Quasi una fantasia*"。——译者

动,白色的便帽,时髦的黑斗篷,这就是我头一眼见到的形象。列夫·尼古拉耶维奇当时是否在场,我记不清了。一阵小小的慌乱过后,我再四下环顾,看见列夫·尼古挞耶维奇已经在向客人做介绍:"这是我的妻子,这是我儿子。这是契尔特科夫,他的父亲是……"

安德列耶夫拿帽子的手微微颤抖着。

大家都来到阳台上。安德列耶夫不用早饭,于是吩咐给他上茶。

开始了空泛的闲谈。安德列耶夫讲他从哪儿来,到哪儿去。原来他是从南方家乡到芬兰去的,那儿有他的别墅。他讲到马克西姆·高尔基,说在喀普里岛见过他。

"他太爱俄罗斯了,他渴望回国,可他又装作满不在乎。"

安德列耶夫说起他对绘画、彩色照相的着迷。索菲亚·安德列耶芙娜向他谈到自己的工作:写回忆录、出版托尔斯泰全集[*]。

安德列耶夫畏缩不安,总是附和着托尔斯泰夫妻俩。

来了一位太太,带着两个女儿。她早就要求列夫·尼占拉耶维奇允许跟她谈谈。她的两个姑娘秉性恶劣,她希望他能对她俩施以影响。他同她们到花园里去散步,谈过话后还把自己的著作赠送给她们。

之后,他戴着帽子,挂着手杖走回阳台。安德列耶夫正和索菲亚聊天。

"您不骑马出去吗,列夫·尼古拉耶维奇?"我问道。

"不,我不去。"他用一种特别坚决的口气回答道,"今后我再不骑马散步了。"

我回想起昨天的旅行,心里不由一紧:是的,他觉得自己开始过分衰老了,骑马走路太困难了。可是他说:"这会引起人们的反感。有人对我说起过这事。眼下农民们都没有马,可我却骑着好马转悠。昨天一个军官也这样对我说。"

后来他提议安德列耶夫同他散步去,对方仓促准备,端上来的茶也没喝。

列夫·尼古拉耶维奇有事走到前厅。我走近他说:"列夫·尼古拉耶维奇,对于您拒绝骑马一事,我建议您不妨这样想:这马是朋友们筹款买来送给您的。这

---

[*] 索·安·托尔斯泰娅当时正写她的回忆录《我的一生》,编纂20卷本的托尔斯泰全集,已出12卷,于1911年出齐。——译者

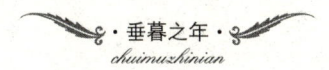

样,您还有必要拒绝它吗？"

"即使这样,我也还是不再骑了。"他反驳说*。

晚上我又为这事向他转达了契尔特科夫的意见：骑劣马。

"要知道这一匹也不好,"他说,"腿脚无力,眼睛也……它只是样子好看。"

和安德列耶夫的散步不很顺利,他们在田野里碰上了暴雨,还夹有冰雹。虽然午前天气很好,散步前也春光融和,丽日高照。我开玩笑地说,列奥尼德·安德列耶夫是个悲观主义者,这下又该相信天命了：他一来,天就变。想给他俩派一辆小马车,可是没等套起马,他们就回来了。结果两人都淋成了落汤鸡。

安德列耶夫去换衣服,列夫·尼古拉耶维奇也要去睡觉。

我回杰略京基排戏,直到晚饭后方回。

安德列耶夫与太太小姐们在大厅里坐着。他穿一件奶油色的针织绒衣,这与他黝黑的面庞很协调,正像他那漆黑的卷发与壮实的体格很协调一样。这,他自己显然也清楚地意识到了。

"在这儿可以这样吗？我在家时总好这样。"他以天真无邪的神态说。

谈起他的创作来。他本人更喜欢《叶列阿查》、《人生》,现在他喜欢《约旦·伊斯卡辽特》。对《灾难》和《在雾中》,他宣布"这类东西"他以后再不写了。他说在自己写作初期,他研究过不同作家,如契诃夫、迦尔洵、托尔斯泰的"风格",分析他们的作品,努力模仿他们。除托尔斯泰,别人的风格他都能模仿得很成功。

"开始还好,"他说,"可是后来突然出了问题,卡住了,不明白这是为什么。"

列夫·尼古拉耶维奇进来了。

他建议安德列耶夫给廉价出版物《媒介》写东西。可是安德列耶夫说,可惜他不能写,他采用的是契诃夫的做法：以某种借口出卖；不只是卖掉已经写出来的,而且连以后写的也卖掉。

吃茶时,他向列夫·尼古拉耶维奇谈到评论家哥·楚可夫斯基,此人提出专门

---

* 后来我才知道,代列尔是苏哈金夫妻赠送他的。

为电影写剧本的问题。安德列耶夫本人对这事很入迷。列夫·尼古拉耶维奇起先怀疑地听着，后来看样子也渐渐有了兴趣。

"我将来一定为电影写些东西。"谈话结束时他说。

吃饭时没有进行特别有意义的谈话。

当列夫·尼古拉耶维奇找我审阅、签发信件时，我问他对安德列耶夫有何印象。

"印象很好。一个聪明、善良、十分和气的人。但是我觉得，我应坦率地向他说出全部真话：他写得太多。"

"他很年轻，享有盛名。令人感兴趣的是他认为他的个人生活有意义呢，还是只满足他的作家荣誉？"

"啊，不！"列夫·尼古拉耶维奇反驳道，"我跟他谈过……相反，他说他现在什么也不写，他在考虑道德问题。"

列夫·尼古拉耶维奇睡觉去了。我把安德列耶夫送到给他准备好的卧室，即"拱顶下的房间"，这是列夫·尼古拉耶维奇从前的办公室，列宾所画的正是这间房屋。

4月22日

早晨，我同两位作家一起到阳台上。列夫·尼古拉耶维奇要去散步，安德列耶夫想与他一起走，可是列夫·尼古拉耶维奇没有为他而破例，仍像平素那样，独自走了。

"他不能打破惯例。"安德列耶夫伤心地说，又好像在为列夫·尼古拉耶维奇辩解，"他一开先例，就会强迫他去做多少破格的事啊！我完全理解他……"

正好来了一个年轻人，列夫·尼古拉耶维奇的信徒，是从阿尔汉格尔斯克省来看望他的。他们在路上相遇了。列夫·尼古拉耶维奇对他说，现在他要去祈祷，回头再交谈。

在光线充足的阳台上，安德列耶夫姿势优雅地仰在藤椅上，谈到日臻完美的电影事业定将带来"哲学领域的变革"。他的这一观点我以前在曾访问过他的文学评论家亚·伊兹玛依洛夫的文章中就看到过。"变革"肯定要发生，因为由于在银幕上看到了自己形象的人的意识一分为二了：他不但感觉到了自身的"我"，而且感觉到了另一个"我"——银幕上的"我"。

安德列耶夫午前10点钟就要走，这使我觉得惋惜。索菲亚·安德列耶芙娜起晚了，没能给他和列夫·尼古拉耶维奇照成相，虽然她昨天就想着这事了。安德列耶夫的行装里也有一架装备良好的照相机，我用它给他照过相，一张是单人的，一张是和列夫·尼古拉耶维奇的合影。此外，全家人、刚从车站赶到的戈尔登威泽尔一家、杰略京基的几位朋友和安德列耶夫在一棵"穷人之树"下团体合影，我拍了一次，杰玛拍了一次。

列夫·尼古拉耶维奇散步回来后，又同安德列耶夫转悠了好久。之后他去工作，安德列耶夫和我仍旧坐在阳台上，等候他的马车。

马车来了，作家同大家告别，随后和我一起上楼与列夫·尼古拉耶维奇辞别。我头里向书房走去。

"啊！"我听到是列夫·尼古拉耶维奇的声音，"这想必是列奥尼德·安德列耶夫要走了吧？"

随即听到他的脚步声。他从书房出来，非讲客厅，向安德列耶夫迎上去。后者激动地向他致谢；他邀请安德列耶夫日后再来。

"我们将更加知心。"他说，"请允许我和您吻别吧！"

说着他首先扑向年轻的同行。

我站在客厅里，成了这一场面的无意的目击者。

当我和安德列耶夫出来的时候，我看见与列夫·尼古拉耶维奇的告别那么强烈地感动了他。

"请您告诉列夫·尼古拉耶维奇，"下楼梯时，他神色激动，目光低垂，结结巴巴地对我说，"您对他说，我……很幸福，他……是那么善良……"

他坐在马车里，提着一个不大的皮箱和照相机，在送行者们的祝愿声中上路了①。

安德列耶夫给雅斯纳雅的每一个人都留下了良好的影响。在他逗留期间，始终极其谦逊，甚至有点怯生生的样子。谈到列夫·尼古拉耶维奇，他总是带着非常虔诚的感情。他的言谈简朴，有时甚至有些粗俗，这与列夫·尼古拉耶维奇的那种十分流畅优雅而又精确的语言形成对照。他有点爱卖弄风骚，有如我感觉到的，抑或是用奥·康·托尔斯泰娅一针见血的话说，他像是在"调情"。大家都说他衣饰"朴素，但很高雅"。色彩明丽的斗篷，打成花结的黑领带佩在绒线衣上，家常礼服——这都使得他十分优雅。他的确找到了与他那堂堂仪表相配的全部服饰。看来，他是很注重社会舆论的。谈到与高尔基的交结时，他的满足和骄傲溢于言表（"可不是，我跟他很要好"）。他对电影文学、彩色照相和绘画的迷恋不知为什么使我很反感，因为这使人不由得要想到那些阔绰骄奢的名流们来，他们总是不知道该到哪里去发泄自己的精力，浪费自己的时间。

虽然如此，安德列耶夫作为一个作家，我完全被他迷住了。《人生》、《约旦·伊斯卡辽特》是我所喜爱的作品。但是雅斯纳雅·波良纳的特点是：如果在这个地方迫不得已把哪一位拜访者与列夫·尼古拉耶维奇置于同等地位，那么对这个被考察的人往往要吹毛求疵，百般挑剔。

客人一走，列夫·尼古拉耶维奇就照常工作了。

早饭后不是骑马，而是徒步与戈尔登威泽尔、索菲亚·安德列耶芙娜去散步。

从很远的一个农村来了几个农民，控告他们的地主夺走了他们的牧场。列夫·尼古拉耶维奇为他们写了一张便条给图拉的律师托尔斯泰伯爵。

我到杰略京基去排练（要演出托尔斯泰的《第一个造酒者》），晚间归来，正赶上餐厅里举行的一个大型集会，参加的人有戈尔布诺夫一家、尼古拉耶夫一家、布朗热、戈尔登威泽尔一家和列夫·尼古拉耶维奇、索菲亚·安德列耶芙娜、奥尔加·康斯坦丁诺芙娜。

人们向我问起排练的情况来。列夫·尼古拉耶维奇不能去看我们的演出了，因为明天莫斯科的提琴家鲍利斯·西波尔要来雅斯纳雅，只演奏一晚上。但是列夫·尼古拉耶维奇很想去看剧，他甚至尽力挤时间，以便在西波尔演奏之前或之后能去一趟。然而看来这是不可能的。我们也不能推迟演出，因为有些参加演剧的人在散戏后得当天动身。

列夫·尼古拉耶维奇烦恼地挥挥手。

"嗨，我的作者的自尊心给伤害啦！应该给你们一个新剧本。"

吃饭时他说，他想了一整夜，应当写一个电影剧本。

"要知道这是广大群众，甚至全体人民都能看懂的，况且现在就能写出不止4部、5部，而是10部、15部来。"

我向他转达了安德列耶夫的意见。安德列耶夫认为他比别人更适于打头炮写电影剧本。他一开头,其他作家就会跟着来。这些作家对写电影剧本没有决心去"屈尊俯就"。安德列耶夫还说,他要是打算写,自己就告诉电影制片厂的经理德朗科夫,他将把演员和最好的导演带到雅斯纳雅,马上就可以开拍。

戈尔登威泽尔弹起了钢琴。

"美极了,美极了!"听了贝多芬的《月光奏鸣曲*》后,他说。后来戈尔登威泽尔弹的多半是肖邦的乐曲。大家谈起了音乐。

"某种程度上,我喜欢海顿。"列夫·尼古拉耶维奇说,"多么纯朴,多么明快!整个都是那么朴素而明快,可又毫不做作。"

他向戈尔登威泽尔问起舒曼和舒伯特。

"舒伯特好像是一个纵酒作乐的人吧?"他好奇地问道。

奥·康斯坦丁诺美娜说起今天收到弗·亚·波塞寄来的一封信,是描写他到俄国南方进行托尔斯泰讲演时的沿途印象的。她说:"爸爸,您收到的信多有趣啊!"

"我不值得被这样对待。"他说,"你住在乡下,收到四面八方的来信,有如从各条半径趋向一个圆心一样,为你汇总着最珍贵的消息,亦即运动情况,——正面的和反面的。"

深夜,列夫·尼古拉耶维奇拿着给女儿的信来到我的房间,要我写地址。

"我所以要在昨天亲自封好信,是因为我在信里写了些夸奖您的话,而这不需要您知道……也就是说,不是夸奖的话,是友好的话。我写道:'我同您一起工作得很好。'"②

4月23日

早晨,列夫·尼古拉耶维奇散步归来,手里拿着已经发芽的橡树枝。他让我们看,说这是不寻常的早春征兆。

一早我就回杰略京基,消磨了一整天。晚上在契尔特科夫家的大仓库里演出

---

*　原为拉丁文"Quasi una fantasia"。——译者。

《第一个造酒者》。我扮演农家小鬼,杰玛演老太婆,叶戈尔·古策维奇演农夫,杰略京基出生的一个图拉工人演魔鬼,等等。看来剧演得是成功的,200多位农民观众都很满意。托尔斯泰家的人谁也没来,因为都在雅斯纳雅听西波尔的提琴演奏。但是,有一个地方警察身穿便衣偷偷混迹人群,为的是侦察"托尔斯泰信徒们"是否要用什么"不许可的"话煽动农民。然而这一次他一无所获。

4月24日

昨天演完剧后,因为太晚了,我就在杰略京基住了一夜。今天早晨同别林奇回雅斯纳雅。他是来做他的日常工作的。在阳台旁我们碰上了列夫·尼古拉耶维奇,他正要出去散步,因为现在已经9点多了。

"喂,戏演得怎么样?"他一面招呼,一面问我。

我们告诉他很成功。他非常高兴,再次为他没看成演出而表示遗憾。

"不过我们这儿有西波尔,他演奏得好极了。"

列夫·尼古拉耶维奇起得这么晚不无原因。实际上他今天身体很不好,刚说的话也得向他重复几次,忘得比听得还快。

我因一件事提起米·谢·都德琴柯。列夫·尼古拉耶维奇很了解这个人,并与之有通讯关系。

"都德琴柯是谁?"他出人意料地问。

"米特罗方·谢苗诺维奇。"

"他是哪儿的人呀?"

"波尔塔瓦省人。"

"嗨!"

今天他收到了纪念维·亚·戈尔采夫的文集。

"这本书叫我感到很快意。书中有我两封无关紧要的信,此外还有一些关于爱情的议论,而且是最精彩的!①你瞧,这是从哪儿来的这些异端邪说不是很新鲜吗?实际上这些议论不妨用一用。"

这些观点原来是从他以前的著作和《每日必读》中摘出来的。

晚间他叫我把信件拿到他的房间里去。他的身体更差劲了,半躺在椅子里,把脚搁在凳子上。他的声音低弱,笔迹也变得断断续续、迟钝滞涩。他签署了信件,读了我的回信。顺便说一下,今天我们听说3天前他吩咐给代列尔取下了马掌,放它回马群了。

一个诗人给列夫·尼古拉耶维奇写信说:"如您所知,我现在正写各种各样的诗,大多是古典主义的,也有幽默的。"老实说,我认为这个诗人的古典主义的诗也全是幽默的。

4月25日

列夫·尼古拉耶维奇很少出去散步了,他走起路来也轻飘飘的,显然很虚弱。他拉铃叫我。他收到一封求他开一张读书目录的信。

"咱们俩一起干吧。"他说,"您去把'媒介'和其他杂志目录拿来,按目录开个书单,然后由我来审查修正。请您把这件事做得好一点,再碰到这种情况我们就可以把这书单也寄给其他人。"

我根据"媒介"和科斯特罗马自治区大众图书馆的图书目录,按各主要学科,开列了一个以宗教和哲学著作为主的书单。列夫·尼古拉耶维奇划去几篇,其余的每一部分又以其重要程度分成三类。

在《俄罗斯财富》上他读了柯罗连科论死刑[①]一文的续篇;还看到一篇回忆车尔尼雪夫斯基的文章,其中车尔尼雪夫斯基的几封信引起了他的兴趣[②]。

"我是他的一个小小拥护者,"列夫·尼古拉耶维奇说,"不过这只是就他论科学的出色思想而言。"

他让我阅读一下这些文章并做一些摘录,以备日后需要时用。车尔尼雪夫斯基对教育学(其中也包括大学教育)的观点是否定性的,这使我也高兴起来,对此我同他交换了意见[③]。

"对索菲亚·安德列耶芙娜来说,"他笑了起来,"大学毕业生就是一个非同小可的人,就可以进'上流社会'——也就是说加入最坏的人群中去。"

吃饭时谈起吃素和为素食者经营乳品的困难,因为有一个必须杀掉小牛的问题。

"这里的答案只有一个,"他说,"我走路,就要踩死蚂蚁,这是我避免不了的。但是不能蓄意杀生。而如果是无意的，那就等于你没有做。重要的是要记住，生活在于对理想的渴求，可是不能把它具体化到这样的小事上。"

谈到莫斯科举行的肉食展览，市长古切科夫所做的"繁荣莫斯科市场"的演说和展出前的祈祷④。

"没有祈祷，任何丑恶的行径都搞不成。"列夫·尼古拉耶维奇说。

晚上，我把邮政局长——他的一个通信人——寄来的一本小册子的收据拿给他签字。他已经忘了这是一本什么书。

"为什么我从前一次也没签过字呢？"

"不，您签过的，列夫·尼古拉耶维奇。"

"从来没有！"

我离开的时候，他握住我的手，看了我一眼，又摇摇我的手。

"您那儿有《俄罗斯财富》吗？"

"有。"

"您一定要读一读，很有意思。读读柯罗连科的和巴克拉托夫的文章。"

巴克拉托夫的论文《魔窟》是写莫斯科宗教会议的⑤。

4月26日

今天列夫·尼古拉耶维奇起的很早——凌晨7点。这是他康复的可靠征兆。他自觉好多了。

午饭是在阳台上吃的。他和其他人一同被美妙无比的天气、自然陶醉了。

布谷声声。

"我讨厌布谷鸟！"他突然说，"烦死了！听不到其他的鸟鸣，让你光注意它。就像狗吠时只听见——青蛙的叫声也听不到。"

端上一盘色样别致的菜。一位就餐者说厨师的工作很辛苦，老得在燥热中干活。另一个人说厨师谢明却很喜欢自己的行当。

"怎么能不喜欢呢！"列夫·尼古拉耶维奇用嘲讽的口气说道，"只有当你喜欢自己的行当时，你才能工作。我想那些清洁工也喜欢自己的行当……在工作中，总有一种力求达到目标的意愿，清洁工也一样，有其目标——把什么弄干净。"

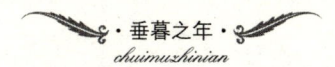

他的脸色突然沉了下来,因为在场的先生们正为自己的地位辩护。

晚间谈到在彼得堡举行的作家代表大会上宣读了列夫·尼古拉耶维奇的信,可是被肆意删节了①。

一些人认为这是不能容忍的。他同意他们的意见,可是末了他不以为然的挥挥手说:"嗨,随他们的便吧!"

刚从克辽克什诺契尔特科夫那儿来的阿历克塞·谢尔盖英科说,契尔特科夫想在报纸上完整地发表列夫·尼古拉耶维奇的信。他沉默了一会儿,微笑着说:"假如我深思熟虑我需要有什么样的朋友,那么我再也想不出像契尔特科夫这样的良友了。"

晚上,他向我口授致柯罗连科的信,是关于他的论文的续篇的。当我过了一会把信拿给他的时候,他向我转述了今天收到的契尔特科夫的一封需要退回的信(这在他们是很愉快的),然后说道:"他哀求我骑马……真好笑!"

"为什么好笑?"

"他真是一个可爱的人。"

我告辞了。他站起身来,要去卧室。

"您现在正干什么呢?"他问。

"封信。"

"您一切都好吧?"

"是的,很好。"

"谢天谢地了,谢天谢地!"他重复了一遍,"我病痛缠身,这也好,死期越来越近了。"

"您不害怕吧?"

"噢,不!使人痛苦的只有一点:必须硬挺着不去盼它。主要的是要记住:你应当做托付给你的事。就像一个工人应该照看他的铁锹,使之永远锋利一样,你应当照料自己。这是完全可以做到的。纵使已经老朽,也还可以苟延残喘。"

4月27日

列夫·尼古拉耶维奇康复了。他写完了《每日必读》的前言,读了格里弗斯的

《罪行和罪犯》①和谢苗诺夫的短篇《屈辱》。像往常一样,他称赞了谢苗诺夫的这篇作品。

"他的语言多好!怎么能不珍重他呢?"他大声说道。

受他的委托,今天我骑马出去两趟:先是去杰略京基,转告别林奇尽快把《每日必读》的序打出来;再是去扎辛卡,把昨天给肖伯纳发出的信追回修改。列夫·尼古拉耶维奇担心毛德(他的著作的英译者)认出致肖的信是契尔特科夫翻译、抄写的之后,"对他有恶感",因为肖的信正是毛德寄给他的。所以必须把信追回,让达吉亚娜·列沃芙娜誊抄。

但是我没有去成车站。我在杰略京基耽搁了一会儿,这期间列夫·尼古拉耶维奇和两个客人——谢辽沙·波波夫、从西伯利亚来的伊·尼·扎巴依科夫已经徒步出发到扎辛卡了。我在快到车站时赶上了他们三人。我建议列夫·尼古拉耶维奇骑我的马回家,可被他拒绝了。他和旅伴们告别后,独自一人向前走去,我们三个往回返。当时波波夫向我转述了他的话:不再骑马在他是很难的,比戒荤还难。

从雅斯纳雅派出一个工人赶车去找他。

"这顶学生制帽是谁的?"他回来后,看见前室窗台上我的蓝边制帽,问道,"您的吗?看着就叫人心动,——不由想起青年时代来。"

午饭时谈起诗歌。他发表了反对诗歌创作中粗制滥造现象的意见。

"我今天看见了含苞欲放的铃兰。为什么要说银白色的铃兰呢?它与银子毫无相似之处呀!银子是这样的(他指指银器。——作者)。这样说仅仅是为了押韵,为了与'芳香的'这个词押韵*。形容词应当描绘物象,突出形象,可这全是假象。所有的诗人都这样,就连普希金也是。"

晚上,列夫·尼古拉耶维奇讲述了他同西伯利亚的客人谈话时所产生的感想。

"真奇怪,"他说,"人们住下那么远,到他们那儿得走16天,可是那里也和这里一样,做着同样的蠢事:他们也有总督,有市长,有卖淫现象,同样酗酒,有流浪儿。这都是他说的。还是中国人生活得好,只不过——正如他讲的——中国人干活总是慢慢腾腾的,不像俄国人。这很好。过度工作没必要。人有人格,也有

---

* 俄语中"серебристый"(银色的)和"душистый"(芳香的)这两个形容词韵脚相同。——译者

体格,这体格也不应该毁坏。"

后来他又说:"我总是在观察我们的农夫,他们凌晨4点就起身干活了。现在晨光美好,有什么东西能代替这美妙的清晨呢?没有。那些在肮脏的酒馆里泡到3点,而后在12点才去睡觉的人们,用香槟酒也罢,用巧克力也罢,都换不来这美好的清晨。"

深夜里,他拿着给亚历山得拉·列沃芙娜的信来找我。

他从打开的窗户里望着夜空:"啊,多么美,简直像节日一样!"

4月28日

几个农民为打官司的事而来。一个农民跪了下来。

"啊,别这样,别这样!"列夫·尼古拉耶维奇止住他,"再这样我也要下跪啦!"

他把一张给律师的便条交给他们。

今天收到3件邮包:一块已被挤压成一团的圣饼和3颗上过色的已经腐臭了的压碎的鸡蛋;由大公爵尼古拉·米哈依洛维奇出版的装帧华美的古代人物肖像;名人手稿集——一本精美的德国出版物。

在寄圣饼和鸡蛋的邮包里,有一封大祭司鲁丹斯基的发自小俄罗斯的信。吃早饭时,列夫·尼古拉耶维奇读了这封信。信是善意的。

在这之前,人们就把这个邮包给他看过。

"是件圣物,然而已经腐坏了。"他看着发绿的圣饼,惨然一笑。

一个小商铺的老板从莫斯科来信抱怨说,他被人们怀疑当过刽子手,这似乎是列夫·尼古拉耶维奇的过错,因为他在《我不能沉默》一文中曾经提到过一个莫斯科哈马夫尼切斯克巷的破产商店老板因当刽子手而重振家业。我看出,这封信使他很不安。可是拿来《我不能沉默》一看,只字未提哈马夫尼切斯克巷。根据这一情况,我给写信人写了回信,并从文章中做了一些相应的摘录寄给他[①]。

上午,列夫·尼古拉耶维奇徒步去有6俄里远的奥夫夏尼科沃村。谁也没有阻止他,更何况索菲亚·安德列耶芙娜昨晚已经去了莫斯科,要走3天。他上路1小时后,下起雨来。我骑了一匹马,又拉上一匹,带了一件短皮大衣去追他。到扎辛卡

找到了他,他正坐在一个小铺的阳台上,被淋湿了。雨停后,我们返回雅斯纳雅。走到半道,雨又下起来,直到回家还不住。他一路上仍旧不骑马。

今天,他读完了契尔特科夫寄来的阿·瓦·佩舍霍诺夫的《旧的和新的份地占有制》。他对这本书的评价是:"非常好!"②

4月29日

列夫·尼古拉耶维奇今天在一封求援的信上写道:"可恶!"这封信是用陀思妥耶夫斯基《白痴》中列伯金大尉向梅什金公爵求援的笔调写的。

有一位姑娘寄来一篇洋洋万言的自传,还附加一个请求:她要买一台缝纫机,需要80卢布。列夫·尼古拉耶维奇觉得这篇自述很有特色,令人感动,所以他决定为它写一篇序言,一同寄到什么报刊发表,稿酬便可用来支援姑娘买缝纫机①。他向我口授了序言,我又给《俄罗斯财富》柯罗连科写了一封信,但是列夫·尼古拉耶维奇反复考虑后决定不寄给他。

"说不定哪个作家会来。"他说。

和我们一起吃午饭的有一个叫瓦·瓦·普留斯宁的青年,西伯利亚人,托尔斯泰的信徒。他从前来过雅斯纳雅。列夫·尼古拉耶维奇很尊重他。广有资财的富商之子普留斯宁甘愿放弃在他父亲死后可以得到的遗产,这件事以前曾使列夫·尼古拉耶维奇大为感动。

普留斯宁是一个阅历颇深的人,他曾周游过世界。今天他讲了许多有关中国的风土人情,这些都是他在海兰泡考察时得到的。

列夫·尼古拉耶维奇照常对一切都兴致盎然。谈话间,谢·德·尼古拉耶夫走了进来,他问道:"全家安好?"列夫·尼古拉耶维奇回答说,他们家有一种"不稳平衡",总要出点事儿,孩子病啦诸如此类的事。

"不稳平衡也是一种正常现象。"他说,"弄成什么状况,就在什么状况中生活。"

大伙儿谈起亨利·乔治,他说:"亨利·乔治软弱的一面在于他是一个政治经济学家。他的首要的、真正的目标应该是同土地奴隶制斗争,就像同经济奴隶制斗争那样。在政治经济学方面,总是可以说一些无关痛痒的话。危险就在这里。

这会给敌人抓住把柄。须知，驳倒一个无关紧要的论点，就以为把所有的主要论点都驳倒了，这是与真理斗争的惯用伎俩。反正他们认为：只要砍掉一节树枝，整个大树就死了。"

我还想指出他在谈到宗教时一些有意思的观点：

"假如一个信仰真诚的人智力低下到了相信奇迹而不以为这是无知，那么他仅只是对他的信仰崇拜而已。"

他还说："理性不是信仰的根基，但是无理性的信仰也是不可能的。"

他想起一封信，写信人要求协助他传播他的世界观。

"我还有点名气……只要托尔斯泰一说话，大家就相信。假如我证明我的每一句话都是蠢话，人们立刻就不再相信我了。"

因他收到一个印度教徒的几本书，人们谈起印度的科学来。

"科学在印度发展得怎么样？"有人问。

"谢天谢地，没有发展。"他笑着说，"可在我国却如此发展，因为教授多呀！"

晚间吃茶时，谈起书报检查，列夫·尼古拉耶维奇说："书报检查可以暂时把言论和人们钳制在一定范围内，然而聚集起来的力量最终会冲破它。但是政府将达到它的目的，对它来说是'我们死后，哪怕它洪水滔天'。*实质上禁止一个作家只能扩大他的作用。赫尔岑就是一个证明。假如赫尔岑待在俄国，那么他肯定只不过是一个平平庸庸的作家，像安德列耶夫似的，从早到晚写一些流水账。"

晚上，他读了我写好的信。

"列夫·尼古拉耶维奇，我的措辞是否清楚易懂？列夫·谢尔盖英科对我说，我的信写得文绉绉的，恐怕老百姓看不懂。"

"确实是的。"他回答说，"我同意这一意见。不过还是合乎语言规范的。唔，我们就这样啦！……而谢苗诺夫的语言就非常朴素，大众化。有时可以看到个别精确的语言，我向来强调这种语言。"

于是，他拿出谢苗诺夫的一本书来，从中找了几段让我看。

---

* 原文为法文"apres nous le deluge"。这是法国国王路易十六面对革命风暴而说的一句话。——译者

4月30日

一个叫杜尔诺沃的青年人,乘坐带铃铛的三套马车来访。他过去是军人,一个痛风病患者,大概还是前任某部长的亲属①。他向列夫·尼古拉耶维奇当面陈述了自己对福音书的理解。他的理论归结到一点,就是如果人们赞同福音书上的教义,就应该各人按自己的理解生活。列夫·尼古拉耶维奇反驳说,人们的理解是各不相同的。可是杜尔诺沃竭力争辩。他的妻子看样子是支持他的观点的,正像列夫·尼古拉耶维奇所说,她认为丈夫是一个超凡入圣的人。列夫·尼古拉耶维奇在争论时同样显得很激动。当然,他拒绝杜尔诺沃借用他的声望去证明自己对福音书的理解是正确的,此人就是为这件事来的。

他同杜尔诺沃的谈话是在阳台上进行的。我从打字室听见铃声复响,——客人们走了。他走进来讲了这件事。

邮差送来了邮包。

我听见列夫·尼古拉耶维奇拉铃,于是走过去。

"我收到达尼亚的信了。"他喜形于色地说,"她邀请我去柯切蒂做客。"

柯切蒂是达吉亚娜·列沃芙娜的丈夫苏哈金的庄园,在图拉省诺沃西尔县境内。

达吉亚娜早就邀请他去那儿,他也单等着她的确切信息。

"您打算什么时候动身?"

"越快越好。索菲亚明天就从莫斯科回来了,我后天就可以走。我真想快点离开这里!"他笑了起来,"有时候真想到那个世界去……"

当时他给了我几封需要回复的信。桌子上放着一张带彩图的明信片。

"这是什么?"我一边问,一边伸手去拿。

"您别动。我要把它们分送给农村孩子们。"

他打开一个小纸盒,把明信片收了进去。盒子里还放着一些。

《俄罗斯言论》的记者谢·彼·斯比罗来了。他向列夫·尼古拉耶维奇询问有关米留金元帅的情况。想必是米留金已经身患重病,报纸上要为他的死准备材料②。有趣的是列夫·尼古拉耶维奇昨晚的预料——"说不定哪个作家会来"——应验了。他把那个农村姑娘的信和他的序文转交记者,让他在报上予以发表。80

卢布的稿酬报社应寄给那个姑娘买缝纫机。

午饭间来了一个神色肃然的老农，他宣称必须和列夫·尼古拉耶维奇谈谈。

吃罢饭，列夫·尼古拉耶维奇到阳台上找他。我坐在自己的屋里。约摸过了15分钟，我突然听见列夫·尼古拉耶维奇喊我到下面去。我急忙跑到他面前，他站在台阶下，激动地笑着。

"快把录音机拿来……应该录下来……天知道他都说些啥！……什么他要拯救人类呀，启示录呀，惯性定律呀，电呀……应该录下来！"

原来列夫·尼古拉耶维奇真的有一台录音机，是爱迪生赠送的。这时正在雅斯纳雅的别林奇把录音机搬来安装好。来客是一个很不正常的人，可又是一个特殊的演说家。他非常乐意录音，口若悬河地说了不下半小时。普留斯宁、扎巴依科夫、谢辽沙·波波夫和其他从杰略京基正好赶来的人都听到了这次演说。

天哪，他真是海阔天空！美国，英国，启示录，母鸡和公鸡，惯性定律，西班牙王国，列夫·尼古拉耶维奇，契尔特科夫，"我是柯切蒂戈夫"，所有的学者，等等等等。

列夫·尼古拉耶维奇起初笑着，后来开始制止他，可是看来这不那么容易，因为录音停止后，来客依然待在阳台上，而且不让任何人有说话的机会。最后还是屠申想出了一个支开他的好办法：提议演说家去用饭。于是来客高高兴兴跟着他去厨房了。后来也是屠申把他送出庄园的。

"您知道吗，列夫·尼古拉耶维奇，"演说家下阳台时，普留斯宁说，"我们大家都笑他，可谢辽沙·波波夫却没有笑。"

"可不是嘛，这我也注意到了。"列夫·尼古拉耶维奇说。

谢辽沙·波波夫继续沉默地坐着。

到现在关于这个青年人我还没有说过一句话。他是列夫·尼古拉耶维奇的信徒，力求把自己的思想完全彻底地贯彻到生活中去。

谢辽沙23岁左右。他曾是彼得堡的中学生，抛下了七年级的功课，为的是做一个云游四方的教徒。从那时起，他飘泊于全国各地，长期盘桓在形形色色的"托尔斯泰主义者"的社团里。这个安静、温顺的人，对一切人都和蔼可亲，称每一个人为兄弟和"你"，甚至把杰略京基的那条狗沙拉维亚也叫作兄弟。他表里如———淡黄色的头发，淡蓝色的温柔的眼睛。他为别人干活向来不拿报酬。谢辽沙很爱列夫·尼古拉耶维奇，能多见一次面，他就觉得非常快乐。

"演说家"走了之后，列夫·尼古拉耶维奇说："他思维混乱。如果思维是强有力的，那么它自己就有条不紊，反之，就散漫无章。我在自己身上就常常发现这种情况。"

人们在阳台上一直谈到深夜。

普留斯宁问列夫·尼古拉耶维奇，佛教和基督教有何本质不同。

"真正的基督教？"

"是的。"

"没有任何不同。两种教义都宣传博爱的上帝，否认有个性的上帝。"

普留斯宁想到列夫·尼古拉耶维奇在一篇《宗教和道德》③的文章中曾经把佛教称作"应该否定的多神教"。但是这句话是他针对官方佛教而说的。

"我特别喜欢僧侣们从不引用的《约翰福音》。"列夫·尼古拉耶维奇说，"其中有这样一句格言：'不爱他能看见的自己的兄弟，怎么能爱他看不见的上帝呢？'这句话里'看不见的上帝'，我觉得已经含有否认个性的上帝的意思了。就在这同一处，更直截了当地说：'上帝就是爱。'"

大家都上楼去喝茶。餐厅里聚集了几位在雅斯纳雅来说非同寻常的客人：满腿泥污、光着脚的谢辽沙·波波夫；同样光脚走路的彼得·尼基切奇·列别亨，一个25岁左右的年轻人。他于1910年4月末来找列夫·尼古拉耶维奇，请求给他些什么事做，并把一本写有自己的"格言"的笔记本给托尔斯泰看，里面许多格言以其严正、充实引起了列夫·尼古拉耶维奇的注意。他把这个青年打发到杰略京基当工人。

有人提醒列夫·尼古拉耶维奇，说他曾经表示喜欢酒徒。

"我喜欢！"他说，"怎么能不喜欢他们呢？就为这他们才都来找我。我看酒徒总比高利贷者好。辱骂他们的是些什么人呢？强盗，富翁……"

5月1日

早晨，索菲亚·安德列耶芙娜从莫斯科回来了。

午前，列夫·尼古拉耶维奇独自一人去看莫斯科和奥尔良的汽车竞赛。汽车司机们认出了他，向他挥动着手和帽子表示欢迎。一辆汽车停在他身旁，他仔细打量着它，祝愿竞技者取得成功。然后司机继续向前开去。

晚间来了一个年轻的英国人——契尔特科夫认识的一个摄影师，还有15到20个左右图拉实科中学的学生。列夫·尼古拉耶维奇跟他们聊了一会儿，用"婆罗门"方法给他们证明勾股定律，把自己的书分送给他们以志纪念。孩子们兴高彩烈地走了，我把他们送到庄园门口。他们只待了一晚上，请求允许他们考试结束后再来，为的是能一块儿读读列夫·尼古拉耶维奇的书。

屠申、我和列夫·尼古拉耶维奇今天准备去柯切蒂。他拟定明天走，并亲自收拾打包好了自己的文稿。

5月2日

早晨7点半，我们乘车出发。

天气非常好。在扎辛卡等了一刻钟的火车。给列夫·尼古拉耶维奇送行的有布朗热，戈尔布诺娃和孩子们，从杰略京基赶来的彼得·尼基切奇以及摄影师达普席尔和他的朋友、昨晚来的一个英国人。达普席尔在四下里转来转去，照相机咔嚓直响。

列夫·尼古拉耶维奇叙述了昨天与汽车司机们的相见，好像他第一次看见汽车似的。

"我大概不会见到飞机了，"他说，"而他们将来会飞上天的。"他指着戈尔布诺夫的孩子们说，"但我却希望他们最好还是种庄稼、洗衣服。"

他快乐地吻着从莫斯科乘火车赶到的戈尔布诺夫—巴沙朵夫。一群下了车的人和一伙中学生把列夫·尼古拉耶维奇坐的一节车厢团团围住。

"托尔斯泰！托尔斯泰！"欢呼声在人群中传开来。

列车终于启动了。他从踏板上向戈尔布诺夫和其他送行的人抛着飞吻，然后走进车厢。

我们用三等车厢的票坐了二等的座，因为三等车厢里没座位了。

"这是不合法的！"他说。

他怀疑这里面有"阴谋"，如果不是索菲亚·安德列耶芙娜和我们搞的，就是铁路负责人搞的。但实际上不是"阴谋"，三等车厢的确满了。

不过到第四站，空出了不少座位。由于列夫·尼古拉耶维奇的坚持，我们转到与三等车厢邻近的一节车厢里。

转移后，他吩咐把行李箱放在车窗边的座椅上，然后坐在箱子上。他希望这样可以让窗外的景色显得更开阔些。因为借助行李箱他可以"心旷神怡"地远眺，所以他非常快乐。

我坐在他对面的椅子上，只要他一望窗外的景色，我就仔细端详他的面部表情。每当这种时刻，我就觉得我看到并体验到一种异乎寻常的东西。列夫·尼古拉耶维奇的头颅、面部表情、眼睛和额头是这样的超凡绝俗！他的整个深邃的灵魂都在这里映照出来了。这行李箱，这三等车厢的气氛，都与之显得很不协调，但是明朗广阔的苍穹却与之非常融恰。这个天才人物的目光在向往着那深远的晴空。

在这瞬间，掠过列夫·尼古拉耶维奇面部的表情是不能用语言来描述的。

还是在二等车厢里的时候，他就剖析过我们今天在扎辛卡看到的一篇通讯。后来他拿起报纸，朗读了最近《新罗斯》和《俄罗斯言论》的目录。

"这很不错，您谈谈吧。"他把《新罗斯》递给我，指着上面《每日必读》中的一段格言让我看：

> 只有那些跳出世俗生活，不顾他给尘世带来过灾难的那些罪恶，自认无罪并愤怒反抗这些灾难的人，为世界的罪孽、为自己精神的幸福忍受这些灾难的人，才能体验到什么是苦难，什么是痛苦。

"我对我自己就特别真切地感觉到过这一点。"他说，"对于像我这种走过漫长的人生之路的人来说，这一观点显得尤其正确。"

我读了《俄罗斯言论》上的A.伊兹玛依洛夫的论文《遵照第七戒律的两种忏悔（杜勃罗留波夫和车尔尼雪夫斯基的新日记）》。列夫·尼古拉耶维奇很喜欢这篇文章。但是他好像只喜欢文章的开头，即评论好书与坏书的部分；文章的结尾——杜勃罗留波夫与车尔尼雪夫斯基的"忏悔"和伊兹玛依洛夫的评析——他未必通读过。倘若读了，我想他就不一定这样称赞了[①]。同一期上为赛金先生的《军事百科全书》及其爱国功勋大唱赞歌的文章使他很反感[②]。

差不多每到一站他都要下车溜达溜达。有一次他与一个吃素的女士聊天；在

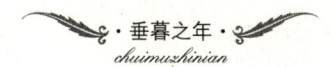

另一站,他走到我面前说:"您瞧,宪兵大人的尊容多有个性!"

"什么?"

"您往那儿看。"

我走了过去。宪兵就是宪兵,膀大腰粗,心宽体胖。

我站在离车站入口处不远的地方。那儿聚着一堆人。

"这就是他?"人们互相询问。

"是他。可不是,就是他!"宪兵走上去回答道,"去年他来,拍了一份电报:'请给我派一辆四轮马车!'"他满脸堆笑地说着,结实的身躯微微颤抖,"派一辆四轮马车!"

总而言之,人们对列夫·尼古拉耶维奇很感兴趣。每到一站,列车员马上宣布托尔斯泰就坐在这列车上,于是站长、报务员们就一齐悄悄地顺着车厢挤过来,从车窗外窥探我们。如果列夫·尼古拉耶维奇出去散步,人们就尾随着他。并非人人都向他问好,而向他问好的那些人仿佛为此而特别快乐。他们等着他,他路过此地使他们兴奋地齐声欢呼:"您好,列夫·尼古拉耶维奇!"

他摘下帽子以示回答。

有一次,列车已经开动了,我们听见窗外有人说:

"托尔斯泰!"

"真的是他?"

"当然是真的。"列夫·尼古拉耶维奇重复道。

火车过去了,那个兴奋的发狂地叫喊"真的是他?"的人却没有看上他。

乘务员们殷勤之至,不放任何人进我们的专厢。假如谁想坐到我们旁边来,他们就想方设法把那人打发到别的地方。但是因为列夫·尼古拉耶维奇根本不反对别的乘客坐到我们这儿来,所以他们也就不再把人打发走了。

在一个站上,列夫·尼古拉耶维奇想喝茶,第二遍铃响后,他还滞留在小食堂里。我去催促他。他走了出来,屠申还把一杯茶带到车厢里。列车长看到我们手忙脚乱,就客气地说:"没关系的,我可以等一等(指鸣笛)。"

"大部分人对您还是蛮好的,列夫·尼古拉耶维奇。"在车厢里,我对他说。

"这是人之常情!"他回答说。这句话深刻地揭示了当时多数人对他表现出来的这种过分好奇心的本质。这句话起初使我惊讶,可是就在当天我就证实它是

多么正确了。

"契尔特科夫去不去苏哈金家?"他问道,"我觉得这很合适。"

他起身的消息已经电告契尔特科夫了。契尔特科夫本人正设法争取允许他即便不回杰略京基,也要在列夫·尼古拉耶维奇逗留柯切蒂期间能去那儿。

有趣的是列夫·尼古拉耶维奇上次去柯切蒂的时候,盼望和他见面的契尔特科夫不是住在属于图拉省的柯切蒂,而是住在离柯切蒂4俄里远的属于奥尔良省的苏沃洛沃村。列夫·尼古拉耶维奇说,这使人想起伏尔泰的流放来——他为自己修建了菲尔奈城堡,结果客厅在法国,卧室却在瑞士。

"今天早晨我走到凉台上,看见一只鸽子。我向它走去,它站着,也不怕。我再走近些,它还不飞。怎么回事?我一看,原来另一只鸽子撞在了玻璃窗上,飞不起来了,因此它的侣伴待着等它。我想把它放走,可是它害怕,直打哆嗦。我费了好大劲儿才使它飞走逃生。"

奥尔良到了。

需要换车,得等1小时左右。行李搬进了站房。在头等、二等车厢的餐车里,屠申开始给列夫·尼古拉耶维奇熬起粥来。餐车里素食只有芦笋。做好这个菜已经很晚了,列夫·尼古拉耶维奇在车厢里时已经吃过这种菜,可是炊事员奉献出了整套餐具,表示悉听尊便,允许带走,只要他的同伴回头能如数交还就行。但是列夫·尼古拉耶维奇在开车前及时吃完了。

从奥尔良开始,群众对他的态度急剧变化。明显的有两点:纠缠不清,粗野无礼。我不明白这是为什么。可能是因为群众的"文明化"程度更高了吧!

当列夫·尼古拉耶维奇还在餐室吃饭时,窗口和门旁聚集了许多好奇的人,肆无忌惮地打量他。在我们带着行李走过长长的月台上车时,一大帮默默无言观看托尔斯泰的人熙熙攘攘跟在我们后面。迎头碰上时谁也不向他行礼。(显然是因为这些人觉得自己"不认识"托尔斯泰,要知道他们没见过面呀!)。当我们勉强在挤得不能再挤的车厢里找到个地方后,这群人又拥了过来,把我们和邻近的地方都占满了。他们照旧无声地、呆呆地看着列夫·尼古拉耶维奇。在给他腾出一小块地方的车窗口外的月台上也聚集了一堆好奇的人。由于奥尔良站的月台很高,从站台上可以看见整个车厢里面的情景,所以好奇者们眼巴巴地盯着列夫·尼古拉耶维奇。这种十分无礼的举动是使人极其难堪的。

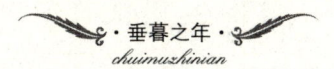

车厢里很快变得气闷难挡。火车还没有开动。

使我高兴的是列夫·尼古拉耶维奇对这些凑热闹的呆子们泰然置之,在众目睽睽之下继续做着自己的事。他吃过了芦笋(因为挤,支起了车厢壁上的小桌),继而啃一块干面包,把面包送给孩子们,读报……

一伙好奇的人——女士、小姐、官员——走过车厢。一位先生走到他面前,自我介绍是实科中学校长,为他曾给中学的学生们寄过自己的肖像而深表感谢,然后走开了。

我从车厢过道里听见月台上好像有位先生对宪兵恶毒地笑着说:"应该,伯爵应该享受一点芦笋……"

后来,火车启动了,这位先生坐到列夫·尼古拉耶维奇旁边,不断同他攀谈着。这种人不是密探,也不是铁路上通常那类无所不知的商品推销员,无论如何,他与列夫·尼古拉耶维奇没有多少关系。

另一些多嘴的人聚在他俩周围,胡聊起来。

闷热和谈话使列夫·尼古拉耶维奇很快就倦怠了。他走到过道里。我决定同他一起去,想看看他要干什么。他显得很疲劳。

过道里情况不见得更好,也像车厢里那么挤。再加上烟雾腾腾,几个警察和一些从外表难以确定身份的普通人凑作一堆。当列夫·尼古拉耶维奇走过时,谁也没想到给他让一让,只是略略向一边退了退。

一个警察想殷勤一下,打开香烟盒请列夫·尼古拉耶维奇抽烟。

"您抽烟吗?"

"不。"他客气地拒绝道,"从前我抽过,后来戒了。现在我完全不理解,人们怎么能把这种脏东西塞进嘴里。"

听众表示同意他的看法,有人开始发挥他的思想。

为了不加重闷热,我又回到车厢里。过了一会他也回来了。好不容易给他腾出个座位来,以便让他休息一下。他委实太累了。

沿途各站都有一些好事者窜到我们的车厢里来,这些人大多是各站站长和其他车厢的旅客。

当然,这纯粹是一种新奇好事。列夫·尼古拉耶维奇不认为对他的这种关注有什么意义是完全正确的。我相信,在这些人里面不说更多,起码有一半连托尔斯泰的一本书也没看过。这有似和我们同车的一个老太婆,她看见人人都来瞧托尔斯泰,就认定每个人都应当这样做,这是吉祥之兆,于是她也从列夫·尼古拉耶维奇身后的坐椅上爬起来,手扶隔板,把下巴搁在两手上,一路用两只浑浊呆滞、睡意蒙眬的眼睛阴沉沉地盯着列夫·尼古拉耶维奇的秃脑袋。她在想什么呢?

福日车站终于到了,我们得从这里骑马再走15俄里才能到柯切蒂。

列车在喧闹声中驶进车站。我和屠申探身窗外。啊,正好!达吉亚娜·列沃芙娜站在站房门旁,兴高彩烈地向我们挥动阳伞。谢天谢地,总算到了!

我们开始走过头等和二等车厢。得知托尔斯泰到来的群众守着出口不散,等着他走出来。聚拢了许多人,其中不少是农民。

一个小伙子无声地盯着那道门,列夫·尼古拉耶维奇正站在门后。我问小伙子:"您读过他的什么著作?"

"没有。"

"这么说,您光是听人们说起过他?"

"谁说?不,谁也没说过。"

"那您知道这是谁吗?"

"不知道。"

我再没有问他到底为什么要站在这里了。

我们的旅行就这样结束了。四个座位的四轮马车飞快地跑在去柯切蒂的大道上。

列夫·尼古拉耶维奇兴致盎然,赞美着生机勃勃的绿色原野,赞美着沿途碰见的村妇们漂亮的传统服装。每逢礼拜天,老百姓都要穿上节日般的盛装涌上街头。欢乐的微笑一直浮现在列夫·尼古拉耶维奇的面孔上。

在路上,他表示这次不会很快就走的,并以此开玩笑吓唬东道主。可这话正中主人盛情留他长久客居的下怀。

"眼下来的既不是为讨几文钱的过客,也不是打官司的人,更不是要和女儿和解的母亲,"列夫·尼古拉耶维奇说,"不过佳宾虽多,毕竟烦人。"

晚上6点半,我们到达柯切蒂,人们准备好饭菜等着我们。饭后,列夫·尼古拉耶维奇就去休息了。

人们谈话不多。但是在露台上吃罢饭喝咖啡的时候,好像是因为机敏的苏哈金，引起了一场关于女人之多嘴的有趣交谈。

"因为这里只有一个女的（达吉亚娜·列沃芙娜。——作者），"列夫·尼古拉耶维奇说，"所以我来说说我的意见。假如世上没有长舌妇，世界就会好得多。苏哈金说，在使人从与客人周旋的义务中解脱出来时，她们是尽了大力的。这话说得好。那就让她们在这种场合下唠叨去吧。但是如果在严肃的事情上也这样，那就倒霉了。多嘴，这是一种天真幼稚的利己主义，是一种只想突出自己的欲望。"

他认为上流社会的妇女形成这样一种观点是不明智的。大家想起就在去年，当地的一位太太——首席贵族代表的妻子，同他认识后，曾细声慢气唱歌般地对他说："列夫·尼古拉耶维奇，请您尽力爱我的儿子吧，虽然他现在还不能容忍您；请您同他谈谈骏马，那他就会因此而原谅您的一切。"

列夫·尼古拉耶维奇在柯切蒂，一开始就出事了。晚上天已大黑的时候，他和谁也不说一声，独自一人到花园里散步迷了路。柯切蒂的花园很大，方圆有3俄里，园中条条小路逶迤曲折，总共有12俄里长。所以达吉亚娜不无根据地担忧列夫·尼古拉耶维奇一个人在园中散步，一旦觉得身体不适，掉到小路旁的什么地方，那时就找不着他了。

几个人跑出去寻他。人们开始又敲钟，又吹号。几个农民从村里跑来，他们直以为苏哈金遭到了造反者们的袭击。

末了，屠申在一条小路上碰见了他。原来他走过花园，到了田野上又返回来，但是没找到原路而转了向。后来听见钟声才循着钟声走回来。

"我再不啦，再也不啦！"他这样反复回答着达吉亚娜的责备。她请求他晚上不要一个人出去。

"好的，好的，"列夫·尼古拉耶维奇答应着，"我将力求用脚走，不用脑袋走。"

"真的，你不要开玩笑。"沮丧的达吉亚娜只能这样说。

吃过茶后，大家很快各自回到自己的房间。

我在此插一段题外的话。

柯切蒂是一个古老的庄园，这是彼得大帝和约翰赏赐给苏哈金家族的。这个庄园有地约2000多亩。除美丽的花园和池塘外，还有一处老爷们住的优美的庭院——一层楼式的古老建筑，但很宽敞，雕梁画栋，很漂亮。陈设倒不像富商之家那么豪华，但十分高雅。没有那些触目皆是、令人厌恶的莫名其妙、毫无意义的奇珍异宝，然而非常舒适。古物很多，墙壁上挂着先人的肖像、武器；盛放祖传银器和御赐鼻烟壶的橱柜，等等。

在这整个陈设和庭院上，处处打着美丽、舒适的贵族生活的烙印，庄严殷实，朴实整洁。庭院里人人殷勤好客，和蔼可亲。

这一切都是怎么弄来的？柯切蒂建筑在什么之上？对此我就不说了。

使我高兴的是，我看到指点介绍庄园的达吉亚娜·列沃芙娜本人也感到了隐藏在这迷人的浮华后面的难堪和丑恶。

我们刚到，就观赏了一番。达吉亚娜把我招呼到面对幽美花园的阳台上。绿树丛中丁香盛开，花园之后是渐渐远去的美丽的原野。她和我都禁不住悠然心醉。

"请听我说，布尔加沙，这里是太美了，美得常常让你忘了这一切是从哪儿弄来的！很抱歉，我也多半不去想它。"

显然，列夫·尼古拉耶维奇的这个有良心的、敏感的大女儿只能生活在这种环境里，忘掉——或者更确切些说——下意识地摆脱建府于此所带来的精神压力。要知道，在离这所豪华富足的私邸4俄里内，就是伸手可及的穷苦乡村啊！

5月3日

白天，列夫·尼古拉耶维奇在花园里读书，下午去看罂粟开花。

路上他说："多么美啊！这一切对我不知何故都这么新鲜，仿佛头一次或者说是最后一次看见似的。鸟也这么多，斑鸠呀，夜莺呀。啊，夜莺唱得多好听！刚才还有两只鹰鸢在凌空翱翔。你们看到橡树了吗？"他问我和屠申。

花园里有一颗300多年的橡树，绕树可坐24人。屠申见过了，我还没见。达吉亚娜和小女儿领我去看，而列夫·尼古拉耶维奇回家去了。

晚上听瓦拉·巴尼娜的录音。列夫·尼古拉耶维奇很爱听她的歌曲，可是福亚尔采娃*的演唱他就很不喜欢。

---

* 巴尼娜，瓦尔瓦拉·瓦西里耶芙娜（1872—1911），茨冈女歌唱家。福亚尔采娃，安娜斯达西亚·德米特里耶芙娜（1871—1913），游艺女歌手。——译者

苏哈金去诺沃西尔县城今天归来。他任县名誉调解法官,今天是去参加审判的。他讲述了喜剧性的审判情节,形象地学着法院主席。他本人参与了这出喜剧,累得要死。

"您就不能把这一切都唾弃?"列夫·尼古拉耶维奇说。

"不能啊,得过日子呀!"苏哈金回答道。

"我知道。"托尔斯泰继续说,"您是为了家业,您要使它有一种合理的收入,然而对您的灵魂,这就一无可取了。"

他要求达吉亚娜朗诵些什么。她提议读魏列萨耶夫的《医生手记》,他不同意。他想听谢苗诺夫。

谈到一种肥皂。他问他的那块是不是素油做的。

"不是。"达吉亚娜答复道。

"你真的没想到我是个苛求的书呆子吗?"他反对道。

5月4日

早晨,列夫·尼古拉耶维奇向达吉亚娜·列沃芙娜的屋里张望,我当时正在那里用打字机打《论生活》的序言。序言早已开了头,但现在还没写完。

"行行好吧!"他从门缝里探进头来说,"您怎么总是啪哒啪哒没个完?"

对于这篇序言,他曾说过:"也许别林奇说得对,我写到死也写不完了。"①

别林奇已经多次为他打过这篇序。有一次,列夫·尼古拉耶维奇因誊写给他添麻烦而向他道歉时,他回答说:"列夫·尼古拉耶维奇,哪怕您把它写到、改到临终之日,我也要把它誊出来。"

"您睡得怎么样?"早饭时有人问他。

"很好,只是梦多!所有的梦都很奇美。我真想把它们都记下来。梦的意义在于它是人的心理活动的反映。人的性格在梦中以心理活动的方式真实地呈现出来了。"

吃饭时有一个邻村的地主。

列夫·尼古拉耶维奇讲到他散步时的感想,顺便说道:"假如拿破仑征服了诺沃西尔县,那他定会在柯切蒂安营扎寨,因为这里是制高点,视野开阔。"

人们想起他不久前收到的肖伯纳描写拿破仑的剧本,他觉得剧本写得不好,

匠气。

"既没有巧妙的结尾,也没有深刻的思想内容。剧中人说的不是他们应该说的,而是肖想通过他们的口说的话。"

晚上,他选读了谢苗诺夫的短篇《在深渊旁》。然后又由他起头,达吉亚娜结束,读了谢苗诺夫的《厂主阿历克赛》。他很欣赏这两篇小说。

"整个农民的生活将会崛起,您知道,就这样从下面崛起。我们老是从上面看它,可这时候它将自下面起。"

他说在苏哈金儿子的书架上看见了巴黎出版的古典作家拉博埃西和卢梭等人的著作,着迷了,开始读起来。

"我的外孙们将来会读什么书呢?这很有趣。我们那时有个确定的阅读范围——古典作家。大家也都清楚,为了做一个有教养的人,必须读书。可现在出了这么多书!一个客人要我告诉他,克努特·哈姆逊是何许人。在艺术领域里,诸如此类的克努特·哈姆逊多如牛毛,而在政治经济学领域里,亦即社会学方面——浩如烟海!"

邮件,即给列夫·尼古拉耶维奇的信件,还没来,因为没有及时从扎辛卡转来。除了这儿订的几份报纸外,也没有什么别的"消遣"。总之,这两天在柯切蒂过得极其宁静。经常折磨他的胃病也没有发作,这也怪。

"我在你们这儿吃茶都香。"他对达吉亚娜说。

5月5日

今天我才知道列夫·尼古拉耶维奇每天早晨都要亲自提着自己屋里的脏水和垃圾倒在泔水坑里。他穿着大衣,戴着帽子,两眼低垂,提着满满的大水桶,匆匆从我和屠申的窗前走过……屠申说,他无论冬夏都是如此。

列夫·尼古拉耶维奇的性格特点之一是非常喜欢结识生人。他请求苏哈金给他介绍邻村的一个地主格里岑公爵。那是一个腰绕百万、离群索居的遗老。他还说一定要与柯切蒂的农民认识认识。

早晨,列夫·尼古拉耶维奇读拉博埃西原文版的《论甘受奴役》。

"他是16世纪的作家,然而是一个无政府主义者。"他读完了论居鲁士征服

吕底亚的几页前言,又读了那段已经收入他的书中的关于历史(亦即历史学)要包含真理的语录。

"多么正确!"他大声说。

我指出,有一种意见认为,拉博埃西的著作好像不诚实,仅只是为了雕章琢句。他说:"胡说八道!这恰是一个还没有被科学搅昏头脑、对国家也不迷信的青年。"①

邮件来了。我不得不再去他那儿一趟。

"年轻人应当朝气蓬勃。您说呢?"他说。

"是的。"

"这就好。上帝保佑。"

晚上读拉罗什富科的语录②。

"出色的思想!"他说,"'可以见到没有情人的女人,然而很难见到只有一个情人的女人。'这多么正确!"

"我憧憬着孤独。"然后他对达吉亚娜说,"你出嫁了,没有嫁给贱人、懦夫、糊涂虫、不可救药的人。但是纵然嫁了这种人,很不幸,因而抱恨终身,但我仍然有权休息。人人都有星期天,让我也有一个永久的星期天吧。"

他还说:"列奥尼德·谢苗诺夫③写道,当他给农民们读艺术作品时,他们问:'什么,这是真事吗?'假如他告诉他们,这是虚构的,那么这作品就不会对他们产生任何影响。这是完全可以理解的。小说应该是真实的描写或叙述,但故事的内容必须深刻。"

临睡前,他在我们的屋里向我、屠申和苏哈金说起他今天收到的伊万诺夫—拉祖摩尼柯的著作《论生活的意义(列·安德列耶夫、费·索洛古勃、列·舍斯托夫)》④。

"怎么能向索洛古勃和契诃夫(当然也提到了他)寻找生活的意义呢?几千年来最伟大的、最有天才的人们,从婆罗门和孔夫子到康德和叔本华,关于生活的意义有多少教诲啊!可是现在这一切却必须一笔勾销,倒应该向索洛古勃们、舍斯托夫们……请教生活的意义。当然也不能说这本书都是蠢话。可是那些思想家们关于生活意义的教诲才是最重要的。他应当下功夫向他们探求这方面的教导。而他却胡编什么怎样使一个姑娘钟情,当然这里也有某种生活的意义,但需要把

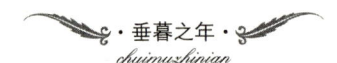

它找出来。"

5月6日

收到契尔特科夫的电函,他说已经获准来柯切蒂。此外,契尔特科夫在信中劝列夫·尼古拉耶维奇还应骑马,并提醒他要避免根据闲谈写揭发性的文章而惹麻烦。列夫·尼古拉耶维奇在这封信上批注道:"可爱的人,珍贵的朋友。"

他把要回复的信交给我,并让我把其中的一封转交达吉亚娜。

"这封信很有意思,是关于绘画上的未来主义学派的,主要是意大利的,也有诗歌中的。这……这完全是一所关满了疯子的精神病院!"

晚间读了一封特别逗人的信。

达吉亚娜指着"媒介"出版的两本小册子——什吉尔写的《母亲的义务(关于性教育)》和朱伊柯的《给我们的孩子(人类起源漫话)》——给列夫·尼古拉耶维奇看。小册子的内容——向孩子们讲述性生活——的那种拙劣的措辞、露骨的方式,使他大为愤慨。

"这是一些何其重大的问题,"他说,"我都无从谈起,因之不置一词。人是从哪儿生出来的?就连最伟大的圣哲们也不知道!……我也同样无知。"

大家谈到无烟囱农舍在农村里很流行。在当地的一个村子里,在伤寒病流行时,6个病人躺在一间无烟囱的茅舍里,里面还圈着羊羔和牛犊子。有两个病人由于拥挤躺在门口,受不了病痛,死了。

列夫·尼古拉耶维奇说:"这已经不足为奇了。叫人惊愕的是竟然到了人们对任何事情都无动于衷的地步……我读了描写车尔尼雪夫斯基的流放生活的文章,他住在无烟囱茅舍里的情景叫人不寒而栗。这里发生的算什么!"

晚上,列夫·尼古拉耶维奇起头朗读谢苗诺夫的短篇《在深渊旁》,然后由我接着读。临末,他用法文读了拉罗什富科的几段语录。

5月7日

契尔特科夫来了。尽管列夫·尼古拉耶维奇不让家里的人早晨走进他的房间，我还是敲门告诉他客人到了。他立即起身前去迎接契尔特科夫。客人当时还在前厅。两个人热烈地吻着，就像在送往迎来时人们由于异常激动所做的那样。这种举动不免有点儿越出常轨，叫人蓦地感到张皇失措……契尔特科夫出去给车夫付款。列夫·尼古拉耶维奇跟在后面。他掏出手帕来擤鼻涕。我发现他泪痕满面。

契尔特科夫走进自己的房间，列夫·尼古拉耶维奇留在了他那里。

列夫·尼古拉耶维奇今天很虚弱，工作得很多，又让我把《论生活》的序誊抄了一遍。

晚上读契尔特科夫带来的弗·格·阿夫谢英科在《火星》杂志上发表的短篇《米克罗勃》（描写自杀的）[①]。

"是的，这是真实的。"读完后列夫·尼古拉耶维奇指出，"但是我不喜欢这种文学形式。"

5月8日

关于阿夫谢英科的小说，列夫·尼古拉耶维奇说："那个用自杀了其一生的姑娘的感情使人无从捉摸，这是不好的。他要是真想写小说，就必须把这种感情写清楚。不知道吗？那就得揣摩。"

关于马沙里克，他说："他对宗教的推论是一种貌似科学的谎言。他说也许能从基督教中整理出一种新宗教。但是正像我们需要午饭不能等两代人去准备一样，因为我们现在就饿了。我们对宗教的需要也是如此。这一切都是习惯于观察客观对象的科学研究方法所致。"

他又说："这不是奇谈怪论，这完全是真理。只有那种不为之患得患失的事业才是美好的事业。因为不为之患得患失，那就表明这种事业一定是公众的事业；倘若患得患失，就一定是个人的事业。"

晚上吃茶时，大家热烈地谈论起我们的几个朋友，列夫·尼古拉耶维奇的一些老熟人和他新发表的论文等等。他突然对骑马发表了意见。他认为任何其他运动方法都不能同骑马相比。

他让我抄写他自己的一篇关于自杀的新论文[②]。关于这篇文章，他说："我想反映当代生活的全部疯狂,鲜明地描绘这种生活的整个画面。人们处在这种疯狂状态中,是无法生活的,是找不到任何出路的。可是为完成这一工作需要一种特殊的心境。"

5月9日

列夫·尼古拉耶维奇的一个瑞士女崇拜者风闻他似乎有意于出席在斯德哥尔摩召开的和平大会①,向他发出邀请,答应给他和他的夫人、秘书、医生提供华美的住所。列夫·尼古拉耶维奇表示感激,并通知她:他不参加这次代表大会。

契尔特科夫给这次代表大会下了一个正确的定义——野餐。

谈到耶和华教派②,它的一个信徒遭到了政府的迫害。鉴于这个教派里有许多神秘主义和迷信,列夫·尼古拉耶维奇说:"我思考过并且记录了下来:构成宗教学说的必要部分即关于灵魂和上帝问题的形而上学,已经抽象晦涩到了这种程度,以致用来阐述它的语句越少就越好。但是它却被认作是某种比理性更高超的精神能力。"

他还说:"解决形而上学地理解问题的这种抽象性、困难性有两个途径:其一,相信人格化的上帝存在,相信'三位一体'等等;其二,认为没有什么上帝,也不需要任何宗教。可是这两种方法都不能令人满意。"

从窗户里看见一个小孩带着几本书走过来。我说,我要送给他们《每日必读》和别的内容严肃的小册子,因为所有儿童读物他们都读过了。而当我告诉孩子们像《每日必读》这样的书他们不懂时,他们却说:"好吧,那我们就读它二遍、三遍。"

列夫·尼古拉耶维奇令人惊奇地开怀大笑起来:"只有这一点叫人宽慰。这正像有一次,实科中学的二十来个学生来找我,让我看他们谁有理解能力。我一一望着他们的眼睛,有两个学生的眼睛里有这种消化器官,能消化他们看过的东西。"

索菲亚·安德列耶芙娜和安德列·列沃维奇乘车赶来。

午饭时一片嘈杂,晚饭时也同样。列夫·尼古拉耶维奇老早就起身离开了。

"怎么,爸爸,这么早就睡觉?"安德列问。

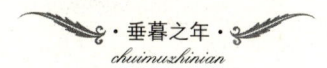

"我还有些事要做,摆牌阵……"

"到我这儿来一下,弗拉基米尔·葛里高利耶维奇。"他在走廊里喊道。

我拿着信件去找他。

受他的委托,我在一封信中劝一个青年"要在与人交往时做一个更诚实的人"。这个年轻人曾寄来一封信,满篇谀美之词。

"说不定年轻人的信是真心实意的吧?"弗拉基米尔·葛里高利耶维奇说。

"不,"列夫·尼古拉耶维奇反驳道,"我知道在这一点上我不会错。这是安德列的过。"

"怎么?好像一切都很顺利嘛!"契尔特科夫说。

"不,他错了!他谈到了莫洛奇尼科夫,说全彼得堡都在议论他坐牢不是因为我的书,而是因为什么宣传活动。可我要说,讲这种话的那些人没得到莫洛奇尼科夫所得到的那种可尊敬的命运。一句话,不好……然而在索菲亚·安德列耶沃芙娜却很好。今天我头一回明白地告诉她,这种生活环境对我是太沉重了,简直是一种身体上的重负!我说得很激烈,然而很镇静……看样子她似乎理解了……可我不知道能不能长久。"

在此之前,契尔特科夫曾邀请他从柯切蒂去自己的斯托波瓦亚(离图拉不远,不到莫斯科,契尔特科夫一家从克辽克什诺迁居于此)。列夫·尼古拉耶维奇高兴地同意了。谈到拟议中的旅行时,契尔特科夫说了这样一句话:"假如您离开雅斯纳雅·波良纳太久但不觉得不愉快的话。"托尔斯泰听到这话惨然一笑。

在这里,我第三次誊写了他重新修饰过的《论生活》的序。这是托尔斯泰整个世界观最简明扼要的表述。因此他对它特别有兴致,付出的劳动也特别多。

5月10日

早晨,我有事去找他,他说:"今天我的身体状况极其糟糕,可精神状态却好得出奇,心情好到了可以写出那么多东西来的地步。"

"您是就其可能性而言吧?"我问。

"可不是,正是这样,也应该这样。您生活得如何?"

"很好,身体和精神都很好。"

"在您，这是理所当然的。需要的只是应力求让精神永远统摄肉体，控制自己。"

今天，他在长时间的中断后首次骑马出去散步。他决定恢复骑马显然是由于契尔特科夫对他的影响。

上午，我为书信的事和契尔特科夫一同去他的书房。

他首先谈起斯达霍维奇和格拉朵夫斯基见报的那封信。他们两人在信中攻击不久前发文反对在作家代表大会上断章取义地宣读托尔斯泰给大会贺信的契尔特科夫。列夫·尼古拉耶维奇肯定了契尔特科夫对大会主席团的指控是正义的，也为他现在受到无理攻讦而鸣不平[①]。

"从您那方面说，在工作中需要有更大的牺牲精神。"他对契尔特科夫说，"这工作不会给您任何荣誉。主要是这些人不理解您不是隶属于托尔斯泰的，您是独立自主，我行我素的……"

5月11日

早晨，我把信带给他时，他正读阿拉凯良的小册子《巴比教派》[①]。他很赞赏这本书。

安德列耶夫寄来的剧作《安代玛》正在他的桌子上，我问他开始看没有。

"还没有呢，太无聊！"

他又骑马出去了。

阿布里科索夫父子俩来了。父亲是莫斯科著名的糖果点心商号的代表；儿子是列夫·尼古拉耶维奇的信徒，现在成了他的远房亲戚奥巴林斯卡娅公爵夫人的丈夫，离苏哈金家15俄里远的一个小庄园的主人。列夫·尼古拉耶维奇对他们，尤其是儿子的到来很高兴，为此举行茶宴给客人接风。

过了一会儿，列夫·尼古拉耶维奇张望着我的房间，然后走进来看我。

"您知道阿布里科索夫是谁吗？"他问过后简要地把客人介绍了一下。

"小阿布里科索夫从前好像是您的热烈崇拜者？"

"现在也是……他从容镇定地前进着。当然，这在一个有家室之累的人，是够可以的了。"

我想起苏哈金娜讲的故事来：赫·尼·阿布里科索夫婚前住在奥夫夏尼科沃村施米特家，帮助她管理家务，而且常常穿着农民服装到扎辛卡车站向图拉别墅里的人们出售牛奶。托尔斯泰一家都很喜欢他。

列夫·尼古拉耶维奇在安乐椅上坐下来。

"我渴望去休息。我想，只有合乎上帝的心愿时才应该工作，要努力不再去想该说些什么，谁需要些什么？要按照主的意志生活，不必考虑什么后果……您记得，我说过，如果患得患失，那就肯定是在为个人的事而忙乱；相反，就是为了公众的事。就得这样生活——致力于公众事业。鸟儿、小草就是这样生活的……它们的事业无疑是共同的。"

吃晚茶时谈到莫斯科艺术剧院及其新上演的剧目。他认为屠格涅夫的《乡村一月》是"微不足道的玩意儿"。对奥斯特洛夫斯基的喜剧《智者千虑，必有一失》，他说："这不是奥斯特洛夫的代表作。他初期的一些剧作很出色。他对自己所熟悉的那种生活是有褒有贬、有爱有恨的。他热爱一个艺术家理应热爱的东西。"

关于鲍·尼·契切林，他说："他是一个教授，法学家……如今被叫作什么'立宪民主党人'。他对我的眷恋总是使我惊讶。我觉得有负于他，可同时又合不来。"②

谈到自己的兄弟谢尔盖时，他说："兄弟之间，总是有许多共同之处。谢尔盖和我相比，虽然是另一种类型的人，可我毕竟非常了解他。我觉得，任何人都不能像兄弟之间那样，彼此了如指掌。"

5月12日

他读了契尔特科夫给他的奥·普弗列代莱的著作《一神教和多神教》①的俄译本。他把书给了我，并要我把书中引用的老子和孔子学说的一些段落摘抄下来，——这些段落他都已经划上了线。

"我之所以不怕麻烦您，是因为您自己也将看到这些观点多么有价值。"他说。

他读完阿拉凯良关于巴比教派的小册子后，为了让布朗热按照这本书编写一本有关这个有趣的教派的通俗小册子,叫我把它转交布朗热。

我们一块儿骑马到7俄里外的格里岑公爵的花园。看守人不放我们进去,可是当他问列夫·尼古拉耶维奇是什么人,我们告诉他是"米哈依尔·谢尔盖耶维奇·苏哈金的岳夫"时,他就不再阻挠了,而且难为情地笑着说:"初来乍到,我还不知道哩……"

格里岑老头与世隔绝,孤苦度日。这是个怪物,害怕女人,没有一个继承人,可是人们说他有个私生子。列夫·尼古拉耶维奇吩咐走过来的管家致意公爵,说本想顺便看望他,可是现在没时间了。

花园很大。

列夫·尼古拉耶维奇故意不穿园而行,而是迂回一圈。

下起雨来,起初不大,后来越下越猛。我们钻进一个草棚避雨,随后又走进一家简陋的乡下小店铺。铺子里除老板和他的儿子外,还有别的一些避雨的人:几个警察;一个相貌丑陋的18岁青年,穿着乌黑的上衣,戴一顶干净的制帽。在此之前,他骑着一匹好马顺大路跑来接我们。

"您从哪儿来?"坐在柜台旁凳子上的列夫·尼古拉耶维奇问他。

"从格里岑公爵的庄园。"

"您是那儿的什么人?"

年轻人笑了。

"私生子。"这时店铺老板殷勤地大声报告说。

开始聊起天来,土地啦,农民的穷苦啦,多口之家啦,以及贞洁啦,等等。

"我碰见一个老太婆,"列夫·尼古拉耶维奇说,"她抱怨生活太艰难,因为她有6个孩子。我说,你的这些孩子倒是从哪来的呀?莫非是从林子里拣的?说实在的,看着孩子接二连三地生下来,而后亲如手足似地生活在一起,何乐而不为?可是生这么多孩子,到底是因为什么呢?就是因为肉欲。"

"是的,真是这样。"老板证实说。

这时,那个私生子"噗哧"一声笑了。他心里大概在想:"这个老头倒真能开玩笑!"

午餐间,苏哈金把所有的人,包括列夫·尼古拉耶维奇在内,都逗乐了。当他听说看门人只是在弄清列夫·尼古拉耶维奇是他的岳父才允许进园后,他洋洋自得地说:"瞧,这就是说,在地球上还有这么一个弹丸之地,在那里,'米哈依尔·谢尔盖耶维奇·苏哈金的岳父'这句话能产生这么大的效力!而'列夫·尼古拉耶维奇·托尔斯泰伯爵'的名字却不起作用。请想一想吧!巴拉圭,乌拉圭,这都是闻名天下的地方,可是在这里统统无意义,而'米哈依尔·谢尔盖耶维奇的岳父,却有……'"

大家想起去年有一个农民在说到列夫·尼古拉耶维奇的衰老时说过:"在阴间,人们将会提着灯笼寻找他的。"列夫·尼古拉耶维奇表示:"我喜欢人民的这种没有恶意的讽刺。"

晚上,屠申给他介绍了刚收到的法国为群众廉价出版的世界古典文学活页文选(以报纸的形式)。他对此很感兴趣,抱着赞赏的态度谈了他的意见:俄国也应该出版这类读物。他从中选读了缪塞的短篇《不幸的云雀》,同时大声笑了。

他把自己的剧本和《论生活》的序文交给契尔特科夫,并请求把他从这篇序中"解放"出来,也就是说,如果需要,再稍加修饰,便可当作成品了。

5月13日

列夫·尼古拉耶维奇又感到身体不适,没有骑马出去散步。

早晨他去医院检查。他认定医疗是迷信,只承认烧了手需要包扎绷带时,才有必要求助于护士。

一个当地教师和他的同事成了柯切蒂第一批陌生的来访者。列夫·尼古拉耶维奇同他们进行了长时间的谈话,可是看来谈话并不使他感到特别有趣。他盼咐送了几本小册子给来客。午饭时他谈到这些来访者时说:"我们走着,路很泥泞。我说:'你们敢按照老习惯把鞋脱掉光脚走吗?是不是害羞?'那个年纪小的说:'不,这没什么,我还光脚跑呢。'而教师却说:'从前我光脚跑过,可现在,说真的,有点难为情……'这就是对他们的一个鉴定。"

几个小男孩来要书。列夫·尼古拉耶维奇出来走到台阶上。一个孩子刚刚很好地转述完小说《大熊星座》①的故事梗概。他岁数很小,长着一双机灵的眼睛,光着两脚,脚上满是乌黑的泥巴。

"你叫什么名字?"列夫·尼古拉耶维奇问。

"瓦西里。"

"父名呢？"

"亚柯弗列维奇。"

"那么，让我们就尊称你瓦西里·亚柯弗列维奇吧……你的'鞋'真不错。你知道它为什么好吗？我们的鞋会穿破的，而你的却可以永远穿下去，鞋底也将变得越来越厚，越来越粗……"

他还讲了这样一段话："我读过了列奥尼德·安德列耶夫的《安代玛》的开头。真是精神病，十足的精神病！……全是废话！什么保管员，什么大门……奇怪的是人们却喜欢这种莫名其妙的东西。他们要的正是这种莫名其妙，还要在里面寻找什么特殊意义。"

苏哈金奇怪一个革命者在今天的来信中为什么称呼列夫·尼古拉耶维奇为"伟大的兄弟"。

"我的处境是这样，"列夫·尼古拉耶维奇回答说，"人们不愿意平平凡凡地以'先生'或'亲爱的列夫·尼古拉耶维奇，称呼我，一定要想出一些不同寻常的名号，于是一切无稽之谈就都来了。"

他顺便说到了自己："为什么是'俄罗斯大地的伟大作家'？为什么不是'俄罗斯江河的伟大作家'？我永远不能理解这一点。"

饭前，暮色朦胧，屋里就我和屠申。

"追求完美的意向到底取决于什么呢？"屠申说。

我们交换了意见。得到的结论是这种意向能使人满足。

列夫·尼古拉耶维奇正好走了进来。我把屠申的问题告诉他。他的观点大致是这样：正因为追求完美的意向可以给人以幸福，所以人们才追求它。不能剥夺人的这种幸福，任什么也不能破坏这种幸福。

"人的全部威力正是表现在这个方面，"他说，"什么都不能阻碍他对完美的追求。死之恐惧是一种迷信。您问我，一个80岁的老人对怕死是怎么想的。为了不渴望死，我必须自持。死亡不是恶，而是生命的必要条件之一。总而言之，不是恶。人们说结核病是恶，这也不是恶，只不过是结核病而已。一切都取决于对事物的态度。什么是恶行呢？好吧，我们假定我要说些不善的话，可是我明天后悔了，再不这样做了，于是恶又变成了善。"

晚上,他听施特劳斯的华尔兹舞曲的录音。他很欣赏其中钢琴家格仑弗尔特演奏的《春之声*》,另一首他不喜欢。

5月14日

为了了解当地的农民,他和契尔特科夫去5俄里外的一个村庄,他在那里逗留游玩,非常惬意。后来与途中邂逅的达吉亚娜一起乘车回来。在转悠的时候,契尔特科夫给他照了几张相。

契尔特科夫的全部摄影,列夫·尼古拉耶维奇没有一张不喜欢的。这首先是因为契尔特科夫通常根本不用他摆姿势,而是从旁给他拍摄,甚至常常完全不让他知道;其次,契尔特科夫本人也使列夫·尼古拉耶维奇感到满意;最后,正像人们告诉我的,列夫·尼古拉耶维奇因契尔特科夫为他办得那些事,比如传播著作等等,也觉得应该哪怕用什么报答一下才好。从契尔特科夫方面来说,他深信,甚至企图向列夫·尼古拉耶维奇本人证明,他契尔特科夫应该把托尔斯泰的形象拍照下来,因为在将来,后代子孙看到他的形象一定会非常高兴的。

据说,列夫·尼古拉耶维奇有一次反对他的朋友这样做:"您瞧,弗拉基米尔·葛里高利耶维奇,我跟您在一切问题上都是一致的,可是在这件事上我永远不会同意您的!"

苏哈金家的几个老熟人来看他:邻居、商人出身的地主戈尔波夫,各种类型的国民学校的创办人和他的儿子———一个衣着优雅的青年人。

傍晚,列夫·尼古拉耶维奇像往常一样来找我,审阅我写好的信件。达吉亚娜·列沃芙娜走了进来。他向她声明,同戈尔波夫交谈太难了,因为这个人说话声音又低又快,情人之间谈话才应该这样。"是的,除此之外,还有……唉,我不说了。"

"你说呀,到底是怎么回事?"达吉亚娜问。

"不,我不说。"

但是她一个劲儿地追问。

---

* 原文是德文"Frühlingsstimmen"。

"那好吧。我对自由主义商人极为厌恶。"他说，"他们对这种自由主义精通到家了……所有这些古切柯夫，以及ии父亲……"

入夜，他来找我。在我这儿坐着的契尔特科夫问在游玩时他是不是妨碍了他。

"没有，一点也没有！我奇怪的只是前不久我在日记里写下过，我好像能体察人了，——从生理上体察。比方说吧，假如您在我和农夫们谈话时也在场，那么我就觉得我不仅是在和他们谈，而且也是在和您谈。这是一种奇怪的感觉，我不知道别人有没有这种感觉，但我有这种感觉。"

契尔特科夫说，在列夫·尼古拉耶维奇和农民们谈话时，他故意退到一边，以免打扰。

5月15日

几个农民来要书。他们在早晨就已经同列夫·尼古拉耶维奇说好了。

"你们老人他倒是出不出来啊？"他们问。

列夫·尼古拉耶维奇听到农民们尊称他为"老人"，格外满意。他觉得"老人"这称呼简单朴素，和雅斯纳雅·波良纳的那个"伯爵大人"相比，十分中听，界线分明。

随后来了地区小学的一位教员。列夫·尼古拉耶维奇送了他一本《论信仰》。①

"他什么也不懂！"他谈到此人时说。其意是指这个教员对什么是真正的信仰和真正的教育，以及列夫·尼古拉耶维奇是如何理解的，竟然一无所知。

接着，邻村一个地主马特维耶夫来了，他从前是波斯大使馆的翻译。吃午饭时进行了滑稽可笑的外交式的交谈，即政治性的对话。他盘桓了一整天，走了以后有人建议表演"努米基依骑兵"。这种娱乐是绕着桌子跑，右手高高举起，挥动着臂肘，借以驱逐烦恼。去年在一个同样乏味的客人走后，也这样玩过一次。当时列夫·尼古拉耶维奇第一个绕着桌子跑起来，大家跟着他。

契尔特科夫催他结束剧本，达吉亚娜想在这里上演这个剧。

列夫·尼古拉耶维奇问为他描述当代生活之疯狂的《论自杀》一文找到些什

么材料，我们告诉他，有报纸、颓废派的作品、肉食展览、《桑丹克列尔》等等。

5月16日

他病了，不喝咖啡，没吃早饭，午饭也不吃。下午我把信件给他。信很多，他都看了。

"您大概自己觉得很不好吧，列夫·尼古拉耶维奇？"

"很不好。又是胃疼，又是虚弱……理当如此！是时候了……"

我干吗要问他呢！

5月17日

他身体羸弱，一整天没出门。我给过书的两个农民和一个阉割派教徒的老头子同他在他的屋里谈话。

关于同阉割派教徒的谈话，他说："起初他都把我吓呆了。他说，如果必须恪守童贞，那我们为什么还要这个物件（指生殖器。——译者）。但是我一向说、现在依然要说，生活的意义不在于理想的实现，而在于理想的追求，在于同肉体所设障碍的斗争。真正的福和善在于节欲。它们有似酒鬼，不喝酒只因为他没钱，或者没酒馆。这里还谈不到道德行为的问题……我不知道别人是怎么想的，可是这个思想对我至少有决定性的意义。但他是一个宗教中人。然而要知道，为了横下一条心做到这一点，毕竟需要有毅力。真的，对他家破人亡、惨遭迫害的事我还没谈到呢。须知他在西伯利亚的流放中苦度了36年啊！"

今天，摄影师达普席尔和陪送他的别林奇来了，别林奇当天就又返了回去。

5月18日

列夫·尼古拉耶维奇觉得身体很好。收到莫斯科一个与他志趣相投的年轻姑娘的来信，信写得很好。他给她回了一封长信[①]。修改剧本。契尔特科夫把剧本交我誊写。我还是第一次看到这个剧本[②]。列夫·尼古拉耶维奇还要修改一次。晚间,他说,这个剧只是为杰略京基剧院写的。他谈了对一个剧中人——"过客"的评价:"这是一个变成酒鬼的无产者,工人的典型。在他身上高尚的行为和放荡的行为杂揉在一起。衣衫褴褛……"

契尔特科夫催他结束这个剧本,并向我讲述了他草创"媒介"出版社的事。

"就像现在这样,在我临行前列夫·尼古拉耶维奇忙着结束他的几个短篇。"

午前,契尔特科夫用电影摄影机为爱迪生给列夫·尼古拉耶维奇照相。这架机器是爱迪生寄来的。晚上,达吉亚娜把许多旧照片带到大厅。众人看起照片来。列夫·尼古拉耶维奇来了,也开始翻起来。他说:"翻翻这些旧照很有趣!你能弄清许多人的性格。瞧,这是乌鲁索夫③。关于他,一些非常愚蠢的人说,他很傻,可他在某些方面比聪明人还聪明。他娶的妻子是玛尔采娃。当然他摆脱上流社会的生活是很困难的,但这是个真正的人。"

5月19日

他在今天的报纸上看到在国家杜马会议上普里什凯维奇用玻璃杯打米留柯夫的报道①。这一事件给了他在欧洲"有教养的人"和非洲野人之间划等号的证据。当时他正在阅读普弗列代莱的著作,书中有对非洲宗教的描述。

"一模一样!"他说,"野蛮人甚至更高尚,因为他们还根本'不晓得'——用欧洲人对他们的描绘来说——私有制、国家和暴力的概念……这些党派,这些政党!十分清楚,人们想用这种活动取代人类实际需要的全部真正的工作。"

受他的委托,我写了两封信,他都很赞赏②。第5次誊清剧本。这个剧越来越精彩了。我一边誊写一边注意他所做的修改,不禁叫人拍案叫绝。可是他本人还不满意,说它"不真实"。对于我写的信,他说本想告诉我"一些与之有关的严肃、快意的东西",然而,他给忘了。

5月20日

今天上午,我们告别柯切蒂回家。

吃早饭的时候,列夫·尼古拉耶维奇讲起他去看一个乡下"巫婆"的事来。

"她的愚妄和自信使我吃惊。真的！和她的见面使我证实了那个真理：成功要靠愚妄和无耻获取。这不是奇谈怪论。我再次对此深信不疑。"

"可是对您自己的成功您又做何解释呢？"和他并排坐着的契尔特科夫在一片笑声中说。

他笑了。

"我没有成就。"他说，"这是一个误会！你瞧，一个教区祭司的女人在信中就是这样申斥我的：她原以为我很那个，可实际上不过是那个！"

之后，他脸上又泛起了善良的笑容。

我们乘坐着5辆轻便马车出发了。列夫·尼古拉耶维奇和送行的达吉亚娜·列沃芙娜、契尔特科夫、带着照相器材的达普席尔各一辆，我和屠申（当然还有行李）一辆，简直像是哪位沙皇的大驾出巡。我们没有去福日车站，而是走了一条新路——取道姆采斯克，离阿布里科索夫家路旁小站30俄里。

天气非常好，只是稍微有点热。给我和屠申赶车的老头是姆采斯克的小市民，他原来认识屠格涅夫。据他说，他曾送屠格涅夫从姆采斯克去斯巴斯克—鲁托维诺沃。

"那老头儿还送我几本书呢！"可惜赶车的关于屠格涅夫只能讲述这么点儿。

是的，我们走的正是屠格涅夫在过的地方：奥尔良省姆采斯克县——屠格涅夫县。他在这里生活过，在这里积累了《猎人笔记》的素材。我带着欣喜激动的心情瞭望着在我面前展开的森林和田野。"然而走在最前面的却是托尔斯泰。"我想。

俄罗斯文学啊！一想到与你有关的一切，我的心就永远不能平静。

阿布里科索夫庄园，清洁可爱的小花园，玲珑秀美的平房，阳台、优美如画的河岸……

在这里我们逗留了1个半小时。

列夫·尼古拉耶维奇要休息一下。达吉亚娜就送到这里了，下面由赫·尼·阿布里科索夫陪送他。

"您走累了吧？"我问列夫·尼古拉耶维奇。

"不，哪来的疲乏！相反，是在休息。多么美，多么美啊！"

茵加雷切夫公爵的领地。我们穿过庄园，公爵45岁了，淡红色的头发，穿一身佩戴肩章的白制服。他是什么组织的"常任委员"。他拿着照相机匆匆忙忙跑上来迎接，给站在他的妻子儿女堆中的列夫·尼古拉耶维奇照了一张相。我们的达普席尔也工作起来。

马车启动了。茵加雷切夫让列夫·尼古拉耶维奇吻了他的小儿子，又跳到他的马车的踏板上，跟着走了一段路，然后吻别。我们走上山坡，徒步而行。我傍着我的马车走着。

与茵加雷切夫告别时他显得非常激动，他挽着我的手和我一起走了好几步。

"您听我说，我心中涌起多少美好的感情啊！"

他为他的两个年轻的儿子不在家而遗憾。去年，他俩曾骑马把列夫·尼古拉耶维奇一直送到姆采斯克。

在姆采斯克，我们乘船渡过朱沙河，驱车走过县城、车站。人们同样到处打听列夫·尼古拉耶维奇，不过没碰上麻烦事。

有一个可笑的小插曲。在姆采斯克，一个售货员不愿意给我破钱。我冒然打出了列夫·尼古拉耶维奇的旗号（我的确需要零钱），——好，给破了！

我们坐的是二等车厢。这是契尔特科夫的"阴谋"。我和屠申的车票是三等的，可是我们反正一直围着列夫·尼古拉耶维奇，——他乘坐的是二等单间。

一切都很顺利。没有出现来时的情况。列夫·尼古拉耶维奇几乎没出车厢，只是在晚上，快到家的时候，他才同一个年轻妇女和一个警察说了几句话。当我告诉他那个警察想和他谈谈时，他问道："穿警察服的那个吗？这很有意思，让他来吧！"

但是列夫·尼古拉耶维奇对他很失望。

"简直无聊！他问有没有上帝……什么书也没看过，什么也不知道。我向他指出他干这差事是不好的，他说需要挣钱糊口……那个女人比较严肃。她可以这样说，可他不应该。"

后来他向我谈起了那个妇女。她已经出嫁，可是爱上了另一个人。他告诉她，嫁了第二个人，就可能嫁第三个、第四个……

快到绍金时，他决定下车，免得到扎辛卡走冤枉路。我们开始收拾行装。

"怎么搞的，我倒偷起懒来了？"他已经戴上帽子、穿上大衣站在走廊窗口，

突然醒悟过来似的说道,"你们应该让我干些什么才对。"

"好,您就把这个带到邻近车厢前,放在那里吧。"我一边说,一边把一个小包袱递给他。

"这就好!"他弯腰拎起小包。

契尔特科夫和他坐在包厢里的时候,向他讲起过一个妇女想见见他,还说她的女友怎么也不愿意承认我是托尔斯泰的秘书。

"他的信写得好!"走出包厢的列夫·尼古拉耶维奇指着我说。

这都是契尔特科夫告诉我的。当时我只看出他是在说我,但不知是说什么。

在车站迎接列夫·尼古拉耶维奇的有费佳·别列沃兹尼科夫和杰略京基的其他朋友。他们看见契尔特科夫很高兴——自从流放后他再没有回来过,也没有权利回来,现在也是顺路回家。列夫·尼古拉耶维奇答应他尽快完成剧本。

"别了,老弟!我将竭尽全力!"他大声说,马车已经走开了。

这次我和列夫·尼古拉耶维奇坐一辆车,屠申坐在行李车上。

美好的夜。繁星点点。苍白的图拉公路。一切都像3年前一样。那时我第一次和列夫·尼古拉耶维奇见面,晚上是在契尔特科夫家度过的,也是在这样的夜色中,我徒步返回车站,可是决没有想到什么时候还能再见到列夫·尼古拉耶维奇。而此时此刻,我正同他一起乘车而行,但不是到车站,而是走在回他的家——雅斯纳雅·波良纳——的路上。

我们谈得很快乐。谈了些什么呢?我不想也难以描述。就让这次谈话不传于世吧。

发生了一件意外事。车夫差点儿翻了车。下一个立坡时,他从座位上跌下来,几乎死在车轮下,亏得他从车轮下抓住了缰绳。

"他太笨了!"列夫·尼古拉耶维奇嘟哝着,倒在我身上。

在雅斯纳雅,索菲亚·安德列耶芙娜快乐地欢迎了我们。

5月21日

安德烈·列沃维奇的第二个妻子叶卡捷琳·瓦西里耶芙娜·托尔斯泰娅带着她的小女儿和列夫·尼古拉耶维奇的孙子、谢尔盖·列沃维奇的儿子、中学生谢辽

沙与法国家庭教师来雅斯纳雅做客。谢尔盖和安德列当天来，当天晚上又走了。

屠申收到古谢夫从流放地的来信，并给列夫·尼古拉耶维奇读了这封信。古谢夫写道，他读过柯罗连科论死刑的《司空见惯的现象》一文后，感觉到如果这种可怕的情况还要不断重复，就不值得再活下去。

"您写信告诉他，"列夫·尼古拉耶维奇说，"我不理解他的话，依我看，正好相反，如果你知道了这些可怕的事情，那就更要渴望活下去，因为你将看到那个你为它能活下来的东西是什么。"

我接到《知识通报》的编辑比特涅的通知，说他在比较详细地看了我的《基督教伦理学》之后，得出的结论是在现行检查制度下出版这本书完全不可能（其中四章：《教会》、《国家》、《劳动和私有制》和《不以暴力抗恶》特别"叫人担心"）。只好忍痛收起这份手稿了，因为我看不出使自己的著作具有叫检查机关"接受"的可能性。

我把比特涅的信告诉了列夫·尼古拉耶维奇，他只是两手一摊。

他到我的房间来找我。

"我很高兴，列夫·尼古拉耶维奇。"我对他说。

"您高兴，我也高兴。"他仁慈地微笑着。

我讲了我所以高兴的原因：两封错投的信引起的误会终于顺利解决了，——弄混的地址和正文意外闹清了，错误被纠正了。

"您在写什么，亲爱的列夫·尼古拉耶维奇？"施米特问他。列夫·尼古拉耶维奇的女儿们把她叫做"施米特老太太"。

"您瞧，玛丽亚·亚历山得罗芙娜，什么也没写。但是我很高兴。"他回答道，"我对戈尔布诺夫和赛金有什么用呢？《每日必读》和《论生活》，这是我义不容辞的工作。我因希望这一工作能有益于人类而感到自慰。"

施米特问他在苏哈金家生活得如何。

"不错。贵族生活，排场，漂亮。但是这种贵族生活不留痕迹，因为主人可爱、善良。那里也有法章。您知道，就像我们有独裁制度一样，他们也有法章。对仆人态度好，亲切……所以在那儿生活得很轻松。"

有客来访。他谈到来访者说："一个怪人。大谈其视力。老实说，我听着听着，不由为我的剧本想起两句话：'在生活的浪头上漂流'和'幻觉'。"①

5月22日

今天,一个不允许农民们经过庄园去干活的契尔克斯门卫同索菲亚·安德列耶芙娜发生了误会,最后终归和解了。

列夫·尼古拉耶维奇工作得很多。他心绪很好。

给了我一本他自己的漆面日记本,让我把他今天从几本小册子中摘录下来的语录抄在上面。

校改《论生活》。

戈尔布诺夫请求他不要为《论生活》校样的多次修改而难为情,这些修改是有重大意义的。"须知这是万古长存的事业!"他说。

列夫·尼古拉耶维奇还在写剧本。他说这剧是个"骇人的东西,现在初具规模"。

收到雕塑家巴奥洛·特鲁别茨柯公爵的第二份电报,问列夫·尼古拉耶维奇是否在家。他大概很快就要来。

据说这是个大怪人,素食者。列夫·尼古拉耶维奇自己承认,他特别欣赏特鲁别茨柯的一句话:"我什么也不读。"有一次他来雅斯纳雅,人们问他读过托尔斯泰的《战争与和平》没有,他回答说:"我什么也不读。"他也不因托尔斯泰本人在场而难为情,还好像抱怨人们不愿意理解、记住他这句简单的话——他"什么也不读"——似的。

他说,这样他就可以保持他的创作个性的自由发展。

几个来访者。一个乏味的老头、旧教徒,用一种让人敬重的姿态要求给他些钱。更有趣的是一个莫斯科医科大学的学生、年轻人尤里·若林斯基。他徒步游历了高加索,筚路蓝缕,像一只可怜巴巴的丧家犬。他来这里似乎是为要几本书,实际上主要是为见列夫·尼古拉耶维奇。他来这里还……可是,他一下子就被列夫·尼古拉耶维奇的思想给'勾住了',也就是说吸引住了[*]。最后一个来访者就

---

[*] Ю. Б. 若林斯基大学毕业后住在沃龙涅什省的农垦区。1912年因拒绝服役被捕。如果我没有记错,他后来因病被释放。第一次世界大战时他在红十字会工作。后又入大学,医疗系毕业后在雅尔塔当了医生。

更有趣了,他是图拉省的农民,叫封金,因拒绝服役坐了8年4个月监狱(逃跑过3次)。现在被释放了,但是还得要受警察局监视4年。因此,按照行政当局的荒谬指令,他每周必得到一个离他所住农村85俄里的城市"向长官报到一次"。可他是个工人,想不去,结果被押送了去。列夫·尼古拉耶维奇写了一封致戈尔登布拉特的信交给他,又给了他一些钱,因为除上述不幸外,封金不久前遭了一场火灾。当然,封金自己没有向列夫·尼古拉耶维奇要钱。总之,他给人的印象是一个精神境界很高,而且非常可爱、谦逊的人。遵照列夫·尼古拉耶维奇的提议,我根据目不识丁的封金的口诉,把他拒绝服役的经过详细地记录了下来。

白天,我和列夫·尼古拉耶维奇骑马出去。我们被大自然陶醉了。天空一碧如洗,森林中、草地上百花盛开。万物新鲜净洁,秋高气爽,但还未见落叶。

5月23日

列夫·尼古拉耶维奇校改《论生活》。有些地方我帮助了他,比如按章编排新增补的有关科学方面的语录;分类整理原先没有选留的各册的语录,其中有陀思妥耶夫斯基的、车尔尼雪夫斯基的、老子的和孔子的。

人很多,喧闹纷扰。我想列夫·尼古拉耶维奇要烦恼的。这些人是安德列·列沃维奇、斯季彼得罗夫、年轻的乌克兰人大卫·马克西姆丘克——他想拒绝秋天的兵役、布雷金、奥巴林斯基公爵、戈尔登威泽尔、杰玛,谢尔盖英科。

尼古拉耶夫来了,于是又谈起亨利·乔治。谈话是在阳台上、晚间的夜空下进行的。

"安德留莎正关心着巩固土地……"列夫·尼古拉耶维奇开始说。

"我将终生关心。"安德列打断了他的话*。

"……关心着私有者,担心农民成为强盗,地主般的强盗。"列夫·尼古拉耶维奇结束道,但并没有提高声音。

---

* 有趣的是,已故的安·列·托尔斯泰在1910年热心拥护斯托雷平的土地改革(列夫·尼古拉耶维奇对之完全持否定态度),过了二三年,当他以农业部官员了解了农业的实际情况后,完全改变了自己的观点,由11月9日法令的拥护者变成了反对者。

在餐厅里吃茶时,索菲亚·安德列耶芙娜说,据报道,卧病的米留金元帅对什么都不感兴趣,神不守舍。一句话:命在旦夕。

"相反,这才是生命的真正开始。"列夫·尼古拉耶维奇平静地说。

5月24日

早晨,他得知《俄罗斯言论》上刊登了我受他的委托、以他私人的名义写的论素食的信后,说:"您写得好,所以他们发表了。"①

他说,一个当代青年教士,他想用实际行动为上帝服务,和以教会为代表的阻力发生了冲突,这是艺术家的一个好题材。

关于普通信教的人履行教会仪式的问题,斯季彼得罗夫的意见是:这些人的美好愿望还没有在生活中实现。

"不,不能这样说,"列夫·尼古拉耶维奇反驳道,"这正在实现着,只是很有限。那些应当用在这件事情上的力量被用到别的事情上了。主要是他们对上帝——活生生的上帝——的信仰是真诚的。一切尽在于此!……这正是教授们所没有的。"

他说他喜欢农民们惯常的那种讽刺精神。还说农民们常有这样3种情绪:"快乐的,嘲讽的,实实在在的或曰非常严肃的。"

这是多么卓越、正确啊!

5月25日

同列夫·尼古拉耶维奇乘坐有两个座位的双轮马车去奥夫夏尼科沃找戈尔布诺夫。他自己驾车,当然啦,他驾得很老练。

大自然使他陶醉。

"碧绿如海!眼下正是万物竞荣的季节——就像一个血气方刚的年轻人。再过一段时间,一切都要枯萎。我特别喜欢仲春,真叫人留恋忘返啊!春天是非同寻常的!……百花竞放,争艳斗妍。我每次散步,都要摘一大捧花。虽然不忍心摘,可是身不由己地摘了一朵又一朵……一看,已经一大把了。"

他说今天收到一本否认正宗基督教的德文书，该书提出必须建立新的宗教世界观①。由这本书他提起今天收到一个革命者的信。这个革命者的生活本身导致了他对基督教的信仰。

"这些人现在真切地感到需要有一个合理的、摆脱了迷信的宗教世界观，"他说，"也只有这样的世界观才能使他们完全满足。"

后来话题转到对一条普遍奉行的道德原则——"随大流"——的评价上来；由此又谈到政治运动和"只要……我们就一定把这全部实现"的理论。我提到国家杜马。他坚定不移地表示了这样的意见：它危害极大，完全是用来转移人民的视线的。但他承认，杜马促进了人民的觉醒，使他们认识到自己地位的不合理。

过了公路后，他从车上下来，沿大路左侧的林间小道向扎辛卡徒步走去。

"这条绿荫如盖的小路真使我着迷。"他说。

我一个人独自驾车走在前面。快到扎辛卡的时候停了下来，他很快赶上我，于是我们又一起继续前进。

他讲起今天早晨在他那儿的一个国民教员：他想成家，可是没有钱；他呈禀皇上，申请资助，遭到拒绝，于是跑来向列夫·尼古拉耶维奇求援。

"我发现，"他说，"现在正造就着国民教员这样一批特殊类型的、恶劣的人。他们还都是出身于农民。他们地位不固定，薪水不高，可是又完全脱离了农业劳动。在这种土壤里，定将形成普遍的不满。"

在奥夫夏尼科沃，他与戈尔布诺夫谈了谈《论生活》的印刷问题，清理了当前要做的全部工作和我们随身带来的有关材料。同时他请求戈尔布诺夫"真的"不要把他已经修改过、装订好了的《论生活》的头几册寄来让他复审。

我们已经动身了，不知为什么他又停住马，笑着和跑上来的戈尔布诺夫讲起来。

"我只是想说，就像在我拉肚子的时候，常常请求不要把酸牛奶放在桌子上，免得我忍不住喝几口一样，我现在也请您不要在书还没有发行前给我寄来，否则我又一定要修改，想精益求精……"

除施米特、布朗热和戈尔布诺夫一家，我们在奥夫夏尼科沃与可爱的谢辽沙·布雷金不期而遇，他偶然有事正在这里。

"这个小布雷金多么漂亮！"归途中，列夫·尼古拉耶维奇说，"不知他怎样

应付拒绝服役一事(谢辽沙准备今天秋天拒绝服役。——作者)。唉,这是怎样的一个对照:不在监禁中做苦工,就得过荒淫的贵族生活!"

"您是想说,前一种生活更好?"

"当然啦,怎么不好呢?"

他望着田野里的农民:"体力劳动有多好!我一向羡慕、现在也羡慕这些从事体力劳动的人。"

晚上,他说读了梭罗的《瓦尔登湖》②。他说他从前不喜欢这本书,现在也不喜欢。

"故弄玄虚,慷慨陈词,声嘶力竭。"——这就是他对梭罗的评价。

5月27日

亚历山得拉·列沃芙娜和瓦尔瓦拉·米哈依罗芙娜从克里木回来了。此外,著名画家的儿子尼·尼·盖从瑞士来,——他常住在瑞士。

早晨,列夫·尼古拉耶维奇向我口授一封给莫洛奇尼科夫的长信,要他按照上帝的意志生活,不必去考虑后果。后来他又找过我两次,为了补充和修改这封信。

早饭间他同盖谈话。根据初步印象判断,盖与列夫·尼古拉耶维奇在精神上不是同一类型的人,虽然托尔斯泰家的人都亲切地称呼他"柯连奇卡·盖"(尽管他已年迈),不久前被当作全家人的朋友。这是一个知识分子型的人,有那么一点儿西方风度(无怪乎他不喜欢俄国,入了法国籍)。他心地善良,机敏,但有点儿神不守舍。谈话中他不断转变话题。他说他在国外住了几年后,发现俄国变得强大了。

"何以见得?"托尔斯泰问道,"铁路更多了,还是飞机上天了?"

"不,恰恰不在于此。"盖说。

于是他开始高谈起复杂的理论来:从前俄国人不厌其烦地吵闹,一定要证明自己是某种特殊类型的人,而现在俄国人谈的只是怎样成为一个襟怀坦白、自由自在的人。

"可我觉得一向如此。"托尔斯泰微笑着说。

"不,不是!"

"怎么不是？"

"不，不，绝对不是！您听我说，我要给您看一本莫诺的著作，关于宗教的，非常出色……"盖说。

"是的，是的，他们写得那么多，谁也无法把它们全部看完。"

"不！"盖兴奋地大声说，"这却是一本难得的书！作者在书中说，宗教的真理不在哪一种孤立的信仰中，——不在天主教中，也不在基督教中，而在全部宗教中。需要的只是把这一真理提取出来……这——就是信仰！"

"就是信仰与信教*吗？"

"是的。"

"是啊，然而要知道这只是——老生常谈……"

"老生常谈？是的，对我们来说是老生常谈，可对整个当代社会来说就不是了，相反，这对他们很重要！"

大家说起米留金元帅身体好转，照旧自己收拾房间。

"多么感人啊！"列夫·尼古拉耶维奇说。

同他骑马出去。走了很久，主要是在森林里转悠。据他说，走了有20俄里。

顺便说一下，他骑马散步的整个路线是这样：他很少退却，奔上大路后，再折进林中或田野，穿过林中荒路，跳过壕沟，一直向前。后来迷了路，向碰上的人打听，撞来撞去，精疲力竭，才找到回雅斯纳雅的大道。你要是问他累了吧，他就或者模棱两可地说："不，没什么。"或者简单明确地说："累了！"

今天就是这样，回来后的回答是："累了！"

我今天骑的是新打了马掌的代列尔。这是一匹烈性子马，但对骑手很老实。

5月28日

又和他骑马出去，但骑的不是代列尔，这次他本人骑着它。

"今天咱们少走些路。不过，我说少走些，一走开，就收不住了。"

我们走得比昨天少，据他计算，有12俄里。路线和昨天一样。

---

* 原文是法文"la foi（N）la croyance"。——译者

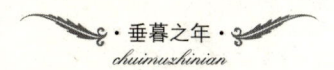

天气很热。绿色，绿色，到处是绿色。晴空万里。

他赞美着这一切。

午饭间他对身旁的盖低声说："我想，再过50年人们将会说：'请想想，他们心安理得地坐着、吃着，老年人却走来走去，伺候他们，端茶送饭。'"

"你说什么？"索菲亚·安德列耶芙娜问，"你说他们端饭？"

"是！"他也大声说。

她开始反驳了。

"我这是只对他说的。"他指着盖说，"我知道要受到反对，可我全然不想争辩。"

谈起契尔特科夫的信来。信中通知说，演员奥尔连涅夫要来，这个人想献身于组建民众戏剧事业。列夫·尼古拉耶维奇说他很想给奥尔连涅夫写个剧本，然而现在不能。

大家说起莫斯科的果戈理纪念碑。谢尔盖·列沃维奇证明它毫不中用。他说纪念碑上果戈理的塑像没有表现出他应有的精力充沛的样子，而是表现了他颓废时期的神情。果戈理精力最旺盛的是写《死魂灵》的那些岁月。

"假如果戈理烧掉的不是《死魂灵》的第二部，而是第一部，那么人们肯定不会给他建立纪念碑。"谢尔盖援引莫斯科大学哲学教授列·米·洛巴金的话说。

尼·尼·盖说，纪念碑是为城里人建的，所以才这么奇特，假如是"为老百姓"建的，就应该更明朗更好懂一些，这正是《死魂灵》的作者果戈理的本色。

"可我要说，"一直沉默着的列夫·尼古拉耶维奇以一种我所罕见的、异乎寻常的激动发言了，"可我要说，人民根本不需要果戈理的《死魂灵》和他的其他艺术作品。人民将会说这全是胡扯、废物，是开玩笑。人民完全是从另外的角度理解果戈理的，而且也只是在这一点上珍视他。他们对果戈理的那一套杜撰根本不感兴趣，也不需要。"

晚上我回到了新住所，更确切些说，是老住所——杰略京基。

5月29日

雅斯纳雅发生了极不愉快的家庭纠纷。这是去过那儿的杰玛·契尔特科夫讲的。

　　索菲亚·安德列耶芙娜向列夫·尼古拉耶维奇诉苦，说她对一切都厌烦了，她管不了这个家了等等。他建议她抛下这些无聊的劳作，假如他们不能在雅斯纳雅呆下去，就到别处去。这些话使索菲亚受了委屈，她跑到旷野上，躺在沟渠里。人们拉了一匹马去追她，把她带回了家。列夫·尼古拉耶维奇担心她一时控制不住自己。因为受惊引起了他的心律不齐的病来。

　　我为他特别悲伤，对他名声赫赫且又当垂暮之年仍然免不了家庭龃龉而感到伤心。

5月30日

　　在雅斯纳雅。我来到时，大家正在阳台上用早餐。我走近索菲亚·安德列耶芙娜，向她问过好后，又走遍每个座位，同在座的每一个人打了招呼。

　　"真见外。"列夫·尼古拉耶维奇善意地微笑着说。

　　这时来了两个新客：雕塑家巴奥洛·特鲁别茨柯和他的妻子①。

　　列夫·尼古拉耶维奇后来跟我谈到特鲁别茨柯时说："一个很有趣的人。真的，他什么书也不看，然而有思想，聪明。他是个素食者。他说，动物比现代人生活得更好。他非常可爱，来这儿并不是为了雕塑，单单是来看看，不过以后一来神儿，就又要雕塑起来。"

　　我问他的身体，他仿佛猜透了我的心思，回答说："很好。昨天我们闹了些别扭，今天好了。"

　　给了我几封信让我回复，然后他就和特鲁别茨柯骑马出去了。他自己骑代列尔，特鲁别茨柯骑一匹小马，然而他却是一个魁梧高大的人。

　　特鲁别茨柯的确是别出心裁。从外表上看，他像是一个扮演着夸夸其谈的角色的演员或雍容高雅的长辈。脸蛋儿刮得光光的，看上去有几分美洲人的味道。他的俄语讲得不好，因为他从小生活在意大利和法兰西。他的妻子像芬兰人，又像是瑞士人，瓦尔瓦拉·米哈依罗芙娜说，她的俄语讲得比她丈夫的还要差，吃饭时全是用法语交谈的。

5月31日

列夫·尼古拉耶维奇很愉快。他忙于接待特鲁别茨柯,同他谈了很久,称他为"公爵大人"。

"我将称他'公爵大人',这对他很合适。"托尔斯泰笑着说。

我想,正是因为他把特鲁别茨柯称作公爵大人,后者在同他熟识后才对这一尊号变得格外漠然,恐怕如果别人想不起的话,他也会忘记的。

当我在雅斯纳雅的时候,列夫·尼古拉耶维奇和特鲁别茨柯乘车去杰略京基。过后他说特鲁别茨柯很赞赏以杰玛为首的杰略京基的朋友们简朴、愉快的劳动生活。

他在雅斯纳雅没有浪费光阴,给列夫·尼古拉耶维奇画了一张不大的油画肖像和两张铅笔素描;在他的画册上还给自己和妻子画了几张漫画。当时他没能搞成雕塑,因为粘土必须从莫斯科定购,他还没有收到。

6月2日

晚上,托尔斯泰家来了一位太太——邻村的女地主,是专程来拜访的。她是个正派女人,我觉得就是有些过分多嘴,这是由于忐忑不安的缘故。她自己也供认不讳,说她胆怯。我也发现她两手颤抖。她完全是一个上流社会中人,有风度,法语讲得好。

列夫·尼古拉耶维奇走进打字室,我独自一人正在里面复制书信的副本。

"这位太太搅得我烦死了,"他说,"讲呀,讲呀……单单是为了不沉默,这叫奸污语言……"

可是他还得同这位太太客客气气地道别,说一些令人愉快的话。

有一位朋友给雅斯纳雅寄来一本东正教的《每日必读》,是传教士斯克沃尔曹夫出版的。这本书和列夫·尼古拉耶维奇的那一本的书名发生了冲突。他来打字室找我,翻开书,随便读了一段带有迷信色彩的格言。

"我很欣赏伏尔泰临死前说的一句话,他拒绝忏悔,他的亲人问他为什么,他说:'我要死了,我敬爱上帝,热爱朋友,不恨敌人,就是厌恶迷信。'"

6月3日

特鲁别茨柯正在给列夫·尼古拉耶维奇雕一尊骑马的小塑像。他在外出散步前摆好姿势让画家工作了一阵子。特鲁别茨柯是在院子里台阶前雕塑的。大家都看他工作。他本人全神贯注,一会儿退到一边打量自己的创作,一会儿赞美列夫·尼古拉耶维奇的那匹草原种的小马。他避开代列尔,坚持要列夫·尼古拉耶维奇骑这匹马给他雕像。雕塑家发现这匹马很有个性。

列夫·尼古拉耶维奇忙于剧本的写作。他把剧名《一报还一报》改为《万罪之源在于酒》。题名取自剧中人的一句话。

给我一封信让回复,他起了个头,没写完。

为自己的一些事,我动身去杰略京基。列夫·尼古拉耶维奇在屠申的陪伴下骑马散步去了。因与特鲁别茨柯道别,我耽搁了一会儿。我同他用俄语谈了谈。他对自己本民族的语言掌握得就是差。

"您是从杰略京基来?"他问我,"您生活得多好!……您种地吗?是自己养活自己吧?靠种地为生,这比什么都好……您比我生活得好。我住在城里。但是,"他发音生硬地说,"我一定要这样生活,一定要!"

他想买一小块地耕种。现在他光吃素食,不吃肉、牛奶和奶食。他是在12年前开始吃素的。引起他决心吃素的原因是这样:有一次,他去意大利农村,看到人们为了把一头小牛赶进屠场,拧住尾巴,把小牛的尾巴骨都折断了。

"这种事连畜生都做不出来!"他大声说。

对于牛奶,他说:"为什么我们要吃牛奶?难道我们是吃奶的小孩?只有小孩才吃牛奶。"

作为艺术家,他不把自己列入什么流派。他认为我们这个时代"没有雕塑家"。谁是呢?罗丹和苏蒂比宁吗?是因为标新立异吗?可新奇在哪里?他塑造一个女人,把一条腿盘在胳膊上(特鲁别茨柯比划着那种姿势),于是人们就叫道:"啊,真新奇!"

"必须弄得简单!"他说。

他认为艺术家的创作应当是自由的创作。技巧是不能学的。老师只能给学生传授自己的手法。况且天才的艺术家应当自己造就自己。他讲述了他在莫斯科美术学校任教的故事。一开始在他的名下报名的有40个学生，可是后来仅剩下2名，因为他什么课也不讲，2年内只去过学校3次。然而剩下的那两名学生都成了最有天才的艺术家。

"我为什么要搞雕塑？"特鲁别茨柯自问道，"我需要钱，就为这个，"他指指旁边的托尔斯泰小塑像，"人们给我钱。"可是在他的脸上掠过了孩童般的、羞涩的笑容，"但是必须少搞，自己愿意时才搞。我看到一个好模特儿，需要雕，我才搞。"

"人们问我，"他又说（我觉得，这正是这个雕塑家独特的地方），"'您是雕塑家吗？'我就回答说：'不，我不是雕塑家，我是一个人。'"

6月4日

同杰玛和男爵夫人奥尔加·康斯坦丁诺芙娜·克拉特一起去雅斯纳雅。她已经年迈，50多岁，是艺术家克拉特男爵的近亲。她毕业于学院美术班，可是早已不搞艺术了。她赞同列夫·尼古拉耶维奇的观点，努力靠体力劳动生活，长期住在乡下帮助农民干活和带孩子。她认为体力劳动比艺术工作更重要，更符合她的宗教情感。这是一个对所有的人都很坦率热情的人。

餐厅里人很多。一片喧闹声。列夫·尼古拉耶维奇沉闷地坐在一旁。

一个意大利太太的题词纪念册有几页（上面还有别的几个名人的笔迹）遗失了，这是她给列夫·尼古拉耶维奇寄来让他题词的。他为此很不安，因为一再寻找，仍无下落，故此他决定给这位意大利太太写一封信道歉①。

他真是无限仁善、宽厚啊！

我问他现在正忙什么。

"我正忙着两件彼此不相容的事：一件是写《论生活》的序言，我觉得这事特别有价值，非常严肃、重要；一件是写喜剧，这是最最愚蠢的东西。"

关于喜剧，他说："我现在已经不写它了。写喜剧比写哲学论文还难。你想想，这里有多少困难啊！每个人物都要有自己的个性，每个人物都要讲自己的话，各种人物之间的冲突也都应当合情合理。当我从克拉特那儿听说阿尔维特·叶尔涅方特写他的《基特》整整写了8年的时候，我是多么开心哪！这是可以理解的。"

列夫·尼古拉耶维奇在这里所说的克拉特是叶尔涅方特的亲姨母,即其母克拉特男爵夫人的姊妹。《基特》是叶尔涅方特的剧作,不久前在芬兰舞台上获得了极大的成功。

讲起《论生活》的序言,他眉飞色舞:"我想我很快就要写完了。是的,是的,我自己觉得,它是那么好。我告诉你吧,我的精神一下子就自行昂扬奋发起来了。这是由于3种力的作用:不淫欲——牺牲个人利益的作用力,不骄傲——温顺的作用力,不撒谎——真诚的作用力。这是真的!非常重要,非常好……就要结束了!好,再见!"

6月5日

农民作家谢·迪·谢苗诺夫早晨来到杰略京基,很快又谁也没让知道,就跑到了雅斯纳雅,于是在这里我又碰上了他。他穿着衬衫、上衣,像一个包工头,满脸横肉,浅灰色的小眼睛,淡红色的小胡子。列夫·尼古拉耶维奇很少和他说话。我曾多次提到他对作为作家的谢苗诺夫的喜欢。

检查了我的工作之后,列夫·尼古拉耶维奇把我留下吃午饭。

特鲁别茨柯给他塑像,塑得惟妙惟肖。列夫·尼古拉耶维奇的形象是无与伦比的,特别是那头颅。那眼神你不会立刻理解,可是你老想望它,引人沉思。在这尊小塑像上,那面部表情使我不由想起在去柯切蒂的路上,我在车厢里所看到的列夫·尼古拉耶维奇的那种表情。

特鲁别茨柯说我注意到了这幅作品的主要特色:列夫·尼古拉耶维奇的塑像"甚至还有眼睛"。

列夫·尼古拉耶维奇为这个艺术家做着各种姿势,或坐,或站,或谈话,特鲁别茨柯是那么客气,既不强迫他转地方,也不用他转动身体,而是自己把塑像的支架搬来搬去,迅速、沉重、笨拙,但又小心翼翼,熊一般地挪动着。列夫·尼古拉耶维奇滑稽地模仿着他的动作,把两腿和双臂弯成车轮状,挪动双脚,跑了起来……逗得特鲁别茨柯停下工作,大笑不止。

看来,他喜欢特鲁别茨柯这个"大孩子",这一异乎寻常的人。

傻里傻气的巴拉莎——一个胖墩墩的老女人——笑容可掬地走过来。

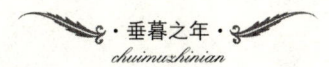

"这是搞得啥呀?"她指着小塑像说。

"您好,巴拉莎!他搞得这是啥呀?骑马的这个人是谁呀?"列夫·尼古拉耶维奇故意问道。

"就是你!"巴拉莎笑了,还用袖子遮住脸。

列夫·尼古拉耶维奇对谢苗诺夫讲述起来:"她还是个姑娘呢。可是她有一次遭罪了:有了肚。达尼亚讲起她的这件事来有声有色。她弄到一块白面包,人们问她要去哪儿,她说:'找小伙子去呀!'可是当人们一向她谈到那个小伙子,她就骂人:'滚,找公狗去!'但是可怜她不能生孩子,因为她是姑娘,不是'小伙子'。当人们问她:'巴拉莎,你到底为什么还不生?'她回答说,现在谁要是再胡来,她给他个'嘴巴子'!妙极了!"列夫·尼古拉耶维奇笑得前仰后合,"假如所有的女人都这样那可好了!"

今天有一个女求援者使他很伤感:那个女人号啕大哭,要求给她找个地方。他想给报上写一封信,声明他不能提供物质援助。

"我本想在临终前同所有的人处好关系,"他激动地说,"可是我拒绝给他们物质援助就惹恼了他们,引起了他们的恶感。"

谢尔盖·列沃维奇的妻子玛丽亚·尼古拉耶芙娜满足了那个女求援者的愿望。

6月8日

他病了。他想去杰略京基见见演员奥尔连涅夫。眼下此人正在,明天就要去斯托尔波瓦亚找契尔特科夫去。两个人的愿望都没有实现。奥尔连涅夫应邀去列夫·尼古拉耶维奇那儿待了不大一会儿。事后传闻,列夫·尼古拉耶维奇不喜欢这个人。①

奥尔连涅夫42岁,可是年轻,活泼,标致,俏皮。但是在我看来,他至少很可悲。他已经不像是个人,而像是一个别的什么东西了——不知是天使还是机器,是洋娃娃还是一堆肉。他神气活现地披着斗篷,穿一件怪模怪样的敞领海员短上衣,戴一顶巴拿马草帽。他脸色苍白,皮肤娇嫩,抽着每一支上都印着自己名字的卷烟,仪表优雅之至,就像是一个阔太太。他穿着高勒皮鞋,拿着手杖,全身都是

贵重的东西。他吟诵诗句，心下想着："创立人民剧院嘛，不，我才不呢！这完全是别人的事情。"他的幻想并不大——为民众组织一个七人戏班子。

来到雅斯纳雅。从与客房并排的下人的住房里，传出了三弦琴的声音。我走进屋里，看见屋里坐着杰玛、仆人费良和特鲁别茨柯公爵；后者低着头，一双脚尖向里，把三弦琴弹得叮咚直响。

后来我在阳台上用三弦琴弹华尔兹舞曲，特鲁别茨柯和妻子翩翩起舞，滑稽地学着舞迷们的动作。当我笑得弹不下去的时候，他大声叫着："弹呀！弹呀！"

他给我看他的设计模型照——亚历山大二世纪念像的模型。这一具有很高艺术性的设计被否决了。可是比较而言，他更乐意要精美的糖果盒。晚上，特鲁别茨柯来杰略京基给摄影师达普席尔放自己录的唱片。我们留他吃茶。大家打破常规，别出心裁地组织了一个茶会，把茶桌安放在院里，露天饮茶。特鲁别茨柯很喜欢杰略京基的这种"纯朴"。他又讲起了务农的理想；讲到炮制几样肉菜，譬如鹅肝酥皮大馅饼*时的惨无人性。

"那叫什么，白白的？"他两手做了个圆圈，最后想起来了，"鹅！"

他为列夫·尼古拉耶维奇生活在这样一个沉重的环境里而惋惜。他说再过100年，所有的人大概只有从事体力劳动才能生活。

他给大家留下很好的印象，大伙跟他都非常合得来。

6月9日

晚上去雅斯纳雅。列夫·尼古拉耶维奇给了我许多需要回的信。我把他作为宗教容忍的榜样。一个通信人写道，他"不能接受托尔斯泰的学说"，但是他同情洗礼派教徒的学说，所以请求列夫·尼古拉耶维奇把莫斯科洗礼派教徒们的地址告诉他。列夫·尼古拉耶维奇在信封上简明地批上："告诉地址。"他的这种细心周到使我惊奇。

他向我谈到奥尔连涅夫时说："他完全是一个莫名其妙的人。不正派，倒不是为钱，而是沽名钓誉，出风头……"

---

*　原文为法文"foie-gras"。

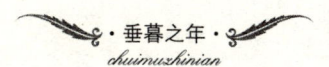

尤其使他惊讶的是奥尔连涅夫的服饰和把胸脯和肚脐都袒露出来的敞领衫。至于他与这位演员的交谈，他说："我和他左谈右谈，一无所获！"

6月10日

在雅斯纳雅。与他骑马出去。在树林的拐弯处我和他失散了。我们是各自回到家的。午饭前他得知我为此而难过后，笑了，问我是在哪儿把他给丢了的。他在没有弄明白这是怎么回事之前，一直很不安。

他又同我说起奥尔连涅夫："直到现在我也搞不清这个人。一个人活着唯欲是求，这无异于卖淫。"

他读了一份廉价幽默杂志上的《托尔斯泰轶闻》他觉着很有趣，快乐地笑了[①]。

他说他正看有关别哈乌主义[②]的文章，并讲述了这种宗教的内容。他对这一教派评价很高。

问到我的那本《基督教伦理学》的命运时，他说："您付出那么多劳动，著作又那么有价值，——真可惜！"

这本书没出版是很可惜。

我向他大略地讲到不久前我和谢尔盖·布雷金的一次谈话以及布雷金对上帝的理解。列夫·尼古拉耶维奇不同意把上帝理解为有生命的存在，以为可以"看见"上帝。

他又给了我几封需要回复的信。像往常一样，他总要附带说："您的心中要是有上帝，那就请回信吧。"

6月12日

列夫·尼古拉耶维奇终于去契尔特科夫那里做客了。契尔特科夫住在梅赛斯克村，——位于通往莫斯科大道上的斯托尔波瓦亚车站附近。陪他同行的有亚历山得拉·列沃芙娜、屠申·彼得罗维奇、仆人伊里亚·瓦西里耶维奇和我。

我们决定骑马去图拉，再从图拉乘火车。早晨非常美好。

我们经过图拉监狱。

"古谢夫就在这儿蹲过。"屠申说。

大家想到在这所门户阴森的大白房子里，曾经有过一位"托尔斯泰主义者"被关过，这监狱也好像成了"自家的"了，感到亲近。

我们从偏僻的后街走向库尔斯克车站。假如我猜测得不错，列夫·尼古拉耶维奇是不想因自己的到来而惊动图拉人才这样做。

一路上我们乘坐二等车，加入我们一行的还有日本人达·巴·考尼西。他昨天到雅斯纳雅·波良纳拜见了列夫·尼古拉耶维奇，现在要回莫斯科。

一路顺利。列夫·尼古拉耶维奇大部分时间待在他的那间小包厢里，我们其余的人拥挤在另一间同样小的包厢里。我们仍然不由地感到他就在我们的这个包厢，因此都很高兴。有几次火车进站后他走到月台上散步。来往行人不多，没有发生什么纠缠之事。

有一次在散步时，我叫住他，给他介绍一个我刚认识的善良的西伯利亚老医生。医生从报纸上知道托尔斯泰的秘书也是西伯利亚人，把我当作托尔斯泰的"随员"，走上前来认老乡。列夫·尼古拉耶维奇对这个西伯利亚人很客气，使之感到很幸运。

我们在斯托尔波瓦亚一下车，列夫·尼古拉耶维奇就被前来迎接我们的契尔特科夫一家团团围住。一个戴绿圆帽的青年走到我面前，腼腆地请求我向列夫·尼古拉耶维奇转达"商业学校学生的致意"，我完成了这一嘱托。

我们在契尔特科夫家。

吃午饭了。在座的有主人、客人和佣人们。我们的伊里亚·瓦西里耶维奇畏怯地蜷缩在一旁，他不习惯这种场面。

列夫·尼古拉耶维奇很善于观察。他发现契尔特科夫的女当家、女主人、给大家盛汤的安娜·葛里高利耶芙娜是个左撇子。大家谈起天气。他已经注意到窗户上有一个温度计，起身走上去看了看。

饭后，他坐下来同年轻人安·基·拉东斯基——契尔特科夫在出版和文化事业上的同事之———下起棋来。

"我和苏哈金是棋逢对手，"列夫·尼古拉耶维奇谈到象棋时说，"他只不过下得稳，可我还是像年轻时那么贪婪。"

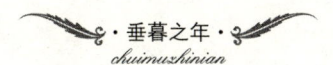

6月13日

早晨下起了雨，他依旧出去散步。

按他的指示，我们把他房里的家具重新调整了一下，他也帮着干起活来。早晨他不小心把墨水洒了，亲自动手用湿纸擦起桌面来。他把我喊去帮忙，因为擦漆布桌面很费劲。我们直擦到桌面完全干净了才住手。

大家聚在餐厅里。契尔特科夫说他常想，假如列夫·尼古拉耶维奇的文章可以自由传播，人们争先恐后地阅读，那就会对人类产生巨大影响。

"我不这样想。"列夫·尼古拉耶维奇回答说，"现在有一股阻碍前进的潮流，是《俄罗斯新闻》的检查官们搞起来的。"

"是的，然而宗教上的要求已经成熟了。"

"成熟倒是成熟了。"

上午，列夫·尼古拉耶维奇又把《论生活》的序言修改了一遍。我把它誊抄好，晚上他又坐下来润色。吃茶时他来晚了，11点才到，把重新改过的序言给我。

他愉快活泼，谈吐欢畅。他说他在读库普林的《陷阱》，可是没读完就搁下了。

"真讨厌！主要是繁琐。完全可以再简练些。太冗长了。现在有两个姑娘正在雅斯纳雅·波良纳等着我，她们是来要求个工作地方的。其中一个有写作才能。但因她不能使内容富有意义，所以她写不好。你看，她在描写一个姑娘的遭际，写得很自然：她的脚如此这般地脱臼了（他用手比划着。——作者），可她的容貌那么漂亮、可爱、温柔。有一个人引诱了她，然后把她抛弃了……就是这样的故事也比《陷阱》给人的印象深得多。而那个普列奇斯泰斯基专修班（他指的是莫斯科普列奇斯泰斯基专修班的青年工人们，不久前访问过他。——作者），我对他们说，你们要抛开最近60年来所写的全部文学作品，不要读这些东西。这都是胡说八道！我故意说60年，是为把自己的东西也包括进来……你们要读从前所写的全部作品。我也这样奉告你们这些青年人。"他转向我们说。

"怎么？普希金呢？"契尔特科夫说。

"哦，当然啦！果戈理、陀思妥耶夫斯基的作品要读……还有外国文学，像卢梭、雨果、狄更斯的作品也要读。要不然就接受这一惊人的志向——了解全部近代文学。这可怎么办呢？克鲁特，克努特……克努特·哈姆逊！……比约尔逊，易

卜生……可是对于雨果、卢梭，只是道听途说，或浏览一下，仅仅是从百科全书中知道他们是些什么人，这就满足啦！"

"是啊，顺便说说。"他继续说道，"不久前我留心过台湾那个地方*。你们知道台湾是什么地方吗？这是日本人不久前占领的一个海岛①。考尼西向我讲了那里的许多情况，他常去那里。你们想想吧，在那个岛上还能见到吃人现象。怎么样！特鲁别茨柯说得好：吃人现象已是一种文明之举了。吃人者相信，他们吃的是野人。而在他们看来，住在那个岛上仅靠水果为生的部落就是野人。"

他还讲了从日本人那儿听到的其他一些事儿。

6月14日

他到了附近一个村里；在医士们的监护下，那儿的农民家里安置了邻近精神病院的50个神经病人。他与这些病人谈了话，有几个引起了他的兴趣。不过看得出来，他这次散心是想寻找一些比他所见到的更有意义的事情，所以他说起自己的感想来，并不是那么特别欢欣鼓舞。

有一个叫卡尔·维列明斯基的医生，从布拉格来的，捷克人，"实科中学的德语教师"，——可爱的屠申在介绍他时这样说道。他是带着专门的目的来的——详细了解一下列夫·尼古拉耶维奇的教育思想。列夫·尼古拉耶维奇抽出相当长的时间同他详谈。在交谈过程中，维列明斯基有机会详细询问托尔斯泰对某些学科和学校教育的总的看法①。

谈到人种学的时候，列夫·尼古拉耶维奇说，这门科学的任务不是研究某个民族生活的外表现象，比如人们穿些什么、住得怎样，而是研究他们的信仰是什么、生活赋予他们什么样的思想。

维列明斯基用德语提问，列夫·尼古拉耶维奇用俄语回答。

谈话是在餐厅里当着大家的面进行的。当时给列夫·尼古拉耶维奇做记录的就有4个人，甚至还要多：契尔特科夫、阿辽沙·谢尔盖英科等人。这样兴师动众

---

* 原文为"福摩萨"（Формоза）。这名称是殖民主义者、帝国主义者对我国台湾的称呼，现仍用"台湾"这一名称。——译者

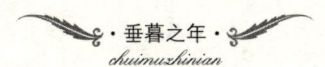

有点叫人反感,所以我故意什么也没记。

对基辅大学生关于自杀问题的文集,列夫·尼古拉耶维奇说:"这是一本青年人的天真的文集。'我们,青年人',——这是自负……然而青年人当他们谦虚的时候,他们还是很不错的。"

他说:"对孩子们下些功夫还是值得的。我不是指儿童,而是指那些14岁以上的孩子们。一百个这样的孩子中常常有两个可以有所造就,他们之中将会出些人才。"

邻近一所孤儿院的孩子们拿着鲜花来看他。他感谢他们,契尔特科夫还把列夫·尼古拉耶维奇的肖像和几本书赠送给孩子们。

6月15日

列夫·尼古拉耶维奇稍感不适。精神病院的院长从梅赛斯克来,但未被接见。晚上,列夫·尼古拉耶维奇依然走进餐厅坐下来,和他现在的棋友拉东斯基玩棋。

他说,他读了安·彼·诺维科夫的《仆人笔记》①,作者在苏哈金家当过差,作品是用打字机打印的。他很赞赏这部作品。

"拿起来就放不下了,因为写得很有意思。"

根据契尔特科娃的建议,开始朗读《仆人笔记》。这一义务落到了我的头上。列夫·尼古拉耶维奇虽然在下棋,可是仍旧注意地听着。有些地方他请求跳过去;碰到描写贵族生活的滑稽可笑的细节他就发笑;末了,对我今天朗读时不知为什么出现的许多重音上的错误做了纠正。

"是不是很有趣?"当他们结束了下棋,我停止了朗读时,他问道,"可惜他在描写贵族生活时夸大其词,故意渲染……"

同大家道别后,他离开了餐厅。

6月16日

他与契尔特科夫一家去梅赛斯克参观精神病院,院长当向导。院长和医生们对客人很热情。晚上,列夫·尼古拉耶维奇谈了他的感想。

"我原以为印象会很强烈,我会很激动。印象不强大概是因为我们一下子看到了所有的病人、许多有趣的事情……假设我们只见到一个病人，效果就会更强烈些……"

医生们对病人的态度之好和服伺之卑恭使他不胜惊讶。

"这很好！不但对病人和善，而且对所有的人都这样。要知道那个从前的女教师是那么个样：我和她顶了几句嘴，她就激动得不得了。她抱怨人家给她吃的不是于她有益的药。我说，这一点大概大夫们还是知道的。可是告别的时候，她没有向我伸出手来，她说：'我不和您握手，因为我们的看法有分歧。'"

他还说："奇怪的是对于医生们来说，病人不是需要你怜悯的人，而是应当拿他们进行工作的一种材料。然而看起来为了不把事情弄糟，非如此不可。"

使他感兴趣的是病人对宗教问题的态度。有一个病人，列夫·尼古拉耶维奇问他信不信上帝，他回答说："我是上帝的一个原子。"另一个说："我不信上帝，我信科学。"这个人的回答使列夫·尼古拉耶维奇特别震惊。

顺便说一下，在去医院的路上，一个农民拦住了列夫·尼古拉耶维奇。

"您有什么事？"

"我们说您懂流年运气。"农民说。

他把列夫·尼古拉耶维奇当成了巫师。列夫·尼古拉耶维奇做了自己所能做的事，向这个农民讲了他对生活的理解。

总而言之，在契尔特科夫家逗留的这几天里，他觉得自己身体明显好转了。他总是那么活跃、健谈。我觉得他在摆脱了自己家里无穷的尘世繁忙之后，在这里得到了休息。契尔特科夫家较为简朴的日常生活，比雅斯纳雅·波良纳庄园的那种使他厌恶的豪奢，主要是纵然不是完全的、也是无可争辩的贵族城堡似的与世隔绝，我觉得与列夫·尼古拉耶维奇的整个精神境界要和谐合拍得多。

6月17日

列夫·尼古拉耶维奇又重写《论生活》的序言。这篇序我每天几乎都得给他抄写两遍。他说这次结束了，只是得给契尔特科夫过目。

"总算脱手了，"他说，"显然这是我的脑子好使的标志。"

下午2点，他在契尔特科夫的陪同下骑马去邻村特洛伊茨科。

路上碰见一个避暑的太太，她客气地鞠躬行礼。据契尔特科夫说，列夫·尼古拉耶维奇也摘下草帽，"像侯爵一样"，点头回礼。

契尔特科夫还讲了列夫·尼古拉耶维奇好去那些比较困难的地方的老习惯。

"他越过了梅赛斯克和特洛伊茨科两村间路上的所有斜坡和壕沟。"契尔特科夫笑着说。

有人开始讲起这几天列夫·尼古拉耶维奇怎样从篱笆的一个缺口翻过去，"直接从污水坑里"打水浇园；女管家说，他猛地出现在她面前，使她大吃一惊。大家一齐哈哈大笑起来。

列夫·尼古拉耶维奇突然走进来，契尔特科夫向他转述了谈话的内容。

"是的，我坚持着一句关于怎样直着走的谚语，你们不知道吗？"他说，"绕着走，中午就到家；直着走，上帝保佑，晚上才到家。"

大家笑得更厉害了。这句谚语对他的确很适用。我想起他绕着雅斯纳雅瞎走一气的情景来。

契尔特科夫把他的妻子安娜·康斯坦丁诺芙娜的《自由基督教歌曲集》①给列夫·尼古拉耶维奇看，当时她正在场。列夫·尼古拉耶维奇走到钢琴前，看着《请你听话》的曲谱，由他伴奏，我唱了其中一段。

"好，好！"他拍着手，从钢琴旁站起来。

午饭间他微笑着说："唱得不错。真的，是不错。嗓子很好。"

晚上，大家聚在一起吃茶。

我想说说吃茶时发生的一场喜剧性的"关于蟑螂的对话"。

"你们想想看，我的屋子里有蟑螂！"列夫·尼古拉耶维奇说，"我今天看见过两次。"

"啊，我的天！就一只？"契尔特科夫神色惊恐。

"不知道是不是一只，反正我看见两次。"

"这使您很不愉快吧？"

"啊，不，如果就一只，那没什么。"

"应该抓住它。"有人说。

"可我想，"契尔特科夫反对道，"最好不要这么办，看看到底有多少。最好保持在一种令人愉快的怀疑状态中。它是褐色的吗？"他问。

列夫·尼古拉耶维奇努力回忆蟑螂是什么颜色。懂得的人解释说，蟑螂的样子又黑又大，而要是个儿小，暗黄色，就是菜虫。

"我见的就是小个儿的，暗黄色。"列夫·尼古拉耶维奇说。

"那么大概不是蟑螂，是菜虫。"契尔特科夫在一片笑声中推断说。

"大概是菜虫。"列夫·尼古拉耶维奇附和道。过了片刻，他突然问："瓦林廷·费多罗维奇哪儿去了？干吗不唱支歌？"

我站起来应契尔特科夫一家的请求，唱了达戈梅茨基的《疯美人》。昨天和以前我就给他们唱过这支歌。

"好像*是民歌。"列夫·尼古拉耶维奇说。

随后又唱了一支民歌：《今世最后一天》。

"这支歌真美，太美了！"他又说。

他夸我发音清晰，然后就离去了。他不在的时候我们搞了合唱。我和大家一起唱了两首歌。

6月18日

列夫·尼古拉耶维奇收到一个女人的信，请求寄300卢布，给她患神经病的丈夫看病。

"可惜我已经'赎免'了，"他说。"否则能写多少好文章啊！你看，就是关于这个女人也……"

"可是您正在写好文章。"契尔特科夫说，显然他是暗示列夫·尼古拉耶维奇正在写的那个剧本。

"也许是吧，我对自己更严格了，"他回答说。

6月19日

他今天写完了昨天动笔的一篇新论文《致斯拉夫人》，这是为邀请他参加在

---

* 原文是拉丁文"Quasi"。——译者

索非亚召开的斯拉夫人代表大会而写的[①]。昨天他结束了《论生活》的序言,但是今天又稍加润饰。他告诉我,他想做最后一次修改。在序言中他谈到"对上帝和其他生物的爱"。假如我没弄错,契尔特科夫建议他删去"对上帝的爱"这句话。他同意了,但是今天决定用"对上帝的意识"来代替"对上帝的爱。"

"这就清楚有力得多了。"他谈到这一新的改动的本质时对我说。

审查11月或12月要出版的《每日必读》时,他拿掉几条语录,让我从他的著作中查找内容相同的代替之。我完成了这一工作,受到了他的称赞。

昨天,一个工作人员的小女孩出麻疹,除根本否认疫苗原理的契尔特科夫和身体不太健康的亚历山得拉、安娜·康斯坦丁诺芙娜以及列夫·尼古拉耶维奇之外,全家人都注射了天花疫苗。

列夫·尼古拉耶维奇认为疫苗注射毫无益处:"无论怎样努力避免死亡,横竖总有一死。"

"但是并非人人都想死。"大家反对他。

"那是白搭。"

斯达霍维奇来信说,斯托雷平核准契尔特科夫住在杰略京基,暂时客居他母亲那里。房子里一片欢呼雀跃。

晚上在竖式钢琴伴奏下组织了大合唱,我唱了《飞快的三套车在奔驰》和《今世最后一天》。列夫·尼古拉耶维奇听了我们的歌唱。

"这支歌(《今世最后一天》)之后要是马上接唱《巴蕾娘》,那就更协调了。"他建议我们说。

他为《巴蕾娘》鼓掌叫好。

6月20日

从清早起他就很快活、精神。他写得十分起劲。亚历山得拉·列沃芙娜踮着脚尖走进屋里,把重新誊清的致斯拉夫人代表大会的信放在桌上,以便修改。他一点声音也没有,全神贯注地写着。后来他走到凉台上,把手稿交给她——原来他写的是一篇名叫《无意之间》的短篇小说[①],并且吟咏道:

一位作家胡编乱写，
一只木箱放在角落。
作家没有看见它，
绊在箱上摔倒啦。

接着独自笑起来。

亚历山得拉很激动，决定把这篇小说马上用打字机打出来，她顺着靠在旁边又高又陡的木梯下楼去了。房里还有一个大梯子，这时人们尽量不走这个楼梯，怕吱呀发响的声音惊动正在休息的契尔特科娃。

"你要是走这个楼梯，我也走。"列夫·尼古拉耶维奇说。

亚历山得拉早就猜到了他的意图。

3点钟，应梅赛斯克院长和医生们的邀请，去波克罗夫斯克精神病院看电影。通常总是每周给病人放映一场。列夫·尼古拉耶维奇、亚历山得拉·列沃芙娜、契尔特科夫和许多家里人以及我都去了。

列夫·尼古拉耶维奇受到了隆重的欢迎。人们从四面八方涌来。一群群的人们从条条大路上拥向医院大楼。还有许多摄影师。在入口处有两个女病人送了列夫·尼古拉耶维奇两束鲜花。

大厅的窗上挂着黑布窗帘。照明用的是电灯。大厅深处是银幕。观众坐在木凳上——右排是男病人，左排是女病人。左边的前头是一溜椅子，列夫·尼古拉耶维奇和院长并肩而坐，其余客人也都被安置在这里。

灯灭了，用作伴奏的留声机呜呜地响起来，银幕上闪过一组组画面。我们看的是《涅龙》——话剧；《沙夫豪森瀑布》——纪录片；《安诺维尔动物园》——纪录片；《辩才之华》——传奇剧（很拙劣）；《英王爱德华七世的葬礼》——纪录片；《成功的剥夺》——喜剧（不高明）。列夫·尼古拉耶维奇是按优劣评价这些影片的。传奇剧和喜剧以及话剧《涅龙》之空洞胡闹使他惊讶；《爱德华的葬礼》使他想起这种穷奢极侈要挥霍多少钱财；只有《安诺维尔动物园》使他喜欢。

"这是真正的电影，"放映这部片子时他说，"不由得让人想起大自然不仅仅是在创造。"

"啊，猴子！"他读着字幕囔道，"这好玩儿！"

猴子的确让人觉得好玩儿。

因一时不慎，列夫·尼古拉耶维奇在幕间休息时同一个病人——他第一次访问时见过的那个女教师谈起话来。她神经质地嚷道："是您啊，列夫·尼古拉耶维奇！您说不审判别人也不叫人审判，可我的医生应该送去受审，因为他是一个暴君！您懂得'暴君'这个词的意思吗？"

"当然懂！"

"那么，他就是一个暴君！他根本不应该这样给我治疗！您知道，他根本不懂我的病。"

"真可悲！"他说。

"您也知道，我觉得我在这儿根本不会好。"

病人的声音颤抖起来，她双手抓着墙壁，盯着他，又激动又委屈，大声嚷叫，闹得别人——病人和好人——都只顾听她的了……

列夫·尼古拉耶维奇走到街上。几个摄影者从四面跑过来。

放映时另一个病人歇斯底里大发作，她嚎啕大哭，不肯离去，好不容易才使她安静下来。这样一来，即使允许进入大厅，也只有老实的病人才行。

一般来说，病人们看电影时相当安静。他们无疑感到有趣味，但是他们的兴致并不特别浓。

我们没有看完，只看了一半就离开了医院。列夫·尼古拉耶维奇还接受医生们的请求，在来客留言簿上签了名。我们又走到一堆人群中，刚刚转过身，正好从邻村来了一大群人，家长带着妻小，让一个长者领头，一同来看列夫·尼古拉耶维奇。他们提着篮子，端着盘子，盛满鸡蛋。列夫·尼古拉耶维奇虽然走得很乏，还是走上去迎接了他们。

"我能为你们做些什么呢？"

"可不是，大人……我们想来见见您……"

他们把盘子硬塞给他。他惊慌失措，不知该不该接受。这时契尔特科夫从他身后走上前去，接下了献礼，把农民的篮子也接了过来。

他开始问询农民们村里的情况，告诫他们别从村社中被分割出去（"这要吃苦头的！"），随后和他们道别，拉着手，像见面问好那样，并答应有空到村里看他们去。

来了两个客人，谢·索洛马欣和亚·谢·布杜林②。据说，布杜林在出版、编校《四福音书的编汇、翻译和研究》一书时帮助过列夫·尼古拉耶维奇。他非常热情周到地招待了自己的老朋友们。

晚上过得不同寻常。

列夫·尼古拉耶维奇朗读了他的新作《致斯拉夫人代表大会书》和取材儿童生活的短篇小说《无意之间》。他刚起头朗读后一篇小说，就由我接着读。（"您读得真出色！"）小说写得很漂亮。

然后大家谈了很久。人们坐在阳台上。列夫·尼古拉耶维奇靠在一张有灯的桌子旁。

布杜林谈到画家麦什科夫时说，这个人什么书也不看。

"好样的！"列夫·尼古拉耶维奇大声说，他已经不记得麦什科夫了。

"好样的？"布杜林莫名其妙。

"好样的！"他再次确定不移地重复道。接着他讲起特鲁别茨柯，说他也什么书都不看。这正表明特鲁别茨柯是一个很有头脑、不失童心的人。

"我对他不满意的只有一点，他同妻子光着身子走来走去。"

这是实话。特鲁别茨柯住在雅斯纳雅·波良纳时，同妻子在沃龙卡小河里一起洗过澡。

"他不是一个没有道德的人，"列夫·尼古拉耶维奇说，"他这样做是有原则的。他是一个严格的素食者，各种动物的崇拜者。正像他说的，动物比人有德性得多，人应当努力效法动物。我与他因此而争论。我说，人不能把动物当作自己的楷模，人可能比动物更卑鄙，但是一个人可以高出他为自己提出的那个楷模。人有先天的羞耻心，动物却没有。人用衣裳把一切不应该裸露的地方都掩盖起来，只露出能反映他的灵魂的部位——面孔，这是非常高明的。我就常有这种羞耻感。譬如说，女人要是袒胸露乳，我就十分厌恶，甚至在年轻的时候也是这样……那时夹杂着另一种感情，但也还是觉得羞耻……"

布杜林看了他的照片。

"我特别珍视这些照片。"他说，"看到亲人们是令人十分快乐的。"

契尔特科夫给布杜林看了阿朗松的雕塑——列夫·尼古拉耶维奇的头像③。列夫·尼古拉耶维奇说他并不特别喜欢这尊雕像。他发现像上"智慧被夸大了，因为额头鼓出那么多"。契尔特科夫指出，阿朗松是根据他的一张照片雕得这尊像。

列夫·尼古拉耶维奇回答说："在这方面特鲁别茨柯才是一个真正的艺术家。他从来不允许自己按照片雕塑，总是根据真实形象……不过，总的来说，对雕塑这种艺术我不特别喜欢，如同对绘画一样……而音乐却使我倾倒！绘画从来没有对我产生过强有力的影响。你凑上去，看一看——如此而已，也许这只是我自己的感觉，别人自当别论。我所珍视的图画寥寥无几，首先是奥尔洛夫的。"④

布杜林指出，根据艺术家们的评价，奥尔洛夫的素描不好。

列夫·尼古拉耶维奇不同意这种观点。

"初期和晚期的（这些画都被收集到"媒介"出版的画册中了）绘画、素描的确不好，可是其余的都很出色！"

他又说："特鲁别茨柯使我惊讶的也正是音乐大师们使我惊讶的。他塑造一尊雕像，这是手臂，那是脑袋，他在这脑袋上取下些什么，添上些什么，于是他所希望的东西就出来了。"

6月21日

早晨，列夫·尼古拉耶维奇走到凉台上，我正在那里盖着被子睡觉，还没有起身。屠申坐在桌边写字。

列夫·尼古拉耶维奇低声向他打听昨天戈尔布诺夫寄来的《论生活》的校样。我听见后，告诉他在我这里。

"多好看的花啊！"他一面说，一面向桌子上一束硕大的淡紫色的风铃附下身去。屠申正坐在花束后面写字。

"这又是您摘的吧？"

我回答说是的。起身后，我又摘了一束，趁他散步不在，放在了他的屋里。

他在动身出去散步之前，第二次来到凉台上，然后走到临时搭在外面的那个梯子旁，打算从这条梯子下去。他害怕走里面的楼梯，惊动休息的契尔特科娃。

"不能从这儿走。"站在旁边的伊里亚·瓦西里耶维奇直率地说。

他挥挥手："我不走，否则您老盯着我。"

他转身轻轻地踮着脚下了里面的楼梯。

散步回来，他把我叫去，给了我几封需要回复的信。

因为一个偶然的原因，他当时说起昨天写的一个短篇小说。小说描写了一个丈夫，在一次赌牌输了一大笔钱之后，绝望地回到了家里。

"我想这样描写他，在这一点上我尤其不愿意撒谎。他起初想通过性欲的满足来麻醉绝望的情绪，可是当妻子推开他之后，他就用抽烟来麻醉……"

两小时之后，我听说他写了一篇新短篇——同一个青年农民的对话①。看得出来，幸福的创作激情控制了他。我相信，这自然是由于梅赛斯克的宁静而充足的生活感受的结果。

来了几个客人：费·亚·斯特拉霍夫、奥尔连涅夫和在柯切蒂时拜访过列夫·尼古拉耶维奇的阉割派教徒里戈利耶夫。

早饭后给列夫·尼古拉耶维奇照相。和在柯切蒂时一样，他和我坐在花园里桌子旁整理书信，其余的人也走近前来。他开始念他今天写的一篇关于自杀的文章，这就使达普席尔先生有机会拍了一张漂亮的团体照。

起初，当列夫·尼古拉耶维奇刚刚坐定的时候，望了我一眼，笑了笑。为了暗示摄影者，小声说："我要使劲克制自己，免得弄出什么可笑的动作来，譬如说颤动腿呀，伸舌头呀……"

大伙喝起茶来。

他停住整理书信，我也停下来。他从已经看完的一封信上抬起头来，说："虽然别林奇不满意我总是爱呀爱的谈个没完，因为有一次他说不得不老是抄写关于爱的稿件，但我还是要说，我愈生活，就愈确信爱是最根本的，应该让它充满我们的一生，而且必须努力追求。爱决定一切，创造幸福。如果有了爱，那么一切都是美好的：太阳是美好的，细雨是美好的……不对吗？"

看完信，他去散步。

午饭间，他同奥尔连涅夫谈戏剧。显然他们谈得不投机。奥尔连涅夫永远理解不了他。当时奥尔连涅夫正认为剧本、道具、服装和布景的艺术性具有非同小可的意义，而列夫·尼古拉耶维奇却更重视剧本的内容，不认为演出的外景有多大意义。

后来，奥尔连涅夫朗诵尼基丁的诗（慷慨激昂，但缺乏感人的热情）。大家都很欣赏他的朗诵。列夫·尼古拉耶维奇都泪花莹莹了。奥尔连涅夫也很受感动。他

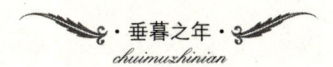

极不乐意动身,但是必须赶火车——有事得去莫斯科。

其余的人也都去特洛伊茨科村莫斯科区精神病院看电影。医院的负责人还为列夫·尼古拉耶维奇和他的"随从"派来了几匹好马。

影院很豪华。第一排是沙发和安乐椅。院长和医生极其殷勤。人很多。列夫·尼古拉耶维奇看完开头的五部有趣的记录片以后,当开始放映一部拙劣的喜剧片时,起身走了出去。我们——他的一大群同行者——也跟着他走了出来。一般来说,他不爱看电影,他提前和医生们做了说明,但是他不愿意委屈他们,所以虽然只待了一会儿,他还是来了。

6月22日

他身体虚弱,只写了几笔《论生活》。

考尼西寄来一张明信片,上面印着一张日本素描和一张古代绘画的拓印。

"怪诞,然而很传神。"他微笑着说,然后久久地端详着那幅素描。素描画的是一个日本女人,对着一个落地摔碎的罐子,惊恐地两手一拍一举。

契尔特科夫、屠申和那个阉割派教徒在餐厅里坐着。列夫·尼古拉耶维奇来晚了。

"屠申·彼得罗维奇,您从《新时代》上剪去一篇什么文章?"他问道。他发现一期苏沃林斯克出的报被挖了一个窟窿。

屠申开始讲述起了犹太人的欺骗伎俩。

"啊,这是罪孽,屠申·彼得罗维奇!"他摇着头说,"罪孽啊——"

"但是,这有什么,列夫·尼古拉耶维奇!"

"不,罪孽,罪孽,罪孽!请您注意这一点!我不理解。"

他喝牛奶酒的时候,拿起空瓶从瓶口向里看,一边交谈一边观察,然后笑着用手指招呼我。

"您快来瞧瞧!"

我向瓶里一瞅,一只苍蝇正顺着滑溜的玻璃瓶壁往上爬,已经爬过瓶颈,快到瓶口了。

"啊,可怜的东西!"我脱口说道。

"是啊!"他笑了,"我瞅着它时也这么想:可怜的东西!现在它还在挣扎呢,不然就彻底被粘住了。看到这种情景毫无恻隐之心是不可能的。"

"这么说,照您看来,消灭苍蝇也是不应该的喽?"阉割派教徒老头子困惑不解地说。

"不应该!"他答道,"为什么要消灭它们?它们也是有生命的东西呀!"

"可这是蝇虫。"

"反正一样。"

"我们一向都在扑灭它们。"

"可您知道,我就是不能看这种景象。"

"那我们该怎样躲避它们呢?"

"为了躲开它们而又不杀害它们,那就必须或者是把它们从屋子里赶出去,或者是保持清洁。"他走到老头子身边,俯身对他说,"关于这件事,佛教徒说得好,他们说:'不应当蓄意杀生。'"

他开始解释,一个人假如允许自己杀害昆虫,那他就准备或可能允许自己杀害动物和人。

契尔特科夫提醒他,从前他对苍蝇并没有这种怜悯心,甚至证实他还说过与此相反的话。

"这我不知道,"他说,"可现在我的这种怜悯心并不是虚伪的,而是真诚的……我想,如果有一个孩子看见这样一个苍蝇,那他也会对它产生最纯真的怜悯之情的。"

教徒指出,并非人人都会产生这种感情。列夫·尼古拉耶维奇表示同意。

"我自己也是一个爱打猎的人,"他说,"也亲自杀死过兔子。须知,必须把兔子夹在两膝中间,用小刀割断它的喉管。我自己也这样做过,可不觉得有什么怜悯。"

"对不起,列夫·尼古拉耶维奇,"老头子说,"您本人是不是打过仗?"

"打过。"

"您打过仗?"老头子失声高喊起来。

"可不是,那是在塞瓦斯托波尔。"

"在塞瓦斯托波尔打仗?"

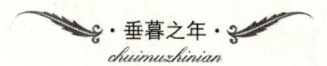

"是的。"①

于是，列夫·尼古拉耶维奇说，值得庆幸的是他没有去杀人。因为虽然他的第四棱堡被当作最危险的地段，但是安置在棱堡里的炮只是用来对付敌军的猛攻的。猛攻没有发生，所以始终没有开火。

"大公们也去了？"老头子问，看来他了解克里木战争。

"也去了。在我的第四棱堡里有米哈依尔·尼古拉耶维奇。可是他不久就回去了，因为那里不合他的口味。"

列夫·尼古拉耶维奇在诺夫哥罗德的通信人莫洛奇尼科夫来了。他是一个矮小、敏捷、聪明、健谈、善于观察的人。因为与"托尔斯泰主义"的关系屡次受到审判。

晚上，斯特拉霍夫读了他的一篇新论文《万有或虚无》，是以福音书正文为根据，谈折衷与原则的。

列夫·尼古拉耶维奇反对必须遵守福音书规定的义务，因为福音书是受到篡改的。

"我不想说这件事，但我要说，我从前喜欢福音书，现在不喜欢了。"

后来根据他的复述，读了福音书中很出色的一段。他又微笑着说："我又喜欢福音书了。"

下午和深夜大家都已入睡后，从雅斯纳雅·波良纳拍来两份电报——奇怪的、含糊其词的两份电报，说索菲亚·安德列耶芙娜得了神经病，让列夫·尼古拉耶维奇回雅斯纳雅·波良纳，必须明天动身②。

在那里心情是受压抑的，但他准备以温顺的态度迎接这次考验*。

---

* 正是由于6月22日拍到梅赛斯克的不祥的电报，才使列夫·尼古拉耶维奇开始走上最后的、殉难的道路，并把他引向了坟墓。妻子的绵延不愈的神经病，她同契尔特科夫之间的斗争，遗嘱的纠纷……统而言之，由于种种原因逐渐复杂化了的雅斯纳雅·波良纳庄园的生活，使得误会迭出，搅成一团乱麻，最后为列夫·尼古拉耶维奇形成一种不堪设想的、沉重阴郁的气氛。他本人虽然当时超然于这一切苦难和误会之上，力求用爱的力量来战胜它们，然而沉痛的事变折磨着他。这些事件闹得满城风雨，最后酿成了托尔斯泰的出走（10月28日）。他毅然冲破了那个乱成一团的罗网。他冲破了，但他宝贵的生命也完结了。

6月23日

　　昨日，斯特拉霍夫引述了路加福音上一则寓言，讲的是一个国王事先估量自己就现有的兵力能否取得远征胜利的故事。斯特拉霍夫认为这则寓言的含义是指人的肉体生活，而我认为寓言对精神生活也是适用的。因为人在努力实现理想的时候，应当估量自己的精神力量，以免力不胜任而倒下去。

　　今天早晨，列夫·尼古拉耶维奇说着话走进我的屋里来。

　　"我同意您昨天对费多尔·阿历克赛耶维奇说的那些话。那段文字是指精神生活，而不是指肉体生活，这是完全正确的。昨天我们还说，道德完善应当从容易的而不是从困难的事情上做起，以便培养毅力……对同一篇寓言可以做两种不同的解释，这又一次证实了我的这个观点，即不应当认为福音书上写的一切都有务必照办的意义。"

　　后来他让我把描写他和农民对话的文稿交给誊写员①。

　　"没人来吗？"他问我。

　　"不，艾尔丁柯和他的妻子来过。"

　　米哈依尔·艾尔丁柯是著名提琴家，他想为列夫·尼古拉耶维奇演奏，为此来找契尔特科夫。

　　"他来过？您从来没有听过他的演奏吧？"

　　"没有。"

　　"您将会得到最满意的享受的。"

　　"莫非您还记得他的演奏？"

　　"记得，记得！"

　　于是列夫·尼古拉耶维奇出去找到艾尔丁柯，对他说："您肯定会表演得更出色，因为您老弟向来是一个真正的演员——永远前进的演员。"

　　艾尔丁柯是在白天演奏的，因为晚上列夫·尼古拉耶维奇必须动身上路。在他散步前后一共接见两次。

　　艾尔丁柯的演奏非常精彩，大部分是抒情乐曲，其中有的主题是民族性的；古典音乐几乎没有，只奏了肖邦的小夜曲和巴哈的咏叹调。总之，他是一个优秀的提琴家，他的技巧令人陶醉。列夫·尼古拉耶维奇几次泫然下泪，热烈地感谢这位

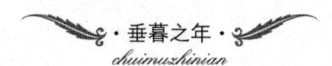

艺人和伴奏者——他的妻子。艾尔丁柯还拉了柴可夫斯基的乐章。列夫·尼古拉耶维奇不喜欢柴可夫斯基，但很欣赏《摇篮曲》和《秋歌》。

还是在音乐会之前，他在自己的房间里朗读了他刚写完的论自杀的一章。听的人有契尔特科夫、斯特拉霍夫、莫洛奇尼科夫、谢尔盖英科和我。

他读的这一节是评述当代社会生活之疯狂的。他引用了帕斯卡尔的格言，即梦与现实的区别在于梦中的现象是不连贯的。假如梦境具有连贯性，那我们就不知道什么是梦，什么是现实了。对此他补充道，除此之外，一个在梦中犯了不道德罪的人，是不会意识到他的行为的不道德和他应负的责任。当代的人们就处在类似的梦境中，他们的生活是疯狂的。

"假如这种疯狂是一种普遍现象，"他结束朗读后说，"那么我们就不知道什么是疯狂，什么是理智了。在帕斯卡尔，只是把这一问题放在时间范畴内论述的，而我是在空间范畴内论述的……我觉得这很有意思，因为这就取消了谴责……这是一个新发现。我想听听你们的忠言……当然这不是摆架子！我只是想解释当代大多数人所处的这种疯狂的状态。"

我们开始准备晚上6点钟动身。一切都就绪了，需要乘马车到车站。几个人聚集在狭小的走廊里。列夫·尼古拉耶维奇已经穿戴停当，手里提着木桶走来。在临行前的最后一刻，他想起一天积攒下的垃圾，矢忠于他的习惯，要亲自把它倒掉。

"对不起，对不起……"他一边说，一边从我们中间挤过去。

行车期间，他在一个车站上碰见了图拉省的地方长官、大少爷、他的侄孙奥巴林斯基公爵。他也要去图拉，看样子是出差归来。列夫·尼古拉耶维奇同他以"你"相称，叫他米沙。

奥巴林斯基跟我们坐同一车厢。起先他们谈了一些无关紧要的事。我真佩服列夫·尼古拉耶维奇很快引起别人的兴趣的那种本领。在这次与奥巴林斯基邂逅相遇的情况下，他以自己特有的方式，很快和他亲热地搭上了关系，同时又不卑不亢，保持着他那独立不羁的精神。

"好啊，请米沙吃糖呀！"他腿搭腿、昂着头坐在沙发椅上，笑了笑，对亚历山得拉·列沃芙娜说。

"谢谢*！"侄孙辈的公爵傲慢地透过牙缝说，懒洋洋地伸手去拿糖果。

列夫·尼古拉耶维奇说起了"11月9日法令"②，奥巴林斯基既然处在引人注目的地方长官的位置上，这话题就非常使人敏感。奥巴林斯基说，他做过多次调查，看到从农庄里分离出来的农民对他们的新处境很满意；他还说，不久前农民们曾向来访问他的一个英国人、利物浦大学的教授表示了他们的这一态度。

"要知道，这是一个两无相干的人呀！"公爵补充道。

列夫·尼古拉耶维奇答话了："从物质利益方面来说，想必这对分割者是蛮好的，但是对所有的人来说却坏透了。被破坏的这个原则，即土地的原则，是上帝也不能把它作为私有财产的……那个英国人喜欢这样做，可我是个俄国人，我不喜欢这一套。"

在图拉，列夫·尼古拉耶维奇走进站房给达吉亚娜·列沃芙娜写了一封信③。一群人围住他纷纷叫他签名，为此人们当时就在车站买了带肖像和各种各样插图的明信片塞到他手里。他开头还一一签了名，可是当他看到这没个完的时候，就站起身回了车厢。他想喝茶，可是已经再不想回站房里去了。

"不，我再不去那儿了。"他挥挥手说。

人们把茶给他送到包厢里来。

回到雅斯纳雅已经是夜间10点多了。

我们向费奥克利托娃打听我们不在时家里出了什么事儿。原来，索菲亚·安德列耶芙娜不满意契尔特科夫没有邀请她去梅赛斯克，——或者说，没有以十分明确的方式邀请她，不给她准备单独的房间。为此她病态地歇斯底里大发作，不仅反对契尔特科夫，而且反对列夫·尼古拉耶维奇。传播开来的各种消息造成使人十分难堪的影响。

尽管很晚了，列夫·尼古拉耶维奇还是在卧病在床的索菲亚·安德列耶芙娜那儿坐了一个半小时。后来他叫女儿去看她。

"看在上帝的面上，你要多加小心！"他央求亚历山得拉。过了一会儿他又说："不能不说话，可说话又危险……"

"我去睡一会儿。"最后他一边说，一边向我们告辞。

---

* 原文是法文"Merci"。——译者

为这位敬爱的、伟大的老人，叫人痛苦得心都要碎了。

6月24日

亚历山得拉·列沃芙娜早晨去找图拉省长，打听让契尔特科夫回杰略京基的消息。他的母亲在彼得堡上层有不少关系，正在为他奔走。

我继续住在雅斯纳雅。早晨，列夫·尼古拉耶维奇向我口授一封复信。他说他睡得很少。我正准备出去，他瞅着我，不知为什么笑了，问道："您觉得怎么样，好吗？"

"是的。只是为您感到难过，列夫·尼古拉耶维奇。"

"不，今天没什么，很好。她说：'你不原谅我，不原谅我说的话……'所以我觉得这是……她的变态心理……"

我们骑马出去散步。走了很久。骄阳似火，连风都是热的。黑麦正在灌浆，荞麦扬花。绿树郁郁葱葱。

"您不厌倦吧？"列夫·尼古拉耶维奇问道。

"不，一点也不。"

"我感到非常舒畅，非常舒畅！"

吃午饭的时候人们使用了这样一句戏谑的话："这一手行不通。"列夫·尼古拉耶维奇说："库普林对这类俗语出奇的精通，他很懂它们的妙用，运用自如。总之，他的语言很漂亮，很形象。只要能突出人物，对读者产生印象，他什么都不放过。"

晚上，餐厅里异乎寻常的寂寥。索菲亚·安德列耶芙娜没有来。

列夫·尼古拉耶维奇说："我今天走路的时候反复琢磨，我想到物质是存在自身进行交流的材料。我们被身体无形之中分成不同的部分，但是通过物质我们才能感觉。我用膝盖撞树，于是我才感觉到硬是什么。秘密就在于这是我在感觉。……几块物体是不会这样互相感知的。"

后来他又说："我正忙于论自杀一文[①]。我想写得尽量清楚一些，好一些。我从容不迫、平静地写着。我想在文章中证明我们生活的全部疯狂，正是这疯狂孕育着自杀现象。当我和契尔特科夫与一个疯子交谈的时候，他老是围着一棵树转圈子，一个劲儿地重复说'不是偷的，是拿的'。当我说，我们将会在阴间见面的，他说'世界只有一个'。这就是说，他的话一点也不傻。这时有一个满脸黑络腮胡子的先生走到我们面前，说想请我们赏脸去参观他的工厂。那是一座纺织厂。在那里，姑娘们、少女们从早7点半到晚7点半只干一种活儿——纺纱。哪儿的线断了，她们就把它接上、整好。就是这样！……在第一个车间里生产的是丝料，类似绸缎，这将被运到东方高价出售。他和我说什么话，在1阿尔申*之内，都得大声喊叫。第二个车间生产的是腰带，要被大批运到布哈拉。他本人按每条8卢布的价格拍卖出去。……我对这些完全不感兴趣，我感兴趣的只是人。我和他本人谈过，他是一个'蒲席教派'的旧教徒。什么是教派呢？他说，教派就是'被神父认可了的'。我又问他：'什么是神父？须知您受过教育，又在外国待过，难道您真相信人是用六天的时间创造的？基督能升天？'可他回答说：'是的，据说这是合乎逻辑的……可是，对不起，瞧这丝绒，您穿不是很合适嘛，把它就这么一裁！'"

说到这里，列夫·尼古拉耶维奇模仿着那位络腮胡子先生的手忙脚乱的动作，笑了起来。

在讲这个故事的时候，他一直微笑着，不过神情温厚、逗人，皱起眉头望着我（我正好坐在他的对面）。

"难道这个人不是疯子？这个固执的念头**一直萦绕在我的心头。一个罪人，我到处寻找的就是这个。"他继续说，"难道像麦奇尼科夫这样大名鼎鼎的学者不是一个疯子？当他来这儿的时候，有一次，我为了把他引到道德问题上，就说起仆人们来。我说，这是多么不道德啊！年老的、受人尊敬的、有了家室的人伺候一个学生娃娃……他说：'是的，您想想……有一个法国人来找我说，他家里的人都有阑尾炎，所以他处在一群阑尾炎患者的包围中。'"

他笑了开来。

"阑尾炎、阑尾炎，什么阑尾炎？'有什么说的，我去找他……'，可这又怎么样呢？他在仆人们那里发现厕所盖得不好，以至于粪尿从厕所一直流到菜园

---

* 阿尔申：旧俄长度单位，等于0.71米。——译者

** "固执的念头"一词原为法文"idèe fixe"。

里。'有什么说的,我告诉他们,你们可知道,你们吃得是自家的粪便啊!'"

他又一次笑起来。

"请看,在他的脑子里有的只是粪便和厕所……"

"这是一些外来词*。在这些精神病院里,我怎么也不能掌握那些由4个外来词和2个名词组成的区分病人、命名疾病的术语。有一些我能理解,像dementia(拉丁文:疯狂)或stultitia(拉丁文:愚妄)。可是有一种病叫'веэания'。我用了一下这个'веэания',大夫们大为震惊!要问这个'веэания'是什么意思吗?这个嘛,你们知道,这个就是……反正……不三不四。可这……只是在特洛伊茨科,院长才解释说,大概这个前缀'ве'有否定的意思,'зания'是健康的意思,所以加在一起是'不健康'之意。"

他开怀大笑了。

"我毕竟用这个'веэания'使他们吃惊了!"

告别的时候他说:"今天我觉得自己仿佛只有70岁似的。"

"这是什么意思?"我有点惊讶,"这是不是说您觉得很好呢?"

"不,正好相反!"他对我和尼·尼·盖说,"实际上,我怎么也不能习惯我已经是个老头这个念头,这甚至使我学会了克制。你奇怪人们同你说话毕恭毕敬,其实你不过是个孩子,——唔,简直是个孩子!过去是这样,现在依然这样!"

6月26日

昨天,索菲亚·安德列耶芙娜的情况又不太好,不吃也不喝。为了安慰妻子,列夫·尼古拉耶维奇同她一起坐车去奥夫夏尼科沃村(起初他想一个人骑马去)。早晨他溜达进村子里,去尼·格·苏特科威兄妹和彼·普·卡尔杜申那儿做客(那兄妹俩是从高加索来,住在一个相识的农民家里),可是他们不在家,昨天他们和谢辽沙一起去哈杜卡村布雷金那儿去了。谢辽沙就是从那儿来杰略京基的。

---

* 这句话是指上面提到的几个名词аппендичит(阑尾炎),ретирад(厕所)等,这几个词在俄语中都是外来词。——译者

从精神上来说，苏特科威和卡尔杜申最起码在后期是接近小有名气的神秘主义者亚历山大·杜布罗留波夫的学说的。杜布罗留波夫来自知识分子阶层，甚至和文学界也打交道。而据我到目前为止所知道的有关他的情况判断，此人无论如何在人格上是一个非常杰出的人②。苏特科威和卡尔杜申都上过高等学校——前者毕业于法律系，后者是高等技术学校的大学生。现在他们过着"平民化"的生活，在索契附近从事农业劳动。这两个人是那种罕见的道德高尚、思想纯洁的人，而苏特科威更老成更突出一些。在精神追求上，卡尔杜申仿佛是在模仿他。他们是通过托尔斯泰走上接近杜布罗留波夫思想的道路的。他们是托尔斯泰的早期崇拜者。

在因这两个"杜布罗留波夫分子"的到来引起的谈话中，列·尼·托尔斯泰正好提出了与杜布罗留波夫的神秘主义相反的思想观点。

"凡是不清楚的，就是虚弱的。"他说，"这在道德领域里也是如此。只有那些合乎道德的真理才是切实的，清楚的。而凡是清楚的，就是切实的。我们清醒地知道，2乘2等于4；三角形内角之和等于两个直角……可是神秘主义者却要问：'为什么？为什么？'"

他也反对"杜布罗留波夫分子"只对他们的志同道合者才用"兄弟"这个词的习惯。

"他们在把自己和别人分割开来。人人皆兄弟。"

"不过他们的生活毕竟惊人的忠贞不渝、高尚。"别林奇说。

"可也是！"列夫·尼古拉耶维奇大声说，"上帝保佑，这样的人多多益善！"

别林奇说，列夫·尼古拉耶维奇在讲这些话的时候掉泪了。我因为眼睛近视，没有看见。

顺便说一下，昨天我跟谢辽沙·布雷金谈到神秘主义时，说过下面这样一些想法，我向列夫·尼古拉耶维奇转述了我的想去："我能容忍神秘主义。比如，良心的呼声就是一种神秘的东西，而不是理智的东西。但是这种容忍要有个界限：只有当神秘主义不贬低理智时才容忍之。"

他完全同意这一观点。

"好极了，完全正确！"这就是他说的话。

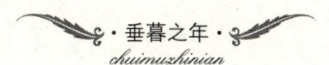

6月27日

在杰略京基,今天人们等候着契尔特科夫的母亲。母子俩突然来了。原来当他母亲乘火车来这儿的时候,契尔特科夫已经在谢尔普霍夫了(莫斯科省界上的一个偏僻的居民点,他已经无权继续在莫斯科省走动了),——他收到了当他母亲在杰略京基逗留期间准许他在此居住的电报。他母亲在杰略京基时,这份明智的电报当然还没有拟定。

契尔特科夫的到来激起了索菲亚·安德列耶芙娜的忌恨。她总觉得自己近来处在一种病态的兴奋之中,而现在她害怕一旦他们早夕相处会加强契尔特科夫对列夫·尼古拉耶维奇的"影响"。

晚上,我来到雅斯纳雅后,把契尔特科夫和他母亲到来的消息告诉了列夫·尼古拉耶维奇,当时他正和戈尔登威泽尔下棋。瓦尔瓦拉·米哈依洛芙娜说,索菲亚·安德列耶芙娜坐在他们旁边纠缠不休。

列夫·尼古拉耶维奇听到这一消息后,掩饰不住地微微一笑。后来我才知道,他早已从戈尔登威泽尔那儿听到这一消息了。索菲亚·安德列耶芙娜坐了片刻,激动地站起身来,走出去又返回来。

我问她身体状况如何。

"这就马上要发高烧了……透不过气来!"她说着又走了出去。

"您看到了吧,她是多么烦躁不安。"列夫·尼古拉耶维奇对戈尔登威泽尔说。

为了安慰她,他同意妻子的要求:明天和她一起去长子谢尔盖·列沃维奇家做客,——去给他过生日。当他在梅赛斯克做客时,索菲亚·安德列耶芙娜修葺房舍,十分忙碌,现在她想去谢尔盖的庄园"补偿一下自己",正像她对瓦尔瓦拉说的,这是为了报复列夫·尼古拉耶维奇的梅赛斯克之行。

谢·列·托尔斯泰的庄园尼格尔斯克—维亚扎姆斯克位于奥尔良省界上,正好与柯切蒂比邻(相距35俄里)。这样一来,前不久去过柯切蒂、又刚刚从契尔特科夫那儿回来的列夫·尼古拉耶维奇就得做一次新的、连续的旅行——坐火车、骑马。不过话说回来,如果这里等候着的达吉亚娜·列沃芙娜明早能来,尼格尔斯克之行就可能取消。达吉亚娜对索菲亚·安德列耶芙娜很有影响,借此她能劝母亲留下来。列夫·尼古拉耶维奇留我过夜不无缘故，他走与不走，好让我转告契尔特科夫。

戈尔登威泽尔弹琴。斯克里亚宾的前奏曲。列夫·尼古拉耶维奇很欣赏。"非常真诚，而真诚总是可贵的！"他说，"单凭这一点就可以断定他是一个大艺术家。不是吗，瓦林廷·费多罗维奇？"

这是他公正地评价一个事物的例证，因为他说："满意不满意？"这是在评议斯克里亚宾——既是颓废主义者又是音乐革新家的斯克里亚宾。此人的名声甚至使首都他的德行高洁的老妈妈都担惊害怕。

后来听阿林斯基。列夫·尼古拉耶维奇也很欣赏。他开始回忆起这个音乐家来，想起他们一块玩纸牌的一个地方。这使他深为惊愕："我为什么要想起这来？"

戈尔登威泽尔讲道，阿林斯基访问雅斯纳雅后，列夫·尼古拉耶维奇给他寄去《阅读园地》，可他溘然长逝，礼物都来不及送到他手里。

舒曼，肖邦……

6月28日

早晨，达吉亚娜来电，通知说她身体欠安不能来了。于是夫妻俩的尼格尔斯克之行就这样最后决定了。

清晨散步时，列夫·尼古拉耶维奇和契尔特科夫在花园里见了一面。由于不许他登门拜访的索菲亚·安德列耶芙娜对他冷若冰霜，他们只能在这里临时谈谈。雅斯纳雅·波良纳变成了一座要塞，在这里，会面是秘密的，谈话是秘密的，其他事情也是秘密的。

总而言之，他们到尼格尔斯克去了：列夫·尼古拉耶维奇、索菲亚·安德列耶芙娜、亚历山得拉·列沃芙娜、屠申·彼得罗维奇，仍旧在雅斯纳雅做客的尼·尼·盖也去了。

全家人不在的时候，我从杰略京基搬到了雅斯纳雅，这里除我和仆人们，留下的还有瓦尔瓦拉·米哈依洛芙娜。

顺便说一说，昨天，列夫·尼古拉耶维奇在把他新写的小说《无意之间》给索菲亚·安德列耶芙娜之前，对其中的一个细节做了改动。小说中的一个人物——令人厌恶的妻子，是一个眼神炯炯、个子高高的黑发女子，她使人联想到索菲亚·安德列耶芙娜——被改成一个矮个儿、蓝眼睛、黄头发的女人。戈尔登威泽尔对这一页改动过的手稿记得很清楚[①]。

由于列夫·尼古拉耶维奇遭遇到这一切变故和屈辱，我的心间笼罩了一团浓雾。

6月29日

去尼格尔斯克的人在前半夜都回来了。我问他们这一趟旅行如何。列夫·尼古拉耶维奇说："没什么，不错。有过一些小小的不愉快，不过这没关系。"

所谓"不愉快"的事，是指由于误会，好久派不出接站的马，他们在车站差不多等了4个小时。他起先跟一个在车站待过的人聊天，后来决定步行去尼格尔斯克，因此在他走后人们又骑马追他。不巧在岔路处他错走到了另一条路上，而且走出老远，人们没有马上找到他……

7月1日

事闹大了。为谁该保存列夫·尼古拉耶维奇的日记，在索菲亚·安德列耶芙娜和契尔特科夫之间发生了争执（这场官司大概从1900年就开始了）。日记眼下在契尔特科夫手里，是列夫·尼古拉耶维奇以前交给他的。他和他的亲信们认定，万一把日记给了索菲亚，那她就会涂去日记中那些使她反感的地方。列夫·尼古拉耶维奇也反对转交日记。气氛很不平静。

他今天体弱神怠，没有骑马出去。他把我叫去商谈书信的事儿。在大厅里，他半仰在卧式沙发上。

他说他仍在写关于自杀的论文，刚刚收到的法国作家波拉克[①]的书对他描写当代生活之疯狂很有用。

"这是合乎科学原理的……这里也有进化论，即万物都在进化。这是不是说，不需要任何努力呢？"他说。

7月5日

今天屠申很忙。我和列夫·尼古拉耶维奇骑马去杰略京基。路上他讲了许多话。我们并辔而行。

"我总有一天会对您详细讲的。"他开始说道,"这很有趣!今天我收到一个上过好几个系的大学生写的小册子——科学著作,书名叫《吞噬作用》①……"

他笑起来,关于这本小册子他昨晚就讲过。该书企图从当代各种流行的科学理论中做出一些极端的结论——实用方面的结论。譬如,作者断言,女人将不再像现在这样生孩子,孩子将从鸡蛋里生出来;人们将不用语言交际,而用暗示的方法;生命力将被集中在一只手套里("吞噬作用"似乎是由"电子"组成的),戴上这只手套,只手就能够移山倒海;食物将用化学方法制作,如此等等。更可笑的是作者的这些胡说八道还都是以科学家们的权威做根据的,对这一切的阐述又很严肃。

在路上,列夫·尼古拉耶维奇还讲到他的朋友施米特和戈尔布诺夫在奥夫夏尼科沃发生的火灾。这场大火烧毁了他们的房舍、全部财产和珍贵的书籍、文稿。根据起火处的痕迹推断,怀疑纵火的是一个来自远方的、在施米特家停留过的叫列宾的人。他过去是军人,后来是农业村社的建立者。他的精神很不正常,狂妄地自认为他就是基督。人们责备施米特,说她不应该让一个疯子进她的屋子里(这屋子不是她的,是达吉亚娜·列沃芙娜的私产,茅舍是戈尔布诺夫的)。但是列夫·尼古拉耶维奇说,她没有办法,招待一个无家可归的人是她的义务。同时他对这个列宾也抱一种宽容的态度。他说:"他做的只不过是我们都想做的事——消灭外在的无关紧要的物质性的东西……我总是不能设想一个人会不再是人。就是没有道性的人也还有灵魂,只不过这灵魂的表现是变态的罢了。"

他可怜的只是列宾的妻子,她得照料有病的丈夫。

"他会使她怀孕,不过好在听说在尽量使用人工方法……"

昨天,他看了契尔特科夫在柯切蒂和梅赛斯克拍的照片。他很喜欢这些照片。他尤其喜欢用立体镜观赏这些变成立体像的小照。

"我们俩合影的这张多好!"他说,"这不像肖像,因为这能看出来我们是在埋头工作。我记得我请他们给我拍过一张在花园里看信的……契尔特科夫老讲彩色摄影,我有点不相信这是可能的……"

他能来杰略京基自然使大家很高兴。我想他也为能见到契尔特科夫和其他朋友们而高兴。在这种对他充满友爱和尊敬的环境中,我看到他是非常快活的。

我觉得,就是从前让他讨厌的达普席尔现在也使他感到快乐。这位戴着灰白色草帽的摄影师的身影,老是在他的周围转来转去,把照相机从各个角度对准他咔嚓个不停。他甚至得特意让外孙伊留什卡陪他骑马再三再四地在院里走动,好让达普席尔找机会拍摄。

晚上,在雅斯纳雅波良纳的大厅里会集了许多人:列夫·尼古拉耶维奇、索菲亚·安德列耶芙娜、列夫·列沃维奇、尼·尼·盖、米·瓦·布雷金、戈尔登威泽尔和后到的契尔特科夫。大家议论的还是列夫·尼古拉耶维奇和我在去杰略京基路上谈过的那些事:大学生的小册子、施米特家的火灾和列宾。由于列宾发疯的话题,列夫·尼古拉耶维奇说他把梅赛斯克医院医生们送给他的柯尔沙科夫教授关于精神病的大作②认真地读了2/3,在读的时候,他老是忍俊不禁,因为书中不近情理的地方太多了。

"请想想,"他说,"精神病的各种类别竟有18种,而且总是互相抵牾。每一类里又有若干属,各种属也不统一……他还提出这样一个问题:'我'是什么?回答是:'我'即感觉。由感觉合成的概念,由概念形成判断,这些判断就合成了'我'。好啊,可到底是谁感知到这些感觉的呢?大概还是'我'吧!'我'又是如何领悟它们的呢?……真是不近情理!全书几乎都是这样。"

接着他给"疯狂"下了一个十分有价值的定义。他说:"我不同意学者们给"精神病"和"疯狂"下的定义。照我看,"疯狂"就是对异己思想的排斥性。疯狂的人刚愎自用,死抱住萦绕在他心头的那个念头不放。他不想理别人的话。有两种人,一种人对不同的思想具有出色的感受性和敏感性,他同世界上所有古今圣人都保持着精神上的交流。他从各方面汇总印象:从智者、儿童和保姆所说的话里……而另一种人所知道的仅只是他自己心血来潮想到的东西。这正像是布雷金讲到的那个怪人:他相信为了解放人的灵魂,必须砍掉他的脑袋,这样灵魂就会穿过两个窟窿——头颅和心脏——飞出来……这是两种极端的类型,其余的人依次排列在这两者之间。"

7月8日

上午和列夫·尼古拉耶维奇去奥夫夏尼科沃村看了火灾后的瓦砾场:在两间茅屋的旧址上,残存着两个炉灶和耸立的烟囱。戈尔布诺夫的孩子们快乐地在四下里欢蹦乱跳。戈尔布诺夫望着孩子们说:"普希金的几句诗在我的脑海里一再浮现出来:

> 在坟墓的入口处,
> 让青春去嬉闹吧。
> 恬淡冷漠的大自然,
> 却闪耀着永恒的美色!

虽然我们所遭受的火灾还不是坟墓的入口,可我觉得,大自然对我并不冷漠。"

"不,大自然是冷漠的。"列夫·尼古拉耶维奇确定不移地说,微微一笑,"冷漠而美丽。我感到,你瞧,"他指着一个跟着孩子们走过来的姑娘,"她才是热情的、亲切的。而大自然——是冷漠的。"

"可是,列夫·尼古拉耶维奇,在您的笔下的大自然却是那么美,您对大自然的描绘给人留下动人心弦的印象……"

"有时间我一定再好好看一看托尔斯泰的作品。"他笑着说。

失火之后,戈尔布诺夫一家聚居在只有一间房大的小茅屋里,施米特住在一个小板棚里。他们说起契尔特科夫的建议来。他要他们搬到杰略京基他那儿去住,可他们不想离开奥夫夏尼科沃。施米特对列夫·尼古拉耶维奇说,他们犹豫不决的原因之一,就是索菲亚·安德列耶芙娜的那个"弱点":不乐意他的朋友们经常接近他。

列夫·尼古拉耶维奇开始热切地说服她——他肯定这次是她错了,并且说:"不要去顾忌重重……事情就是这样,相反相成。尽量少想自己,同时也不想别人。我说'不想别人',意思是说不要去谋算、猜测别人,而只做自己应该做的事情。"

归途中路经扎辛卡,遇见一群刚刚在图拉下火车的来避暑的人。这时布朗热走了过来，列夫·尼古拉耶维奇收住脚和他交谈了几句。避暑者们几乎都向他鞠躬行礼。绿树丛中，别墅的阳台上，传来一个女人的尖细、激动的喊声："欢迎列夫·尼古拉耶维奇！向列夫·尼古拉耶维奇致敬！"

他一开始没注意到这喊声，后来微微鞠躬，举手还礼。

早晨，他给过我一封信，一个年轻人想上大学以逃避服役。"上大学比当兵更糟！"他说，并要我本着这个精神回答那个青年，希望向他指出，当兵固然是不自由的，但是有意把学校、科学当作谋生手段，脱离劳动，靠人民养活，却是不道德的。当我们从奥夫夏尼科沃回来的时候，他把我叫去，要我"好好儿"写一封回信。正好昨天有一个小伙子来找过他，向他陈述了自己的心愿：做托尔斯泰的一个名符其实的通信者。列夫·尼古拉耶维奇特别指出，在这两个青年人身上，无疑不存在什么道德问题，他们都是从极端自私的观点出发来判断事物的。

7月10日

来了几个人：法国人查理·沙洛蒙①——从巴黎来，他是托尔斯泰的老熟人；莫斯科的尼·瓦·达维多夫——大学副教授，从前是图拉区法院的检察官；尼·尼·盖——从布雷金那儿来，近来他就住在那里。

"媒介"寄来一本新出的小册子《论教育》，收了列夫·尼古拉耶维奇1909年写的3篇论文。头一篇是他给我的那封信，亦即他寄给我回答我在写《基督教伦理学》时询问关于教育问题的。他今天读过这封信后，非常高兴，以至于在晚间还把它朗读了一遍，而且他本人指出，教育问题应当说与莫斯科沙涅夫斯基人民大学理事会的现任主席达维多夫的关系更密切。但是达维多夫和沙洛蒙听完信后，反映相当冷淡。他的观点恐怕未必合他们的口味。

我要指出的是，列夫·尼古拉耶维奇千方百计要显露出他对达维多夫的关怀，称他是"贵宾"，等等。我都有点惊奇，因为他的这种格外的殷勤好客是非常罕见的。他对达维多夫的这种关怀本身倒是可以理解的——后者同这个家庭的交情很深。

戈尔登威泽尔演奏了许多乐曲：舒曼、肖邦……

"我很爱听舒曼的。"索菲亚·安德列耶芙娜说。

"谁不喜欢他呢?"列夫·尼古拉耶维奇说。

7月11日

我是在雅斯纳雅过的夜。早晨起身,才听说夜里全家处在极度的惊慌和骚乱之中。索菲亚·安德列耶芙娜坚决要求列夫·尼古拉耶维奇向契尔特科夫拿回他的日记,跟他大吵大闹,先是躺在他书房的地上,继而跑到花园里。屠申和尼·尼·盖、列夫·列沃维奇央求她都不能使她回家。她要列夫·尼古拉耶维奇亲自去请她。最后他去了,她才回来。

列夫·列沃维奇表现得很恶劣,他向父亲粗鲁地吼叫着,要他到花园里去请索菲亚·安德列耶芙娜。

谢尔盖·列沃维奇来了。托尔斯泰的子女们开了一整天会,商量怎样预防父亲因母亲的病可能做出的种种意外行动。

7月12日

有名的洗礼派传教士费特列尔来杰略京基找契尔特科夫的母亲。他穿长襟礼服,衬着白色的硬领,声称要向雅斯纳雅和杰略京基的农民进行反对托尔斯泰的宣教。当人们向他指出,鉴于种种原因,这样做是不妥当的时候,这个固执的德国人却表示,是上帝的声音号召他这样做的。

我来到雅斯纳雅向列夫·尼古拉耶维奇谈起这事时,他一再重复说:"妙极了,妙极了!"

可是,晚上费特列尔和其他同行的洗礼派教徒返回车站。他只来得及向两位太太——叶·伊·契尔特科娃和索·安·托尔斯泰娅做了一番布道。索菲亚·安德列耶芙娜是为这事被邀请到杰略京基来的。我们年轻人谁也没去听费特列尔的布道。

在去车站的路上,他散发了一大捆洗礼派的小册子,还要驾车送他的杰玛接受他的信仰,用可以成为像他费特列尔这样一个基督的弟子来诱惑杰玛,如此等等,不一而足。

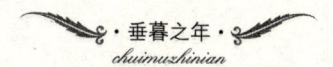

这统统是开玩笑。但是话分两头,我应该叙述一下另一件事,这不但不是一件可笑的事,相反,它给了我最沉重的印象。

事情是这样的,正当索菲亚·安德列耶芙娜要去找契尔特科娃的时候,我也要回杰略京基。她得知消息后,客气地建议带我一起走;我欣然同意了。

我们乘车纵马奔驰。索菲亚·安德列耶芙娜为了去见皇太后玛丽亚·费多罗芙娜的女友、上流社会中的叶·伊·契尔特科娃,特意穿了一套优雅的黑丝绸服装。

我们傍大路绕道而行,为的是绕开柯切克河上坏了的桥梁。

她哭了一路,满腹幽怨。她央求我转告契尔特科夫,希望他把列夫·尼古拉耶维奇的日记归还她。

"让他们全部誊抄、复制去吧,"她说,"只是得把列夫·尼古拉耶维奇的原稿还我。……要知道,从前他的日记是归我保管啊!……请您告诉契尔特科夫,如果他把日记给我,我就一定安静,那时我定然恢复对他的好感。他将照旧放在我们这儿,一同为列夫·尼古拉耶维奇工作,为他服务。……您能把这些话告诉他吗?看上帝的面子,您就说一说吧!"

她老泪纵横,浑身打战,用哀求的目光望定我。她的眼泪和激动是非常真诚的。

她为什么不相信我会把她的话转告契尔特科夫而再三再四地哀求我呢?

我不能不满怀深深的同情望着这个啼泪涟涟的不幸的女人。与她在马车里挨过的这几十分钟,我是永远不会忘记的。

我承认我自己被一种激情所控制,恨不得马上把日记交给她,——只要是手稿,不管它有多么珍贵,或者不管它是不是珍贵。我恨不得用什么办法,使雅斯纳雅·波良纳恢复和睦和平静,这种和睦和平静,对所有的人,特别是对列夫·尼古拉耶维奇是如此之重要!

怀着这样一种心情,我们一到杰略京基,我就去找契尔特科夫。

当他知道我是受索菲亚·安德列耶芙娜之托找他的时候,他惊慌失措,忧心忡忡,把我领进他的最亲密的助手、心腹顾问阿辽沙·谢尔盖英科的寝室。我们俩坐在谢尔盖英科的简陋的"托尔斯泰式"卧榻上;我们对面椅子上坐着谢尔盖英科,由于惊奇,他神色紧张。

我开始说明索菲亚·安德列耶芙娜是怎样请求归还手稿的。契尔特科夫十分激动。

"怎么？"他用他那两只多白的大眼睛警觉地、骨碌碌地打量着我，问道，"您当即就向她供出了日记放在什么地方啦？"

契尔特科夫在说这话的时候，向我伸着舌头，做着鬼脸，——我万万没有想到！

我望着他，内心为我陷入的这种荒唐的境地而难过，我不知道这是对我的侮辱呢，还是我应该为这个卷入不体面的事件中的人而遗憾？但我揣度他是想嘲笑我坐在索菲亚·安德列耶芙娜的车里时所表现出的那种孤立无援的狼狈相。他或许看出了我的激愤，明白我同情、怜悯索菲亚·安德列耶芙娜。

我鼓起勇气，没有理会他的这种愚妄的举止，回答他说："不，我什么也没有告诉她，因为我自己也不知道日记在哪儿。"

"啊哈，这就好啦！"他高声叫道，慌忙站起身来，"那么您走吧，请！（他拉开我面前的屋门）那里正在用茶，……您大概饿了吧？……我们要在这儿谈一会儿！"

门在我身后"嘭"的一声关上了，锁簧"咔"的一响。我走在走廊里，被自己受到的这种接待惊呆了。契尔特科夫和阿辽沙·谢尔盖英科正在商量什么……

后来我才知道，他们决定不退还日记。

7月14日

雅斯纳雅一片惊慌。索菲亚·安德列耶芙娜坚决要求拿到契尔特科夫手里的列夫·尼古拉耶维奇近10年内的那些日记，如其不然，就以服毒、投河等要挟。

列夫·尼古拉耶维奇被她折磨着，但他顽强地忍受着这一严峻考验。为了安慰妻子，他准备全面让步。不言而喻，和睦相处对他来说，比什么稿本都重要——无比重要。

今天，他给索菲亚·安德列耶芙娜写了这样一封信：

（1）现在的日记我谁也不给，我将自己保存。

（2）旧的日记我向契尔特科夫要来后，可能将亲自存在银行。

（3）假若使你焦虑不安的是，我日记中有一些地方凭一时的印象写到了我们的矛盾和冲突，而这些地方将来有可能被对你怀有恶感的传记作者所利用；那么，姑且不说你和我的日记都对这些一时的感受有过描述，都不能对我们的真实关系做出正确的结论；可是如果你担心这一点，那我将乐于在日记中，或者干脆就在这封信中说出我对你的态度及我对你一生的评价。

我对你的态度和评价是这样：正像我年轻时爱过你一样——尽管由于种种原因，这一爱情冷淡了下来——我一直没有中断过对你的爱，过去爱你，现在也还在爱着你。之所以冷淡下来，原因是：第一，我与世俗生活的利益之距离越来越大，我对这些利益越来越厌恶。这时候，因为你不同意那些形成我的信仰的基本原则，又不想也不能离异，冷淡无疑是自然而然的。对此我并不责怪你。这是第一。第二（原谅我，也许我要说的这些话会让你不高兴，但是现在我们之间所发生的事是如此重大，所以我必须不惮于说出，并让你听取全部真心话），第二，你的性格在近几年变得越来越爱发脾气，独断专行，失去了自制力。你性格中的这些特征的外露不能不使我的爱冷淡下来，——当然这不是就感情本身而言，这只是就感情的表达方式而言。这是第二。第三，主要的原因是那个劫数：我们对生活的意义和目的的理解是完全对立的。当然这不能怪我，也不能怪你。我们的整个人生观是截然相反的，无论是在生活的方式上，对人们的态度上，还是在生活资料即私有财产上。我认为私有财产是罪恶，可你却认为是生活的必需条件。为了不与你分离，我在生活方式上，屈从于这个使我痛苦的生活环境，可你竟把这误认为是对你的观点的让步，于是我们之间的误会就越来越大了。还有一些别的使我对你冷淡的原因，在这方面我们两人都有过，但我不谈这些了，因为这与事无关。问题是不管以前有过怎样的误会，我还在爱着你、珍重你。

至于我对你的生活的评价是这样的：我，是一个好色的、在两性关系上恶习很深的人。同你——一个纯洁、美丽、聪明的18岁的姑娘——结婚时，我已经不是一个童贞的青年了。而你不嫌弃我污秽的、不道德的经历，同我生活了将近50年。因为爱我，过着劳累的、艰辛的日子，生男育女，哺育抚养；既照料孩子，又伺奉我，但没有受人勾引诱惑。而任何一个强壮、健康、漂亮的女子处在你的地位，都是很容易被这种诱惑征服的。你就这样挺过来了，这使我不能对你有任何责难。我同样不能也不想责备你在我心灵的特殊历程中没有追随我，因为每个人的精神生活是他与上帝的秘密，任何人都不能要求他这样、那样。所以，如果我要求你，那就是我的错误、我的罪过。

这就是我对你的态度和评价的真实表述。在日记中所写的也是这些（我很清楚，在日记中绝不会找到任何令人难堪的和与我现在所写的相反的东西）。

前三点关于日记所能说的、不应当引起你忧虑的就是这样。

（4）如果现下使你痛苦的是我和契尔特科夫的关系，那我准备不再见他。不过我要说，这样做，我觉得与其说是使我不愉快，不如说是使他不愉快。我知道，这在他是多么痛苦。但是只要你愿意，我就一定这样做。

现在，（5）假若你不接受我的这些美好、和睦的生活所必需的条件，那么，我将收回不离开你的诺言，我将出走。当然，我不是去契尔特科夫那儿。我甚至可以提出坚决不许他住在我身边的要求。但是我要走这是确定无疑的，因为继续像我们现在这样生活下去是不可能的。

倘若我能镇静地忍受你的磨难，我还可以继续这样生活下去，可惜我不能忍受。昨天你离去的时候，激动、痛苦。我想躺下睡觉，但我睡不着，不是因想心事，而是因思量你。我听着钟声敲了一点，两点……后来，又醒了，倾听着……我梦见了你。

冷静地想一想吧，亲爱的朋友！请你听一听自己的心声，审度一下自己的感情，然后决定这一切应该怎么办吧。对于我自己，我要说的是：从我自己这方面来决定这一切，就只能、只能这样做。亲爱的，别再折磨人了吧！因为受折磨的不是别人，而是你自己。之所以是你自己，是因为你要比别人多受一百倍的苦。这就是我所要说的一切。

列夫·托尔斯泰

1910年7月14日晨

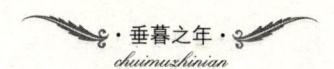

亚历山得拉·列沃芙娜受到列夫·尼古拉耶维奇的委托,到杰略京基去取日记。她在那儿滞留了很久。

我听瓦尔瓦拉·米哈依洛芙娜说,在杰略京基,就在谢尔盖英科的那间屋子里,在我和契尔特科夫谈话后的第三天,契尔特科夫的心腹——他的"同党们*",即阿辽沙·谢尔盖英科、奥·康·托尔斯泰娅(安娜·康斯坦丁诺夫娜的妹妹)、亚历山得拉·列沃芙娜和戈尔登威泽尔夫妻俩以及他本人,着急忙慌地聚集在一起,慌里慌张地复制了列夫·尼古拉耶维奇日记中那些有损失于索菲亚·安德列耶芙娜声誉的、以他们之见她可能会毁掉的地方,然后才把日记包好送到雅斯纳雅。契尔特科夫站在杰略京基大院的台阶上,以一种滑稽可笑的庄重,用日记夹在空中向亚历山得拉画了3次"十"字,然后才把日记交给她。和这些日记分手,他是很难过的。

而在雅斯纳雅·波良纳,索菲亚·安德列耶芙娜同样焦急难耐地等候着日记。瓦尔瓦拉·米哈依洛芙娜说,索菲亚·安德列耶芙娜箭一般地扑向了带回日记的女儿,以至不得不求助于苏哈金,以防她把日记本弄坏。后来从她手里夺下这些日记,上了封条①。

这一切都是在晚间发生的,而这一天,列夫·尼古拉耶维奇是照常按自己的生活规律度过的。

他审阅过关于寄生生活的语录后,委托我把这些观点按书中的章节整理出来。早饭后,他建议我同他骑马出去。他上了马,瞟了我一眼,高声嚷道:"啊,大学生帽!"

平常我总是戴一般帽子,只有在雨天才戴制帽。

我们顺着图拉大道到了离雅斯纳雅八俄里远的鲁达科沃村。他想去看看那儿的一个地主出售的一间木房。达吉亚娜叫他打听一下,想把它买下来搬运到奥夫夏尼科沃被烧毁的旧址上。

下起了蒙蒙细雨。我们两次停下避雨,一次是在守林人的茅屋旁,一次是在一个小铺里。在护林房旁,他站在屋檐下的台阶上,我去把马拉到柴棚里,然后也上了台阶。一个牧人正坐在那里吸烟。我们上路后,列夫·尼古拉耶维奇说,他刚

---

* 原为拉丁文"alter ego"。"朋友、同党"之意。——译者

才曾说服牧人戒烟戒酒,牧人反驳说:"可这不正是给皇上的一项进贡吗?"

去鲁达科沃的半道上,我们抄近路,走林中小道,结果迷了路。已经很晚了,必须快马加鞭。随后我们疾驰在旷野上,探寻路径。

最后,我们到了一个村子。尼古拉耶维奇走进一家小铺——是农民们听从布朗热的劝告并在他的操办下刚刚建立起来的一处日用杂货小卖铺。他走进店铺,坐了下来,询问农民们买卖如何。当他听说生意兴旺时,非常高兴。

已经出了村,我们才想起达吉亚娜买房子的事。要办这件事,还得返回到村子的另一头。可是他看样子已经累了,而且急于回家,因此看房子的事只好作罢。

回家的时候走的是另一条近路,然而还是不走运——没有找到我们预想的那一条。转身上了大路,经过斯库拉托沃、奥夫夏尼科沃和扎辛卡,我们马不停蹄地奔驰,汗流浃背地回到了雅斯纳雅。

他疲乏极了,可是很兴奋,以至于饭前都没有睡觉。

7月15日

骑马出发时,他说:"可惜您不去了。"

他去的又是鲁达科沃,又是那样疲惫不堪。收到的信他没有读,都交给了我:"您决定吧,给谁回信,给谁寄书,哪些不复;回头我们再商量。"

罗基先生带着他的朋友布拉扬①的介绍信从美国来。罗基是美国最富有的人之一,但是他和自己的那个圈子断绝了关系,过着很简朴的生活,致力于教育学研究。

日记事件看来已近尾声。列夫·尼古拉耶维奇向索菲亚·安德列耶芙娜让步了:他从契尔特科夫那儿要回了日记。但是在日记成了争夺对象的情况下,他决定谁也不给,而让它保持一种类似中立的地位,被送到图拉的一家银行保存。

在我准备告辞回家的时候,索菲亚求我转告契尔特科夫,邀请他今晚到他们家做客。

可我却从另一面——列夫·尼古拉耶维奇处——拿到一封给契尔特科夫的信,而且还让我致语他,要他对索菲亚尽量谨慎,不要提起日记的事儿,不要和列夫·尼古拉耶维奇单独在他书房里交谈,只限于在公共场合同他见面。

他从口袋里掏出契尔特科夫的一封信,让我看信上的一段话。原来契尔特科夫在信里试探是不是最好把日记存在雅斯纳雅，以备万不得已工作时用一下。

"现在难道还能谈到这些事吗？请您告诉他，再不要提日记的事了！这会引起难以预料的爆炸性事变，因为日记是精神病患者发作的直接导火线……"

7月16日

早晨，他谈到彼得堡杂志家亚·莫·赫里亚科夫寄来的一封信："赫里亚科夫的信真蠢！简直是拿最严肃重大的问题开玩笑。他不理解认识自己并不是翻来复去思索自己，而是认识构成生命运动基础的自己的精神实质。对生命问题怎么能没有宗教哲学观呢？世界上的所有哲人都教导说：自我认识有着深刻巨大的意义。可赫里亚科夫和库尔杜科娃女士却认定这是一种得不偿失的思虑等等。天知道这是什么意思！"①

我们一块儿骑马走了很远很远，绕了一大圈，发现了一条新路：开头沿着陡峭的斜坡向上爬，走上一条林间小道，两旁长满了嫩绿的白桦树，太阳光透过枝叶洒在白色的树身上，闪烁摇曳；然后是寂寥的大道；再下去是走不到头的狭长的伐木巷道，障碍重重，可我们必须越过这些障碍。时而是从两边横空架在路上、枝叶交错的大树，为了绕过它们，就得穿过茂密难行的幼林；时而是沟壑；时而是陡直的下坡或上坡……

当从大路上钻进这条伐木巷道时，他又说起了他那句口头禅："让我试试这条路！"

走到半道，我建议他折回去，可他不愿意。

"您完全不记得这条路了吗，列夫·尼古拉耶维奇？"过了一会儿，看到这是一条无头巷道时，我问他。

"一点儿也不记得了。"

"它到底通到哪儿呢？"

"我丝毫印象都没有！随便走吧。它通向哪儿，这本身就很有点意思。"

我们终于走上了大路，经过奥夫夏尼科沃和扎辛卡往回返。走到扎辛卡时，我们没有路过别墅，而是绕道林中。

"看来什么都需要证明！"当我们顺利地到了车站的铁路桥边时他高声说。

晚上,他说:"我不想听人们叫喊:'列夫·尼古拉耶维奇,您好!'所以我才绕过别墅从林中走。多么美丽的小路啊!"

捷克的体育团体"索科勃"给他寄来一封致敬信②。屠申坚持说应该给他们回信。列夫·尼古拉耶维奇说:"我不能对组织体育竞赛的团体表示同情。因为体育竞赛是一种只对富人阶级有用的活动,这可以使他们摆脱一切务必完成的真正的工作。"

今天有一件"大事":达吉亚娜·列沃芙娜(前不久从柯切蒂来)在索菲亚·安德列耶芙娜的陪同下把列夫·尼古拉耶维奇的日记送到了图拉,保存在国家银行图拉分局,并议定只有列夫·尼古拉耶维奇和受他信托的米·谢·苏哈金才有权提取日记。

晚间,戈尔登威泽尔演奏肖邦的音乐。列夫·尼古拉耶维奇哭了,他对钢琴家说了一些恭维话,我只听见一句:"每个音符都充满了情思……"

7月19日

列夫·尼古拉耶维奇的外甥女、他妹妹玛丽亚·尼古拉耶芙娜的女儿叶·弗·奥巴林斯卡娅女伯爵来雅斯纳雅做客。

因为炎热,列夫·尼古拉耶维奇打开他书房的南窗,用打字机工作。他只穿一件白帆布西服。

今天,他接到参加斯德哥尔摩和平大会的邀请:如不能亲临大会,也要把报告寄去。他寄去一份报告,还是去年写好的,并附了一封信①。

他给自己刚在报上发表的小说《日记摘抄》写完了结尾。契尔特科夫建议把它寄给报社,并以自己的名义写一附函,说明若能发表,是合乎列夫·尼古拉耶维奇的意愿的。他把契尔特科夫的附函的意思改为:契尔特科夫认为小说的尾声值得发表,经列夫·尼古拉耶维奇许可,现将其寄给编辑部②。

"我要叫他承担最大的责任。"列夫·尼古拉耶维奇对我说,"我写成他认为这篇东西值得发表,因为我自己并不这样看。您把我的附言让契尔特科夫过目,他若同意,就让他这么办;不同意,就拉倒。"

说这些话的时候,索菲亚·安德列耶芙娜进来了,她瞟见列夫·尼古拉耶维奇手里的纸条和文章,问这纸条是干什么的。他向她解释,可她转不过弯来。"这信是给契尔特科夫的吧?为什么是契尔特科夫?为什么给他的是这一张,而不是我抄的那一张?"她一口气抛出了一连串问题,末了还嚷道,"我无论如何不明白!"

"真遗憾!"列夫·尼古拉耶维奇用倦怠的声音回答道。当索菲亚出门后,他又加上一句:"只要一提到契尔特科夫,她就神志混乱,什么也不理解。天知道这是怎么啦!"

德·瓦·尼基丁大夫和精神病学家格·伊·罗索里莫从莫斯科赶来给索菲亚·安德列耶芙娜看病。午饭间,罗索里莫和列夫·尼古拉耶维奇谈到自杀的原因,他认为缺乏信仰是主要原因;罗素里莫认为原因是多方面的,有经济的、文化的、生理的、生物的等等。当然缺乏信仰也是一个原因,翻译成他的语言,亦即丧失了"支撑点"。他怎么也说服不了列夫·尼古拉耶维奇。这也不奇怪,既然他对医学和对科学一样,一向持怀疑态度,那么他们就不会有共同语言了。

晚间,列夫·尼古拉耶维奇到阳台上吃茶。索菲亚·安德列耶芙娜忙于应付大夫。

"他们给我开了一副良药。"列夫·尼古拉耶维奇说,"我把它痛痛快快地吞下了,——那是在去柯切蒂的时候。"

医生们今天还不能确诊,所以得待到明天。

鉴于索菲亚和契尔特科夫的关系还没有平定下来,列夫·尼古拉耶维奇为了安慰她,决定向她让步,并请契尔特科夫暂时不要来雅斯纳雅。夜里很晚了,他拉铃叫我。我走进他的卧室,屠申正在给他的那条病腿缠绷带。

"您明天去找一下契尔特科夫,"他说,"把我们的一切怪事告诉他。您要对他说,在这一切事件中我感到最痛苦的就是他。对我来说,这是真正的痛苦。然而您要转告他,我们应该分手了。我不知道他怎样看待这件事。"

我表示相信契尔特科夫一旦知道这是他所需要的,无疑会毫不犹豫地接受的,会忍受暂时不能和他见面的痛苦的。

"是啊,我需要这样,非常需要!"他继续说,"他的信一向充满真正的友情。我自己很平静,只是为他感到十分痛苦。我明白这也会使加丽*难过,但是一想到自

---

* 加丽:指安·康·契尔特科娃。

杀的危险，——有时感到这是在恫吓，可有时……谁知道呢？又觉得可能发生。那时候我的良心怎么承受得起这副重担呢？……现在所发生的，对我来说还没什么。我没有闲工夫，或者说很少有工夫……随他的便吧！真的，外在的考验越多，内心修养的材料也就越多……请您把这转告巴代*。咱们明早也许见不上面了。"

7月21日

我来到雅斯纳雅时，人们正在网球场的树荫下用早餐。和我同来的还有两个年轻人，他俩走到门前就在灌木丛后停住了。他们自称是图拉市中学的学生，年龄大的一个要求"禀报伯爵"。列夫·尼古拉耶维奇显得非常宽厚、温存，穿着自帆布裤子，也没披上衣，在院子里走来走去。他叫把帽子给他拿来，就这样去见那两个小伙子。事后他说起他俩时讲道："他们不读书……那个年纪大的我觉得不怎样，抽烟、喝酒，对女人大概也知道；而年少的那一个就不这样，他的眼睛是干净的。"

他让我送他们几本书，有一本是关于性生活问题的。

我同列夫·尼古拉耶维奇骑马出去转悠。

"唔，今天谁愿意领我去玩？"他微笑着走到我面前说。

我们走了很久，到的是一些新地方。

晚上，他说他看了《欧罗巴通报》上有一篇关于死刑犯的文章，给他的印象不及柯罗连科的深①。就在这份杂志上他看到一篇描述1900年义和团围攻海兰泡的时候，俄国当局在黑龙江淹死3000中国人的报道②。普留斯宁曾向他讲过这一事件。但是使列夫·尼古拉耶维奇非常不快、感到惊讶的是这篇文章的那个玩世不恭的标题：《海兰泡的沉没**》。

不过总的来说，他还是赞扬了这份杂志："里面有许多有价值的东西。"

今天给索菲亚·安德列耶芙娜看病的医生走了。罗索里莫给她开下一张诊断

---

* 巴代：家里的人都这样叫契尔特科夫。

** 标题原文是"благовещенская утопия"，утопия是乌托邦之意，与淹死、沉没谐音。对沙皇政府杀害这样多的中国人的重大事件，文章的作者却以如此不严肃的态度对待，故此托尔斯泰很不满意。——译者

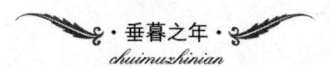

书：

  双重性精神变态：偏执狂和歇斯底里。前者为主。现正处于突发期。

  医生建议夫妻分居，哪怕是短期的。这正中列夫·尼古拉耶维奇的下怀，可索菲亚·安德列耶芙娜却不高兴了。因为她从医生那里得到的是一个千篇一律的卫生守则：不激动，多沐浴，散步，等等，所以她觉得这是在作弄她。她自己认为根本原因就是身体不好。如此看来，医生此行大概于事无补。

7月22日

  我把自己给列夫·尼古拉耶维奇的一个通信人写的一封关于上帝的长信带来给他看。那人是个坚定的无神论者，我前面曾谈到过他。列夫·尼古拉耶维奇读了并夸奖了我的回信①。在信中我涉及到了精神之爱的本质。但是这种感情本质是什么？如何说明？我向他提出了这个问题。他说："我已经多次表述过这个问题。爱情——就是被肉体彼此分割开来的灵魂的结合。爱情——是上帝借以表现自己的方式之一，正像理智是上帝表现自己的方式之一一样。上帝无疑还有其他种种表现方式。我们就是通过爱情和理智认识了上帝，但是上帝的本质不会全都向我们公开。上帝之本质是不可思议的，这正如您所理解的，我们只能竭力用爱来认识上帝的本质。"

  对于信，他补充说："您直接回答他的反驳，这很好。您要指出，他只不过是口头上不愿意说出'上帝'这个字眼，然而他仍然认可了这个词所具有的这种本质。这本质哪怕是被叫作是一棵树，它仍旧是存在的。"

  他坐在凉台上，非常软弱、疲劳。他跟索菲亚·安德列耶芙娜闹翻了，家里气氛十分紧张，简直就要生分了，——剑拔弩张，仿佛有种沉重可怕、不可预料的事情就要骤然爆发似的。为列夫·尼古拉耶维奇感觉到的那种不堪忍受的痛心，今天不知为什么，变得格外尖锐起来。

  他想让我快一些去杰略京基告诉契尔特科夫（他又开始拜访雅斯纳雅了）：今天不要来。

"您最好走着去,把这话告诉他!要不然,我知道又要吵架。"他说。

正要动身回杰略京基,一个年轻的芬兰姑娘从那里来找列夫·尼古拉耶维奇谈话,我们就让她把信给契尔特科夫带去。可是她和契尔特科夫走岔了,没碰上(从杰略京基来雅斯纳雅有两条路,他俩走的不是同一条路)。结果契尔特科夫坦然无事地来到了托尔斯泰家。

起先他与列夫·尼古拉耶维奇在书房的凉台上谈话,后来一同到阳台上吃茶。索菲亚·安德列耶芙娜也在场。

她的神色非常吓人——嫉恨、暴躁,不但对客人,而且对所有在座的人都摆出一付粗鲁、挑衅的架式。显然,这是冲着众人来的。大伙都提心吊胆、局促不安地坐着。契尔特科夫非常不自然地挺着身子,直起腰,板着面孔。桌子上茶炊开了,发出好听的声响。盘子里的马林果闪着斑斑红光,放在白净的桌布上格外醒目。但是在座的人都只是轻轻地碰碰自己的茶杯,这纯粹是为了履行义务。这样一来,大家没坐多久,就都很快四散了[*]。

7月26日

昨天,列夫·尼古拉耶维奇身体欠佳,这已经是第三天了。

也是在昨天,索菲亚·安德列耶芙娜(她照常暴躁不安)突然决定只身离开

---

[*]当我回忆那天晚上的情景时,索菲亚·安德列耶芙娜的直觉能力使我吃惊,她好像感觉到发生了一件可怕的、无可挽回的什么事。事实上,正如我后来了解到的,就是在这一天,列夫·尼古拉耶维奇在克鲁蒙特村附近的森林里签署了把他的全部著作转为公有财产的秘密遗嘱,他的最小的女儿被指定为他的意愿的正式执行人,而实际上的操纵人是弗·葛·契尔特科夫(最后的那个指命是在一份单独的由契尔特科夫起草、列·尼·托尔斯泰签名的遗嘱副本中注明的)。签署遗嘱的证明人是阿·彼·谢尔盖芙科、亚·鲍·戈尔登威泽尔和契尔特科夫家的青年安那托里·拉东斯基。早晨,我在杰略京基大院的台阶旁发现为这几个人备好的契尔特科夫家的3匹马,当我问拉东斯基时,他拒绝告诉我外出的目的,这使我很惊奇。应该说明的是,拉东斯基是以证人的身份被招去参加遗嘱签定的,这在他也是完全出乎意料的,他甚至不知道签名是怎么回事。这事做得十分秘密。他们没有把我拉入这一活动,是因为担心我走漏风声。但是,我虽然经常和索菲亚·安德列耶芙娜见面,却并未和她谈起过遗嘱的事。就这样,她最害怕的一幕终于演完了。她那么热心地加以保护着它的实际利益的这个家庭,在托尔斯泰死后,终于失去了他的著作的所有权。

雅斯纳雅·波良纳去莫斯科。照她的说法，"也许再不回来了"。她不知何故突然变得十分平静，以最最真诚的方式同列夫·尼古拉耶维奇和家人告别后，乘车去了图拉，以便从那里搭乘快车。大家都认为，这种意图是十分严肃的，显然她本人也感到有必要躲在一旁让自己镇静镇静。

但是，她今天又出其不意地从图拉返了回来，陪伴她的是安德列·列沃维奇及其家眷：他的第二个妻子（图拉省长阿尔奇莫维奇的离婚的妻子）叶卡捷琳娜·瓦西里耶芙娜和这次婚姻的果实——两岁的小女儿玛申卡娅。这是他们仅有的一个孩子，可是，用列夫·尼古拉耶维奇的话说，他"不能喜欢"她。他反对安德列跟前妻奥尔加·康斯坦丁诺芙娜离婚，打心底不赞同他的第二次结婚。自然，这并不妨碍他在见面时，以骑士般的殷勤对待叶卡捷琳娜·瓦西里耶芙娜。

索菲亚·安德列耶芙娜说她在图拉遇见安德留莎完全是偶然的，并且说是他劝她回来的。她无疑向儿子详细倾诉了自己痛苦的心情，这从安德列的"挑衅性的"神情上也可以看出来。他使父亲感到十分难堪。

看来，对遗嘱的怀疑在折磨着母子俩。这个结论我是从下面的一件事上推断出来的。

我把受托写给4个人的信交给列夫·尼古拉耶维奇过目。他读后从书房里拿着信走出来，到打字室找我。

"都很好！"他和蔼地说。

"这是什么？"我发现信中夹着一张他写的小纸条，问道。

"这是我为这几份信给您写的文凭、分数。"

"文凭"是用铅笔写的：

  致布拉托夫的——全优。

  致图切克的——同上。

  致特鲁索夫的——同上。

  致卡巴诺夫的——同上。

"好啊，我现在有'文凭'啦！"我开玩笑说。

"是的，是的。"他答道[①]。

我们这些谈话显然被窃听了。当我过后不久碰见索菲亚·安德列耶芙娜时，她冷不防问我："您为列夫·尼古拉耶维奇签署的是什么文件？"

"我？文件？什么也没有！"

"不，不，您说您签署了一份历史性的文件，您如今也要成为历史性的人物啦！"

"我？我相信您弄错了，索菲亚·安德列耶芙娜，我绝对没有签署过什么文件！"

"真的没有？"

"真的没有！"

这时我想起"文凭"的事来。

"噢，我只是与列夫·尼古拉耶维奇说到过这样一个文件。"我一边说，一边从口袋里掏出那份惹祸的"文凭"来给她看。

我向她解释这份文件是怎么回事儿，她似乎放心了。

受契尔特科娃的委托，我把一个看上去不无才华的犹太青年作家的一篇小说拿给列夫·尼古拉耶维奇，并请他抽空看一下，说说他的意见。他只读了头两页，——他不喜欢这个短篇小说②。

"不，看不出才华，"他说，"这是什么？'热烈的、颤抖的祈祷声犹如临终前的叹息，有似狮子利爪下但以理的哀祷，监狱中约瑟的央告，约拿*的……这种语句……"

屠申给病人们的诊断还没有完，因此我和列夫·尼古拉耶维奇骑马出去了。

"让我们一同去寻求道路吧！"他上马后，快乐地说。

但是我们走得不远，也没有找到新路，因为屠申不让远走。他坚持说列夫·尼古拉耶维奇刚刚病愈，远走对他无利。

7月28日

我告诉他，契尔特科夫向他问候，并想听到他的回话。

---

* 但以理、约瑟、约拿均为《圣经》中的人物。典出《圣经》，此处不赘述。——译者

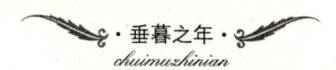

"您告诉他，"列夫·尼古拉耶维奇说，"我本想详细地给他写一封信，可现在没有空。请您转告他，我们这儿目前很平静，我不知道前面是否有雷雨……我总觉得自己身体不大好，或者说很不好——肝和胆不好……谢尔盖·列沃维奇来了，您看出我很高兴，因为他对我还不那么疏远。达尼亚来过一封信。"

他和屠申一同出去，可是他把什么东西忘带了，又返回自己的屋里，路过打字室时，他对我说："关于达尼亚的信，您就说我不同意她的意见……"

他匆匆忙忙离开我，走了，可是又折回来说了一遍："她写信叫他离开这里，可我总认为这没必要，我也不想这样做。"①

7月30日

来后得知列夫·尼古拉耶维奇问起过我。我去找他，他给了我几封要回复的信。

"都是您的老乡（信都是来自西伯利亚。——作者）。信写得全不错。"

有一封信，讲的全是体己话。他在大厅里曾向索菲亚·安德列耶芙娜、索·安·斯达霍维奇和我提起过。他本想亲自写回信，可现在决定交给我。

"我想，这样更有意义。"他说完这话后，指点我应该怎样回复这封信①。

我告诉他，昨天要我转交契尔特科夫的信，明天才能有回音。

"这信不必特意回复，"他说，"我仅只是想听到他的声音，了解他在忙些什么，生活怎样。"

他今天显得特别随和，神色开朗。

我留下没走。当你和一个可亲可近的人耳鬓厮磨、朝夕相处时，在彼此畅谈后，你会清清楚楚地感觉到，必须停下来回味一番，因为在你们之间有一种比事务性的交往更严肃、更知心的精神交流要求酝酿、成熟。彼此意识到双方的存在往往叫人喜不胜收，而且双方都渴望利用这种情绪来使温暖、严肃、心心相印的思想和语言互相融合，纵使事先对这样的交谈毫无准备。

我觉得，此时此刻，正是这样。

"我还想对您说什么来着？"他思索起来。

"比留柯夫来找过您。"

"对，对……他使我非常非常高兴。我很久没有见到他了，和他在一起我觉得很愉快。"

"我们这儿眼下很平静。"他沉默了一阵，又说，"我最近意识到，在我目前的处境下，平安无事是多么重要！也就是说，什么事也别干，什么事也别想，对正在发生的或可能发生的一切都默然待之。沉默，就是力量。我在自己身上体验到了这种力量。在你把许多最有力的论据加在敌手身上的时候，突然发现他一言不发……谁沉默，谁就有力量——你想想，一个人聚集了一切最有分量的反击意见，可他什么也不说……至少沉默对我的作用向来是这样……此外，必须达到福音书上所说的那种境界：爱恨你的人，爱你的敌人……可我还远远没有达到这一境界。"

他摇摇头。

"可他们老要夸大其词，夸大其词……"

看得出来，他晓得了契尔特科夫、亚历山得拉·列沃芙娜和其他至亲好友们对索菲亚·安德列耶芙娜的行为的态度②。

"列夫·尼古拉耶维奇，您大概是把这当作一次考验并以此进行自我修养吧？"

"可不是！在这段时间里我反复思量过多少次啊！……不过，处在我的地位上而按圣芳济派修士那样去做，我还差得很远。您知道他们是怎样说的吗？请您把这记下来吧：如果学会了所有的语言以及其他东西，这并非是最完美的快乐；最完美的快乐在于当你受到责骂和驱逐的时候，能够泰然处之，并对自己说，这是应该的，也是没有什么可仇恨的。可我离这一境界还非常非常之遥远！"

8月1日

"瓦林廷·费多罗维奇，这些教授都是真正的基督教徒，不对吗？我骂他们，可是他们却把自己的著作寄给我，对我表示关怀……"

收到一个乡文书的来信让我回复，他对这个人的评价是这样：

"这是一个新派人物……在我的想象中，他年轻，27岁，显得很富有，虚荣，想给农民做些好事。他以为在自己那伙人中间，他站在进化的最高阶梯上。实则他

很盲目。因此，应该向他指明这一点，开阔他的视野。"①

晚上，我给他看了一封信，是我大学里的好朋友、社会民主党人亚历山大·鲁芬从黑龙江海兰泡市的监狱里寄来的。他因1905年的大罢工被判处1年徒刑，投进要塞。当鲁芬在西伯利亚的一个大城市里时，是一个会员近7000人的工人联盟主席的同事。我知道他是一个精力充沛、信念坚贞、忠诚正直、襟怀坦白的人。我通过鲁芬在莫斯科的妻子打听到他的地址后，从雅斯纳雅写了一封信寄到监狱。现在收到了他的回信。他似乎正经历着一次痛苦的精神激变。他在重新估量自己从前的价值，而且在他新的精神变革中明显地接近着托尔斯泰世界观所坚持的那种思想境界和情感境界。在信的结尾鲁芬请求我向列夫·尼古拉耶维奇"想方设法弄一张、或直接要一张"肖像，最好在相片上能写上几句符合他目前精神状态的题词。

鲁芬的信使列夫·尼古拉耶维奇深为感动。他从信的头几行就看出笔者是一个聪明、诚实的人。后来他详细询问过鲁芬的情况后，决定给他写信。

"必须帮助他，帮助这个不幸的人。"他说。

他履行了自己的诺言，在肖像四周的空白处题了词："有句法国谚语说：'我们朋友的朋友也是我们的朋友*。'所以我把您当作一个亲人，满足了您的愿望。列夫·托尔斯泰。1910年8月1日。在我们的感情和信念中有把我们同所有的人联系起来的东西，也有把我们同所有的人分离开的东西。我们自己要对前一种情况坚信不移，而且要在生活中以之指导自己。与此相反的是，现在人们在言论和行动中加以坚持和用以指导的感情和信念不是把人们联合起来，而是将他们分开。"

这些题词不是一次写好的，他修改过好几遍。"所有的人"一词就是在他骑马散步回来、已经相隔了好几个小时后，吩咐我打上着重号的。

"这几本小册子很不错，列夫·尼古拉耶维奇。"在他给鲁芬回信的信封上签字时，我一面翻看《论生活》的校样，一面对他说。顺便说一下，他已把《论生活》改名为《生活的道路》。

"但愿事实能如您的祝愿！"他说，"有时我也这样想，可有时又怀疑。"

"我现在正看《弃绝私利》呢。"②

---

* 原文为"Les amis de nos amis sont nos amis"。——译者

"啊！这很好。"

还是在早晨的时候，他在书房里对我说："索菲亚·安德列耶芙娜今天这么……（他动了动胳膊肘）她并没有说什么不中听的话，只是……烦躁不安……"

下午，我去找列夫·尼古拉耶维奇，为契尔特科夫取一封他受列夫·尼古拉耶维奇委托写给巴黎弗·列·布尔查夫的信，以及后者给他们两人的信。布尔查夫在信中谈到了一个他一向爱谈的问题：与挑拨离间做斗争[3]。同时，我拿了一本《生活的道路》，想根据手稿再做一些补充。

我刚走开，列夫·尼古拉耶维奇就拉铃叫人，我又返了回去。

"是您啊，我还以为是萨沙呢。也好，反正都一样……"

他请求我把凉台上的门锁好，因为是连阴天，已经有了凉意。后来我把蜡烛放在他的写字台上，转身到另一张小桌去取火柴。

"啊，真好！"我听见他在身后说。

"什么？列夫·尼古拉耶维奇？"我转过身来。

"您笑什么？"

"您刚才说，真好……"

"是啊，我觉得这真好！当你过的是一种精神生活时，哪怕是微不足道的，也会使万物之容颜顿改！当你感到有谁态度不好而报之以你所应有的态度时——您知道圣芳济派修士是怎么说的吗？——那是多么好，多么快乐啊！假如强迫自己持以应有的那种态度……那么，这时候那些本来使你反感的事情也会变得使你感到美好。"

他静默了一阵。

"这似乎是奇谈怪论，许多人都不理解这一点，可这是不容置疑的真理。伊万·伊万诺维奇就是这样……（他微笑了一下）他是一个非常善良、可爱的人，可为什么要对康德的全部观点……您注意到了吗？"

他这里指的是伊·伊·戈尔布诺夫对《生活的道路》所做的校订一事。戈尔布诺夫既然是他与印刷厂之间的中介人，就每每要在列夫·尼古拉耶维奇审校前自作主张，用铅笔对格言的原文和内容进行想当然的修删，似乎是要作者对这些修改予以斟酌。他老要在书中所引的康德的原文旁批上"晦涩"或"费解"等字样。

列夫·尼古拉耶维奇对这类修正采纳了一些,其余的都划掉了。

为更清楚地理解他所说的这些话,应当注意在此之前他与索菲亚·安德列耶芙娜发生过的一次使他不愉快的谈话。

傍晚时分,他在他的书房里和比留柯夫单独谈了很久。这是一次很重要的谈话。我事后才知道,这次谈话涉及到前不久雅斯纳雅发生的那一非常事件,即列夫·尼古拉耶维奇背着全家正式秘密签定遗嘱一事。根据这个遗嘱,他的全部著作——艺术的和哲学的——应该在他死后成为公有财产④。

比留柯夫在和他交谈时,当听到遗嘱是秘密签定的(如果我没有弄错,是列夫·尼古拉耶维奇本人告诉他的),不知为什么他突然用不合时宜的腔调指示列夫·尼古拉耶维奇:应该采取什么方法使遗嘱今后生效。他认为招集全家人并向他们说明自己的意愿,这也许更符合列夫·尼古拉耶维奇素有的精神和信念⑤。

列夫·尼古拉耶维奇处在至亲好友各派势力的包围中,这种谈话和索菲亚·安德列耶芙娜新近发生的一次不愉快肯定是不会叫他安然的。

就在和比留柯夫谈话之前,列夫·尼古拉耶维奇已经嘱咐我不要不经他的许可去杰略京基。因此我走的时候,先去了他那里一趟。

"您有什么吩咐吗?"我问。

"没有什么特别的事,没有!"他的回答出乎我的意料。

我发现他面带可怕的、仿佛是疲惫不堪的气色。不久前他同我谈话时的那种生动的表情已经无影无踪了。

"不需要向契尔特科夫传什么话吗?"

"不需要。我本想给他写封信,不过明天再说吧。您告诉他,我在这种处境下,什么也不希望,我,(他停顿了片刻)我等待着,等待着不久的将来,我早已准备好了,对每个人一视同仁!"

我走了出来。

8月2日

"哎,把信给我!给那个乡下文书的信写了没有?这封信不好写啊!"

他不太赞赏这几封信。给文书的——"空洞";另一封关于宗教无政府主义与和平无政府主义学说之差异的——"晦涩",要求重写。他建议把这封信拿给契尔特科夫看,我也照办了。①

索菲亚·安德列耶芙娜卧病在床。契尔特科夫照常不来托尔斯泰家。列夫·尼古拉耶维奇也不去杰略京基。他们常常通过我或戈尔登威泽尔传递消息。

亚历山大得拉和契尔特科夫对比留柯夫昨天的行为很不满。照他们看来,比留柯夫还没弄清问题的全部复杂性,就不明智地使自己搅和到这件事里来,甚至劝说列夫·尼古拉耶维奇,这只能难为他。就我所知道的,比留柯夫的话的确对列夫·尼古拉耶维奇产生了影响。

8月3日

早晨他拉铃。我走进书房。

"我发现《弃绝私利》中有一些非常出色的东西!"谈到《生活的道路》时,他说。

他读了帕斯卡尔的法文原著,又向我口授了其中一种见解的译文,要求将这种见解加进《弃绝私利》中。①

"真了不起!"他谈到帕斯卡尔时说。

骑马散步之后,他上床休息了。铃声响了,我走进他的卧室。屋里半明不暗。百叶窗关着。他躺在床上,侧身弓卧。他的脚上还穿着鞋,怕弄脏被褥,脚下衬了一个小床垫。

"我想,这个观点还需要解释。"他说。

他指的是此前我告诉他《弃绝私利》中下述一个观点:"假如一个人理解他自己的使命,但又不能摒弃私利,那他就是一个类似没有任何外部的钥匙可以开启内心源泉的人。"②戈尔布诺夫对此批注道:"费解。"因此,我问他我的理解是否正确。实际上,这里"费解"就费解在概念的明确性上,即所谓外部的ключи和内心ключи*这两个相同的词究竟是什么意思。列夫·尼古拉耶维奇把戈尔布诺

---

* ключи在俄语中是一同音多义词,既有"钥匙、关键"的意思,又有"源泉、喷泉"等意思。——译者

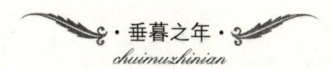

夫的批注勾掉了。

"不，不值得，列夫·尼古拉耶维奇。"这就是我对他要解释这一观点的话的回答。

"是不值得，如果您也……这近乎……可我想神智学才谈论神秘的现象。你看，帕斯卡尔死了已经200多年，可我和他的心是相通的。有什么比这更神奇的呢？今天在我心头萦绕不已的正是这个思想（即他向我口授的那个思想。——作者），它使我感到自己与之如此亲近，简直就像是我自己的一样！……我觉得自己仿佛和帕斯卡尔一同全身心地沉浸在这个思想里了。我感到帕斯卡尔还活着，没有死，他就在这里！如同基督一样……你知道这一点，但是只有在某一个时刻你才能特别清晰地体察到这一点。正是这样，他用这个思想不仅把我，而且把读过这段话的千千万万的人都联合起来了。这是最深刻、最神奇，也是最使人感动的……这就是我现在渴望和您分享的。"

列夫·尼古拉耶维奇在翻译时使他非常感动的法国哲学家的那个思想是这样的：

　　人心永不知足，纵然你满足了它的全部要求。但是只要一弃绝它——你的欲望，马上就会感到一种完满的幸福。为私利而活着，就永远烦恼；摒弃它，定然十分快乐。唯一的真善，就是憎恨自己，因为人人都应当憎恨自己的淫荡。只有恨自己，人才能找到生存的意义，才有资格去爱。但是因为我们不能超然物外地去爱，所以我们不得不爱活生生的生命，——它可能就在我们身上，但并不就是我们自身。这种活生生的生命只有一个：整个世界的存在。天国就在我们心中；世界的幸福就在我们心中，但我们自身并不就是幸福。③

午饭时，屠申通知列夫·尼古拉耶维奇，一个捷克诗人给他寄来两首诗——歌咏路德和海尔齐茨基的。

"哈，歌咏海尔齐茨基，这可真有趣！"他大声说。

屠申简要地转述了诗的内容。关于路德，是这样写的：虽然他战胜了罗马，但是没有战胜自己身上的撒旦——自己的恶习。

"对此我也有同感。"列夫·尼古拉耶维奇说,"再说我一向对路德、对纪念他不那么……尊重。"④

晚上又发生了可怕的争吵,真叫人痛心。索菲亚·安德列耶芙娜不给他一点儿情面,又扯到他和契尔特科夫的关系上。她因他们俩的关系而大吃其醋,骂他是一个胡涂虫,她还援引了他年轻时日记中的一段话作为证据。

我看到列夫·尼古拉耶维奇在大厅里和她吵过后,飞也似地穿过我的卧室向他的屋里径直走去,两手插在腰带里,愤怒得面色苍白,仿佛冻僵了似的。后来门锁响了,——他锁上了他的卧室门。然后他从卧室进了书房,似乎把书房到客厅的门也锁上了。这样,他就把自己关在他的仿佛要塞似的两个房间里了。

他的倒霉的妻子时而奔向这一房门,时而奔向那一房门,又是乞求原谅:"列沃奇卡,我再也不啦!"又是拉门。然而,列夫·尼古拉耶维奇只是不予理采……

当他的人格、尊严受到践踏,躲在那屋门后,内心经历了怎样的动荡,这只有天知道啊!

8月4日

弗·格·柯罗连科给雅斯纳雅·波良纳拍来电报:"若能有幸过访,望告。有烦列夫·尼古拉耶维奇。"索菲亚·安德列耶芙娜回电:"皆悦一会,速来。"

像往常一样,契尔特科夫请求向列夫·尼古拉耶维奇转致问候,并说根据对列夫·尼古拉耶维奇的态度,他想最好还是离开雅斯纳雅,到柯切蒂达吉亚娜·列沃芙娜那里去。

"这件事让我自己考虑考虑。"当我把契尔特科夫的话转告他后,他犹豫不决地说。

8月5日

我在他的书房里坐着。

"索菲亚·安德列耶芙娜情况不太好。"他说,"倘若柯罗连科看到她今天这付模样,那成何体统!……不能不怜悯她,然而他,还有其他许多人,我,对她都那么严厉……而且无缘无故!要是有什么原因,那她就会忍不住说出来……可现

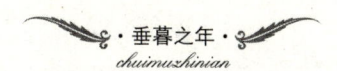

在都逼得她喘不过气来了。不能不可怜她,而且每当我能做到这一点的时候,我就十分快乐……我甚至把我的快乐记了下来。"

他从口袋里摸出一本记事簿,开始念起来。

索菲亚·安德列耶芙娜突然走进来给他送苹果,同时说起他们的事来……他停住朗读,回答她。

后来她出去了,看样子对我在场不满意,有顾忌,结果他的朗读给破坏了。

他读过的是这样一段话:

每一个人都永远处在发展的过程中,所以人人都不应该违背这一发展过程。但是人各有异,境况不同,所以对他们不能不像对儿童那样爱护、尊重,但是不应当把自己与他们等量齐观,不能要求他们理解其无法理解的事情。唯一困难的是怎样对待他们,这就是,他们没有儿童的那种求知欲、真诚心,却有儿童似的漠不关心,对他们所不懂的一概否认,而主要的是他们令人难堪的自信。①

"在我们周围有多少这样的儿童啊!"他一面说,一面用手指指门外,"周遭皆是啊!好,这就是您的工作,誊抄一下,——您瞧,存下多少!——抄到笔记本里吧……"

这意思是应该把这些草草写下的随感从记事簿里抄录到日记中去。

这时候,他,伟大的托尔斯泰,弓着腰,白发苍苍,站在凳子上,伸手从书架上拿下一个日记本递给我。这是他瞒着索菲亚·安德列耶芙娜藏起来的……

我们讲好我下楼到屠申的屋里去抄,等他散步回来后再交给他。

"虽说这里没什么,也不该这样。"他一面说,一面翻着日记……

8月6日

同列夫·尼古拉耶维奇乘车去巴布林、德梅克和姆亚索耶多沃这几个村庄后面的"陷渊"。这是古老橡树林中的一个幽深的小湖。实际上它是由土层随同茂密的林木一起下陷到一个深渊里而形成的。他现在还清楚地记得这件事,记得从前

"陷渊"四周向下垂挂的那些大树。就是现在也能看得出,湖畔四周的一些地段土层断裂,好像眼看就要往下沉,快陷进深渊里去似的。"陷渊"是雅斯纳雅·波良纳美丽如画的风景区之一。

当列夫·尼古拉耶维奇游玩回来休息的时候,柯罗连科来了。他是徒步从扎辛卡来的。他不知道在扎辛卡雇不到马车,就在那里下车了。我第一个出去迎接的他,并把他引进大厅。索菲亚·安德列耶芙娜得知客人光临,也立即来到大厅。

柯罗连科是一个须发尽自的可敬的老人,他个子不高,体格壮实,仪表文静,神态安详,目光慈善,长着一副又宽又密的大胡子;他的举止从容、温和、果敢,黑色西装干净朴素。

吃饭前,列夫·尼古拉耶维奇走出书房。

"我已经准备好要说,您是故意不把驾到的消息通知我们。"他一边和客人打招呼,一边说,"您白花了3卢布的马车费——啊,我明白,明白啦!您是徒步从车站来的……"

"看到您健康我很高兴,列夫·尼古拉耶维奇!"柯罗连科说。

列夫·尼古拉耶维奇急不可待,马上就谈起柯罗连科论死刑一文来(《司空见惯的现象》)。柯罗连科指出,多亏列夫·尼古拉耶维奇就这篇论文写给他的信,才使他的文章真正获得了巨大的社会意义[①]。列夫·尼古拉耶维奇说,如果真是这样,那也是因为文章本身出色。

大家坐下吃饭。谈话时柯罗连科显得有点儿耳背。后来他解释说不久前生过病,因服奎宁使他两耳的听力受到了影响。

接着谈起了文学和绘画中的颓废主义。柯罗连科想找出产生颓废主义的、比仅仅是由于矫柔造作或标新立异更深刻的原因。他说有一个熟识的画家,故意在绘画中使用"灰调子",即把画面的明净的轮廓和色调故意用暗灰色的斑点涂盖起来。那画家说,他这样做为的是不给那些买他的画的富人看到美的真相。

"我不、不理解!"托尔斯泰犹豫不决地大声说,"我佩服您,佩服您对颓废派的这种小心谨慎的态度,我佩服,但我没有这样谨慎。艺术一向是为富人阶级服务的。不逢迎权贵们的新艺术将要出现,只是现在还没有产生……"

谈到音乐,他说:"真正的艺术应当是所有人都理解的艺术。现在的艺术却只能被荒淫无度的阶级,亦即只能被我们所理解。尽管我喜欢肖邦,可我认为肖邦不会永生,在未来的艺术面前,他必将死亡……真正的艺术现在还没有。"

谈到11月9日的法令②。柯罗连科发表意见不知为什么很谨慎。列夫·尼古拉耶维奇明确表示了自己的看法,他认为不能把土地当作私有财产。

顺便说一下,吃饭的时候,索菲亚·安德列耶芙娜讲述了当她为申请批准出版列夫·尼古拉耶维奇全集去找现已去世的巴别达诺斯采夫的时候,她与他发生的冲突。当时巴别达诺斯采夫对她说:"伯爵夫人,我不承认您丈夫有智慧。智慧是和谐,而他全是棱角。"于是她反驳道:"康斯坦丁·彼得罗维奇,要是这么说,请允许我向您引一句叔本华的名言:'智慧是一盏明灯,它引导着一个人前进;而天才却是照耀宇宙的太阳。'"③

"唔,这么讲可不合适。"列夫·尼古拉耶维奇插话说。

"为什么?"索菲亚·安德列耶维奇反驳道,"我简直为自己的丈夫感到委屈。"

当时她还补充说,巴别达诺斯采夫到底没有批准她的出版申请。

吃罢饭,喝过咖啡,列夫·尼古拉耶维奇回自己的书房里工作了一会儿。柯罗连科和索菲亚闲聊。

端上菜来,他走出书房。大家聚在一起,在座的还有戈尔登威泽尔,他是被从杰略京基叫来的。生动活跃的谈话又开始了。

柯罗连科是一个健谈的人,而且他还是一个出色的讲故事的能手。他那阅历颇深的往事回顾给他提供了丰富的谈话资料。在命运的作弄下,他什么地方没去过呢?他有时在别尔姆斯克省流放;有时被"更远地发配"到雅库茨克;有时出现在美国的芝加哥展览会上;有时又在伦敦;有时他与某一个"同志"(他总是说"和同志们在一道,我的同志们",这在某种程度上反映了他的世界观)结伴远游,拄着拐杖,徒步跋涉,萍迹四方,走遍了俄罗斯最偏僻的角落、修道院,浪迹于教派分子中间……

列夫·尼古拉耶维奇兴致盎然地听柯罗连科讲他见到亨利·乔治时的情景。

"那是在芝加哥的展览会上。召开了各种代表会议,其中就有一个会,是由亨利·乔治主讲单一累进税问题的。会议是在一个非常宽敞的场所里举行的,听众很多。乔治呢?是的,他那时已经是一个白发苍苍的老头了。就在讲演期间,听众中有一个人向乔治提出一个问题:'请您谈一谈,您怎样看待是否允许中国工人到美国来的问题？'（列夫·尼古拉耶维奇：'提得好！他怎么讲？'）看来，这个问题使乔治很不愉快，他不想回答。但是后来他还是对那个发问的人说：'虽然这与本题无关，不过如果您想知道我个人的意见，那我认为，海运中国工人到美国来应该有节制……（列夫·尼古拉耶维奇：'哈，没想到！'）这时亨利·乔治的3个信徒跳起来，说道：'先生，我们不同意！'（列夫·尼古拉耶维奇：'好样的！'）接着，他们指出乔治刚才所说的意见与他的理论是矛盾的；他的理论有着包罗万象的含义，然而他对自已的理论估价不足……（列夫·尼古拉耶维奇：'妙极了！'）"

可惜柯罗连科已经不记得，或者如他所说，没弄清乔治回答他的学生们的话，乔治对他们的发言持何态度了。这件事使列夫·尼古拉耶维奇听得津津有味。

"想必他是同意的！"他说，"他是一个信教的人，是真正讲人道的、自由的人，因而这使我吃惊……"

我再引述一下柯罗连科讲的另一个故事，一个关于他怎样在沙洛夫斯克旷野上遇到赛拉弗姆干尸的故事。*

"因为沙皇出巡，于是从各村招募了好些庄稼汉在各条大道上布岗放哨。我和一个同志结伴而行。我们走到几个这样的岗哨面前，彼此打过招呼，问他们：'你们在这儿干什么呀？''守卫皇上。''干吗要守卫他？''有人想害他。''谁？''就是那些像你们一样戴便帽的家伙。'我发现其中有个庄稼汉也戴便帽，破帽舌还扯成两半儿。我就对他说：'可你也戴便帽呀。我才有一个幅沿儿，你却有两个呢！'就这样，一句笑话说得全没事了，大家一齐笑起来……可他们所想象的有人想谋害沙皇是怎么回事呢？据他的意见，大学生们常常抬着圣像在俄国到处走，想方设法要叫沙皇去吻这圣像。有一次沙皇差点就要吻这圣像了，而且已经划过了十字，可是伊万·格龙施达斯基神父突然发话：'停住！士兵，对圣像开枪！'一个士兵端枪正要射击，猛地从圣像里面跳出一个鞑靼人……我对这帮庄稼汉们说：'你们说什么？什么鞑靼人？'他们解释说，那个鞑靼人带着两把匕首，一只手里一把。大学生们把他装进圣像里，只要沙皇一贴近它，他就

---

* 俄国有种迷信，认为圣徒的干尸具有神奇的能力。赛拉弗姆是18世纪俄国沙洛夫斯克荒原上的一个苦行僧。——译者

从两面同时用匕首把沙皇刺死。我当时对自己的同志说,"柯罗连科补充道,"在人民如此愚昧的情况下,我们还谈什么宪法,谈什么改革?"

"完全正确!"列夫·尼古拉耶维奇插话说。接着,他补充谈了一些老百姓愚昧无知、他们还不晓得任何教育、他们也不需要这种教育的现象。

"我不同意您的意见。"柯罗连科郑重地反驳道,"那时我就曾给我的同志做过一个比喻,请允许我在这里重复一下。当下毛毛细雨的时候,你走到雨地里,这无所谓;但你若是站在排水管下,那你必然要全身湿透。在这儿也同样。要知道所有最迷信的人都从四面八方聚到一块儿来了;要知道这地方是最盲目无知、形形色色迷信的汇聚点啊!"

"完全正确!"列夫·尼古拉耶维奇说。

柯罗连科还非常详细地讲了大约在15年前马尔梅日市的沃恰克人因用人祭神被控告、他怎样出面为之辩护一事④;然后又同样详细讲了今年6月在尼日戈罗德省的"无形之城"基迪日附近湖畔的宗教集会。在这个故事中,列夫·尼古拉耶维奇中意的是聚集在林中湖畔的朝圣者们从"有形的"肉体后面想象那"无形的"精神本原一事。

令人惊讶的是柯罗连科在雅斯纳雅·波良纳能坚持住自己文学家的立场。通常,列夫·尼古拉耶维奇总是把每一个人都要吸引到他自己感兴趣的——多半是宗教问题的——圈子里来。然而柯罗连科却能做到独立不倚,甚至我行我素。他除把注意力集中在他那些日常生活的故事上、总之是他生活中形形色色的"奇遇"上以外,还能巧妙地把列夫·尼古拉耶维奇引到纯粹文学性的谈话上来,这是无论谁都做不到的。

文学性的交谈发生在整个谈话已近尾声,天气很晚,大家就要分手之前。

"有一个青年批评家认为,"柯罗连科开始讲了,"果戈理、陀思妥耶夫斯基都有典型,而您似乎没有典型。不用说,我是不同意这种意见的,首先因为实际上典型也是有的,但他的话也有一定的道理。我觉得,果戈理是在静态中把握人物的个性,也就是说,人物的个性早已形成,完全定型了。就拿那个别杜亨*来说吧,这个人物成熟得就像气候不变时菜园里的香瓜!……而您的人物性格是在故

---

* 别杜亨是《死魂灵》第二部中的一个地主。——译者

事情节中逐渐展开的。在您的笔下,这是动态的,如比埃尔·别祖豪夫和列文,他们一开始还不明显,他们是逐步发展、逐步明显起来的。依我之见,艺术家最大的困难正是在这里……"

"也许是吧,"列夫·尼古拉耶维奇说,"然而关键是艺术家不下判断,而是在以直感揣度典型。生活中的人物性格是多么丰富多彩啊!各种性格特点存在着多少形形色色的变动和组合啊!而某些性格特点的组合就是典型性的性格。其余的一切则接近于典型……一旦我成了大作家,我将写出论典型的……我很想写写典型……但是,我这个老头已经说过,我已经'赎免'啦。"

"您知道,列夫·尼古拉耶维奇,"柯罗连科反驳道,"有一个关于基督的传说。好像是说他和弟子们一起走到一个农夫家住宿,农夫的茅舍顶上有个窟窿,基督和弟子们都被淋湿了。基督对农夫说:'你怎么不把屋顶修一修?'农夫回答说:'既然我知道我将在礼拜四死去,我干吗还要修它呢?'据说,就这样,基督从此就不让人们知道他们的死日了。您也是这样,列夫·尼古拉耶维奇,干吗要瞎猜测?有些人能活到120岁。这样的话,您大概才要写您的那个典型了吧!

"从前我搞艺术创作时,我感到写作很艰苦。"列夫·尼古拉耶维奇又说,"现在,我感到写作易如反掌,因此我就不屑为之了。我知道这一点,所以我才对它这样轻率。"

8月7日

柯罗连科在雅斯纳雅住了一宿,今天和亚历山得拉·列沃芙娜一起乘车去杰略京基看望契尔特科夫。不用说,在那里肯定会向他透露索菲亚·安德列耶芙娜在整个生病期间的不良行止的。3点钟他要从那里出发到图拉,然后搭火车回家。列夫·尼古拉耶维奇当然不会忘记对他表示热情和善意。依照他的布置,我骑马牵着代列尔先赶到图拉大道上,他和柯罗连科晚一会儿起程。后来他们赶上了我。我转身一望,看见两位老人并肩坐在迎面驶来的四轮马车里,银须飘洒,猛然间都分不清哪是托尔斯泰,哪是柯罗连科……

当马车赶上我停住时,列夫·尼古拉耶维奇下了车,与柯罗连科最后一次告别,我也向他鞠躬行礼,然后马车载着柯罗连科向图拉方向驶去。

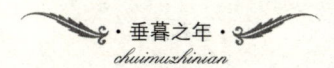

列夫·尼古拉耶维奇跨上代列尔,我们慢慢地向公路旁的奥夫夏尼科沃大道走去。突然大雨倾盆,他顺路拐进了红眼庄园,我们躲在一间草棚里。一个中学生跑过来,这是一个敏捷活泼、生气勃勃的15岁少年,一双明净的眼睛讨人喜欢。

"列夫·尼古拉耶维奇,请到我们家吧!"

他犹豫了片刻,从马上下来,冒雨走向别墅。原来这是图拉医生苏海宁的家,他过去也曾到雅斯纳雅拜访过列夫·尼古拉耶维奇。只有他的妻子和孩子们在家。她感到很荣幸,对列夫·尼古拉耶维奇百般殷勤。医生本人正在城里医院中躺着。他出了一件倒霉的事:他的长子格里沙(就是邀我们到家的那个可爱的中学生)在打猎时,一不小心,猎枪走火,打在了父亲的脚上。

"你抛掉这种娱乐吧,"列夫·尼古拉耶维奇对中学生说,"这不是一件好事。不能杀生,每个生物都惜生。您要原谅我对他说这些话。"他转身对孩子的母亲说,"说起来我也问心有愧,因为我自己在50岁前也打猎——野兔啦,熊啦……您瞧,这就是熊给我留下的伤痕。"他指指右额上的一处伤疤。"现在一想到打猎,就不能不羞愧、悔恨。"

在苏海宁家我们坐了半个钟头。列夫·尼古拉耶维奇爱抚着孩子们。最小的一个在一张小纸片上画小马玩儿。

8月8日

我和一个叫安那尼依·比列茨基的青年人通信讨论上帝问题。他是契尔尼戈夫省科诺托普人,很有才气,思想独特。他赞成一切合乎道德的要求,可就是怎么也不接受"上帝"这个概念,甚或正像后来弄清楚的,都不接受"上帝"这个词。

列夫·尼古拉耶维奇把比列茨基的最近一封来信交给我的时候,说道:"他感谢您,但又坚持自己的观点。他是一个爱发议论的人。依我看,不值得回信。"

列夫·尼古拉耶维奇还有一个通信人问怎样才能使他改信另一种宗教信仰,以避东正教教士们的迫害。他同这些教士们发生了争吵,百般辱骂了他们。我在给这个人的复信中告诉他,改信另一宗教信仰是不必要的,因为问题不在于形式上属哪一宗教,而在于避免对别人怀有恶意,亦即自己对别人没有恶意。在信的结尾,我劝他与东正教教士们和解,要忍辱负重,走到他们面前请求他们原谅自己出言不逊（如歹徒、出卖基督的人、犹大等）。

列夫·尼古拉耶维奇不同意后面这些劝告："他会想，您对他要求得太多了。您要这样写：他不能抱怨教士们的不善，因为自己对他们也有过错，因为这是他自己引起的。"①

与他骑马外出。

连日来阴雨绵绵。今天云散日出。秋意渐浓，或者说得更恰当些——夏日将尽。树叶已经微黄了。

这次散步很有意思。我们越过几条艰险的沟壑，有一次，我们下了马，我冒险地把马串起来，牵着通过一条陡直的深沟，然后又帮着列夫·尼古拉耶维奇越过去。另一次，当我们转到一条起伏不平的荒径上时，他说："我走上了一条绝望的道路。"

"为什么？"

"可能往后更糟糕……"

"那就最好别再往下走了。"

"不，要试一试！"

那就走吧！陡坡一个接一个，坡度也越来越大。

"啊，这可真叫人绝望了。"我说。

"现在还好。"他说。

"您怎么想起了这条小路？"

"我一点儿也不知道。"

终于还是走出来了，而且还很顺利。

我们向雅斯纳雅走去。草地上有一畜群。一个小牧童光着头走过来。

"伯爵大人，请允许我到您的草地上放放牲口。"

可畜群已经就在"老爷的"草地上了。

"这不是我的草地，我不是主人。"他说完就走过去了。

8月10日

过了3天，有两个年轻人来看望列夫·尼古拉耶维奇。他们刚从实科中学毕

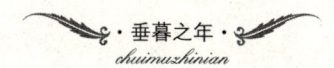

业，通过了大学各科考试。现在两人已戴上了大学生的制帽。他俩昨天到过我们杰略京基。他们崇敬、热爱作为艺术家的托尔斯泰，今天来雅斯纳雅是想见见他——单单是见一见。事后他们说，列夫·尼古拉耶维奇告诉他们，他一向非常高兴和青年人交谈，但必须是青年人向他提出一些问题并都愿意严肃地讨论一些问题的时候，他才乐于交谈。后来他们去找契尔特科夫，以便得到"有关列夫·尼古拉耶维奇生平的更详尽的知识"。他们没读过托尔斯泰的晚期作品。可是他们宣称，他们研究过人生的一些主要问题。然而两人都才只有17岁的样子。

我们的两位小青年来到后，契尔特科夫同他们进行了耐心的长谈，但不是谈列夫·尼古拉耶维奇的生平细节，而是关于教育、生活和宗教的意义。两个学生遵照他的建议，在杰略京基住了一夜，因为他俩在附近游玩了一整天，来到这儿的时候已经是晚上了。一句话，像契尔特科夫说的，他们是来"托尔斯泰四周观光游览"的。但这两个都是举目无亲的老实青年……

关于契尔特科夫和他俩交谈、他俩今天在杰略京基过夜的情况，我都告诉了列夫·尼古拉耶维奇。

"啊，原来如此！我很高兴，很高兴！"他说。

当他骑马散步过后躺下休息时，来了一个当兵的。今天有两营士兵在村庄附近扎营住宿，安置在田野里，帐篷正好搭在托尔斯泰家庄园的门口。军官们被安置到农舍里。部队的长官到达后，把排长和军士们招集到一起，命令他们盯住士兵们，谁都不许去找托尔斯泰："这个人是政府和教会的敌人。"可是一个21岁的犹太士兵，叫伊莎克·维那尔斯基的基辅人，拿着两个饭盒装作要去打水的样子，偷偷溜进了列夫·尼古拉耶维奇的院子里来。他向排长说，让他们逮捕他吧，他还是要看列·尼·托尔斯泰去。我告诉他，很抱歉，列夫·尼古拉耶维奇不能出来见他，我跟他谈了谈。

"我单因为列夫·尼古拉耶维奇被拘留了10天！"士兵带着幸福的微笑说。他是个很热情的人。

他体格魁梧，抱怨服役使他变得粗野了，什么书也不看；还说没有一个士兵愿意服役；士兵常有自杀的，因为受不了服役的残暴。

"至少我已经看到列夫·尼古拉耶维奇的家了。"他说。

当时正好没人，利用这一机会我把他带进庭院里，让他看过了大厅，然后送了他一张印有列夫·尼古拉耶维奇肖像的明信片。他把它藏在了皮鞋筒里。走的时候他很快乐,为了笼络放他来看托尔斯泰的那个排长,他从花园里摘了两颗苹果作为谢礼。

8月11日

契尔特科夫的母亲叶里扎维达·伊万诺芙娜想赠送雅斯纳雅波良纳图书馆一批阐述《圣经》教义的小册子,提前让我问列夫·尼古拉耶维奇是不是反对这样做。

"很高兴,很高兴,"他对我说,"让大伙都读读!"

他没有细看这些书,只浏览了二三本,微笑着摇摇头。

后来,我向他讲述了去杰略京基的那两个学生的事。他们已经走了,看来对他的世界观很感兴趣。他们从前当然不了解它,甚至断言它使人反感。

"咱们现在来审查一下叶里扎维达·伊万诺芙娜的书吧。"他说,"大概不会有人看它们的,这都是尽人皆知的东西。大多数人对我的书也都抱着这种态度。"

接着他说昨晚驻扎在村里的队伍中有4个士兵来找过他,维那尔斯基也来了,还有2个犹太人、1个俄罗斯人。

他说:"假如站在爱国主义的立场上,那我允许犹太人不受阻挠地上大学、小学,但不许他们参军。过去我手下的那些犹太士兵,因为他们聪明,所以除了在艰苦的行伍生活面前惊恐万状、躲躲闪闪外,一无所取。另一种人,俄罗斯人呢,也靠不住啊……书嘛,只准看团队图书室的书,但那是因为军队里只有最愚蠢的人,而现在人民已经超过了这一点,所以人们不再看这些书了。"

他还说他了解到来过他这儿的士兵中有3个曾因"开小差"被判处3个月监禁。

8月12日

午饭间,他讲述道:"我观察过蚂蚁,它们顺着树身爬,上上下下的。我不知道它们在那里能得到些啥?不过只要是往上爬的,肚子都是瘪瘪的,样子很普通。而那些下来的,肚子鼓鼓的、重重的。看得出来,它们吃上了什么东西。它们就这样爬来爬去,每只蚂蚁都知道自己的路线。树身凸凹不平,疙疙瘩瘩的,蚂蚁却转来转去,爬个不停……我在这垂暮之年,当我这样观看树上的蚂蚁时,不知何故特别惊异。在这些生物面前,飞机算得了什么!那么粗糙,那么笨拙!"

后来他说:"《阅读园地》中有一篇小说描写了多么美好的一天啊!这篇小说就是莫泊桑的《孤独》①。它以美好的、正确的思想为基础,可惜没有一贯到底。叔本华说:'在你只有一个人的时候,你就应该明白你在想着什么人,你和谁在一起。'莫泊桑不是这样。他正处在内心世界发展的过程中,这一过程在他身上还没有完成。他也没有从人们身上常有的现象开始。所有的儿童都是这样,许多成人和老人也是这样!"

吃饭时在场的索菲亚·安德列耶芙娜几次插话打断他。无论在什么问题上她几乎都要同他唱反调。叔本华关于上帝、关于人的最高精神本原的格言本是构成列夫·尼古拉耶维奇生活的根本信仰、他的整个思想的基础之一,她却认定这"只不过是一句机智的笑话"。

列夫·尼古拉耶维奇很快回到了自己的书房。

"抱歉得很,我走了,"他说,"因为当着索菲亚·安德列耶芙娜的面根本不可能进行谈话——严肃的谈话……"

晚上,尼古拉耶夫讲述了列夫·尼古拉耶维奇的高加索朋友、信徒们的情况,逐一描述了他们在黑海沿岸和其他各地的田庄②。

后来尼·尼·盖久久地、津津乐道地讲起了瑞士,他在那里生活了10年。列夫·尼古拉耶维奇向他提出一个又一个问题:国家体制、土地占有、法制、军队、刑法、监狱、乞丐、失业者、检查机关等等,主要的是宗教运动方面的问题。

使他悠然神往的是那个热爱自由的国度。他认为瑞士是一个最接近于无政府社会的、最少使用暴力的国家。他完全同意盖的观点,即应该从这样的国家发展出类似的社会,就像从胚胎开始发育一样。首先在邻近的区域(比如说阿尔萨斯),然后遍及全欧洲。顺便说说,使他特别感动的是瑞士的监狱里没有一个人。盖说,监狱上空悬挂的旗帜有时很久不取下来。关于居民之正直廉洁的叙述也使他感兴趣。当有人说在瑞士不能奢望拒绝服兵役,因为不允许这样做时,列夫·尼古拉耶维奇指出:"纵然是用暴力加以维护的,那也是因为他们需要秩序。"

可是谁需要保护我们的无秩序呢？"

朗读了赫里亚科夫从监狱里写来的一封信，是描述他沉痛的精神状态的。列夫·尼古拉耶维奇讲了他给赫里亚科夫的回信。他说他对杀死、吃掉自己敌人的野蛮人比对政府更理解；政府把人关进牢房，同时又给监狱安上电灯、电话，铺上沥青地板等等，这一切都是发了疯的人类活动的产物③。

8月13日

在雅斯纳雅住了一宿。早晨，列夫·尼古拉耶维奇把我叫去。

"收到一封骇人的信，因此我不愿意向萨沙口授复信，想求求您。"

是一封关于兄妹间的性关系的信。

亚历山得拉·列沃芙娜对他讲，施米特很不安，因为达吉亚娜、列沃芙娜在奥夫夏尼科沃村打算盖房似乎专门是为了她。

他嘲笑起了自己的亲密朋友施米特老太太："要想使她满意，就得给她两个嘴巴。"他笑着说，"因为对于他们来说，没有比这更好的了。"

我说，有时一个人只要领悟了某种思想，就好像向前跨跃了一步，自己的精神修养也提高了。

因为我的这些话，他说："我也常有这种感觉，当你知道某种思想，但又没有彻底掌握它，可是在什么时候突然领悟了它的时候，就是这样。愿上帝保佑您在自己的精神修养中不断提高。深沉反省不是乏味的事情，因为这是卓有成效的。您还记得赫里亚科夫在第一封信里嘲讽般地评论深沉反省一事吗？他把这种自我反省理解成了对自身肉体的'我'的深思了。这种深思是徒劳无益的。假如我想，我是一个被关起来的人，我有咳嗽病或肚疼病，那么肚子还是要疼的。正如叔本华所说，这时需要的恰恰是怀念你心中的那个人，记着你和谁单独在一起。比方说，假定你是被斯托雷平关起来的，你也不应该仇视他，因为斯托雷平也是人——一个误入迷途的人，一个需要怜悯的人。那么这种自我沉思就其结果来说应当是有成效的……每个人都面临着多少这样的内心活动啊！我已经82岁了，在我面前也摆着许多修养工作。我的处境有时在我看来，有似一个挖土工人的处境——面前是一大堆土，可是一锹未动。这堆土就是必须完成的内心工作。只要是我在做着

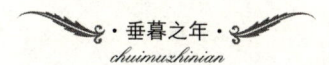

这一工作,我就能得到巨大的满足。"

8月15日

明天,列夫·尼古拉耶维奇、亚历山得拉·列沃芙娜、索菲亚·安德列耶芙娜、达吉亚娜、列沃芙娜和屠申·彼得罗维奇要去柯切蒂,时间不定,1周到3周,或者更久一些。我因意外患风寒性疟疾(昨晚我突发奇想,睡在野外湿潮的麦秸上,结果受了风寒),决定留在杰略京基。

契尔特科夫得到了常住杰略京基的许可。刚刚出狱的赫里亚科夫和妻子来到这里。他因写《和平马赛曲》一诗整整坐了10个月牢。

晚上屠申来看我,他从雅斯纳雅带来了"全体人员"——列夫·尼古拉耶维奇、索菲亚、达吉亚娜、亚历山得拉和瓦·米·费奥克利托娃——的问候。

8月24日

受亚历山得拉从柯切带来函委托,我去雅斯纳雅,按她寄来的书单把书收齐寄出。列夫·尼古拉耶维奇寄来一信让回复。看来他要在柯切蒂住很久。

亚历山得拉在信中写道:"我们这儿的情况又很不好。索菲亚·安德列耶芙娜非常激动。但是在这里,她被钳制在一种异己的生活和异己的习惯的框子里。"

8月25日

亚历山得拉来信说:"我们生活得很好——当然是尽可能啦。在这儿毕竟更轻松一些,比在雅斯纳雅轻松得多了。"

随信又寄来1张书单,需要按所附地址把书寄出。此外列夫·尼古拉耶维奇还寄来3封要我回复的信。他在信上分别批注道:(1)"不要读这封信,我将回复。寄瓦·费·"(批示是对亚历山得拉说的。……这信是谈性的恶习的);(2)"复信请写:身体不太健康并转布尔加科夫"(也是对亚历山得拉说的);(3)"ь、o、в、ф?"(意即:"没给回信吗?瓦·费·?")。

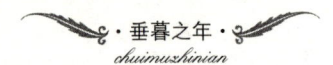

8月29日

亚历山得拉寄来一张新书单和地址单。她的信是昨天来的,——昨天是列夫·尼古拉耶维奇的82岁诞辰。她在信里说:"谢谢上帝,父亲健康、精神。没有一个客人。"

9月6日

安·伊·库德林来找列夫·尼古拉耶维奇,不遇,在这里住了两天。他因宗教信仰拒绝服役被判处苦役4年,刚刚获释。与他同来的是他的妻了。这是两个非常好的人。库德林口述,我详细地记录了他拒役的经过,就其细节来说是十分有趣的。我把它寄给了正在柯切蒂的列夫·尼古拉耶维奇①。

9月13日

为了按照从柯切蒂寄来的地址收集、邮寄书籍,我来到雅斯纳雅·波良纳。住在这儿的现在只有瓦尔瓦拉·米哈依洛芙娜·费奥克利托娃。我与她久久地谈论着雅斯纳雅·波良纳庄园的悲剧。听了她最近写的日记。作为一个女子的日记,它有其本身所特有的缺陷,但是将来这无疑是再现托尔斯泰当年所生活的那个环境的最有价值的文献之一①。

留在雅斯纳雅过夜。没有了列夫·尼古拉耶维奇的雅斯纳雅是何其寂寥啊!

大厅空荡荡的。几尊半身塑像发着白光。在一个角落里,是一尊新的塑像——索菲亚·安德列耶芙娜的。这是列夫·列沃维奇的作品。她今晚12点要回来。我们在等候她。大厅里点起了灯,备好了茶。为取工作时需用的胶水,我忐忑不安地走进列夫·尼古拉耶维奇的书房。这里散发着那种闻惯了的辛香气味;屋里的陈设,陈设中的每个部分——椅子、彩画——都是那么熟悉。我奇异地感觉到这里到处都有索菲亚·安德列耶芙娜的身影,尤其是在这时,在这夜深人静的时候。

她回来了,神色憔悴。她抱怨列夫·尼古拉耶维奇没有把他回家的时间明确告诉她。

展望前景,整个阴沉沉的事变之结局是如此渺茫难料……

9月14日

索菲亚十分不近情理,要把列夫·尼古拉耶维奇旧日记中的一处让我看;造成她对契尔特科夫的那种反常的嫉恨之病根就在这里。但是我拒绝读,我说我不能这样做,因为这会使我感到痛苦的。我太崇敬、热爱列夫·尼古拉耶维奇了,没有他的准许,我怎么能去探讨他的日记,从中寻找什么有损于他的东西呢!她顺从地接受了我的意见,她说她理解我的心情。但是她认为,我这只不过是为自己保持那么一种幻觉而已。其实我明白,我并没有什么幻觉,有的只是对列夫·尼古拉耶维奇正义的精神、纯洁的美德之深信不疑罢了。

像往常一样,她牢骚满腹地诉说起契尔特科夫对她恶意的、有时甚至是粗暴的态度来。

有一次,他好像是当着她的面对列夫·尼古拉耶维奇说:"我要是有您这样的妻子,我非开枪自杀不可……"

又有一次,他对她本人说:"只要我愿意,我就能随心所欲地损害您,破坏您的家庭;只不过我不这样做罢了!"

我不知道索菲亚转述的契尔特科夫的这些话准确到什么程度*,但是我知道,对待像她这样一个有病的、年迈的妇女,应该做得比契尔特科夫或亚历山得拉·列沃芙娜更文明一些才是①。可是我常常奇怪,他们怎能不注意到她难免要把因与他们的冲突所激起的愤怒和烦躁发泄到毫无罪过的、超乎斗争之外的列夫·尼古拉耶维奇身上呢?

在这方面,无论是契尔特科夫,还是亚历山得拉,都有一种盲目性。在契尔特科夫,其目的是要从精神上摧毁索菲亚·安德列耶芙娜,并取得托尔斯泰全部手稿的支配权;在亚历山得拉,她或许是在同契尔特科夫策划着什么阴谋,或许是她像一个妇道人家似的,仇视母亲,向她挑起纷争,以此逞强斗胜。但是无论怎

---

* 后来我证实了她的这些话是完全真实的。

样,这都是有损于她的身价的。费奥克利托娃装得不偏不倚——既矢忠于母亲,也矢忠于女儿。她一方面向女儿搬弄母亲的所有难听的、歇斯底里的言语,另一方面又唆使母亲进一步采取"战斗"行动。戈尔登威泽尔和谢尔盖英科则帮着契尔特科夫,推波助澜……

情景是可怕而痛苦的。唯一的希望只在于列夫·尼古拉耶维奇将会克服这一场至亲好友间的无谓斗争,——用他那崇高的精神以及对这些人和其他人,对所有人和所有事的真切有力的爱来克服。

9月18日

列夫·尼古拉耶维奇和契尔特科夫的密友玛·梅·克利奇科夫斯基来看望列夫·尼古拉耶维奇不遇。就其所受教育来说,他是一个律师,可是就其职业来说,他是高等音乐学院的教师。他还在"媒介"出过几篇论教育的文章①。这是一个可爱、敏感、甚至有点不善于控制自己感情的人。

他来到雅斯纳雅之后,当即就碰上了索菲亚·安德列耶芙娜。她按自己的一贯做法,向客人把雅斯纳雅的事情和盘托出,开始向他诉说契尔特科夫的所作所为。她把他置于一种尴尬的境地,使可怜的克列奇科夫斯基惊恐万状,当时就对着索菲亚嚎啕大哭,从座位上一跃而起,像受了火烙般地奔到屋外。他跑到森林里,彷徨了几乎一整天,临末才回到杰略京基找契尔特科夫。

克列奇科夫斯基是个好动感情的人,他一心一意地爱着列夫·尼古拉耶维奇,万没想到他在雅斯纳雅的处境会如此艰险。如今他根据与索菲亚·安德列耶芙娜的会晤才看出了这一点,同时这一发现叫他沮丧到了极点。

他来契尔特科夫这里,大概是想松弛一下神经吧,然而……在这里,契尔特科夫夫妻俩从另一方面对他灌输了许多关于索菲亚·安德列耶芙娜的坏话,结果使他陷入一种不堪忍受的与她抗争的动荡之中;他更加惊恐若狂了。我觉得,这天晚上,他都差一点要发疯了。

他一反常规,既没有留下做客,甚至也没有在契尔特科夫家过夜,当晚就回莫斯科了。

我当时正好也准备去莫斯科料理一些个人的事,于是我们就搭伴坐同一辆马车去车站（后来我们坐的不是同等车厢）。在去车站的路上，我的这位同伴一直沉默不语，说他头疼，我同他只交谈了几句。应当承认，我自己也感到谈雅斯纳雅·波良纳的事是令人不快的。

"我的天，怎么可以不珍重列夫·尼古拉耶维奇呢？怎么可以这样呢？……哪能对他这么放肆！"克利奇科夫斯基只是情不自禁地打破沉默，时不时地大声慨叹着。他和我并排坐着，沉思地望着前方徐徐落下的夜幕。

这句话被米沙·扎伊卓夫——契尔特科夫家里的工人、杰玛的同伴、赶车送我们上站的一个农村小伙子——听到了，他针对克列奇科夫斯基的话说道："可不是嘛？索菲亚·安德列耶芙娜，真是的，一点不假，太放肆了！"

关于雅斯纳雅的事，他当然是从契尔特科夫口中听说的。

"在这件事情上，放肆的不只索菲亚一个人。"克列奇科夫斯基反驳道。

"那您说还有谁？"米沙从驭座上转过身来，困惑地问我们。

"这不，他知道还有谁！"克列奇科夫斯基把这一难题推到了我身上。

如此需要宁静的、伟大的托尔斯泰，在他垂暮之年，却被包围在这样一种仇视、凶狠的气氛中，这使克列奇科夫斯基十分惊愕。他无意之中碰上了这一情况，深为震骇；这一意外发现使他大大地受了屈辱，使这个满怀敬爱之意的人为托尔斯泰感到一种最真诚、最自然的恐惧。

可是在雅斯纳雅和杰略京基，在他走后不久，人们谈到他时都带着一种鄙夷不屑的微笑："他嘛，真是个怪人！"

9月21日

从莫斯科回来，我看到亚历山得拉·列沃芙娜9月17日从柯切蒂寄给我的一封信，内容如下：

　　我现在去信给您有许多事情要办……*

---

* 受列·尼·托尔斯泰的委托寄信和书籍。

关于我们的情况，该怎样对您说呢？我们生活得安宁、平静，可是只要一想到有什么事在等着我们，心都要停止跳动了。但是，现在，在目前这段时间内，事态有所转变，而且在我看来，这一转变最重要的是在列夫·尼古拉耶维奇一方面。他也感觉到——一方面是由于自身，另一方面是由于良友们的书信影响*——再不能使自己的良心和事业（？）蒙受损害了，再不能忍辱负重了。他也已经感到这样做不但不能息事宁人（不管这样讲多么怪诞），而且不能唤起爱的感情了（本来应当这样）；相反，这只能加剧仇恨、凶事迭出。家父暂时还坚持着执行自己的路线不让步的意愿。让上帝给他力量坚持到底吧！这是决定父母亲能生活在一起的唯一方法。

昨天，父亲写信（给契尔特科夫）说我想回家，这并不完全正确。我希望父亲不要向母亲让步，要按照他自己的心愿，怎样好就怎样做。母亲临走时他对她说："你想叫我什么时候回去？"她说："明天。""不，这不可能。""那么，17号之前。""这也有点早。""好吧，随你的便。"父亲说："我23号以前动身。"因此我们要是不在23号起程，定然要有一场轩然大波，歇斯底里地大发作，变着法子闹事，于是父亲可能会顶不住。您明白，他最好是自行其事，胜似任她摆布。这就是为什么我想回去的原因。请您向契尔特科夫讲清这一点。

契尔特科夫在我见到他之前就接到了这封信，但是他应该明白，我对其中的一些话远非全部赞同。我感到亚历山得拉·列沃芙娜秉性桀骜不驯，她的意图就是要把父亲推上与母亲争斗的道路，仿佛他自己不明白在各种情况下该怎么做似的。

---

* 列夫·尼古拉耶维奇在柯切蒂收到戈尔登威泽尔的一封信，信中附有打字机打出的费奥克利托娃私人日记摘录，把索菲亚·安德列耶芙娜说得很坏。列夫·尼古拉耶维奇给戈尔登威泽尔写了一封严峻的回信，信中说："瓦·米·所写的和您所想的，都过分夸大了不好的一面，既不体谅她有病，又把善恶加以混淆。"

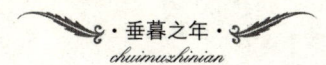

9月22日

列夫·尼古拉耶维奇寄来一短函：

　　谢谢您了，亲爱的瓦林廷·费多罗维奇，谢谢您寄来信、小册子*（我似乎看到过它）和库德林的故事**。您把他的故事记述得很出色，故事本身也很好。我在这里朗读了它，产生了强烈的印象。很可能，我们的相见将要先于您收到这封信。我想22日动身，即日回去。向所有的朋友们致敬。列夫·托尔斯泰，9月20日①。

　　晚上，我去雅斯纳雅·波良纳，留下等候他的到来。索菲亚·安德列耶芙娜显得极其紧张不安。现在她不但像从前一样反感契尔特科夫，而且也反感列夫·尼古拉耶维奇。她大声说她已经不爱他了，她把他当成了"半个外人"，用她的话说，她等候他的心情，也不像以往那样快活了。

　　"谁之罪？都是契尔特科夫！他插手我们的家庭生活。您想想，在他之前从来没有过这种事儿！"她说。

　　我试着提了一下将来与契尔特科夫和解的可能性。我说，列夫·尼古拉耶维奇是永远不会忘怀他的。但是我发现，这种想法对她来说根本是不可思议的。她与契尔特科夫的裂痕是如此深刻，显然已经到了无可挽回的地步。雅斯纳雅·波良纳的悲剧还要继续很久，这在我已经是昭然若揭的了；或者相反，悲剧会很快结束，那么其结局将是不堪设想的。

　　列夫·尼古拉耶维奇、亚历山得拉·列沃芙娜和屠申是在前半夜回来的。夜里很冷，列夫·尼古拉耶维奇穿着一件熊皮大衣，这还是在伊里亚·瓦西里耶维奇的提醒下，索菲亚·安德列耶芙娜才派人送到车站的。他在我问到他身体情况时回

---

　　* 我写的小册子《给自己还是给果戈理？》是为纪念果戈理诞辰100周年而作。莫斯科，1909年。

　　** 我把自己记录下的安·伊·库德林拒绝服役的故事寄给了列夫·尼古拉耶维奇。这篇故事于1913年由尼古拉耶夫译成法文在日内瓦发表。用俄文发表最初是在柏林N.拉东日尼科夫出版社，附有巴·德·多尔戈鲁奇的序。1920年又于莫斯科《真正的自由》杂志第3期刊载。

答说他自觉很好。

"不冷吗？"索菲亚从楼梯上缓缓地走下来，和他打招呼，问道。当时他已经脱去了外衣。

"不，我数了一下，衣服足足穿了有7件。"

夫妻俩一同上了楼。其余的人都到了亚历山得拉的屋子里。

大约过了4小时，索菲亚来找亚历山得拉。

"没有你们爸爸闷得慌。"她说，于是她邀请大家都上楼去。

她显得心慌意乱。看得出来，同列夫·尼古拉耶维奇谈得并不像她所盼望的那样顺当。后来她走进自己的卧室，过了一会儿才来到大厅。

亚历山得拉，瓦尔瓦拉，屠申和我都上楼米到了大厅里。

列夫·尼古拉耶维奇用这样的话迎接了我们："一如既往，一如既往，还是那样激昂……"

"怎么，明天又要走？"亚历山得拉问。

"是啊，是啊……噢，真不幸！"他伤心地摇摇头说，"真不幸！"

我们坐下来吃茶。他讲起自己在柯切蒂的生活。

"读了库德林的故事。您受到了夸奖。您把他的故事记录得那么好，那么朴素。故事也很有趣。正像您在信中正确地写到的那样，尤其使人惊讶的是军官们对库德林的态度。"

在故事中讲到，宾正斯基131团的大多数军官对被编入这个团（违背团长的意愿）的库德林态度非常温和、友好。

我问起从柯切蒂给我写信所说的准备拒绝服役的尼古拉耶夫是怎么回事。

"啊，这可不是一个拒绝服役的人！"他大声说，"他住在国外，在尼斯。他正在写一本巨著，对宗教进行科学的、哲学的论证。从他的来信我就可以判断出他的观点和我的、和我们的很接近。我不知道，对宗教进行这种科学的论证也许是不必要的。但他看来很入迷。一般来说，每个人都往往会对什么事入迷的，他现在就被自己的著作迷住了。他有一个儿子，就是因为儿子，他才不敢回俄国，因为儿子他不得不逃避服役[②]。"

随后列夫·尼古拉耶维奇详细谈了他致哲学家尼·亚·克罗特教授的弟弟的信[③]；还讲了他参观柯切蒂附近地主戈尔波夫所办的学校，从那儿他得到了非常好

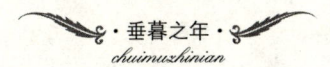

的印象。

"这就是我在那边所做的一切!"他结束道。

9月23日

早晨,列夫·尼古拉耶维奇把评述克罗特的信给了我,让我转交契尔特科夫。

"萨沙将誊清此信。"他说,"当然,你们可以一起干,您读,她写。然后再转契尔特科夫。我很想听听他的意见。而后就可以一下誊写好几份。还必须叫他用俄语印发这封信,因为译成外语已经来不及了,纪念克罗特的文集9月份就要出版。"

他转了话题:"您去找契尔特科夫,告诉他,他的顾虑是对的。索菲亚·安德列耶芙娜处在极度兴奋之中,费了多少唇舌,受了多少责备啊!……昨夜是令人惊骇的一幕!不过她也是怪可怜的,非常可怜!我真心可怜他。上帝保佑,幸而我像应该做的那样对待了她。我一直不吱声,只说了一句话,可就是这句话刺激了她……她问我为什么不早些回来。我说,我不愿意早回来。就是这句'不愿意'说坏了,闹了起来。天知道她要干什么!……必须小心谨慎,不能刺激她。"

"列夫·尼古拉耶维奇,您一定很痛苦吧?"

"不……只要努力抱定你所应有的态度,就会感到很轻松……是的,我已经写信给契尔特科夫,我要见他!您也就这样对他说吧,我目前所期待的就是这件事。我希望最好由她自己来做这件事。只要赶上她心情好,我现在就想向她讲明此事。但是我不会碰到她有好心情的,所以我只好等候。"

我说,我觉得对索菲亚·安德列耶芙娜来说,哪怕是接受同契尔特科夫恢复关系这种意念都是困难的。

"我要向她讲明这一点。"他重复道,"说实在的,这是很可笑的——近在咫尺,却不能见面。这对我是一个很大的损失。我需要和他经常交谈,和他商议。我也知道,他同样需要这样……"

过了一会儿,列夫·尼古拉耶维奇又来了,带着一包他不在的几天里积存下的未拆封的信件。

"我立刻就要给您压担子了。"他说,"请您把这些信看一看,决定一下,打上记号,哪些没有回复,给谁寄书,哪些有价值,我再来亲自读它们。"

我把库德林带来的基辅一个大学生的长信交给他。

"一封空洞的信。"他看完交给我说,但依然要我给这个学生回信。因为这封信,他说:"必须留心缓慢的运动……您瞧,达尼亚收到省长达季舍夫伯爵的一封信。她为了把有病的普拉托诺夫(因拒绝服役坐牢)调到别的强劳队里,调到南方,在这位伯爵那里奔走周旋。——多么黑暗啊!……契尔特科夫也给达季舍夫写过信,而他好像很了解他的青年时代:'达季舍夫!就是那个米佳·达季舍夫,我跟他跳过舞!'就是这个达季舍夫回信说,第一,普拉托诺夫根本没病,医生诊断后证明他很健康;第二,他传播有害的思想,亦即煽动不服管制,为此甚至应当把他关进单身牢房;第三,不可能满足犯人们提出的所有要求;而且,第四,要是把普拉托诺夫调到别的城市,就需要经费,而政府花在监狱上的大宗款项中也没有这笔开支……诸如此类。这是多么黑暗啊,我们都不能想象!"

今天是列夫·尼古拉耶维奇和索菲亚·安德列耶芙娜成婚48周年。

她一反常规,起得很早。她穿了一身精美的白色衣裙,到花园里去散步。她说她早晨4点钟才躺下睡觉,可是根本没睡着。

"恭喜您!"我同她打招呼说。

"为什么?"她说着向我伸过手来,神情凄凉……

她没有说完就走开了,用手捂着脸哭起来。

早饭后我给他们夫妻俩照相。这是她为了结婚周年纪念请列夫·尼古拉耶维奇照的。拍照的过程很难堪。索菲亚看样子不愿意为难列夫·尼古拉耶维奇,惶惶然焦躁不安。同时她请求他换换姿势。了解他不好照相的人,不难猜想到此时此刻他作何感想。看列这种情景,我很不好意思。于是我机械地按住快门,遵照索菲娅的吩咐,大声数道:"一、二、三!"

我不得不把这个呼号重复4次。

事后我发现,由于房里光线不足,爆光时间不够,4张照片都很不成功。索菲亚·安德列耶芙娜怎么也不相信这是客观原因造成的。

在这之后不久,列夫·尼古拉耶维奇走进打字室。

"什么事,列夫·尼古拉耶维奇?"

"没什么。"他微笑着说,"能活到现在该多好!……只想着此时此刻应该做什么,不再管将来的事。"

我是这样理解和体会他这句话的:在别的关系上很可能只会引起烦恼的事情,在今天照相时,他出色地"保持了应有的态度"。看得出来,他为没有委屈别人、自己又避免了对他人的恶感而高兴。

"我甚至想把所有的娱乐都留给诗人……"他继续说。

"什么娱乐?"

"纸牌啦,象棋啦……"

"为什么?"

"因为在娱乐中同样存在着对未来的忧虑,即输还是赢的问题……"

"但那只是立见分晓的考虑,几乎是一瞬间的事。"

"这种训练很好,这会克服对未来忧虑的习惯。一种很好的训练。我劝您不妨试一试。"

"我对书信有这样一种感觉:等信时总是有一种古怪的、急不可耐的心情。"我供认不讳地说。

"就是,就是,是这样!对报纸也是……其所以这样,是因为工作的需要。啊,您还年轻哪!"

"别林奇为了克制自己的这种焦急,是这么办的:收到信后,不拆封,把它放到第二天再拆。"

"好极了,做得真好!他做的是精神修养的功夫!这些犹太人都是些怪人!今天收到莫洛奇尼科夫的一封信……古谢夫也来信了,"他笑了笑,"他因擅自外出坐了牢。他们几个被流放的青年商量好,没有得到允许就擅自离开了,因为他们不认为自己是被政府管制的人……这是一封叫人快乐的信!现在大概他已经被放出来了,——被关了两个礼拜。"

列夫·尼古拉耶维奇和索菲亚·安德列耶芙娜照相的事是不会白白地让他过去的。他向一方让了步,却受到了另一方——恰恰是亚历山得拉·列沃芙娜——的劈头盖脸的斥责。亚历山得拉觉得受委屈的不单是他对妻子的让步,还有他从柯切蒂回来后没有纠正索菲亚当他不在时对他书房里的照片的重新布置。原来在他的桌子上方挂着两张巨照,一张是契尔特科夫和伊留什卡的,一张是列夫·尼古拉耶维奇和亚历山得拉的。索菲亚取下了这两张照片，把第一张挂在了窗帘后面，第二张挂在了列夫·尼古拉耶维奇的卧室里，取而代之的是她自己的和托尔斯泰父亲的。多么不近情理的琐碎啊！

亚历山得拉现在抱怨父亲没有恢复原样不说，还突然和索菲亚照了相……结果列夫·尼古拉耶维奇又和女儿有了痛心的争执。

亚历山得拉在打字室和瓦·米·费奥克利托娃谈话时大声谴责父亲，用意在于博得对方的同情。列夫·尼古拉耶维奇突然走了进去。

"你怎么啦，萨沙？干吗这样大喊大叫？"

她发泄了对他的不满，说他同索菲亚照相，同时还答应索菲亚不再让契尔特科夫拍照，这很不好。这种出尔反尔是为了一个狂妄任性的女人出卖朋友和女儿的利益，是对她偷换照片的默许，等等，等等。

他摇摇头作为对她的这些话的回答，而且说："你和她很相似嘛！"

他就说就走，回到了他的书房。

过了片刻传来了他的铃声。铃声短促，这是在叫亚历山得拉（响两下是叫我）。她对他的气还没消，没有去。

我过去看他。我做完他委托我的一件小事，刚要离开书房，他为了让亚历山得拉去，又拉了一次铃。她仍然没去。

于是他打发我去叫她。她来了。

就在书房里，据她后来说，在他们父女俩之间进行了一场如下的谈话：

列夫·尼古拉耶维奇说明，他想叫亚历山得拉用速记法把对她口授的一封信记下来。但是她刚坐在桌边，老人就突然把头垂在椅子的扶手上，失声痛哭起来……

"我不用你记！"他噙着满眼泪说。

她扑向父亲，求他原谅，接着父女俩哭作一团……

中午，我和他骑马出去散步。时值中秋，美景宜人，艳阳和煦。森林中，落叶簌簌，仿佛铺了一张橙黄的地毯。树枝上疏疏落落地挑着几片黄叶。空气新鲜而又柔和、温暖，碧空万里。

走进一片古老的禁伐林。绕过一道深沟。沟的尽头是一座林木环绕的小山岗。他告诉我，他已留下遗言，将来就把他安葬在这里。

已经要回家了,在从森林里出来的路上,他突然勒住马回转身来。我迎了上去。

"您觉得怎么样?没冻着吧?马走得好吗?"他问我。

我问他觉得大自然的景色怎么样。

"美极了!那边的(指柯切蒂。——作者)更美。地势那么开阔,到处都是小树林,漂亮的树林!"

午饭。水果,冰淇淋。

列夫·尼古拉耶维奇说:"想看看达尼亚的鲁宾逊。她正好在奥尔良买了一本鲁宾逊,给塔涅奇卡带了来。"

他还说:"我读了《阅读园地》中的《苏格拉底之死》。那力量真叫人惊叹!苏格拉底对学生们说,他不知道他死后将会怎样,但其可能性是这样的,这样的……"①

他顿了顿又补充道:"他临死之前自己给自己净身,不想叫别人洗。这多么叫人感动。"

晚上,谢·德·尼古拉耶夫和他的两个儿子来了。这两个孩子一个12岁,一个9岁,可爱得出奇。列夫·尼古拉耶维奇用婆罗门的方法给他们讲解勾股定理。两个孩子弄清了这个对他们来说还是十分新鲜的几何学原理后,十分快乐。他一面看最小的那个用火柴杆变戏法,一面同尼古拉耶夫谈起了教育问题。

"愿上帝保祐您能坚持住。"针对尼古拉耶夫不让孩子们进任何学校的想法,他说,"您也讲过,在您的想象中,学校、医院、监狱是一码事……我还要让您在这里把文学、哲学加进去,所有这一切统统没用!我今天读了缪列尔的《印度哲学的六个体系》②。里面有那么多胡说八道,可他却煞有介事地分析研究着这一切的胡说八道。"

我拿来了玛克斯·缪列尔的书,他碰巧读了其中索然无味的一段,说:"近来我把读者分为两类:喜欢读'长篇小说'的和不喜欢读'长篇小说'的。"

他仔细翻阅了一本英国出的书:"多么富丽的印刷啊!干吗要这样出书!这只能很快叫人厌倦。这就像糖果盒子。真无聊,这叫金玉其外。"

尼古拉耶夫对亨利·乔治的思想没有很好地深入人心深表遗憾。

"是的,是的。"列夫·尼古拉耶维奇说,"就拿我的女婿苏哈金说吧,他是个聪明人,就某一点上说也是个正直的、高尚的人,还是一个自由主义者。他也理

解乔治的结论,因为他不能抗拒理性和逻辑。但这一切在他都有如过眼云烟,与他了无关系,是一些纯智力问题……但是也有这样一种人,他们根本就不想去理解这些问题。可是他们活得比他还轻松自在。他活得比较艰难。"

"不玩文特*你觉得寂寞吗?"索菲亚在尼古拉耶夫走后问他。

"不,甚至相反。"

"可为什么你在那边玩儿呢?"

"只因为大家都玩儿……"

"那边"是指柯切蒂。她从那里回来以后,断言他在女儿家肯定要"享乐"一番,玩文特、下象棋,十分快活……他也确实不想匆匆忙忙离开柯切蒂。在那边他比在雅斯纳雅心静、惬意,所以他才在那里多住了几天。

9月24日

早晨,他告诉我,昨天他把自己的一本"最秘密的"日记藏在什么地方给忘了,哪儿也找不到。

"您知道,我把自己的随感记在一个本子上,这些随感日记中都有。我的日记读的人有契尔特科夫、萨沙。可是这本日记是最秘密的,我谁也不让看。我把一切地方都翻遍了,可就是没有……说不定它落到了索菲亚·安德列耶芙娜手里①。"

"上面什么都有吗?"

"当然。我写得很坦率。好吧,也无所谓!这意味着该当如此。也许,这会有好处。"

从邮局收到几本书,列夫·尼古拉耶维奇的几册单行本——《论科学》、《论法权》和《致印度教徒书》。这些都被斯格尔沃译成了德文。还有托木斯克大学教授约·阿·玛里诺夫斯基两卷本的《血仇和死刑》②及英国人毛德写的大部头的《托尔斯泰传》③。

我发现《论法权》一信是首次发表,因为当时无论哪一家外国报纸都不同意刊载这篇文章,它所谈的已经超出了俄国的界限,它所阐述的观点带有普遍④。

---

* 文特:纸牌游戏之一种。——译者

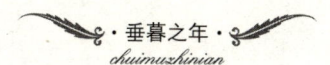

列夫·尼古拉耶维奇笑了笑。后来他谈到了斯格尔沃:"有人翻译,这说明还有读者。"

他询问我亲眼见过的有关玛里诺夫斯基的情况。

"这就是说,他反对死刑喽?"

"是的。"

他读了书上的题词:"赠列夫·尼古拉耶维奇·托尔斯泰——一切暴力,其中包括名之曰死刑的最大邪恶的揭露者。作者。"

他起身离开了书房。

"我努力不去考虑我的活动的后果。"他说。

"可后果无疑是有的。"我说。

"那是你无意间碰上的。"

早晨,我又走进书房。他说他看了《阅读园地》。

"关于素食的观点非常漂亮、有力!我想起在柯切蒂有一次饭桌上端上了一只鹅,人们把它放在我旁边。我感到这是那么野蛮!我不能想象怎么可以撕割、吞食这具死尸……普鲁特拉斯对这一点表述得非常有力!"

他读过的普鲁特拉斯的观点是这样的:

> 你们问我,毕达哥拉斯戒斋依据的是什么原则?就我个人这一方面来说,我不理解是什么样的感情、思想或原因在引导着那些首先想用鲜血玷污自己的口,让自己的牙去接触被杀生物的肉的人。我对那些把尸体弄得血肉模糊之后端在餐桌上、为了自己每天的营养将其食用的人深为惊骇,那生命不久前还是活生生的,赋有灵性,欢叫乱蹦的啊!⑤

他收到一个叫柯贝尔的一封谩骂的信。他怎么也不明白这个柯贝尔要他干什么。他要我把这封长信研究研究,但我无法把信看完,无法理解它的用心何在。

"我也完全和您一样。"当我向他陈述了我对这封信的印象时,他说⑥。

一个大学生来信,问艺术对不同的人们的精神生活潜移默化的基础是什么?

"很简单,"当我把我读过的这封信的内容告诉他的时候,他说,"答案是:人类的精神本质是同一的。"

我按这个意思回答了大学生。他还想对我的信做些补充，开始向我口授他要补充的话。可是他突然停了下来："算了，想不出来！想出来的又不恰当……您就照这个意思给他写吧，您一定会写得比我更清楚、更好[7]。"

来了一个客人，伊斯兰教士阿勃杜尔—拉西姆，他从前是第二届国家杜马的议员。他已经年迈，缠着白头巾，穿一领丝绸长袍。据他说，因为敌人的阴谋，他从塔什干被流放到图拉省整整6年。在塔什干，他有1间不大的住宅、2个妻子和8个子女。在流放地他向政府领生活费，每月2卢布40戈比。前不久，在穆斯林拜兰节的时候，他给被流放的契尔克斯人和偶然出现在附近的其他穆斯林读《可兰经》。他们为此给他捐集了20戈比，他非常高兴。阿勃杜尔—拉西姆本是一个很有学问的人，他懂阿拉伯语、波斯语；能背诵全本《可兰经》，他为此甚是自豪。他请求列夫·尼古拉耶维奇协助他，允许他在图拉某一穆斯林节日时小住几天。图拉有他的不少教友。

骑马出去散步时，列夫·尼古拉耶维奇向我说起了这个人的来访。

"脑海里很难容得下这么多宗教思想！还是让年轻人去领会去吧，老头子们无能为力了。我对今天的这位教士的判断是这样，他与宗教全然格格不入，他是个搞政治的人，浑身浸透了政治味儿。他老是炫耀他能背《可兰经》，但是《可兰经》是用阿拉伯文写的，大多数穆斯林教徒和普通老百姓都不懂。我们的斯拉夫语还可以被理解。所以这仍旧是一件可怕的事：向人民群众灌输种种迷信，特别是儿童，儿童……这种事例俯拾皆是。在柯切蒂，保姆教塔涅奇卡祈祷：'我们的天父。'要知道这是一句非常好的、合理的祈祷语，但是在这里却……'我们的天父，他就在天上'，光'在天上'一词就能唤起儿童们怎样的感情、怎样的想象啊！她从幼年时代起，就每天念着这句话。"

晚上，他讲到他和伊斯兰教士关于私有制的谈话。阿勃杜尔—拉西姆证明，私有财产是可以容许的，但要有一个界限。个人著作的私有权就应当承认是不可剥夺的、神圣的。列夫·尼古拉耶维奇好像是同意这个观点。

我和他去扎辛卡，碰上了施米特，她正要乘车去雅斯纳雅，列夫·尼古拉耶维奇与她谈起来。

"哎，索菲亚·安德列耶芙娜怎么样？"她问道，"没什么吧？"

"是啊，就那样。"他答道，"我们刚回来的时候，她大闹了一场。第二天反

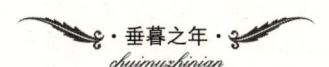

倒变得出奇的温顺。您知道,这一切都多么丢脸……但这是她的事。我只是尽力按应该做的那样——让再让,因为我的所作所为是我和上帝的事,她做什么是她和上帝的事。"

回来我们走的是图拉公路。

他向我问起库德林个人的事来。

"他浅黄色头发,大约26岁,安静,谦虚,看上去很聪明……对他因拒绝服役而吃苦头不抱怨。夫妻恩爱,她完全赞同他的观点。"

"和我对他的想象差不多。"他听完对库德林的描述后说。

回到家后,头一个碰上的又是施米特。

"我们什么时候才死呢,玛丽亚·亚历山得罗芙娜?"列夫·尼古拉耶维奇开环笑地问。

"啊呀,我的好人,列夫·尼古拉耶维奇,您说些什么呀?"她拍着两手恐慌地说。她惊恐当然不是为自己,而是为列夫·尼古拉耶维奇。

"据说,人们在阴间正打着灯笼找我。可我还不准备死。这不,您想看我跑步上楼梯吗?"

说着,他跑步上楼,一步两个台阶。可是他没有跑完梯阶,就打了个趔趄停下来。通常骑完马后由于疲劳,他上楼总是非常缓慢的。

要回自己的房间时,他说:"我很高兴,我们逛得不错,聊得也不错。"

"我更高兴,列夫·尼古拉耶维奇。"

"是这样,是这样!"

顺便说一下,那还是在出去之前,在下面的前室里,亚历山大·彼得罗维奇·伊万诺夫——他的一个老通信人——来找他。伊万诺夫从前是一个军官,现在是一个须发斑白、衣衫寒碜的小老头。他在一个熟识的地主庄园上流浪,而且以此为生。眼下他在雅斯纳雅做客已经好几天了,晚上和厨师住在一起*。

---

* 关于亚·彼·伊万诺夫,如果我没有记错,他死于1913年。我从托尔斯泰一家的口中听到他的许多故事。人们说,这是一个脾气怪癖、好发奇想的人。他在抄写《四福音书的汇编、翻译和研究》时,擅自毫不客气地修改托尔斯泰所写的不合他的口味的地方。有时他喝得烂醉,闯进客人满座的大厅,揭露列夫·尼古拉耶维奇"言行不一的生活"。人们认为,托尔斯泰的剧本《光在黑暗中发亮》里的亚历山大·彼得罗维奇、《活尸》里的伊·彼·亚历山得罗夫都取了他的一些性格特点。

"列夫·尼古拉耶维奇,这里有写您的一篇文章。"伊万诺夫把一张报纸递给他。

"什么文章?"

伊万诺夫戴上眼镜,飞快地读着报上刊载的列夫·尼古拉耶维奇就犹太人问题给他的一个通信人的信,表达了对犹太人的同情和对政府的愤怒⑧。列夫·尼古拉耶维奇专注地听完他的朗读,坚信不移地说道:"列夫·尼古拉耶维奇写得好,写得完全正确!"

午饭时,索菲亚想起他从柯切蒂回来的路上,把大衣给丢了。

"或许拣到它的那个人比我更需要它。"他说。

上了汤往开盛的时候,他突然说了一句:"不能拿这稀汤洗婴儿!"

接着他讲了一个故事以回答大伙的惊讶。这故事是他从切柯蒂医院的一个女医生那里听来的。在一个刚刚生产的农妇家,找不到热水洗婴儿。锅里只有菜汤,又是那么稀,于是就用这汤洗了婴儿。

他还讲了毡匠的故事。他听说有两个毡匠来村里干活,尼古拉耶夫昨晚向他谈到他们繁重的工作,谈到两个工匠由于只喝恶劣的土豆黄瓜菜汤,受尽了胃病的折磨。"苹果对治胃病有好处。"当时尼古拉耶夫曾这么说。今天他就去毡匠那儿待了一会儿,同他们聊了一阵,还给带去一些苹果。

晚上,他在自己的书房里工作,大厅里放开了留声机,是瓦拉·巴尼娜的独唱。大伙儿想起他在柯切蒂时对茨冈歌曲的评价。按他的意见,这些歌曲好就好在可以不去注意歌曲中的歌词——"这全是些猜谜似的、一听就忘的东西"——只注意乐曲就行了。我把话岔到这个题目上来,是因为我从前曾记下过他喜欢茨冈歌曲的事。

去喝茶时,列夫·尼古拉耶维奇又说起对苏格拉底临终的描述所产生的有力影响。

"我不知道还有什么对死的描写比这更有力的了……我要说的一切原来他都说过了,这真好笑。"

他很晚才来打字室找我。

"您的教授真是好样的!我现在正读他的书,精彩极了!序言应该大声朗读。"

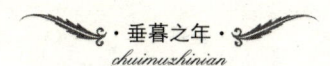

大家走进大厅,我读了玛里诺夫斯基给自己的书写的序。列夫·尼古拉耶维奇哭了。

"请您写信给他,我非常感谢他写了这部著作。我尊敬他,并请他能容忍我和我的学说。"

索菲亚·安德列耶芙娜今天吃晚茶时没出来。看来,这是因为她和列夫·尼古拉耶维奇发生了新的争吵的缘故*。

9月25日

早晨散步时,列夫·尼古拉耶维奇亲自起草了给玛里诺夫斯基的信。

约尼基·阿历克赛耶维奇,衷心感谢您寄书来。我还没有来得及把书用心读完,不过已经草草浏览了一遍。我非常高兴,因为我看出您的著作对把我们的社会和人民从暴行的可怕重轭下解放出来具有非常大的意义。我们的可悲、愚昧的政府就是依靠暴行来维持的。您的著作,我坚信,由于它所具有的令人钦佩的巨大的科学威望,主要还是由于书中所充满的对恶的愤怒感,必将使它成为这一解放运动的主要动力之一。您这样的著作,正像我昨天开玩笑地和我年轻的朋友,您的同乡、熟人瓦·布尔加科夫所说的,可能会把我这个自认为不可能与官办科学和解的人改造过来。50年前,我何曾相信再过半个世纪,在我国,绞架竟会成为合乎道德的现象,"学者们"和"有教养的人们"还会证明它的有益性呢!但是,正如有一种恶就不可避免地要有一种与之相联系的善一样,若是没有近几年来这一系列可怕的革命,也就不会有对死刑的义愤填膺的强烈反抗,不会有

---

* 正是在9月24日这一天,列夫·尼古拉耶维奇在"只为自己一个人"写的那本日记里写下了这样一段值得注意的话:"早上很平静。但早餐时开始谈起收藏家契尔特科夫收藏的《儿童的智慧》。我死之后,他要把手稿往哪儿放呢?我几乎是热切地请求给我安宁。似乎没事了。可是下午开始责备我对她大喊大叫,说我应该可怜她。我沉默不语。她回到自己的屋里,现在已经11点了,她还不出来,我很难过。契尔特科夫来信也责备、申斥我。他们在把我撕成碎片。我有时想,干脆离开所有的人算了。"

这些合乎道德的、宗教的、理性的和科学的结论了。这些结论正十分鲜明地证明着这种刑法的罪恶和疯狂,证明着恢复这种刑法终将是不可能的。而在这些结论中,占有首位之一的将是您的著作。①

在报上看到葡萄牙革命和宣布成立共和围的消息②。早饭时,我向列夫·尼古拉耶维奇谈起这一事件,并问他是如何看待这一事件的。

"是啊,不用说,这是叫人高兴的……叫人高兴的是这毕竟是一种运动。"

索菲亚·安德列耶芙娜又要和他合影,——应当使婚礼48周年纪念日这一天万古流芳。上次由于我没经验,没有成功。列夫·尼古拉耶维奇同意了。

可是亚历山得拉·列沃芙娜总有些不大高兴。在列夫·尼古拉耶维奇忙于照相时,她当下就对父亲的妥协让步表示不满(假若契尔特科夫本人见了也会这样的)。而且她觉得在这种时候,父亲的让步不应该那么灵验地在母亲的神态上反映出来。

"这实在没什么,这只不过是一瞬间的事情罢了。"列夫·尼古拉耶维奇在回答女儿的抱怨时反驳道。

拍照又是应当由我来承担。这一次是露天拍摄,在大厅的窗户下,正对台阶。索菲亚用小木棒标好他们应该站的位置,提前步量出与照相机的距离……

列夫·尼古拉耶维奇下楼照相时,看着我微微一笑。后来他站在给他指定的位置上,两手放在身后,索菲亚搀扶他的胳膊。我拍了两张。

与列夫·尼古拉耶维奇一起骑马出去。在归途中我们聊起来。他讲到一封萨马拉来信,是一个叫加夫利洛夫的人写的。加夫利洛夫读了他描写流浪汉的文章《飘泊的人们》,写信证明从物质上帮助流浪汉是有害而无用的。他本人就是个流浪汉。他叙述了这样一件事:一个流浪汉走进一家主人不在的农舍。农妇允许他住宿,把他安排到火坑上。农夫回来了,他没处睡,把女人大骂一顿,后来躺在下面睡了。夜里流浪汉呕吐起来,大概是喝多了伏特加。吐出来的脏东西流到了下面。主人醒了,破口大骂他老婆不该留这个乞丐过夜。可是早晨流浪汉起来后扬言他的钱包被人偷了,和那夫妻俩大吵一通之后扬长而去。"他们都是这样,"加夫利洛夫写道,"他们大多数说起向他们行善的人时都是这样讲的:'周济我们的人永远是十足的傻瓜。'"

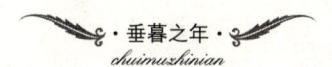

"您去找一下契尔特科夫，"列夫·尼古拉耶维奇接着说，"把我的信转交他③。您告诉他，我现在的处境很艰难，而且萨沙使之更加复杂化了。"

他指的是亚历山得拉对他和索菲亚合影一事的不满和非难。

"我正在想这件事该怎么解决。"

趁他自己提起了他的家务事，我顺便请他允许我转达亚历山得拉和瓦尔瓦拉托我办的一件事，即索菲亚向女儿宣布，她要像以往所做的那样，不把列夫·尼古拉耶维奇的手稿给契尔特科夫。她说："也许列夫·尼古拉耶维奇现在会改变对契尔特科夫的态度，把手稿交给我。"正因为这一声明，亚历山得拉和她的女友看出了索菲亚"自私的"动机，想提醒列夫·尼古拉耶维奇注意。

"我不明白，不明白！"他听完我的话后说，"为什么要把手稿给她？又为什么这就是自私？"

他沉默了片刻。

"有一些人，比如萨沙，把什么都好说成自私自利。但事情比这复杂得多！这是共同生活的40年……这里有习惯、虚荣、自尊、嫉妒、病态……处在她那种环境中常常是怪可怜的！……我要尽力解脱这种状况，但是异常困难。就拿萨沙来说吧，当你感觉到她的利己主义的时候……要是你感觉到这是利己主义，你就不会愉快……"

"我对亚历山得拉讲过，"我说，"自我牺牲永远是需要的，要永远牺牲个人的利益……"

"正是这样！"他稍停片刻，"我承认我想马上远走高飞，我甚至已经祷告过了，祈祷上帝帮助我从这种境况中解脱出来。"

我们越过一道渠沟。

"当然，我是向我心中的上帝祈祷的。"

走进一片"小云杉林"，——雅斯纳雅·波良纳的居民常来散步的地方。离家已经很近了。他说："今天我想（我都清清楚楚记着我想心事时坐的那个地方，就在书房的小阁板旁），我的这种奇特的处境真叫人感到沉痛！您可能不相信我，但我说这话完全是真诚的（他甚至把手放在了胸脯上。——作者）。真的，我似乎应该对自己的荣誉满足了，但我怎么也理解不了，在我是一个和大家一样有着人所共有的弱点的好人时，人们为什么偏要把我看成是一个特殊的人！……不能把对

我的尊重简直地当作是对一个亲人的那种尊重和爱而去珍视它,这里有一种特殊的意义……"

"列夫·尼古拉耶维奇,您这样讲,与您以前说过的有没有关系?"

"与什么?"

"与您说过的家务事,与亚历山得拉,与索菲亚……"

"当然有关系!索菲亚·安德列耶芙娜一直怕失去我的好感……妒恨就是因为要占有我的著作、文稿,因此才产生了这种仅仅是与最亲密的人们的简单而自然的冲突……连萨沙也落入了这条轨道……我真想有如亚历山大·彼得罗维奇那样,萍飘蓬转,以求善良的人们的一茶一饭,度过这风烛残年……这种绝无仅有的处境实在太难堪了!"

"列夫·尼古拉耶维奇,为什么要把自己的过错说得这么严重呢?"

"是这样,是这样,是这样!"他大声笑着附和道,"是我的罪过,我犯了罪!这种罪过恰好似生下了几个孩子,孩子都很蠢,净做使我不痛快的事,我也有罪啊!"

"我完全不理解对我的这种奇特的态度。"他重又讲起来,"他们说他们担心着什么,他们怕我。这正像契诃夫似的,他来看我,可是又有些提心吊胆。"

"列夫·尼古拉耶维奇,安德列耶夫起初也是不敢来。或许这是因为您的那种洞察力吧……"

"是的,是的。人们都对我这么讲。"

我们走到了家门口。台阶旁站着一个乞丐——一个衰老的、白发苍苍的老头。走进前厅的时候,列夫·尼古拉耶维奇指着乞丐对我说:"加夫利洛夫的话多残忍!"

"什么话?"

"'周济我们的人永远是十足的傻瓜!'"

后来他向别人讲到加夫利洛夫的时候,补充说,只有当他本人哪一天成了流浪汉,他才有权利说这句"残忍的话"。

他重新读了玛里诺夫斯基的书。关于这本书,他对我说:"在他的这本书里能看到好些出色的观点。当然大多是科学滥调,一百页上所讲的只用一页就能说完。但这正是教授们的本事。"

晚上,他把以致康·亚·克罗特教授书信的形式刚写好的关于其兄弟、哲学

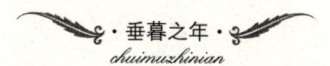

教授尼·亚·克罗特的回忆录交给我,要我另誊一份以便加工;同时要我"不必机械地"做这件事,亦即如果需要,可本着原文做一些修改。

9月26日

早晨,他又说起玛里诺夫斯基的著作。他曾要求把他给玛里诺夫斯基的信推迟寄发,等他对这一著作了解得更详细一些以后再寄,因为他担心其中那些不正确的观点或许还有什么"合乎科学的"东西,哪怕是与他自己的思想相左的东西。但是没有找到这种东西,因此就叫我今天把信寄出了。他说他在书中挑选了大量有价值的好材料。

他告诉我和施米特,在柯切蒂的时候,他就开始写一篇艺术作品,其主题是他以前经常提到的"世上无罪人";已经写完了第一章。他简略地讲述了故事的梗概①。

"您知道,有一种可爱、富足的家庭,这就是苏哈金的家庭。在那里,它的对立物是农家茅舍……但是现在我不能写,没有安宁的环境……"

晚上,亚·莫·赫里亚科夫来了。

"您在监狱里不寂寞吗?"列夫·尼古拉耶维奇问他。

"不,不寂寞。"

"唔,坐牢有它好的一面吗?"

"一点儿也没有。"

"一点儿也没有吗?完全没有?可我老是要羡慕……"

"没什么可羡慕的。"

"您为什么不把自己坐牢的感想写下来呢?这一定很有趣,因为这是亲身感受啊。"

不知因为什么,他对律师表示同情,好像这是头一次:"实际上,他们在帮助不少人摆脱困境哪!"

他想起了赫尔岑和奥加辽夫,可是关于他们俩,他没有讲什么特别的话。

大伙儿议论起一个老文学家,他询问了这个人的情况,然后说:"我一听到一个老年人的情况,就被他强烈地吸引住了!"

关于葡萄牙革命,他说:"这种对国家的迷信真可怕!青年们已经开始明白这一点了。在现代世界各国,革命是不可避免的,这正像在葡萄牙一样。这是怎样的大火啊,火光越来越猛烈……是时候了,他们这些国王,统统要被打进地牢*。人民的心中对国家制度的非正义性十分清楚!你们知道吗,柯切蒂的农民有句谚语:'我主的王国在天上,老爷的王国在地上。'这难道说的不就是我们这个时代吗!葡萄牙的这场大变革不过是明显的第一步……再不会有奴颜媚骨,再不会有个人独裁了。"

今天一整天,家中弥漫着一种惶恐不安的气氛。深夜里,终于在索菲亚和亚历山得拉之间爆发了一场风暴。

应该说,下午索菲亚还比较安静。列夫·尼古拉耶维奇和契尔特科夫没有见面,她似乎就没有什么发火的理由。但是列夫·尼古拉耶维奇想安抚女儿,使她快活,要女儿今天把索菲亚换过的照片挂回原处,结果这就成了导火线。

做完这件事后,列夫·尼古拉耶维奇就和屠申骑马散步去了,而亚历山得拉和瓦尔瓦拉乘车出发,当天要赶到图拉省外的达普代柯沃庄园奥·康·托尔斯泰娅家做客。

我和施米特在打字室坐着,索菲亚突然跑来,兴奋若狂,扬言要烧契尔特科夫的像。

"这个老头子想把我害死!近几天我很健康,可他偏要把契尔特科夫的像挂上,然后自己就溜走啦!"

没过片刻她又来说,她没有烧契尔特科夫的像,不过她"已经准备好了要烧"。可是没过多久,她再次跑来,捧着一掬被她撕成碎块的使她切齿的相片:"我这就把它扔进厕所里去!"

接着事态就异常迅速、出乎意料地扩大了。

我和施米特猛地听到索菲亚·安德列耶芙娜屋里响了一枪,枪声虽然细微,但是相当真切**。施米特跌跌撞撞地跑进索菲亚的房间。索菲亚向这个吓坏了的老

---

* 昨天,我曾向列夫·尼古拉耶维奇讲过,据报上报道,葡萄牙国王逃出皇宫,在地窖里蹲了2小时。

** 索菲亚·安德列耶芙娜是用玩具手枪打的。

太婆解释说，她打了一枪（打谁不知道），但是"没打中"，只把自己的耳朵震得嗡嗡直响。后来她跑到我们面前说，她只是在"练习"射击……

列夫·尼古拉耶维奇回来了。我们两人向他讲述了这一切。当他已经在自己的房间里躺下休息的时候，从索菲亚的卧室里又传来一声枪响。当时正给列夫·尼古拉耶维奇的腿缠绷带的屠申事后说，列夫·尼古拉耶维奇也听见了枪声，但是没动。施米特正在索菲亚的屋子里。看来索菲亚又是在"练习"射击，这次打的是柜子。

她为这场"战争"选择了一个出奇适宜的地点：列·尼·托尔斯泰老人的住宅。

这一场射击"练习"结束后，她看到人们都不来央求安慰她，就到花园里去了。夜幕已经降临了，天色黑下来，寒气袭人。

半小时过去了。屠申首先出去劝索菲亚回家。他在住宅附近碰见她正绕着古老橡树林荫道的4个角徘徊，没穿棉衣，也没戴帽子。

屠申的使命没有完成，索菲亚不穿衣服，也不回家。

施米特劝我去。我心里发怵，不想去，因为我不想参与我觉得完全是索菲亚·安德列耶芙娜一个人挑起的这出悲剧。我甚至不知道该对她说些什么。

一直到佝偻、衰弱而有病的老太太施米特拄着拐杖亲自出马之后，索菲亚·安德列耶芙娜才回到屋里来。她真该为在寒风中挨冻感到难为情。午饭和晚茶时都相安无事。

后来大家都已散去，我一个人在打字室因工作一直坐到深夜。这时我想，施米特派送急件的信差给亚历山得拉·列沃芙娜送去一简函，讲了打枪的事和家里发生的事，请求她不要在达普代柯沃住宿，即刻回家。她寄这一简函是因为亚历山得拉在动身时求她这样做，她怕的就是她不在时索菲亚·安德列耶芙娜要放手大闹。但是现在已经是12点了，她不会动身，显然也不会回来了。或许这是件好事。从一方面讲，她也很可悲，神经紧张到了极点，不挪窝地蹲在雅斯纳雅，瓦解着母亲的"社会"。现在她到达普代柯沃哪怕休息一天也是好的。从另一方面讲，家里的一切都已平静下来，亚历山得拉也不需要动身回家了……我的事已不知不觉做完了，我也完全停住了沉思，不再去想亚历山得拉·列沃芙娜和索菲亚·安德列耶芙娜了。

不幸的是施米特的信起了作用。已经深夜了，两位少女返了回来。她俩吵吵嚷嚷冲着我的灯光闯进打字室，脚踏脚出现的是索菲亚·安德列耶芙娜，——她向来睡得很晚。

于是极其可怕的一幕发生了。女儿的意外归来弄得惊恐而懊丧的索菲亚不知道该向谁发泄她的怒气，是向亚历山得拉呢，还是向瓦尔瓦拉？抑或是向实际上毫无过错的叫她俩回来的施米特老太太呢？结果她把愤怒向她们三个人一齐发泄出来。

施米特本来已经睡下了，她正在隔壁图书室书架后面的床上躺着。这个可怜的人手足无措，她哭泣着，哀求索菲亚原谅。

亚历山得拉·列沃芙娜——我不会忘记她的——戴着一顶推在后脑勺的小帽，飞一般地闯进屋里来，两手叉腰，俨然一付要跟什么人单独角斗的架式。我不由想起有一次索菲亚对她的评价来："她算得上哪号上流社会的小姐？她是一个车倌！"后来，当索菲亚百般叱骂，指责这两个青年女子破坏了家庭的宁静时，亚历山得拉泰然自若，一动不动，从牙缝里挤出一声长长的、半带嘲弄半带蔑视的冷笑，沉默地坐在写字台后面的沙发上。

瓦尔瓦拉·米哈依洛夫娜的神情紧张极了，在她的声音里可以听得出憋在心头的、一直久久地克制忍耐着的屈辱的音调，一种被压灭了人的尊严的悲苦的音调……

我坐在椅子里，正对着亚历山得拉与写字台的另一面，默默地听着、观察着。我在想，就在隔壁的卧室里，有一个人正躺在床上，听见了这一切，或许他是被喊叫声从梦中惊醒的，而那梦已经再难寻觅了。这个人就是伟大的托尔斯泰。村妇般的殴斗正在他的周围进行着。由于这种殴斗，他身边的东西已经所剩无几了，而这又都是因为他。何其荒唐！

在对骂的时候，从索菲亚的口中蹦出一句要把亚历山得拉"从家里撵出去"的话；而对瓦尔瓦拉，她干脆声明，叫明天就滚。于是，亚历山得拉和瓦尔瓦拉决定明天就去杰略京基她自己的小房子里居住。

"反正每天上午我要来找父亲。"亚历山得拉说。当即她就去找列夫·尼古拉耶维奇，把她的决定通知了他。

"人人都在走向那同一个归宿。"列夫·尼古拉耶维奇回答说。

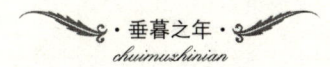

9月27日

早晨,他穿着睡衣走到楼梯上召唤伊里亚·瓦西里耶维奇。

"你好,爸爸!"亚历山得拉走到他面前说。说着她吻了他,补充道:"我要走了。"

列夫·尼古拉耶维奇默默地点点头。后来在书房里,就她的出走,他对她说:"这样更好一些,因为这样就离解脱更接近一些。"

两个少女很快就收拾上路了。12点,当索菲亚·安德列耶芙娜像往常一样走出她的卧室后,她们已经不在了。

亚历山得拉走后,列夫·尼古拉耶维奇来到打字室,我忍不住提起出走的事。

"这不是我的自由之实现,而是你的自由之实现;不是我所渴望的,而是你所渴望的;我所渴望的不是这个样子,你所渴望的才是这个样子。这就是我现在所想的。"他回答说。

今天写完了回忆克罗特一信的补充部分①。我们一起读过后,我就拿去誊抄。他又修改了两遍。晚上把它交给从杰略京基来的赫里亚科夫,让他去彼得堡后转交康·亚·克罗特。

在和赫里亚科夫交谈时议论到他编写的关于基督教学说本赋的提纲②。提纲中,阐述了这样一个事实:福音书不是4部。

列夫·尼古拉耶维奇说:"可惜我把您的提纲给忘了。我真的读过它吗?这是非常重要的,就是要这样通俗地论述。要知道现在有教养的人们都以为有四大使徒,他们写下了四福音书,几乎谁也不知道这些福音书是许多人写的,是从中选择了编选者认为其内容荒谬性较少的部分而成的……我现在能特别真切地感觉到教会的整个危害是多么巨大!"

谈话转到了教育问题上,列夫·尼古拉耶维奇指出游记在教育中有着特别重要的意义。有人说在课程中必须加上文学这一科目。他对此指出:"文艺作品应该要么是非常美好的,要么就让它使人厌恶。"

谈到葡萄牙革命时,我说葡萄牙新的临时政府颁布了政教分离的指令。列夫·尼古拉耶维奇想起他在报上读到的一则简讯:在葡萄牙,禁止教徒穿宗教服装露面。

"这是由于教会分离的缘故,当然这是好的,"他补充说,"不必将来再去分离……"

屠申说,意大利的自由主义者正同教士们做斗争,就因为他们的信仰还不坚定,他们还需要教徒(他表达的有些不清楚)。

"不!"列夫·尼古拉耶维奇反驳道,"我想,他们是要立志使人民脱离宗教的影响,这是他们的一大功劳。"

他又说:"我收到一封信,写得很好,附有诗。开头是散文,后来他的灵感来了,开始用诗写起来。用俄语写诗韵脚很宽,因为是按谐音押韵。他也是这样。我前不久走过一座桥的时候,想起一句谚语:'什么魔鬼把你带上了这座破桥。''Нёc'(带)就和'мост'(桥)押韵……对此我并不否认,我承认这一点。"

就在他临回卧室前,索菲·亚·安德列耶芙娜开始说,一个艺术家、作家为了搞创作,就得有闲暇,因而还得有钱,——应当是一个富翁。

"否则会怎么样呢?他整天干活,回到家里,总不能整夜写吧?"

"正相反,"列夫·尼古拉耶维奇在门口停住脚反驳道,"要是他真能整天干活,回到家里又整夜写作,那是多么令人神往啊!只有在这时候,他才是一个真正的艺术家!"

正像以往晚间那样,我去找他"领任务"。

"今天您大概心情好,写得都很漂亮。很好。尤其是致弗拉基米尔的信。您给他写得这样好,我非常高兴!我甚至还加了几笔。"

他的附笔是这样的:"刚看完布尔加科夫给您写的这封信,我由衷地赞同信中所说的那些话。向您和您身边的所有朋友致以兄弟般的敬礼。列夫·托尔斯泰。"③

9月28日

早上有客。列夫·尼古拉耶维奇自己谈起了这位来访者。

"啊,这是个军官,是个军官!真该把他写一写。已经升为上校了,在参谋部里,风度翩翩……可就是糊涂得出奇!起先是激动,激动了整整1小时,激动到了说不成话……后来开始讲起需要自由运动，自由运动……到底什么是自由运动？就是应当帮助人，人们生活在黑暗中。他说，您承认生理学吗？……对，对，是生理学！……我当时对他说，在您拿着枪杀人的时候，您怎么能谈得上帮助人？您应该首先回头看看自己。我说，您最好还是注意一下我的著作，纵然您对我这个人感到无所谓。我用墨水弄脏了许多纸，您在那里将会找到我所能说的一切。我对他就这么不留情！……我一开始就按自己的愚蠢劲儿，想到军人的身份在束缚着他，诸如此类……"①

不大一会儿，亚历山得拉·列沃芙娜又把军官从杰略京基领来了。她自己只呆了1小时，午前12点就走了。她跟索菲亚·安德列耶芙娜几乎没有说话，只是打了下招呼，也不愿意吻她。

"这算什么？形式而已！"索菲亚激动地说，用这话来回答亚历山得拉的问候。

"当然是啦！"女儿表示同意，"我很高兴再不见她。"

在父女俩单独谈话期间，他对她说，她的这种举止，即急着要走的举止，他认为不好，但是考虑到自己的弱点，这样做又使他觉得很合适。

"物极必反。"他对亚历山得拉说。

女儿告诉父亲，契尔特科夫为她出走责备了她。契尔特科夫还指出，主要的是没了她，列夫·尼古拉耶维奇会感到苦闷。

"不，不，不！"他反驳道。

亚历山得拉·列沃芙娜迁居杰略京基，在某种程度上是他所希望的。显然，这一行动像一副清醒剂一样，会对索菲亚·安德列耶芙娜产生作用，而且正在产生着作用。

中午1点，列夫·尼古拉耶维奇走出他的书房来吃早饭。我和屠申两人就坐后，他狡黠地盯住我的眼睛，和蔼地笑起来："怎么，龙骑兵的职务不轻松吧？"

"不，没什么，列夫·尼古拉耶维奇，还好！工作越多越快乐……"

这时索菲亚走了进来。当她重又出去的时候，他说："我所说的'龙骑兵的职务'，是指另外的……"

"是的，过后我明白了，列夫·尼古拉耶维奇。"我说，"当然，是很沉重，可要知道您不是更沉重吗？"

"我很沉重,沉重的可怕!"

这几句对话,如果不做解释,不谈谈在此之前发生的一件小事,是令人费解的。

此前不久,列夫·尼古拉耶维奇到打字室找我,碰上了索菲亚·安德列耶芙娜。她站在我的桌旁已经很久,一直不停地讲着话。她讲到自己的往事,女儿们的童年,住在家里的好好坏坏的家庭女教师,等等。

列夫·尼古拉耶维奇一走进来,她就对他说:"我在给布尔加科夫讲madame Seiron(希洛太太)的事。有一次她喝多了红葡萄酒,打了玛莎一个嘴巴。我只对她说,我们就要去雅斯纳雅了(我们当时住在莫斯科),您的箱子也都收拾好了。我们都要去雅斯纳雅,您就留在莫斯科吧……我再没有对她说一句话。我只对她这么说!"

列夫·尼古拉耶维奇听完后,向我要走今天收到的达吉亚娜·列沃芙娜的信,一声不响,转身回到自己的房间。为此吃饭时他开玩笑地说起"龙骑兵职务"的繁重来。

饭后,他说他读了最近一期《俄罗斯财富》,他很感兴趣。一篇关于社会主义的论文受到了他的称赞,而且劝我读一读。他还朗读了一个流放苦役犯要求给他们寄一些有插图的旧读物的呼吁书②。

"其余的文章都不好!"关于这期杂志,他说。

他和屠申去看施米特,她前天在雅斯纳雅·波良纳偶然遇上了难堪的家庭纠纷,甚至被这一事件卷了进去。列夫·尼古拉耶维奇事后千方百计安抚了这位心神烦乱的老太太。

午饭。这几天吃午饭(每餐四菜),每当端上第三道菜(不是甜的)时,不知为什么,他总要说:"我们真应该从这一常规中减去一道菜。干吗还要上这一道?完全是多余的。"

"好吧,"索菲亚·安德列耶芙娜说,"我吩咐厨子只做3盘好了。"

但依然是4道菜。今天他几乎什么也没吃。他身体不佳,委靡不振,咳嗽,神色很不好。

要去莫斯科的谢·德·尼古拉耶夫带着他的两个孩子前来告别。列夫·尼古拉耶维奇一一吻过了他们。

晚上他看亚·巴克拉托夫的小册子《寻神的人们》③。他说书中收集的材料很有价值。此外，他读完了米·西瓦切夫的著作（第1版）《让读者去判断——玛卡尔的文学札记》④。关于这本书，他说："很有意思！这是一个受虐待的作家，他的作品没人看。他给我来过信，达吉亚娜·列沃茭娜给他回了信。他骂我。有个律师给了他3卢布，并为他奔走，可是挨了他的骂……他很可怜，患着风湿病，一贫如洗……当作家，他大概不成。但是这本书却使人不得不深思。您知道，这种愤懑到了什么程度！为什么他要写作？生活所逼。他说得何其坦率！后来就沽名钓誉了。他叙述了他怎样时而去找高尔基，时而去找托尔斯泰，时而又去找那些和他一样的朱里科夫啦，丘里科夫啦……奇里科夫啦！但这毕竟是一本很有意思的书！我劝你们看一看。"

对于列夫·尼古拉耶维奇，应当说，在读物的选择上，作者是谁，他的声望、名气如何，都是无所谓的。他总是以一种求知若渴的心情，汲取着一切有价值的、重要的东西。他的结论也总是非常公允、独到的。

9月29日

早晨，亚历山得拉·列沃芙娜来了。索菲亚·安德列耶芙娜对她的态度突然转变了。今天，她邀请女儿和瓦尔瓦拉再回雅斯纳雅来，答应忘掉不久前的争吵。但是亚历山得拉毫不动摇，要继续定居在她自己的庄子里。她的家具、马、狗，还有鹦鹉……统统都要从雅斯纳雅运到杰略京基了。

母女关系的急转直下显然使索菲亚惶恐不安。列夫·尼古拉耶维奇没有了宠爱的女儿，孤独一人留在雅斯纳雅，这必然要影响到他的心情。

他今天很好，身心舒畅，快乐，精神。

索菲亚·安德列耶芙娜对于全集14卷《四福音书的汇编、翻译和研究》之能不能出版表示怀疑。行家们给了她各种各样的劝告。列夫·尼古拉耶维奇的意见是既然承认正文是违反书报检查的规定的，那么印刷全集就是被禁止的。

他从书房拿出一本从比利时给他寄来的书——《给人治病的安东尼之启示*》①。

---

*　原为法文"Rèvèlation d'Antoine le Guèrisseur"。——译者

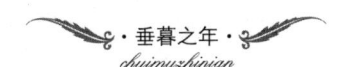

对这本书，列夫·尼古拉耶维奇给予了好评，他说书中的观点与他的完全一致。他朗读了最近一期《俄罗斯财富》上一篇谈流放犯们需要带插图的书的短文。当时，因为等候索菲亚走过去——她不知为什么事正向另一个房间走去——好久没能继续往下读。

一般来说，列夫·尼古拉耶维奇今天对她很是关怀体贴。这从一切细微末节上都可以看出来。正如索菲亚所说，他给她带去了香梨。谈话的时候，他甚至向她提起家务事。他本来一向对这些与己无关的事务不感兴趣。午饭时，他建议她喝克瓦斯；晚上劝她早些休息。最近两天索菲亚·安德列耶芙娜一直很安静，这使列夫·尼古拉耶维奇对她的态度不由自主地变得随和、宽厚了。此外，女儿不在，也使他忘了女儿挑起的纠纷。但是很明显，"毫不妥协"、"严酷无情"的战术与他的本性是格格不入的……

吃完午饭，读过文章，列夫·尼古拉耶维奇就到自己的房间里去了。这时，索菲亚走过打字室，停在黑暗的走廊里的一扇小门旁，向我说道："您在我们这儿，为我们做了件大好事。"

"为什么？"

"因为与您在一起不那么寂寞，列夫·尼古拉耶维奇也不寂寞。您是一个对人非常懂礼的人。在我向您问话的时候，您总是客客气气地回答，就是有点模棱两可。这我理解。您说的只是您所能说的话。我知道，您所渴望的就是使大家都和睦相处……您以为我没看出来吗？上帝保佑，65个年头还是多少使我学会了一些理解人的知识……"

实际上，虽说困难，但我总是在已经紧张起来的事件中一如既往地继续采取不介入的政策。在这方面，我是效法可敬的屠申·彼得罗维奇和施米特。对所有固执地包围着列夫·尼古拉耶维奇的人，除了因他们对我的友善而衷心感激他们外，我并没有任何别样的感情。我与谁争斗过吗？没有。支持过谁吗？没有。我决心站在斗争之外，唯一渴求的只是尽我所能，为无限敬爱的列夫·尼古拉耶维奇做些有益的事情，成为一个于他有用的人。

谢谢上帝，索菲亚·安德列耶芙娜理解我，而且不因我的"模棱两可"的回答而生气，——对于那些虽然我很清楚，但说出来只能刺痛她并扩大家庭纠纷的事，我只能那样回答。我采取这种外交手腕是迫不得已的。现在我几乎成了自由往来于两个营垒、——雅斯纳雅·波良纳和杰略京基——为两头办事的唯一的人了。竭力约束自己,决不搬弄是非,这种处境是不容易的。

与列夫·尼古拉耶维奇一起骑马出去——向焦明基、巴布林、姆亚索耶多沃几个村走去。在巴布林附近,我们赶上了一个8岁左右的农家男孩,他背着一个比他本人还高的大麻袋,装满了枯树叶,从扎辛卡那面走过来。大概这是要用来做肥料、装垫子或喂牲口的。这个男孩看见登上山岗的列夫·尼古拉耶维奇,害怕了,拔腿就跑,树叶撒了一地,他也连人带麻袋滚到了地上。他重新揽起树叶,背上那沉重的麻袋。几个从他身边走过的农妇恐吓他:"碰上了,这下可碰上了!老爷,好好揍他!"

"不要怕,我不会把你怎样的!"列夫·尼古拉耶维奇一面对小孩大声说,一面走了过去。

"你们也是去林子里吗?"他问一个农妇。

"去林子里,拣些小树枝。没有那个钱呀,什么也别想买!"

我们已经走过去了,一个农妇忍不住冲着我们喊道:

"您要是给我们些钱该多好!"

其他农妇胆怯地用鼻子"哼"了一声。

而那个被列夫·尼古拉耶维奇吓坏了的小孩,这时已经镇定下来,站在那里,把胸脯贴在麻袋上,反倒哈哈大笑起来。不知为什么,不过看得出来,这是由于恐惧和庆幸两种情绪的骤然交替,引起了他强烈的兴奋,才神经质地大笑不止。他一是笑人们没有欺侮他,二是笑自己意外地碰上了这种叫人开心的事。

午饭间,列夫·尼古拉耶维奇奇怪为什么又上了那道多余的菜。索菲亚·安德列耶芙娜坚持保留这道菜,并且以素菜桌面应当丰盛为理由。这些毫无意义的分歧多么叫人纳闷!我深信她主要是想在列夫·尼古拉耶维奇本人的喜好上下功夫,因此坚持比较排场的席面,而他的要求显然正好相反,是适度、俭省。

晚上他还在看《安东尼信徒们的崇拜·启示》[*]。他说:"一本奇特而卓越的书!在细节上,有点混乱不清,但是基本思想很深刻。当然,英国哲学家是不重视

---

[*] 即前面所说的《给人治病的安东尼之启示》,此处亦为法文"Culte antoiniste. Revelation"。——译者

这本书的!"

读完这本书后,他还为我把安东尼的信徒写的安东尼传及其学说的片断翻译成俄语:

> 不应信上帝。只能在自己心中意会他。应该承认。上帝就是我们自己。承认我们想,就意味着我们能。

列夫·尼古拉耶维奇转身对我说:"这还不足以使您确信这一著作的深刻吗?"

他重新开始谈起来,这次他读的是论述对敌人要爱的一段。

"这是虚伪!"当时正在场的索菲亚·安德列耶芙娜说,"我就不理解这种话!"

"不理解的对象就不能反驳它。"这就是他对这种意见的回答。

他援引了音乐家柴可夫斯基和另一个音乐家的例子。这两个音乐家怎么也不能理解微积分的意义。照列夫·尼古拉耶维奇的意见,柴可夫斯基对这个问题的回答很妙:"不是它愚蠢,就是我愚蠢。"

后来他拿来一本俄罗斯民谚的小册子,选读了其中最精彩的几段[2]。

9月30日

列夫·尼古拉耶维奇给一个六年级的女中学生写了一封相当尖刻的信[1]。

他说:"有些人问安德列耶夫、契诃夫寻找生活意义的答案,她就是其中的一个。可是在他们那里,只能找到一团乱麻。你瞧,如果在这些先进的人们那里有的只是乱麻,那我们还有什么办法呢?一般的推理都是这样。何其不幸!"

夜间,很晚了,他才从卧室来到打字室。他已经解下了腰带,带着歉意的双眼搜索着桌上的东西。

"您是在找给那位小姐的信吧?"我问道。我以为他想在这封刚刚签了字并略加补充的信上再做些新的增补或改动。

"是的,给那位小姐的……根本不需要……不需要寄发。我要认真地考虑一下这个问题。上帝与她同在，你还能再委屈她。"

他只要求给这个女中学生寄几本《每日必读》，再写信告诉她，让她到书中寻找问题的答案。

"您把这封信扔掉吧！"

他不好意思地微笑着，可是仿佛又很自得。他再次为我誊抄此信的劳动付之东流而抱歉，然后很快就消失在他卧室的门后了。

除给别人，他今天还给莫洛奇尼科夫写了一封很有意思的信。信中他感谢莫洛奇尼科夫报道了坐狱的索洛维耶夫和斯米尔诺夫的消息，然后写道："多么有力！我又是多么高兴啊，——但总归是为他们而高兴，为自己而羞愧。请您写吧，写写为什么要转移他们和这是谁的主意。我只有一件事可做了，那就是坐下来喝着别人做好给我端上来的咖啡，写啊、写啊……多么卑鄙！真想把这些圣徒的虱子都收起来*。这类满身虱子的导师，现在要多少，就能培养出多少。"②

别林奇来了。他讲了布鲁塞尔举办的世界展览会，同时讲了举行的"贤哲游行"。人们给先哲们化了装，穿上他们相应的衣服。其中有孔子、释迦牟尼，还有托尔斯泰。扮演者们了解他们所扮演角色的学说，并回答问题。

"这就是时代的象征，"屠申说，"人们都在关心着宗教。"

"算了吧！"列夫·尼古拉耶维奇说，"相反，这是借用宗教演滑稽剧。"

别林奇还说到《辛比尔斯克报》的编辑阿勃拉莫夫。列夫·尼古拉耶维奇曾写过《论伪科学》一文来回答此人的信。阿勃拉莫夫因犯出版罪被判处监禁的期限未满就又被罚款。他是一个非常奇特的人，除在监狱里组编出版物外，还会各种手艺，而且很在行③。

"不，"列夫·尼古拉耶维奇讲道，"令人惊讶的是，要坐满期他必须有双倍的时间！正常期限已经不够了，必须是双倍！

关于他今天的健康状况："我软弱而迟钝，只是看看书，一整天什么也没有做。"

晚上，他读彼·亚·谢尔盖英科描写他的童年时代的文章，他说他很喜欢这

---

* 托尔斯泰这里指的是一切科学文化方面的文章和著作，他认为这都不会给人民带来益处，所以才这样说。——译者

篇回忆录④。

亚历山得拉·列沃芙娜的到来和她所讲的关于玛尔卡·阿夫列里的故事使他格外活跃起来。

事情是这样,亚历山得拉和瓦尔瓦拉坐在杰略京基正为列夫·尼古拉耶维奇悲伤。她俩想:他在那边怎么样了?是不是烦闷?他在做什么?这时候,一个帮她们收拾新居的农妇安努什卡说:"你们要是读读玛尔卡·阿夫列里就好了,这样你们的愁苦就会过去的。"

她们俩犹如晴天霹雳,震惊不已。哪一个玛尔卡·阿夫列里?为什么是玛尔卡·阿夫列里?

"真的,"安努什卡回答说,"真有这么一本书,伯爵给我的。书里说,我们大家都有一死。这样,当你想到死的时候,就会觉得轻松了。我只要心里一有什么愁苦,就总这么想。哎,孩子们,读读玛尔卡·阿夫列里吧!……你听我说,一切愁苦都会过去的。"

这个故事使列夫·尼古拉耶维奇很受感动,他一直在回味它,一边笑一边重复着安努什卡的那句话:"哎,孩子们,读读玛尔卡·阿夫列里吧!"

"真是的,你永远不知道自己活动的后果!"他说。

顺便提一下,今天我记下了雅斯纳雅·波良纳的来访者们写在花园小凉亭柱子上的全部留言。许多已被擦掉了,我引述如下的这些被保存了下来。

雅斯纳雅·波良纳花园凉亭内之题词

1. 打倒死刑!
2. 祝列夫·尼古拉耶维奇长寿!
3. 题此以志拜谒列夫·托尔斯泰伯爵、盖世先哲。愿效薄力。
4. 所有疲于斗争的人们,到这儿来吧!你们在这里将得到安宁。
5. 圣地一访。莫斯科农校一学生(名字)。
6. 虔诚的朝圣者向你致敬!
7. 向列·托尔斯泰致敬!凉亭一新谒者(名字)。
8. 向列·尼·托尔斯泰伯爵致敬!图拉数教士。

9. 托尔斯泰伯爵之天才的当今与永世的崇拜者。

10. 光荣啊，光荣属于伟人！

11. 向伟大、驰名的老人致敬！

12. 请您播下理性、仁慈、永恒的种子吧！播种在这黑暗、阴霾之中！

13. 除托尔斯泰，谁也没有认识真理。

14. 上帝没有力量，但上帝有真理。

15. 光荣属于你，你给我们指出了光明。

16. 全世界无产者联合起来景仰这个天才！

17. 夙愿终于实现了——拜谒了人类智慧之天才。

18. "天生是爬的不会飞。"我能写些什么呢？在你面前一切都是毫无生气、苍白无力的，所以唯有望洋兴叹。一名社会民主党人。

19. 一名朝圣者拜谒了这个病弱的居民（姓名）。

20. 我们衷心"感谢"这位俄罗斯思想的勇士，不抗恶的楷模。

21. 荣誉属于托尔斯泰的天才。

22. 我们拜访了这个神奇的角落（姓名）。

23. "年轻的罗斯。"全俄中学生联合会。

晚上，我应索菲亚.安德列耶芙娜的请求，把这些题词的副本交给了她。她把副本放在钢琴上，被从旁走过的列夫·尼古拉耶维奇看见了。他读了1页，转身就走，同时无意间冷漠地说道："没意思……"

10月1日

莫斯科扫盲协会为雅斯纳雅·波良纳的农民图书室寄来一批图书，价钱都很便宜，1戈比、3戈比、8戈比不等，数量大约有300多本。

列夫·尼古拉耶维奇坐在打字室一边翻看着这批书，一边大声发表议论。当时在场的除我外，还有戈尔登威泽尔、施米特和亚历山得拉·列沃芙娜。

"这么多，"他说，"有点儿过多了。哪里还谈得上'教育'？格里高利·彼得罗夫……可以说他还'没有把发箍紧到头呢'。你们知道吗?有句谚语说:'把发箍紧到头。'《花边女工玛丽亚》……啊,这是一篇好故事!需要的就是这艾皮克蒂特、玛尔卡·阿夫列里……涅克拉索夫,这是诗。我不喜欢诗。显克微支,这一个,是的,不错。啊,又是艾皮克蒂特!《歌曲集》。这是什么?歌曲,诗,——我简直讨厌这些东西。人们喜欢他们吗?真喜欢?它们很有害,这是诱惑——谁会构思一首小诗,就意味着有才华。关于酗酒……这几页是关于酗酒……这能起什么作用?直接发生作用。那又有什么用?啊,要是100个读了这些诗的人中,有1个戒酒了,那就相当不错了。克努特·加姆逊……何许人也?我全然不知道。西尔玛·拉盖列芳……不知道。挪威人吗?哈哈!玛尔卡·阿夫列里还是没有!……这真应该都读读,应该都读……这真不少!"

真的,晚上列夫·尼古拉耶维奇就把这些书都弄到他的书房里去了。当我应他的请求跟他下楼的时候,屠申已把书搬到那里,准备以后运到图书室。列夫·尼古拉耶维奇走进打字室,开始翻起桌子上的一本小册子——他的《答东正教最高会议书》[①]。我刚返回来,他就问:"怎么,他们已经宣布把我'革出教门'啦?"

"好像没有吧。"

"怎么没有?应该宣布……似乎需要这样吧?"

"可能宣布了。我不知道。您觉得是这样吗,列夫·尼古拉耶维奇?"

"不。"他笑了。

晚茶时他好久没有出来,原来是在读莫泊桑的短篇《在家中》。出来后,他就讲起了这篇小说的故事梗概,并且大加赞赏。

"我讲得不好,"他说,"在这篇小说里,生活之庸俗不堪被刻画得淋漓尽致……我要好好读读莫泊桑。我将会得到极大的享受。"

《在家中》是扫盲协会寄来的书中的一本。还有一本他也读了,是普希金的《暴风雪》。

"您记得普希金的《暴风雪》吗?"他对我说,"真好!……信的风格美极了,那么清晰、有力。"

告别的时候,他说:"啊,莫泊桑!真迷人,真迷人!您一定要读一读《在家中》。它使人回想起真正的艺术创作,使人对自己的那些创作岁月神往。主要的是他不夸大什么，不证明什么，而是直接把你带到作品的意境中去。"

今天他又显得很活跃。

10月2日

除戈尔登威泽尔，来的人还有达吉亚娜·列沃芙娜、比留柯夫和谢尔盖·列沃维奇。

吃早饭的时候，大家谈起比留柯夫因收藏列夫·尼古拉耶维奇的著作而对他的起诉。比留柯夫聘请律师为他辩护，因为他不认为自己能弄清诉讼程序的全部手续[①]。

对这件事，列夫·尼古拉耶维奇说："我都不明白怎么能一本正经地谈论这些事。反正，就像我不能一本正经地谈小孩吵嘴打架，或者谈酒鬼们一样。比方说，一个酒鬼打了另一个酒鬼的嘴巴，这能扯到法律条文上去吗？很简单，这里没有任何条文。一个打了另一个嘴巴，做了一件恶劣的事，——如此而已。最好的办法，是完全不介入这伙酒鬼中去。"

"可是，"戈尔登威泽尔反驳说，"当蹲1年半监狱威胁到一个人的时候……"

"我理解，"列夫·尼古拉耶维奇说，"那时就吩咐别一个酒鬼把那两个拉开……"

朗读了一个叫茹卡的人的来信。列夫·尼古拉耶维奇发觉写信的人是一个普通的、识字不多但同时就其全部深刻的意义上理解了宗教真理的人。比留柯夫读了在亚罗斯拉夫坐狱的尼古拉·普拉托诺夫给他的信。关于达吉亚娜为他转回故乡的那个城市奔走于达季舍夫省长门下一事，她得到的答复是：经医生证明，普拉托诺夫是一个健康的人[②]。在给比留柯夫的信中，普拉托诺夫率真、诚实地写道，他咳嗽时已经带有"血丝"了。这封信使列夫·尼古拉耶维奇极其伤感。他又想起前不久莫洛奇尼科夫描述坐牢的斯米尔诺夫和索洛维耶夫的悲惨处境的那封信来……

"是啊，到底做些什么好呢？"过了片刻，他说，"不要骂政府了吧！全是老生常谈，多么无聊啊！反正就像寒暄问好、女人们唠家常一样。"

他沉默了一阵。

"彼得大帝证明了权力的残暴、疯狂、腐败。他扩大了疆域。叶卡捷琳娜上台了。只要能砍脑壳,那情夫还不有的是?"

午饭时,他想起加夫里洛夫说帮助流浪汉没有用的那封信,就便说道:"你出去碰上他们,忍不住反感,可是当你左思右想……"

谢尔盖·列沃维奇讲起自己和邻居、地主苏玛罗科夫"因为几只狼"发生的冲突。苏玛罗科夫未经谢尔盖准许,擅自跑到"他的"林子重打"他的"狼。当谢尔盖在讲到和苏玛罗科夫为了狼而争吵的最生动的地方时,列夫·尼古拉耶维奇问他的儿子:"狼们什么也不知道吧?"

谢尔盖起先目瞪口呆,随后宽容地笑了起来:"不知道,什么也不知道。"

然后,列夫·尼古拉耶维奇继续津津有味地听着儿子的故事,甚至开始骂起苏玛罗科夫来。使他感兴趣的是谢尔盖怎样从自己的林子里把那个穷凶极恶地钻进林里打猎的上流社会的猎迷苏玛罗科夫赶走的情节。

"这个苏玛罗科夫是何许人?"他问,"是不是格里岑公爵?他好像是个特级公爵吧?"③

还有两个小插曲。

大家谈起某某人很健康。

"那也还是要死的。"列夫·尼古拉耶维奇说。

谢尔盖讲到艺术家奥尔洛夫的新作《一间农舍》:农夫和他的妻子不是一只脚,而是双脚蹲在凳子上给孩子喂饭,军用短上衣的一只袖子从凳子上搭拉下来;屋门大开,门里有一个老太太手里拿着一把大镰刀。

"一幅很美的画。"列夫·尼古拉耶维奇说,"奇怪的是为什么我好久没见到他(指奥尔洛夫。——作者),不过也没必要。"

他显然是想说,他感觉到与奥尔洛夫的心是相通的,既不需有画家在身边,也不必直接见面。

10月3日

"洗好了吗?"早晨见到我时,他问道,"我是说,周身轻松吧?"

他知道我是在杰略京基过的夜,并且在那里洗了个澡。

早餐间说起苏哈金的几个儿子来,他们想砍掉柯切蒂花园里的一部分树木。这使列夫·尼古拉耶维奇很愤慨:"他们想改什么花坛!花草这种污秽的东西只会使荨麻丛生。应该管管他们。树木,这是永恒的美!"

今天,达吉亚娜·列沃芙娜从柯切蒂带来一道"苍蝇和蜘蛛"的数学题,很吸引人。她向大家提出并要求解答。题是这样的:"在房间里长宽确定的两面相对的墙上有一只苍蝇和一只蜘蛛。苍蝇离地面1阿尔申半,蜘蛛离天花板也是1阿尔申半。在两物之间,蜘蛛要捕到苍蝇应该怎样爬距离最短?"

应当说,这道习题不是一下子,也不是简简单单就能数出来的。

今天,列夫·尼古拉耶维奇听从屠申的建议,在为捷克无政府主义者的一份杂志写一篇论社会主义的文章,已经开了头[①]。

他和屠申骑马出去,散步回来后,他走过打字室。

"逛得很好,没什么意外。"他微笑着,从桌上拣起今天邮局给他送来的一本书。

他和我都没有想到今天会出事,可事情在晚上到底还是发生了。

他已经睡了,等他等到7点钟,等不上,大家就开始吃饭了。盛汤时,索菲亚·安德列耶芙娜起身又去听他起来没有。她回来后说,就在她走到列夫·尼古拉耶维奇卧室门前的时候,她听见在火柴盒上划火柴的嚓嚓声。她走进他的卧室。他坐在床上,问几点了,开饭没有。但是她发觉有点不对劲儿,列夫·尼古拉耶维奇的眼神有些异样。

"两眼直瞪瞪的……这是发病的征兆。他陷入昏迷状态……这我知道。他在发病前眼神总是这样。"

她喝了几口汤,然后推开椅子,衣裙簌簌地又走进书房。

谢尔盖和达吉亚娜不满地交换了一下眼色——她干吗老要打扰父亲呢?

但是返回来时,索菲亚·安德列耶芙娜神色不对劲。

"屠申,您快去看看吧!他神志不清,又躺下了,不知嘟哝些什么……天知道这是怎么啦!"

所有的人都跳起来,仿佛触了电一样。屠申打头跑过客厅和书房,进了卧室;其余的人跟在他后面。

屋里很暗。列夫·尼古拉耶维奇躺在床上,颏骨蠕动,呼吸异样、低微,仿佛在呻吟。

绝望和恐惧笼罩着这个房间。

人们点燃床头柜上的蜡烛,替他脱下鞋,盖上被子。

他仰卧着,右手五指捏在一起,好像拿着笔一样,然后无力地用手在被子上摸起来。他双目紧闭,眉毛微皱,双唇蠕动,好像在咀嚼什么似的。

屠申让大家都出去。只有比留柯夫留在屋里,他坐在床对面角落里的椅子上。索菲亚、谢尔盖、我、达吉亚娜和屠申,怀着压抑的心情,回到餐厅,又开始吃起这顿被打断了的午饭来。

刚上甜食,比留柯夫跑了进来。

"屠申·彼得罗维奇,列夫·尼古拉耶维奇在抽搐!"

大家又都一起拥进卧室。午饭已吩咐撤下去了。当我们到了的时候,列夫·尼古拉耶维奇已经安定下来。比留柯夫说,刚才那条病腿突然动弹起来,他以为列夫·尼古拉耶维奇想挠脚,可是走到床前一看,他的面孔已经由于痉挛扭歪了。

"跑着下楼,把绷带和热水拿来,得绑脚!必须用芥末膏敷在小脚肚上!咖啡,热咖啡!"

不知是谁——好像是屠申和索菲亚——同时下了命令。一个人指挥,大家服从,及时做好必须做的事情。削瘦精干的屠申像影子似地在屋子里无声地跳来跳去。索菲亚·安德列耶芙娜面如死灰,双眉紧锁,眼睛微闭,眼皮浮肿……从这个不幸的女人的面部表情看得出来,她是不可能不心疼的。天知道此时此刻她在想些什么。她并没有惊慌失措,——等把绷带缠到腿上后,她下了楼,亲自准备灌肠液……在同屠申争执后,她又在病人头上敷了一块湿布。

可是,列夫·尼古拉耶维奇还没脱掉衣服。后来,我和谢尔盖(也许是比留柯夫)、屠申给他把衣裳脱了。我和谢尔盖(或比留柯夫——慌乱中没留意)把列夫·尼古拉耶维奇扶起。虽然病人一直处在昏迷不醒的状态,屠申还是关怀备至、小心翼翼、温和地劝说着,给他脱了衣服,然后让他静静地躺下。

"社会……社会关于三个……社会关于三个……"列夫·尼古拉耶维奇说着呓语,"记下来……"他请求着。

比留柯夫把铅笔和拍纸簿递给他,他拿手绢蒙在拍纸簿上,用铅笔在手绢上划来划去。他的面孔仍旧是阴郁的。

"必须读完……"他说,并且一再重复着,"理性……理性……理性……"

在这种情况下,都认不出这就是那个明澈、高度的智慧的拥有者——列夫·托尔斯泰——来了。这使人感到十分难过。

"列沃奇卡,别写了吧!亲爱的,唉,你还要写什么?这是手绢,把它给我吧。"索菲亚·安德列耶芙娜恳求病人,试图从他的手里拿走拍纸簿。但是列夫·尼古拉耶维奇默默地摇头表示反对,握着铅笔的手继续固执地在手绢上移动着……

后来……后来开始了可怕的痉挛,一次接一次。他软弱无力地躺在床上,由于痉挛,全身都在打战、颤抖,两腿猛烈地一蹬一蹬的,很难把它们按住。屠申搂住他的肩膀,我和比留柯夫按摩两腿。他整整发作了5次,第四次尤其猛烈。当时列夫·尼古拉耶维奇的身子已经挺得几乎横在了床上,头从枕上滑下来,双脚耷拉在另一边。

索菲亚·安德列耶芙娜扑在双膝上,抱住腿,把头伏在上面,好久没有动弹。当时我们还来不及把列夫·尼古拉耶维奇重新安顿在床上。

总而言之,她当时给人的印象极其可怜。她举目向着上苍,慌乱地画着十字,喃喃地祈祷着:"主啊,可千万别在这一次,千万别在这一次……"她的这一举动不是当着别人的面做的,是我偶然进打字室时,碰上她正这样祷告着。

她对我写纸条召来的亚历山得拉·列沃芙娜说:"我比你更悲痛:你在失去父亲,可我失去的是丈夫。对他的死我是有罪的!"

亚历山得拉表面上显得很镇静,只是说,她的心跳得厉害。她那两片没有血色的薄嘴唇紧紧地抿着。

第五次发作后,列夫·尼古拉耶维奇安静下来了,但是还在说谵语。

"4,60,37,38,39,70……"他数着。

后半夜他才清醒过来。

"你们怎么都跑到这儿来了?"他问屠申。听说自己病了后他很惊骇。

"灌肠了?我什么也不知道。现在我困得要命。"

过了一会儿,索菲亚·安德列耶芙娜走了进来,在床头柜上寻什么东西,不小心弄掉了玻璃杯。

"谁？"列夫·尼古拉耶维奇问。

"是我，列沃奇卡。"

"你来干什么？"

"来看看你。"

"啊——"

他安静了。看来他仍然是清醒的。

列夫·尼古拉耶维奇的病给我留一了强烈的印象。这天晚上，不论我走到哪里，总是在我眼前、在我的脑海里浮现出那一副可怕的、死人般苍白的、皱眉作愠的、神色执拗、刚毅的面孔。我站在他的床边时，害怕看到这张脸。它的线条太有表现力了！这种表情的含义是那么清楚，一想到它就令人心碎。在我不望那副面孔而只看这可怜的、垂死的身躯时，我不觉得恐怖。甚至当他在昏厥中战抖时，我所看到的也只是这躯体的痛苦，可是只要我瞥一眼那面孔，我就觉得难以克制的恐惧，——刻印在这张脸上的是神秘，一个伟大的举动、一场伟大的搏斗的神秘。照民间的说法，这时是"灵魂在和肉体告别"。

深夜，医生（参格洛夫）从图拉赶来，但他没有给列夫·尼古拉耶维奇诊视。屠申告诉他，病是因为胃液毒化了脑髓。我们问到痉挛的原因，参格洛夫回答说，这可能是神经作用所致，因为病人的动脉硬化，他已处于生命的晚期。

大家在夜里2点才睡。我和屠申睡在列夫·尼古拉耶维奇卧室附近。比留柯夫在卧室里一直坐到3点。

10月4日

一切都过去了。夜里，列夫·尼古拉耶维奇入睡了。早晨起来时他很清醒。当比留柯夫向他复述了他的呓语——灵魂、理性、国家体制……时，按比留柯夫的说法，他听了很满意。

索菲亚·安德列耶芙娜说，列夫·尼古拉耶维奇的病对她是一个教训，她意识到，她本身可能就是他致病的一个原因。

亚历山得拉·列沃芙娜对我讲，当她早晨去看父亲的时候。他告诉她，他在"用爱同索菲亚·安德列耶芙娜做斗争"。他希望能成功，而且已经看到了一线闪光。

依从列夫·尼古拉耶维奇的请求,女儿给他读了今天收到的信,然后他指出哪些需要回复,哪些不需要。他把我召去(他还没有忘记约定好的要拉两次铃),委托我写一封回信,而且对此做了详细的指示①。

他一直躺着,十分安静,神志清醒。

白天,发生了另一件叫人高兴的事(真是祸福相倚):索菲亚·安德列耶芙娜跟女儿和解了。

晚上,列夫·尼古拉耶维奇让索菲亚叫我去看他。临走时,她提醒他不要搞得太疲劳了。

"反正我不能不思考。"他说。

"给您添了不少麻烦吧?还在像啄木鸟似的叮叮响吗?"他一见我就说,——这是指用打字机在他的隔壁打字。

"打得不很多,列夫·尼古拉耶维奇。怎么,响声惊扰您了吧?"

"不,我只是想说,您老在工作。大家都闲着,只让您一个人忙。"

他说有一封信不必誊清了,因为他要重新另作口授。以后他会找我谈这事的。

"您是在这儿睡的吗?"他指指打字室和他卧室的山墙。

"是的,就在旁边。您就常拉铃吧。我总会像一个仆人似的听您召唤的。"

"谢谢,谢谢……好,再见!"

他果断有力地把手向前伸过来,就跟前几天见面问好时那样。

昨晚,当他处在死亡的边缘时,是那么可怖;今天,他恢复了健康,又是这样叫人高兴。

10月5日

列夫·尼古拉耶维奇的铃声。我跑进卧室,惊奇地收住了脚步——他居然不在床上。我走到书房里,看见他像往常那样穿着睡衣坐在老地方工作。他向我口授了致别杰尔松的信,——他刚刚看过别杰尔松的几本宗教性的小册子。别杰尔松是尼·费·费多罗夫学说的一个很有特色的研究者,后者曾任莫斯科鲁缅采夫斯基展览馆的图书管理员①。顺便说一下,相信尸体复活是这一学说的基本原则之一。别杰尔松是一个有知识的人,是沃尔纳市区法院的委员。列夫·尼古拉耶维奇给他的信写得很温和②。

晚上,彼·亚·谢尔盖英科来。列夫·尼古拉耶维奇到餐厅参加了大伙儿活跃的交谈。

谢尔盖英科讲了科学之于素食的关系。我讲了第一批"托尔斯泰主义者"中的拉法伊尔·布特凯维奇和我的一个朋友的儿子企图做一个素食者;母亲因为儿子不再吃荤都快绝望了,只是听了医生说这对儿子不会有害处才安下心来。

列夫·尼古拉耶维奇说:"重要的是一开始就应该把吃素理解为宗教的基本原则,然后再从科学原理上加以证明。只有在别无他法时,科学才认输。在其他问题上也是这样。譬如,在贞洁问题上,科学表明,它在地球上其他一些地区就无能为力。"

谢尔盖英科说起刚死不久的第一届国家杜马的主席谢·安·穆罗姆采夫,对其人格之高尚大加赞美,并奇怪他不是一个信教的人。

"他同样是有原则的,"列夫·尼古拉耶维奇说,"但是有些人没有意识到它,虽然他们不自觉地采取了和原则相一致的行动。原则就是真理。他们认定宗教是一种神秘主义的东西,不愿意说出上帝的名字,但他们意识到了它。"

送来一份电报。《彼得堡报》的编辑请求报道列夫·尼古拉耶维奇的健康状况。

"写些什么呢?"索菲亚·安德列耶芙娜问。

"你就写已经死了,也埋了。"他笑着说。

又说起莫泊桑来:"他有深刻的思想根底,同时又贪淫好色。他惊人地善于描写生活之空虚。只有那些知道些什么东西、为什么而生活的人,才不会是空虚的人才,善于这样描写……比方说,果戈理就是这样。他真是一个令人惊叹的作家!"

他谈起莫泊桑,是因为达吉亚娜·列沃芙娜和谢尔盖英科着手写了一些回忆文章,提到了他们曾一起写过一个剧本的事③。剧本的女主人公的形象就是以死在巴黎的俄国年轻的天才艺术家玛丽亚·巴什基尔采娃(有名的《日记》的作者)为模特儿的。达吉亚娜想起巴什基尔采娃怎样不露名姓,用一封才思敏捷、妙语横

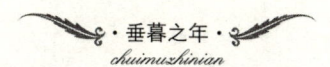

生的信引起了莫泊桑的好奇心,可是他却用粗野的复信建议和她幽会,等等④。

列夫·尼古拉耶维奇说,他不理解现代那些好研究哲学的作家,如罗扎诺夫、别尔加耶夫之流⑤。

"他们想干什么?"他问道。

大家谈到这些作家对弗拉基米尔·索洛维耶夫的态度时,他说前不久读了百科全书中索洛维耶夫关于宗教问题的论文,他不喜欢这篇文章⑥。

关于作家阿尔志巴绥夫:"是的,他读过些东西,有才华。如果说不比安德列耶夫才高,也不比他低。"

他朗诵并夸奖了丘特切夫的《静默*》,收入《阅读园地》中的一首诗⑦。

"这才是诗的典范,每个字都恰到好处!"

后来他又朗诵了普希金的《当为一个死者的时候……》。

"这是青年人的东西,不足为奇。"关于普希金,他这样说,"但是这个丘特切夫哪,我见过他,也认识他。这是个小老头,安安静静的,法语讲得比俄语好,可他却能写出这样好的诗!"

晚间他显得很有生气。大伙谈得也很畅快。

他问达吉亚娜什么时候走。

"过两天。"

"好,那咱们还能不能跳舞?"

"能!"

他提议放留声机。

"列夫·尼古拉耶维奇,可以放巴蒂吗?"

"好,巴蒂就巴蒂!"

可是他去书房了,过了10分钟他锁上从客厅到大厅的门,直到响起了他所喜爱的斯特劳斯的华尔兹舞曲《春之和声》**后,他才重新打开那两扇小门。

---

* 原为拉丁文"Silen tium"。——译者
** 原为德文"Frühlingsstimmen"。——译者

10月6日

　　列夫·尼古拉耶维奇病愈之后还很虚弱。早上他出去散步。他不愿意无缘无故叫老仆人伊里亚·瓦西里耶维奇倒垃圾桶,他要像往常一样自己倒。早晨他拉铃,是两响。我去了,他正为这套信号设备发笑。

　　我把我今天接到的母亲和兄弟的照片给他看。

　　"呵呵!这叫我感到有意思。她挺精神的!他也很好吧?"

　　我向他一一做了说明。

　　上午他出去散步,可是回来又盼咐备马,——他要骑马出去。我陪着他。

　　"我们走不远吧?"我问。这时我们已经出了院。

　　"不,不远。我感到这比步行要轻松得多。您也呼吸些新鲜空气吧。马很老实,不会尥蹶子。"

　　午前,费·亚·斯特拉霍夫及其女儿、米·瓦·布雷金和巴·亚·布朗热来。

　　午饭间,列夫·尼古拉耶维奇讲起了几个农民到柯切蒂找达吉亚娜·列沃芙娜的医生的事。他们都是从城里或离城很近的农村来的。医生问他们为什么不去找城里的医生,他们说:"怎么说呢,老兄,那帮人都是骗子!"

　　讲述时,列夫·尼古拉耶维奇开怀大笑,笑得那么厉害,以至于饭都吃不下去了。但他越笑越厉害是另有缘故的,这是因为达吉亚娜今天有事去图拉,不知是谁问她在那边吃过饭没有,她说:"当然吃过,是在契尔尼塞夫饭店*。"

　　"就你一个?"

　　"啊,不!没有男伴我不去。"

　　正是这句"没有男伴我不去"使列夫·尼古拉耶维奇笑得那样感人。这笑声使人感觉到他对女儿的爱。

　　晚上大伙儿吃茶,他走了进来,我站起身给他让座,他拉住我的手入座了。"坐吧,亲爱的!您有肱头肌吗?"

　　"请看!"说着,我曲臂鼓起腱子肉来。

　　"有!"他捏了捏我的肌肉说道。

---

　　* 图拉最好的饭店。

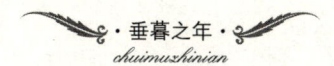

在吃茶谈话时,我留心听着他对葡萄牙革命的意见。

"为了消灭这种愚昧,为了打倒毫无用处的国王,是需要有一场革命的。"

趁列夫·尼古拉耶维奇已经恢复健康,我打算明天出去做40里远的徒步旅行,先到哈屯卡的布雷金家,然后再从那儿到鲁沙诺沃镇布特凯维奇家。我最后决定向大学要回我的文稿,因为我计划用这一文稿给大学生们做一个反对大学的学术报告;再说由于服兵役引起的纠葛还在威胁着我,所以我想最后见见朋友们,和他们告别。

我提前告知列夫·尼古拉耶维奇,说我这次外出可能多走几天。

10月11日

4天之后,我又回到了雅斯纳雅。

作家伊·费·纳日文和伊里亚·列沃维奇的妻子及女儿——一个8岁的小姑娘——其时也正在这里。

"啊,是他!"列夫·尼古拉耶维奇迎接我的时候说道,"您不认识纳日文?"

于是,他把我介绍给了客人们。

大家坐在餐厅里聊起来。早饭已经吃过了。由于野外结了薄冰,列夫·尼古拉耶维奇没有骑马出去。特别活跃的谈话是在晚上吃茶时进行的。

列夫·尼古拉耶维奇问纳日文他在写什么。纳日文回答说,近来在写儿童故事。

列夫:"我对儿童故事的要求很高。啊,这很难写哪!儿童文学中很容易滥用感情。鲁宾逊才是典范性的作品。"

纳日文:"真的吗?"

列夫:"可不是!主要的是思想深刻。这表现在一个赤条条一无所有的人,被抛到一座孤岛上,他能做些什么?他需要些什么呢?……于是,使你耳目一新的思想就自然而然地显现出来了。这不是我,大概是卢梭说的,鲁宾逊才是典范性的作品。"

纳日文:"有人说,鲁宾逊是有害的,因为这会得出一个人能做许多许多事情的结论。这会助长孩子们的那种个人主义意向……不过这样说是在卖弄聪明。是

的,卖弄聪明!"

列夫:"可不是!"

他请纳日文读一篇他写的儿童故事,然而纳日文手头没有。

索菲亚·安德列耶芙娜奇怪农民们在她的土地上的收成都不够廉价的租金(每俄亩七卢布)。列夫·尼古拉耶维奇详尽无遗、无可辩驳地证明,主宰农民的是什么,为什么这种交易会使他们吃亏。

纳日文在某些方面是拥护11月9日农庄经济法令的。

列夫·尼古拉耶维奇说:"对于我,这里让人愤怒的主要是那位做了部长的先生破坏了农村生活的整个结构。可这是好是坏,我怎么也不能说!"①

后来他听纳日文讲述高加索和内地各省农民们的生活状况。

他还和纳日文谈到了普希金。就从纳日文对普希金的观点来看,他属于那种只注意诗歌里赞美"秀足"之类的人。当列夫·尼古拉耶维奇给予普希金很高评价时,他瞠目结舌,骇然枯坐。可是末了他却宣布,眼下他正写一本论普希金的书。在这书中,他将会说些什么呢?

在我看来,纳日文是个聪明人,但有点宗派主义式的狭隘。

此外,他对所有与他的世界观不合的人有一种偏执态度和盲目仇恨,这使我大为震惊。他仇视社会民主主义者,"我都不让他们进家门",——他在一封信中这样写道。因为普希金的两三首诗他不喜欢,他就准备大致翻翻普希金的全部诗作。听到对最新文学的议论,他就不能无动于衷,仿佛在这里没有嗜癖就不行。够了,当安德列耶夫、阿尔志巴绥夫的有些书畅销时,他纳日文的作品却摆在书店书架上无人问津……

谈过话后,列夫·尼古拉耶维奇来到打字室看我写好的信。

"索菲亚·安德列耶芙娜建议我,关于穆罗姆采夫什么也别写……"

我也这样劝他,他同意了。

"是的,这是第一届杜马,所有……"

他读完了信。鉴于我决定明天要去莫斯科——一来见一见不久前从西伯利亚来的母亲,二来了结我对大学的心愿——他对我说:"这些事,您就这么办吧。请您代我向令堂问好。您就说,我请她不要生我的气,我无论在什么事情上都没有让您学坏,也没有给您什么教益。在这些方面,恰如她说的,您是有脑子的,——

您有自己的总主意。您就说，一个人只有当他遵从自己无法抗拒的精神欲望时，他才能得到幸福。在这个问题上必须特别留神，不要有这种感情，——不是感情，而是想法，即考虑别人——契尔特科夫呀，托尔斯泰呀，别林奇呀，会说些什么；或者考虑索菲亚·安德列耶芙娜要说什么。她总是说呀说的，可是事到临头，她也是个明白人。相反，如果依从内心无法抗拒的欲望去做，那么每一瞬间，只要您一想起这一时刻来，那您就必然其乐无穷。"

"我也是这样想。我现在要只做合我心愿的事。"

"上帝保佑！上帝保佑！"

10月22日

我从莫斯科回来了。在那边我待了一个多星期，递交了退学申请书，之后，又在大学生的集会上做了《论大学和科学》的学术报告①。

我从车站先去杰略京基，晚上和拉东斯基一起去雅斯纳雅·波良纳。我永远不能忘记这一天晚上我所见到的情景。

我们来到以后，刚刚吃过饭。列夫·尼古拉耶维奇坐在往常吃饭时坐的那个位子上——桌子尽头、索菲亚·安德列耶芙娜的右手。他以快乐的感慨迎接了我和拉东斯基。我先走到索菲亚面前，但心里想的却只是他。快乐充满我的心房。我终于向他转过身去。他拉着我的手，向我问好，把我拉到他跟前。我向他鞠躬，吻他，审视着这敬爱的老人那容光焕发、无比慈祥的面庞。

今晚倒是有些不同寻常。拉东斯基也注意到了这一点。在座的人们中间似乎充溢着美满、宁静的幸福，牢不可破的和睦与亲如手足的爱。

列夫·尼古拉耶维奇兴致冲冲地详细打听我旅途、学术报告、见闻、消遣等情况。他自己讲了我不在时收到的书籍、有趣的文件和来访的客人。

"诺维科夫来过，他是农民。您听说过他吗？啊，真是个聪明人！您没认识他，我感到遗憾。"②

说起尼古拉耶夫的著作《对上帝的认识是当代生活的基础》。

"这部著作非常出色，写得极其真诚。在任何问题上他连一个权威也不触犯，为的是不牵扯他们，不解释他们的观点，不表示对他们的态度。真是一本出奇诚实的著作，而且极其清晰。这本书他写了14年。然而，很可能，"列夫·尼古拉耶维奇悲伤地补充道，"将来谁也不会说起它，谁也不会读它！"

应该说，尼古拉耶夫的书是在列夫·尼古拉耶维奇的明显、有力的影响下写成的。当我就书中的某处向他谈到这一点时，他微笑了。

"是的，我老是忘记我自己写了些什么，过后我又满心喜悦地指出……"

"您去剧院了吗？"他在和拉东斯基下棋的时候问我，"我读了《卡拉马佐夫兄弟》，现在艺术剧院正上演。这怎么能叫艺术？干脆不是艺术。主人公所做的正好不是他们应该做的，结果变得这么虚假。你一边读着，一边就预先知道了人物将要做那恰好是你估计到的不该做的事。惊人的非艺术！而且所有的人物都说同样的话……这就最少戏剧性，最不适于上演。有个别地方还不错。比如对那个老人卓西莫的教训……很深刻。但是如果让谁来口述这些，就不自然了。唔，当然啦，伟大的虐待者……我只读了第1卷，第2卷没看。"

他问："您去戈尔布诺夫那儿没有？他老是印一些关于酗酒的小册子……③我想起了那个庄稼汉。您还记得吗，我们骑马的时候？要是这么写还好，可是这只对酗酒有好处。可爱透了！"

他想起的是我们骑马散步时碰到的一个农夫。农夫从城里来，他在城里卖了燕麦，当时他明显的带着醉意，满脸血红，醉眼暴突。列夫·尼古拉耶维奇和他的马车并排走着，开始善意地指责他不该酗酒。

"你就这副模样回到家，老婆准揍你！"他说，"会揍你吗？"

"会的……一准会的！"农夫证实说。

临末，他接受了列夫·尼古拉耶维奇的劝告，觉得喝酒是不好，既有罪过，又不上算。

后来，列夫·尼古拉耶维奇老是说："怎么能不爱喝酒的人？不是所有喝酒的人，只不过是少数……"

顺便说一下，当时他还问我："令堂走了吗？"

"是的，她感激您让我捎话问候她，她很高兴……"

"可不是，由于您，我觉得和她很亲近！怎么样，莫斯科热闹吗？"

"不，列夫·尼古拉耶维奇，很空虚！我好不容易才挨过这一星期。这个花花世界……剧院的确是给浪荡的人们寻开心的地方。讲座又怎么样呢？尽是'六○

六'*之类的货色……"

他同意地点点头。

索菲亚没有马上明白我的意思："怎么，空虚？人少吗？"

谈话中，列夫·尼古拉耶维奇还想起"那个给人们清洗不体面部位的人"来："我跟他交谈过，他原来是个好人……"

列夫·尼古拉耶维奇今天显得生气勃勃——精神上的，根本看不出他已衰老。这使人很惊讶。

他把我和拉东斯基留下住宿。

"楼下有地方。你们又什么也不需要。为了不麻烦仆人，您总是亲自处理一切。住宿不要像'真正的老爷'那样，非得有两个呆头呆脑的仆人……你们不需要吧？不要摆贵族派头，不要做老爷。"

10月26日

到了雅斯纳雅，我在台阶上碰见了列夫·尼古拉耶维奇，他正准备骑马出去。他对我说："我叫人给您转去一封内容可怕的信。他写给我的，我们一起来给他写回信。他正研究一种隐秘的恶习，对我的回答不满意。他说，这一切他都知道……您读读吧，真可怕！……他点了许多人的名，还有一个枢密官……我不知道，你读过了吧。我想，应该给他写回信，如果他要告发，那他就应该拿出证据来。可怕！可是又很有趣。我们以后再商量吧……"

关于这封信，我们后来再没有来得及商量。

我给他带来契尔特科夫的一封事务性的信，契尔特科夫将它给我的时候，提前告诉我，这不是"密件"。

信中涉及的问题有彼·彼·尼古拉耶夫的书，契尔特科夫说它是托尔斯泰观点的再版；唯一教派的几个布道者。这几天列夫·尼古拉耶维奇言谈中表示对这一教派感兴趣，他发现其教徒类似其他基督教徒，像浸礼教徒和涂面教教徒一样，他们不把自己的唯理论推到极端。

---

* 一种治疗梅毒的药剂（作者原注。——译者）。

索菲亚·安德列耶芙娜得知我带来了契尔特科夫的信，要求列夫·尼古拉耶维奇把内容向她转述。他回答说，这是一封事务性的信，但出于原则上的考虑，他不能给她看这封信。

"他写的信都很好，"散步回来后，他对我说，"关于尼古拉耶夫的很好，其他也……"

他是在打字室说这些话的。他大概骑马累了，所以走起路来轻缓，佝偻。后来他回到自己的卧室，关上了门。

遗憾的是，索菲亚·安德列耶芙娜冒着重新使他犯病的危险，忍不住要破坏自己不去打扰他的诺言。对契尔特科夫的嫉妒，与女儿的冲突，与列夫·尼古拉耶维奇争吵，在她身上故态复萌。情况甚至还要坏——在列夫·尼古拉耶维奇面前新添了"剪不断、理还乱"的难疑：他签署的遗嘱正确吗？特别是副本上要求转让艺术创作的私有权对吗？怀疑，窥测，窃听……家里的气氛是沉重的，动荡的……*

在列夫·尼古拉耶维奇的亲朋好友中，对在不久的将来他可能出走雅斯纳雅·波良纳议得越来越频繁了。在这片巨大的阴云下，人们给我看了他的一封原信，这是他近日内寄给图拉省波罗夫科沃村的农民诺维科夫的。信的内容如下：

　　米哈依尔·彼得罗维奇，鉴于我在您临走前和您说的那些话，我现在再向您提出如下一个请求：假如真的发生了我非去找您不可的事，而您又不能为我在你们村找到一间虽然很小、但还暖和的单间小屋，那我就得给您全家在短期内添麻烦了。我要通知您的还有，倘若我不得不给您拍电报，那么我给您拍的电报将不用我自己的名字，而用T·尼古拉耶夫。
　　我等候着您的回音。友好地握手。

列夫·托尔斯泰

　　请让我提醒您注意，这一切应该只有您一个人知道。又及。

列·托·①

---

* 只是到了列夫·尼古拉耶维奇逝世后才弄明白，在此之前不久，索菲亚·安德烈耶芙娜手里原来有一本列夫·尼古拉耶维奇的秘密日记，从日记中她才得知托尔斯泰秘密签署遗嘱一事，但其内容她一直不知道。

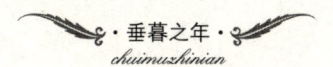

这封信表达的列夫·尼古拉耶维奇的那种梦寐以求的、坦率相陈的愿望——农村和"虽然很小，但还暖和的单间小屋"，是多么叫人感动啊！

10月28日

这天晚上，我住在杰略京基。

清晨，有人叫我到餐厅去见契尔特科夫。

他坐在长凳上，背靠长饭桌的桌沿，手里拿着记事册，神色既激动又快乐。

"听我说，布尔加科夫，您必须立即去一趟雅斯纳雅·波良纳！请您快去！昨夜列夫·尼古拉耶维奇已经从雅斯纳雅·波良纳出走，和屠申一起走的，去向不明……"

完了！近一个星期来人们议论纷纷的那件事，许多人几乎每天都在期待着的、寄希望于列夫·尼古拉耶维奇的那件事，终于发生了，托尔斯泰离开了雅斯纳雅·波良纳，无可怀疑，这一次是一去不返地离开了。

尽管消息来得不是完全出乎意料，但还是深深地、令人畅快地震撼着、激动着人们。他生活在无聊的家庭纷争之中，生活在亲人们为了争权夺利、为了手稿而相互恶斗的漩涡之中，再加上现实与思想之势不两立的矛盾，使得他痛不欲生。这现实，就是整个外在的形势；这思想，就是他所信奉的对劳动人民、平等、简朴生活的热爱，对穷奢极侈、特权地位的厌弃，以及他对思想与现实之矛盾的无法摆脱的、令人断肠的清醒意识。

列夫·尼古拉耶维奇的出走经过是这样的——

27日晚上，在雅斯纳雅·波良纳庄园就已经可以感觉到有一种特别压抑而紧张的气氛了。

大约在夜里12点，他在自己卧室的床上躺着，透过门缝发现书房里有灯光，还听到翻纸的簌簌声。——这是索菲亚·安德列耶芙娜在寻找遗嘱及其他证据。对遗嘱签署的怀疑在日夜煎熬着她。她的这种深夜刺探的行径使列夫·尼古拉耶维奇丧失了最后一点超过了限度的忍耐力，出走的决心就这样在他的脑海里无可挽回地猝然决定了。

深夜，亚历山得拉·列沃芙娜和瓦尔瓦拉·米哈依洛芙娜住的房间响起了敲

门声。

"谁?"

"我,列夫·尼古拉耶维奇。"

亚历山得拉开了门。

他端着蜡烛,站在门槛上。

"我马上就要走……彻底离开。走,去帮我收拾一下。"

正如亚历山得拉说的,列夫·尼古拉耶维奇的面容上有一种奇异动人的表情,他给人的印象仿佛是在勇敢地迎接精神的黎明。

亚历山得拉和瓦尔瓦拉很快穿好衣服,匆匆忙忙上楼走进他的书房,开始协同已经在那里的屠申收拾行装和列夫·尼古拉耶维奇的文稿。他也参与包装。当时他怎么也不想带那些他认为完全不需要的东西——灌肠器(他暂时还离不了它)、皮大衣和手电筒。三个人不得不竭力说服他,没有这些东西不行。

他给妻子写了一封信,托女儿转交母亲。信上说:

我的离去将使你痛心,我也为此而遗憾,但是请你理解并相信:我没有别的办法。我在家里的处境正变得、或者说已经变得不堪忍受了。除了其他种种原因,我不能再在我从前所生活的那种豪奢条件下生活了。我现在所做的,是在我这个岁数上的老年人通常所做的,——离开尘世生活,以求在孤独、宁静中度过自己生命的最后几天。

请你理解这一点,不要跟踪我,即使你知道我在什么地方。你要来的话,只能使你我的处境变得更坏,而不能变更我的决定。感谢你和我一起坚贞地生活了48年,并请你原谅我对不起你的一切地方,我也同样诚心诚意地原谅你对不起我的一切地方。我劝你要顺从这一因我出走给你造成的新情况,也不要对我有恶感。如果你有什么事想通知我,请转告萨沙,她将会得知我在哪儿,并把我所需要的转寄我。至于说出我在哪里,她是不会的,因为她已经向我许下诺言,不把我的去向告诉任何人。

列夫·托尔斯泰[①]

10月28日

他只告诉亚历山得拉,他可能先去卡卢什省沙马尔基诺修道院,他的妹妹、女修道士玛丽亚·尼古拉耶芙娜那里。尽管他和这个当修女的妹妹在信仰问题上存在着分歧,但和她仍然保持着深厚的友谊。

行装收拾停当后,他亲自去马厩盼咐套马,可是他在黑暗中迷了路,把帽子失落在一处灌木丛中,光着头返了回来。

这时他们想起了手电筒。他们带着手提箱一起出去。瓦·米·费奥克利托娃告诉我,就是在这种时候,列夫·尼古拉耶维奇依然表现出他那固有的特点——对别人劳动产品的珍惜:他很少打亮手电。

车夫安德良·叶里塞耶夫把两匹马套在一辆旧四轮马车上,两手颤抖,汗流满面。列夫·尼古拉耶维奇非常激动,开始帮助车夫,亲自给一匹马套上了笼头。他急着要走。

夜格外的黑。邮递员费利亚点燃了火把,准备骑马陪送这两个出走的人——列夫·尼古拉耶维奇和他的老朋友屠·彼·玛柯维茨基。

凌晨5点半,马车驰出庄院。安德良把他们直送到亚辛卡车站,他们从那里乘8点的火车向南而去。

当我上午11点到了雅斯纳雅,索菲亚·安德列耶芙娜刚刚醒来穿上衣服。她到列夫·尼古拉耶维奇的房间里一瞧,没看见他;跑进打字室,然后又跑到图书室。这时候人们才告诉她列夫·尼古拉耶维奇走了,并把他的信递给她。

"我的天哪!"她低声喊道。

她拆开信封,读了第一行:"我的离去将使你痛心……"就不再往下看了,把信扔在图书室的桌上,一边向自己的房间跑去,一边嚷道:"我的天哪!他为我做的是什么事呀!"

"您还是把信看完吧,或许上面有什么事!"亚历山得拉和瓦尔瓦拉在她身后喊道,但她充耳不闻。

立刻就有一个仆人跑来大声说,索菲亚向花园池塘那儿跑了。

"盯着她,您快跑呀!"亚历山得拉冲我喊道,她自己跑去换雨鞋。

我冲出院里,直奔花园。索菲亚灰白色的衣裙在远处林木间闪了一下,她迅速地顺着菩提树林荫道下去,走向池塘,身影在树木后面消失了。我跟了过去,随后跑起来。

"别大步跑!"亚历山得拉在我身后喊了一声。

我回头一看,后面又有几个人赶了上来,有厨师谢明·尼古拉耶维奇,仆人万尼亚和其他几个人。

这时索菲亚突然向侧面转过去,直奔池塘。灌木丛隐没了她。亚历山得拉箭一般地从我身边擦过,裙子窸窸作响。我也放大步跟着她冲上去。不能迟缓,索菲亚已经就在池塘紧边上了。

我们向斜坡跑去。她回头一望,发现了我们。她已经走过斜坡,走上了小桥(浴棚附近)的搭板(人们就从这搭板上投洗衣服)。看得出来她慌了。突然她滑了一下,咕咚一声仰面摔倒在桥上……她用两手抠住桥板,向桥边爬去,滚进了池水里。

亚历山得拉也已经跑到了桥上,她也在桥上打滑的那个地方跌倒了……我也到了桥上。

亚历山得拉一边走一边脱掉针织棉上衣,立即跳进水里。我也跳了下去。从桥上我还能看见索菲亚的身子,她面孔向上,张着嘴,口中大概灌满了水,无力地摊开双手,沉了下去……于是池水整个儿地淹没了她。

幸好我和亚历山得拉感觉出了脚下的塘底。索菲亚被滑倒是一大幸,要是从桥中间跳下去,那就够不到底了。池塘中间很深,曾淹死过人,而靠近岸边的地方,水只齐我们的胸脯。

我和亚历山得拉把索菲亚拖上来,把她先扶到圆木桥架上,然后弄到桥上。

仆人万尼亚及时赶到了。我和他两人吃力地把沉重的、浑身湿透了的索菲亚·安德列耶芙娜抬起来昇到岸上。

亚历山得拉跑回去换衣服,跟着她跑出来的瓦尔瓦拉鼓励着她。

万尼亚、我和厨师轻轻地搀扶着索菲亚向家里走去。她抱怨我们把她从水里捞出来。她走不动,无力地倒在了地上。

"我只想稍微坐一会儿……让我坐下吧!"

这样是不行的,我们感到她必须尽快换衣服。

我和万尼亚用手搭成一个坐椅的形状,在厨师和其他人的帮助下让她坐上来,舁着她向前走。可是很快她就要求把她放下。

在家门口她停下来,托付万尼亚去车站打听列夫·尼古拉耶维奇买的是去哪

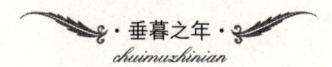

儿的票。

后来她在瓦尔瓦拉和女管家普·阿芳那西耶芙娜的帮助下换了衣服。接着她下楼去,怕万尼亚磨蹭着不走。当她听说列夫·尼古拉耶维奇坐第9次列车已经走了的时候,她拍了一份电报:"速归。萨沙。"万尼亚把这份电报给亚历山得拉看了。——这不是仆人们阿谀逢迎,而是对列夫·尼古拉耶维奇的真诚的同情和依恋。一般来说,仆人们不喜欢索菲亚·安德列耶芙娜。当时,亚历山得拉和这份电报一起另发一电,电文上要求父亲除署名"亚历山得拉"的电报,其他的都不要相信。

索菲亚·安德列耶芙娜当时一再重复她要另寻办法结束自己的生命。我们奋力夺下她手中的鸦片、铅笔刀和所有笨重的物件,因为她已经开始用这些东西捶打自己的胸脯了……

没过1小时,人们再次跑来说索菲亚又向池塘那儿跑了。我在花园里赶上她,几乎是用暴力才把她拉回家。

在门口,她放声大哭。

"您像我的儿子一样,像亲生的儿子!"她一边说,一边抱着我,吻我……

万尼亚从亚辛卡回来了,他说第9次列车只卖了4张票:2张二等票,是去福日车站的(从那儿可到柯切蒂苏哈金家);2张三等票,是去戈尔巴切沃站的(去沙马尔基诺找玛·尼·托尔斯泰娅必须在这里换车)。这消息太不确切了,无论哪条路线,列夫·尼古拉耶维奇都可能走。

亚历山得拉打电报叫来了安德列、谢尔盖和达吉亚娜。此外精神病科的医生为了索菲亚·安德列耶芙娜也从图拉赶来。她的状况叫人担忧。施米特无意中也从奥夫夏尼科沃来了,她留了下来。

白天安德列就从克拉比夫诺赶来了,他是偶然上那边去的。他自信地向母亲许诺,明天早晨他就可以告诉她父亲在什么地方。他想通过图拉省长达到这一目的。过后他的热情就冷下来了。

10月29日

我通宵没睡,坐在打字室里守候着。瓦尔瓦拉凌晨3点钟睡觉去了。不能把索

菲亚·安德列耶芙娜撇下。

索菲亚不是被安顿在她自己的房间，而是在列夫·尼古拉耶维奇的卧室、他的床上。她也几乎没睡，在屋里踱来踱去，抱怨丈夫，说她没有他不能活，她要死。黎明时分，她对我说，没有比她更痛苦的了；她感到自己对不起列夫·尼古拉耶维奇，感到自己事事孤苦无告。

列夫·尼古拉耶维奇的子女们——谢尔盖、伊里亚、米哈依尔，以及达吉亚娜，今天陆续都到了。他们开了一整天家庭会议。除谢尔盖外，他们都希望父亲回来。然而在这种局面下，他要是在这里，他的生活将会是怎样一种情景呢？

伊里亚、安德列和达吉亚娜按这种想法给父亲写了信，这些信将由亚历山得拉带给父亲①。

谢尔盖也给父亲写了一封简短的信。他在信中表示，照他的看法，父亲做得对，因为他是在进退维谷的处境中才出走的，他"选择了一条正确的出路"。

列夫·尼古拉耶维奇的小儿子米哈依尔·列沃维奇使我颇为惊骇。他坐在钢琴后面，弹着雄壮的进行曲，同时声明他什么信也不写。

"大家都知道我不爱写信！请告诉我，"他冲着妹妹们大声说道，同时手不离琴键，"我该赞同达尼亚呢，还是伊里亚？"

父亲离家出走，很可能性命不测，可是小儿子竟然无暇写信给他！

晚上，德·德·奥巴林斯基来了。他一开始就声明，他不是以记者的身份、而是以家庭朋友的身份来的。可是没过几分钟，他就向全家人请求允许他详细报道雅斯纳雅·波良纳所发生的一切。

"整个图拉都在谈论这件事！"他宣布了这条新闻，而且真的相当准确地说出了昨晚所发生事件的详细情节。

"我想，"他说（托尔斯泰一家人私下里都叫他"米大沙"），"我有权利报道。我感到荣幸的是伯爵待我一向坦率之至。"

可怜的公爵！显然他弄错了自己与列夫·尼古拉耶维奇的关系之真相。总的说来，列夫·尼古拉耶维奇觉得他是一个乏味儿的人，因此两人格格不入。我还记得，有一次在他走后，列夫·尼古拉耶维奇提议大家玩过"努米基骑兵"的游戏。

现在，公爵无论如何都可以把自己所得到的雅斯纳雅·波良纳的消息出卖给那些无聊小报了，可以围绕着托尔斯泰的名字掀起喧嚣了。这肯定是在所难免的

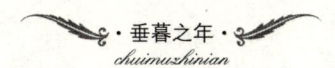

了，因为索菲亚·安德列耶芙娜已经和奥巴林斯基谈了话，并向他公开了列夫·尼古拉耶维奇最后一封信的原文②。

索菲亚本人对丈夫出走的态度，在某种程度上如她自己所表露的，现在具有两面性和虚伪性。一方面，她舍不下他的那个小枕头，把它贴在胸口吻了又吻，同时如此这般地哭诉着："可爱的列沃奇卡，你那瘦骨嶙峋的头如今搁在何处？你听听我吧！要知道距离算不了什么！"

另一方面，她对丈夫的谴责十分刻毒："这是个野兽，不能再比这一行动更残忍的了。他蓄意要把我害死！"

这就是从索菲亚·安德列耶芙娜口中所能听到的。

10月30日

昨晚子夜时分，亚历山得拉和瓦尔瓦拉去找列夫·尼古拉耶维奇，她们经过图拉，转来转去，装作寻找踪迹。预谋中的这次出行，昨晚只有达吉亚娜、我和施米特知道。

谢尔盖今天去了莫斯科。伊里亚和米哈依尔昨天就已各回各家了。列夫·尼古拉耶维奇的子女中只有达吉亚娜和安德列留在了雅斯纳雅。

各家报纸都派来了记者，安德列相当生硬、毫不客气地撵走了他们，没有提供任何消息。

白天我呆在杰略京基。我听说，受契尔特科夫委托的阿历克赛·谢尔盖英科在荒凉的奥普基那小修道院（沙马尔基诺的路上）找到了列夫·尼古拉耶维奇。他刚好今天返回。他说列夫·尼古拉耶维奇很精神、很健康。他和妹妹见了面。她对他离开雅斯纳雅·波良纳的决定完全赞同。列夫·尼古拉耶维奇听了谢尔盖英科带去的关于雅斯纳雅·波良纳的消息后，十分沉痛。然而他是无论如何不愿意的回家。

顺便说一下，列夫·亚古拉耶维奇在和谢尔盖英科谈话时，提到卡卢什的一个和我同名的本地地主（他已经得知此人是一个财主，压迫农民的土皇帝）时，说了这样一句话："这里也有一个布尔加科夫，不过这一个不像那一个。"

索菲亚·安德列耶芙娜央告我和她一起去找列夫·尼古拉耶维奇，但我拒绝了。我说，列夫·尼古拉耶维奇在他的告别信中要求过不要找他。晚上，她命令明天一定请一个神父来，她要忏悔并举行圣餐礼。她还请求我，如果我明天去杰略京基，就告诉契尔特科夫，要他到她这儿来，她想和他在"临终前"和解，并请他原谅她对不起他的那些地方。

10月31日

接到从戈尔巴切沃拍来的一份电报，没署名，但显然是列夫·尼古拉耶维奇拍来的："我们正在途中。请勿找。自拟。"①

另一份电报来自巴黎，是列夫·列沃维奇（托尔斯泰的第三子。——译者）拍来的："巴黎报纸所载消息使我不安，请电告。"

今天来的莫斯科的报纸已经登载了关于列夫·尼古拉耶维奇出走的消息，甚至带有一些细节描写。

为了索菲亚·安德列耶芙娜，医生格·莫·别尔根盖伊姆和精神病学家拉斯杰卡耶夫，还有一个助理护士，都来了。别尔根盖伊姆的到来使人特别高兴，他是一个富有经验的医生，聪明可亲，对托尔斯泰家里的家庭纷争非常了解，而且能理解这一纷争。

索菲亚自从列夫·尼古拉耶维奇走后到现在没有吃一点东西，身体很虚弱。她说她只想死。只要大夫们一提到输液，她就以自刎（有人说："这纯粹是装样子！"）或其他形式的自杀来威胁。

我忘了记述她在这两天说起列夫·尼古拉耶维奇时是怎样哭诉的了——

"可怜的人儿，他倒是在哪儿啊？他能吃上素油吗？"

原来她是用"素油"的观点来解释最隐秘的心灵动机的。

仆人伊里亚·瓦西里耶维奇还告诉我一件有关索菲亚·安德列耶芙娜的有趣的事。这件事只有他一个人知道，他要我暂时不要向任何人说。索菲亚很早就在列夫·尼古拉耶维奇的床腿不显眼的地方绑了一个东正教的圣像。他走后，她把圣像也解下来了，因为她觉得这件圣物起了完全违背她的心愿的作用。

她再次要我向契尔特科夫转达让他来的请求。她让我告诉他，她叫他来"没有任何别的用意"。正像7月12日难以忘怀的那一天，她通过我请契尔特科夫归

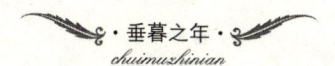

还手稿与和解时一样,我现在重又满怀着奢望去找契尔特科夫,想让和解最终达成。然而,唉,我的期望又一次破灭了!契尔特科夫并没有改变他那慎重的、不动感情的性格。

当他听完索菲亚的请求后,在最初一瞬间同意了去雅斯纳雅·波良纳,可是后来他又沉思起来。

"我为什么要去?"他说,"为了让她在我面前卑躬屈膝吗?叫她求我原谅吗?……这是她的诡计,想让我为她给列夫·尼古拉耶维奇打电报。"

我承认,这一回答使我既吃惊又伤心。只有不愿意与她和解并对她深为反感的人,才会说出这种话。真的是怕求他给列夫·尼古拉耶维奇拍一份不知趣的电报吗?啊,为了不去,拿出这种理由是软弱无力的!与她和解而又完全坚持自己的立场是可以做到的。为什么我就能拒绝和她一同去找列夫·尼古拉耶维奇又同时与她处好关系呢?不,列夫·尼古拉耶维奇的亲人们之间的敌意太深了,以致于其中有谁一旦试图向另一个人伸出手来,都将会遭到拒绝。同时也不应该说,倘若索菲亚·安德列耶芙娜与契尔特科夫不管怎样总算和解了,列夫·尼古拉耶维奇周围的人都会有所变化,他也会开始感到轻松愉快。这是不可能的!不言而喻,他们从前不能言归于好,都有过错。但是现在面对这些严重的、令人心焦的事件仍然拒绝这样做的那些人是不会得到人们的谅解的。这是有罪的,对于一个自认为是托尔斯泰的信徒的人来说,尤其是不能原谅的。

显而易见,契尔特科夫请我转告索菲亚·安德列耶芙娜,说他不生她的气,对她一片好意,并把昨晚写下的答复她的邀请的一封详细的信带给她,这都是为了消除他的拒绝所造成的令人不快的印象。这一切都是空话,在这种局面下可以、而且应该迈出的唯一的一步,也不会给这些空话增添任何力量。

雅斯纳雅的人都惊讶就我一个人回来了。谁都没有料到契尔特科夫会拒绝成全索菲亚与他会面、同他和解的希望。大家决定暂时不把他的拒绝和我的归来告诉她,因为她正急不可耐地等待着契尔特科夫,非常激动。

为了挽回局势,别尔根盖伊姆自告奋勇地提出再去见契尔特科夫,为了劝他来一趟。医生真的出发去杰略京基了,他在那边盘桓了很久。但是他的规劝无济于事。契尔特科夫还是不来。他只是又给索菲亚·安德列耶芙娜写了封信让医生带了回来。信中他用外交辞令委婉地重申了他不立即来雅斯纳雅·波良纳的原因。

人们给她读了这封信。

"枯燥的说教!"她甩这样一句简短的话评价了这封信;也许她是对的。

她也当即写了一封回信派人给契尔特科夫送去。这已经是晚间的事了。

很能说明其性格特征的是索菲亚·安德列耶芙娜在白天给列夫·尼古拉耶维奇撰写的一份电报:"我举行过了圣餐礼。与契尔特科夫已和好。我很虚弱。请你原谅。永别了。"

虽然她竭力证明自己盼着明天就要请神父来,但是这份电报仍然不能发出去,因为与契尔特科夫的和解还没有实现。

11月1日

早晨,《俄罗斯言论》报的助理编辑勃里奥来到雅斯纳雅。他是一位温文尔雅的年迈的先生。索菲亚·安德列耶芙娜亲自接待了他,虽然她还只穿着一身睡衣。在她刚刚读过今天收到的《俄罗斯言论》上多罗雪维奇颂扬她的一篇小品文后[1],在勃里奥看来,她是那么温柔可爱。她在和勃里奥的交谈中向他陈述了自己对那些有失她体面的事件的看法。但是对此谈得很少。而当她在报上看到对自己的指责和对列夫·尼古拉耶维奇的行动的赞扬时,她便暴跳如雷,当着勃里奥的面演出了不光彩的一幕,歇斯底里地叫着列夫·尼古拉耶维奇和契尔特科夫的名字横加责骂。她穿着淡紫色的丝绸宽袍,披头散发,在屋里奔来奔去。想使她安静下来是很难的。

勃里奥还采访了托尔斯泰的子女、施米特、我和其他家人,然后就匆匆离去了——他必须马上撰写文章,尽快发表。

晚上契尔特科夫收到一份令人不安的电报:列夫·尼古拉耶维奇发高烧,昏迷不醒,体温达39.8度,他担心索菲亚·安德列耶芙娜要去,可是召唤契尔特科夫去。

原来,列夫·尼古拉耶维奇已经离开沙马尔基诺,沿罗斯托夫—顿河一线出发了。他原拟在诺沃契尔格斯卡他的亲戚丹尼辛柯家停留,但是他病了,迫不得已只好在梁赞—乌拉尔线上的阿斯达波沃车站下了车。

契尔特科夫决定今天就去他那儿。这时索菲亚·安德列耶芙娜又召他去雅斯

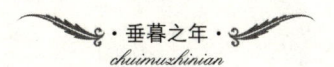

纳雅·波良纳,而且正好就在今天晚上。他借口"有紧急事要去图拉"推托了。他认为这不是昧良心说假话,因为他和阿历克赛—谢尔盖英科的确要经过图拉才去阿斯达波沃。

我又在雅斯纳雅住了一宿。托氏兄弟有几个又来到这里,他们请我暂时住在这儿,并感谢我在他们家庭有了困难的时刻没有躲开,而且帮了忙。

11月2日

契尔特科夫发来电报说列夫·尼古拉耶维奇患支气管炎,病人周围的种种条件都很便利。但是稍后又接到他的另一份来电,说列夫·尼古拉耶维奇的病是肺炎。

雅斯纳雅一片萧条冷清。在这里只收到《俄罗斯言论》编辑部拍给索菲亚·安德列耶芙娜的一份电报,这份电报向她暴露了列夫·尼古拉耶维奇所停留的地点。该报的记者奥尔洛夫在列夫·尼古拉耶维奇整个出走期间一直尾随着他。

早晨9九点,全家人,包括索菲亚·安德列耶芙娜以及精神病科的医生和助理护士重新集合在雅斯纳雅·波良纳,一起乘车去图拉,以便从那里乘坐专车前往阿斯达波沃。

11月7日

由于托尔斯泰离开了雅斯纳雅,我就迁居到了杰略京基。弗·葛·契尔特科夫临去阿斯达波沃的时候,请求我做些好事:陪伴他有病的、被所发生的整个事件激动、震惊了的妻子,并在必要的情况下给她力所能及的帮助。这样,我又被牢牢地困在了我的住地。可是我知道,在阿斯达波沃正会聚着列夫·尼古拉耶维奇的许多亲朋好友,因此我有一种强烈的欲望,想赶到那里,再见见敬爱的导师,哪怕是瞥一眼也好。

这个称心如意的机会意外地出现了:需要给病人送棉衣和其他必需品。安·康·契尔特科娃决定让我去送,行期就定在今天晚上。我感到很幸福,因为我很快就要见到列夫·尼古拉耶维奇了。

　　上午11点左右,我坐在契尔特科娃的书房里,正给她读书;门开了,杰玛走了进来。他迅速地走到母亲面前,把两手伸向她。

　　"妈妈……亲爱的,"他带着哭声说,一时间他似乎找不到合适的词语,"啊,这可怎么办?……显然,多么需要!……这对所有人都将……妈妈!"

　　我听着,感到莫名其妙。

　　这时契尔特科娃从椅子上站起身来,打量着儿子,无力地呻吟着,像一具死尸般地仰面倒在了儿子的两臂上。她面如素纸,双目紧闭,昏了过去……

　　我跑到走廊里,想叫什么人来帮帮忙……就在这时候,我才明白了——

　　托尔斯泰去世了!

注　释

作者前言

① 布尔加科夫的《基督教伦理学——列·尼·托尔斯泰世界观概论》一书与托尔斯泰代作序言的信于1917年由莫斯科士兵代表苏维埃出版委员会出版。

② 见《托尔斯泰全集》，第38卷，第62—69页。

1月17日

① 《每日必读——格言中的生活哲理》是托尔斯泰的一部宗教哲学著作。入选的格言，有的选自托尔斯泰本人的作品或他专门为这本书写的，有的选自其他各个不同的思想家的作品。托尔斯泰从1906年到1910年从事这本集子的选编，1909年以单行本的形式由"赛金"出版，可是被书刊检查机关大肆删节。选集的片断在《新罗斯》上亦曾登载。1910年托尔斯泰审查过选集的所有条目后，做了增补和修改，对新材料分类疏理，对当时的几种单行本做了校订。就为这一工作，他需要瓦·费·布尔加科夫的帮助。

② 托尔斯泰在这里是指布尔加科夫的著作《基督教伦理学》一书。

③ 1909年8月，托尔斯泰为了回答农民费·安·阿勃拉莫夫，写了《论科学》（《托尔斯泰全集》，第38卷，第132—149页）。文章指出："科学的本质在于指明，为了使生活不单

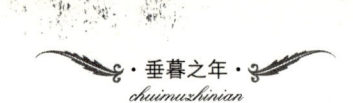

对自己,而且对所有的人都是美好的,每个人应该做什么,不应该做什么。"同时批判了现代资产阶级的科学。1909年11月10日,论文被大加删节后在《俄罗斯新闻》上刊出。为此,契尔特科夫在《大众生活》杂志(1910年第2期)上发表了《对托尔斯泰作品的双重审查》一文,愤怒谴责《俄罗斯新闻》编辑的蛮横行径,同时部分地恢复了原文中被删掉的地方。

④ 苏哈金娜:达吉亚娜·列沃芙娜·苏哈金娜(1864—1950),托尔斯泰的女儿。她的丈夫米哈依尔·谢尔盖耶维奇·苏哈金(1850—1914)是图拉的地主。

1月20日

① 舍斯托夫:列夫·舍斯托夫(1866—1939),唯心主义哲学家,评论家,《托尔斯泰和尼采学说中的善(哲学与说教)》(圣彼得堡,1900年)一书的作者。他在这本书中武断地、不忠实地解释托尔斯泰的著作和学说,把托尔斯泰的观点与尼采的颓废派哲学加以比较。

② 尼采:弗里德里希·尼采(1844—1900),德国唯心主义哲学家,鼓吹非道德论和崇拜"超人"。他是法西斯主义的思想先驱之一。托尔斯泰对尼采思想采取坚决否定的态度,并为它对当代知识界影响的增长深感不安,但他仍然认为可以在《每日必读》里引用尼采的某些格言。在《阅读园地》一书中,他在题为《天主教与基督教》一章中,选用了尼采著作《最高价值论》中的一部分。

③ 1910年1月17日,出版界广泛纪念契诃夫诞辰50周年。在所有纪念文章中,契诃夫被说成是一个没有正确世界观的作家、剧作家和悲观主义者。托尔斯泰在高度评价契诃夫和他的许多作品的同时,也指责了他对宗教问题的冷漠,同意了那些认为在契诃夫的创作中找不到乐观内容的人们的意见。

④ 这里指的是托尔斯泰编写专门的、为民众所用的《每日必读》的设想,这一设想未能实现。

1月21日

① 布朗热:巴威尔·亚历山得罗维奇·布朗热(1864—1925),托尔斯泰的密友和信徒,1902年他曾伴随托尔斯泰到加斯普拉旅行。

② 比留柯夫:巴威尔·伊万诺维奇·比留柯夫(1860—1931),托尔斯泰的朋友,他的第一部传记的作者,"媒介"出版社的创办者之一,1886—1888年间是该出版社的负责人。

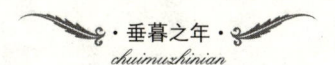

1月23日

① 玛柯维茨基：屠申·彼得罗维奇·玛柯维茨基（1866—1921），斯洛伐克人，医生，托尔斯泰的追随者，从1904年12月到托尔斯泰逝世一直以家庭医生的身份住在雅斯纳雅·波良纳。他是内容丰富的日记《雅斯纳雅·波良纳笔记》的作者，其部分章节曾发表过（屠·彼·玛柯维茨基：《雅斯纳雅波良纳笔记》，"大家族"出版社，1922年初版，1923年第2版；《逝音》第3期，1923年；《雅斯纳雅·波良纳文集》，图拉出版社，1955年）。

② 托尔斯泰在这一天的日记里写道："着手进行《每日必读》的工作，只干了不一会儿。不过，这一工作做得越多，这一切就越使我反感。"（《托尔斯泰全集》，第58卷，第11页）

③ 契尔特科夫的这个计划没有实现。

④ 这里指的是合作制运动的历史和理论教授瓦·弗·托托缅茨和地方自治会医生阿·弗·戈里曾的信。他们问托尔斯泰对合作制运动的态度，托尔斯泰在给他们的回信中肯定了这一运动的社会意义，但对这个运动缺乏宗教内容提出了批评（《托尔斯泰全集》，第81卷，第81和82封信）。

1月25日

① 斯季彼得罗夫：米哈依尔·巴甫罗维奇·斯季彼得罗夫（1389—1914），彼得堡大学物理数学系的学生，受托尔斯泰学说的影响退学。1909年5月访问雅斯纳雅·波良纳时两次与托尔斯泰会唔，并谈了话。托尔斯泰也在当时的日记中写到了他："一个很爱动感情的人，我非常喜欢他。"（《托尔斯泰全集》，第57卷，第75页）

② 从1889年起，契尔特科夫、他的妻子安·康·契尔特科娃和他们的合作者利用托尔斯泰的作品、没有发表的日记、书信和手稿等资料，着手编写托尔斯泰思想汇编。从1907年起，托尔斯泰的朋友费·亚·斯特拉霍夫教授也参加了这一工作。这本汇编没有完成，也未发行。

③ 海尔齐茨基：彼得·海尔齐茨基（约生于1390年，约死于1460年），捷克思想家，参加过以扬·胡斯为首的反对德国封建贵族和日耳曼皇帝上层势力的捷克农民战争。他是旨在反对正统基督教的一系列宗教伦理学著作的作者。托尔斯泰认为，他的主要著作《信仰之纲》"是揭露正统基督教的、幸免于火灾的罕见著作之一"（《托尔斯泰全集》，第28

卷）。他在《阅读园地》中引用了其中的若干章节，并且为单行本写了序（海尔齐茨基的《信仰之纲》由"媒介"出版社于1907年在莫斯科出版）。

④ 卡本特：爱德华·卡本特（1844—1929），英国诗人、政论家。托尔斯泰看了他的《文明及其起源和治疗》，对其中批判当代资产阶级科学的第2章很感兴趣。由托尔斯泰的儿子谢尔盖·列沃维奇翻译的这一章和托尔斯泰的序言发表在《北方新闻》杂志1898年第3期上。托尔斯泰在他的文集《每日必读》和《阅读园地》里采用了卡本特的部分观点。

⑤ 斯特拉霍夫：尼古拉·尼古拉耶维奇·斯特拉霍夫（1828—1896），唯心主义哲学家，文艺批评家，托尔斯泰的好友。在他的负责下出版了托尔斯泰的《识字课本》。他还校对过《安娜·卡列尼娜》。从1870年起，他每年夏季都在雅斯纳雅·波良纳度过。他和托尔斯泰的通信很多（托尔斯泰展览馆协会：《托尔斯泰和斯特拉霍夫通讯集》，圣彼得堡，1914年）。

⑥ 卡拉切夫：彼得·瓦西里耶维奇·卡拉切夫（1886年生），国民教员，1908年因拒绝服兵役被基辅军事法庭判处4年拘留，剥夺一切权利。他在监狱里写信给托尔斯泰，谈到托尔斯泰宗教伦理哲学对他的影响，描述了囚徒们的生活和情绪。卡拉切夫镇定自若的精神状态使托尔斯泰满意。他在信封上写道："卡拉切夫的信非常好。用心读后回复我。"托尔斯泰给卡拉切夫的回信写于1月25日（《托尔斯泰全集》，第81卷，第89封信）。

⑦ 托尔斯泰和匈牙利无政府主义派的政论家叶甫根尼·施米特发生争沦，与施米特不同意托尔斯泰《论科学》一文的观点有关。施米特看的是阿·什卡尔文的德文译本。施米特在给托尔斯泰的信中说这篇文章的"特点是不求甚解，亵渎真理"。他们之间的通信都是通过托尔斯泰的朋友、信徒、斯洛伐克医生什卡尔文转达的。这些信后来发表在1917年莫斯科"统一"出版社出版的托尔斯泰《论科学》一书中。

⑧ "媒介"是契尔特科夫于1884年创办的一个出版社，它的目的是根据不同的知识领域在民众中廉价出售艺术作品和通俗读物。从1893年起，"媒介"由伊·伊·戈尔布诺夫—波沙朵夫主持。托尔斯泰积极参与了出版工作，特意为它写了不少作品（《蜡烛》、《一个人需要很多土地吗？》等）。

⑨ 出版自修课本的计划没有实现。

⑩ 1909—1910年，布朗热从事小册子《被称作最彻底的佛的乔达摩·悉达多的生平和学说。附佛教书籍摘要》的写作，托尔斯泰主编，1910年由"媒介"出版。

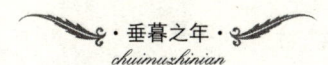

1月26日

① 谢尔盖英科：彼得·阿历克赛耶维奇·谢尔盖英科（1854—1930），文学家，论托尔斯泰的一系列著作和文章的作者，托尔斯泰一家的好友。他带来从《阅读园地》摘录的托尔斯泰名言所录成的唱片。托尔斯泰在日记中写道："吃午饭的时候谢尔盖英科带来了留声机。我觉得不舒服……整个晚上都在放唱片。"（《托尔斯泰全集》，第58卷，第13页）

② 在《托尔斯泰全集》第81卷1910年间的书信中没有收入这封信。

③ 这里说的是谢·伊·蒙迪扬诺夫的信。他因从事革命活动曾在伊尔库茨克省下伊利姆斯克村服过刑。1910年1月5日，他在从流放地寄给托尔斯泰的一封信中，同托尔斯泰的"勿以暴力抗恶"学说争辩，捍卫把从统治阶级政权下解放被压迫人民作为唯一方法的革命斗争道路（他的这封信见《文学遗产》第37—38卷，第354页）。未发表的屠·彼·玛柯维茨基的《雅斯纳雅·波良纳军记》指出了这封信对托尔斯泰的影响："列夫·尼古拉耶维奇被这封信深深地震动了，他写了回信。"托尔斯泰的回信见《托尔斯泰全集》第81卷第88封信。

1月29日

① 1月29日，布尔加科夫受托尔斯泰的委托给彼·巴·索科洛夫回信。索科洛夫写信问："绵羊能温和地强迫狼吃草吗？"还有一信是回复维·伊·格洛德的，他写信请求允许他向托尔斯泰描述自己的情况（《托尔斯泰全集》，第81卷，《受托尔斯泰委托写的书信摘要》，第58、59封信）。

② 托尔斯泰的追随者弗·阿·莫洛奇尼科夫给托尔斯泰寄来因拒绝服兵役曾同他在诺夫哥罗德坐过牢的沙穆伊尔·伊万诺维奇·斯米尔诺夫的4封信。这些信使托尔斯泰非常感动，他在29日给莫洛奇尼科夫的信中写道："弗拉基米尔好兄弟，对斯米尔诺夫讨人喜欢而美好的信，我深表谢意。如果能够，请您转达我对他的爱和愿意为他效劳的心愿……多么好的人啊！……同这样的人结识，就是死而瞑目也不甘心去死的。"（《托尔斯泰全集》，第81卷，第96封信）

③ 格拉乌别尔格：费多尔·赫里斯托弗罗维奇·格拉乌别尔格（1857—1919），1893年与托尔斯泰认识，1898年开始与他通信。他赞同托尔斯泰的观点。托卡列夫·亚科夫·阿历克赛耶维奇（1860年生），莫罗勘教徒。（莫罗勘是18世纪俄国出现的一种否认一切宗教

仪式的教派。——译者）

④ 戈尔布诺夫—波沙朵夫：伊万·伊万诺维奇·戈尔布诺夫—波沙朵夫（1864—1910），托尔斯泰的朋友、信徒，"媒介"出版社的负责人，反映人民生活的中、短篇小说家。1909年11月，因于1907年发行斯宾塞的《土地占有权》受审。斯宾塞的书阐述了把土地分给劳动者的必然性。根据判决，他被宣布无罪，出版物被焚毁，但是5200册中被没收的总共275册，其余的都散发了。戈尔布诺夫并未因出版雨果的书而受审。

1月30日

① 桑克斯：玛丽亚·雅柯夫列芙娜·桑克斯（1866年生），她曾与达·列·托尔斯泰娅一起在莫斯科绘画、雕塑学校学习过。她是托尔斯泰思想的追随者，住在英国。

1月31日

① 道格鲁科夫：巴威尔·德米特里耶维奇·道格鲁科夫（1866—1927），莫斯科扫盲协会主席，国家杜马成员，立宪民主党人，后来成了逃亡国外的反革命分子。托尔斯泰对他借自己的纪念日，围绕开办图书室一事掀起的喧嚣极为反感。这一天他在日记中写道："后来是要去图书室。统统是主观臆断、虚伪无聊。"

② 老兵阿勃拉姆·沙比罗从维尔诺写信讲述他生计艰难，请求给予物质援助。布尔加科夫给他写了回信，托尔斯泰附了几句话。见《托尔斯泰全集》，第81卷，第99封信。

2月1日

① 当时报纸十分关注巴黎上演的爱德蒙·罗思丹（1868—1918，法国诗人，剧作家。——译者）的《桑丹克列尔》。该剧的情节发生在禽鸟的宫廷里，角色是母鸡、公鸡、野鸡和其他鸟类。演出耗费巨大，票价昂贵。1910年1月29日，《俄罗斯言论》刊登了这样一条消息："指出这一点是很有趣的，为了配备所有鸟的服饰，用去大约900公斤各色羽毛，每公斤羽毛价值300到1200法郎。"

2月2日

① 文集《生活的道路》由31本小册子编组而成，每一册都有独立的标题和主题。这里指的是该文集的第1册即，第1篇。

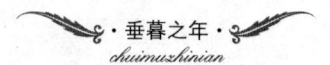

2月4日

① 托尔斯泰在定稿时，根据布尔加科夫的建议改换了《生活的道路》这一集子的各篇标题。

② 《论灵魂》是《生活的道路》第2篇的初名。

2月5日

① 这里提到的是《生活的道路》这一集子的第3、4篇，后来定稿时第3篇的标题是《人人心中只有同一个灵魂》。

② 2月5日，布尔加科夫受托尔斯泰嘱托只写了两封回信：给阿·斯拉沃斯基的，关于《雅斯纳雅·波良纳》的出版一事；给维·阿·列勃林的（见《托尔斯泰全集》，第81卷，《受托尔斯泰委托所写书信摘要》，第73、75封信）。

2月7日

① 当时以丹斯杜涅尔·德·康斯坦（1852—1924）男爵为首的法国议会代表团正在莫斯科。他是法国议会的参议员，和平主义运动的参加者之一，保卫民族利益委员会（原文为法文。——译者）的创建者。1905年，有人让托尔斯泰当该委员会成员，被托尔斯泰拒绝了。这个委员会以法兰西和其他国家的友好相处为其使命（见《托尔斯泰全集》，第75卷，第335封信）。

② 费尔丁：尼古拉·叶甫根耶维奇·费尔丁（1884—1940），托尔斯泰的追随者。1905—1906年间在"复兴"出版社工作（见2月28日注⑧）。1909年因传播托尔斯泰被禁作品被捕。2月1日，在审讯时与托尔斯泰的熟人阿·玛·赫里亚柯夫相遇，他是为费尔丁出狱一事以证人身份被招来的。作为彼得堡进步报纸《呼声报》的编辑，他被判处监禁要塞。得知费尔丁的消息后，托尔斯泰非常激动，给赫里亚柯夫写了一封信（《托尔斯泰全集》，第81卷，第113封信）。

③ 这里是指《生活的道路》的第5、6篇。

2月9日

① 在定稿时，第7篇《贪欲的罪恶》改名为《纵欲》，第9篇《寄生的罪恶》改为《寄生》。

② 提到的这封信没有查出。

③ 这里所说的是奥德萨艺校校长E.A.玛恰洛娃的信。亚·列·托尔斯泰娅写了回信（《托尔斯泰全集》，81卷，《受托尔斯泰委托所写书信摘要》，第85封信）。

④ 以《我生命的晚期》为题的这篇文章发表于1910年2月6日《新时代》报上，后为许多报纸转载。这是一篇从托尔斯泰1889年的日记摘出、发表在法文杂志《Je sais tout》上、与原文大相径庭的译作。2月9日，托尔斯泰打电报问契尔特科夫："报上发表了《我生命的晚期》一文，请告诉我，这是从哪儿来的？是怎样来的？"2月24日，《俄罗斯言论》和《俄罗斯早晨》两报发表了契尔特科夫的信。他在信中根据托尔斯泰的委托声明："列·尼·托尔斯泰对以他的名义发表的这类荒谬绝伦的东西非常反感。他请求我声明：他不承认自己是这篇文章的作者。"日记所说的就是这件事。但以《我的心灵的历程》为题的文章是更早发表在1909年1月3日《俄罗斯言论》上的。

⑤ 见2月12日注①。

⑥ 这里是指玛拉赫·格奥吉耶维奇·波克沃兹，周刊画报《保护人》的编辑和发行人。1909年12月，他写信邀请托尔斯泰参加该杂志的工作，拟1910年出版发行。托尔斯泰在12月31日的回信中答应合作（见《托尔斯泰全集》，第80卷，第390封信）。波克沃兹在注明1910年1月31日的复信中通知画报第1期的出版定于4月份之前，因为对它来说，"伟大智者的誓言是必不可少的"，并请托尔斯泰履行自己的诺言。《保护人》第1期出版于1910年7月，托尔斯泰没有参与。

⑦ 《维堡宣言》是以立宪民主党人、劳动团分子和孟什维克为主的第一届国家杜马代表号召居民反对解散停止向新兵捐款、供应和履行各种义务的杜马的呼吁书。这份加有"人民代表向人民呼吁"的副标题的呼吁书是于1906年6月22—23日在维堡市以《维堡宣言》的名称发出的，签名者都被政府交付法庭审判，结果这些人从地方贵族界被开除。托尔斯泰给苏列普尼柯夫的信中对他的"思想和活动方式"表示同情（《托尔斯泰全集》，第81卷，第123封信）。苏列普尼科夫很快被撤销贵族首席代表职务。

⑧ 这里可能是指米·库别盖克，他曾把自己的诗寄给托尔斯泰征求意见（《托尔斯泰全集》，第81卷，《受托尔斯泰委托所写书信摘要》，第88封信）。

2月10日

① 1898年，契尔特科夫被逐出俄国，在伦敦出版了不受审查的文选《自由言论》和

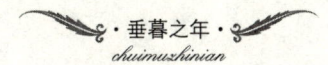

杂志《自由言论活页文选》，他以此宣传了托尔斯泰在俄国被禁的作品和揭露俄国独裁专制的文献资料。

这里提到的托尔斯泰日记片断曾在1899年《自由言论活页文选》第2期第48—52页上登载过。

② 1910年，《俄罗斯古风》第2、3期上发表了Ｂ.赫拉尼维奇的一篇文章《弗·米·陀思妥耶夫斯基对一名波兰流亡者的回忆》，与在《波兰报》（1907年2—19期）上发表回忆陀思妥耶夫斯基的文章的作者托卡日伏斯基展开辩论。托卡日伏斯基曾同陀思妥耶夫斯基一起服苦役，他在回忆录中歪曲了作家的形象，把对波兰人的仇恨和对波兰民主主义流放者的歧视、疏远归咎于陀思妥耶夫斯基。赫拉尼维奇用确凿的材料推翻了他的观点。

③ 托尔斯泰的《每日必读》中11月24、25日的所选格言中有陀思妥耶夫斯基的两条（《托尔斯泰全集》，第44卷，第310页、312页）。

2月11日

① 见1月29日注①。

2月12日

① 布尔加科夫指出，托尔斯泰给布朗热的文章《被称作佛的乔达摩·悉达多的生平和学说。附佛教书籍摘要》写的序起初以《论介绍宗教学说基本原理的意义》为题，用书信形式发表在弗·亚·波塞的杂志《大众生活》（1910年第3期）上；在同期杂志上还发表了布朗热著作的开头部分。

② 这一天，托尔斯泰给法国议会代表团团长丹斯杜涅尔·德·康斯坦男爵写了一封信。丹斯杜涅尔曾给托尔斯泰拍过一份电报，电文如下："法国议会代表团向伟大高尚的托尔斯泰致以衷心赞誉。"（托尔斯泰的信见《托尔斯泰全集》第81卷第119封信）

③ 卢梭：让·雅克·卢梭（1712—1778），法国启蒙运动的杰出代表，哲学家、作家。托尔斯泰在他的一生中对卢梭极感兴趣，深受其思想影响，尤其是受他宣传普遍平等、主张返回自然、提倡自然教育的理论和批评文明社会矛盾等思想影响更大。托尔斯泰在1905年致贝耶尔·布维叶的信中写道："卢梭从15岁起就成了我的导师。卢梭和《圣经》——两者对我的一生起了最大最有益的影响。"（《托尔斯泰全集》，第75卷，第234页）

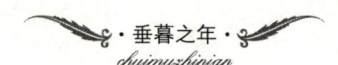

④ 帕斯卡尔：布莱兹·帕斯卡尔（1623—1612），法国著名数学家、哲学家。他特别注意宗教感情问题。托尔斯泰非常喜欢他，不止一次地阅读、翻译他的著作，并为《儿童读物》编写了他的传记。

⑤ 康德：伊曼努尔·康德（1724—1804），德国杰出的唯心主义哲学家。他的哲学思想和追求个人道德完善的激情对托尔斯泰思想观点的形成起了很大作用。康德的许多格言被托尔斯泰收进了他每日必读书籍的语录汇集中。

2月15日

① 托尔斯泰在给赫里亚科夫的信中谈了费尔丁描述赫里亚柯夫被押送法庭一信对他产生的痛苦印象（《托尔斯泰全集》，第81卷，第127封信）。

② 关于这个工人，没有任何材料。

③ 以同名发行杂志的"雅斯纳雅·波良纳"出版社系B. A. 马克西莫夫于1906年组建。该杂志不定期发行，大部分许诺的附刊订户收不到，而且印刷质量极差。出版社出于私利，竭力制造一种假象，仿佛托尔斯泰也参加了该杂志的工作。从1907年起，托尔斯泰收到大量信件，要求出版社对订户负责。1908年，《俄罗斯言论》上发表了托尔斯泰致编辑部的信，声明与"雅斯纳雅·波良纳"出版社毫无关系（《托尔斯泰全集》，第78卷，第311封信）。

④ 关于这个拜访者，待考。

⑤ 在《俄罗斯早晨》报上，从1910年2月14日开始，连载了安德列耶夫的小说《粗心大意》。

⑥ 伊兹玛依洛夫：亚历山大·阿历克赛耶维奇·伊兹玛依洛夫（1873—1921），作家、评论家，一系列讽刺同时代俄国作家——安德列耶夫、索洛古勃、库兹明、勃洛克、契诃夫等人——的作品的作者。在这些戏作中，他成功地再现了被摹拟作家的风格特点和性质。这些作品收入"野蔷薇"出版社出的《哈哈镜》中。

⑦ 发表斯特拉霍夫的文章的是一张什么报纸，尚未查明。

2月16日

① 见1月17日注③。

② 托尔斯泰与诗人阿·阿·费特于1855年相识，从此发展出深厚的友谊，一直持续

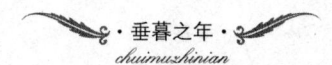

到诗人1892年去世。在这期间，费特不止一次拜访雅斯纳雅·波良纳，托尔斯泰也曾去他的庄园看望过他。两人之间进行了频繁的通信。费特在《我的回忆》一书中谈到了自己与托尔斯泰的关系。书中还引用了托尔斯泰给他的许多书信。

③ 托尔斯泰指的是帕斯卡尔的这样一种观点："如果我们每天夜里梦见的总是同一件事，那么这个梦境对我们就产生有如我们每天都看见的物体所产生的那样一种影响。"（布莱兹·帕斯卡尔：《思想（论宗教）》，莫斯科，1899年）托尔斯泰关于梦和真实的观点收在他的《每日必读》里（《托尔斯泰全集》，第44卷，第321页）。

④ 关于曼卓斯的这封信，托尔斯泰在日记中写道："收到基辅大学生的一封令人感动的信，劝我离家到穷人中间去。"（《托尔斯泰全集》，第58卷，第18页）

2月18日

① 大概是指伊兹玛依洛夫的戏作《野兽的诅咒》。作品中，他成功地表现了安德列耶夫创作中所固有的神秘主义和非理性主义（亚·阿·伊兹玛依洛夫：《哈哈镜》，"野蔷薇"出版社，1910年，第66页）。

2月19日

① 奥巴林斯基：德米特里·德米特里耶维奇·奥巴林斯基（1844年生），图拉省地主，托尔斯泰的老熟人。《俄罗斯言论》上发表过他的几篇回忆托尔斯泰的文章和雅斯纳雅·波良纳的通讯，其中第一次详细报道了托尔斯泰出走的情况（《俄罗斯言论》1910年10月31日）。

② 在国家杜马讨论东正教事务总局的预算案时，提出了教会在俄国的地位和与国家的关系问题。代表格拉乌洛夫发表了演说，要求保护教会的封建特权，反对使教会依附于沙皇政府，对东正教与黑帮分子"俄罗斯人民同盟"的接近表示愤慨。格拉乌洛夫发言中特别吸引托尔斯泰的是他断言教会忘了"爱和自由的神圣事业"。

2月20日

① 列文：M. 列文（1860年生），挪威《莫干布拉特》报的记者。

② 戈尔登布拉特：鲍里斯·奥西巴维奇·戈尔登布拉特（1864年生，约1930年死），图拉省律师。多次应托尔斯泰请求，为农民的案件辩护。托尔斯泰给他的大量书信被保存

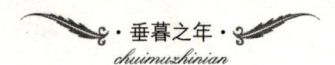

了下来。2月20日,他与儿子、女儿一同拜访雅斯纳雅·波良纳。

③ 1896年5月18日,在霍登卡原野上庆贺尼古拉二世加冕时发生的大惨案对托尔斯泰产生了强烈的印象。他当时在日记中写道:"莫斯科的可怕事件——3000人死亡。我怎能没有反应?"(《托尔斯泰全集》,第53卷,第96页,1896年5月28日记)1910年2月25日,他写了短篇小说《霍登卡》,没有写完(《托尔斯泰全集》,第38卷,第205页),作家生前小说未发表。

2月21日

① 莫洛斯达沃夫:弗拉基米尔·盖曼诺维奇·莫洛斯达沃夫(1859—1918),托尔斯泰的好友,曾在保加利亚军队里任军事教官,多次到东方旅行。他的妻子叫连扎韦达·弗拉基米罗芙娜·莫洛斯达沃娃(1875—1936),《俄国耶和华教派(产生及其发展)》一书的作者。1904年,他开始与托尔斯泰通信,多次拜访雅斯纳雅·波良纳。

② 这里所说的是斯托雷平1906年11月9日公布的法令。根据这个法令,农民有权自由脱离村社,分割田庄。托尔斯泰对这个旨在建立农村富农专制据点的法令持极端否定的态度(《托尔斯泰全集》,第38卷,特写《梦》)。

③ 这本小册子在文集《生活的道路》中题名为《虚荣》。

2月22日

① 1910年2月,各报都十分注意当时在威尼斯审理的玛丽亚·达尔诺芙斯卡娅的轰动一时的诉讼案。她是俄国女地主,控告巴威尔·柯马罗夫斯基组织谋杀。对各报采写的达尔诺芙斯卡娅的桃色事件的细节,在审判时都做了解释。

② 波尔·布尔热(1852—1935),法国著名作家。他的悲剧《街垒》写于1910年。他在剧本中站在天主教的立场上尖锐攻击、暴露工人阶级的革命运动。伊里亚·达尼罗维奇·格尔别林—卡明斯基(1858—1936),文学家,他经常住在巴黎,是托尔斯泰著作的法文翻译。他把布尔热的剧本寄给托尔斯泰。托尔斯泰写了回信,信中对布尔热的剧本中所反映出来的天主教世界观给予了批判(《托尔斯泰全集》,第81卷,第142封信)。

2月23日

① 施米特:玛丽亚·亚历山得罗芙娜·施米特(1843—1911),从前是教师,读过托尔

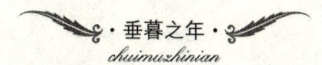

斯泰的作品后，成了他的信徒。她背弃东正教信仰，辞去职务，于1895年迁居雅斯纳雅·波良纳附近的奥夫夏尼柯沃村，靠一小块土地自食其力。托尔斯泰对她很有好感，非常尊重。

2月24日

① 布尔加科夫给玛拉赫耶娃的信是当天写好发出的（《托尔斯泰全集》，第81卷，《受托尔斯泰委托所写书信摘要》，第160封信）。

② 弗·亚·日列兹诺夫（1869—1933，俄国资产阶级经济学家。——译者）的《政治经济学概论》于1901年初版，是加工修改的1898—1899年间基辅大学的讲义。在第5讲中，作者分析了劳动分工的问题，对托尔斯泰关于工业劳动分工的意见提出了批评。

2月25日

① 托尔斯泰同诗人丘特切夫很熟。他们是在1855年托尔斯泰从塞瓦斯托波尔返回彼得堡时认识的。"当时已经出名的丘特切夫尊重我一个年轻的作家，这使我深感荣幸。"——戈尔登威泽尔这样记述了托尔斯泰谈到他与诗人第一次见面时说的话（《在托尔斯泰身边》，1922年，第1卷，第182页）。后来托尔斯泰在莫斯科与丘特切夫多次相见。1871年8月，托尔斯泰在从费特的庄园回雅斯纳雅·波良纳途中的火车上碰见了丘特切夫。这最后一次相会对托尔斯泰产生了强烈的印象。他给斯特拉霍夫写信说："……离开您后不久，我在路上与丘特切夫相遇。我们谈了四小时，我主要是听他讲。您认识他吗？这是一个有才华的、堂堂正正、没有沾染城市习气的老人。在活着的人们中，除了您和他，我还不知道有谁能引起我的这种感想。"（《托尔斯泰全集》，第61卷第35封信）

② 杰出的俄国女演员维拉·费多罗芙娜·柯米沙日芙斯卡娅（1864—1910）在塔什干旅行演出期间，因染上天花而去世。在两周多的时间里，从她得病到彼得堡安葬，全国各地报纸满版都是有关她的病情和去世消息的报道。

③ 1910年2月，广泛举行了俄国优秀女演员玛丽·格夫里洛芙娜·莎维娜（1854—1915）舞台生涯35周年纪念活动。托尔斯泰与她很熟。俄国报刊所关注的不是对人民的命运和生活有本质意义的事件，同时对真正迫切的问题熟视无睹，这引起了托尔斯泰极大的愤怒。

2月26日

① 在古谢夫寄给卡拉切夫一信的信封上，托尔斯泰写道："卡拉切夫的一封极好的

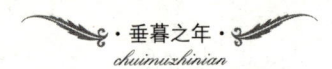

信。"

② 在《生活的道路》中这一册定名为《不平等》。

2月27日

① 这一天,诺沃波克罗夫镇的两个打算拒绝服役的库班哥萨克阿斯达霍夫和他的朋友叶里塞耶夫拜访了托尔斯泰。

② 莫洛斯达沃夫和谢尔盖英科出版了带插图的托尔斯泰传(《列夫·托尔斯泰评传》,莫洛斯达沃夫、谢尔盖英科著,编辑 A.沃雷斯基,П.П.松依金出版,圣彼得堡,1910年)。该书写得非常肤浅,谬误许多,插图极其庸俗粗糙。

③ 托尔斯泰1910年2月22日在给契尔特科夫的信中请他允许"一个非法的人"——年轻的社会主义革命者在杰略京基住几天。这个水兵、革命者的名字无从知晓。

④ 阿·伊·亚罗茨基:《唯心主义是一种生理因素》,尤里耶夫出版社,1908年。此书现存雅斯纳雅·波良纳图书馆,有作者题签。亚罗茨基是尤里耶夫大学医学系教授,他在自己的书中证明,病人病情的发展不仅受机体状态、物质条件的影响,而且受精神和心理状态的影响。

2月28日

① 托尔斯泰日记中"送走了几个哥萨克和一个水兵,一个酒鬼和他的妻子"的记载,可能指的就是这几个来客。

② 这里提到的是谁,现尚未查明。1910年间登载在《俄罗斯财富》上的诗中没有寄自托波尔斯克的。亚库波维奇·梅尔森(1861—1911),民意党诗人,因参加民意党运动于1887年被判处死刑,后改判18年苦役。1900年刑满后参加《俄罗斯财富》的编辑工作。

③ 为了出版托尔斯泰1905年前被禁止的作品,Н.Г.索特科夫和尼·叶·费尔丁在俄国创办了一个出版社"复兴",印发了《大棒尼古拉》和《唯一的需求》等小册子。费尔丁为他的出版活动被判处6个月监禁。出版社只存在了1年。

3月1日

① 关于"当前诗歌创作中的不良倾向"一信是寄给一个女教师 Е.Б.的,她把一个15岁的农民孩子写的诗寄给托尔斯泰要他评定。托尔斯泰在信中写道:"在民众中诗歌创作

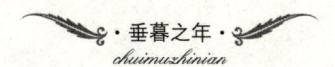

产生了……一种不仅不应该鼓励,相反应该反对的不良倾向,尤其是当这种创作是以虚荣贪婪的恶劣感情为基础的时候,更要全力与之斗争。"(《托尔斯泰全集》,第81卷第150封信)

3月2日

① 比特涅出版的《知识通报》没有发表布尔加科夫的著作。

3月3日

① 托尔斯泰:谢尔盖·列沃维奇·托尔斯泰(1863—1947),列·尼·托尔斯泰的长子,他是关于父亲和雅斯纳雅·波良纳生活的回忆录的作者(《往事随笔》,国家文学出版社,1956年)。

② 切可夫斯基:尼古拉·瓦西里耶维奇·切可夫斯基(1850—1926),民粹主义者,有名的"海鸥"小组的杰出的成员。1873年这个小组被摧毁,他被流放。70年代逃出流放地,迁居伦敦,在伦敦创办《自由俄罗斯报刊汇编》。1905年回到俄国后又被捕,直到1910年才对他审判,2月25日才在报上公布了"高级法院特别判决,宣布切可夫斯基无罪"的消息。

十月革命后,切可夫斯基是苏维埃政权的凶恶敌人和逃亡国外的反革命分子。

3月4日

① 戈尔登威泽尔:亚历山大·鲍利索维奇·戈尔登威泽尔(1875年生),苏联人民演员,莫斯科音乐学院教授,钢琴家。同托尔斯泰关系友好,多次造访雅斯纳雅·波良纳。他把逗留期间与托尔斯泰的来往写成回忆录《在托尔斯泰身边(15年札记)》(合作出版社出版,1922年第1卷,1923年第2卷)。

② 关于安德烈·达拉索夫,屠申·玛柯维茨基在《雅斯纳雅·波良纳笔记》中写道:"从唐波夫省来了一个30岁的农民。他从前是炮兵军官,后来当了列车员,1905年成了革命者,抛下有利可图的列车员工作回到了农村。"(国立托尔斯泰展览馆)

③ 索洛维耶夫:弗拉基米尔·谢尔盖耶维奇·索洛维耶夫(1853—1900),唯心主义哲学家、政论家。托尔斯泰同他于1875年认识,他们常常见面,互相通信。两人在宗教、哲学等问题上存在着深刻分歧。他的抽象神秘的哲学,对基督教的彻底否定的态度与托尔

斯泰是格格不入的（《文学遗产》第37—38卷，第268页，《托尔斯泰与索洛维耶夫通讯集》）。

④ 霍麦柯夫：阿列克塞·斯捷潘诺维奇·霍麦柯夫（1804—1860），斯拉夫派作家，基督教的卫道士，他在其著作中断言教会是爱和真理的真正体现者。托尔斯泰很了解其人及其著作，对之持否定态度。托尔斯泰在自己的著作《教条神学研究》和给德·亚·希尔柯的信（1892年5月24日）中，对霍麦柯夫认为爱能使意见一致的说法表示不赞同。

⑤ 叔本华：阿杜尔·叔本华（1788—1860），德国哲学家，大卷本著作《世界是意志和概念》的作者。60年代，托尔斯泰醉心于叔本华的哲学，1869年他给费特的信中写道："您知道我今年夏天的情况吗？对叔本华不能遏止的兴奋和许多精神上的享受，这一切我还从未体验过。我把他的所有著作都做了摘录，读了又读（我也读康德）。真的，任何一个大学生对他的功课都没有像我今年夏天这种下过功夫，了解到这样深的程度。"（《托尔斯泰全集》，第61卷，第219页）80年代，托尔斯泰对叔本华的态度发生了变化，他尖锐地批判了叔本华的哲学神秘主义，但他仍对其哲学保持着很大的兴趣，认为它深入研究了作为真正哲学的唯一对象——伦理道德问题的整个课题。

⑥ 关于托尔斯泰对康德的态度见2月12日注⑤。

⑦ 斯特拉霍夫（费多尔）：《追求真理（思想论文集）》，"媒介"出版社，1911年。这一著作在校对时托尔斯泰就读过，他很欣赏，在给作者的信中他还阐述了自己的意见（《托尔斯泰全集》，第82卷，第144封信）。该信作为序言被收入这本书中。

⑧ 纳日文：伊万·费多罗维奇·纳日文（1874—1940），作家，许多中、长篇小说的作者，也是回忆录《托尔斯泰生平琐事》一书的作者（"斯芬克司"出版社，1911年），有一个时期对托尔斯泰的宗教道德观表示赞同。后来成了一个极反动的人，逃亡的反革命分子。托尔斯泰应他的请求寄的相片和信见《托尔斯泰全集》第81卷158封信。

⑨ 阿林斯基：安东·斯捷潘诺维奇·阿林斯基（1861—1906），作曲家，乐队指挥。他本人和托尔斯泰很熟。1894年11月28日曾参加托尔斯泰家在哈马夫尼卡庄园组织的音乐会。1904年3月访问雅斯纳雅。托尔斯泰对他的一些作品很喜欢。

⑩ 波兰作曲家弗里德里克·肖邦（1810—1849），在年轻时候热恋法国女作家乔治·桑（1804—1876）。他们的关系一直保持了近10年（1837—1847）。乔治·桑在她的著作《我的生活史》中描写了自己与肖邦的这段情史。

⑪ 《迷信国家》一册，考虑到书报检查，"媒介"出版社出版《生活的道路》时束未

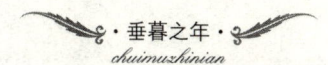

收入。全文首次发表在《托尔斯泰全集》第45卷第17篇。

3月5日

① 这一天托尔斯泰共写了5封信——致女教师柳·约·梅德维迪娃、农民Я.С.普亚舒宁、上等兵费·基·特卡钦科、熟人弗·阿·莫洛奇尼科夫和米·斯季彼得罗夫（《托尔斯泰全集》，第81卷，第159、160、161、162、163封信）。

② 文集《生活的道路》的第18篇在定稿时的标题是《虚假信仰》。

3月6日

① 尼古拉·阿历克赛耶维奇·霍麦柯夫是第三届国家杜马的代表，地主资产阶级政党十月党人（帝俄时期拥护1905年宪法的反动派——译者）。在杜马讨论各部预算时，普里什凯维奇发表措词激烈的演说，猛烈反对政府政策中的自由主义新措施。他抗议外国议会代表团到俄国，因为在他看来，这是"加强立宪思想"。当讨论教育部的预算时，普里什凯维奇对进步的青年大学生进行诬陷、诽谤——列宁说，通过普里什凯维奇的口说话的是"野蛮的地主，没落的杰席莫尔达（《钦差大臣》中的粗暴蛮横的警察。——译者）"——同时露骨地进行反犹太主义的叫嚣。以米留柯夫为首的在野党对普里什凯维奇狂妄的发言提出抗议。霍麦柯夫在议会派别的这一冲突中摇摆不定，对普里什凯维奇搞的这出丑剧没有表态，从而在代表中引起不满。在反对派的压力下，霍麦柯夫正式呈文辞去杜马代表资格。

② 托尔斯泰完全正确，代替霍麦柯夫的是当选的亚·伊·古奇柯夫，其政治倾向与前任并没有什么区别。

③ 维里根：彼得·瓦西里耶维奇·维里根（1862—1924），从1886年起是反正教仪式教派运动的领导者，这一教派是政府的反对派。1887年至1902年被流放。1902年从流放地赴加拿大找迁往那里的反正教仪式派，路经雅斯纳雅·波良纳，他同托尔斯泰相识即始于此时。他们之间进行了大量的通信。

④ 斯达霍维奇：米哈依尔·亚历山得罗维奇·斯达霍维奇（1861—1923），托尔斯泰的熟人，资产阶级政治活动家，1917年临时政府时期任芬兰总督。关于他的这次来访，托尔斯泰在日记中写道："斯达霍维奇来。政客作风，阔绰豪华，贵族派头，全然格格不入……安德列·达拉索夫就完全不同……"（《托尔斯泰全集》，第58卷，第22页）

⑤ 玛克拉科夫：瓦西里·阿历克赛耶维奇·玛克拉科夫（1870年生），著名律师，立宪民主党活动家之一，第二、三、四届国家杜马成员。在大学时就与托尔斯泰一家很熟。托尔斯泰曾多次请求他从法律上援救遭受沙皇政府迫害的人。

3月10日

① 戈尔布诺夫—波沙朵夫为查明由契尔特科夫率先提议赛金出版社刊印托尔斯泰《生活的道路》一事于3月8日来雅斯纳雅。遵照托尔斯泰的意愿，文集出版事宜托付给了戈尔布诺夫。"媒介"只出版了30篇，因为其中一篇——《迷信国家》被检查机关删去了。

3月12日

① 托尔斯泰娅：亚历山得拉·安德列耶芙娜·托尔斯泰娅（1817—1904），托尔斯泰远房亲戚，皇宫侍从女官。尽管和托尔斯泰有深刻的思想分歧，他们还与之保持着友好关系，从1857年到她逝世一直进行着频繁的通信。见《列·尼·托尔斯泰与亚·安·托尔斯泰娅通讯集（1857—1903）》（托尔斯泰展览馆协会出版社，圣彼得堡，1911年）。

② 麦什科夫：瓦西里·尼基塔·麦什科夫（1867—1946），画家。1910年8月他在雅斯纳雅。在波良纳逗留期间给托尔斯泰画了2幅肖像、1幅木炭画和1幅油画——《工作中的托尔斯泰》，同时画了1幅雅斯纳雅·波良纳庄园的速写。

3月13日

① 托尔斯泰致流放中的古谢夫一信摘录发表在1910年8月10日的《言论报》上（《托尔斯泰全集》，第81卷，第48封信）。

1910年观察了以英国天文学家爱德蒙·格林（1656—1742）命名的格林彗星的运行，计算出了它的椭圆形轨道，彗星的运行表现出明显扩大的征兆，同时出现了地球就要毁灭的谣言。托尔斯泰对这一轰动一时的事件的意见引起普遍注意是很自然的。

② 在《生活的道路》的定稿中这本小册子的标题是《思索》。

③ 托尔斯泰在布尔加科夫致鲁麦采夫的信上写道："布尔加科夫忠实地说出了我想告诉和能告诉您的话。您要是能同意我们的意见，我是很高兴的。"（《托尔斯泰全集》，第81卷，第190封信）

④ 这里说的是莎拉托夫省的一个农民斯达诺柯夫的信，他在信中问："可以担任税

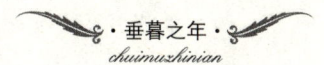

收人和村长的公职吗?"

3月14日

① 奥苏非耶夫:德米特里·阿达莫维奇·奥苏非耶夫(1862年生),托尔斯泰一家的好友,国会议员的儿子。托尔斯泰有时请求他援助那些被沙皇政府迫害的人。

弗拉基米尔·阿依法洛维奇·莫洛奇尼科夫曾因散发托尔斯泰被禁作品坐狱1年,1910年3月因"煽动拒役"罪又被逮捕。托尔斯泰觉得在莫洛奇尼科夫所受的磨难中自己有罪,对他的遭遇和家庭深表同情,给他的信和德·阿·奥苏非耶夫的信是在同一天写的(《托尔斯泰全集》,第81卷,第191封信)。

3月15日

① 这里是指《生活的道路》第25篇《放弃私利》。

② 谢尔盖英科寄给托尔斯泰的是作家尼·谢·列斯柯夫集录的箴言和语录打印稿。正像后来所查明的,其中大部分观点是托尔斯泰的。这些以《托尔斯泰和列斯柯夫的沉思》为题的格言发表在谢尔盖英科主办的《觉醒》杂志上(1915年第22—24期)。

3月16日

① 见2月12日注①。

② 这里指的是流放犯谢·伊·蒙迪扬诺夫的信。托尔斯泰接到他的信后于1910年8月20—22日复信(《托尔斯泰全集》,第81卷,第217封信)。见1月26日注③。

3月19日

① 1910年8月9日古谢夫写信说,由于在一个流放犯身上搜出托尔斯泰的几篇被禁文章,当局威胁他要送他上法庭追究责任,因他犯了传播被禁出版物之罪。

② 这里是指《生活的道路》的校样。

③ 叶尔涅方特:阿尔维特·亚历山得罗维奇·叶尔涅方特(1861—1932),芬兰作家,赞同托尔斯泰的宗教哲学观,从1895年与他开始通信。

④ 指《生活的道路》中的《真诚》和《现时生活》。

⑤ 见《布尔加科夫书信中的托尔斯泰事略》,赛金出版社,莫斯科,1911年,第

28—29页。

⑥ 见《托尔斯泰全集》，第58卷，第26页，3月17日的日记。

⑦ 1910年3月17日的《新罗斯》报上登载了《每日必读》摘录。检查官从4月17日所录格言中删去9条批判当代国家制度的部分（《托尔斯泰全集》，第43卷，第211—215页）。

3月21日

① 托尔斯泰收到蒙迪扬诺夫2月23日的信，他对托尔斯泰给他的信里所提出的思想表示反对。托尔斯泰的复信见《托尔斯泰全集》，第81卷，第217封信。

② 《俄罗斯言论》1910年8月20日刊登了青年诗人米·尤·列曼托夫的诗《自由的次子》。

③ 亨利·乔治（1839—1897），美国资产阶级经济学家、政治家。为了从根本上避免贫穷和缺乏土地，他提出土地国有化或向土地私有者征收高额地租。托尔斯泰是他的理论的积极宣传者，很赞赏他的观点。见托尔斯泰的文章《致工人》、《深重的罪孽》和《土地问题唯一可行的解决办法》等。

④ 托尔斯泰收到伏西沃洛特·尤利耶维奇·西蒙诺夫斯基的一封信，此人是遵照一个想捐献15000卢布办件好事的一个人的请求咨询托尔斯泰的。托尔斯泰给他的信中详细说明了他利用这笔资金出版《人民百科辞典》的计划（《托尔斯泰全集》，第81卷，第177、273封信）。

（原文为哈里科夫，似布尔加科夫日记有误。——译者）

⑤ 见托尔斯泰于3月27日致《知识通报》编辑比特涅的信（《托尔斯泰全集》，第81卷，第242封信）。

3月23日

① 杰略京基的青年人通过杰玛（契尔特科夫的儿子）请求托尔斯泰为他们业余演出写一个剧本。托尔斯泰决定满足他们的要求。3月29日他完成初稿，初名《一报还一报》，后改名《万恶之源在于酒》（《托尔斯泰全集》，第38卷，第216页）。托尔斯泰未能最后完成这个剧作。该剧在托尔斯泰逝世后的1912年才在杰略京基演出。

② 指致拉·沙·拉布科夫斯卡娅女医生的信（《托尔斯泰全集》，第81卷，第233封信）。

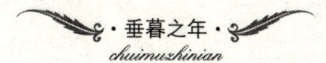

3月24日

① 指《生活的道路》中的一篇。

② 3月24日,托尔斯泰接到莫洛奇尼科夫从诺夫哥罗德监狱寄出的一封信,信中描写了监狱的风气、各种被捕的人和监狱日常生活(《托尔斯泰·创作与生平文献汇集》,第3版,莫斯科,1923年)。托尔斯泰的回信见《托尔斯泰全集》,第81卷,第229封信。

③ 见1月17日注①。

3月27日

① 显然是指致安·达拉根的信(《托尔斯泰全集》,第81卷,《受托尔斯泰委托所写书信摘要》,第259封信)。

3月28日

① 诗未发表。见2月28日注②。

② 托尔斯泰收到希腊教会大主教莫奇列夫·巴多里茨基·亚历山大·卢达斯基的一封信;回信见《托尔斯泰全集》,第81卷,第238封信。

3月29日

① 马沙里克:托马斯·加里格·马沙里克(1850—1937),捷克政治活动家,资产阶级自由人民党的创始人和思想家,该党从1905年起正式命名为"进步党"。他是许多哲学、政治学著作的作者。与托尔斯泰有通信关系。最初到雅斯纳雅·波良纳是在1887年4月。

3月31日

①契尔特科夫的《我们的革命。暴力起义还是宗教解放?》附有托尔斯泰的后记,1907年版。作者在这本小册子里提出以宗教思想改造人们、不抗恶和摒弃实践活动的观点来对抗革命斗争的方法。

② 蒙迪扬诺夫8月9日的信(《文学遗产》第37—38卷,第352页)。托尔斯泰在信封上亲笔写下:"让布尔加科夫回复:我喜欢他的信只是因为从信中可以感觉到一种真实性和严肃性;并谈谈关于上帝的事。"布尔加科夫于4月1日回信(《托尔斯泰全集》,第81

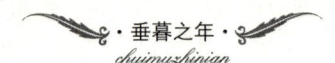

卷,《受托尔斯泰委托所写书信摘要》,第271封信)。

③ 让布尔加科夫整理的《生活的道路》的材料,托尔斯泰基本是满意的。

④ 《俄罗斯财富》1910年第8期发表了弗·葛·柯罗连科《司空见惯的现象》的前六章。文章旨在反对当时俄国广泛实行的死刑。这篇文章对托尔斯泰产生了很大影响,他给柯罗连科的信是在27日,而不是像布尔加科夫所说的31日写的(《托尔斯泰全集》,第81卷,第241封信)。

4月3日

① 彼得堡批准了契尔特科夫在图拉省的居住权。

4月5日

① 这一天布尔加科夫受托尔斯泰委托写了两封信,一封是给请求指出应该阅读托尔斯泰哪些作品的杰·葛·马祖林的,一封是给要求评价其诗作的瓦·谢·尼基森的。给尼基森的信没有寄出,因没有回信地址(《托尔斯泰全集》,第81卷,《受托尔斯泰委托所写书信摘要》,第284、285封信)。

② 托尔斯泰收到赫尔辛基市出版的《芬兰报》编辑弗莱盖尔的电文,感谢托尔斯泰"对其记者阿德列尔的接待和关照"。阿德列尔是记者Π.奥别格的笔名,3月31日到雅斯纳雅·波良纳。从4月20日起,该报发表阿德列尔的访问记《列夫·托尔斯泰谈芬兰危机》,文中引用了托尔斯泰对芬兰局势及其与沙皇政府关系的看法:"芬兰把钱送给俄国政府以代替提供兵员,俄国政府用这些钱来酬劳俄国士兵,派遣他们去杀害他们的芬兰同胞。为什么要拿上钱去干这种事情呢?你们说这是人家强迫你们支付的。你们错了。我要是有一匹马、一头牛被抢了,我可以去把它夺回来,这我理解,可我不理解怎能让别人强行把钱从口袋里拿去并支持人家去干祸害自己的事。为杀人提供资金,这是理智所不允许的。"在这篇访问记中还引用了托尔斯泰的这样一段话:"我告诉你们,恐怕没有一个芬兰人像我这样为芬兰而痛苦,而且我不只是为芬兰痛苦,我还为波兰人、立陶宛人和犹太人感到痛苦。他们的厄运在折磨着我。我为所有被明什科夫所煽动和斯托雷平所欺骗的人感到痛苦。我觉得自己仿佛也成了残害这些人的参与者。"托尔斯泰担心他谴责芬兰政府的软弱无能会刺痛芬兰人民的民族感情。

③ 3月31日在莫斯科的文艺团体中,米·亚·斯达霍维奇做了《列夫·托尔斯泰——

他的意义：为什么要建立托尔斯泰展览馆、怎样建立》的公开讲演。据报道，这一演讲主要是为了证明建立托尔斯泰展览馆的必要性的（《俄罗斯新闻》1910年4月1日）。索·安·托尔斯泰娅和儿子谢·列·托尔斯泰参加了演讲会。费·亚·斯特拉霍夫致列·尼·托尔斯泰的信没有保存下来。

④ 丹查·路易斯（1846—1922），意大利作曲家，歌剧《瓦林什代》的作者。从19世纪70年代起只写歌曲和浪漫曲，他的乐曲在俄国曾风行一时。这里所说的是丹查的有名的浪漫曲《只请您低低说一声……》。

⑤ 托尔斯泰为《1859—1909年文学基金纪念文集》（圣彼得堡，1910年）递上了自己的短篇小说《与过路人的谈话》、《村歌》和经检查官批准付印的论文《唯一的戒律》（《托尔斯泰全集》，第38卷，第100、513—517页）。

⑥ 在《唯一的戒律》一文中，引用歌德格言的有第2章和第4章。

⑦ 《文学基金纪念文集》中加进了列·舍斯托夫的格言，摘自他的著作《伟大的前夜》。

⑧ 格拉朵夫斯基：格里高利·康斯坦丁诺维奇·格拉朵夫斯基（1842—1915），自由主义杂志家、政论家，在彼得堡《呼声报》上用"加玛"的笔名发表文章。1909年访问雅斯纳雅·波良纳，写了特写《雅斯纳雅·波良纳之行》。

1910年4月1日，作为全俄作家第二次代表大会的组织者之一，格拉朵夫斯基给索菲亚·安德列耶芙娜写信说："代表大会听不到列夫·尼古拉耶维奇的声音是不可思议的；如果这次人数众多的文学集会得不到我们伟大作家的哪怕是一句贺词，不用说，是令人非常难过的。"（《公民—政论家文集》，圣彼得堡，1916年，第193—194页）托尔斯泰写了回信（《托尔斯泰全集》，第81卷，第269封信）。他在希望大会取得"最大的成功"的同时，拒绝参加大会，因为大会具有官方的、政府的性质。

⑨ 沙洛姆—阿列依赫姆：犹太作家索洛蒙·那乌马维奇·拉比诺维奇（1859—1916）的笔名。托尔斯泰收到他的《儿童的特性》第1卷，这是"当代问题"出版社遵照住在意大利的作者的请求寄给托尔斯泰的（《托尔斯泰全集》，第81卷，《受托尔斯泰委托所写书信搞要》，第293、308封信）。

4月6日

① 托尔斯泰读了莫洛奇尼科夫3月30日从诺夫哥罗德监狱寄出的信。信中生动、详细

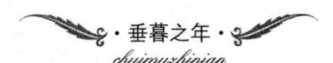

地描述了囚徒们的个性和命运，监狱的生活习惯。莫洛奇尼科夫的信见《托尔斯泰——创作与生平文献》，莫斯科，第2版，第132—150页。

4月7日

① 这里提到的信是农民丹尼尔·加夫里洛维奇·鲁巴从伊朗写来的。他表达了自己想回祖国重新种地的愿望。托尔斯泰在布尔加科夫的复信中的附笔见《托尔斯泰全集》，第81卷，第272封信。

② 在《生活的道路》中没有从列斯柯夫的作品里摘录的语录。

③ 这里谈的是谢尔盖英科的儿子列夫·彼得罗维奇·谢尔盖英科。1910年春，他住在杰略京基契尔特科夫家。后来成了瓦赫丹科夫（笔名鲁斯兰诺夫）剧院的演员。

④ 普斯科夫斯克的贵族们建议在米哈依罗夫斯克村为年迈的文学家及其家属建立养老院。

⑤ 谢苗诺夫：谢尔盖·迪林第耶维奇·谢苗诺夫（1868—1922），描写农民生活的作家，托尔斯泰对他的作品的评价很高。1894年，托尔斯泰给他的《农民故事集》写了序言。他多次拜访雅斯纳雅，写过回忆托尔斯泰的文章（《回忆列·尼·托尔斯泰》，1912年）。

⑥ 弗拉基米尔·弗拉基米耶维奇·费拉索法夫当时是国际和平同盟俄国自由和平主义分部（彼得堡和平协会）的副总长，他是普斯科夫斯克的首席贵族代表，到雅斯纳雅是为米哈依罗夫斯克村的文学家养老院向托尔斯泰要亲笔题名肖像的。

4月9日

① 阿赫沙鲁莫夫：弗拉基米尔·德米特里维奇·阿赫沙鲁莫夫（1825—1911），诗人，19世纪50年代《读书文库》杂志的编辑。他就是在这时认识托尔斯泰的。他把自己于1908年在波尔塔瓦出版的诗集寄给了托尔斯泰。

4月10日

① 在《生活的道路》中采纳了陀思妥耶夫斯基的两段格言，都放进了第31篇《生活即幸福》中。

② 《阅读园地》是托尔斯泰套用的古代俄罗斯一部文选的标题。

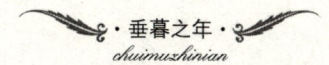

4月11日

① 这里指的是托尔斯泰的剧本《第一个造酒者,或曰小鬼是怎样得到大面包的》,写于1884年。

② 托尔斯泰给索·安·斯达霍维奇的信是为感谢她赠送电笔一事的(《托尔斯泰全集》,第81卷,第283封信)。

4月12日

① 在《童年》的所有版本中,都有"打猎"一章。显然索菲亚·安德烈耶芙娜读的是这一章的手稿异文。

4月13日

① 托尔斯泰在致阿赫沙鲁莫夫的信中写道:"尽管我对诗很淡漠,我还是怀着极大的快乐读了它(指诗集。——编者),并以同样的快乐回忆了您怀念的和我们相识的那些时光。"(《托尔斯泰全集》,第81卷,第299封信)

4月14日

① 鲍丁斯卡娅:奥尔加·瓦西里耶芙娜·鲍丁斯卡娅(1877—1951),诺沃罗斯克市的俄语教师,后又在克拉斯诺达(叶卡捷琳诺达)任教。在国立托尔斯泰展览馆有她访问雅斯纳雅·波良纳、会见托尔斯泰的回忆录。她的丈夫谢尔盖·亚历山大罗维奇·鲍丁斯基(1875年生)是诺沃罗斯克中学的化学教员,1905年革命的积极参加者,该市工人代表苏维埃成员。鲍丁斯卡娅的奔波并没有对丈夫的命运产生影响,他仍被判处数年苦役。

② 伊用丹姆·乔诺:英国资产阶级和平主义者,他邀请托尔斯泰参加和平主义者举行的集会。托尔斯泰口授的信异常尖锐地批判了资产阶级和平组织的活动,由于契尔特科夫的劝告,此信未发(81卷第289封信)。契尔特科夫另外写了一封类似的信寄给了伊思丹姆(《托尔斯泰全集》,第81卷,《受托尔斯泰委托所写书信摘要》,第339封信)。

③ 在《生活的道路》的定稿中这一篇的标题是《纵欲无度》。

4月15日

① 英国剧作家肖伯纳(1856—1950)写信给托尔斯泰,并寄上他的新编剧本《布拉

斯柯·巴兹涅特之被揭发》。他在信中写道："上帝的存在是完美的这一被普遍接受的理论已经包含着这样一种信仰，即上帝轻而易举地创造与他相同的生灵时，也蓄意创造了一些比他低劣的生物。这是多么骇人的信仰……同时，面对上帝已臻于完美的这种理论，为了解释恶的存在，我们就应该承认，上帝不仅是一个上帝，而且是一个恶魔。"托尔斯泰写了一封尖刻的回信说："关于上帝、恶和善的问题，对那些随随便便侈谈它们的人来说，是太重大了。"（《托尔斯泰全集》，第81卷，第327封信）

② 见1月29日注④。

4月16日

① 马祖林：瓦西里·彼得罗维奇·马祖林，国民教员，两次拜访托尔斯泰，一次是于1892年去雅斯纳雅·波良纳，一次是于1899年去莫斯科。

② 伊·赫·奥泽罗夫：《经济图表集》，莫斯科，1908年第1、2、3版，1909年第4版。附有作者赠题"敬呈最尊崇的列夫·尼古拉耶维奇"的一本保存在雅斯纳雅波良纳图书馆。

4月17日

① 托尔斯泰在布尔加科夫的信中加进好几句话（《托尔斯泰全集》，第81卷，第294封信）。

② 这一天收到的杂志是 *The World's, Chinese Student Jurnal*, Swangai, 1910（《中国大学生会刊》，上海，1910年）。这份附有托尔斯泰批语的杂志现存雅斯纳雅波良纳图书馆。

4月18日

① 屠申·玛柯维茨基在他未发表的《雅斯纳雅波良纳笔记》里回忆退伍上校特罗茨基—西纽托维奇的这次访问时写道："今天来了个老头子，是东正教徒，上校，挂满勋章，很天真。他往来于几个军队里，教士兵识字。列夫·尼古拉耶维奇同他进行了长谈。从列夫·尼古拉耶维奇那儿出来后，他对达吉亚娜·列沃芙娜说，他有秘密，犹豫了半天，最后说，他写诗反对过列夫·尼古拉耶维奇背叛东正教信仰、反对国家等。他拿出一页纸指着说：'现在我该怎么处理它呢？只好烧了，可我刚刚印了2000份。'"

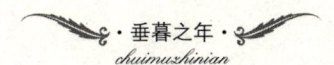

② 斯柯沃罗德：格里高利·沙夫维奇·斯柯沃罗德（1722—1794），乌克兰哲学家，启蒙运动者。他幻想"没有仇恨和纷争的爱的王国"到来。托尔斯泰对他的哲学和宗教追求很感兴趣。早在1877年他就请求历史学家彼·伊·巴迪涅夫"给他寄去有关斯柯沃罗德的文章目录"（《托尔斯泰全集》，第61卷，第229页）。1907年，托尔斯泰为出版他的《儿童读物》编写了斯柯沃罗德的传记。这篇传记没有写完。他把斯柯沃罗德的某些见解收进了他的每日必读文选之中。他同布尔加科夫的谈话显然是指斯柯沃罗德著作不敢接触《圣经》方面的题目。

③ 与威廉一世的见面可能发生在1857年7月托尔斯泰在巴登—巴登的时候，但在他的当时的日记和书信中没有提及这次会面。

4月20日

① 托尔斯泰开始写中篇小说《世上无罪人》是在1908年12月29日。他在日记中写道："第一次虽然写得不好，但我很想写，篇名还不知该叫什么，或许可定为'没有罪人'。"1909年，他对这篇小说多次加工，1909年5月初写完第10章（《托尔斯泰全集》，第38卷）。小说没有全写完。

② 莫罗佐夫：尼古拉·亚历山得罗维奇·莫罗佐夫（1854—1946），民意党人，从1881年坐牢到1905年。他给托尔斯泰寄去自己的书《什里谢尔堡要塞书简》，题词是："一个孤独的囚徒尼·莫罗佐夫的沉思。致至尊的、亲爱的列夫·尼古拉耶维奇·托尔斯泰。1910年4月16日于不为人知的偏僻之乡。"托尔斯泰写了感谢信（《托尔斯泰全集》，第81卷，第304封信）。

③ 托尔斯泰在这里是指其秘书尼·尼·古谢夫。古谢夫于1909年因散发他的被禁作品被判罪流放。

4月22日

① 列·安德列耶夫把他这次访问雅斯纳雅·波良纳写成特写《临终前半年》（《安德列耶夫全集》，第6卷，第302—304页）。1910年4月29日，《俄罗斯早晨》发表了他的访问记《列奥尼德·安德列耶夫在列·尼·托尔斯泰家》。

② 见《托尔斯泰全集》，第81卷，第306封信。

4月24日

① 在《维克多·亚历山得罗维奇·戈尔采夫纪念集》（莫斯科，1910）中收了托尔斯泰致戈尔采夫的两封信（1891年3月25日的和1904年7月31日的），同时在《论爱情》这一总标题下选了托尔斯泰的一系列语录。维·亚·戈尔采夫（1850—1906），资产阶级自由主义评论家，1885年任《俄罗斯思想》编辑，托尔斯泰与他甚熟并常通信。

4月25日

① 《俄罗斯财富》，1910年第4期，第139—164页。托尔斯泰致柯罗连科、评论他的论文的第二部分的信见《托尔斯泰全集》，第81卷，第323封信。

② 这里是指刊载于《俄罗斯财富》1910年第3—7期上的H.C.鲁沙诺夫的文章《车尔尼雪夫斯基在西伯利亚（据未发表的书信和家属档案）》。

③ 车尔尼雪夫斯基关于科学的观点被托尔斯泰在《生活的道路》第19篇《伪科学》中采纳。

④ 1910年4月22日，全俄肉食展览在莫斯科举办，展览揭幕之前进行了祈祷，莫斯科市市长尼·伊·古切科夫出席了祈祷式。展览的目的是改善国家肉食供应，降低肉价。

⑤ 《俄罗斯财富》（1910年第4期）发表了亚·巴克拉托夫的特写《魔窟（宗教探求随笔）》，文章描写了一个作者名之曰"魔窟"的莫斯科小饭馆，那里集中了形形色色的宗教探求者。巴克拉托夫写道："许多名人不时造访'魔窟'，诸如弗·葛·契尔特科夫、彼·德·巴巴雷金、叶尼·奇利科夫、亚·米·波登斯基、费·亚·斯特拉霍夫……列·尼·托尔斯泰也想亲临'魔窟'，但到如今他还不能实现这一愿望。"

4月28日

① 在全俄第二次作家代表大会上只宣读了托尔斯泰致格·康·格拉朵夫斯基贺信的第一部分（《托尔斯泰全集》，第81卷，第269封信）。

4月27日

① 格里弗斯的《罪行和罪犯》是一本关于美国犯罪现象的书（书名与作者名原为英文，恕不抄录。——译者）。

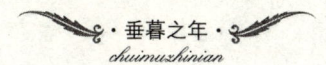

4月28日

① 见《托尔斯泰全集》，第81卷，《受托尔斯泰委托所写书信摘要》第346封信《致德·米·斯米尔诺夫》。

② 佩舍霍诺夫：阿历克塞·瓦西里耶维奇·佩舍霍诺夫（1867—1933），统计学家、政论家，《俄罗斯财富》编委成员。他在《旧的和新的份地占有制》这本小册子中用通俗的形式证明旧村社土地占有制比政府在斯托雷平农业改革的基础上推行的土地占有制优越。

4月29日

① 托尔斯泰收到沃尔科维斯克农村姑娘阿卡芬·彼得罗芙娜·季什柯娃的长达42页的一封信。他决定满足她的要求，并口授一篇序言，亲自将信和序言一起交给当时访问雅斯纳雅·波良纳的《俄罗斯言论》的记者谢·彼·斯比罗。该报没有发表季什柯娃的信，但是给了她80卢布。托尔斯泰给编委的信见《托尔斯泰全集》，第81卷，第336封信。

4月30日

① 杜尔诺沃：奥列什特·德米特里耶维奇·杜尔诺沃，旧军人，《基督如是说》一书的作者。该书分析、阐述了四福音书中的教规。

② 米留金：德米特里·阿历克赛耶维奇·米留金（1816—1912），国务、军事活动家，克里木战争后俄国军队的改革者。米留金于1881年退休，后经常住在克里木。托尔斯泰从小就跟米留金一家很熟，经常住在他家，同米留金最小的弟弟弗拉基米尔·阿列克赛耶维奇（1826—1855）（俄国著名经济学家）很要好，同其另一个弟弟尼古拉·阿历克赛耶维奇（1818—1872）（1861年农奴制改革的活动家之一）见过面。托尔斯泰与德·阿·米留金不很熟识。

③ 见《宗教和道德》一文（《托尔斯泰全集》，第39卷）

5月2日

① A.伊兹玛依洛夫的论文《遵照第七戒律的两种忏悔（杜勃罗留波夫和车尔尼雪夫斯基的新日记）》发表在1910年4月30日的《俄罗斯言论》上。显然，托尔斯泰喜欢的是论文中批评"用饮料而不是用墨水"（伊兹玛依洛夫的话）所写的平庸之作的那一部分。以轻

佻的新闻笔法肤浅地指责杜勃罗留勃夫和车尔尼雪夫斯基日记的一部分未必会使托尔斯泰感兴趣。

② 《俄罗斯言论》1910年4月30日转载了《俄罗斯残废者》报上的报道：为伊·德·赛金着手出版的《军事百科全书》举行盛大宴会。为此大吹特吹赛金的爱国主义功勋。

5月4日

① 托尔斯泰为《生活的道路》的序言付出艰辛的劳动，多次改写加工。国立托尔斯泰展览馆手稿部保存着这篇序言的手稿异文达100多种。

5月5日

① 拉博埃西：艾蒂安·拉博埃西（1530—1563），法国政论家、诗人。他的享有盛名的政论作品《论甘受奴役》是18岁时写的。其中提出了反暴政的思想，部分地反对日益加强的法国专制统治，论证了全社会平等的思想。托尔斯泰在《阅读园地》中采纳了拉博埃西的观点："历史在提高着帝王的身价，掩盖着人民的真正功勋。"

② 拉罗什富科：弗朗索瓦·拉罗什富科（1613—1680），法国伦理学作家。1907年托尔斯泰给他的《箴言录》写过序（《托尔斯泰全集》，第40卷）。他读了他的箴言选集《沉思或曰道德箴言》（1665），作者对其利己、贪婪和虚荣心的批评使他很受感动。

③ 谢苗诺夫：列舆尼德·德米特里耶维奇·谢苗诺夫（1980—1917），著名地理学家、旅行家彼·彼·谢苗诺夫—贾森斯基的孙子，象征派诗人，亚历山大·杜布罗留波夫（见6月26日注②）宗教学说的信徒。他住在梁赞省，从事农业劳动，是托尔斯泰的熟人、通信者。

④ 伊万诺夫—拉祖麾尼柯：《论生活的意义（费·索洛古勃、列·安德列耶夫、列·舍斯托夫）》，圣彼得堡，1910年。书中从一个单纯的角度——三位作家对生活意义的看法——分析了他们的创作。

5月7日

① 1910年，《火星》杂志于18期发表了作家弗·格·阿夫谢英科的小说《米克罗勃》。小说描写了在自杀心理的影响下当代知识青年的悲观情绪。这种自杀现象是由于生

活的无意义和空虚而造成的。

5月8日

① 托尔斯泰于1910年4月开始写《论自杀》，定稿时取名为《论疯狂》（《托尔斯泰全集》，第38卷，第395页）。

5月9日

① 托尔斯泰接到和平大会筹备委员会秘书Ж.别尔克曼要他参加代表大会的邀请。该大会于1910年8月在斯德哥尔摩召开。托尔斯泰拒绝了邀请。

② 耶和华教徒是14世纪中叶由H.C.伊里因船长创立的一个教派的成员。他们宣传普遍平等，主张消灭等级、官吏、宗教和上层长官，否认一切官方教会，认为这是"人们之间的屏障"。

5月10日

① 根据托尔斯泰的请求，契尔特科夫在报上发表了抗议歪曲托尔斯泰贺信的公开信，并且附上了托尔斯泰原信的全文。契尔特科夫的公开信登载于1910年5月彼得堡的《言论》报和莫斯科的《俄罗斯早晨》报上。1910年5月8日，《新时代》发表了格拉朵夫斯基和斯达霍维奇的复信，信中说他们有删节地宣读托尔斯泰的贺信是通知过托尔斯泰的，抗议与事实不符云云（《托尔斯泰全集》，第81卷，第288、307封信）。

5月11日

① 这里指的是梯弗里斯出版的A.阿拉凯良的著作《巴比教派》。该书是写19世纪中叶伊朗反封建的群众民主运动的。这一运动是在巴布·阿里·穆罕默德（1820—1850）的领导下进行的，以巴比教派之名被载入史册。托尔斯泰对这一运动表现了很大的兴趣。

② 契切林：鲍里斯·尼古拉耶维奇·契切林（1828—1904），法学家，莫斯科大学国家法教授，许多法学史和政论著作的作者。在他的教育活动和科学政论活动中，坚持俄国国家超阶级性的反动立场，维护贵族利益。托尔斯泰在1856—1857年间与其见过面，他们的通信被保存了下来（《托尔斯泰往来书信集》，莫斯科，1928年）。

5月12日

① 神学家奥托·普弗列代莱的著作《一神教和多神教》论述了各种宗教的本质。

5月13日

① 《阅读园地》的每星期日项下都有专门挑选的作品,大部分是艺术性的,取名为《每周读物》。《大熊星座》是托尔斯泰本人写的一篇神话故事,放在8月4日之后(《阅读园地》,"媒介"出版社,莫斯科,1911年,第2卷,第11页)。

5月15日

① 《论信仰》是《生活的道路》的第1篇。

5月18日

① 这一天收到的信是玛·尼·亚柯夫列娃寄来的。托尔斯泰的回信见《托尔斯泰全集》,第82卷,第29封信。

② 这里指的是托尔斯泰所写的剧本《万恶之源在于酒》。见8月23日注①。

③ 这里指的是列奥尼德·德米特里耶维奇·乌鲁索夫(1885年死)。19世纪80年代是图拉省省长,托尔斯泰的密友之一。1884年,托尔斯泰陪他去克里木疗养。乌鲁索夫的妻子玛丽亚·谢尔盖耶芙娜·乌鲁采娃是一个大工厂——马尔采夫瓷器厂——厂主的女儿。

5月19日

① 国家杜马在讨论授予西欧地区(波兰、立陶宛、芬兰)土地自治权的议案时,代表普里什凯维奇用黑帮分子的语言发表演说,反对授予"外国人"自治权。他的发言引起了不同党派的公愤。老羞成怒的普里什凯维奇用玻璃杯打了反对派的首领巴·尼·米留柯夫。

② 这一天,布尔加科夫受托尔斯泰委托写信致奥·尼·什列依琴科,谈的是上帝存在的问题;致康·费·柯鲁什金(他是美国"俄国工人苏维埃"的秘书)(《托尔斯泰全集》,第82卷,《受托尔斯泰委托所写书信摘要》,第50、52封信)。

5月21日

① 在《万恶之源在于酒》的一份草稿中,一个过客说:"时光在流逝,而我的命运

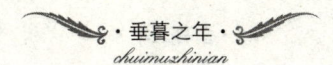

之舟在生活的海面上逐浪飘流。"(《托尔斯泰全集》,第38卷,第233页)定稿时这句话被删去了。

5月24日

① 在《俄罗斯言论》1910年第116期发表了布尔加科夫致弗拉基沃斯托克的英·古亨的信。古亨问托尔斯泰,吃素的人能不能穿皮鞋。布尔加科夫在回信中写道:"在我们的朋友和同志中有人拒绝吃荤,但也有人完全不使用皮革。在冬天他们用毡靴代替皮鞋,在夏天光足或穿木板鞋、油布面鞋,鞋掌也是用橡胶或油漆布等做的,这种鞋是他们本人自备的。为素食者大量生产专用鞋,这是将来的事情。"

5月25日

① 显然是指德国教授H.威纳尔的著作《在此世界上的自由基督教——据1907年波士顿自由基督会国际会议上的报告》,杜平根,1909。该书现存雅斯纳雅·波良纳图书馆(书名、作者和出版社原文均为德文,恕不赘抄。——译者)。

② 托尔斯泰读的是美国思想家、作家亨利·梭罗(1817—1862)的《瓦尔登》一书("媒介"出版社,1910年)。这本书宣传了梭罗的生活理想,主张返回自然,节制欲望,从事体力劳动。托尔斯泰对此书持否定态度,同时又很推崇他的《论公民的不服从》一文。梭罗的许多见解被托尔斯泰在《阅读园地》中加以采纳。

5月27日

① 见《托尔斯泰全集》,第82卷,第40封信。

5月28日

① 托尔斯泰收到契尔特科夫1910年5月26日从克辽克什诺发出的一封信,信中说:"近几天著名演员奥尔连涅夫(巴威尔·尼古拉耶维奇)要去我们杰略京基。我同他很熟,是在英国相识的。在英美,他和他的剧团获得了很大成功。但是演员这一行当他一向不满意。他抱着总有一天把自己的艺术与平民百姓分享的理想。在英国时,他就为建立民众剧院的计划所吸引,并为此辗转各地,到农村、货栈露天演出……他渴望的只有一点,那就是使意识到他整个地位的不合理的良心得到安宁;使那些他能给予安慰的空虚的观众得到平

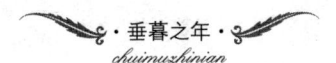

静；为的是贡献出哪怕是些微的时间和精力，以期给农民带来一些快乐，主要的也是为自己能够得到与庶民百姓同呼吸共命运的快乐。"巴威尔·尼古拉耶维奇·奥尔连涅夫（1869—1932），俄国浪漫派著名演员，苏联人民演员。

5月30日

① 特鲁别茨柯：巴奥洛·彼得罗维奇·特鲁别茨柯（1867—1938），著名雕塑家。他居住国外，在外国受的教育，很少回俄国。他几次访问雅斯纳雅·波良纳。托尔斯泰有5尊雕像都是他的作品。

6月4日

① 见《托尔斯泰全集》，第82卷，第51封信。

6月8日

① 托尔斯泰与奥尔连涅夫会见之后，在自己的日记中写道："奥尔连涅夫来。他很吓人。只有虚荣心，而且是最卑劣的、本能一类的虚荣心。真可怕。"（《托尔斯泰全集》，第58卷，第62页）建立人民剧院的计划没有实现。

6月10日

① 《托尔斯泰轶闻》刊登在杂志《幽默小品》上（1910年第38、68期，第4—6页）。在这一大标题下录用了3则笑话：《托尔斯泰、小瘪三和将军》、《托尔斯泰和汽车》及《托尔斯泰和记者》。

② 别哈乌主义是一种家教学说。19世纪中叶由波斯的别哈乌创立，宣扬中庸、泛爱，否定革命斗争方法。托尔斯泰对其学说很感兴趣。他在1909年的书信中有许多赞同别哈乌主义的意见。他在这种学说中找到了许多与他本人的宗教学说相同的地方（《托尔斯泰全集》，第79卷，第131、133封信；第80卷，第140封信等）。同样，别哈乌主义者对托尔斯泰的说教，对他消灭土地私有制的要求也很赞赏。

6月13日

① 福摩萨岛，正名为台湾。历来是中国的领土，1895年中日甲午战争后被日本侵占。

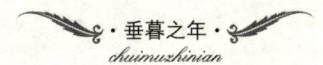

6月14日

① 维列明斯基：卡尔·维列明斯基（1880年生），托尔斯泰教育学著作的捷克语翻译者，教育家。第一次到雅斯纳雅·波良纳是在至1907年8月。他的回忆录对这次访问有所叙述。关于托尔斯泰的教育思想的巨著也是他编写的。

6月15日

① 《仆人笔记或曰奴隶生活实录》是托尔斯泰的熟人、农民安德良·彼得罗维奇·诺维科夫（1865—1930）的作品，是他以自己在Г.П.沃尔康斯基公爵家的26年仆人生活素材为根据写的。托尔斯泰于1904年收到诺维科夫的部分手稿后写信给他说："收到了您的信和手稿。文稿极为有趣，内中有许多好东西，对农村的贫寒生活和愚顽的老爷们的阔绰生活描写得都非常出色。"（《托尔斯泰全集》，第75卷，第105封信）托尔斯泰后来不止一次肯定了诺维科夫的这部作品。《仆人笔记》被契尔特科夫选登在《自由言论》杂志上（1905年17期），题名《人民与老爷》。全文没有出版过。

6月17日

① 《自由基督教颂歌与歌曲集》，安·康·契尔特科娃编，"自由言论"出版社出版，1905年。共出版3次。《请你听话》于再版时发表。

6月19日

① 文章的标题是《致索菲亚的斯拉夫人代表大会书》（《托尔斯泰全集》，第38卷，第175页），托尔斯泰鉴于邀请他参加斯拉夫人代表大会写了这篇文章，文中否定了按民族主义的原则团结各民族的思想。

6月20日

① 短篇小说《无意之间》，《托尔斯泰全集》，第38卷，第212页。

② 索洛马欣：谢明·米哈依罗维奇·索洛马欣（1888年生），赞同托尔斯泰观点的教派分子。1910年在莫斯科居住期间，印刷、传播了托尔斯泰的作品。

布杜林：亚历山大·谢尔盖耶维奇·布杜林（1845—1916），医生、古典语言学专家，

70年代认识托尔斯泰,在希腊文福音书的编译工作中帮助过他。国立托尔斯泰展览馆手稿部有他的手稿,题为《在列·尼·托尔斯泰的著作〈四福音书的汇编、翻译和研究〉中新约正文索引之错误》。

③ 阿朗松:那乌姆·列沃维奇·阿朗松(1872年生),雕塑家,就学于巴黎,并在巴黎工作。1901年访问雅斯纳雅·波良纳,创作了托尔斯泰的半身像。

④ 布尔加科夫弄错了,附有托尔斯泰序言的尼·瓦·奥尔洛夫的画集《俄罗斯农民》于1909年由P.戈里克和A.维尔波格书行发行,而不是由"媒介"出版。画册上的第一幅画是《垂死的人》,最后一幅是《为了基督》。

奥尔洛夫:尼古拉·瓦西里耶维奇·奥尔洛夫(1863—1924),巡回展览派艺术家,托尔斯泰的朋友。在托尔斯泰雅斯纳雅·波良纳书房的一面墙上,挂有他的《升仙》、《答挞》、《移民的迁徙》、《为了基督》等画的复制品。

6月21日

① 短篇小说《沃土》,见《托尔斯泰全集》,第38卷,第31页。

6月22日

① 托尔斯泰参加克里木战争是在1853—1856年。他当时是第14炮兵狙击队第3轻炮连的军官。

② 托尔斯泰收到索菲亚·安德列耶芙娜两份如下的电报:"切望于23日速归。托尔斯泰娅。"托尔斯泰复电:"明日即归,如须当夜启程,亦电告。"她接电后非常激动,强迫瓦·米·费奥克利托娃用自己的名义拍了第二份电报,要托尔斯泰立即赶回。

6月23日

① 《沃土》,托尔斯泰的短篇(《托尔斯泰全集》,第38卷)。

② 11月9日土地法。托尔斯泰对这一法令的态度见2月21日注②。

③ 给达·列·芬哈金娜的信见《托尔斯泰全集》,第82卷,第69封信。

6月24日

① 指论文《论疯狂》。

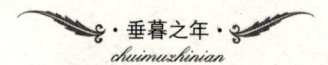

6月26日

① 苏特科威：尼古拉·格里高利耶维奇·苏特科威（1872—1930），弃职务农的律师。一个时期是托尔斯泰的信徒，1910年开始为亚·米·杜布罗留波夫的思想所吸引。与妹妹尼·柯·格列科娃一起到过雅斯纳雅。他们住在农民阿尼西亚·柯贝洛娃家，帮助她干活。

卡尔杜申：彼得·普罗科弗耶维奇·卡尔杜申（1879—1916），顿河哥萨克，大富翁，托尔斯泰和杜布罗留波夫的赞同者。他为印刷和传播托尔斯泰的著作献出了自己的全部财产。

② 杜布罗留波夫：亚历山大·米哈依洛维奇·杜布罗留波夫（1876—1930），俄国初期象征主义诗人。1900年初，他弃文从农，迁居莎马拉省。他宣扬平民化和不抗恶的思想。与托尔斯泰相见是在1903年9月和1906年7月。托尔斯泰虽然对他持批判态度，但对他的学说很感兴趣。

6月28日

① 这一页的原貌在《托尔斯泰全集》第38卷中已被恢复。

7月1日

① 托尔斯泰读过法国政论家波拉克的小册子《未来的政治》。这本带有他的亲笔批注的书现存雅斯纳雅·波良纳图书馆。

7月5日

① 这里提到的小册子是指约瑟夫·切哈夫斯基的《科学幻想（电与吞噬）》（基辅，1910年）。书中证明科学，其中包括电的广泛使用，对人们各方面的生活将产生有益的影响。其中，在对未来的科学清醒思考和合理想象中掺有许多荒诞的推断和臆测。

② 柯尔沙科夫：谢尔盖·谢尔盖耶维奇·柯尔沙科夫（1854—1900），著名精神科医生。采访梅赛斯克村的精神病院后，也因索菲亚·安德列耶芙娜的疾病，托尔斯泰开始对精神病的起因产生浓厚兴趣。有他的批注的柯尔沙科夫的著作现存雅斯纳雅·波良纳图书馆。

7月10日

① 沙洛蒙：查理·沙洛蒙（1863—1936），巴黎的俄语教授，《社会舞台》（*Musee Social*）杂志的编辑，关于托尔斯泰的许多论文的作者及其作品的法文译者。1893年与托尔斯泰认识，多次到莫斯科和雅斯纳雅拜访托尔斯泰，并保持通信联系。

7月14日

① 关于归还托尔斯泰日记一事，布尔加科夫讲得不完全准确，与费奥克利托娃日记的记载也不相吻合。按她的说法，亚历山得拉·列沃芙娜从杰略京基把日记取回后，从小门转递给她，她又当即交给达吉亚娜·列沃芙娜。7月16日，达吉亚娜和索·安·托尔斯泰娅将其送到图拉，存进了国家银行。

7月15日

① 1910年7月，爱丁堡大学的法学硕士麦久·亨利格在维里亚姆·布拉扬的委托下从美国来拜访托尔斯泰。在晚年，托尔斯泰同美国政治活动家、民主党人维·布拉扬（1860—1925）有通讯联系，并于1903年在雅斯纳雅·波良纳亲自接见过他。

7月16日

① 亚·莫·赫里亚科夫于1910年7月11日的信中写道："《库尔杜科娃女士奇闻记》的作者姆亚特列夫写到德国人的时候说：'德国人被认为是大智大慧的人，德国人认为事业高于一切，他们是如此爱好沉思，以致于完全沉溺在深思之中……'不厌其烦地认识，只是在进行自我意识时才小心翼翼，唯恐不能自拔……但是在自身发生了变化，自我意识的能力同样发生变化的时候，怎样认识自己呢？而没有自我意识同样是不成的。于是提取出一种类似自然的自我意识的东西。一切都是永远不可知的，如果把全部生命浪费在这上面，结果只能是浪费生命和无谓的思索。一个人过度沉溺在这种工作（即自我意识）中，就有被毁灭的危险。"（国立托尔斯泰展览馆）

库尔杜科娃女士是俄国诗人伊凡·彼得罗维奇·姆亚特列夫（1794—1844）的诙谐长诗《当代唐璜——库尔杜科娃女士国外奇闻记》中的一个讽刺性的人物。她的形象已成了无知、狭隘、愚妄和自负的代名词。

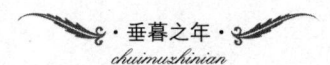

② 托尔斯泰收到的是捷克青年全民体育组织"索科勃"的致敬信。

7月19日

① 见《为斯德哥尔摩和平代表大会准备的报告》，《托尔斯泰全集》，第38卷，第119页。在托尔斯泰的报告中，有要求废除军队、猛烈批评政府的活动等内容。大会没有宣读他的报告。

② 《日记摘抄》是小说《沃土》的初名（《托尔斯泰全集》，第38卷，第31页），发表在1910年7月14日《言论》、《俄罗斯新闻》和《俄罗斯早晨》等报上。托尔斯泰写的"尾声"原打算连同契尔特科夫的信一起寄给报社。契尔特科夫在信中说："编辑先生，列夫·尼古拉耶维奇希望贵报近日来的版面上能给他的这篇随笔留一席之地。"托尔斯泰划掉了这封信，代之以他自己写的另一段文字："就在我把列·尼·托的随笔《日记摘抄》寄给阁下的这一天，他写完了随笔的结尾部分。我想这一部分还值得发表，故寄阁下。倘若觉得需要，望阁下经列·尼·同意后刊用之。"
"尾声"和以契尔特科夫的名义写的附笺一同被刊登在1910年7月27日的《言论》报上，题名《日记摘抄新选（致编辑部的信）》。

7月21日

① 《欧罗巴通报》杂志1910年第7期登载了署名"C"的文章《死刑犯们》，描写了几个青年革命工人临刑前的举止、感受和精神状态，赞扬了他们坚贞不屈、大义凛然、从容自若的品质。

② 特写《海兰泡的沉没》详尽地描述了沙俄犯下的一次骇人听闻的罪行——蓄意策划淹死中国和平居民。这一事件使托尔斯泰义愤填膺。他在1900年当时就把这一事件的材料寄给伦敦的契尔特科夫，要他在国外的一份不受检查的刊物《自由言论活页文选》上予以公布（《托尔斯泰全集》，第88卷，1900年10月7日的信）。

7月22日

① 布尔加科夫的这封信由他在《布尔加科夫书信中的托尔斯泰事略》中予以公开（莫斯科，1911年，第11—14页）。

7月26日

① 见《托尔斯泰全集》,第82卷,第108封信和《受托尔斯泰委托所写书信摘要》第192、196、199、200封信。

② 这篇小说没有查到。

7月28日

① 显然这里是指达·列·苏哈金娜于7月26日给弗·葛·契尔特科夫的信。鉴于当时事态,她在信中说出了最好让契尔特科夫离开杰略京基的想法。此信现存国立托尔斯泰展览馆。

7月30日

① 这里显然是指卡·沙拉波夫的信(《托尔斯泰全集》,第82卷,《受托尔斯泰委托所写书信摘要》,第216封信)。

② 托尔斯泰在这里指的是契尔特科夫和戈尔登威泽尔于7月27日的信中提出的一种猜测,他们说索菲亚·安德列耶芙娜和她的儿子们有一个计划:万一他们找到托尔斯泰宣布自己的文学遗产为公有财产的那份遗嘱,就要串通医生,宣称遗嘱是他在年老胡涂的状态下写的,并以此为理由宣布遗嘱在法律上无效(《托尔斯泰全集》,第58卷,第472页)。

8月1日

① 这里显然是指季·尼·叶列明的信。托尔斯泰在他的信封上批注道:"瓦·费·,请写关于宗教的问题,并把《唯一的戒律》、《福音书》和《每日必读》寄给他。"(《托尔斯泰全集》,第82卷,《受托尔斯泰委托所写书信摘要》,第213封信)

② 这里是指《生活的道路》第25篇。

③ 这里所说的弗·列·布尔查夫的信没有保存下来,但是在国立托尔斯泰展览馆里有一封布尔查夫8月19日致托尔斯泰的信。他在信中写道,因为没有收到托尔斯泰和契尔特科夫的复信,所以再次提出同一请求。

布尔查夫:弗拉基米尔·列沃维奇·布尔查夫(1862—1936),资产阶级自由主义出版商,发行历史性的杂志《往事》。接近社会民主党和立宪民主党。1905年坚持反革命立场,十月革命后成了逃亡国外的反革命分子和苏维埃的凶恶敌人。

④ 1910年7月22日，托尔斯泰在克鲁蒙特村附近的森林里签署了合乎法律手续的正式遗嘱。根据这一遗嘱，他的全部文学遗产在他死后要被宣布为亚历山得拉·列沃芙娜·托尔斯泰娅的财产。万一她亡故，则应当成为达吉亚娜·列沃芙娜·苏哈金娜的财产。遗嘱有一说明性的附件，其中讲明，托尔斯泰认为："这一正式遗嘱是防止有人在他死后可能把它们（托尔斯泰的作品。——编者）变为私人财产。"（《托尔斯泰全集》，第82卷，第227页）

⑤ 比留柯夫关于不应使遗嘱神秘化的意见对托尔斯泰产生了很大影响。在他的"只为自己一个人写的日记"中写道："我非常、非常明白自己的错误。应当召集所有的继承人说明自己的意图，而不应当保密。"（《托尔斯泰全集》，第58卷，第130页）托尔斯泰给契尔特科夫写信谈到了他的这一想法。但是看了契尔特科夫的回信后，他又同意了后者的意见，认为比留柯夫的想法是不正确的。

8月2日

① 见给伊·叶·卡扎林的信（《托尔斯泰全集》，第82卷，《受托尔斯泰委托所写书信摘要》，第228封信）。

8月3日

① 帕斯卡尔的这条语录收入了《弃绝动物性的"我"，显露心中的上章》一章中。

② 这个观点作为《弃绝私利》第5章的标题被改动为《一个用全力来满足本能要求的人必将戕害他真正的生命》。

③ 见文集《生活的道路》25篇《弃绝私利》第3章第9条语录。

④ 马丁·路得（1483—1546），反天主教社会运动的著名活动家之一，基督教的创立者(路得派新教)。1860年托尔斯泰了解了他的教义后，很感兴趣。后来他的态度发生了变化，他在1884年3月的日记中写道："路得的宗教改革多么愚蠢。非常狭隘，非常愚蠢。"（《托尔斯泰全集》，第49卷，第65页）

8月5日

① 托尔斯泰读的这段语录被他收进1910年的《笔记》第5册中（《托尔斯泰全集》，第58卷，第200页）。

8月6日

① 托尔斯泰的信和他对柯罗连科的《司空见惯的现象》的评论见《托尔斯泰全集》，第81卷，第241封信。

② 见2月21日注②。

③ 1882年11月26日，索·安·托尔斯泰娅为获准出版12卷本的托尔斯泰全集去找东正教事务总局局长巴别达诺斯采夫，并带去托尔斯泰的《我信仰什么？》一文。巴别达诺斯采夫拒绝了她的要求（索·安·托尔斯泰娅的特写《我的一生》第4章，打印稿218—222页，国立托尔斯泰展览馆）。

④ 柯罗连科讲的是1892年古木尔丹村的乌摩尔梯族（沃恰克人）的一群农民用被杀死的乞丐玛久申祭神而被矩控一事。1894年12月起诉，在维亚茨克省的马尔梅日市对被告进行了判决。由于违反了公审程序，判决被枢密院驳回，并指定于1895年9月25日复审。因使用了种种阴谋手段和颠倒是非的伎俩，农民们重又被判罪。此后俄国为取消带有民族歧视日的诬告和释放无辜被判处的人而进行了激烈的斗争。柯罗连科的文章见其全集第9卷。

8月8日

① 这里指的是伊·叶·卡扎林的信。他请求托尔斯泰告诉他"改变信仰该向谁提出申请或声明"（《托尔斯泰全集》，第82卷，《受托尔斯泰委托所写书信摘要》，第228封信）。

8月12日

① 莫泊桑的小说《孤独》被收进《阅读园地》8月11日项下，（见《阅读园地》2卷135页，"媒介"出版社，莫斯科，1911年）。

② 在高加索黑海沿岸和波尔塔瓦省，托尔斯泰的信徒们建立了一些农业移民区，旨在实践托尔斯泰学说的原则。这些移民区当然是不巩固的，结果由于内讧而解体。

③ 在给亚·莫·赫里亚科夫的信中，托尔斯泰写道："非洲的黑人杀死一个敌人，把他吃掉，这我很理解，在这里我看到的是人的——虽然是野人——但毕竟还是人的东西。这比我在上上下下的参与者加之于你的事情上所看到的这一切更容易理解。这里的矛盾在于：野性产生的是残忍，但是有理性的、有人性的、借助电和左轮手枪等等现代化的

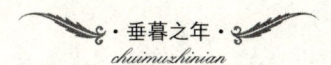

发明为自己谋略的人们本该做出更合乎理性、合乎人性的事情,然而相反,他们做出的却是残酷百倍的、毫无人性的事情。"(《托尔斯泰全集》,第82卷,第134封信)赫里亚科夫在信中对他被关在要塞中的生活描述,使托尔斯泰异常激动。据戈尔登威泽尔的记述,托尔斯泰说过:"是的,这非常强烈,要比安德列耶夫的小说《七个被绞死的人》强烈的多。这是实实在在的感受,因此才有如此强烈的效果,而小说只让人觉得那是在虚构。"(戈尔登威泽尔:《在托尔斯泰身边》2卷55页)

9月6日

① 库德林:安德列·伊万诺维奇·库德林(1884—1917),托尔斯泰的老熟人伊万·德米特利耶维奇·库德林的儿子。布尔加科夫记录下的库德林的故事,托尔斯泰于1910年10月15日向巴·德·道格鲁科夫复述后,后者加上了自己的前言以《安·伊·库德林向托尔斯泰讲了些什么?》为题发表。

9月13日

① 瓦·米·费奥克利托娃与亚·列·托尔斯泰娅是好朋友。国立托尔斯泰展览馆保存着她在1910年留居雅斯雅纳·波良纳时所写的日记。这本日记主观片面地描述了托尔斯泰家庭生活事件。

9月14日

① 由于契尔特科夫与索菲亚谈话时说的这些话,两人开始了书信往来。契尔特科夫竭力证明对这些话作如此理解是不正确的(《托尔斯泰全集》,第58卷,第506—514页)。

9月18日

① "媒介"出版社由戈尔布诺夫主编出版了《儿童自由教育和儿童保育丛书》,在这套丛刊中出版了玛·克列奇科夫斯基编写的《现代教育和艾尔斯兰丹的新路》一书("媒介",莫斯科,1910年)。

9月21日

① 托尔斯泰给戈尔登威泽尔的复信见《托尔斯泰全集》,第82卷,第211封信。

9月22日

① 托尔斯泰给布尔加科夫的信《托尔斯泰全集》，第82卷，第210封信。

② 这里谈到的彼得·彼得罗维奇·尼古拉耶夫（1873—1928），他是《关于上帝的概念是现代生活的基础（精神一元论之世界观）》一书的作者。这本哲学著作是站在唯心主义立场上写的。他同托尔斯泰于1900年认识，同年秋把自己著作的手稿寄给托尔斯泰，后者以极大的兴趣读完了这份手稿，并为此给尼古拉耶夫写了信（《托尔斯泰全集》，第82卷，第207封信）。

③ 9月18日，托尔斯泰在他的女儿达·列·苏哈金娜的庄园柯切蒂以信的形式给康斯坦丁·亚科夫列维奇·克罗特写了一篇回忆他的哥哥、著名的哲学家尼古拉·亚科夫列维奇·克罗特的文章。托尔斯泰与尼·亚·克罗特相于1886年，当时克罗特的思想发生了激变，转到了形而上学立场上。相识发展为友谊，这一友谊直到1899年克罗特死后才中断。在这段时间里，两人就哲学和宗教问题进行了频繁的通信。《回忆》发表于1911年彼得堡以《同志、学生、朋友和读者之特写、回忆录和书信中的尼·亚·克罗特》为题出版的纪念文集中。

9月23日

① 《苏格拉底之死》是根据唯心主义哲学家柏拉图的作品改写的，收入9月22日后的《阅读园地》的《每周读物》中。见《阅读园地》第2卷，第242页（莫斯科，1911年）。

② 托尔斯泰读了玛克斯·缪列尔的《印度哲学的六个体系》（译自英文，索尔达金科夫出版，1901年）。这本带有托尔斯泰批注的书现存于雅斯纳雅·波良纳图书馆。

玛克斯·缪列尔（1823—1900），德国语言学家、宗教史家。

9月24日

① 这是一本托尔斯泰"只为自己一个人写的"秘密日记（《托尔斯泰全集》，第58卷）。索菲亚·安德列耶芙娜在他的皮鞋筒里找到了它，没有给他。她看了这本秘密日记后，在上面贴了一张纸并批写上："我痛彻心脾地誊抄了我丈夫的这本悲伤的日记。这里有多少不公正的、残忍的——求上帝和列沃奇卡宽恕我——反对我的假话啊！这都是蓄谋已久的，深思熟虑的……即使在谈到成婚一事也在所不免。让善良的人们都来读读他的这本日记吧！看看他是怎样'奉承'我的吧！被他爱恋，这似乎从未有过……假若这种情况继续

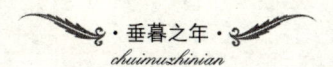

下去,我一定自杀……从前他曾是我的亲爱的列沃奇卡,而且为时很久。可是在这里他是契尔特科夫的。索菲亚·安德列耶芙娜。"

② 托木斯克大学教授、法学史家、院士约尼基·阿历克赛耶维奇·玛里诺夫斯基(1868—1932)把他的著作《血仇和死刑》寄给托尔斯泰,后者回信表示了对该书的意见(《托尔斯泰全集》,第82卷,第220封信)。

③ 爱尔梅·毛德(1858—1938),托尔斯泰著作的英语翻译者,和托尔斯泰保持了多年的通信关系。他曾把自己编著的两卷本《托尔斯泰传》(《The Life of Tolstoy》)寄给后者。

④ 《关于法权的信》是托尔斯泰于1909年3月以给彼得堡大学学生克鲁基克的回信形式写的。克鲁基克说,他弄不懂托尔斯泰学说中道德问题和法权问题的关系。托尔斯泰的文章证明,在私有制社会里,法权往往带有虚假性,掩盖着劳动人民的绝对无权,因此这篇文章带有尖锐的揭发性,使之不能在俄国发表。它第一次以法文形式发表于1910年日内瓦的《俄法杂志》第26—27期上;俄文原文见《托尔斯泰全集》,第39卷。

⑤ 普鲁特拉斯的观点被收入《阅读园地》1910年9月24日项下。

⑥ 这里提到的是契尔尼柯夫斯克省的农民叶甫根尼·柯贝尔。他从1907年始,数次写信给托尔斯泰反对他的学说,捍卫东正教教义。这些信使托尔斯泰极不愉快。在9月10日他给柯贝尔的信中说:"对我的这种不友善的态度……使我很痛苦。"作者在此所指的是柯贝尔9月24日对这封信的回信。托尔斯泰在这封信中批注道:"请退回此信和柯贝尔日后的一切来信。直接退回,不要拆封。不过,瓦·费,请分析一下,他想干什么,为什么要骂人。"柯贝尔把他和托尔斯泰的通信印成小册子《农民与伯爵通讯集(附托尔斯泰于1910年9月10日临终前的一封信)》出版(基辅,1910年)。托尔斯泰致柯贝尔的信见《托尔斯泰全集》,第82卷,第186封信。

⑦ 这里说的是彼得堡大学学生亚·瓦·克鲁根的信。他受艺术创作研究小组的委托,问托尔斯泰:"艺术对其他人的精神意识作用的基础是什么?"托尔斯泰在信封上批道:"很简单……答案就是:人类的精神本质是同一的。"(《托尔斯泰全集》,第82卷,《受托尔斯泰委托所写书信摘要》,第302信)

⑧ 显然指的是托尔斯泰于1903年4月27日致艾·格·列涅茨基的信。托尔斯泰在信中以鲜明的形式指明了沙皇政府是不久前在基希涅夫血腥屠杀犹太人的罪魁祸首(《托尔斯泰全集》,第74卷,第107页)。

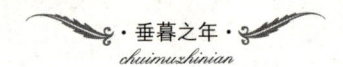

9月25日

① 托尔斯泰致玛里诺夫斯基一信的全文见《托尔斯泰全集》,第82卷,第220信。

② 1910年9月25日夜里(旧历10月4日),葡萄牙具有共和主义倾向的军队在居民的支持下举行起义,国王马努尔二世逃跑,葡萄牙资产阶级革命成功,宣布成立共和国。

③ 见托尔斯泰致契尔特科夫一信,《托尔斯泰全集》,第89卷,第914封信。

9月26日

① 这一中篇小说《世上无罪人》没有完成(见《托尔斯泰全集》,第38卷)。

9月27日

① 这里指的是对回忆尼·亚·克罗特正文的修改(见9月22日注⑧)。

② 这部著作题名为《罗斯东正教史纲》(亚·莫·赫里亚科夫著)。在1919年"真正自由社"出版的原文中有这样一段注:"这篇论文是10年前写的,但是由于诸多不顺,迄今未能付印。手稿曾让列·尼·托尔斯泰看过并受到了他的赞许,他还对其中个别语句稍加修饰,对此我们的编辑在注释中业已指出。"就其内容说,赫里亚科夫的提纲是旨在反对东正教和东正教会的。

③ 托尔斯泰在布尔加科夫给瓦·亚·沃罗诺夫的复信中写了附言。后者在致托尔斯泰的信中指出了他的"勿以暴力抗恶"的学说对信仰社会主义的工人、农民的不良影响。托尔斯泰的第一封没有发出的回信见《托尔斯泰全集》,第82卷,《受托尔斯泰委托所写书信摘要》,第320封信。托尔斯泰的附言见《托尔斯泰全集》,第82卷,第222封信。

9月28日

① 这个军官的姓氏没有留下。屠申在他未发表的《雅斯纳雅·波良纳笔记》中写道,这个军官从伊尔库茨克来,军事参谋学院毕业。亦见托尔斯泰日记记载(《托尔斯泰全集》,第58卷,第107—108页)。

② 1910年第9期《俄罗斯财富》上发表了两篇论文,都是关于哥本哈根国际社会主义代表大会的,一篇是H.C.鲁沙诺夫的《社会主义理想及其一般实践》,一篇是斯大林的《哥本哈根国际社会主义代表大会》。很可能,引起托尔斯泰兴趣的是斯大林论合作化运

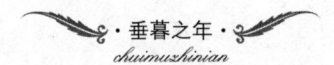

动的这篇文章，因为在当时使托尔斯泰感兴趣而又不安的正是社会主义运动的问题。就在同期杂志上刊登了署名C-P、从劳改监狱中以《带插图的小册子》为题寄给编辑部的一封信，请求供给寂寞无事而苦闷的犯人有插图的读物。

③　巴克拉托夫：亚历山大·沙夫维奇·巴克拉托夫（1871—1922），1910年8月造访雅斯纳雅·波良纳。托尔斯泰读过他的《寻神的人们——现代宗教追求与宗教情绪之提纲》第1卷（莫斯科，1910年）。

④　这里指的是工人米哈依尔·西瓦切夫的书（1910年出版）。在这本自白书中，博学的作家讲述了他的苦难、不幸和许多大作家对他的冷遇，他们对他的命运和创作没有给予足够的关心和重视。达·列·苏哈金娜受托尔斯泰委托写的复信见《托尔斯泰全集》第82卷。

9月29日

①　托尔斯泰读过《安东尼信徒的崇拜——给人治病的安东尼的启示》一书（原书名为法文，不录。——译者）。这本书是法国五金工人安东尼（1846年生）的两个信徒写的。安东尼脱离了天主教，写下了自己对《圣经》的解释，过着禁欲生活，宣传素食。玛柯维茨基在《雅斯纳雅·波良纳笔记》中引述了托尔斯泰对这本书的谈话："一本出色的书。他的宗教道德学说与我相合。读这本书的时候，我碰到我的许多思想：幻想的世界，心灵中的上帝，等等。他教导说，只有爱敌人，才能认识上帝。"

②　托尔斯泰读过"媒介"出版的《俄罗斯民谚集》（莫斯科，1904年）。书中集中收集了许多伦理训谕性的民谚。

9月30日

①　这里指的是中学六年级女学生M.冬妮亚从沙拉布尔市寄出的信。她读了《克莱采奏鸣曲》后写信问托尔斯泰："女人生活的意义是什么？"托尔斯泰的回信见《托尔斯泰全集》，第82卷，第225封信。

②　在莫洛奇尼科夫的信中描写了两个开赴流放地的农民——亚·尼·索洛维耶夫和沙·伊·斯米尔诺夫，他们因拒绝服役被判刑。托尔斯泰给莫洛奇尼科夫的信见《托尔斯泰全集》，第82卷，第226封信。

③　阿勃拉莫夫：费多尔·安德列耶维奇·阿勃拉莫夫（1875—1918），出身于辛比尔斯克省温多尔镇农民家庭。有几年间任《辛比尔斯克消息报》的冒名编辑。他曾多次被

捕，都与出版这份报纸有关。

④ 很明显，这里指的是尼·盖·莫洛斯达沃夫和彼·亚·谢尔盖英科的《列夫·托尔斯泰》，这本书的第1版几乎全是写托尔斯泰的童年和少年时代的。

10月1日

① 这里显然是指托尔斯泰的小册子《对2月20—22日的东正教最高会议的裁决以及所收到的有关此事的信件之回答》。1906年"复兴"出版社发行（《托尔斯泰全集》，第34卷，第245页）。

10月2日

① 巴·伊·比留柯夫1910年住在科斯特罗马，在省地方自治局国民教育部供职。9月15日，他写信给托尔斯泰："我将因保存和传播您的著作《不许杀人》、《士兵和军官手册》、《致司务长的信》、《告政府、革命者和民众书》、《世纪末》……而受审。地方律师将为我辩护，他叫尼古拉·亚历山大·奥戈罗特尼柯夫……"

由于律师的老练辩护，比留柯夫在1910年10月审判时以无罪结案。

② 普拉托诺夫：尼古拉·德米特利耶维奇·普拉托诺夫（1886年生），农民，因拒绝服役被判刑。起初在彼得堡服刑期满，可是后来又被关进亚罗斯托夫监狱。狱中他患支气管炎。除达·列·苏哈金娜的信外，托尔斯泰想亲自给亚罗斯拉夫总督达季舍夫写信，请求给普拉托诺夫减刑，但是看到达季舍夫给苏哈金娜的措词尖刻的复信后，他放弃了自己的打算，所以此信未发（《托尔斯泰全集》，第82卷，第205封信）。关于达季舍夫给苏哈金娜的信，在玛柯维茨基未发表的《雅斯纳雅·波良纳笔记》中有所记录："列夫·尼古拉耶维奇吃午饭时亲自朗读了达季舍夫的倍的一部分，此人写道：（1）不应该给犯人减轻处分。（2）转狱所需费用甚大，而国库已经为在押犯付出了庞大的开支。因此，列夫·尼古拉耶维奇嘲笑了'国库的恩惠'，嘲笑它关心着18万在押犯。"

③ 谢·列·托尔斯泰曾对这件趣事有过详尽描述，见其《往事随笔》第235—237页（莫斯科，国家文学出版社，1956年）。

10月3日

① 托尔斯泰《论社会主义》一文是回答捷克《自豪青年报》编辑的信的。该报编

辑说捷克青年想出版载有"社会主义和国民经济"论文的《读书》杂志，邀请托尔斯泰参加这一出版工作并发表有关方面的意见。托尔斯泰的这篇论文没有写完。见《托尔斯泰全集》，第38卷。

10月4日

① 这里很可能是指给农民巴·阿·尼古拉耶夫的信。他写信要求回答关于灵魂、《圣经》和托尔斯泰所说的"教士们进行着虚伪的信仰说教"等许多问题。在他的信封上有托尔斯泰的批示："瓦林廷·费多罗维奇，请回答关于《圣经》的问题。寄上我的信、序言和《每日必读》。"布尔加科夫给尼古拉耶夫写了回信（《托尔斯泰全集》，第82卷，《受托尔斯泰委托所写书信摘要》，第341封信）。

10月5日

① 费多罗夫：尼古拉·费多罗维奇·费多罗夫（1824—1903），与托尔斯泰相识，托尔斯泰因其禁欲主义生活、放弃私利、对一切物质福利的淡泊对他十分尊敬。他死后，他的哲学著作《公共事业之哲学》小量出版，总共480册。这本著作论述了费多罗夫的宗教哲学理论，其核心是号召为"公共事业"、"上帝的事业"献身。他确信依靠自身对上帝的意识将导致人类的统一。

② 别杰尔松：尼古拉·巴甫洛维奇·别杰尔松（1844—1919），莫斯科大学学生，1861年因参加学生风潮被开除，1862年任托尔斯泰为农民子弟创办的中学教师。成了费多罗夫学说的研究者后发表过几篇论文，批评托尔斯泰，断言他的不抗恶学说是矛盾的，因为它实质上是在号召"极积反抗"。10月5日，托尔斯泰给他写信说不能同意他的"基本观点"（《托尔斯泰全集》，第82卷，第233封信）。

③ 这里指的是彼·亚·谢尔盖英科和达·列·苏哈金娜共同写于19世纪90年代的一个剧本《桑德拉》。剧本反映了一个女演员的命运。

④ 玛丽亚·巴什基尔采娃（1860—1884），俄国天才的女艺术家，一生几乎都在巴黎度过。她给莫泊桑的信公开于她的日记中（《没有出版的日记》，亚尔达，1904年）。莫泊桑给她的信见《莫泊桑全集》第8卷（国家文学出版社，1950年）。

⑤ 罗扎诺夫：瓦西里·瓦西里耶维奇·罗扎诺夫（1856—1919年），评论家、反动哲学家、托尔斯泰评论文章的作者。1903年拜访雅斯纳雅·波良纳。托尔斯泰对他的充

满尼采的宗教和哲学神秘主义的颓废思想持否定态度。1893年7月13日，托尔斯泰写信给尼·尼·斯特拉霍夫，谈到罗扎诺夫的文章时说："在一切问题上都很轻浮、堆砌、粗心、虚伪、神经质兼顽固不化的自负，非常卑劣。"（《托尔斯泰全集》，第66卷，第367页）

别尔加耶夫：尼古拉·亚历山得罗维奇·别尔加耶夫（1874—1948），反动哲学家、唯心主义者、神秘主义者、寻神论的理论家之一。

⑥ 雅斯纳雅·波良纳的图书馆里藏有勃罗克加兹和弗夫龙的百科全书，其中收有弗·谢·索洛维耶夫的几篇宗教和哲学论文。这里提到的是哪篇论文，难以查明。

⑦ 丘特切夫的诗《静默》收入9月30日的《阅读园地》（莫斯科，"媒介"出版社，1911年，第11卷，第292页）。（诗名原为拉丁文"Silentium"。——译者）

10月11日

① 伊·费·纳日文在他的《列·尼·托尔斯泰生平琐事》一书中对托尔斯泰关于11月9日法令的谈话记述得更详细："我在这一法令中看到了另一些更可怕的东西。可怕就可怕在彼得堡的一个官僚就可以轻而易举地改变亿万人民的生活，连问都不问一问人民是否愿意。今天想起废除村社，明天为了出风头，就又心血来潮，要把这一切贯彻实施。更可怕的还在于人民对土地私有制不合法这一信念被破坏了。这一信念认为，土地是上帝的，也就是说，是不属于任何人的。现在，任何一个占有5000亩土地的地主，在回答抱怨地少的农民时都会说：'这又怎么样呢？我有5000亩，你有5亩，你也是个地主，和我一样，只不过是个小地主罢了。我这是挣来的，你还没来得及挣够。挣足了，你也是5000亩。'"

10月22日

① 布尔加科夫的报告于1912年、1919年在莫斯科以《大学和大学科学》为题出版。

② 诺维科夫：米哈依尔·彼得罗维奇·诺维科夫（1871—1939），图拉省波罗夫科沃村的农民，托尔斯泰在致安·费·柯尼的信中说这是一个"有学识的人，很聪明，诚实，道德高尚"（《托尔斯泰全集》，第73卷）。1896年，当他还是一个士兵时，就因反对为尼古拉二世的加冕礼举行沿途庆祝活动的提案被流放华沙，加冕礼后被流放土尔坎区。1902年，被指命为谢·尤·维迪部长召开的"农机工业供求特别会议"的县代表。在会上呈递了一份真实描写农民贫穷状况和阐述本人要求的报告书，为此被捕，只是由于托尔斯泰的说情才获释。诺维科夫是在《自由言论》上发表一系列论文和反映农民生活故事的作者。

托尔斯泰对他信任、热爱,在最后一次见面时向他说明了自己永远离开雅斯纳雅·波良纳的心愿。参见《我和列夫·尼古拉耶维奇的最后一次会面》,《托尔斯泰之声和统一》杂志（1920年8—15期）和《真正的自由》杂志（1920年第7期）联合出版。

③　"媒介"出版社出了几本反对酗酒的小册子:《谈谈伏特加、葡萄酒和啤酒的毒性》、《酗酒的罪恶和狂行》、《人们为何变麻醉了》、《酗酒的恶习》以及《葡萄酒》、《说喝酒》等广告画。

10月26日

①　这封信即《托尔斯泰全集》,第82卷,第279封信。

10月28日

①　此信即《托尔斯泰全集》,第84卷,第404页上一信。

10月29日

①　托尔斯泰的子女们——谢尔盖、伊里亚、安德列和达吉亚娜的信都是鉴于父亲出走才写的。见谢尔盖·列沃维奇的《往事随笔》,莫斯科,国家文学出版社,1956年,第249—251页。

②　10月30日,彼得堡和莫斯科的许多家报纸都登载了他们驻图拉的记者关于"列·尼·托尔斯泰突然离家出走"的报道。1910年10月31日的《俄罗斯言论》报发表了记者德·德·奥巴林斯基采访雅斯纳雅·波良纳的报道。报道是用忠实的笔调写的,并无有损于托尔斯泰家庭声誉的内容。

10月31日

①　见《托尔斯泰全集》,第82卷第298封信。

11月1日

①　多罗雪维奇的小品文《索菲亚·安德列耶芙娜》发表在10月30日的《俄罗斯言论》上。这篇文章正面评价了索菲亚,肯定了她对托尔斯泰创作活动的巨大帮助。

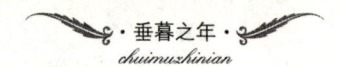

译 后

  对于托尔斯泰思想和创作的研究，正像对莎士比亚和曹雪芹的研究一样，已经成为世界性的学术活动。改革开放以来，随着外国文学译介的深入，我国的托尔斯泰研究也有了新的进展。在这种情况下，把布尔加科夫的这部著作呈献给俄罗斯文学的研究者和广大爱好者，不是没有意义的。

  《垂暮之年》（直译为《托尔斯泰在他生命的最后一年》）在托尔斯泰的传记文学中，是一部重要的作品。其所以重要，是由它的写作过程和具体内容决定的。

  首先，它向我们提供的是第一手材料。1910年，托尔斯泰的前任秘书古谢夫因散发伟大作家的作品而被流放后，托尔斯泰在工作中失去了助手。他预感到自己生年有限，而渴望完成的工作却非常艰巨，加之每日都有来自世界各地的各种各样的书信需要回复，所以他极其需要一个能胜任工作的私人秘书。就在这时，由他的挚友契尔特科夫推荐，布尔加科夫来到雅斯纳雅·波良纳。他在作家的垂暮之年，与之朝夕相处，怀着无限崇敬的心情，从第一天起就详细记述了这位19世纪最伟大的现实主义作家的言谈举止、音容笑貌，以及作者所见所闻的种种人事和情景。布尔加科夫的记述是真实客观的，其语言也比较朴实生动。因此，当我们读完这部著作后，托尔斯泰老人的形象便会栩栩如生地出现在我们面前。

其次，《垂暮之年》一书对了解托尔斯泰一生的悲剧——离家出走、猝死异地——的复杂原因，有着不容忽视的价值。作家生前的不少朋友虽然也曾涉及到这一悲剧，但是因为他们大多是雅斯纳雅·波良纳庄园的来去匆匆的过客，所以对作家家庭事变只留下一些浮光掠影的记载。他们都不能像布尔加科夫一样，目睹这一事变酝酿、发展的全过程，提供这样一幅脉络清晰的画面，使我们更清楚、更深刻地分析研究托尔斯泰悲剧的全部复杂内容。也许正是因为这一点，这部作品刚一出版，就引起了高尔基的重视。

1910年前后，世界形势风起云涌，西欧大部分国家完成了资产阶级革命；老牌资本主义国家的无产阶级运动日益高涨；俄国在经过1905年革命后正处在无产阶级夺取胜利的前夜；被托尔斯泰当作"理想之国"的"静止不动的东方"也开始走上"结束的年代"。在这种形势下，作为地主资产阶级专政的"强烈的抗议者、激愤的揭发者和伟大的批评家"的托尔斯泰，为什么在82岁的高龄时要突然离家出走？促使他抛下陪伴了他一生的妻子和五男二女的原因是什么？出走的目的又是什么？当托尔斯泰在世时，俄国的一个评论家曾经说过："在我国有两个沙皇：尼古拉二世和列夫·托尔斯泰。他们俩谁更强大呢？尼古拉二世拿托尔斯泰没有办法，不能动摇他的宝座，而托尔斯泰却毫无疑义正在动摇着尼古拉的宝座和他的皇朝……谁碰碰托尔斯泰试试看，全世界都会喊起来……"这样一位誉满全球、威震四海的巨人，一生中没有向任何残暴势力屈服，为什么自己却要走上自我毁灭的道路呢？

在托尔斯泰研究中，所有这一系列问题对于理解他的思想和创作都是十分严肃重大的，也是多少年来一向为人们所关心的。

有人说，托尔斯泰出走与死亡的罪魁祸首就是他的妻子索菲亚·安德列耶芙娜。

有人说，托尔斯泰遭此不幸的根源就在于他的密友契尔特科夫……

然而，只要我们冷静分析一下托尔斯泰的晚年思想，就应该看到，他的悲剧的根本原因是在他自己身上。

在托尔斯泰的晚年，世界历史的发展已经宣布了他的学说的破产。用列宁的话说，"托尔斯泰主义的现实的历史内容"就是"东方制度、亚洲制度的思想体系"。这种学说"不是什么个人的东西……而是千百万人在相当时期内实际所处的一种生活条件产生的思想体系"。随着产生这种思想体系的生活条件，亦即社会经济基础在资本主义的冲击下彻底崩溃，这种思想体系也必然要全面破产。但是托尔斯泰不懂这一历史发展的规律。他出于对资本主义的刻骨仇视，顽固不化而又真诚感人地死抱住耶稣的博爱、孔子的仁义、老子的无为不放，把西欧与东方的两种哲学思想融为一体，提出"勿以暴力抗恶"的学说，并将其贯彻终生。可是这一说教在现实中是行不通的。他的学说受到了各方面的挑战，甚至连他的妻子都斥之为"虚伪"，于是他面临着无法解脱的矛盾，并因此日夜受着折磨。在这种情况下，他渴望着像基督那样，到民间去，用现身说法去宣传他的教义，借此摆脱内心矛盾的折磨，并使他的学说能像两千年前的基督教一样传遍全世界，为无数劳苦大众所接受，从而按照他的理想改造整个人类。正因为这样，他才多次希求被流放、坐监狱、"喂臭虫"，甚至上绞架，做一个基督似的用鲜血去布道的殉难者。他最后与家庭的决裂，不管其导火线是什么，外在原因有多少，具体情况如何，根本原因却全在于此。读了《垂暮之年》，我们不难得出这样一个比较正确的结论。

最后，布尔加科夫的日记从多方面向我们描写了这位文学巨匠晚年生活的环境和情景：围绕着作家的至亲好友之间的明争暗斗，以及他们每个人的志趣心性；形形色色的来访者和通信人；贵族生活的奢侈与农民命运悲惨的鲜明对照……但是作者着意描述的是作家晚年的精神世界和内心痛苦。无论是在工作中或散步时，与客人交谈或在农民中间，家居还是做客，这位伟大的探求者永远在不倦地思索着。他思索人民的命运和世界的未来，思索哲学、宗教、伦理道德、文学艺术以及科学文化中的许许多多重大问题……与此同时，他敏锐地感觉到整个客观世界与他的真诚信仰之间不可克服的矛盾。他因此而受尽令人断肠的折磨。凡此种种，都使伟大作家的暮年阴云笼罩，显得沉重而阴郁……尽管这样，这位19世纪"最清醒的现实主义者"在他日薄西山之时，仍然像一轮壮丽的夕阳，透过层层浓云，放射着夺目的光辉。伟人之死有如日落。在托尔斯泰身上我们同样看到了这种日落的壮美。

布尔加科夫作为托尔斯泰的一个忠实信徒，字里行间难免要流露出对托尔斯泰的无原则的崇拜和景仰。可是由于他在论述时，努力站在旁观者的角度，所以仍然不影响我们透过许多溢美之词，既看到作为抗议者、揭发者和批评家的托尔

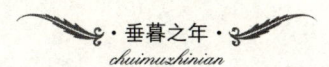

斯泰有力、感人的一面,又看到作为"寻神者"的托尔斯泰软弱、可笑的一面。

《垂暮之年》一书既然是一部日记体的作品,当然也具有日记所应有的那些特点:行文自由、简约。在记录托尔斯泰的言论时,由于大多是口语式的交谈,这就自然增加了翻译的难度。因此,译文中如有不当之处,敬请专家和读者朋友们不吝指正。另外需要说明的是,作者在原文中不论提到托尔斯泰家的人还是来访者、通信者,全都按照俄国的习惯,称呼本名和父名,有时甚至是全名,结果使只需几个字便可表达清楚的个别段落,若加上人名全称以后,反而变得十分冗长,读起来很别扭。为行文简洁、阅读方便起见,我在翻译时,在不伤害原义或引不起疑义的前提下,或用代词,或只称本名。我想,读者会允许并原谅这一变通做法的。

译稿校改完毕之时,正值国庆佳节。在这美好的节日里,我谨向在翻译时给过我热情指正和帮助的同志们表示衷心的感激。

译　者